A Senhora das Águas

OBRAS DA AUTORA PUBLICADAS PELA EDITORA RECORD

Tudors

A irmã de Ana Bolena
O amante da virgem
A princesa leal
A herança de Ana Bolena
O bobo da rainha
A outra rainha
A rainha domada
Três irmãs, três rainhas
A última Tudor

Guerra dos Primos

A rainha branca
A rainha vermelha
A senhora das águas
A filha do Fazedor de Reis
A princesa branca
A maldição do rei

Fairmile

Terra das marés
Marés sombrias

Terra virgem

PHILIPPA GREGORY

A Senhora das Águas

Tradução de
ANA LUIZA BORGES

4ª edição

EDITORA RECORD
RIO DE JANEIRO • SÃO PAULO
2024

CIP-BRASIL. CATALOGAÇÃO NA FONTE
SINDICATO NACIONAL DOS EDITORES DE LIVROS, RJ

Gregory, Philippa, 1954-.
G833s   A senhora das águas / Philippa Gregory; tradução de Ana Luiza Borges. – 4ª ed. Rio de Janeiro
4ª ed.   Record, 2024.

Tradução de: The Lady of the Rivers
ISBN 978-85-01-09998-3

1. Ficção inglesa. I. Borges, Ana Luiza. II. Título.

13-07806
CDD: 823
CDU: 821.111-3

Título original:
THE LADY OF THE RIVERS

Copyright da tradução © 2014, Editora Record

Copyright © 2011 by Philippa Gregory Limited

Publicado mediante acordo com Touchstone, uma divisão da Simon & Schuster, Inc.

Texto revisado segundo o Acordo Ortográfico da Língua Portuguesa de 1990.

Todos os direitos reservados. Proibida a reprodução, no todo ou em parte, através de quaisquer meios. Os direitos morais da autora foram assegurados.

Direitos exclusivos de publicação em língua portuguesa somente para o Brasil adquiridos pela
EDITORA RECORD LTDA.
Rua Argentina, 171 – Rio de Janeiro, RJ – 20921-380 – Tel.: 2585-2000,
que se reserva a propriedade literária desta tradução.

Impresso no Brasil

ISBN 978-85-01-09998-3

Seja um leitor preferencial Record.
Cadastre-se e receba informações sobre nossos lançamentos e nossas promoções.

Atendimento e venda direta ao leitor:
sac@record.com.br

Para Victoria

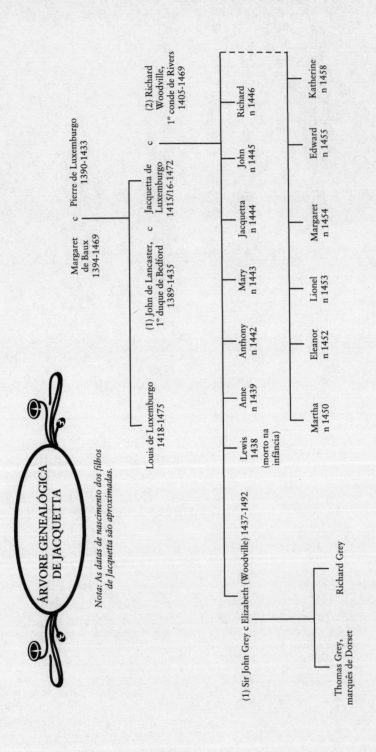

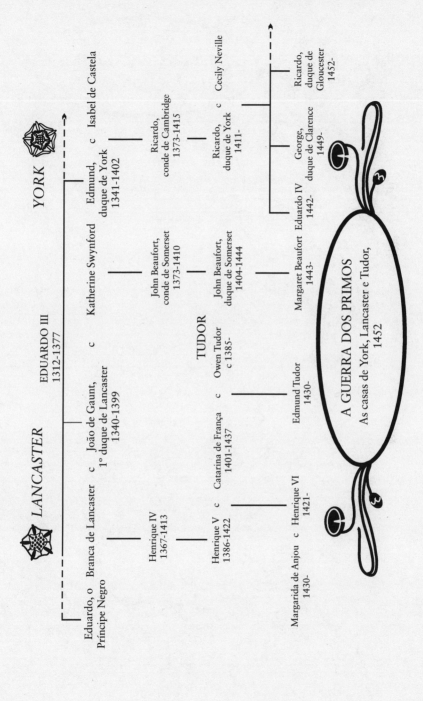

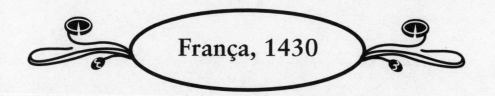

Castelo de Beaurevoir, próximo a Arras, França, Verão-Inverno, 1430

Ela, esse estranho troféu de guerra, está sentada corretamente, como uma criança obediente, em um banquinho no canto de sua cela. A seus pés, estão os restos do jantar em uma travessa de estanho sobre a palha. Noto que meu tio mandou fatias seletas de carne, até mesmo de pão branco, de sua própria mesa, mas ela comeu pouco. Pego-me olhando-a fixamente, das suas botas masculinas de montar até a boina, também masculina, apertada sobre o cabelo castanho cortado bem curto, como se fosse um animal exótico, capturado para a nossa diversão, como se alguém tivesse enviado um filhote de leão da distante Etiópia para entreter a importante família Luxemburgo, para que o acrescentássemos à nossa coleção. Uma mulher atrás de mim faz o sinal da cruz e sussurra:

— É uma bruxa?

Não sei. Como é possível saber?

— Isso é absurdo — diz minha tia-avó com audácia. — Quem ordenou que a pobre menina fosse acorrentada? Abram a porta imediatamente.

Seguem-se murmúrios perplexos de homens tentando empurrar a responsabilidade uns para os outros e, então, um deles gira a grande chave na porta da cela. Minha tia-avó entra. A garota — deve ter uns 17 ou 18 anos, é apenas alguns anos mais velha do que eu — ergue os olhos sob a franja irregular quando minha tia-avó se põe na sua frente, e, com lentidão, se levanta, tira a boina, e faz uma pequena e desajeitada reverência.

— Sou Lady Jehanne, *Demoiselle* de Luxemburgo — diz minha tia-avó.
— Este é o castelo do lorde John de Luxemburgo — Minha tia aponta. — Esta é a esposa dele, a senhora do castelo, Jehanne de Béthune, e esta é minha sobrinha-neta, Jacquetta.

A garota olha, sem hesitação, para todas nós e dirige a cada uma um movimento de cabeça. Quando ela olha para mim, sinto um leve toque, como se as pontas dos dedos roçassem minha nuca, um murmúrio de palavras mágicas. Eu me pergunto se, atrás dela, há realmente dois anjos que a acompanham, como alega, e se é a presença deles que sinto.

— Pode falar, donzela? — pergunta minha tia-avó, uma vez que a garota nada diz.

— Ah, sim, milady — retruca ela, com um forte sotaque da região de Champagne. Percebo que é verdade o que falam: não passa de uma camponesa, apesar de ter liderado um exército e coroado um rei.

— Se eu mandar retirar essas correntes de suas pernas, você me dá a palavra de que não vai tentar escapar?

Ela hesita, como se estivesse em posição de escolher.

— Não, não posso — diz.

Minha tia-avó sorri.

— Entende o que é dar a palavra? Posso soltá-la, para que viva conosco aqui, no castelo do meu sobrinho, mas tem que me prometer que não vai fugir.

A garota vira a cabeça, franzindo o cenho. É como se estivesse ouvindo um conselho. Então, balança a cabeça.

— Conheço isso. É quando um cavaleiro faz uma promessa a outro. Eles têm regras, como se estivessem competindo na justa. Não sou assim. Minhas palavras são reais, não como um poema de um trovador. E não há jogo para mim.

— Donzela, dar a palavra não é um jogo! — interrompe tia Jehanne.

A garota olha para ela.

— Ah, é sim, milady. Os nobres não levam esses assuntos a sério. Não tão a sério quanto eu. Brincam de guerra e inventam regras. Passam por cima de tudo e deixam apenas restos para a boa gente das fazendas, e riem enquanto os telhados de sapê queimam. Além disso, não posso fazer promessas e assumir compromissos. Já estou comprometida.

— Com aquele que se diz, injustamente, rei da França?

— Com o Rei dos Céus.

Minha tia-avó faz uma pausa para refletir por um momento.

— Vou mandar que retirem as correntes de suas pernas e que a vigiem, para que não escape — diz ela. — Poderá ficar conosco em meus aposentos. Acho que o que fez por seu país e por seu príncipe foi muito nobre, Joana, embora equivocado. E não vou querer vê-la aqui, sob o meu teto, como uma cativa acorrentada.

— Vai mandar seu sobrinho me libertar?

Minha tia-avó hesita.

— Não posso dar ordens a ele, mas farei tudo o que puder para que a mande de volta para casa. De qualquer maneira, não deixarei que a entregue aos ingleses.

Só em ouvir a palavra, a garota estremece e faz o sinal da cruz, batendo na cabeça e no peito de maneira ridícula, como um camponês ao ouvir o nome do Espírito Maligno. Tive de reprimir o riso, o que atraiu o olhar dela.

— São apenas mortais — explico. — Os ingleses não têm poder superior ao de qualquer outro homem. Não precisa temê-los tanto. Não precisa se benzer ao ouvir o nome deles.

— Eu não os temo. Não sou tão tola a ponto de temer que tenham poderes. Não é isso. É que eles sabem que *eu* tenho poderes. Isso é o que os torna um perigo tão grande. Eles morrem de medo de mim. Tanto que me destruirão no momento em que eu cair-lhes nas mãos. Sou o terror deles. Eu sou o medo que vagueia pela noite.

— Enquanto eu viver, eles não a terão — assegura-lhe minha tia-avó, e, imediata e inequivocamente, Joana olha direto para mim, olhos escuros e duros, como se para se certificar de que também eu havia escutado, nessa afirmação sincera, uma nota de promessa vã.

~

Minha tia-avó acredita que se trouxer Joana para a nossa companhia, conversar com ela, abrandar seu fervor religioso e talvez educá-la, com o tempo ela se vestirá como uma moça, e a guerreira que foi arrancada de seu cavalo branco em Compiègne se transformará do vinho forte em água, ao contrário do que se ouve na missa. Ela se tornará uma jovem que se sentará com as damas de companhia e que obedecerá a uma ordem e não aos sinos da igreja; assim, quem sabe os ingleses, que agora exigem que lhes entreguemos a bruxa hermafrodita assassina, passem a ignorá-la. Se não tivermos nada além de uma dama de companhia obediente e arrependida para lhes oferecer, talvez fiquem satisfeitos e prossigam seu caminho violento seguindo em outra direção.

A própria Joana está esgotada com as recentes derrotas e com a sensação incômoda de que o rei que ela coroou não é digno do óleo sagrado, que a supremacia na batalha se reverteu para o inimigo, e que a missão conferida por Deus está lhe escapando. Tudo que a tornou a donzela adorada por seus soldados mostrou-se incerto. Sob a luz da generosidade inabalável de minha tia-avó, ela volta a ser uma camponesa desajeitada: nada especial.

Evidentemente, todas as damas de companhia da minha tia-avó querem saber mais sobre essa aventura que está terminando em uma grande derrota, e enquanto Joana passa os dias conosco, aprendendo a ser uma garota, e não a donzela, elas reúnem coragem para lhe fazer perguntas.

— Como pode ter sido tão valente? — pergunta uma delas. — Como aprendeu a ser valente? Em combate, digo.

Joana sorri ao ouvir a pergunta. Somos quatro, sentadas na relva à beira do fosso do castelo, ociosas feito crianças. O sol de julho castiga, e os pastos ao redor do castelo cintilam em meio ao vapor. Até mesmo as abelhas estão preguiçosas, zumbindo e se silenciando, como se embriagadas de flores. Escolhemos nos sentar à sombra da torre mais alta. É possível ouvir o borbulhar ocasional de uma carpa vindo à tona na água vítrea do fosso, atrás de nós.

Joana está esparramada como um menino, uma das mãos chapinhando a água, uma boina cobrindo os olhos. Na cesta ao meu lado estão camisas costuradas pela metade, nas quais deveríamos fazer bainha para as crianças pobres das redondezas de Cambrai. Mas as damas de companhia não querem qualquer trabalho, e Joana não tem nenhuma habilidade. Estou com o precioso baralho de minha tia-avó nas mãos; embaralho as cartas, corto o baralho e olho as figuras preguiçosamente.

— Eu sabia que tinha sido chamada por Deus — disse Joana, simplesmente. — E que Ele me protegeria, por isso não senti medo. Nem mesmo na batalha mais violenta. Ele me avisou que eu seria ferida, mas que não sentiria dor, por isso eu sabia que podia continuar a lutar. Até avisei a meus homens que seria ferida naquele dia. Sabia antes de irmos para a batalha. Simplesmente sabia.

— Você ouve vozes mesmo? — pergunto.

— E você?

A pergunta é tão chocante que as garotas me cercam imediatamente, olhando-me surpresas. Eu me sinto enrubescer, como se tivesse feito algo vergonhoso.

— Não! — respondo. — Não!

— Então? O que é?

— O que quer dizer?

— O que ouve? — pergunta ela tranquilamente, como se todo mundo ouvisse vozes.

— Bem, não são exatamente vozes — respondo.

— O que você ouve?

Olho de relance para trás, como se até mesmo os peixes pudessem vir à tona para escutar.

— Quando alguém na minha família vai morrer, ouço um som — digo. — Um som especial.

— Que tipo de som? — pergunta Elizabeth, uma das garotas. — Eu não sabia disso. Como posso ouvi-lo?

— Você não é da minha casa — retruco com irritação. — É claro que não o ouviria. Teria de ser uma descendente de... De qualquer maneira, nunca fale sobre isso, nunca. Na verdade, você não devia nem estar escutando essa conversa. Eu não devia lhe contar.

— Que tipo de som? — repete Joana.

— Parece um canto — respondo e a vejo fazer um gesto de compreensão com a cabeça, como se ela também o ouvisse. — Dizem que é a voz de Melusina, a primeira-dama da Casa de Luxemburgo — sussurro. — Que ela era a deusa das águas e que deixou os rios para se casar com o primeiro duque, mas que não conseguiu ser uma mortal. Ela retornou para chorar a perda dos filhos.

— E quando a ouviu?

— Na noite em que minha irmãzinha morreu, ouvi alguma coisa. E soube logo que era Melusina.

— Como soube que era ela? — pergunta a outra dama de companhia em um murmúrio, receosa de ser excluída da conversa.

Encolho os ombros, e Joana sorri, entendendo verdades que não podem ser explicadas.

— Simplesmente soube. Como se reconhecesse a voz dela. Como se sempre a tivesse conhecido.

— É verdade. Simplesmente sabemos — concorda Joana. — Mas como sabe que veio de Deus e não do diabo?

Hesito. Qualquer pergunta de teor espiritual deveria ser levada ao meu confessor ou, pelo menos, à minha mãe ou à minha tia-avó. Mas a canção de Melusina, o arrepio em minhas costas e a visão do que é oculto — algo quase imperceptível, ou que desaparece ao virar a esquina, ou um cinza mais iluminado no crepúsculo já cinzento, ou um sonho vívido demais para ser esquecido, ou um vislumbre de presciência, mas nunca nada que possa ser descrito com exatidão — são coisas abstratas demais para serem ditas. Como perguntar sobre elas se nem mesmo consigo transformá-las em palavras? Como suportar alguém nomeando-as grosseiramente ou, pior ainda, tentando explicá-las? Seria o mesmo que tentar conter a água esverdeada do fosso em minhas mãos.

— Nunca perguntei — replico. — Porque não é nada. É como quando entramos em um quarto silencioso, mas sabemos, podemos afirmar, que há alguém ali. Não é possível ouvi-lo ou vê-lo, mas simplesmente sabemos. É pouco mais do que isso. Nunca penso como um dom vindo de Deus ou do diabo. Simplesmente não é nada.

— Minhas vozes vêm de Deus — diz Joana sem vacilar. — Sei que sim. Senão eu estaria completamente perdida.

— Então, pode ler a sorte? — pergunta-me Elizabeth de maneira pueril.

Meus dedos se fecham ao redor do baralho.

— Não — respondo. — E estas cartas não dizem a sorte, são só para jogar. Para o carteado. Não leio a sorte. Minha tia-avó não me permitiria, nem que eu pudesse.

— Ah, leia a minha!

— São apenas cartas para jogar — insisto. — Não sou adivinha.

— Oh, tire uma carta para mim — diz Elizabeth. — E para Joana. O que vai ser dela? É claro que quer saber o que vai acontecer com Joana, não?

— Isso não significa nada — digo a Joana. — Só trouxe as cartas para jogarmos.

— São lindas — elogia ela. — Aprendi a jogar na corte, com cartas como estas. Como são coloridas!

Estendo-as para Joana.

— Tenha cuidado. São preciosas — digo com ciúmes enquanto ela abre o baralho nas mãos calejadas. — *Demoiselle* mostrou as cartas para mim quando eu ainda era pequena e me disse o nome das figuras. Ela me empresta porque gosto de jogar. Mas prometi que tomaria cuidado com elas.

Joana me devolve o baralho e, apesar de ela ter cuidado e minhas mãos estarem prontas para recebê-las, uma das cartas cai entre nós duas, virada para baixo, na relva.

— Desculpe! — exclama Joana e a recolhe rapidamente.

Sinto um murmúrio, como um ar frio passando pelas minhas costas. A campina à minha frente e as vacas balançando o rabo sob a sombra da árvore parecem distantes, como se nós duas estivéssemos encerradas em uma redoma como borboletas em um cativeiro, em outro mundo.

— É melhor você olhar. — Ouço-me dizer.

Com os olhos ligeiramente arregalados, Joana observa a figura pintada em cores vivas. Em seguida, mostra-a a mim e pergunta:

— O que significa?

É a imagem de um homem vestido em um libré azul e pendurado de cabeça para baixo apenas por um pé. A outra perna está dobrada, o dedo do pé apoiado na perna esticada, como se a figura dançasse, invertida no ar. As mãos estão entrelaçadas nas costas, como se ele estivesse fazendo uma mesura. Nós duas vemos seu cabelo azul caindo solto de sua cabeça para baixo, e ele sorri.

— *Le Pendu* — lê Elizabeth. — Como é medonho. O que significa? Certamente não significa... — interrompe-se.

— Não significa que você vai ser enforcada — apresso-me a dizer a Joana. — Não pense nisso. É só uma carta comum. Não tem como significar nada desse tipo.

— Mas o que significa? — pergunta outra jovem. Joana está calada, como se não fosse a sua carta, como se não fosse a sua sorte que eu estivesse me recusando a revelar.

— A forca dele são duas árvores em crescimento — digo. Tento ganhar tempo, sob o olhar castanho e pensativo de Joana. — Isso significa primavera, renovação e vida. Não morte. E são duas árvores. O homem se equilibra entre as duas. Ele é o centro da ressurreição.

Joana assente com um movimento da cabeça.

— Elas se curvam na direção dele. Ele está feliz. E veja: não está pendurado pelo pescoço, para morrer, mas amarrado pelo pé — prossigo. — Se ele quiser, pode erguer o corpo e se desamarrar. Pode se soltar, se quiser.

— Mas não se solta — comenta a jovem. — Parece um acrobata. O que isso significa?

— Significa que ele está ali por livre e espontânea vontade, esperando por vontade própria, deixando-se pender no ar, pelos pés.

— Um sacrifício vivo? — pergunta Joana devagar, usando as palavras ouvidas na missa.

— Não está crucificado — apresso-me a dizer. É como se cada palavra que digo nos levasse a mais uma forma de morte. — Não significa nada.

— Não — concorda ela. — São apenas cartas comuns, e só estamos fazendo um jogo com elas. É uma carta bonita, o Enforcado. Ele parece feliz. Feliz por estar de cabeça para baixo na primavera. Quer que ensine um jogo que aprendi em Champagne?

— Sim, quero — respondo. Estendo-lhe a carta, que ela olha por um momento antes de devolvê-la a mim. — Falo sério. Não significa nada.

Ela me lança seu sorriso franco, genuíno.

— Sei muito bem o que ela significa — diz Joana.

— Vamos jogar? — Embaralho as cartas e uma se vira em minha mão.

— Esta é uma boa carta — observa Joana. — *"La Roue de Fortune"*.

Estendo-a para ela.

— É a Roda da Fortuna que pode nos elevar ou nos derrubar. Sua mensagem deve ser indiferente à vitória ou à derrota, já que as duas se alternam.

— Na minha região, os agricultores fazem um gesto para se referirem à roda da fortuna — diz Joana. — Traçam um círculo no ar com o dedo indicador quando acontece algo muito bom ou muito ruim. Se alguém herda dinheiro ou perde uma vaca premiada, eles fazem isso. — Aponta o dedo para o ar e traça um círculo. — E dizem uma coisa.

— Uma palavra mágica?

— Não exatamente. — Ela sorri com malícia.

— O que, então?

Dá um risinho.

— Eles dizem *merde*.

Fico tão chocada que caio na gargalhada.

— O quê? O quê? — pergunta a dama mais jovem.

— Nada, nada — respondo, enquanto Joana continua a dar uma risadinha. — Os conterrâneos de Joana dizem, com razão, que tudo vira pó, e tudo o que o homem pode fazer a respeito é aprender a indiferença.

~

O futuro de Joana está em suspenso: ela oscila como o Enforcado. Toda a minha família, meu pai, Pierre, conde de St. Pol, meu tio Louis de Luxemburgo e meu tio preferido, John de Luxemburgo, são aliados dos ingleses. Meu pai escreveu de nossa casa no Castelo de St. Pol ao seu irmão John e ordenou que ele, como chefe da nossa família, entregasse Joana aos ingleses. Mas minha tia-avó, *Demoiselle,* insiste em mantê-la em segurança, e meu tio John hesita.

Os ingleses exigem sua prisioneira. Como eles mandam em quase toda a França e seu aliado, o duque de Borgonha, controla quase todo o resto, o que querem é geralmente o que acontece. Seus soldados se ajoelharam no campo de batalha para agradecer e chorar de alegria quando a Donzela foi capturada. Eles não têm a menor dúvida de que, sem ela, o exército francês, seu inimigo, voltará a ser a horda amedrontada de antes.

O duque de Bedford, o regente que governa as terras inglesas na França, ou seja, quase todo o norte do país, envia cartas diárias a meu tio apelando à sua lealdade ao governo da Inglaterra e à longa amizade que eles mantêm, e lhe oferece dinheiro. Gosto de esperar os mensageiros ingleses, que vêm usando o bonito libré do duque real, montados em belos cavalos. Todos dizem que o duque é um grande homem, muito amado, o homem mais importante da França, mas hostil quando contrariado. Porém, por enquanto, meu tio continua obedecendo à *Demoiselle* e não entrega a prisioneira.

Meu tio espera que a corte francesa ofereça uma quantia por Joana — afinal, devem a própria existência a ela —, mas os franceses permanecem estranhamente em silêncio, mesmo depois que ele lhes escreveu dizendo que está com a Donzela e que ela se mostra disposta a retornar à corte de seu rei e a servi-lo em seu exército. Sob a liderança dela, poderão enfrentar e vencer os ingleses. Com certeza enviariam uma fortuna para tê-la de volta, não?

— Eles não a querem — avisa minha tia-avó. Estão à mesa de jantar particular. Os demais integrantes da casa fazem a refeição no salão, e dois criados se sentam diante dos homens de meu tio, experimentam os pratos e mandam que sejam distribuídos como um presente aos favoritos. Sentam-se confortavelmente a uma pequena mesa diante da lareira nos aposentos de minha tia-avó, os criados pessoais a postos. Permaneço de pé, junto a uma dama de companhia, durante o jantar. É minha função observar os criados, chamá-los quando solicitados, manter minhas mãos unidas modestamente à frente do corpo e não ouvir nada. É claro que escuto atentamente o tempo todo.

— Joana fez com que o príncipe Carlos deixasse de ser um menino e se tornasse um homem. Ele não era nada até ela procurá-lo com suas visões. Depois, transformou esse homem em rei. Ensinou-o a reivindicar a sua herança. Formou um exército de camponeses, seus seguidores, e o fez vitorioso. Se tivessem obedecido ao seu conselho, assim como ela obedecia às suas vozes, teriam expulsado os ingleses de volta às suas ilhas brumosas, e teríamos ficado livres deles para sempre.

Meu tio sorri.

— Ah, milady tia! Esta é uma guerra que já dura quase um século. Acha realmente que se encerraria porque uma garota, vinda sabe-se lá de onde, ouve vozes? Ela nunca teria sido capaz de expulsar os ingleses. Eles nunca desapareceriam, nunca desaparecerão. Essas terras são deles por direito, por direito legítimo de herança, e por conquista também. Tudo o que precisam fazer é ter coragem e força para conservá-las, e John, duque de Bedford, vai providenciar para que assim seja. — Ele olha de relance para sua taça e estala os dedos para que o criado encarregado lhe sirva mais vinho tinto. Dou um passo à frente para segurar a taça enquanto o homem verte o vinho e a coloco cuidadosamente sobre a mesa. Estão usando cristais puros. Meu tio é rico e minha tia-avó sempre teve tudo o que há de melhor.

— O rei inglês talvez seja uma criança, mas isso não faz diferença para a segurança do reino, pois seu tio Bedford é leal a ele aqui, e seu outro tio, o duque de Gloucester, é leal a ele na Inglaterra. Bedford tem aliados e coragem de sobra para conservar as terras, e acho que empurrarão o delfim cada vez mais para o sul. Eles o levarão até o mar. A Donzela teve seu tempo, e foi notável. Mas no fim, os ingleses vencerão a guerra e manterão as terras que lhes pertencem por direito, e todos os nossos lordes que prestaram juramento contra eles lhes farão reverência e os servirão.

— Não acredito nisso — retruca minha tia-avó com firmeza. — Os ingleses estão aterrorizados com ela. Dizem que ela é invencível.

— Não mais — observa meu tio. — Veja! Ela é prisioneira, e as portas de sua cela não se abriram sozinhas, por milagre. Agora, eles sabem que ela é mortal. Viram-na com uma flecha na coxa, fora dos muros de Paris, e o seu exército partiu e a deixou para trás. Os próprios franceses mostraram aos ingleses que ela podia ser derrotada e abandonada.

— Mas você não vai entregá-la aos ingleses — diz minha tia-avó. — Seria nos desonrar para sempre, aos olhos de Deus e do mundo.

Meu tio inclina-se para a frente, para falar confidencialmente:

— Leva isso tão a sério? Acredita, de fato, que ela seja algo mais do que uma charlatã? Acha que ela é algo além de uma camponesa dizendo disparates por aí? Sabia que posso encontrar meia dúzia de camponesas iguais a ela?

— Pode encontrar meia dúzia que dizem ser como ela — replica minha tia-avó. — Mas nenhuma é igual a Joana. Acho que é uma jovem especial. Realmente, acho, meu sobrinho. Percebo isso muito claramente.

Minha tia-avó faz uma pausa, como se sua opinião fosse algo a ser considerado, apesar de ela ser apenas mulher.

— A senhora teve uma visão do êxito dela? Uma premonição?

A *Demoiselle* hesita por um momento, e então balança a cabeça energicamente.

— Nada tão claro — responde. — Mas, ainda assim, insisto em que devemos protegê-la.

Ele faz uma pausa, sem querer contradizê-la. Ela é a *Demoiselle* de Luxemburgo, a chefe de nossa família. Meu pai herdará o título quando ela morrer, mas ela também possui grandes terras e total liberdade para dispor delas: pode legá-las a quem quiser. Meu tio John é o seu sobrinho favorito; ele alimenta esperanças de ser seu herdeiro e não quer contrariá-la.

— Os franceses terão de pagar um bom preço por ela — diz ele. — Não pretendo perder dinheiro com essa menina. Vale o resgate de um rei. Eles sabem disso.

Minha tia-avó assente com um movimento da cabeça.

— Vou escrever para o delfim Carlos, e ele pagará o resgate. Independente do que disserem seus conselheiros, ele me ouvirá, embora seus favoritos o manipulem como uma folha soprada ao vento. Mas sou madrinha dele. É uma questão de honra. Ele deve tudo à Donzela.

— Está bem. Mas faça isso logo. Os ingleses estão pressionando, e não vou ofender o duque de Bedford. Ele é um homem poderoso e justo. É o melhor governante que a França poderia desejar. Se fosse francês, seria amado incondicionalmente.

A *Demoiselle* ri.

— Sim, mas ele não é! É o regente inglês, e devia voltar para sua ilha enevoada, para seus sobrinhos e para o pobre rei, fazer o que estiver ao seu alcance por seu próprio reino e deixar que nós governemos a França.

— Nós? — questiona meu tio, como se perguntasse se ela acha que a nossa família, que já governa meia dúzia de condados e tem laços familiares com os governantes do Sacro Império Romano, deveria, também, ser uma família real francesa.

Ela sorri.

— Nós — responde, imperturbável.

~

No dia seguinte, vou com Joana à pequena capela no castelo e me ajoelho ao seu lado nos degraus do altar-mor. Ela reza com fervor, de cabeça baixa, durante uma hora, e então o padre chega e celebra a missa. Joana aceita a hóstia sagrada e o vinho. Espero por ela nos fundos da igreja. Joana é a única pessoa que eu conheço que comunga diariamente, como se fosse o seu desjejum. Minha própria mãe, que é mais devota do que a maioria das pessoas, comunga apenas uma vez por mês. Voltamos juntas para os aposentos de minha tia-avó, a relva farfalhando sob nossos pés. Joana ri de mim quando tenho de abaixar a cabeça para passar pelas portas estreitas com meu toucado alto e em formato cônico.

— É muito bonito — diz ela. — Mas eu não gostaria de usar uma coisa dessas.

Paro e me volto para ela sob o sol brilhante que atravessa as seteiras. As cores de meu vestido são vivas: saia azul-escura, e por baixo, outra de um turquesa acentuado. Elas tornam-se mais amplas a partir do cinto alto, bem apertado pouco acima da minha cintura. O toucado alto se assenta como um cone em minha cabeça e, do topo, desce um véu azul-claro, que cai pelas minhas costas, ocultando e, ao mesmo tempo, realçando meu cabelo louro. Abro os braços para mostrar as grandes mangas triangulares, debruadas com um belo bordado em fio de ouro, e ergo a bainha para mostrar meus sapatos vermelhos, com a ponta virada para cima.

— Mas não se pode trabalhar, montar um cavalo ou mesmo correr num vestido assim — diz Joana.

— Ele não é feito para cavalgar, trabalhar ou correr — replico calmamente. — É para ser exibido, para mostrar ao mundo que sou jovem e bela e estou pronta para o casamento. É para mostrar que meu pai é tão rico que posso usar mangas fiadas com ouro e toucado de seda. Mostra que nasci tão nobre que posso usar veludo e seda, e não lã, como uma garota pobre.

— Eu não suportaria me exibir numa coisa dessas.

— Nem poderia — digo, em tom malcriado. — Tem de se vestir de acordo com sua posição. Teria de obedecer à lei e usar marrom e cinza. Acha que é importante o bastante para usar arminho? Ou quer sua sobreveste dourada de volta? Dizem que era tão elegante quanto qualquer cavaleiro em combate. Você se vestia como um nobre. Dizem que adorava seu belo estandarte e sua armadura lustrosa, e, por cima de tudo, uma bela veste dourada. Dizem que você cometia o pecado da vaidade.

Joana enrubesce.

— Eu tinha de ser vista — retruca, defensivamente. — Na frente do exército.

— Ouro?

— Tinha de honrar a Deus.

— Bem, de qualquer maneira, você não teria um toucado como este na cabeça se se vestisse com roupas de mulher. Usaria algo mais modesto, como as damas de companhia, nada tão alto ou canhestro, apenas um capuz para cobrir o cabelo. E poderia calçar suas botas debaixo do vestido. Caminharia melhor com elas. Tentaria usar um vestido, Joana? Assim não poderiam mais acusá-la de se vestir como homem. É sinal de heresia uma mulher se vestir como homem. Por que não usar um vestido para que não possam dizer nada contra você? Alguma coisa sem adornos?

Ela balança a cabeça.

— Estou comprometida — diz simplesmente. — Comprometida com Deus. E quando o rei me chamar, deverei estar pronta para pegar em armas de novo. Sou um soldado, não uma dama de companhia. E me vestirei como tal. E meu rei me convocará a qualquer momento.

Olho de relance para trás. Um pajem carregando uma jarra d'água quente está a uma pequena distância. Espero até ele fazer uma reverência e passar.

— Silêncio — digo baixinho. — Não devia nem mesmo chamá-lo de rei.

Ela ri como se não temesse nada.

— Eu o levei à coroação; eu me encontrava sob meu próprio estandarte na Catedral de Reims quando ele foi ungido com o óleo de Clóvis. Eu o vi se apresentar ao seu povo depois de ser coroado. É claro que ele é o rei da França: foi coroado e ungido.

— Os ingleses cortam a língua de qualquer um que diga isso — lembro. — Isso, na primeira ofensa. Na segunda vez, terá a testa marcada a ferro e carregará a cicatriz pelo resto da vida. O rei da Inglaterra, Henrique VI, é quem deve ser chamado de rei francês. Aquele que você chama de rei da França deve ser chamado de delfim, nada além de delfim.

Ela dá uma risada genuinamente divertida.

— Ele não pode nem mesmo ser considerado francês! — exclama Joana. — Seu poderoso duque de Bedford diz que ele vem de Armagnac. Mas o mesmo poderoso duque de Bedford estava tremendo de medo e correndo atrás de recrutas em Rouen quando cheguei aos muros de Paris com o exército francês... Sim, isso mesmo, com o exército francês... Para reivindicarmos nossa cidade para o nosso rei, um rei também francês. E quase a tomamos.

Ponho as mãos nos ouvidos.

— Não vou ouvi-la, e você não devia falar dessa maneira. Vou ser açoitada se escutá-la.

No mesmo instante, ela pega minhas mãos. Está arrependida.

— Ah, Jacquetta, não quero criar problemas para você. Veja! Não vou dizer nada. Mas tem de saber que fiz coisas muito piores do que usar palavras contra os ingleses. Usei flechas, tiros de canhão, aríetes e mosquetes contra eles! Os ingleses não vão se incomodar com minhas palavras ou meus calções. Eu os derrotei e mostrei a todo o mundo que eles não têm direito nenhum à França. Conduzi um exército contra eles e venci várias vezes.

— Espero que nunca ponham as mãos em você e que nunca a interroguem. Nem sobre palavras, nem sobre flechas, nem sobre canhões.

Ela empalidece um pouco ao pensar nisso.

— Também peço a Deus que não. Que o Deus misericordioso não permita.

— Minha tia-avó está escrevendo ao delfim — digo em tom de voz bem baixo. — Falaram sobre isso ontem à noite, durante o jantar. Ela vai escrever ao delfim e propor um preço pelo seu resgate. E meu tio a entregará aos franc... Armagnacs.

Ela curva a cabeça, e seus lábios se movem em uma prece.

— Meu rei vai mandar me buscar — diz ela, com convicção. — Sem dúvida, vai mandar que eu me apresente a ele, e recomeçaremos nossas batalhas.

Em agosto, o tempo se torna ainda mais quente, e minha tia-avó repousa em uma cama em seus aposentos privados todas as tardes, com o leve cortinado de seda do dossel embebido de lavanda e as venezianas fechadas lançando sombras gradeadas no piso de pedra. Ela gosta que eu leia em voz alta enquanto permanece deitada, de olhos fechados, com as mãos cruzadas na cintura alta de seu vestido, como se fosse uma efígie esculpida em uma tumba à sombra. Retira da cabeça o grande toucado de duas pontas que sempre usa e deixa seu cabelo grisalho comprido espalhar-se no fresco travesseiro bordado. Dá-me livros de sua própria biblioteca, que falam de grandes romances, trovadores e damas em florestas tortuosas. Então, uma tarde, põe um livro em minhas mãos e diz:

— Hoje, leia este.

Foi copiado à mão em francês arcaico, e tropeço nas palavras. É difícil de ler: as ilustrações nas margens parecem urzes-brancas e flores que se enroscam nas letras, e o escriba tem uma caligrafia rebuscada, a qual mal consigo decifrar. Mas, aos poucos, a narrativa emerge. É a história de um cavaleiro que se perde em uma floresta escura. Ele ouve o som de água e segue na sua direção. Em uma clareira, ao luar, vê um rio e uma fonte. Na água, encontra-se uma mulher belíssima, com a pele mais clara que o mármore branco e o cabelo mais escuro do que o céu noturno. Apaixonam-se imediatamente um pelo outro, e ele a leva para o seu castelo e a torna sua esposa. Ela impõe apenas uma condição: que todo mês ele a deixe se banhar sozinha.

— Conhece esta história? — pergunta minha tia-avó. — Seu pai a contou?

— Ouvi alguma coisa a respeito — respondo com cautela. Minha tia-avó é notoriamente irascível com meu pai, e não sei se devo dizer que aquela é a lenda da fundação de nossa casa.

— Pois bem, agora está lendo a verdadeira história — diz ela. Fecha os olhos de novo. — Está na hora de você saber. Continue.

O jovem casal torna-se mais feliz do que qualquer outro no mundo e recebe visitantes de lugares distantes. Têm filhos: belas meninas e meninos estranhos e selvagens.

— Filhos homens — sussurra minha tia-avó a si mesma. — Quem dera uma mulher pudesse ter um filho homem quando quisesse, quem dera eles pudessem ser como ela gostaria.

A esposa nunca perde sua beleza, apesar de os anos se passarem, e seu marido fica cada vez mais curioso. Um dia, não suporta mais o mistério do banho secreto e a espia sorrateiramente.

Minha tia-avó levanta a mão.

— Sabe o que ele vê? — pergunta ela.

Ergo o rosto do livro, meu dedo sob a ilustração do homem espiando pela fresta da porta. No segundo plano, está a mulher no banho, seu belo cabelo serpenteando sobre seus ombros alvos. E brilhando na água... Seu grande rabo escamado.

— Ela é um peixe? — murmuro.

— Ela não é um ser deste mundo — responde minha tia-avó em tom baixo. — Tentou viver como uma mulher normal, mas há mulheres que não conseguem levar uma vida normal. Tentou trilhar um caminho comum, mas há mulheres que não conseguem segui-lo. Este é um mundo masculino, Jacquetta, e algumas mulheres não conseguem marchar ao ritmo imposto pelos homens. Entende?

Não, é claro. Sou nova demais, e entendo apenas que um homem e uma mulher podem se amar com tanta intensidade que seus corações bateriam como se fossem um só, mesmo que eles soubessem que são completamente diferentes.

— De qualquer maneira, continue a ler. Falta pouco agora.

O marido não suporta saber que sua mulher é um ser estranho. Ela não consegue perdoá-lo por tê-la espionado. Ela o deixa, levando suas belas filhas, e ele passa a viver só, pesaroso, com os filhos homens. Mas, no momento da morte dele, assim como na morte de qualquer um da nossa casa, sua esposa, Melusina, a bela mulher que era uma deusa das águas, retorna, e ele a ouve chorar nas ameias pelos filhos que perdeu, pelo marido a quem ainda ama e pelo mundo em que não há lugar para ela.

Fecho o livro, e o longo silêncio que se segue me faz pensar que minha tia-avó adormeceu.

— Algumas mulheres da nossa família têm o dom da presciência — observa ela, em tom baixo. — Herdaram poderes de Melusina, poderes do outro mundo, onde ela vive. Algumas de nós somos suas filhas, suas herdeiras.

Mal respiro de ansiedade; quero que ela continue a falar.

— Jacquetta, acha que pode ser uma dessas mulheres?

— Talvez — respondo com um sussurro. — Espero que sim.

— Então escute — diz ela, baixinho. — Escute o silêncio, fique alerta ao nada. E esteja preparada. Melusina é capaz de mudar de forma. Você poderá vê-la em qualquer lugar: é como água. Ou poderá enxergar somente seu próprio reflexo na superfície de um rio, apesar de forçar a vista para distingui-la nas profundezas esverdeadas.

— Ela vai ser a minha guia?

— Você deve ser a sua própria guia, mas poderá ouvi-la quando ela falar com você. — Há uma pausa. — Vá buscar minha caixa de joias. — Aponta para o grande baú aos pés da cama. Levanto a tampa, que range, e dentro, ao lado dos vestidos envolvidos em papel de seda, está uma grande caixa de madeira. Retiro-a. Dentro, uma série de gavetas, cada uma cheia da fortuna em joias de minha tia-avó.

— Olhe na gaveta menor — diz ela.

Encontro. Uma bolsinha de veludo preto. Abro-a, desatando o cordão com borlas, e uma pesada pulseira de ouro cai em minha mão, na qual estão presos cerca de duzentos pequenos talismãs, cada um com um formato diferente. Vejo um navio, um cavalo, uma estrela, uma colher, um chicote, um falcão, uma espora.

— Quando quiser saber alguma coisa muito, muito importante, escolha dois ou três dos talismãs, talismãs que signifiquem as possibilidades diante de você. Amarre cada um em um cordão e os mergulhe num rio, no mais próximo da sua casa, no rio que você ouve à noite, quando tudo está em silêncio, menos a voz das águas. Espere até a lua nova e, então, corte todos os cordões, menos um, e o puxe para ver seu futuro. O rio lhe dará a resposta. O rio lhe dirá o que deve fazer.

Balanço a cabeça em sinal de compreensão. A pulseira é fria e pesada contra a minha mão; cada talismã, uma escolha; cada talismã, uma oportunidade; cada talismã, um erro à espreita.

— E quando quiser alguma coisa, vá até o rio e murmure a ele o seu desejo, como uma oração. Quando amaldiçoar alguém, anote o nome dessa pessoa em um pedaço de papel e o deposite no rio, para que flutue como um barquinho. O rio é seu aliado, seu amigo, sua senhora. Entende?

Concordo com um movimento da cabeça, mas, na verdade, não entendo.

— Quando amaldiçoar alguém... — Ela faz uma pausa e suspira, como se estivesse muito cansada. — Cuidado com o que diz, Jacquetta, especialmente ao amaldiçoar alguém. Só diga o que realmente quer e certifique-se de lançar sua maldição à pessoa certa. Para que, quando essas palavras vierem ao mundo, elas não ultrapassem o alvo, pois, como uma flecha, a maldição pode ferir outros. Uma mulher sábia amaldiçoa com muita parcimônia.

Sinto um arrepio, embora o quarto esteja abafado.

— Vou lhe ensinar mais — promete ela. — É a sua herança, já que é a filha mais velha.

— Os meninos não sabem? Nem meu irmão Louis?

Seus olhos preguiçosos abrem-se ligeiramente, e ela sorri para mim.

— Os homens comandam o mundo que conhecem — responde ela. — E se apropriam dele. Tudo o que aprendem, reivindicam para si mesmos. São como os alquimistas que procuram as leis que governam o mundo, e então, querem possuí-las e mantê-las em segredo. Apossam-se de tudo o que descobrem. Moldam o conhecimento segundo sua própria imagem egoísta. O que resta a nós, mulheres, a não ser a esfera do desconhecido?

— Mas as mulheres não podem assumir uma posição importante no mundo? A senhora ocupa um lugar importante, tia-avó, e Iolanda de Aragão é chamada de Rainha dos Quatro Reinos. Não vou comandar grandes terras como ela e a senhora?

— Talvez. Mas aviso que uma mulher que busca grande poder e riqueza tem de pagar um preço alto. Talvez você se torne uma grande mulher, como eu, como Melusina ou Iolanda. Mas será como todas as mulheres: se sentirá desconfortável no mundo dos homens. Vai se esforçar ao máximo, talvez ganhe certo poder, caso se case bem ou herde uma boa fortuna, mas sempre sentirá as pedras do caminho sob seus pés. No outro mundo... Bem, quem sabe sobre o outro mundo? Talvez a ouçam, talvez você os ouça.

— O que vou ouvir?

Ela sorri.

— Você sabe. Já ouviu.

— Vozes? — pergunto, pensando em Joana.

— Talvez.

~

Aos poucos, o calor intenso do verão começa a desaparecer, e o tempo esfria em setembro. As árvores da grande floresta que circundam o lago começam a mudar de cor — do verde desbotado para o amarelo ressequido —, e as andorinhas sobrevoam os torreões do castelo ao anoitecer, como se estivessem se despedindo de mais um ano. Correm umas atrás das outras, em círculos, em uma sucessão vertiginosa, como um véu rodopiado em uma dança. As videiras começam a ficar carregadas de fruto, e todos os dias as camponesas, com as mangas arregaçadas e seus braços fortes, colhem e põem as uvas em grandes cestos de palha, os quais os homens colocam nas carroças e levam para a prensa. O cheiro de vinho fermentando impregna a aldeia. Todas as camponesas têm a bainha dos vestidos manchada de azul e os pés de cor púrpura. Dizem que será um bom ano, fértil e abundante. Quando eu e as damas de companhia passamos pela aldeia, a cavalo, chamam-nos para experimentar o novo vinho, que, ao nosso paladar, parece claro, intenso e efervescente. Eles riem de nossas expressões enrugadas.

Minha tia-avó não se senta mais ereta em sua cadeira, supervisionando suas damas, o castelo e as terras de meu tio, como fazia no começo do verão.

À medida que o sol perde o calor, também ela parece empalidecer e esfriar. Permanece deitada da metade da manhã até o começo do entardecer, só se levantando para entrar no salão, ao lado do meu tio, e responder às saudações com um movimento da cabeça, enquanto os homens erguem os olhos para seu senhor e sua senhora e batem nas mesas de madeira com as adagas.

Joana, em sua ida diária à igreja, reza por ela, mas eu, de maneira pueril, simplesmente aceito a nova rotina de minha tia-avó. Leio para ela à tarde, esperando que fale comigo sobre as preces que flutuam nas águas dos rios como barquinhos de papel e que já fluíam para o mar antes mesmo de eu nascer. Ela me manda espalhar as cartas de seu baralho e me ensina o nome e as características de cada uma.

— E, agora, leia-as para mim — ordena ela, um dia. Toca uma carta com dedo magro. — Qual é esta?

Viro-a. A forma encapuzada de preto da Morte nos observa, sua face oculta na sombra do capuz, sua foice sobre o ombro encurvado.

— Ah, enfim... — diz minha tia-avó. — Você finalmente está aqui, minha amiga? Jacquetta, é melhor pedir a seu tio que venha me ver.

Eu o conduzo ao quarto e meu tio se ajoelha ao lado da cama. Minha tia-avó põe a mão sobre a cabeça dele, como se o abençoasse. Em seguida, o afasta delicadamente.

— Não suporto este clima — diz ela, aborrecida, como se os dias mais frescos fossem culpa dele. — Como aguenta viver aqui? Faz frio como na Inglaterra, e o inverno é eterno. Vou para o sul. Para Provence.

— É o que quer mesmo? — pergunta ele. — Achei que se sentia cansada. Não deveria descansar aqui?

Ela estala os dedos com irritação.

— Sinto muito frio neste lugar — diz em tom autoritário. — Providencie uma escolta para mim, e que a liteira esteja forrada de peles. Voltarei na primavera.

— Tem certeza de que não ficaria mais confortável aqui?

— Quero ver o rio Ródano mais uma vez — retruca. — Além disso, tenho negócios a tratar.

Ninguém consegue dissuadi-la — ela é a *Demoiselle*, afinal — e, em alguns dias, sua imponente liteira está à porta. Dentro, peles empilhadas, um aquecedor de alça de bronze cheio de carvão em brasa e o piso coberto de tijolos quentes para mantê-la aquecida. A criadagem postou-se em fila para se despedir.

Minha tia-avó estende a mão a Joana e depois dá um beijo em mim e em minha tia Jehanne. Meu tio ajuda-a a se instalar na liteira. Ela segura o braço dele com sua mão magra.

— Mantenha a donzela em segurança — diz ela. — Proteja-a dos ingleses. É uma ordem.

Ele baixa a cabeça.

— Volte logo.

Sua mulher, cuja vida torna-se mais fácil quando a grande dama não está por perto, adianta-se para ajeitá-la e beija sua face pálida e fria. Mas é a mim que a *Demoiselle* de Luxemburgo chama com um gesto de seus dedos magros.

— Que Deus a abençoe, Jacquetta — diz ela. — Vai se lembrar de tudo o que lhe ensinei. E irá longe. — Dá um sorriso para mim. — Mais longe do que imagina.

— Vou vê-la na primavera?

— Vou lhe enviar meus livros. E minha pulseira.

— E virá visitar minha mãe e meu pai em St. Pol, na primavera?

Seu sorriso me diz que não a verei de novo.

— Deus a abençoe — repete ela e fecha as cortinas da liteira, protegendo-se do ar frio da manhã enquanto o cortejo de cavaleiros e carruagens se dirige ao portão.

≈

Em novembro, sou despertada no meio da noite e sento-me na pequena cama que divido com Elizabeth, a dama de companhia. Escuto com atenção. É como se alguém estivesse chamando meu nome com uma voz doce, muito aguda e muito suave. Tenho certeza de que ouço alguém cantar. Curiosamente, o som vem de fora, embora estejamos no alto de um torreão do castelo. Ponho meu manto sobre a camisola, vou até a janela e olho pela brecha na veneziana de madeira. Nenhuma luz lá fora; os campos e a floresta ao redor do castelo estão escuros como breu. Não se percebe nada além desse ruído claro e plangente; não é um rouxinol, mas o som é tão agudo e puro quanto o canto de um pássaro. Também não é uma coruja. É algo muito mais contínuo e musical, parecido com um menino de um coro. Volto para a cama e sacudo Elizabeth.

— Está ouvindo?

Ela nem mesmo se mexe.

— Não — diz ela, semiadormecida. — Pare com isso, Jacquetta. Quero dormir.

O piso de pedra está gélido sob meus pés descalços. Pulo para a cama e aproximo meus pés frios de Elizabeth. Ela resmunga e rola para longe de mim, e então — apesar de eu achar que vou me deitar nos lençóis quentes e ouvir vozes —, adormeço.

≈

Seis dias depois, me dizem que minha tia-avó, Jehanne de Luxemburgo, morreu dormindo, no meio da noite, em Avignon, à margem do grande rio Ródano. E, então, sei que voz escutei, cantando ao redor dos torreões.

≈

Assim que o duque de Bedford fica sabendo que Joana perdeu sua grande protetora, envia o juiz Pierre Cauchon com uma tropa de homens para negociar o seu resgate. Ela é convocada por um tribunal da Igreja, acusada de heresia. Uma enorme soma em dinheiro muda de mãos: 20 mil *livres* francesas para o homem que a derrubou do cavalo, 10 mil francos para meu tio, com os melhores votos do rei da Inglaterra. Meu tio não ouve a esposa, que defende que Joana deve ficar conosco. Sou insignificante demais para ter voz, de modo que observo em silêncio enquanto meu tio faz um acordo em que a Donzela deverá ser entregue à Igreja para ser interrogada.

— Não estou entregando Joana aos ingleses — defende-se ele à sua mulher. — Não me esqueci do pedido de *Demoiselle*. Apenas a envio para a Igreja, o que permitirá que limpe seu nome de todas as acusações contra ela. Será julgada por homens de Deus. Se for inocente, será libertada.

Minha tia o encara, pálida, como se ele fosse a própria morte, e me pergunto se ele acredita nesse contrassenso ou se acha que nós, mulheres, somos imbecis o bastante para acreditar que uma Igreja subordinada aos ingleses, com bispos designados pelos ingleses, dirá a seus governantes e financiadores que a garota que sublevou a França contra eles é apenas uma garota comum, talvez um pouco agitada, talvez um pouco malcriada, e que deve receber a penitência de três ave-marias e ser mandada de volta à sua fazenda, à mãe, ao pai e a suas vacas.

— Milorde, quem vai contar à Joana? — É tudo o que me atrevo a perguntar.

— Ah, ela já sabe — replica ele por cima do ombro ao sair do salão para se despedir de Pierre Cauchon no portão principal. — Enviei um pajem para lhe dizer que se aprontasse. Ela vai com eles, agora.

Assim que ouço as palavras, sou tomada por um terror repentino, uma premonição, e me ponho a correr como se para salvar minha própria vida. Nem mesmo vou aos aposentos femininos, para onde o pajem se dirige a fim de encontrar e dizer a Joana que ela agora pertence aos ingleses. Não corro para a sua antiga cela, achando que ela foi buscar a pequena bolsa com seus pertences: a colher de madeira, a adaga afiada, o livro de orações dado por minha tia-avó. Em vez disso, subo correndo a escada em caracol até o primeiro andar, acima do salão, e atravesso o corredor em disparada. Quando sigo por uma passagem mais baixa, meu toucado esbarra na arcada e cai da minha cabeça, arrancando os grampos no meu cabelo. Então, subo a escada circular feita de pedra, meus pés batendo nos degraus, meu fôlego diminuindo cada vez mais enquanto seguro o vestido. Finalmente saio no terraço plano no alto da torre. Encontro Joana, empoleirada como um pássaro, pronta para alçar voo, equilibrada na parede do torreão. Quando ela ouve a porta ser aberta com violência, olha por cima do ombro e ouve meu grito:

— Joana! Não! — E ela se joga no vazio abaixo.

O pior de tudo, muito pior do que qualquer coisa, é que ela não salta para o nada, como uma corça assustada, como eu temia. Ela faz algo ainda mais terrível. Ela mergulha. Lança-se da ameia de cabeça, e quando me debruço na beirada, vejo-a caindo como uma bailarina, uma acrobata, as mãos entrelaçadas para trás, uma perna estendida como a de uma bailarina, a outra flexionada, o dedo do pé apontado para o seu joelho, e percebo que durante o momento de suspense da queda, ela assume a mesma posição do *le Pendu,* o Enforcado, e está indo de cabeça para a morte, com um sorriso calmo sobre a face serena.

O baque quando atinge o solo na base da torre é terrível. Ecoa em meus ouvidos como se tivesse sido a minha própria cabeça a bater no lamaçal. Quero descer para erguer o corpo de Joana, a Donzela, caído como um saco de roupas velhas. Mas não me movo. Meus joelhos cedem, seguro-me nas ameias de pedra, que estão frias como minhas mãos arranhadas. Não choro por ela, apesar de minha respiração ofegante. Estou paralisada de terror, derrotada. Joana era uma jovem que tentava abrir seu próprio caminho em um mundo de homens, exatamente como minha tia-avó me dissera. E fora isso o que a levara a essa torre fria, a esse mergulho de cisne, à morte.

~

Eles a erguem sem vida e, durante quatro dias, Joana não se mexe. E então, sai do torpor e se levanta devagar de sua cama, tocando o corpo, como se quisesse se certificar de que ele está inteiro. Surpreendentemente, nenhum osso se quebrou na queda — não fraturou o crânio, nem mesmo um dedo. Foi como se seus anjos a segurassem, mesmo quando ela desejou voar como eles. Evidentemente, sua atitude não lhe servirá de nada. Não demora muito até correrem boatos de que somente o diabo poderia ter salvado uma garota que caiu de cabeça de uma torre tão alta. Se tivesse morrido, teriam dito que a justiça divina tinha sido feita. Meu tio, um homem de juízo inflexível, diz que, após semanas de chuva, o solo está tão encharcado, o fosso está tão cheio, que ela correu mais risco de se afogar do que de quebrar algum osso. Agora, está determinado a fazê-la partir imediatamente. Não quer a responsabilidade de ter a Donzela em sua casa sem a *Demoiselle* para manter tudo em segurança. Manda Joana para sua propriedade em Arras, o Coeur le Comte, para onde vamos quando ela é transferida para a cidade inglesa de Rouen, para ser julgada.

Temos de comparecer. Um lorde importante como meu tio tem de estar presente para ver a justiça ser feita, e todos os membros da casa devem acompanhá-lo. Minha tia Jehanne me leva para assistir ao fim da mentora sagrada do delfim — a falsa profetisa do falso rei. Metade da França está indo a Rouen para assistir ao fim da Donzela, e temos de ser os primeiros a chegar.

Apesar de declararem que ela não passa de uma camponesa louca, seus carcereiros não se arriscam. Joana é levada ao castelo Bouvreuil e mantida acorrentada em uma cela com porta de tranca dupla e janela revestida de tábuas. Estão todos apavorados com a ideia de que ela fuja como um rato por baixo da porta ou voe como um pássaro por uma fresta da janela. Pedem que ela prometa que não vai tentar escapar e, quando ela recusa, prendem-na à cama com correntes.

— Ela não vai gostar disso — diz minha tia Jehanne, com tristeza.

— Não.

Estão esperando o duque de Bedford e, nos últimos dias de dezembro, ele entra na cidade, com sua escolta vestida com as cores das rosas da Inglaterra, o vermelho vivo e o branco. É um homem imponente sobre o cavalo. Usa uma armadura tão bem-polida que dá a impressão de ser de prata e, por baixo do imenso elmo, sua expressão é grave e austera. O grande nariz adunco o faz parecer uma ave predadora — uma águia. Ele é irmão do grande rei inglês Henrique V e protege as terras que seu irmão conquistou na França, na grande batalha de Azincourt. Agora, seu jovem sobrinho é o novo soberano da França, e esse é o seu tio mais leal: raramente sem armadura ou fora da sela, nunca em paz.

Estamos todos alinhados no grande portão de Bouvreuil quando ele chega a cavalo. Seus olhos escuros passam por todos, um por um, como se procurassem qualquer sinal de traição. Minha tia e eu fazemos uma reverência profunda, e meu tio John tira o chapéu e se curva. Nossa casa mantém, há anos, uma aliança com os ingleses. Meu outro tio, Louis de Luxemburgo, é o chanceler do duque, e jura que ele é o melhor homem que já governou a França.

Pesadamente, o duque desce do cavalo, postando-se como uma fortaleza diante dos homens que se enfileiram para saudá-lo e curvam-se sobre sua mão, alguns até os joelhos. Um homem dá um passo à frente, e quando Bedford o reconhece e toca a cabeça dele, seu olhar passa por cima de seu vassalo e encontra o meu. Eu o estou encarando fixamente, é claro — ele é o principal espetáculo nesse dia frio de inverno —, mas agora que ele me fita, identifico um lampejo em seus olhos, embora não o reconheça. É algo como uma fome súbita, como um homem que jejua vendo um banquete. Recuo. Não sinto medo nem faço o tipo coquete, mas tenho apenas 14 anos, e há algo no poder desse homem, uma energia, que não quero que se volte na minha direção. Recuo discretamente, de modo que fico atrás de minha tia e observo o restante das saudações camuflada por seu toucado e seu véu.

Chega uma grande liteira, suas cortinas grossas amarradas com um cordão dourado para proteger seu interior do frio, e algumas pessoas ajudam a esposa de Bedford, a duquesa Anne, a descer. Nossos homens a recebem com uma pequena aclamação: ela é da Casa de Borgonha, nossos suseranos feudais e parentes, e todos fazemos uma pequena reverência. Ela não é nada bonita, como toda a família de Borgonha, coitados, mas seu sorriso é alegre e bondoso, e ela cumprimenta o marido afetuosamente.

Em seguida, dá-lhe o braço e olha em volta com uma expressão animada. Acena para a minha tia e faz um gesto para o interior do castelo, dizendo que devemos fazer companhia a ela mais tarde.

— Estaremos com ela na hora do jantar — sussurra minha tia. — Ninguém no mundo come melhor do que os duques de Borgonha.

Bedford tira o elmo e faz uma reverência geral, ergue uma mão encouraçada para todos que se debruçam nas janelas superiores ou se equilibram nos muros do jardim para ter um pequeno vislumbre do grande homem. Então, se vira e conduz sua esposa para dentro, e todos têm a sensação de ter visto um elenco de atores e a primeira cena de um espetáculo itinerante. Mas o que atrai tantas pessoas eminentes da França a Rouen — se é um baile de máscaras ou uma festa, ritos funerários ou uma arena para atormentar um animal selvagem —, o que quer que seja, está para começar.

Rouen, França, Primavera de 1431

E então, eles começam. Assediam-na com perguntas eruditas, questionam suas réplicas, retrocedem às suas respostas, anotam coisas que ela diz em momentos de exaustão e as repetem mais tarde da forma mais elaborada possível, indagando-lhe o que quis dizer de um modo que Joana não compreende, e ela responde simplesmente "não sei" ou "não entendo". Uma ou duas vezes, diz apenas: "Não sei. Sou uma garota simples, sem instrução. Como poderia saber?"

Meu tio recebe uma carta angustiada da rainha Iolanda de Aragão; ela diz ter certeza de que o delfim pagará o resgate de Joana, só precisa de mais três dias, de mais uma semana, para persuadi-lo. Não podemos atrasar o julgamento? Não podemos pedir alguns dias de prorrogação? A Igreja, porém, tem a jovem presa bem firme nas teias de seu interrogatório e nunca a soltará.

Tudo o que homens altamente instruídos podem fazer para obscurecer uma simples verdade, para induzir uma mulher a duvidar de seus próprios sentimentos, para confundir seus pensamentos, eles fazem. Usam sua erudição para conduzi-la em uma direção, depois em outra, e então, finalmente, a levam a contradições que não fazem o menor sentido para Joana. Às vezes a acusam em latim, e ela olha para eles, perplexa com uma língua que só ouviu ser pronunciada na igreja, na missa, que ela adora. Como esses sons, esses tons familiares e queridos, que lhe parecem tão solenes e melodiosos, podem agora ser a voz da acusação?

Às vezes, acusam-na de comportamento imoral nas palavras de seu próprio povo, antigas histórias de Domrémy, de vaidade ou falso orgulho. Dizem que rejeitou um homem antes do casamento, que fugiu de seus pais bondosos, que trabalhou em uma taverna e que distribuía favores como qualquer prostituta de aldeia. Dizem que era amante dos soldados, que não é donzela, e sim promíscua, e que todo mundo sabe disso.

É preciso que Anne, a bondosa duquesa de Bedford, em pessoa afirme que Joana é virgem e exija que os homens que a guardam sejam proibidos de tocar nela, de abusar dela. Atacá-la não é a vontade de Deus. Assim que essa ordem é dada, eles decidem que, já que agora Joana está em segurança, protegida pela palavra da duquesa, não tem desculpas para usar roupas masculinas; ela vai ter de usar vestido. Dizem que é pecado, um pecado mortal, usar calções.

Confundem-na, desnorteiam-na, até que já não saiba quem é. São homens eminentes da Igreja e Joana é uma camponesa, uma jovem devota que sempre fez o que o padre ordenou até ouvir as vozes dos anjos que lhe disseram para ir além. No fim, ela chora, cede e chora de novo como uma criança. Coloca o vestido como lhe mandam e confessa todos os pecados que lhe atribuem. Nem sei se compreende a longa lista. Assina a confissão — escreve seu nome e faz uma cruz ao lado, como se renegasse a assinatura. Admite que não existem anjos nem vozes, e que o delfim não passa de um delfim, e não rei da França, que a coroação dele foi uma farsa e sua bela armadura, um insulto a Deus e ao homem, e que é uma jovem mulher, uma jovem tola, que tentou liderar homens adultos como se soubesse comandar melhor do que eles. Diz que foi uma tola frívola e vaidosa ao pensar que uma garota poderia liderar homens, que é uma mulher pior do que Eva, uma assistente do próprio demônio.

— O quê? — esbraveja o duque de Bedford. Estamos em visita aos aposentos de sua esposa, a duquesa, diante de uma boa lareira. Em um canto da sala, um alaudista produz seu som metálico, e há pequenas taças do melhor vinho espalhadas pelas mesas. Tudo é elegante e belo. Mas ouvimos seu inglês deplorável através das portas fechadas.

Escutamos o estrondo das portas batendo quando o conde de Warwick sai apressadamente dos aposentos do duque para ver o que está acontecendo de errado e, neste acesso de raiva revelador, percebemos — como se tivéssemos chegado a ter dúvidas — que os ingleses nunca quiseram que a Igreja lutasse com a alma de uma jovem equivocada e a fizesse recobrar o juízo, que a levasse à confissão, à penitência e ao perdão. Tudo não passou de uma caça às bruxas, uma fogueira à procura de um estigma, a morte à espera de uma virgem. A duquesa segue em direção à porta e os criados a abrem para ela, de modo que todos ouvimos claramente, desastrosamente, seu marido gritar com Pierre Cauchon. Cauchon, o bispo; Cauchon, o juiz; Cauchon, o homem que está ali representando, ao mesmo tempo, Deus, a justiça e a Igreja.

— Pelo amor de Deus! Não quero que ela se declare culpada, não quero que ela se retrate, não quero que ela confesse e seja absolvida, não quero que ela fique presa para sempre! Que segurança isso me traria? Eu quero que ela seja uma pilha de cinzas sopradas pelo vento. O quanto devo ser mais claro? Maldição! Tenho de queimá-la eu mesmo? Você disse que a Igreja faria isso por mim! Pois que faça!

A duquesa recua rapidamente e faz um gesto para que as portas que dão para os seus aposentos sejam fechadas, mas continuamos a escutar o regente praguejando e amaldiçoando a plenos pulmões. A duquesa dá de ombros — homens são homens e estes são tempos de guerra —, e minha tia sorri de forma compreensiva. O alaudista aumenta o volume de sua música o máximo possível e começa a cantar. Vou até a janela e olho para fora.

Na praça do mercado, há uma pira construída pela metade, uma estrutura sólida com uma grande viga central e lenha empilhada ao redor. Joana confessou e abjurou. Foi considerada culpada de seus crimes e condenada à prisão.

Mas não estão retirando a lenha.

Minha tia faz um sinal com a cabeça, indicando-me que vamos embora, e saio para esperá-la no corredor enquanto ela se demora nos aposentos da duquesa, despedindo-se. Uso um capuz que está puxado sobre minha cabeça, minhas mãos estão enfiadas dentro de minha capa. Para maio, faz frio. Estou me perguntando se Joana tem cobertores em sua cela quando as grandes portas das salas de audiência do duque são abertas e ele surge precipitadamente. Faço uma reverência e imagino que mal me vê, envolta em minha capa escura, na penumbra do corredor. Imagino que vá continuar caminhando, apressado, mas ele se detém.

— Jacquetta? Jacquetta St. Pol?

Abaixo-me mais ainda.

— Sim, Vossa Graça.

Ele põe a mão firme em meu cotovelo e me levanta. Com a outra mão, empurra meu capuz para trás e vira meu rosto para a luz que atravessa a porta aberta. Coloca a mão sob o meu queixo como se eu fosse uma criança e ele estivesse verificando se minha boca está limpa. Seus homens o aguardam; deve haver uma dúzia de pessoas ao nosso redor, mas ele age como se estivéssemos a sós. Olha para mim fixamente, como se lesse meus pensamentos. Devolvo o olhar sem entender, sem saber o que quer de mim. Minha tia ficará irritada se eu disser a coisa errada a esse homem tão importante. Mordisco o lábio e ouço-o inspirar de súbito.

— Meu Deus, quantos anos você tem?

— Completo 15 este ano, Vossa Graça.

— E está aqui com seu pai?

— Com meu tio, Vossa Graça. Meu pai é Pierre, o novo conde de Luxemburgo.

— O novo conde? — pergunta ele, olhando para a minha boca.

— Com a morte da *Demoiselle* de Luxemburgo — retruco com um murmúrio contrariado —, meu pai agora é o conde. Ele era herdeiro dela.

— É claro, é claro.

Parece que não há mais nada a ser dito, mas ele continua a olhar fixamente para mim, a me segurar com uma das mãos no cotovelo e a outra na ponta do meu capuz.

— Vossa Graça? — falo em um sussurro, desejando que ele se recomponha e me deixe ir.

— Jacquetta? — sussurra meu nome como se falasse sozinho.

— Posso servi-lo de alguma forma, Vossa Graça? — Quero dizer "por favor, deixe-me ir", mas uma jovem da minha idade não pode dizer isso ao homem mais importante da França.

Ele dá um risinho.

— Na verdade, acho que pode. Jacquetta, você vai ser uma bela mulher, uma bela jovem.

Olho de relance ao meu redor. Seu séquito o aguarda, imóvel, fingindo não ver, não escutar. Ninguém aqui vai pedir a ele para me deixar partir, e não posso fazer isso.

— Você tem alguém em especial? Hein? Alguém de quem goste? Algum pajem mais atrevido já lhe deu um beijo?

— Não, milorde. É claro que não... — Gaguejo como se fosse eu a ter feito algo errado, como se tivesse feito algo tão tolo e vulgar quanto ele sugere. O duque reprime o riso como se gostasse de estar comigo, mas seu punho aperta forte meu cotovelo, como se sentisse raiva. Tento afastar meu corpo de suas mãos e de seu olhar ávido. — Meu pai é muito severo — digo, sem convicção. — A honra de minha família... Estou passando um tempo com meu tio John e a esposa dele, Jehanne. Eles nunca permitiriam...

— Não quer um marido? — pergunta ele, sem acreditar. — Quando você se deita na cama, à noite, não pensa no homem com quem vai se casar? Não sonha com um marido jovem que virá a você como um trovador e falará de amor?

Agora estou tremendo. É um pesadelo. Sua mão continua firme, mas sua expressão predatória vai chegando cada vez mais perto, até ele sussurrar em meu ouvido. Começo a achar que enlouqueceu. Ele me olha como se fosse me devorar, e tenho a sensação perturbadora de que um mundo se abre diante de mim, um mundo que não quero conhecer.

— Não, não — murmuro.

Mas como ele não me solta, ao contrário, me puxa ainda mais para perto de si, tenho um acesso de raiva repentino. Lembro-me logo de quem sou, do que sou.

— Vossa Graça, sou uma donzela — digo, as palavras saindo aos borbotões. — Uma donzela da Casa de Luxemburgo. Nenhum homem pôs a mão em mim, nenhum homem se atreveria. Fiquei sob a guarda da *Demoiselle* de Luxemburgo, virgem como eu. Como a lenda diz, posso domar um unicórnio, e não devo ser interrogada de tal maneira...

Há um ruído nos aposentos da duquesa, e a porta atrás de nós é aberta subitamente. Ele me solta de imediato, como um menino que larga um doce roubado. Vira-se e estende as mãos à sua esposa sem-graça.

— Querida! Estava justamente à sua procura.

Ela dirige um olhar intenso a mim, meu rosto lívido, meu capuz puxado para trás, e volta-se para a amabilidade e o rosto rosado do duque.

— Pois aqui estou — retruca ela secamente. — Portanto, não precisa mais me procurar. E vejo que, em vez de mim, encontrou a pequena Jacquetta St. Pol.

Faço de novo uma reverência enquanto ele me olha de relance, como se estivesse me vendo pela primeira vez.

— Tenha um bom dia — diz ele com indiferença e volta-se para a esposa, em tom de confidência: — Preciso ir. Estão armando uma confusão com isso.

Ela assente com um movimento da cabeça e um sorriso irônico. Ele sai, seus homens o seguem com um passo pesado. Temo que a esposa dele, Anne, me pergunte se seu marido conversou comigo, o que disse, o que eu estava fazendo com ele no corredor escuro, por que ele me falou sobre amor e trovadores. Eu não poderia responder essas perguntas. Não sei o que o duque estava fazendo. Não sei por que ele me segurou. Sinto-me mal, e meus joelhos tremem ao pensar em seus olhos inflamados em meu rosto e em seu sussurro insinuante. Mas sei que ele não tem nenhum direito. E sei que me defendi, e que é verdade: sou uma virgem tão pura que poderia capturar um unicórnio.

Mas é pior do que isso, muito pior. Ela me encara fixamente, e o meu ultraje se esvai aos poucos, pois ela não me pergunta o que eu estava fazendo com seu marido. Olha para mim como se já soubesse. Fita-me de cima a baixo, como se soubesse de tudo. Lança-me um leve sorriso cúmplice, como se me considerasse uma pequena ladra e tivesse acabado de me flagrar com a mão em sua bolsa.

～

Lorde John, o duque de Bedford, faz o que bem entende, o eminente conde de Warwick faz o que bem entende, os homens importantes da Inglaterra fazem o que bem entendem. Joana, sozinha, sem conselheiros para protegê-la, muda de ideia sobre sua confissão, tira o vestido e põe de novo suas roupas de menino. Grita que estava errada ao negar as vozes, errada ao se declarar culpada. Não é uma herege, não é uma idólatra, não é bruxa nem hermafrodita, nem monstro. Diz que não vai confessar essas coisas, que não pode se obrigar a confessar pecados que nunca cometeu. É uma garota guiada pelos anjos para encontrar o príncipe da França e convocá-lo para a grandeza. Ouviu anjos. Eles lhe disseram para que o fizesse ser coroado rei. Esta é a verdade perante Deus, ela proclama — e então as garras da Inglaterra se fecharam com força.

Do meu quarto no castelo, vejo a pira se tornar ainda mais alta. Constroem uma tribuna para a nobreza assistir ao espetáculo como se fosse uma justa e barreiras para conter o povo, que comparecerá aos milhares. Finalmente, minha tia me diz para eu pôr meu melhor vestido e meu toucado alto e acompanhá-la.

— Estou doente. Não posso ir — digo em um sussurro, mas pela primeira vez ela se mostra inflexível. Não há desculpas, tenho de estar presente. Tenho de ser vista do lado de minha tia, do lado de Anne, a duquesa de Bedford. Temos de representar o nosso papel nessa cena, como testemunhas, como mulheres que agem de acordo com as regras dos homens. Estarei lá para mostrar como as jovens devem ser: virgens que não ouvem vozes, mulheres que não acham que sabem mais do que os homens. Minha tia, a duquesa e eu representamos as mulheres como os homens gostariam que elas fossem. Joana é uma mulher que os homens não toleram.

Acomodamo-nos sob o sol quente como se esperássemos pelo som das trombetas anunciando o começo da justa. A multidão à nossa volta é ruidosa e está animada. Poucas pessoas permanecem em silêncio; algumas mulheres seguram um crucifixo, uma ou duas levam as mãos a uma cruz pendurada no pescoço. Mas a maioria aproveita o dia ao ar livre quebrando nozes e bebendo, como se aquele fosse um alegre passeio em um dia ensolarado de maio que se encerraria com o espetáculo festivo de uma queimação pública.

Então a porta se abre, os homens da guarda aparecem e forçam o recuo da multidão, que sussurra, assobia e vaia quando a porta interna é aberta. Todos esticam o pescoço na tentativa de serem os primeiros a vê-la.

Ela não se parece com minha amiga Joana — este é o meu primeiro pensamento quando a trazem pela poterna do castelo. Está usando suas botas masculinas mais uma vez, mas não dá suas passadas largas da maneira ágil e confiante de sempre. Acho que ela foi torturada, e que os ossos de seus pés estão fraturados, os dedos, esmagados no suplício da roda. Praticamente a arrastam, e ela cambaleia como se tentasse pisar em solo inconstante.

Não está com a boina masculina sobre o cabelo castanho curto, pois rasparam sua cabeça; está tão careca quanto uma prostituta humilhada. Em seu couro cabeludo frio, com marcas de sangue pisado nos pontos em que uma lâmina cortou sua pele clara, enfiaram um chapéu alto de papel, como a mitra de um bispo, e nele escreveram seus pecados, em letras grandes e desajeitadas para todos verem: Herege. Bruxa. Traidora. Usa uma túnica solta com uma corda ao redor da cintura. É comprida demais para ela, e a bainha arrasta em volta de seus pés instáveis. Sua aparência é ridícula, uma figura risível, e o povo começa a vaiar e gargalhar. Alguns jogam punhados de lama.

Ela olha ao redor, como se estivesse desesperada por alguma coisa. Seus olhos se movem em todas as direções, e estou aterrorizada com a possibilidade de ela me ver e saber que não a salvei, que mesmo agora não estou fazendo nada — e que não farei nada — para salvá-la. Aterroriza-me a possibilidade de ser humilhada por ela, de Joana gritar meu nome e todos ficarem sabendo que essa mulher arruinada era minha amiga. Mas ela não está olhando para os rostos ao seu redor, agitados; ela está pedindo alguma coisa. Percebo sua súplica urgente, e então um soldado, um soldado inglês comum, empurra uma cruz de madeira em suas mãos, e ela a agarra enquanto a erguem e a levam à fogueira.

Construíram-na tão alta que é difícil colocar Joana no topo da fogueira. Os pés dela se contorcem na escada, e ela não consegue usar as mãos para se segurar. Logo a empurram violentamente, as mãos em suas costas, em suas nádegas, em suas coxas. Até que um soldado alto sobe a escada. Segura parte do tecido grosseiro de sua túnica e a puxa como se fosse um saco, vira-a e apoia as costas de Joana na estaca que atravessa a pira. Jogam para ele uma corrente com a qual dá várias voltas ao redor do corpo de Joana, e a fecha com uma barra atrás. Testa a tranca, com eficiência, e enfia a cruz de madeira na parte da frente da veste dela. Embaixo, um frade abre caminho pela multidão até a frente e ergue um crucifixo. Ela o olha fixamente, e sei, para minha vergonha, que estou feliz por ela fixar os olhos na cruz, de modo que não olhará para mim, em meu melhor vestido e meu novo toucado de veludo, cercada pela nobreza que conversa e ri ao meu redor.

Enquanto contorna a parte inferior da pira, o padre lê, em latim, o anátema contra a herege. Mal dá para ouvi-lo em meio aos gritos de incentivo e o rumor da excitação crescente da multidão. Os homens, com tochas acesas, saem do castelo e rodeiam a pira, incendiando a base e, em seguida, lançando as tochas na lenha. A madeira foi umedecida, de modo a queimar lentamente e causar mais sofrimento, e a fumaça cresce ao redor de Joana.

Vejo os lábios dela se movendo. Continua a olhar para a cruz erguida, e percebo que está dizendo "Jesus, Jesus" repetidamente. Por um momento, acho que vai acontecer um milagre, que uma tempestade apagará o fogo ou que as forças armanhaques farão um ataque surpresa. Mas não acontece nada. Apenas a espiral de fumaça densa, o rosto branco, os lábios se movendo.

O fogo pega devagar, a multidão escarnece dos soldados por fazerem uma fogueira fraca. Meus pés doem dentro de meus melhores sapatos. O grande sino começa a tocar, lenta e solenemente e, embora eu mal enxergue Joana sob a nuvem densa de fumaça, reconheço o movimento de sua cabeça sob a grande mitra de papel e me pergunto se ela estaria ouvindo seus anjos acima das badaladas do sino e o que eles lhe diriam.

A madeira se move e as chamas se inflamam. O interior da pilha está mais seco — foi construído há semanas —, e agora, com crepitação e fulgor, começa a se avivar. A luz faz as construções dilapidadas da praça estremecerem e se transformarem em vultos, a fumaça rodopia mais rápido. As chamas lançam uma incandescência bruxuleante em Joana, e a vejo olhar para cima, vejo-a claramente formar a palavra *Jesus*, e então, como uma criança que cai no sono, sua cabeça pende e ela fica imóvel.

De maneira pueril, penso, por um momento, que ela adormeceu, que esse é o milagre enviado por Deus. Há um fulgor repentino quando a veste branca e comprida pega fogo, uma labareda tremeluz às suas costas e a mitra de papel começa a se tornar marrom e a se encolher. Ela continua imóvel, em silêncio, como um pequeno anjo de pedra, enquanto a pira ganha vida e as centelhas brilhantes voam em direção ao céu.

Trinco os dentes e sinto a mão de minha tia apertando a minha.

— Não desmaie — sussurra ela. — Tem de se manter firme.

Permanecemos de mãos dadas, os rostos lívidos, como se aquilo não fosse um pesadelo que me mostrasse claramente, com letras marcadas a fogo, que fim uma garota pode esperar ao desafiar as leis masculinas e achar que é dona de seu próprio destino. Estou aqui para assistir ao que acontece a uma mulher que pensa que sabe mais do que os homens.

Através da bruma do fogo, volto minha atenção para nossa janela no castelo e vejo Elizabeth. Ela percebe meu gesto, e nossos olhos se encontram, pasmos de horror. Lentamente, ela estende a mão e faz o sinal que Joana nos mostrou naquele dia de sol quente, à beira do fosso. Elizabeth traça, com o dedo indicador, um círculo no ar, sinal da roda da fortuna, que pode alçar uma mulher tão alto que a torna capaz de comandar um rei, ou empurrá-la para baixo, para isso: uma morte agonizante e desonrosa.

Castelo de St. Pol, Artois, primavera de 1433

Depois de mais alguns meses com meu tio John e de uma visita de um ano a nossos parentes em Brienne, minha mãe me considera suficientemente refinada para voltar para casa e permanecer com ela enquanto meu casamento é planejado. Portanto, estou vivendo em nosso castelo em St. Pol quando recebemos a notícia da morte de Anne, duquesa de Bedford, e de que o duque está perdido sem a esposa. Em seguida, chega uma carta de meu tio Louis, chanceler do duque.

— Jacquetta, isto diz respeito a você — diz minha mãe após me chamar aos seus aposentos, onde a encontro sentada, meu pai em pé atrás. Os dois me olham seriamente, e faço uma revisão rápida do meu dia. Não completei as várias tarefas que me cabiam e não fui à igreja pela manhã. Meu quarto está desarrumado e estou atrasada em minhas costuras, mas meu pai não viria aos aposentos de minha mãe para me repreender por isso, viria?

— Sim, milady mãe?

Minha mãe hesita, olha de relance para meu pai e prossegue:

— É claro que seu pai e eu temos pensado em um marido para você, temos analisado quem seria conveniente. Esperávamos que... Bem, isso não importa, pois você tem sorte; recebemos uma proposta muito vantajosa. Resumindo, seu tio Louis propôs você como esposa ao duque de Bedford.

Fico tão surpresa que não consigo falar.

— Uma grande honra — diz meu pai abruptamente. — Uma excelente posição para você. Será uma duquesa, a primeira-dama da Inglaterra depois da mãe do rei, e a dama mais importante da França. Devia se ajoelhar a agradecer a Deus essa oportunidade.

— O quê?

Minha mãe balança a cabeça, confirmando. Os dois me olham fixamente, esperando uma resposta.

— Mas a mulher dele acabou de morrer — retruco com voz fraca.

— Sim, na verdade, seu tio Louis fez muito bem ao sugerir seu nome tão cedo.

— Achei que o duque iria querer esperar um pouco.

— Ele não a viu em Rouen? — pergunta minha mãe. — E outra vez em Paris?

— Sim, mas ele era casado — digo levianamente. — Ele me viu... — Lembro-me daquele olhar escuro e predatório que ele dirigiu a mim quando eu era pouco mais do que uma menina, de quando recuei, posicionando-me atrás de minha tia para me esconder dele. Lembro-me do corredor escuro e do homem que sussurrou em meu ouvido e, em seguida, saiu para ordenar que a Donzela fosse queimada. — A duquesa também estava lá. Eu a conheci. E a vimos muito mais do que a ele.

Meu pai dá de ombros.

— De qualquer maneira, o duque gostou de sua aparência, seu tio pôs seu nome nos ouvidos dele, e você será sua esposa.

— Ele é muito velho — digo, em tom baixo, à minha mãe.

— Nem tanto. Tem um pouco mais de 40 — retruca ela.

— E achei que o senhor tivesse me dito que ele estava doente — digo a meu pai.

— Melhor para você — diz minha mãe. Ela quer dizer claramente que um marido velho pode ser menos exigente do que um jovem, e que, se ele morrer, serei uma duquesa viúva aos 17 anos: a única coisa melhor do que me tornar uma duquesa aos 17.

— Não procurei por tal honra — replico, em tom pouco convincente. — Posso recusá-la? Receio não ser merecedora.

— Pertencemos à família mais eminente da cristandade — diz meu pai de maneira imponente. — Parentes do sacro imperador romano. Como poderia não ser merecedora?

— Não pode recusar — intervém minha mãe. — Na verdade, seria uma tolice se sentir de qualquer outra maneira que não encantada com essa proposta. Qualquer jovem francesa ou inglesa daria a própria mão direita por esse casamento. — Faz uma pausa e pigarreia. — Ele é o homem mais importante da França e Inglaterra depois do rei. E se o rei morrer...

— Que Deus não permita — intervém meu pai rapidamente.

— Que Deus não permita, mas se o rei morrer, o duque será seu herdeiro ao trono da Inglaterra, e você, a rainha. Que tal?

— Não tinha pensado em me casar com um homem como o duque.

— Pois agora pense — interrompe meu pai de maneira brusca. — Ele virá em abril para se casar com você.

≈

Meu tio Louis, que é bispo de Thérouanne e chanceler do duque, é, além de convidado, celebrante da cerimônia de casamento arranjada por ele mesmo. Ele nos entretém em seu palácio episcopal, e John, duque de Bedford, chega com sua guarda vestindo uniforme inglês, vermelho e branco. Eu fico à porta do palácio, usando um vestido amarelo-claro e um véu tecido a ouro esvoaçando de meu toucado alto.

Um pajem avança depressa para segurar a cabeça de seu cavalo, e outro ajoelha-se ao lado, ficando de quatro e formando um banco de montaria humano. O duque desce pesadamente do estribo, pisa nas costas do homem e depois no chão. Ninguém comenta a respeito. O duque é tão importante que seus pajens consideram uma honra que se apoie neles. Um escudeiro segura seu elmo e as manoplas e se posiciona ao lado de seu senhor.

— Milorde. — Meu tio, o bispo, saúda seu mestre com ostentosa afeição e se curva para beijar sua mão. O duque dá um tapinha nas costas dele e volta-se para os meus pais. Somente depois dos cumprimentos formais ele vem até mim, pega minhas mãos, puxa-me para si e me beija na boca.

Seu queixo, com a barba por fazer, é áspero, e seu hálito, desagradável. É como ser lambida por um cão de caça. Seu rosto parece muito grande quando se aproxima de mim e igualmente grande quando se afasta. Não olha para mim ou sorri, apenas esse beijo agressivo. Em seguida, diz a meu tio:

— Será que não tem vinho nesta casa? — Ambos riem, pois é uma piada particular entre eles, fruto de anos de amizade, e meu tio o guia para o interior da casa. Meus pais os seguem e, por um momento, sou deixada sozinha, observando os mais velhos com apenas o escudeiro ao meu lado.

— Milady — diz ele. Tinha passado a armadura do duque para outro homem e, agora, faz uma reverência para mim e tira o chapéu. Seu cabelo escuro é cortado reto, com uma franja acima das sobrancelhas. Seus olhos são cinza como ardósia, talvez azuis. O sorriso é levemente torto, como se alguma coisa o estivesse divertindo. Ele é impressionantemente belo, ouço as damas de companhia, atrás de mim, murmurarem. Ele faz uma mesura e me oferece o braço para me conduzir para dentro. Ponho minha mão na dele e sinto seu calor através do couro macio da luva. No mesmo instante, ele a retira, de modo que seus dedos seguram os meus. Sinto como se desejasse que ele pegasse minha mão, que sua palma quente encostasse na minha. Sinto como se quisesse que ele envolvesse meus ombros, que me pegasse pela cintura.

Balanço a cabeça para livrar minha mente desses pensamentos absurdos e digo de forma abrupta, como uma jovem desajeitada:

— Irei sozinha, obrigada.

Largo sua mão e sigo-os para dentro.

Os três homens estão sentados com taças de vinho nas mãos. Minha mãe encontra-se no vão de uma das janelas, observando os criados trazerem bolos e encherem as taças. Posiciono-me com suas damas de companhia e minhas duas irmãs mais novas, que vestem as melhores roupas e têm permissão para ficar com os adultos nesse dia tão importante. Eu queria ter 8 anos, como Isabelle, e poder olhar para John, duque de Bedford, e me maravilhar com sua importância, sabendo que ele não me diria nada, que nem mesmo me veria. Mas já não sou uma menina e, quando volto meu olhar para ele, ele o corresponde. Olha para mim com uma curiosidade ávida e, dessa vez, não há onde me esconder.

~

Minha mãe vem ao meu quarto à noite, na véspera da cerimônia do meu casamento. Traz o vestido para o dia seguinte e o estende, cuidadosamente, acima do baú aos pés da minha cama. O toucado alto e o véu estão dispostos em um suporte, protegidos das velas e do pó.

Minha criada está escovando meu cabelo louro diante do espelho de prata. Quando minha mãe chega, digo:

— Pode parar, Margarethe. — Ela faz uma longa trança, amarra-a com uma fita e sai do quarto.

Mamãe senta-se, um tanto sem jeito, na cama.

— Preciso conversar com você sobre o casamento — começa. — Sobre seus deveres como mulher casada. Suponho que saiba.

Viro-me no banco em que estou sentada e espero, sem dizer nada.

— Esse é um casamento muito vantajoso para você — prossegue ela. — Somos Luxemburgo, é claro, mas obter a posição de duquesa inglesa é uma grande coisa.

Faço um gesto de compreensão. Eu me pergunto se ela dirá algo sobre o que acontece na noite de núpcias. Tenho medo do duque e sinto pavor ao pensar em passar a noite com ele. No último casamento a que fui, acompanharam o casal até a cama e, de manhã, o buscaram com música, canto e risos. Então, a mãe entrou no quarto e trouxe os lençóis. Estavam vermelhos de sangue. Ninguém me disse o que se passou, se havia acontecido algum acidente. Todos se comportaram como se tudo fosse uma maravilha, como se gostassem de ver o sangue no linho. Na verdade, riam e parabenizavam o noivo. Eu me pergunto se minha mãe vai me explicar isso agora.

— Mas, para ele, não é vantajoso — continua ela. — Pode custar-lhe muito caro.

— A pensão? — pergunto, pensando que vai lhe custar dinheiro me deixar um auxílio no caso de sua morte.

— Seus aliados — retruca ela. — Ele mantém a aliança com os duques de Borgonha contra os armanhaques. A Inglaterra não conseguiria lutar nesta guerra sem o apoio deles. Sua mulher era Anne de Borgonha, irmã do atual duque, e ela se empenhou em mantê-lo em boas relações com o marido. Agora que ela morreu, não há ninguém para manter a amizade entre os dois, ninguém para ajudá-los a resolver suas desavenças.

— Bem, eu não posso fazer isso — digo, pensando no duque de Borgonha, que eu vira meia dúzia de vezes em toda a minha vida e que certamente nunca me notou.

— Vai ter de tentar — insiste minha mãe. — Será o seu dever, como duquesa inglesa, conservar a aliança da Borgonha com a Inglaterra. Seu marido espera que entretenha seus aliados e seja encantadora.

— Encantadora?

— Sim. Mas há uma dificuldade. Como John de Bedford está se casando logo após a morte de sua mulher, o duque de Borgonha sente-se ofendido com o insulto à irmã falecida. Ele levou isso a sério.

— Então por que estamos nos casando tão rapidamente? — pergunto.
— Se isso ofende o duque de Borgonha? Com certeza se demorássemos mais um ano isso não o desagradaria. Ele é nosso parente, assim como aliado do duque de Bedford. Não deveríamos ofendê-lo.

Minha mãe dá um leve sorriso.

— Isso a torna uma duquesa — lembra ela. — Um título ainda mais importante do que o meu.

— Eu poderia me tornar uma duquesa no ano que vem. — A possibilidade de escapar do casamento, mesmo que por apenas um ano, me enche de esperança. — Poderíamos ficar noivos.

— Lorde John não vai esperar — replica ela simplesmente. — Portanto, não conte com isso. Só quero avisá-la de que ele pode perder seu aliado ao se casar com você. Tem de fazer todo o possível para conservar a amizade entre os dois e não deixar que nenhum deles se esqueça de que você é parente de Borgonha e sua vassala. Fale com o duque de Borgonha em particular e assegure a ele de que não se esqueceu de seu parentesco. Faça todo o possível para manter a amizade entre os dois, Jacquetta.

Balanço a cabeça, assentindo. Na verdade, não sei o que ela acha que eu, uma garota de 17 anos, posso fazer para manter a aliança entre dois homens importantes, ambos com idade para serem meu pai. Mas terei de fazer o possível.

— E o casamento... — começo.

— Sim?

Respiro fundo.

— O que acontece exatamente?

Ela dá de ombros e faz uma careta, como se falar sobre isso estivesse além de sua capacidade ou fosse constrangedor demais ou, pior ainda, desagradável demais para ser colocado em palavras.

— Ah, minha querida, cumpra simplesmente seu dever. Ele lhe dirá o que quer. Dirá o que tem de fazer. Ele não espera que saiba alguma coisa, vai preferir ser seu instrutor.

— Dói?

— Sim — responde ela, sem ajudar muito. — Mas não por muito tempo. Como ele é mais velho e experiente, fará o possível para não machucá-la demais. — Ela hesita. — Mas se machucá-la...

— Sim?

— Não se queixe.

A cerimônia de casamento será ao meio-dia, e começo a me preparar às oito da manhã, quando minha criada traz o pão, carne e cerveja fraca para me suster durante o longo dia que tenho pela frente. Sorrio quando vejo a bandeja abarrotada de comida.

— Vou me casar, não sair para uma caçada, sabia?

— Não — replica ela de maneira funesta. — Você será a caça. — E as outras criadas riem com ela, parecendo galinhas cacarejando. Essa é a última piada que oferecerei nesse dia.

De cara fechada, sento-me à mesa e faço a refeição enquanto elas insistem, com detalhes, em variações sobre o tema da caça, dizendo que vou ser capturada e gostar da perseguição, até que minha mãe chega com dois criados empurrando uma grande tina de madeira para meu banho.

Posicionam-na diante da lareira, em meu quarto, forram-na com linho e começam a enchê-la, despejando cântaros e cântaros de água quente. As criadas apressam-se em buscar lençóis secos e a arrumar minhas novas roupas de baixo, comentando o tempo todo sobre a renda, as fitas, sobre como tudo é bonito e como sou afortunada. Minha mãe percebe minha expressão tensa e as expulsa do quarto, menos a nossa velha ama, que vai esfregar minhas costas, lavar meu cabelo e acrescentar mais alguns cântaros de água quente. Sinto-me um cordeiro prestes a ir para o sacrifício, que deve ser limpo e escovado antes de ter a garganta cortada, um pensamento nada agradável.

Mas nossa ama Mary está animada, elogiando, como sempre, meu cabelo e minha pele e dizendo que se tivesse metade de minha aparência teria fugido para Paris, como sempre diz. Depois do meu banho, depois de ela ter secado meu cabelo e o trançado, não consigo deixar de me sentir animada com a roupa de baixo nova, de fitas, os sapatos novos, o belo vestido dourado e o toucado. As criadas retornam para ajudar a me vestir e atam os cordões do vestido, ajeitam o toucado em minha cabeça e puxam o véu para que caia sobre meus ombros. Finalmente anunciam que estou pronta para o casamento e bela como uma noiva deve ser.

Viro-me para o grande espelho que minha mãe mandou ser levado para o meu quarto, e o reflexo retribui meu olhar. As criadas o seguram diante de mim e o inclinam um pouco, para que, primeiro, eu veja a bainha de meu vestido, bordada com pequenos leões vermelhos rampantes, do brasão de nossa casa, e meus sapatos de couro vermelho com as pontas curvas. Depois, seguram o espelho reto, e vejo o vestido tecido de ouro, de cintura alta, o cinto pesado bordado de ouro que cai sobre meus quadris magros. Faço um sinal e o levantam, de modo que eu possa ver a cara renda creme dissimulando o decote baixo, as mangas douradas pendendo de meus ombros, com a parte de baixo branca à mostra, de maneira provocante, pelas fendas nos ombros. E então, meu rosto. Meu cabelo louro foi trançado e colocado sob o toucado alto, e meu rosto me observa solenemente, acentuado pelo reflexo prateado do espelho. Meus olhos cinzentos tornam-se maiores nessa luz, minha pele, clara e perolada. O espelho me faz parecer a estátua de uma beldade, uma jovem feita de mármore. Observo atentamente minha imagem como se soubesse quem eu sou e, por um momento, penso ver Melusina, a fundadora de nossa casa, olhando para mim da água iluminada pelo luar.

— Quando for duquesa, terá um espelho grande, só seu — diz minha mãe. — Muito bom. E terá as roupas antigas dela.

— Roupas da duquesa Anne?

— Sim — replica minha mãe, como se vestir as roupas de uma mulher falecida recentemente fosse um grande prazer para mim. — As peles de zibelina que ela usava são as melhores que já vi. Agora serão suas.

— Que bom — replico de maneira cortês. — Vou poder ter meus próprios vestidos também?

Ela ri.

— Vai ser a dama mais importante da França, uma das damas mais importantes da Inglaterra. Poderá ter tudo o que o seu marido quiser lhe dar. E logo vai aprender a persuadi-lo.

Com a mão cobrindo os lábios, uma mulher sussurra sobre como uma jovem como eu pode persuadir um homem da idade do duque com a mão amarrada nas costas. Outra diz:

— Melhor com as duas amarradas. — E elas riem. Não faço ideia do que estão falando.

— Ele vai amá-la — promete minha mãe. — Está completamente louco por você.

Não respondo. Apenas olho para a jovem no espelho. A ideia de John, duque de Bedford, louco por mim não é nada animadora.

~

A cerimônia dura cerca de uma hora. É toda em latim, de modo que metade dos votos é incompreensível para mim. Não são votos solenes, particulares, mas uma grande proclamação. O salão do palácio do bispo está repleto de estranhos que foram me ver e celebrar minha boa sorte. Depois dos votos, atravessamos a multidão; sou escoltada por meu marido, a ponta dos meus dedos tocam sua manga. Há um rumor de aprovação. Para onde quer que eu olhe, me deparo com rostos ávidos e sorridentes.

Sentamo-nos à mesa principal, disposta em uma posição mais elevada, de frente para a sala. Trombetas ressoam na galeria, e a primeira das dezenas de travessas com comida é trazida. Somos os primeiros a ser servidos, e colocam um pouco de cada travessa em nossos pratos dourados. Em seguida, o duque indica aos serviçais alguns pontos no salão, para que seus favoritos sejam servidos do mesmo que nós. Para todos os outros, vêm grandes tigelas de carne e pão. É um grande banquete, meu tio Louis não poupou nenhuma despesa para agradar seu patrono e celebrar minha ascensão à realeza da Inglaterra.

Trazem vinho em grandes jarras douradas e servem taça por taça na mesa principal. Os convidados especiais, que se sentam próximos a uma grande tigela de sal, bebem o máximo que podem o mais rápido que conseguem. No salão, as canecas dos homens nunca são deixadas sem a melhor cerveja: a bebida das núpcias foi especialmente fermentada para este dia, adocicada e condimentada.

Um desafiante montado em seu cavalo entra direto no salão e joga sua manopla no chão em meu nome. Seu cavalo curva o pescoço musculoso e olha para as mesas e para a grande lareira circular no centro do salão.

Tenho que me levantar, contornar a plataforma elevada onde está a minha mesa e lhe oferecer uma taça de ouro. Em seguida, ele dá a volta no salão a um trote potente, o cavaleiro sentado pesadamente na sela esculpida em relevo, antes de atravessar, a meio-galope, a porta dupla. Parece-me ridículo entrar cavalgando em um jantar, especialmente com um cavalo tão pesado e um cavaleiro tão gordo. Ergo o olhar e encontro o do jovem escudeiro que, assim como eu, está, perigosamente, prestes a cair na risada. Rapidamente, desviamos nossos olhos um do outro, antes de eu meu trair e dar um risinho.

Há vinte pratos de carnes e dez de peixes. Depois, tudo é retirado e o vinho do Reno é servido com frutas em conserva, ameixas cristalizadas e doces. Depois que todos comem, trazem as últimas sobremesas: marzipã, tortas, outras frutas cristalizadas e biscoitos de gengibre decorados com uma folha de ouro. Entra o bobo, que faz malabarismos e conta piadas obscenas sobre juventude e maturidade, marido e mulher, e o calor no leito nupcial, o fogo para forjar uma vida nova. Ele é seguido por dançarinos e músicos, que representam uma mascarada celebrando o poder da Inglaterra e a beldade de Luxemburgo, com uma bela mulher seminua, usando apenas uma longa cauda verde de seda, simbolizando Melusina. O melhor de tudo é um ator fantasiado de leão, símbolo das famílias dos noivos, que dá cambalhotas e dança com força e elegância e, finalmente, ofegando um pouco, aproxima-se da mesa principal e faz uma mesura para mim. Sua juba é uma massa de cachos dourados que cheiram a estopa, e o rosto, uma máscara de papel pintado, com uma expressão franca e sorridente. Tenho uma corrente de ouro para colocar ao redor de seu pescoço, e quando estendo os braços e ele abaixa a cabeça, reconheço o brilho dos olhos azuis por trás da máscara. Minhas mãos encontram-se nos ombros do belo escudeiro, e estou perto o bastante para abraçá-lo.

Minha mãe faz um gesto com a cabeça, indicando que podemos deixar o recinto. As mulheres e os músicos levantam e dançam em fila pelo salão e, em seguida, dão-se as mãos no alto, formando uma arcada. Eu passo por ela enquanto as garotas me desejam boa sorte e as mulheres me abençoam. Sou precedida por minhas irmãzinhas, que espalham pétalas de rosas e pequenas sâmaras douradas no chão. Todos me acompanham ao longo do lance de escada até os melhores aposentos e parecem decididos a entrar comigo no quarto. Mas meu pai os detém na porta, e entro apenas com minha mãe e as damas da corte.

Primeiro, desprendem o toucado alto de minha cabeça e o removem com cuidado. Depois soltam meu cabelo. Meu couro cabeludo dói quando a trança bem apertada é desfeita, e passo a mão no rosto. Desatam os cordões nos ombros de meu vestido para removerem as mangas. Em seguida, desatam a parte de trás; o vestido cai no chão, e tomo cuidado para não pisar nele. Levam-no para ser sacudido e guardado cuidadosamente para o próximo evento importante, quando o usarei como duquesa de Bedford, e os leões vermelhos na bainha simbolizarão minha antiga casa. Desamarram os cordões da roupa de baixo e me despem. Tremo de frio, mas logo põem a camisola pela minha cabeça e um manto em torno dos meus ombros. Colocam-me sentada em um banco e trazem uma tigela com água quente perfumada, onde ponho meus pés frios. Inclino-me para trás enquanto uma das mulheres escova meu cabelo e as outras ajeitam a bainha bordada e o caimento do manto e arrumam o quarto. Finalmente secam meus pés, trançam meu cabelo, atam uma touca em minha cabeça e abrem a porta.

Meu tio Louis entra, usando a veste de bispo e a mitra. Ele balança um incensório por todo o quarto, benze cada canto e deseja-me felicidade, prosperidade e, acima de tudo, fertilidade nessa importante união entre a Inglaterra e o condado de Luxemburgo.

— Amém — digo —, amém. — Mas quando parece que ele nunca vai acabar, ouve-se uma grande algazarra de vozes e risadas masculinas vindas do salão lá embaixo, o clangor de trombetas e o rufar de tambores. Estão trazendo o meu noivo, o velho duque, ao meu quarto.

Carregam-no nos ombros gritando "Hurra! Hurra!". Colocam-no no chão, à minha porta, para que entre andando e todos possam segui-lo aos tropeções. Centenas permanecem do lado de fora do quarto, esticando o pescoço para ver, gritando para outros saírem da frente. O bobo entra dando cambalhotas, com uma bexiga na mão, afofa a cama e declara que ela precisa ser macia, pois o duque desabará nela. Ouve-se uma gargalhada geral, que se espalha para os outros aposentos, e a piada é repetida até chegar ao salão. Então, o bobo manda as jovens atiçarem o fogo para manter o quarto aquecido e encherem a jarra de cerveja, pois o duque pode ter sede e precisar se levantar de madrugada.

— Levantar de madrugada! — repete ele, e todos riem.

As trombetas, ensurdecedoras, convocam todos, e meu pai diz:

— Agora, vamos deixá-los! Deus os abençoe e boa noite.

Minha mãe beija-me na testa, e todas as damas e metade das convidadas também me dão um beijo. Então, minha mãe me leva até a cama e me ajuda a subir nela. Sento-me e recosto-me nos travesseiros, como uma figura esculpida à mão. No outro lado, o duque está tirando o manto, e seu escudeiro puxa os lençóis e o ajuda a se acomodar na cama. O escudeiro mantém os olhos baixos, sem olhar para mim, e permaneço imóvel, como uma pequena boneca rija, segurando com força a gola da camisola sob o meu queixo.

Ficamos sentados eretos, lado a lado; todos riem, nos saúdam e desejam felicidades, até meu pai e meu tio praticamente expulsarem os convivas mais entusiasmados do quarto. A porta é fechada, e continuamos a ouvi-los cantar enquanto descem a escada de volta ao salão. Gritam por mais bebida para brindar à saúde do feliz casal e para abençoar o bebê que será feito, se Deus quiser, nesta mesma noite.

— Você está bem, Jacquetta? — pergunta o duque quando o quarto vai ficando silencioso e as velas ardem sem adejar tanto, agora que as portas estão fechadas.

— Estou bem, milorde — replico. Meu coração bate tão alto que acho que ele o ouve. Mais do que qualquer outra coisa, estou extremamente ciente de que não tenho a menor ideia do que devo fazer, ou do que ele vai me pedir.

— Pode dormir — diz ele, cansado. — Estou muito bêbado. Espero que venha a ser feliz, Jacquetta. Serei um marido bondoso. Mas agora durma, porque estou bêbado como um porco.

Ele puxa os lençóis até os ombros e vira de lado, como se não houvesse mais nada a dizer ou fazer. Em instantes, ronca tão alto que receio que o escutem lá embaixo, no salão. Fico deitada imóvel, quase com medo de me mexer, mas então, quando sua respiração se torna mais profunda e seu ronco se estabiliza em um grunhido grave, esgueiro-me da cama, bebo um pouco da cerveja do casamento — afinal, é minha noite de núpcias —, apago as velas e volto para os lençóis aquecidos, ao lado do estranho corpanzil de um homem adormecido.

Acho que o sono nunca vai vir. Ouço o canto no salão lá embaixo e, em seguida, o som das pessoas saindo para o pátio e gritando por tochas e pelos criados, para que lhes mostrem onde passarão a noite. O grunhido regular do ronco do meu marido é como o rugido dos ursos, alto e ameaçador. Acho que nunca conseguirei dormir com esse grande homem em minha cama, mas, na agitação de meus pensamentos e meus resmungos sobre esse incômodo, sobre como isso não é justo comigo, adormeço.

Ao despertar, deparo-me com meu marido já de pé, vestindo seus calções, com a camisa de linho branca aberta na cintura larga, expondo parte de seu peito corpulento e peludo e de sua grande barriga. Sento na cama e puxo minha camisola de modo a cobrir meu corpo.

— Milorde.

— Bom dia, esposa! — diz ele com um sorriso. — Dormiu bem?

— Sim — respondo. — Acho que milorde também, não?

— Ronquei? — pergunta ele de maneira divertida.

— Um pouco.

— Mais do que um pouco, aposto. Foi como um trovão?

— Bem, sim.

Ele dá um amplo sorriso.

— Vai se acostumar. Anne dizia que era como viver à beira-mar. Vai se acostumar com o barulho. Passará a acordar quando houver muito silêncio.

Surpreendo-me com as opiniões de minha predecessora.

Ele vem para a cama e se senta pesadamente sobre meus pés.

— Ah, desculpe.

Afasto meus pés e ele se senta de novo.

— Jacquetta, sou muito mais velho que você. Preciso lhe dizer que não sou capaz de lhe dar um filho homem nem uma filha. Lamento.

Respiro fundo e me preparo para a próxima revelação terrível que ele fará em seguida. Achava que ele havia se casado comigo para ter um herdeiro. Para o que mais um homem iria querer uma esposa jovem? Ele me responde imediatamente, mesmo antes de a pergunta ser feita:

— Tampouco vou tirar sua virgindade — diz ele calmamente. — Para começar, sou impotente, portanto não posso fazer isso sem alguma dificuldade. Em segundo lugar, não o quero.

Minha mão pressiona a camisola contra o pescoço. Minha mãe vai ficar pasma quando descobrir isso. Terei problemas com meu pai.

— Milorde, sinto muito. Não gosta de mim?

Ele ri.

— Que homem não gostaria? Você é a mulher mais bonita da França, eu a escolhi por sua beleza e juventude. E por mais uma coisa também. Você tem uma tarefa melhor do que ser minha parceira na cama. Posso dispor de qualquer jovem da França. Mas você, acredito, está apta a fazer algo mais. Não sabe?

Em silêncio, balanço a cabeça.

— *Demoiselle* disse que você tinha um dom — diz ele em tom baixo.

— Minha tia-avó?

— Sim. Ela disse a seu tio que você tem o dom de sua família. Que tem a Visão. E ele me contou.

Continuo em silêncio, mas só por um momento.

— Não sei.

— Ela disse que acreditava que você tinha esse dom. Disse que havia falado com você. Seu tio me contou que você estudava com ela, que ela lhe deixou seus livros, sua pulseira com os talismãs para fazer previsões. Que você ouve cantos.

— Ele disse isso?

— Sim, e suponho que sua tia-avó tenha lhe deixado os pertences porque achou que seria capaz de fazer uso deles.

— Milorde...

— Isso não é uma armadilha, Jacquetta. Não estou enganando você, tentando arrancar uma confissão.

Mas enganou Joana, penso.

— Trabalho para o meu rei e meu país — prossegue ele. — Estamos perto, se Deus quiser, de descobrir o elixir para a cura da morte, a pedra filosofal.

— A pedra filosofal?

— Jacquetta, acho que estamos muito perto de descobrir um modo de transformar ferro em ouro. Muito perto. E então... E então terei dinheiro bastante para pagar meus soldados para combater por todas as cidades da França. E o governo da Inglaterra poderá propagar a paz por nossas terras. Meu sobrinho poderá se firmar em seu trono, e os pobres da Inglaterra poderão trabalhar para se sustentar sem serem tributados até a miséria. Seria um mundo novo, Jacquetta. Nós o comandaríamos. Pagaríamos tudo com o ouro que fabricaríamos em Londres. Não precisaríamos cavá-lo na Cornualha nem garimpá-lo em Gales. Teríamos um país mais rico do que jamais sonhamos. E estou, acho, a apenas alguns meses da descoberta.

— E eu?

Ele balança a cabeça quando o faço retornar à realidade da manhã do dia do nosso casamento, que não é em nada um casamento de verdade.

— Ah, sim. Você. Meus alquimistas e meus astrólogos dizem que preciso de alguém com seu dom. Alguém que possa prever, que possa olhar num espelho ou na água e ver a verdade, o futuro. Eles precisam de alguém com as mãos limpas e o coração puro. Tem de ser uma mulher, uma mulher jovem que nunca tirou uma vida, que nunca roubou, que não conheceu a luxúria. Quando a vi pela primeira vez, tinham acabado de me dizer que não podiam mais continuar sem uma jovem, uma virgem, que pudesse ver o futuro. Em resumo, eu precisava de uma garota capaz de capturar um unicórnio.

— Milorde duque...

— Você disse isso. Lembra-se? No corredor do castelo em Rouen? Disse que era tão pura que poderia capturar um unicórnio.

Concordo com um movimento de cabeça. Eu realmente disse isso. Gostaria de não ter dito nada.

— Entendo seu retraimento. Vai querer me dizer que não pode fazer essas coisas. Compreendo sua reserva. Responda apenas uma coisa. Já tirou uma vida?

— Não, é claro que não.

— Já roubou? Nem uma pequena prenda? Nem uma moeda do bolso de alguém?

— Não.

— Sentiu desejo por um homem?

— Não! — respondo enfaticamente.

— Nunca previu o futuro, de nenhuma maneira?

Hesito. Penso em Joana, na carta *le Pendu* e na roda da fortuna que a levou tão para baixo. Penso no canto em torno dos torreões na noite em que *Demoiselle* morreu.

— Acho que não. Não tenho certeza. Às vezes as coisas vêm a mim. Eu não as evoco.

— Poderia capturar um unicórnio?

Dou um risinho nervoso.

— Milorde, isso é apenas um dito popular. Apenas uma imagem em uma tapeçaria. Eu não saberia o que se deve fazer...

— Dizem que a única maneira de capturar um unicórnio é uma virgem entrar sozinha na floresta. Nenhum homem consegue pôr a mão nele, mas o unicórnio seguirá até uma virgem e descansará a cabeça em seu colo.

Balanço a cabeça.

— Sei que dizem isso, mas não sei nada sobre unicórnios. Milorde, nem mesmo sei se são reais.

— De qualquer maneira, por ser virgem, você tem grande valor para mim, é muito preciosa. Por ser uma filha virgem da Casa de Melusina, herdeira de seus dons, você se torna ainda mais preciosa. Como jovem esposa, traria prazer para mim, mas nada além disso. Casei-me com você para muito, muito mais do que meramente deitar sobre você e ter prazer. Entende?

— Na verdade, não.

— Não importa. O que quero é uma jovem pura de coração, uma virgem, que fará o que eu mandar, que é minha tanto quanto se eu tivesse comprado um escravo das galés turcas. E é isso o que você me oferece. Vai saber o que quero de você mais tarde. Vai fazer o que eu quiser. Mas não a machucarei nem a assustarei. Tem minha palavra.

O duque se levanta e tira a adaga da bainha em seu cinto.

— Agora, temos de manchar os lençóis — diz ele. — Se alguém lhe perguntar, diga que fiquei em cima de você, que dói um pouco e que espera que tenhamos feito um filho. Não diga nada sobre a vida que levaremos. Deixe que pensem que é uma esposa comum e que a deflorei.

Ele pega a adaga e, sem mais uma palavra, dá um corte rápido em seu pulso esquerdo, fazendo-o sangrar imediatamente. Ele deixa o sangue escorrer e puxa as cobertas da cama, ignorando-me quando escondo meus pés. Estende a mão e pinga algumas gotas nos lençóis. Observo, surpresa, a mancha se alastrar e fico envergonhada, pensando que isso é o meu casamento, que ele começa no sangue de meu marido, com uma mentira.

— Já basta — diz ele. — Sua mãe vai entrar para ver e acreditará que a possuí. Lembra-se do que vai dizer a ela?

— Que subiu em cima de mim, que dói um pouco e que espero que tenhamos feito um filho — repito obedientemente.

— Que vou mantê-la virgem é o nosso segredo. — De repente, ele está muito sério, quase intimidador. — Não se esqueça disso. Como minha esposa, conhecerá meus segredos, e esse é o primeiro e um dos mais importantes. A alquimia, a presciência, sua virgindade, são todos segredos que você tem de guardar, por sua honra, e não pode contar a ninguém. Você, agora, é da casa real da Inglaterra, que lhe propiciará grandeza, mas a um preço alto. Tem de pagar o preço tanto quanto desfrutar a riqueza.

Faço um gesto de assentimento, meus olhos voltados para seu rosto sombrio.

Ele se levanta da cama e leva a adaga até a parte de baixo do lençol. Sem pensar no custo, corta uma tira fina. Em silêncio, estende-a a mim e a amarro ao redor de seu pulso cortado.

— Bela donzela — diz ele. — Eu a verei no café da manhã. — E então calça as botas e sai do quarto.

Paris, França, Maio de 1433

Viajamos com uma numerosa comitiva, como convém ao governante da França, especialmente um que mantém suas terras por meio da força. À nossa frente, a fim de garantir que nosso caminho é seguro, segue uma guarda armada sob o comando do escudeiro de olhos azuis. Atrás dela, a uma pequena distância para deixar a poeira assentar, vão milorde duque e eu. Cavalgo na parte de trás da sela de um soldado corpulento, com minhas mãos em seu cinto. Milorde monta seu cavalo de guerra e posiciona-se ao meu lado, como se quisesse me fazer companhia, porém mal diz uma palavra.

— Gostaria de montar meu próprio cavalo — comento.

Ele olha de relance para mim, como se tivesse se esquecido completamente de que eu estava ali.

— Hoje não. Será uma viagem árdua, e, se surgirem problemas, teremos de prosseguir rápido. Não poderemos seguir ao passo de uma mulher, de uma menina.

Não falo nada, pois é verdade. Não sou tão boa amazona. Tento, mais uma vez, encetar uma conversa com ele:

— E por que a viagem de hoje será árdua, milorde?

Ele fica em silêncio por um momento, como se refletisse sobre a possibilidade de se dar ao trabalho de me responder.

— Não estamos indo para Paris. Estamos indo para o norte, para Calais.

— Desculpe, mas achei que estávamos indo para Paris. Por que vamos para Calais, milorde?

Ele dá um suspiro, como se duas perguntas fossem demais para um homem tolerar.

— Houve um motim na minha guarnição em Calais, entre os soldados recrutados e comandados por mim. Idiotas. Passei por lá antes de vir ao seu encontro. Os líderes foram enforcados. Agora, vou até lá me certificar de que o resto aprendeu a lição.

— Enforcou homens a caminho do nosso casamento?

Meu marido volta seu olhar escuro para mim.

— Por que não?

Não consigo responder essa pergunta. Parece-me desagradável. Faço uma ligeira careta e me viro. O duque ri abruptamente.

— É melhor para você que a guarnição esteja forte — prossegue ele. — Calais é o baluarte. O domínio das terras inglesas no norte da França só é possível porque temos Calais.

Prosseguimos em silêncio. Ele não fala quase nada quando paramos para almoçar ao meio-dia, apenas me pergunta se estou muito cansada. Quando respondo que não, ele vê que já terminei de fazer a refeição e me ergue para a sela, para o resto da viagem. O escudeiro retorna, tira o chapéu para mim em uma reverência profunda e murmura algo a milorde, em uma breve conferência. Em seguida, todos entramos em formação e partimos.

No crepúsculo, vemos as grandes muralhas do Castelo de Calais assomando na praia enevoada à nossa frente. Toda a área ao redor dele é cortada por fossos e canais e dividida por pequenos portões, envolvidos pela bruma. O escudeiro do duque retorna quando a bandeira no topo da torre mais alta do castelo é agitada em sinal de reconhecimento e os grandes portões são abertos.

— Em breve, em casa — diz ele, animado, ao girar o cavalo.

— Não é minha casa — observo rispidamente.

— Ah, mas vai ser. Esse é um de seus maiores castelos.

— Em pleno motim?

Ele faz um gesto de negação com a cabeça.

— Já acabou. A guarnição não era paga há meses, e os soldados pegaram a lã dos mercadores de Calais, roubaram-na de suas lojas. Os comerciantes pagaram para ter a mercadoria de volta e, agora, milorde vai reembolsá-los. — Sorri abertamente diante de minha perplexidade. — Não é nada de mais. Se os soldados tivessem sido pagos a tempo, isso nunca teria acontecido.

— Então, por que milorde executou alguns homens?

O sorriso do escudeiro se apaga.

— Para que se lembrem de que, na próxima vez que os salários atrasarem, eles têm de esperar quanto tempo milorde quiser.

Olho de relance para o meu marido, que escuta em silêncio do outro lado.

— E o que acontece agora?

Estamos nos aproximando das muralhas. Os soldados se reúnem em uma guarda de honra, posicionando-se ao longo da colina íngreme sob o castelo. A construção fica no centro da cidade, protegendo o porto ao norte e o terreno pantanoso ao sul.

— Agora dispenso os que roubaram mercadorias, demito seu comandante e designo um novo capitão para Calais — diz meu marido. Seu olhar dirige-se ao escudeiro. — Você.

— Eu, milorde?

— Sim.

— Sinto-me honrado, mas...

— Está discutindo comigo?

— Não, milorde, é claro que não.

Meu marido sorri para o jovem silenciado.

— Ótimo. — A mim, ele diz: — Este jovem, meu escudeiro, meu amigo Richard Woodville, lutou em quase todas as campanhas aqui na França e foi armado cavaleiro em campo de batalha pelo falecido rei, meu irmão. O pai dele também nos serviu. Ainda nem completou 30 anos, mas não conheço ninguém mais leal e digno de confiança. Pode comandar essa guarnição e, enquanto estiver aqui, sei que não haverá nenhum motim, nenhuma queixa e nenhum roubo. E minhas ordens não serão discutidas. Certo, Woodville?

— Absolutamente, senhor — replica ele.

E então nós três percorremos a via pavimentada e atravessamos o escuro e reverberante vão do portão de entrada. Passamos pelos rebeldes enforcados que oscilavam silenciosamente nas forcas e pelos cidadãos curvados em reverências até chegarmos finalmente ao castelo.

— Vou ficar aqui? — pergunta Woodville, como se se referisse meramente ao pernoite.

— Ainda não — responde meu marido. — Preciso de você do meu lado.

Permanecemos no castelo por somente três noites, tempo suficiente para meu marido dispensar metade dos soldados da guarnição e mandar vir da Inglaterra seus substitutos e para avisar o comandante de que seria substituído por Sir Richard Woodville. Depois, atravessamos de volta as ruas revestidas de pedras e o portão e seguimos para o sul, na estrada para Paris, com o escudeiro Woodville na dianteira da tropa, eu, mais uma vez, no cavalo pesado do soldado, e meu marido em um silêncio taciturno.

Dois dias depois, vemos a Grange Batelière na devastada região rural. Mais adiante, há campos arados e produções de laticínios que, gradativamente, dão lugar a pequenas hortas que circundam as muralhas da cidade. Entramos pelo portão noroeste, perto do Louvre, e vemos imediatamente meu lar em Paris, o Hôtel de Bourbon, uma das casas mais eminentes da cidade, como convém ao governador da França. Fica ao lado do palácio real, o Louvre, e dá para o rio, ao sul. Parece uma construção feita de marzipã, com torreões, telhados, torres e sacadas. Eu já deveria saber que a casa era grande, pois havia conhecido o castelo do duque em Rouen, mas, quando me aproximo dos grandes portões, sinto-me como a princesa de um conto de fadas sendo levada para a fortaleza de um gigante. Um muro fortificado circunda-a, e há uma guarita em cada portão, o que me faz lembrar — se é que corro algum risco de esquecer — que meu marido é o governante, mas nem todos o reconhecem como o representante do rei designado por Deus. Aquele que muitos preferem chamar de rei da França não está muito longe, em Chinon, de olho em nossas terras e causando problemas. Aquele que chamamos de rei da França e da Inglaterra encontra-se em segurança em Londres, pobre demais para mandar o dinheiro que os soldados precisam para manter essas terras desleais subjugadas e fraco demais para ordenar que seus lordes venham lutar sob o nosso estandarte.

Milorde permite que eu tenha vários dias livres para conhecer minha nova casa, para descobrir a caixa de joias da antiga duquesa e seu guarda-roupa de peles e belos vestidos, e então vem ao meu quarto, depois das matinas, e diz:

— Venha, Jacquetta, tenho trabalho para você hoje.

Sigo-o como um cãozinho, e ele me conduz pela galeria cercada de tapeçarias com imagens de deuses, que nos observam, até uma porta dupla com um soldado de cada lado. O escudeiro, Woodville, está sentado, relaxado, no peitoril da janela. Quando nos vê, ele se ergue do parapeito com um sobressalto e me faz uma reverência profunda.

Os soldados abrem as portas e entramos. Não sei o que eu estava esperando — certamente nada como aquilo. Primeiro, trata-se de um cômodo do tamanho de um salão, mas semelhante à biblioteca de um mosteiro. Há estantes de madeira escura e, nelas, rolos de pergaminho e livros trancados atrás de grades de metal. Há mesas e bancos altos, de modo que é possível se sentar, desenrolar um pergaminho e ler a seu bel-prazer. Há escrivaninhas com potes de tinta, penas afiadas e papel. Nunca vi nada assim fora de uma abadia e ergo os olhos para o meu marido com um respeito renovado. Ele gastou uma fortuna aqui: cada um desses livros deve ter custado tanto quanto as joias da duquesa.

— Tenho a melhor coleção de livros e manuscritos da Europa, depois da Igreja — diz ele. — E de meus próprios copistas. — Faz um gesto na direção de dois rapazes, um de cada lado de um estrado: um entoa palavras estranhas, lidas em um pergaminho, enquanto o outro toma nota meticulosamente. — Estão traduzindo do árabe — explica meu marido. — Do árabe para o latim, e depois para o francês e o inglês. Os mouros são fonte de grande conhecimento, de toda a matemática, de toda a ciência. Compro os rolos de pergaminho e mando traduzi-los eu mesmo. Por isso, estamos um passo à frente na busca pelo conhecimento. Vou direto na fonte. — Sorri, repentinamente satisfeito comigo. — Exatamente como fiz com você. Fui à própria fonte dos mistérios.

No centro da sala, há uma grande mesa, pintada e entalhada. Encantada, aproximo-me para examiná-la. É fascinante, parece um pequeno território, se pudesse ser visto de cima, se pudéssemos voar bem alto sobre ele, como uma águia. É o território francês. Vejo a muralha que cerca a cidade de Paris, o Sena correndo por ela, pintado de azul vivo. Vejo a Île de Paris, um pequeno labirinto de construções que, juntas, parecem assumir o formato de uma embarcação sobre o rio. Vejo como a terra é dividida: a metade de cima da França está pintada de branco e vermelho, as cores da Inglaterra, e a metade inferior foi deixada em branco. Uma bandeira armanhaque mostra Carlos, o falso rei, em suas terras em Chinon. Uma série de riscos evidencia os locais onde as pequenas bandeiras foram espetadas furiosa e rapidamente na planta, assinalando a marcha triunfante de Joana d'Arc por metade do território francês até as muralhas de Paris, há apenas dois anos.

— Toda a França é nossa por direito — diz meu marido, olhando invejosamente para as terras que levam ao Mar Mediterrâneo. — E a teremos. Nós a teremos. Eu a conquistarei por Deus e pelo rei Henrique. — Ele se inclina para a frente. — Veja, estamos avançando — prossegue, mostrando-me as bandeirinhas de São Jorge, que representam a Inglaterra, dispersas no leste da França. — E se o duque de Borgonha permanecer leal e um bom aliado, poderemos conquistar de volta nossas terras no Maine. Se o delfim for idiota o bastante para atacar o duque, o que acho que é, e se eu puder convencer o duque a lutar imediatamente... — Interrompe-se quando percebe que estou olhando para cima. — Ah, esses são meus planetas — diz ele, como se fosse dono do céu noturno tanto quanto da França.

Suspensas em vigas de madeira há uma série de belas esferas, algumas envoltas por anéis prateados, outras com esferas minúsculas flutuando bem próximas. É uma imagem tão bonita que me esqueço completamente do mapa e das bandeiras de campanhas e junto as mãos.

— Ah, como é lindo! O que é isto?

Woodville, o escudeiro, abafa o riso.

— Não é um divertimento — responde meu marido com o semblante fechado. Então, faz um sinal com a cabeça para um dos escrivães. — Bem, que seja... Mostre à duquesa os céus durante o nascimento dela.

O rapaz dá um passo à frente.

— Com licença, Vossa Graça, quando nasceu?

Meu rosto enrubesce. Como quase todas as mulheres, não sei a data do meu nascimento: meus pais não se deram o trabalho de registrar o dia e a hora. Apenas sei o ano e a estação, e só sei a estação porque minha mãe sentiu um grande desejo por aspargos quando estava grávida de mim. Ela jura que os comeu verdes demais e que a dor em sua barriga provocou o parto.

— Primavera de 1416 — respondo. — Talvez maio?

Ele tira um rolo de pergaminho da estante e o estende na mesa alta. Examina-o cuidadosamente e estende a mão para puxar uma das alavancas, depois outra, e mais outra. Para meu total deleite, as esferas pequenas começam a girar, e as grandes, algumas delas com seus anéis, descem das vigas e se movem delicadamente até assumir suas posições, oscilando ligeiramente nos lugares que ocupavam no céu no momento do meu nascimento. Há um tilintar agradável, e vejo que as esferas têm sinos prateados pequeninos presos aos cordões, e eles tocam quando elas chegam aos seus novos postos.

— Posso predizer onde os planetas estarão antes de começar uma batalha — explica meu marido. — Só desencadeio uma campanha quando eles me dizem que o céu está propício. Mas leva horas para os cálculos serem feitos no papel, e é fácil cometer um erro. Aqui, construímos um mecanismo tão belo e regular quanto Deus quando pôs as estrelas no céu e deu-lhes movimento. Fiz uma máquina como as obras de Deus.

— Pode fazer previsões? Pode saber o que vai acontecer?

Ele balança a cabeça.

— Não como espero que você fará para nós. Posso dizer quando é a hora de colher, mas não se será um bom fruto. Posso dizer que a nossa estrela está em ascensão, mas não o resultado de uma batalha em particular. E não recebemos a menor advertência em relação à bruxa Joana d'Arc.

O escrivão inclina a cabeça, com tristeza.

— Satã ocultou-a de nós — diz ele, simplesmente. — Não houve nenhuma escuridão, não houve nenhum cometa, não houve nada que mostrasse sua ascensão e nada assinalou sua morte, louvado seja Deus.

Meu marido concorda com um movimento da cabeça, põe a mão sob meu braço e me afasta da mesa, passando pelo escrivão.

— Meu irmão foi um homem de Marte. Calor e fogo, calor e seca: um homem nascido para lutar e vencer batalhas. O filho dele é água e frio, jovem de idade, mas também criança em seu coração, úmido como uma criança molhada, bebendo leite e urinando na fralda. Tenho que esperar pelas estrelas para pôr alguma chama em sua causa, para atiçá-la. Tenho que pesquisar que armas colocar nas mãos dele. É meu sobrinho, e devo orientá-lo. Sou tio dele, e ele é meu rei. Tenho que torná-lo vitorioso. É o meu dever, é o meu destino. E você vai me ajudar nisso também.

Woodville aguarda por um momento e, quando milorde parece absorvido em pensamentos, ele abre a porta da sala seguinte e recua para nos dar passagem. Entro na sala pavimentada de pedra e meu nariz formiga com os cheiros estranhos. Há um odor forte como o de uma forja — metal quente, mas também algo ácido, penetrante. O ar está acre, com uma fumaça que irrita meus olhos. No centro há quatro homens usando avental de couro e, diante deles, carvão incandescente em pequenos braseiros montados em bancadas de pedra e recipientes de bronze borbulhando como caldeirões. Atrás deles, através da porta aberta que leva a um pátio interno, vejo um garoto, nu da cintura para cima, trabalhando junto ao fole de uma fornalha semelhante a um forno para pães. Olho para Woodville. Ele balança a cabeça me tranquilizando, como se dissesse: "Não tenha medo." Mas o cheiro daquele lugar é sulfuroso, e a fornalha do lado de fora está em brasa como as portas do inferno. Retraio-me, e meu marido ri da minha palidez.

— Não há nada a temer, eu lhe disse isso. Este é o local onde as receitas são postas em prática, onde experimentam um elixir depois do outro. Lá fora, forjamos os metais e os trazemos para serem testados. É aqui que faremos prata, ouro, a própria vida.

— É tão quente — digo, com a voz débil.

— Este é o fogo que transforma a água em vinho — explica. — Transforma ferro em ouro, terra em vida. Tudo neste mundo evolui para um estado de pureza, de perfeição. Aqui é onde aceleramos isso. É aqui que realizamos as mudanças nos metais e nas águas, transformações que o próprio mundo faz em suas entranhas com o calor ao longo de séculos, como um ovo dentro de uma galinha. Nós o tornamos mais quente, mais rápido. Aqui podemos testar o que sabemos e ver o que aprendemos. É a essência da obra da minha vida.

No pátio, alguém puxa uma barra de metal incandescente dos carvões da fornalha e começa a malhá-la até ficar chata.

— Imagine só se conseguir fazer ouro — diz ele, com ansiedade. — Se eu conseguir purificar o ferro de modo que suas características comuns sejam queimadas, removidas completamente, para então obter moedas de ouro. Poderia contratar soldados, reforçar defesas. Poderia alimentar Paris. Se eu cunhasse minha própria moeda, se tivesse a minha própria mina de ouro, eu poderia ter a França e mantê-la para o meu sobrinho para sempre.

— É possível?

— Sabemos que pode ser feito — replica ele. — Na verdade, foi feito muitas e muitas vezes, embora sempre em segredo. Todo metal é da mesma natureza, tudo é feito da mesma coisa: a "primeira matéria", é como chamam nos livros, "matéria escura". É disso que o mundo é feito. Temos que recriá-la. Portanto pegamos a matéria escura, a refinamos, e refinamos de novo. Fazemos com que alcance sua natureza mais pura. — Ele faz uma pausa e olha para a minha expressão de perplexidade. — Sabe que fazem vinho com o sumo das uvas?

Confirmo com a cabeça.

— Qualquer camponês francês pode fazê-lo. Primeiro, colhe as uvas, depois as esmaga para obter o sumo. Colhe a fruta, que é sólida, que cresce na vinha, e a transforma em líquido. Isso é pura alquimia. Em seguida, o armazena e deixa a vida dentro dele transformar o suco em vinho. Outro liquido, mas com qualidades completamente diferentes do sumo. Posso ir mais longe. Fiz ainda outra mudança, bem aqui. Consegui criar uma essência derivada do vinho que é cem vezes mais forte. Ela queima na presença de uma chama e cura um homem da melancolia e dos humores aquosos. É um líquido, mas quente e seco. Nós o chamamos de *aqua vitae,* água da vida. Tudo isso eu já faço. Posso transformar sumo em *aqua vitae.* O ouro é simplesmente o próximo passo, o ouro derivado do ferro.

— E o que tenho que fazer? — pergunto, aflita.

— Hoje, nada — responde ele. — Amanhã, talvez, ou depois de amanhã, vão precisar que venha e despeje um pouco do líquido de um frasco, ou mexa uma tigela, ou peneire um pó. Nada além disso. Poderia fazer o mesmo na leiteria de sua mãe.

Olho para meu marido sem entender.

— É o seu toque que eu quero — completa ele. — O toque de pureza.

Após observar um líquido borbulhante dentro de um frasco, um dos homens o derrama através de um tubo em um prato depositado em cima de pedras de gelo. Em seguida, ele põe o recipiente de um lado e se dirige a nós, enxugando as mãos no avental e fazendo uma mesura a meu marido.

— A Donzela — diz o duque, apontando para mim como se eu fosse um objeto semelhante ao fluido no frasco ou ao ferro na fornalha. Retraio-me ao ser chamada como Joana. — Como prometi, trouxe-a. Filha de Melusina, uma virgem nunca tocada por um homem.

Estendo a mão para cumprimentá-lo, mas o homem recua, assustado. Ri de si mesmo e diz para o meu marido:

— Não ouso tocá-la. Não mesmo!

Em vez disso, põe as mãos para trás e faz uma reverência profunda.

— Seja bem-vinda, Lady Bedford. Sua presença é necessária há muito tempo. Esperávamos pela senhora. Desejávamos que viesse. Trará consigo a harmonia, trará o poder da lua e da água, e o seu toque purificará todas as coisas.

Constrangida, fico mudando o peso do meu corpo de um pé para o outro e olho de relance para o meu marido. Ele está me fitando com uma espécie de aprovação animada.

— Eu a descobri e a reconheci imediatamente — diz o duque. — Vi o que ela podia fazer. Percebi que ela poderia ser Luna para nós. Ela tem água nas veias, e o seu coração é puro. Quem sabe o que ela é capaz de fazer?

— Ela pode prever o futuro? — pergunta o homem com ansiedade.

— Ela diz que nunca tentou, mas que já aconteceu — responde meu marido. — Vamos testá-la?

— Na biblioteca. — O homem conduz o caminho até a porta. Meu marido estala os dedos, e os dois acadêmicos dirigem-se a uma sala contígua enquanto o alquimista e Woodville, o escudeiro, puxam um pano que cobre o maior espelho que já vi, com uma moldura completamente redonda, prateada e brilhante como uma lua cheia.

— Fechem as venezianas — ordena o duque. — E acendam as velas. — Ele está sem fôlego; percebo a excitação em sua voz e sinto medo. Cercam-me de velas, fico rodeada pelo fogo, e me colocam diante do espelho grande. Ele brilha tanto que mal enxergo através das chamas que tremulam, que oscilam ao meu redor. — Você pergunta — continua meu marido, dirigindo-se ao alquimista. — Por Deus, estou tão agitado que mal consigo falar. Mas não a sobrecarregue. Vamos ver apenas se ela tem o dom.

— Olhe no espelho — pede o homem em voz baixa. — Relaxe, olhe no espelho, e divague livremente. Então, Donzela, o que vê?

Faço o que ele pede. É óbvio o que vejo. Eu mesma, em um vestido de veludo que segue as últimas tendências de vestuário, com um toucado de duas pontas na cabeça, meu cabelo dourado preso nas laterais da cabeça em uma rede grossa, e sapatos belíssimos de couro azul. Nunca tinha me olhado em um espelho que mostrasse o corpo inteiro. Ergo um pouco o vestido para admirar meus sapatos, e o alquimista pigarreia, como se me lembrasse de que devo ter cuidado com a vaidade.

— O que pode ver quando olha atentamente, duquesa?

Ao meu redor, a luz das velas é tão ofuscante e intensa que desbota a cor do meu vestido, até mesmo o azul de meus sapatos. Atrás de mim, as estantes e os livros tornam-se escuros, embaçados.

— Olhe fundo no espelho e diga o que pode ver — insiste o homem, sua voz grave. — Diga o que vê, Lady Bedford. O que vê?

A luz é muito forte, intensa demais para que eu veja alguma coisa. Não vejo nem mesmo meu próprio rosto, ofuscada por centenas de velas. E, então, vislumbro o rosto dela, tão claramente quanto no dia que ficamos à toa à beira do fosso. Tão vividamente quanto no momento em que ela, risonha e cheia de vida, tirou a carta *le Pendu*, o homem enforcado com seu libré azul como meus sapatos.

— Joana — digo baixinho, com uma tristeza profunda. — Ah, Joana. A donzela.

Esforço-me para recobrar a consciência e ouço o ruído do alquimista apagando as velas. Algumas devem ter caído quando desfaleci. Woodville, o escudeiro, me tem em seus braços, segurando minha cabeça, e meu marido borrifa água em meu rosto.

— O que viu? — pergunta milorde, assim que abri os olhos.

— Não sei. — Uma pontada repentina de medo me alerta. Não quero contar a ele. Não quero dizer o nome de Joana ao homem que ordenou que ela fosse queimada viva.

— O que ela disse? — O duque encara fixamente o escudeiro e o alquimista. — Quando ela caiu, disse alguma coisa. Ouvi algo. O que foi?

— Ela disse "a donzela"? — pergunta o alquimista. — Acho que sim.

Os dois olham para Woodville.

— Acho que ela disse "é bela" — mente o escudeiro com tranquilidade.

— O que quis dizer com isso? — O duque olha para mim. — O que você disse? O que, Jacquetta?

— Talvez ela tenha se referido à universidade de Vossa Graça em Caen? — pergunta Woodville. — Acho que ela disse "Caen", e em seguida, "é bela".

— Vi a Universidade de Caen planejada por Vossa Graça — digo, aproveitando a deixa. — Concluída. Muito bem-construída. Foi o que eu disse: "É bela."

Ele sorri. Está satisfeito.

— Foi uma boa visão — diz ele, animado. — É um bom vislumbre de um futuro seguro e feliz. Uma boa notícia. E o melhor de tudo é que agora sabemos que ela pode fazer previsões.

Estende o braço e me ajuda a ficar em pé.

— Portanto — prossegue ele, com um sorriso triunfante, ao alquimista —, a trarei de novo amanhã, depois da missa e do desjejum. Da próxima vez, consiga uma cadeira para ela e apronte a sala. Veremos o que poderá nos dizer. Ela é capaz de prever o futuro, não é?

— Sem a menor dúvida — concorda o alquimista. — E terei tudo pronto.

Ele faz uma mesura e volta para a sala. Woodville sopra o restante das velas, apagando-as, e milorde põe o espelho reto. Apoio-me por um momento em uma arcada entre uma estante e outra, e meu marido ergue o olhar em minha direção.

— Fique ali. — Ele indica com um gesto o centro do arco e observa enquanto eu lhe obedeço.

Permaneço em silêncio, emoldurada pelo arco, perguntando-me o que ele quer agora. Ele está me fitando fixamente, como se eu fosse um quadro ou uma tapeçaria, como se me visse como um objeto, uma coisa nova a ser emoldurada, traduzida ou colocada na estante. Semicerra os olhos como se apreciasse uma vista ou avaliasse uma estátua que ele tivesse comprado.

— Estou muito feliz por ter me casado com você — diz, ele, e não há absolutamente nenhum afeto em sua voz, apenas o tom satisfeito de um homem que acrescentou uma peça à sua bela coleção, e a um bom preço.

— Independentemente do que me custar, com relação a Borgonha ou a qualquer outra coisa, estou feliz por ter me casado com você. Você é o meu tesouro.

Olho nervosamente de relance para Richard Woodville, que acabou de ouvir esse discurso de conquista. Mas ele está ocupado, jogando um pano sobre o espelho, completamente surdo.

Toda manhã, milorde me acompanha à biblioteca. Eles me colocam sentada diante do espelho, acendem as velas ao meu redor e me pedem para olhar através do brilho da superfície reflexiva e dizer o que vejo. Dou-me conta de que entro em uma espécie de torpor, mas não adormeço completamente. É como se eu sonhasse e, às vezes, tenho visões extraordinárias diante do espelho. Vejo um bebê em um berço, vejo um anel com o formato de uma coroa de ouro do qual pende um fio pingando água. Certa manhã, desvio o rosto do espelho, chorando, pois vejo uma batalha e, em seguida, outra batalha, e depois mais outra: uma longa série de conflitos e homens agonizando, morrendo na bruma, morrendo na neve, morrendo no cemitério de uma igreja.

— Viu os estandartes? — pergunta meu marido, pondo um copo de cerveja fraca em minha mão. — Beba. Viu os estandartes? Não disse nada claramente. Viu onde as batalhas estavam acontecendo? Consegue distinguir os exércitos?

Faço um movimento negativo com a cabeça.

— Conseguiu ver em que cidade? — insiste ele. — Você reconhece o lugar? Talvez você consiga apontar a cidade no mapa. Acha que isso está acontecendo agora ou foi uma visão do futuro?

Ele me arrasta até a mesa de madeira trabalhada, o pequeno universo da França entalhado diante de mim, e olho, entorpecida, para a colcha de retalhos que é o território e para a ondulação das colinas.

— Não sei — digo. — Havia uma neblina e um exército abrindo caminho colina acima. Havia neve, que estava vermelha de sangue. Havia uma rainha com seu cavalo em uma ferraria, e estavam colocando as ferraduras nele de trás para a frente.

Ele me olha como se quisesse extrair algum sentido do que eu dizia.

— Isso não adianta nada, menina — diz ele, a voz bem grave. — Posso ser vítima de uma desgraça em qualquer mercado. Preciso saber o que vai acontecer este ano. Preciso saber o que vai acontecer na França. Preciso de nomes de cidades e do número de rebeldes. Preciso saber detalhes.

Muda, retribuo seu olhar. Seu rosto torna-se sinistro em sua frustração.

— Estou salvando um reino — prossegue ele. — Preciso de mais do que neblina e neve. Não me casei com você para que me fale de rainhas com suas ferraduras colocadas de trás para a frente. O que vem agora? Sereias no banho?

Balanço a cabeça. Realmente, nada sei.

— Jacquetta, juro que vai se arrepender se me desafiar. — Ele usa um tom de ameaça latente. — Isso é importante demais para você bancar a tola.

— Quem sabe se não sobrecarregá-la? — sugere Woodville, dirigindo-se às estantes. — Talvez todo dia seja demais para ela. É jovem e nova no trabalho. Talvez devêssemos treiná-la, como um pequeno falcão, como um falcão novo. Talvez seja melhor deixá-la cavalgar e caminhar pela manhã, e trazê-la para fazer as previsões uma vez por semana, quem sabe?

— Não se ela recebeu um aviso! — interrompe o duque. — Não se as visões forem do presente! Se estamos em perigo, ela não pode descansar. Se essas batalhas na cerração e na neve serão travadas neste inverno na França, temos que saber já.

— Sabe que o delfim não tem as armas ou os aliados necessários para que essa batalha ocorra agora. — Woodville vira-se para ele. — Não pode ser um aviso imediato, deve ser um sonho assustado do futuro. A mente dela está dominada pelo medo da guerra, e fomos nós mesmos que a assustamos. Colocamos essas visões em sua mente. Precisamos limpar a mente dela. Precisamos lhe dar um pouco de paz, para que seja um córrego límpido para nós. Milorde comprou-a... — Atrapalha-se e se corrige: — Encontrou-a imaculada. Precisamos ter cuidado para não enlamear suas águas.

— Uma vez por mês! — diz o alquimista, de súbito. — Como eu disse no começo, milorde, a duquesa deve falar quando seu elemento estiver na cheia. Na véspera da lua nova. Ela é um ser da lua e da água, vai ver e falar mais claramente quando a lua estiver no quarto crescente. Deve trabalhar nesses dias.

— Ela poderia vir à noite, ao luar. — Meu marido pensa alto. — Talvez ajude. — Ele dirige um olhar crítico a mim quando me recosto na cadeira, com uma das mãos sobre a testa latejante. — Você tem razão — diz ele a

Woodville. — Exigimos demais dela, cedo demais. Leve-a para cavalgar, leve-a pela margem do rio. Partimos para a Inglaterra na semana que vem. Podemos seguir por etapas. Ela está pálida, precisa descansar. Leve-a para uma volta nesta manhã. — Ele sorri para mim. — Não sou um capataz severo, Jacquetta, embora haja muito a ser feito, e eu tenha pressa. Terá algum tempo livre. Vá até as cavalariças e veja a surpresa que deixei lá para você.

~

Sinto-me tão aliviada ao me ver fora da sala que nem me lembro de dizer "obrigada", e, só quando a porta se fecha atrás de nós começo a ficar curiosa.

— O que milorde deixou para mim nas cavalariças? — pergunto a Woodville, que me acompanha, um passo atrás, pela escada circular que desce da galeria até o pátio interno. Seguimos pelas pedras redondas da pavimentação e pelo arsenal até as cavalariças. Servos levam legumes para as cozinhas, açougueiros com grandes pernis sobre os ombros recuam e fazem uma reverência para mim. As encarregadas da ordenha, vindas dos campos com baldes oscilando nas cangas, abaixam-se em uma reverência tão profunda que seus baldes tilintam no pavimento de pedras. Não as noto, mal as vejo. Sou duquesa há apenas algumas semanas e já me acostumei com as reverências exageradas que me precedem aonde quer que eu vá e com os murmúrios, também reverentes, quando passo.

— Qual é o seu maior desejo? — pergunta-me Woodville. De qualquer maneira, ele não me serve em um silêncio respeitoso. Tem a confiança de quem é o braço direito de meu marido, desde menino. Seu pai serviu ao rei inglês Henrique V, depois a meu marido, o duque, e hoje Woodville é o escudeiro mais digno de confiança e mais amado por todos, o comandante de Calais, o homem a quem foram confiadas as chaves para a França.

— Uma nova liteira? — pergunto. — Com cortinas douradas e peles?

— Talvez. É o que você realmente quer mais do que tudo?

Faço uma pausa.

— Um cavalo para mim? Um cavalo novo só meu?

Ele parece pensativo.

— A senhora gostaria de um cavalo de qual cor?

— Cinza! — respondo com ardor. — Um belo cavalo cinza malhado com uma crina como seda branca e olhos escuros interessantes.

— Interessantes? — Ele engasga com a própria risada. — Olhos interessantes?

— Sabe o que eu quis dizer, olhos que fitam como se o animal entendesse você, como se estivesse pensando.

Ele balança a cabeça entendendo.

— Sei bem do que está falando.

Ele me oferece o braço para me guiar por uma carroça cheia de lanças. Estamos passando pelo arsenal, e o armeiro está conferindo uma nova entrega, contando os itens com cortes em uma vara de madeira. Centenas, milhares de lanças estão sendo descarregadas. O período de batalhas está recomeçando. Não é de admirar que meu marido me faça sentar diariamente diante do espelho e me pergunte qual é o melhor local para preparar o nosso ataque. Estamos em guerra, constantemente em guerra, nenhum de nós jamais viveu em um país em paz.

Atravessamos a arcada para as cavalariças, e Woodville dá um passo para trás para ver minha expressão ao inspecionar o pátio. Cada cavalo da casa tem uma baia voltada para o sul, de modo que a pedra arenosa que reveste as cavalariças é aquecida durante o dia.

Vejo os quatro grandes cavalos de batalha do meu marido, suas cabeças balançando por cima da portinhola. Vejo o cavalo forte que Woodville usa nas justas e os outros animais que ele monta para caçar e levar mensagens, e então, vejo o menor deles, com orelhas agitando-se para um lado e outro; a cabeça de um cavalo cinza, de forma perfeita, sua cor tão brilhante que parece prata sob o sol do pátio.

— É meu? — pergunto a Woodville. — Este é para mim?

— É sua — replica ele, quase reverentemente. — Tão bela e bem-educada quanto sua dona.

— Uma égua?

— É claro.

Aproximo-me dela, e suas orelhas viram-se para escutar meus passos e meu murmúrio afetuoso. Woodville põe uma casca de pão na minha mão e me dirijo a ela, vejo seus olhos escuros aquosos, a fronte franca, a crina prateada. É o cavalo que descrevi, e ele está aqui, na minha frente, como se eu tivesse realizado uma mágica e transformado meus pensamentos em realidade. Estendo minha mão; ela fareja, suas narinas se dilatam, e então sua boca toca o pão na minha mão. Sinto o cheiro de seu pelo quente, o hálito rescendendo à aveia, o aroma confortável da cocheira atrás dela.

Woodville abre a porta da baia e, sem hesitar, entro. Ela se mexe um pouco para abrir espaço para mim, vira a cabeça e me fareja: os bolsos de meu vestido, meu cinto, minhas mangas de punhos largos e meus ombros, meu pescoço e meu rosto. Enquanto me cheira, viro-me para ela como se fôssemos dois animais se abraçando. Então, lentamente, delicadamente, estendo a mão e ela curva a cabeça para receber o meu carinho.

Seu pescoço está quente, seu pelo é sedoso, a pele atrás das orelhas é macia. Ela permite que eu puxe delicadamente sua crina, que acaricie sua fronte, e então levanta a cabeça e toco em suas narinas dilatadas, na pele macia do focinho e nos beiços musculosos e seguro, com a mão em concha, a curva adiposa da mandíbula.

— É amor? — pergunta Woodville, à porta. — Daqui, parece amor.

— É amor — respondo.

— Seu primeiro amor — confirma ele.

— Meu único amor — sussurro para ela.

Ele ri como um irmão indulgente.

— Então, tem que compor um poema e cantá-lo para ela, como uma trovadora. Mas qual é o nome de sua bela dama?

Olho para ela atentamente enquanto se afasta para abocanhar um punhado de feno. O aroma da campina vem do capim ceifado.

— Mercúrio. Acho que vou chamá-la de Mercúrio.

Ele me olha de maneira estranha.

— Não é um bom nome. Os alquimistas estão sempre falando de Mercúrio. Ele muda de forma, um mensageiro dos deuses, além de dar o nome a um dos três ingredientes importantes da alquimia. Às vezes é útil, outras vezes não. Mercúrio poderia ser um bom parceiro para Melusina, a deusa das águas, que também muda de forma. E ele é um mensageiro que se emprega na ausência de qualquer outro, que nem sempre é confiável.

Dou de ombros.

— Não quero mais alquimia. Nem aqui nas cavalariças, nem em qualquer outro lugar. Vou chamá-la de Merry, mas nós duas saberemos seu nome verdadeiro.

— Eu também — diz ele, mas eu já tinha me virado de costas para pegar feno para a égua.

— Você não tem importância — falo.

~

Cavalgo Merry todas as manhãs, com uma escolta armada de dez homens à minha frente e dez atrás, além de Woodville ao meu lado. Percorremos as ruas de Paris, desviando o olhar dos mendigos mortos de fome nas sarjetas e ignorando as pessoas que estendem as mãos, suplicantes. Há uma pobreza terrível na cidade, e a região rural está devastada. Os agricultores não conseguem levar seus produtos ao mercado, as safras são constantemente pisoteadas por um exército ou outro. Os homens fogem de suas aldeias e se escondem na floresta, com medo de serem recrutados ou enforcados como traidores, portanto só há mulheres para trabalhar nos campos. O preço do pão na cidade é mais alto do que o ordenado de um homem e não existe outro trabalho que não seja servir como soldado. Além disso, os ingleses estão novamente atrasados com os soldos. Woodville dá ordens para passarmos pelas ruas a um galope controlado, não apenas por receio dos mendigos, como também por medo de doenças. Minha antecessora, a duquesa Anne, morreu de uma febre após visitar o hospital. Agora, milorde me obriga a jurar que não vou sequer falar com os pobres, e Woodville me faz seguir apressada pelas ruas. Só respiro quando nos vemos fora dos portões da cidade e passamos pelo que já foram belos e ornamentados jardins, a terra fértil e cultivada entre os muros da cidade e o rio. Só então Woodville ordena que os homens armados parem, desmontem e nos esperem enquanto cavalgamos até o rio. Descemos pela margem e escutamos a água, como se fôssemos um casal andando a cavalo em uma região em paz.

Cavalgamos descontraídos, lado a lado, e não conversamos sobre nada importante. Woodville me ajuda com a égua. Nunca montei um animal tão bom quanto Merry, e ele me mostra como ficar ereta na sela e como puxar as rédeas sem afrouxar a pressão da minha perna, de modo que ela curve o pescoço e apresse o passo. Ele me mostra como faz em um ataque da cavalaria; inclinado sobre o pescoço do animal, ele se adianta na trilha e retorna a toda velocidade na nossa direção, puxando as rédeas no último momento, de modo que Merry move-se de lado e empina ali mesmo. Ensina-me a saltar, arrastando pequenos galhos pela trilha deserta, construindo obstáculos cada vez mais altos, à medida que minha confiança cresce. Ensina-me os exercícios que seu pai lhe ensinou nas estreitas estradas da Inglaterra, exercícios que aprimoram o equilíbrio e a coragem: sentar de lado, como uma menina, na garupa; deitar de costas no cavalo, com a sela na lombar, enquanto o animal anda a trote lento; sentar ereto e estender um braço, depois o outro, para cima, na direção do céu; curvar-se bem baixo para tocar os estribos, o que faz o cavalo se acostumar com a ideia de que deve avançar com firmeza e segurança, independente do que o cavaleiro fizer, independente do que acontecer ao seu redor.

— Mais de uma vez, meu cavalo me levou a um lugar seguro quando eu estava ferido e não fazia ideia de aonde estávamos indo — comenta Richard. — E meu pai segurava o estandarte à frente de Henrique V da Inglaterra, de modo que cavalgava a galope o tempo todo, com só uma das mãos nas rédeas. Você nunca montará em uma batalha, mas podemos ter problemas aqui ou na Inglaterra, e é bom saber que Merry não a abandonará em nenhuma circunstância.

Ele desmonta e cruza meus estribos na minha frente.

— Vamos galopar mais ou menos um quilômetro sem os estribos. Para aprimorar seu equilíbrio.

— Como poderíamos ter problemas? — pergunto quando ele volta a montar seu cavalo.

Woodville dá de ombros.

— Houve um plano de emboscada para o duque há apenas alguns anos, quando voltavam de Paris, e ele e a duquesa Anne tiveram que tomar as trilhas no meio da floresta e contornar o acampamento inimigo. Eu soube que as estradas da Inglaterra estão tão perigosas quantos as da França. Há assaltantes em cada estrada inglesa e, próximo ao litoral, há piratas que desembarcam, sequestram e vendem os cativos para serem escravos.

Saímos para dar uma volta. Firmo-me na sela, e as orelhas de Merry movem-se para a frente.

— Por que o rei da Inglaterra não protege seu litoral?

— Ele ainda é uma criança, e o país é governado por seu outro tio, Humphrey, duque de Gloucester. Milorde e o duque são os tios do rei; um é regente da França, e o outro, da Inglaterra, até Henrique assumir o poder.

— E quando será isso?

— Na verdade, deveria assumi-lo agora — responde Woodville. — Ele tem 12 anos. Ainda é um menino, mas com idade suficiente para governar com bons conselheiros. Foi coroado em Notre Dame de Paris e na Inglaterra, tem um Parlamento e um conselho que lhe juraram obediência. Mas é orientado pelo duque de Gloucester e pelos amigos dele, e sua decisão ainda é alterada por mais um parente, o cardeal Beaufort, homem muito poderoso e persuasivo. Ele fica entre os dois, sendo soprado de um lado para o outro, e nunca vê o outro tio, o duque de Bedford, a quem só resta escrever ao sobrinho na tentativa de mantê-lo na direção certa. Dizem que ele cumpre a ordem dada pela pessoa com quem falou por último. De qualquer maneira — prossegue ele —, mesmo que o rei fosse mais velho ou mais firme, não haveria dinheiro para manter as defesas no litoral, e os lordes ingleses não impõem a lei em suas terras como deveriam. Agora, temos de seguir a trote.

Woodville espera até eu firmar minhas pernas em Merry e ela partir a trote. Permaneço sentada com firmeza na sela, como um cavaleiro gordo.

— Muito bem — diz ele. — Agora, siga a meio-galope.

— Você disse a trote!

— É que está indo muito bem — replica ele, com um sorriso largo.

Incito Merry, e ela segue a meio-galope. Estou um pouco receosa, sem os estribos para me equilibrar, mas Woodville tem razão: consigo me firmar com as pernas enquanto descemos a trilha que margeia o rio, até ele fazer um gesto para ir mais devagar, e então parar.

— Por que tenho que aprender isso? — pergunto, sem fôlego, quando ele desmonta para repor meus estribos.

— Para o caso de perder os estribos ou um deles se romper ou tiver que fugir e conseguir um cavalo, mas não os arreios. É bom estar preparada para qualquer circunstância. Amanhã, vamos praticar montar em pelo. Vou transformá-la em uma amazona. Já é capaz de fazer uma viagem longa.

Ele volta a subir em sua sela e direcionamos os cavalos de volta para casa.

— E por que os lordes ingleses não fazem o estado de direito vigorar em todo o país? — pergunto, retomando a nossa conversa. — Na França há dois estados de direito e dois reis. Mas, pelo menos, os lordes obedecem ao monarca que governa a sua parte.

— Na Inglaterra, cada um cuida de seu pequeno domínio próprio — retruca ele. — Usam os tempos conturbados para protegerem seus próprios interesses, para ganharem a própria terra, para guerrearem contra os vizinhos. Quando o jovem rei decidir assumir seu poder, terá que enfrentar as mesmas pessoas que deveriam ser suas amigas e conselheiras. Então, vai precisar de milorde, o duque de Bedford, ao seu lado.

— Teremos que ir para a Inglaterra e viver lá? — pergunto com apreensão. — Terei que viver na Inglaterra?

— É o nosso país — replica simplesmente. — E mesmo na sua pior fase, um acre da Inglaterra vale dez milhas quadradas da França.

Olho para ele, pasma.

— Vocês, ingleses, são todos iguais — digo. — Acham-se abençoados por Deus simplesmente porque tinham o arco longo em Azincourt.

Ele ri.

— E somos. Temos razão. Somos abençoados. E talvez, quando formos para a Inglaterra, haverá tempo para eu lhe mostrar a minha casa. E, quem sabe, não vai concordar comigo?

Sinto uma ligeira animação, como se algo maravilhoso fosse me acontecer.

— Onde fica a sua casa? — pergunto.

— Em Grafton, Northamptonshire — responde, e sinto amor em sua voz. — Provavelmente a região rural mais bela no melhor país de todo o mundo.

~

Fazemos mais uma tentativa de prever o futuro no espelho antes de ele ser embalado para a nossa viagem à Inglaterra. Milorde está ansioso para que eu prediga se é seguro ele deixar a França. O pretendente armanhaque ao trono não tem dinheiro nem exército e é mal aconselhado pela corte de seus favoritos, mas, ainda assim, milorde John receia que se for para a Inglaterra, não haverá ninguém para defender a França desse homem que alega ser rei. Fracasso inteiramente no meu dever de esposa de aconselhá-lo: não vejo nada. Sentam-me em uma cadeira e olho fixamente para as luzes das velas refletidas intensamente no espelho até ficar tonta e, longe de desmaiar, corro o risco de adormecer. Durante duas horas, milorde fica em pé atrás de mim e sacode meu ombro quando vê minha cabeça balançar, até o alquimista dizer em um tom de voz baixo:

— Creio que não vai acontecer nada hoje, milorde. — E o duque vira-se e sai da sala sem me dirigir a palavra.

O alquimista me ajuda a me levantar, Woodville sopra as velas e abre as venezianas para o cheiro de fumaça sair. A pequena foice da lua nova vem me visitar. Ofereço-lhe uma reverência, giro as moedas em meu bolso e faço um pedido. O alquimista troca um olhar com Woodville, como se tivessem passado a noite toda com uma camponesa que reverencia a lua nova e deseja um amante, mas não tem nenhuma erudição nem visão e que faz todo mundo perder tempo.

— Não faz mal — diz Woodville, animado, oferecendo-me seu braço. — Partimos para a Inglaterra de manhã. Não vão lhe pedir para fazer isso por um mês.

— O espelho virá conosco? — pergunto, apreensiva.

— O espelho e alguns livros, mas os recipientes e o forno da forja ficarão aqui, é claro. Continuarão o trabalho enquanto estivermos fora.

— E eles descobrem alguma coisa?

Woodville confirma com um movimento da cabeça e diz:

— Ah, sim, milorde refinou prata e ouro a um nível nunca alcançado antes por ninguém. Está trabalhando novos metais, novas combinações para conseguir maior força ou maior leveza. E é claro que, se conseguir fazer a própria pedra...

— Pedra?

— Chamam de pedra filosofal, que transforma metal em ouro, água em elixir da vida, e dá a seu dono a vida eterna.

— Existe uma coisa assim? — pergunto.

Ele dá de ombros.

— Há muitos registros dela, é muito conhecida nos antigos manuscritos que milorde traduziu aqui. Por todo o mundo cristão e no Oriente, há centenas, talvez milhares de homens trabalhando nisso neste exato momento. Mas milorde, o duque, está na vanguarda. Se conseguir descobri-la, se você puder ajudá-lo a descobri-la, poderemos trazer a paz à França e à Inglaterra.

～

O barulho do castelo embalando seus pertences e se aprontando para a grande viagem me desperta ao amanhecer, e vou à capela para ouvir as matinas quando o sol está nascendo. O padre termina o serviço e se põe a guardar os quadros, o crucifixo e o ostensório. Estamos levando quase tudo.

Em meus aposentos, minhas damas de companhia estão dobrando meus vestidos dentro de grandes baús de viagem, e em seguida elas chamam os camareiros para trancá-los e os pajens para amarrá-los nas carroças. As caixas de joias, elas mesmas as transportarão, e minhas peles ficarão sob os cuidados dos camareiros. Ninguém sabe por quanto tempo ficaremos na Inglaterra. Woodville mostra-se muito cauteloso quando pergunto a ele. Parece-me claro que meu marido não está sendo adequadamente apoiado por seu sobrinho, o rei, nem financiado como deveria pelo Parlamento inglês, que precisa aumentar os impostos para a guerra na França. O propósito da viagem é fazê-los ver que moedas inglesas compram apoio francês e que eles têm que pagar. Mas ninguém sabe quanto tempo será preciso para fazer os ingleses compreenderem que não podem ter um exército de graça.

Sinto-me perdida em todo esse alvoroço. Por medida de segurança, coloquei os livros que *Demoiselle* me deixou na biblioteca de meu marido, e eles ficarão sob os cuidados dos eruditos durante a nossa ausência. Levo suas belas cartas junto com minhas joias, também por segurança. Já o bracelete de ouro com os talismãs, levo-o em uma bolsinha pendurada ao redor do meu pescoço. Não quero ninguém mais tocando neles. Vesti-me para a viagem, comi o desjejum, servido às pressas em meus aposentos. Espero, sem saber o que fazer, sem saber como ser útil, e sou importante demais para me designarem uma tarefa. Minha principal dama de companhia comanda tudo em meus aposentos, de modo que só tenho que aguardar que tudo esteja pronto para partirmos e, nesse meio-tempo, não me resta nada a fazer além de observar os criados e as damas correndo de uma tarefa para outra.

Ao meio-dia, estamos prontos para partir, embora os criados do salão, das cavalariças e do arsenal continuem a carregar coisas. Milorde pega minha mão, descemos a grande escadaria e atravessamos o salão, onde os criados estão alinhados para nos fazerem uma reverência e nos desejarem boa viagem. Saímos para o pátio das cavalariças, e fico perplexa diante da caravana que se prepara para partir. É como uma pequena cidade se mudando. Há a guarda armada: viajaremos com centenas de soldados; alguns usam armaduras, mas a maioria está apenas fardada. Eles nos esperam ao lado de seus cavalos, tomando o último gole de cerveja e flertando com as damas. Há aproximadamente cinquenta carroças esperando em sequência ordenada: as que transportam os objetos de valor vão na frente, com uma guarda na dianteira e na traseira, as caixas atadas com correntes nas laterais das carroças, lacradas com o imponente selo Bedford. Os criados da casa viajarão com elas, cada qual responsável por sua própria carga. Estamos levando todas as nossas roupas, joias e objetos pessoais. Levamos toda a nossa roupa de cama, faqueiros, louça, saleiros, potes de condimentos. Os móveis também estão sendo despachados. O camareiro do meu marido ordenou que sua grande cama fosse desmontada com cuidado e levada junto com as cobertas, as cortinas e o dossel, e os camareiros de meus aposentos estão trazendo minha cama, minhas mesas, meus belos tapetes turcos. Há duas carroças reservadas inteiramente para as tapeçarias da casa.

Os criados das cozinhas encheram uma fila de carroças com seus utensílios indispensáveis. Vamos levar mantimentos, assim como galinhas, patos, gansos, carneiros e duas vacas, que caminharão atrás das carroças e nos darão leite fresco diariamente. Os falcões são colocados na carruagem feita especialmente para eles, onde podem se empoleirar, cegados pelos capuzes, e as cortinas de couro já estão baixadas e presas para protegê-los e evitar que se assustem com o ruído da estrada. Os galgos escoceses de milorde seguirão ao lado da procissão, seus cães de caça, na retaguarda. O mestre das cavalariças mantém todos os cavalos de tração arreados, presos às carroças. Todos os cavalos de montaria extras estão encilhados e foram entregues aos cuidados de um cavalariço que, montado, conduz um cavalo de cada lado. E isso é só metade da procissão. As carroças com os itens essenciais para nos instalarmos com conforto hoje à noite, quando pararmos em Senlis, partiram ao alvorecer. No meio de todo esse barulho e caos, Richard Woodville sobe a escadaria sorrindo, faz uma reverência a milorde e a mim, e fala, como se o inferno não estivesse fervendo no pátio:

— Acho que estamos prontos, milorde. Caso tenham esquecido de algo, poderá ser enviado em seguida.

— Onde está meu cavalo? — pergunta o duque. Woodville estala os dedos e um cavalariço traz o grande cavalo de guerra de milorde. — Milady vai em sua liteira?

— Sua Graça disse que queria montar — responde Woodville.

Milorde duque vira-se para mim.

— É uma longa viagem, Jacquetta. Seguiremos para o norte, para fora de Paris, e passaremos a noite em Senlis. Você ficará na sela durante o dia inteiro.

— Eu consigo — retruco, olhando de relance para Woodville.

— É uma égua forte, milorde escolheu bem — diz ele a meu marido. — E a duquesa é uma boa amazona, está apta a acompanhar o passo da jornada. Provavelmente lhe será mais agradável do que sacolejar em sua liteira, mas vou mandar que a mantenham por perto, de modo que, caso se canse, possa mudar de lugar.

— Então, está bem — concorda o duque. Ele sorri para mim. — Vou gostar da sua companhia. Qual o nome de sua égua?

— Eu a chamo de Merry — respondo.

— Que todos nos alegremos com ela — diz ele, pisando no tronco para subir à sela.

Woodville me ergue pela cintura, me põe na minha sela e recua, enquanto minhas damas de companhia se alvoroçam, puxando as saias compridas de meu vestido de modo que caiam dos dois lados, ocultando minhas botas de montaria de couro.

— Tudo bem? — pergunta Woodville em tom baixo, bem próximo ao cavalo, como se verificasse o ajuste da cilha.

— Sim.

— Estarei logo atrás de você, se precisar de alguma coisa. Caso se canse ou queira parar, basta levantar a mão. Estarei atento. Viajaremos por cerca de duas horas e, então, faremos uma pausa para comer.

Meu marido se ergue em seus estribos. Grita:

— À Bedford!

E o pátio inteiro responde:

— À Bedford!

Abrem-se os grandes portões, e milorde sai na frente, passando pelas ruas apinhadas de Paris, onde pessoas nos olham e pedem esmolas ou favores. Logo estamos atravessando o grande portão norte, saindo para o campo em direção aos estreitos e à Inglaterra, a costa desconhecida que devo, supostamente, chamar de lar.

~

Milorde duque e eu cavalgamos à frente do cortejo para não sermos incomodados pela poeira. Quando nos distanciamos de Paris, meu marido acha que estamos seguros o bastante para seguir na frente da guarda armada, portanto somos somente eu e ele. Woodville e minhas damas de companhia cavalgam ao sol, como se por prazer. A estrada à nossa frente é sinuosa, muito usada por mercadores ingleses e soldados que atravessam as terras da Inglaterra, da capital inglesa de Paris ao castelo inglês de Calais. Paramos para comer à beira da floresta de Chantilly, onde armaram tendas e prepararam um pernil de veado. É bom descansar por uma hora à sombra de uma árvore, mas fico feliz em prosseguir viagem quando Woodville ordena que a guarda volte a montar. Quando meu marido me pergunta se não prefiro prosseguir a viagem em minha liteira puxada por mulas, respondo que não. A tarde está ensolarada e quente e, quando entramos na sombra verde da floresta de Chantilly, conduzimos os cavalos a meio-galope e minha égua acelera um pouco, ansiosa por galopar. Milorde ri e diz:

— Não deixe que ela fuja com você, Jacquetta.

Rio também quando seu cavalo grande estende o passo para ficar lado a lado com Merry, e seguimos um pouco mais rápido. De repente, há um estrondo e uma árvore tomba na estrada à nossa frente, seus galhos quebrando-se com o som semelhante ao de um grito. Merry empina aterrorizada, e ouço meu marido bradar como uma trombeta:

— À Bedford! É uma emboscada!

Mas já estou me segurando na crina e quase fora da sela, escorregando para trás, enquanto Merry precipita-se de lado, apavorada com o barulho, e dispara desenfreadamente. Arrasto-me para a sela, segurando-me em seu pescoço, e me abaixo bem quando ela se arremessa pelas árvores, atirando-se à direita e à esquerda, escapando para onde seus sentidos assustados a impelem. Não consigo guiá-la, soltei as rédeas, com certeza não posso detê-la. Mal sou capaz de me segurar nela, até que, finalmente, ela passa ao trote, depois ao passo, então bufa e para.

Trêmula, escorrego da sela e caio no chão. Meu casaco foi rasgado pelos ramos compridos, meu toucado foi derrubado de minha cabeça e agita-se preso pelo laço em meu pescoço, meu cabelo soltou-se e está emaranhado com gravetos. Soluço de medo e choque. Merry vira-se para o lado e mordisca um arbusto, puxando-o nervosamente, suas orelhas agitando-se em todas as direções.

Seguro as rédeas para evitar que ela parta em disparada de novo e olho em volta. A floresta está fresca e escura, absolutamente silenciosa, exceto pelos pássaros canoros nos galhos mais altos e o zumbido dos insetos. Nenhum som de homens marchando, de carroças, nada. Nem mesmo sei de onde vim nem a que distância estou da estrada. A fuga impetuosa de Merry parece ter durado uma eternidade. Mesmo que o grupo esteja perto, eu não saberia em que direção seguir. Certamente, ela não correu em linha reta: nos embrenhamos pelas árvores, e não há nenhum caminho que eu possa retomar.

— Droga — digo baixinho, como um inglês. — Merry, estamos completamente perdidas.

Sei que Woodville sairá à minha procura, talvez possa seguir as pequenas pegadas dos cascos de Merry. Mas se a árvore caída tiver sido uma emboscada, ele e meu marido podem estar lutando para salvar a própria vida, e talvez ninguém ainda tenha tido tempo de pensar em mim. Pior ainda se a luta for desfavorável a eles, pois poderão ser capturados ou mortos, e não haverá ninguém para procurar por mim. Nesse caso, estou realmente correndo perigo: sozinha e perdida em uma região hostil. De qualquer forma, o melhor a fazer é tentar me salvar.

Sei que estávamos indo para o norte, para Calais, e me lembro o suficiente do grande mapa na biblioteca do meu marido para saber que se conseguir voltar para a estrada norte, haverá várias aldeias, igrejas e conventos onde posso encontrar hospitalidade e ajuda. É uma estrada muito usada, e tenho certeza de que encontrarei um grupo de ingleses e que meu título os forçará a me oferecer assistência. Mas somente se eu achar a estrada. Olho para o solo ao nosso redor para ver se consigo distinguir as pegadas dos cascos de Merry e segui-las de volta ao caminho que fizemos. Há uma marca na lama, mais outra, uma pequena interrupção onde as folhas cobrem o solo, mas, logo além, os rastros recomeçam. Passo as rédeas por cima de sua cabeça e as seguro com a mão direita. Tento usar meu tom de voz mais confiante:

— Bem, garota tola, agora temos que procurar o caminho de volta. — Retomo o caminho por onde viemos, com ela atrás de mim, a cabeça baixa, como se lamentasse o problema que causou.

Andamos pelo que parecem horas. Os vestígios desaparecem pouco depois, pois o solo da floresta está coberto por folhas e gravetos, e não há marcas a seguir. Avanço intuitivamente e prosseguimos sem entraves, mas fico cada vez mais receosa de estarmos andando perdidas, sem rumo, talvez até mesmo em círculos, como os cavaleiros encantados de uma floresta de conto de fadas. Pensando nisso, não me surpreendo ao ouvir o som de água, e viro-me na sua direção. Alcançamos um riacho e um lago, quase uma fonte, redondo e cercado de musgo verde. Por um momento, penso que talvez Melusina surja no lago mágico para me ajudar, para ajudar sua filha. Mas nada acontece. Amarro Merry a uma árvore, lavo o rosto, bebo a água. Em seguida, trago-a ao lago e a égua deixa pender a cabeça branca, sugando a água, calmamente. Ela bebe muito.

As árvores formam uma pequena clareira ao redor do riacho, e um raio de sol atravessa a espessa cobertura de folhas. Sem soltar as rédeas de Merry, sento-me ao sol para descansar um pouco. Em um instante, penso, me levantarei e me posicionarei de forma que o sol fique à nossa esquerda, e então caminharei regularmente. Isso nos levará para o norte e, certamente, para a estrada de Paris, onde com certeza estarão me procurando. Sinto-me tão cansada e o sol está tão quente, que me recosto no tronco de uma árvore e fecho os olhos. Adormeço rapidamente.

~

O cavaleiro deixou o cavalo para trás, com seus companheiros, e seguiu as pegadas dela pela floresta, segurando uma tocha acesa, chamando seu nome, chamando seu nome sem parar. À noite, a floresta é sobrenatural. Em determinado momento, vislumbrou olhos escuros brilhantes e recuou, praguejando. Então viu a anca pálida de uma corsa desaparecendo nas sombras. Quando a lua apareceu, ele achou que enxergaria melhor sem a tocha. Apagou-a no chão espesso de folhas e prosseguiu, forçando a vista na penumbra prateada. Arbustos e árvores assomaram-se, mais escuros no breu e, sem a luz amarela da tocha, o cavaleiro preferiu não gritar tão alto por ela. Em vez disso, caminhou em silêncio, olhando ao redor sem parar, com o medo no seu coração, o medo de não ter conseguido ensinar-lhe a montar, de ter falhado em treinar o cavalo, de não ter lhe dito o que fazer nessas circunstâncias, de não ter previsto que isso aconteceria; de tê-la decepcionado, definitiva e absolutamente.

Com esse pensamento, tão terrível para ele, já que havia jurado secretamente servi-la e protegê-la até a morte, deteve-se, pôs a mão no tronco de uma árvore para se apoiar e baixou a cabeça, envergonhado. Ela era a sua dama, ele, seu cavaleiro e, ao primeiro teste, tinha fracassado. Agora, ela estava perdida na escuridão, e ele não conseguia encontrá-la.

Levantou a cabeça e o que viu o deixou perplexo. O que viu o fez esfregar os olhos para enxergar sem qualquer sombra de dúvida, a luz branca bruxuleante de um encantamento, uma quimera e, no seu centro, cintilando, um pequeno cavalo branco sozinho na floresta. Mas quando o animal virou a cabeça, o cavaleiro viu seu perfil e enxergou o chifre prateado de um unicórnio. O animal branco olhou para ele com os olhos escuros e, então, afastou-se, devagar o bastante para que ele o acompanhasse. Extasiado, seguiu-o em silêncio, guiado pela luz prateada tremeluzente, observando as pequenas marcas dos cascos que brilhavam nas folhas mortas com um clarão branco e que desapareciam depois que ele passava.

Teve a percepção de que não deveria capturar o unicórnio. Lembrou-se das lendas que advertiam que o animal o atacaria se chegasse perto demais. Somente um ser no mundo poderia capturar um unicórnio, e ele já tinha visto essa cena em meia dúzia de tapeçarias e em uma dezena de xilogravuras em livros de histórias desde que era menino.

O pequeno animal saiu da trilha, e ele ouviu o som de água ao chegarem a uma clareira. Conteve uma exclamação ao vê-la, adormecida como uma ninfa, como se ela própria tivesse crescido na floresta, ao pé da árvore, como se fosse feita de flores, seu vestido de veludo verde espalhado, a touca marrom como um travesseiro sob o cabelo dourado, o rosto tão tranquilo em seu sono quanto uma flor. Ficou esperando, sem saber o que fazer, e, enquanto a observava, o unicórnio avançou e deitou-se ao lado dela, colocando a cabeça comprida, com o chifre prateado, delicadamente no colo da donzela adormecida, exatamente como todas as lendas diziam que aconteceria.

~

O som de passos me desperta. Imediatamente, percebo que estou perdida na floresta, em perigo, e que adormeci de maneira estúpida. Acordo em pânico no escuro, e fico de pé com um pulo. Merry, que estava dormindo com a cabeça baixa ao meu lado, gira para olhar, os ouvidos aguçados. Vemos a figura de um homem, uma silhueta escura no lusco-fusco.

— Quem está aí? — pergunto, a mão segurando firme o chicote. — Cuidado! Tenho uma espada!

— Sou eu. Woodville — responde o escudeiro e se aproxima, para que eu o veja. Parece pálido, como se sentisse tanto medo quanto eu. — Está bem, milady?

— Meu Deus, meu Deus, Woodville! Estou tão feliz por vê-lo!

Corro para o escudeiro com as mãos estendidas e ele cai de joelhos, pega-as e beija-as com paixão.

— Milady — sussurra ele. — Milady. Graças a Deus a encontrei a salvo! Não se feriu?

— Não, não. Estava apenas descansando. Adormeci. Andei por muito tempo procurando o caminho de volta à estrada, mas fui tão tola... Sentei-me e adormeci...

Ele fica de pé.

— Não está longe. Procurei-a durante a noite toda, mas não está longe.

— É muito tarde?

— Não passa das onze. Estamos todos procurando pela senhora. O duque está louco de preocupação. Eu estava tentando seguir seu rastro... mas nunca a teria encontrado se não fosse...

— Milorde duque está bem? Foi uma emboscada?

Ele nega balançando a cabeça.

— Era o idiota de um camponês derrubando uma árvore atrás da outra na estrada. Ninguém se machucou, foi apenas má sorte estarmos lá na hora. Todos só tememos por milady. A senhora caiu?

— Não, Merry fugiu comigo, mas não me derrubou. É uma boa égua. Só fugiu porque teve medo, e então parou.

Ele hesita.

— Ela me trouxe até aqui — diz Woodville. — É um milagre. Eu a vi na floresta, e ela me conduziu até aqui.

Levanto as rédeas que prendi em meu pulso.

— Eu não a soltei.

— Amarrou-a?

Seus olhos percorrem a clareira, do luar prateado refletido na água à escuridão das árvores, como se procurasse alguma coisa.

— Sim, é claro — respondo. — Mas tirei a sela, como você me ensinou.

— Eu a vi — insiste ele simplesmente. — Estava solta na floresta.

— Ela não saiu daqui. Segurei suas rédeas.

Ele balança a cabeça, como se para clarear as ideias.

— Fez muito bem. Vou colocar a sela nela e levá-la para a estrada. — Woodville pega a bela sela trabalhada e a põe sobre Merry. Aperta a cilha, vira-se e me levanta. Por um momento, hesita, com as mãos em minha cintura. É como se nossos corpos se unissem quase sem o nosso consentimento: minha cabeça em seu ombro, suas mãos em minha cintura. Como se fôssemos atraídos um para o outro, como os planetas suspensos da biblioteca de milorde. Aos poucos, percebo que sou tomada por uma emoção que nunca senti antes. Aos poucos, percebo que é desejo. Ergo meu rosto para ele, e seus olhos obscurecidos me fitam, suas mãos ficam mais quentes, sua expressão torna-se desconcertada à medida que sente o desejo que pulsa lentamente em mim. Ficamos assim, juntos, por um longo tempo. Então, sem uma palavra, ele me põe na sela, ajeita meu vestido, entrega meu chapéu e conduz Merry pela floresta, em direção à estrada.

Castelo de Calais, França, Junho de 1433

Ficamos hospedados mais uma vez no grande castelo da cidade-fortaleza de Calais. Woodville é saudado como capitão, mas milorde diz que ainda não pode destacá-lo para fixar residência. Estou na ameia no alto do castelo, olhando apreensivamente para o estandarte na torre acima, que crepita e ondula ao vento forte.

— Vai haver tempestade? — pergunto a meu marido.

Ele olha de relance para mim.

— Não está com medo, está? A água é o seu elemento.

Reprimo uma resposta. Pessoalmente, não acho que ter a deusa das águas como ancestral seja uma garantia de imunidade à náusea, tampouco a um naufrágio.

— Sinto um pouco de medo. As ondas parecem muito altas, são sempre grandes assim? Quebram tão altas na muralha da enseada? Não me lembro delas tão grandes assim.

Ele volta os olhos para o mar como se fosse avaliá-lo pela primeira vez.

— Está um pouco agitado, talvez. Mas partiremos na próxima maré. É importante demais para adiarmos. Tenho que chegar à Inglaterra. Vou falar com o Parlamento. Precisam se dar conta de que têm que destinar fundos para pagar a temporada de campanhas na França. E tenho que achar uma maneira de conseguir que o meu irmão Humphrey trabalhe com o nosso tio, o cardeal Beaufort. O jovem rei... — interrompe-se. — Ah, não importa, temos de partir, e não acho que a viagem será desconfortável demais para você ou que correremos perigo. Não pode acalmar as águas? É véspera de São João, e certamente você será capaz de realizar uma pequena mágica, sobretudo nesta noite, não?

Tento sorrir da piada sem graça.

— Não, quem dera que eu pudesse.

Ele se vira e entra no castelo. Ouço-o chamar seus escrivães aos gritos e mandar o capitão completar o carregamento, pois zarparemos na próxima maré, independente do tempo. Woodville aparece com um manto e o coloca ao redor dos meus ombros.

— Milorde está preocupado com os acontecimentos na Inglaterra. O irmão dele, Humphrey, duque de Gloucester, não é um bom conselheiro. O sobrinho dele, o rei, é jovem e inexperiente, e seu outro tio, o cardeal Beaufort, tem os próprios planos para o reinado. Os dois, o duque de Gloucester e o cardeal, tentam atrair o jovem rei, cada um para a sua própria causa, e ele fica sem saber que direção seguir.

— É seguro navegar?

— Ah, sim. Talvez seja um pouco difícil, mas vou providenciar para que fique confortável em sua cabine, milady. E que Merry esteja segura em sua baia. Navegaremos durante a noite e, de manhã, já acordará em seu novo país. Milorde a levará para conhecer a sua nova casa.

— Spenhurst? — pergunto, experimentando a palavra estranha.

— Penshurst — corrige ele. — Milady vai gostar de lá. Juro que é a residência mais bela em uma das regiões mais agradáveis da Inglaterra, Kent, famosa por seus pomares de maçãs e outras frutas. Perto de Londres, mas distante o bastante para que não seja incomodada por muitas pessoas. Uma joia de casa para uma duquesa digna de seu valor.

— E ficaremos lá o tempo todo? — Deixo Woodville me conduzir do terraço da torre para o calor no interior do castelo. Ele coloca uma cadeira para mim diante do fogo que arde no centro do salão arredondado.

— Acho que milorde não terá tempo para descansar no campo — diz ele. — Terá que se encontrar com o rei e persuadi-lo a lhe fornecer homens e armas para continuar as campanhas na França. Terá que explicar as campanhas ao Parlamento para obter apoio. Terá que lidar com o irmão, o duque Humphrey, e seu tio, o cardeal Beaufort. Ele tem muito a fazer.

— E o rei, Henrique, vou vê-lo? Como ele é?

Woodville sorri.

— Ainda é muito jovem, quase um menino. Só tem 12 anos. Milady terá uma entrada cerimonial em Londres. O duque é um homem muito importante, tanto na Inglaterra quanto na França, e o jovem rei irá recebê-la. — Sorri de novo. — Acho que vai gostar dele, é um menino encantador, e... — Ele ri, como se estivesse constrangido. — Acho que ele vai adorá-la. Nunca viu ninguém como milady. Será a mulher mais bela da Inglaterra, assim como a mais importante.

Palácio de Westminster, Londres, Verão de 1433

O jovem rei é uma decepção para mim. Não tenho nenhuma experiência com reis, pois o condado de Luxemburgo não é governado pela realeza, meu pai é um conde e nossos suseranos são os duques de Borgonha (embora sejam mais ricos e poderosos do que qualquer um na França). Além disso, o último rei francês, que diziam estar tragicamente louco, morreu quando eu era apenas uma menina, antes mesmo de eu conhecê-lo. Portanto estava esperando muito do rei menino. Esperava ver um garoto que seria o reflexo, em tamanho menor, de seu heroico pai. Afinal, a vida de meu marido é dedicada à segurança desse rei em suas terras na França. Nós dois juramos servir a ele. Eu esperava um ser especial: algo entre um menino e um deus.

Nada disso. Vejo-o em nossa entrada em Londres, ao atravessarmos os portões da cidade ao som de coros e aclamações dos cidadãos. Meu marido é um velho amigo do povo de Londres, e eu sou uma novidade que eles apreciam. Os homens gritam sua aprovação pela minha juventude e aparência, e as mulheres me mandam beijos. Os mercadores locais dependem do comércio com as terras inglesas na França, e meu marido é conhecido por preservá-las para a Inglaterra. Os mercadores, suas mulheres e a criadagem vêm nos saudar e expõem nossos estandartes em suas janelas. O prefeito de Londres preparou poemas e representações teatrais para nos receber. Em um quadro vivo, há uma bela sereia que promete saúde, fertilidade e uma torrente de eterna felicidade. Milorde duque segura minha mão e faz reverências à multidão. Parece orgulhoso quando gritam meu nome e dirigem bênçãos para mim.

— Os londrinos amam uma bela jovem — diz ele. — Continuarei na graça deles enquanto você mantiver sua aparência.

Os criados do rei nos recebem no portão do Palácio de Westminster e nos conduzem por um labirinto de pátios e jardins, salas com antecâmaras e corredores, até finalmente chegarmos aos aposentos privados do rei. Um par de portas duplas é aberto, depois mais duas, e adentramos uma sala com pessoas vestidas com roupas belíssimas. Por fim, como um bonequinho de mola que salta depois de se abrir uma série de caixas, ali está o jovem rei, que se levanta do trono e vem saudar o tio.

O menino é magro e baixo — esta é a minha primeira impressão — e pálido, pálido como um erudito, embora eu saiba que o façam exercitar-se, montar diariamente e até competir na justa, com um amortecedor na ponta da lança do adversário. Eu me pergunto se ele não estará doente, pois há algo na transparência de sua pele e em seu andar lento que me dão a sensação de que ele está cansado. Por um momento, de repente, para meu horror, ele me parece um ser feito de vidro, de tão magro e translúcido, que pode se quebrar se tropeçar e cair no chão de pedra.

Respiro fundo, meu marido olha de relance para mim, distraindo-se por um momento, depois se vira para o rei, seu sobrinho, faz uma reverência e o abraça. "Ah, cuidado!", murmuro, como se ele pudesse esmagá-lo e, então, Woodville vem, elegantemente, do outro lado, e põe minha mão direita no seu braço, como se me conduzisse à frente para ser apresentada.

— O que foi? — pergunta ele em um sussurro bem baixo. — Não está passando bem, milady?

Meu marido está com as mãos nos ombros do menino, olhando o rosto pálido, os olhos cinza-claros. Quase posso sentir o peso de suas mãos. Sinto que esse peso é excessivo.

— Ele é tão frágil — murmuro, e então encontro as palavras certas: — É frágil como um príncipe de gelo, de vidro.

— Não diga isso agora! — ordena Woodville e belisca forte minha mão. Fico tão surpresa com seu tom e a dor súbita que me retraio e olho para ele. Recomponho-me ao perceber que os homens e as mulheres da corte estão todos ao nosso redor, olhando fixamente para mim, milorde e o rei, e que Woodville está me conduzindo para fazer a minha reverência com uma rispidez tão determinada que sei que não devo dizer mais nada.

Faço uma reverência profunda, e o rei me faz levantar com um toque leve em meus braços. É respeitoso, já que sou sua tia, apesar de só ter 17 anos, e ele, 12: ambos somos jovens inocentes nessa corte de adultos impudentes. Ele me dá as boas-vindas à Inglaterra com uma voz delicada que ainda não adquiriu o tom de um homem. Ele beija a minha face, e o toque de seus lábios é frio como o gelo quebradiço que imaginei assim que o vi. As mãos que seguram as minhas são finas. Quase sinto os ossos de seus dedos, como pequenos pingentes de gelo.

Ele nos convida a jantar e me conduz à frente de toda a corte. Uma mulher muito bem-vestida recua com o andar hesitante, como se me deixasse passar com relutância. Volto-me para o jovem rei.

— Minha outra tia, Eleanor, duquesa de Gloucester — apresenta ele com sua voz cantada e aguda de criança. — Esposa de meu amado tio, Humphrey, duque de Gloucester.

Faço uma reverência para ela e ela para mim. Atrás da mulher, vejo o belo rosto do irmão de meu marido, o duque de Gloucester. Os dois se abraçam, os braços de um nos ombros do outro em um grande aperto, mas quando meu marido vira-se para a cunhada, percebo que a observa com austeridade.

— Espero que todos sejamos felizes juntos — diz o rei em sua voz hesitante. — Acho que família tem que ser unida. Uma família real deve sempre ser unida, não acha? Devemos nos amar uns aos outros e viver em harmonia.

— É claro — retruco. Se nunca vi rivalidade e inveja em uma mulher, estou vendo agora no belo rosto corrompido da duquesa de Gloucester. Ela usa um toucado muito alto, que a faz parecer gigante, a mulher mais alta da corte. Seu vestido é azul-escuro, debruado com arminho, a pele mais prestigiada do mundo. Ao redor do pescoço carrega safiras azuis, e seus olhos são ainda mais azuis do que elas. Sorri para mim, exibindo os dentes brancos, mas não há nenhum calor em sua expressão.

O rei coloca-me à sua direita, e milorde duque, à esquerda. Do meu outro lado, o duque de Gloucester, e ao lado do meu marido, a duquesa. Estamos de frente para o grande salão de jantar como se fôssemos uma de suas tapeçarias, um entretenimento: nossas roupas e capas têm cores vivas, nossas joias cintilam. A corte nos observa como se fôssemos um espetáculo educativo. Olhamos para eles como deuses fitam simples mortais. Quando os pratos são servidos, mandamos os melhores para os nossos favoritos, como que para lembrar a eles de que comem sob nossas ordens.

Depois do jantar, há dança, e o duque de Gloucester convida-me rapidamente para acompanhá-lo. Colocamo-nos em posição e esperamos enquanto os outros pares nos acompanham.

— Você é encantadora — elogia o duque. — Disseram-me que John havia se casado com uma ladra de corações, mas não acreditei. Como pude servir a meu país na França tantas vezes e nunca tê-la visto?

Sorrio e não digo nada. A resposta verdadeira seria que, enquanto meu marido estava envolvido em uma guerra sem fim para manter a segurança das terras inglesas na França, esse seu irmão imprestável fugia com a condessa de Hainault, Jacqueline, e travava uma guerra pessoal para conquistar as terras dela para si mesmo. Desperdiçou a fortuna que possuía e podia ter perdido também a vida, se seus caprichos não tivessem se desviado para a dama de companhia da condessa, essa Eleanor. E então fugiu com ela. Em resumo, ele é um homem motivado por seus desejos, não pelo dever. Um homem tão diferente de meu marido que mal acredito que sejam filhos do mesmo rei Henrique IV.

— Se a tivesse visto, nunca teria voltado para a Inglaterra — continua ele em um sussurro quando um passo na dança nos aproxima.

Não sei o que responder e não gosto da maneira como ele me olha.

— Se a tivesse visto, nunca teria saído do seu lado — prossegue ele.

Olho de relance para o meu marido, mas ele está conversando com o rei e não presta atenção em mim.

— Você teria sorrido para mim? — pergunta meu cunhado. — Sorriria para mim agora? Ou receia roubar meu coração?

Não sorrio; fico muito séria e me admiro de ele falar comigo dessa maneira, com essa segurança, como se acreditasse que eu não seria capaz de lhe resistir. Há algo repulsivo e fascinante na maneira como ele me pega pela cintura, o que faz parte da dança, e me pressiona contra si. A mão quente em minhas costas e a coxa dele roçando em mim não deveriam fazer parte de nossos movimentos.

— Meu irmão a agrada como marido? — sussurra, com a respiração quente em meu pescoço nu. Inclino-me ligeiramente para trás, mas ele firma o punho e me mantém próxima. — Ele a toca como uma jovem gosta de ser tocada, de um jeito delicado e intenso? — O duque ri. — Estou certo, Jacquetta? É assim que você gosta de ser tocada? De um jeito delicado e intenso?

Afasto-me dele; há um remoinho de cores e música, e Richard Woodville segura minha mão e me conduz entre os dançarinos. Ele me faz girar uma vez, depois outra.

— Perdoe-me — diz ele, por cima dos ombros, ao duque. — Eu me enganei. Passei tempo demais na França, achei que estava na hora da troca de pares.

— Não, ainda é cedo, mas não tem importância — retruca o duque, tomando a mão da parceira de Woodville, abruptamente abandonada, e voltando a dançar. Eu e Woodville fazemos alguns passos no centro do círculo e, depois, formamos um arco com as mãos para que todos atravessem. Há nova troca de parceiros, e me afasto, no movimento da dança, do duque Humphrey.

~

— O que achou do rei? — pergunta meu marido, vindo, nessa noite, ao meu quarto. Os lençóis foram trocados para ele, os travesseiros foram empilhados bem alto. Ele chega com um suspiro de exaustão, e noto que seu rosto vincado está cinzento, tamanho o cansaço.

— Muito jovem — respondo.

Ele ri brevemente.

— E você é com certeza uma velha casada.

— Jovem mesmo para a sua idade — digo. — E frágil, de certa maneira, não? — Não conto a ele a impressão que tive de um menino frágil como vidro e frio como gelo fino.

Ele franze o cenho.

— Acho que ele é forte o suficiente, embora concorde que é franzino para a idade. O pai dele... — interrompe-se. — Não importa o que seu pai foi nem como era na infância. Mas Deus sabe que meu irmão Henrique foi um garoto forte e robusto. De qualquer maneira, não é hora para lamentações: esse menino terá que sucedê-lo. Terá apenas que se tornar grandioso. O que achou do meu irmão?

Contenho a língua na minha primeira resposta.

— Acho que nunca na minha vida conheci alguém como ele — digo com sinceridade.

Ele ri.

— Espero que não tenha falado com você de maneira desagradável.

— Não, ele foi perfeitamente cortês.

— Meu irmão acha que pode conquistar qualquer mulher no mundo. Quase nos arruinou na França, quando cortejou Jacqueline de Hainault. A salvação da minha vida foi quando ele seduziu a dama de companhia dela e fugiu para a Inglaterra.

— A duquesa Eleanor?

— Sim. Deus meu, que escândalo! Todos disseram que ela o tinha seduzido com poções do amor e bruxaria! E Jaqueline foi deixada só, declarando que havia se casado e que fora abandonada em Hainault! Típico de Humphrey, mas, graças a Deus, ele a deixou e voltou para a Inglaterra, onde não pode causar estragos, ou pelo menos não muitos.

— E Eleanor? — pergunto. — É esposa dele, agora?

— Era dama de companhia da mulher dele; depois, sua prostituta, agora é sua mulher. Portanto quem sabe o que ela é de verdade? Mas não é minha amiga. Sou o irmão mais velho e, portanto, herdeiro do trono. Se alguma coisa acontecer ao rei Henrique, que Deus não permita, herdarei as coroas da Inglaterra e da França. Humphrey vem depois de mim. Às vezes, ela me olha como se me quisesse longe. Deve estar rezando para que você não tenha um filho homem que seja mais um obstáculo para ela chegar ao trono. Consegue, com a Visão, ver se ela lança feitiços? Se tem o dom? Ela me deseja má sorte?

Penso na mulher com as safiras deslumbrantes, o sorriso impressionante e o olhar duro.

— Não vejo nada além de orgulho, vaidade e ambição.

— Isso já é ruim o bastante — retruca milorde, alegremente. — Ela pode contratar alguém para realizar os feitiços. Acha que eu deveria vigiá-la?

Reflito sobre a mulher radiante e seu belo marido sussurrante.

— Sim — respondo, pensando em como essa corte está distante da minha infância nos castelos ensolarados da França. — Se eu fosse milorde, mandaria que fosse vigiada. Mandaria que os dois fossem vigiados.

Penshurst, Outono de 1433

Durante todo o verão, milorde fala com uma sucessão de homens importantes. Quando o medo sazonal da peste diminui e o Parlamento retorna a Londres, ele se encontra com os homens da região rural e dos condados e lhes pede fundos para manter a guerra na França. Apela para o apoio de seu tio, o cardeal, que prevalece sobre seu irmão ao aconselhar o jovem rei. Aos poucos, o serviço que meu marido prestou ao país é reconhecido e todos se mostram agradecidos, dizendo que agora ele pode deixar seu posto, aposentar-se, abandonar sua regência na França e retornar à Inglaterra, onde poderemos viver em sua nova bela casa.

— Ele não virá — prediz Woodville. Estamos cavalgando nas terras verdes nos campos de Penshurst, em Kent. Há dias esperamos que milorde deixe Londres e venha para a sua nova casa. — Não virá agora e não ficará na Inglaterra, embora digam que merece o descanso.

— Ele está tão cansado assim? Não o vejo há semanas.

Ele balança a cabeça, sem esperanças.

— Acho que está se matando de trabalhar. Mas não vai parar.

— Por que não? Se lhe disseram que pode...

— Porque ele não vai deixar homens como seu tio Louis sem liderança em Paris. Não deixaria a França sem um regente. Não permitiria que os armanhaques fossem às reuniões de negociação de paz e fizessem exigências sem que ele estivesse lá para rebater. Tem de haver paz. Borgonha está disposta a isso e provavelmente negocia com os armanhaques pelas nossas costas. Os armanhaques estão exaustos, sem homens nem recursos, e a senhora sabe como milorde luta para formar um exército na Inglaterra. Estamos todos prontos para a paz, e milorde verá os termos serem discutidos detalhadamente. Ele conseguirá a paz na França antes de deixar o posto.

— Então, teremos que voltar para Paris? — Reluto em retornar. Tenho usado o tempo na Inglaterra como um copista em suas aulas. Estudo inglês, leio os livros da biblioteca de milorde. Empreguei um erudito para ler textos de alquimia comigo e explicá-los. Tenho procurado um herborista para me ensinar sobre ervas. Não quero deixar tudo isso e voltar para um palácio grandioso em uma cidade de famintos.

— Sim. Mas se pudesse escolher, preferiria ficar?

Levo um tempo para responder. Há algo no tom de voz dele que me alerta que esta é uma pergunta importante. Olho das fileiras de cercas vivas, onde os frutos vermelhos das rosas-caninas brilham entre as folhas que desbotam, para as colinas distantes, onde as faias tornam-se bronze.

— É um belo país — digo. — E, na verdade, prefiro Londres a Paris.

Ele sorri radiante de orgulho.

— Eu sabia — replica, em triunfo. — Sabia que preferia Londres. É uma duquesa inglesa. Nasceu para ser uma inglesa. Devia viver aqui.

— Realmente, eu me sinto em casa — admito. — Mais do que na França, ainda mais do que em Luxemburgo. A região rural é tão bonita, e as colinas, tão verdes. E Paris é tão pobre, as pessoas tão irritadas, que não consigo deixar de pensar que aqui é melhor.

— Eu disse ao meu pai que milady era, em seu coração, uma inglesa.

Sorrio.

— E o que ele disse?

— Que uma duquesa tão bonita deveria ficar na Inglaterra, onde pode florescer.

— Onde seu pai mora?

— Tem uma pequena propriedade em Grafton; a nossa família está lá há muitos anos. Ele serviu ao duque, seu marido, e ao rei antes dele. Acho que voltará à guerra, reunirá os próprios soldados para nos apoiar quando retornarmos à França.

— Grafton é como aqui?

— Tão belo quanto — responde ele com orgulho. — Sabe, eu gostaria de levá-la a Grafton. Queria muito levá-la até lá. Gostaria que conhecesse minha casa.

Lentamente, olho de soslaio para ele.

— Eu também gostaria — digo, e ficamos, os dois, em silêncio.

~

Milorde fica em Londres e convoca Richard para auxiliá-lo, e praticamente toda semana chega uma carroça com tapeçarias, móveis ou livros que ele comprou para a nova casa. Estou no pátio das cavalariças esperando uma dessas carroças com preciosidades ser descarregada quando me surpreendo com uma mulher graciosa, usando um vestido citadino e uma touca branca modesta. Alguém a ajuda a descer da parte de trás da carroça, e ela faz uma reverência para mim.

— Sou a Sra. Jourdemayne — diz ela. — Sua Graça enviou-me com este presente.

Ela faz um sinal com a cabeça, e um garoto pula da carroça com uma bandeja de madeira onde estão vasinhos de barro, cada um com uma pequena muda. Ele coloca a bandeja aos meus pés e pula de volta na carroça para buscar as outras, até eu ficar cercada por um pequeno gramado verde. A Sra. Jourdemayne ri de minha expressão de deleite.

— Milorde disse que milady ficaria contente — observa ela. — Sou jardineira e herborista. Ele disse que eu deveria trazer estas mudas e me pagou por uma semana de trabalho. Devo ficar com milady e ajudá-la a plantar uma horta de ervas, se assim desejar.

— É claro que sim! Há uma horta aqui, do lado da cozinha, mas está coberta pelo mato, e não sei nada sobre isso.

— Diga ao garoto aonde levar as bandejas com as mudas, e começaremos quando quiser — diz ela rapidamente.

Chamo meu pajem e ele a conduz enquanto vou buscar um chapéu de abas largas para proteger o rosto e luvas para a minha primeira aula de jardinagem.

Ela é uma jardineira singular. Instrui o empregado mais antigo de Penhurst a fazer 12 canteiros na antiga horta próxima à cozinha e, enquanto ele cava o solo, ela me mostra as folhas das pequenas ervas e suas flores e me fala das propriedades que possuem. Cada novo canteiro receberá o nome de uma casa dos planetas.

— Este era o canteiro de confrei — diz Ralph, o empregado, obstinadamente. — Agora, onde vamos pôr o confrei?

— No canteiro de Aquário — replica ela calmamente. — O confrei é uma planta que floresce sob o signo da água. E este canteiro aqui será o lugar onde cultivaremos as plantas do signo de Touro.

Ele deve ter pensado no canteiro durante a noite toda, pois, na manhã seguinte, tem uma piada pronta.

— O que vai plantar ali, no canteiro de Touro? Torênias? Torênias? — pergunta ele e se dobra de rir de seu próprio humor. A galhofa o faz rir o dia todo, mas a Sra. Jourdemayne não se perturba. Seleciona mudas em sua bandeja de plantas e os coloca diante de mim.

— Touro é um signo da terra — diz ela. — Quando a lua está em Touro, favorece a germinação de raízes tuberosas, como as cenouras brancas e roxas, a cebola e o nabo. Favorece as ervas de Touro, tais como hortelã, prímula, tanaceto, absinto e milefólio. Plantaremos essas no nosso canteiro de Touro.

Estou encantada.

— Tem todas essas?

Ela sorri.

— Podemos plantar algumas delas agora, outras terão de esperar até a lua entrar em uma fase diferente — responde. — Mas eu trouxe todas, em mudas ou sementes. Seu marido deu ordens para que tivesse todas as ervas da Inglaterra em sua horta. Disse que milady possui um dom. Possui?

Baixo a cabeça.

— Não sei. Às vezes, acho que sei coisas, às vezes, nada sei. Estou estudando alguns livros e ficarei feliz em aprender o cultivo de ervas e como usá-las. Mas não tenho certeza de nada. Quanto mais aprendo, mais percebo que não sei nada.

— Esse é o caminho da aprendizagem. — Ela sorri.

Passamos a tarde toda na horta, de joelhos como camponesas, plantando as ervas nos canteiros que ela tinha preparado. Quando esfria à tardinha e o sol começa a se pôr, levanto-me e olho ao redor para a horta que havíamos feito. Doze canteiros regulares distribuem-se a partir de um banco em formato circular, no coração da horta. Todos cavados e capinados, alguns já plantados. A Sra. Jourdemayne rotulou as mudas, com seus nomes e propriedades.

— Amanhã mostrarei como fazer tinturas e ervas secas — diz ela. — Eu lhe darei minhas receitas.

Estou tão cansada por causa do nosso trabalho que logo adormeço. No entanto, desperto tarde da noite como se a lua me chamasse, da mesma forma que atrai a seiva das plantas. Vejo a luz fria refletida no chão do meu quarto. Minha criada dorme pesadamente na cama, ao meu lado. Afasto as cobertas e vou até a janela. Ouço algo, como as badaladas de um sino. Ponho um manto sobre os ombros, abro a porta do meu quarto e saio para a galeria.

Na penumbra, só consigo discernir a silhueta de uma mulher: a Sra. Jourdemayne. Recuo por um instante, temerosa do que ela estaria fazendo na escuridão. Está do lado de uma das janelas, que ela mesma abriu. O som é mais alto, distinto e melodioso, como se estivesse se derramando na galeria com o luar. Quando ela ouve meus passos, olha em volta com a expressão alerta como se esperasse alguém, alguma coisa. Mas sem medo.

— Ah, é a senhora — diz ela, embora devesse fazer uma reverência. — Está ouvindo?

Confirmo com a cabeça.

— Sim, estou.

— Nunca ouvi nada assim antes. Achei que fosse a música das esferas.

— Eu conheço — retruco com tristeza. Dou um passo à frente e fecho a janela, e a música é abafada instantaneamente. Então, fecho a cortina pesada para bloquear a música e o luar.

A Sra. Jourdemayne estende a mão para me impedir.

— O que foi? — pergunta ela. — Por que a abafou? O que significa?

— Não tem nada a ver com você. É para mim. Deixe-me fechá-la.

— Por quê? O que significa?

— Eu a ouvi duas vezes — digo, pensando em minha irmãzinha que morreu ao nascer e no coro que murmurou adeus à minha tia-avó. — Receio que seja a morte de alguém da minha família — replico em tom baixo. — É o canto de Melusina.

Viro-me e sigo pelo corredor obscurecido para o meu quarto.

De manhã, ela me mostra como ressecar ervas, como fazer tisanas, como fazer tintura e como retirar a essência de flores usando uma camada de cera. Estamos a sós na sala silenciosa, o aroma agradável de folhas trituradas ao nosso redor, o frescor do piso de pedras sob nossos pés, a pia de mármore cheia de água fria.

— E o canto a avisa de uma morte? — pergunta ela simplesmente.

— Sim — respondo. — Rezo para que minha mãe e meu pai estejam bem. Este parece ser o único dom que tenho: prever a perda.

— Difícil — diz ela e me passa o pistilo e o pilão com algumas sementes para eu triturar.

Trabalhamos juntas em silêncio por algum tempo. Então, ela continua:

— Existem ervas especiais para uma mulher jovem, recém-casada — observa ela, como se falasse com as folhas que está lavando na pia. — Ervas que evitam um bebê, ervas que podem ajudar a ter um bebê. Estão no meu livro de receitas.

— Você pode evitar um bebê? — pergunto.

— Posso até mesmo impedir que ele nasça quando uma mulher já está grávida — diz ela com um sorriso matreiro. — Tomilho, artemísia e salsa farão isso. Plantei as ervas em sua horta, para que as use quando precisar. Se vier a precisar. — Ela olha de soslaio para minha barriga plana. — E se quiser um bebê, também terá ervas à mão. Folhas de framboesa de seu pomar e ervas daninhas muito fáceis de achar: folhas de urtiga e flores de trevos do campo.

Sacudo a poeira das mãos e pego a lousa e o giz.

— Diga-me como prepará-las — falo.

Margery permanece comigo por mais tempo do que a semana que havia prometido, e quando parte, minha horta está quase toda plantada, exceto pelas ervas que precisam esperar pelo quarto minguante. O alambique já tem alguns vasos de ervas no vinho e certos ramalhetes de ervas pendurados para secar. Ela retornará a Londres em uma das carroças de milorde, junto com o garoto, seu empregado. Vou ao pátio das cavalariças para me despedir. Enquanto a observo subir agilmente na carroça, uma escolta de meia dúzia de homens, com um mensageiro usando o libré vermelho e branco de milorde, entra com um tropel pelo terreno murado, e Richard Woodville desmonta.

— Milady, trago uma mensagem de milorde — diz ele. — Ele marcou-a para ser entregue só para a senhora.

Estendo a mão, embora sinta o rosto estremecer e meus olhos se encherem de lágrimas. Pego a carta e rompo o lacre, mas não consigo ver o que está escrito, pois minha vista está embaçada.

— Leia — digo, entregando-a a ele. — Diga o que é.

— Tenho certeza de que não há razão para se afligir... — começa ele, e então lê as poucas linhas e me olha consternado. — Lamento, Vossa Graça. Lamento muito. Milorde escreve para lhe dizer que seu pai faleceu. Há peste em Luxemburgo, mas sua mãe está bem. Ela enviou a notícia a milorde. — Hesita, olha para mim. — A senhora já sabia?

Confirmo com um movimento da cabeça.

— Imaginei que fosse isso — digo. — Apesar de ter fechado a cortina para evitar o luar e de ter tentado não escutar a música.

A Sra. Jourdemayne, sentada do lado do cocheiro, baixa o olhar para mim com uma expressão perspicaz de compaixão.

— Às vezes, não é possível evitar o que se escuta nem o que se vê — diz ela. — Que o Senhor, que lhe deu esse dom, dê-lhe também coragem para suportá-lo.

Paris, França, Dezembro de 1434-Janeiro de 1435

Woodville não realiza seu desejo de me levar para conhecer Grafton, embora fiquemos na Inglaterra por um ano, e milorde não consegue realizar seu desejo de obter um exército adequado para servir na França, nem — apesar de assumir o poder e governar a Inglaterra — de pôr em ordem o Conselho do rei ou o Parlamento. Não podemos permanecer em território inglês, pois a cidade de Paris chama por milorde duque, dizendo que o povo está cercado de ladrões, soldados amotinados e mendigos, e todos morrem de fome por falta de suprimentos.

— Ele não recusará o chamado — adverte-me Woodville. — Teremos de voltar para Paris.

O mar está agitado para a travessia e, quando chegamos a Calais, a guarnição está tão desanimada que milorde ordena que Woodville fique, eleve o ânimo dos soldados e os prepare para um ataque aos franceses assim que o clima permitir. Então, milorde e eu nos preparamos para prosseguir pelas estradas enlameadas em direção a Paris.

Woodville despede-se de nós na arcada do grande portão. Vem para o meu lado e, sem pensar, verifica o ajuste da cilha do meu cavalo, como sempre faz.

— Como farei sem você? — pergunto.

O rosto dele permanece inflexível.

— Pensarei em você — diz ele. Sua voz soa baixa, e ele não me encara.
— Só Deus sabe como pensarei em você todos os dias.

Vira-se e se dirige a milorde duque. Apertam-se as mãos; milorde debruça-se no cavalo e abraça seu escudeiro.

— Deus o abençoe, garoto. Controle a situação por mim e venha quando eu mandar chamá-lo.

— Sempre — retruca Woodville. Milorde ergue a mão, e começamos a atravessar a ponte levadiça. Dou-me conta de que não sei quando o verei de novo e de que não me despedi nem agradeci por ter cuidado de mim nem lhe disse... nem lhe disse... Balanço a cabeça. Não há nada que a duquesa de Bedford deveria ter dito ao escudeiro de seu marido e não há nenhuma razão para as lágrimas estarem embaçando minha visão da estrada nas planícies à frente.

Dessa vez, cavalgamos no meio do cortejo. A região rural é uma terra sem lei, e ninguém sabe se uma tropa francesa a está atravessando e destruindo tudo o que encontra pelo caminho. Seguimos a meio-galope, o rosto severo de milorde, exausto com a viagem, preparado para o caso de haver problemas.

Na cidade, a desgraça. Tentamos passar o Natal no Hôtel de Bourbon, mas os cozinheiros estão sem esperança de conseguir boa carne e legumes. Diariamente chegam mensageiros das terras inglesas na França relatando insurreições em aldeias distantes, onde o povo jurou não se sujeitar ao governo inglês nem por mais um instante sequer. Não é consolo sabermos que o rei armanhaque também está enfrentando rebeliões. Na verdade, toda a França está farta de guerra e de soldados e amaldiçoa nossas duas casas.

No ano novo, milorde duque me diz abruptamente que estamos partindo de Paris, e o conheço bem o bastante para não questionar seus planos quando ele parece tão enfurecido e cansado ao mesmo tempo.

— Pode me dizer se a nossa sorte vai mudar? — pergunta ele rispidamente. — Só isso.

Faço um gesto negativo com a cabeça. Na verdade, acho que a má sorte o está perseguindo, e a tristeza o acompanha.

— Você parece uma viúva — diz ele, mordaz. — Sorria, Jacquetta.

Sorrio para ele, mas não digo que, às vezes, me sinto mesmo como uma viúva.

Gisors, França, Fevereiro de 1435

Milorde manda chamar Woodville para nos escoltar de Paris a Rouen. Não me diz nada, mas receio que ache que a cidade de Paris não resistirá se for atacada e que só estaremos seguros em Rouen. Ao chegar lá, ele espera negociar a paz com a corte francesa no coração das terras mantidas pelos ingleses. Woodville aparece com uma guarda extra, a expressão grave. Inspeciona os soldados no pátio das cavalariças, exige disciplina para aumentar a segurança e ajuda milorde a montar para o primeiro dia de viagem.

É uma viagem fria e úmida, e fazemos uma parada no Castelo de Gisors, muito bem fortificado. Desperto à noite ao ouvir um som aterrador, agonizante. É meu marido, debatendo-se na cama como se alguém o asfixiasse, sufocado. Levanto-me de um pulo e acendo uma vela na lareira: ele está arrancando a camisa de dormir, esforçando-se para respirar. Abro a porta do quarto, chamo minha criada e mando que vá correndo buscar Woodville e o chefe dos camareiros de milorde.

Em instantes, meu quarto se enche de homens. Erguem meu marido e escancaram a janela para que ele respire melhor. O médico chega com um dos extratos preparados pelos alquimistas, e milorde bebe, ofegante.

— Estou bem, estou bem — diz ele, rouco, agitando a mão para as pessoas no quarto ou reunidas à porta. — Vão, vão embora, todos vocês, voltem para a cama. Está tudo bem.

Percebo que o médico olha para Woodville, como se os dois soubessem que aquilo é uma mentira para tranquilizá-los, mas Woodville retira todos do quarto, mandando apenas um único homem permanecer à porta, para o caso de precisarem. Finalmente, o médico, milorde, Woodville e eu ficamos a sós.

— Vou mandar buscar o médico de Paris — diz Woodville a meu marido. — Não se aflija, mandarei buscá-lo já.

— Sim — concorda ele com dificuldade. — Tem um peso no meu peito, como chumbo. Não consigo respirar.

— Acha que consegue dormir?

— Se me colocar sentado na cama, mas não posso me deitar. Estou cansado, Richard, estou cansado como um cão espancado.

— Vou dormir do outro lado da porta — diz Woodville. — A duquesa pode me chamar se milorde acordar.

— É melhor ela ir para outro quarto — sugere meu marido. — Este não é um lugar para ela.

Todos olham para mim como se eu fosse uma criança que devesse ser poupada de qualquer aflição.

— Vou ficar com milorde — respondo. — De manhã, vou colher limão e salsa e preparar uma bebida que vai restaurar sua respiração.

Milorde olha para mim.

— Você é o meu maior tesouro — diz ele. — Mas vá para o quarto de sua dama de companhia por esta noite. Não quero acordá-la de novo.

Envolvo-me em meu manto e me calço.

— Chame se milorde passar mal de novo — peço a Woodville.

Ele faz uma mesura.

— Sim, milady. Vou dormir no colchão de palha ao lado da cama de milorde, para vigiar o sono dele.

Dirijo-me à porta, mas milorde me detém, erguendo a mão.

— Fique aí — diz ele.

Obedeço diante da janela aberta, o ar gelado entrando no quarto.

— Apaguem as velas — diz milorde. Os homens fazem o que ele pede, e o luar irradia uma luz intensa no quarto, recaindo sobre minha cabeça e meus ombros e iluminando o branco de minha camisola. Percebo Woodville me olhar de soslaio, um olhar de desejo, mas ele logo o desvia.

— Melusina e a lua — diz milorde, baixinho.

— Jacquetta — lembro-o. — Sou Jacquetta.

Ele fecha os olhos e adormece.

Dois dias depois, o duque se sente melhor. Ao receber notícias da guarnição de Calais, ele abre a carta e a lê em silêncio. Estamos sentados para o desjejum no salão. Olha em volta, procurando por Woodville.

— Problemas em Calais — diz ele. — É melhor que vá para lá, discipline os homens e depois volte.

— Estão sob ataque? — pergunta Sir Richard friamente, como se não estivesse recebendo ordens de ir ao encontro de perigos desconhecidos.

— Os soldos não foram pagos de novo — explica milorde. — Vou lhe dar uma ordem de pagamento do meu próprio tesouro. Tente deixá-los satisfeitos. Escreverei para a Inglaterra, pedindo fundos.

Woodville sequer olha para mim.

— Vai poder prosseguir até Rouen? — pergunta ele.

— Sim, vou conseguir.

— Vou ajudá-lo — digo. É como se eu não tivesse falado nada. Nenhum deles presta a mínima atenção em mim.

— Vá — diz milorde, simplesmente.

Woodville segura a mão de milorde como se fosse abraçá-lo. Então, vira-se para mim por um instante brevíssimo. Mais uma vez reparo em como seus olhos são azuis, mas ele logo fez uma reverência e desapareceu. Nem se despediu.

Seguimos para Rouen devagar. Milorde não está em condições de cavalgar e viaja em uma liteira, com seu grande cavalo sendo conduzido ao lado. O animal segue inquieto, infeliz com a sela vazia, a cabeça baixa, como se temesse a perda de seu dono. Milorde está na liteira imponente que encomendou para mim, puxada por mulas brancas, mas não consegue repousar com as sacudidelas da longa viagem. É como observar um grande cavalo de arado chegando, cansado, à outra extremidade do campo no fim de um longo dia. Milorde está sem energia e, ao olhar para ele, quase sinto sua exaustão mortal em meus próprios ossos jovens.

Rouen, França, Setembro de 1435

Durante todo o longo verão em Rouen, milorde convoca seu jurisconsulto e os membros de seu conselho, que lhe serviram e o ajudaram a governar a França durante os difíceis 13 anos de sua regência. Todos os dias, os enviados vêm e vão da conferência de paz que acontece em Arras; todos os dias, eles vão até milorde e falam do progresso que fizeram. O duque oferece o jovem rei da Inglaterra em casamento a uma princesa francesa para solucionar o conflito em relação à Coroa da França. Propõe deixar todo o sul sob o governo dos armanhaques. Ele não tem como ceder mais. Porém, os franceses exigem que os ingleses deixem todo o território e negam nosso direito ao trono, como se não tivéssemos passado quase cem anos lutando por ele! Todos os dias, milorde propõe novas concessões ou uma nova maneira de redigir o tratado, e todos os dias, seus mensageiros pegam a estrada para Arras enquanto ele observa o pôr do sol das janelas do castelo em Rouen. Então, certo entardecer, vejo o mensageiro partir a galope do pátio das cavalariças e tomar a estrada para Calais. Milorde mandou convocar Richard Woodville. Em seguida, ele me chama.

Seu jurisconsulto lhe traz seu testamento, e milorde ordena que sejam feitas alterações. Requer que a propriedade passe para seu herdeiro varão, o sobrinho, o jovem rei da Inglaterra. Sorri com pesar.

— Não tenho dúvida de que ele precisa muito disso — diz. — Não resta nem um único centavo no Tesouro real. E não tenho dúvida de que o desperdiçará. Ele o gastará facilmente, é um menino generoso. Mas a propriedade é dele por direito, e terá meus conselheiros ao seu lado. Que Deus o ajude a lidar com as recomendações de meu irmão e de meu tio.

A mim, legou minha parte como viúva: um terço de sua fortuna.

— Milorde... — balbucio.

— É sua. É minha mulher, tem me servido como uma boa esposa. Não merece nada menos. Tudo será seu, enquanto carregar meu nome.

— Eu não esperava...

— Não, nem eu. Francamente, não esperava fazer meu testamento tão cedo. Mas é seu direito e meu desejo que receba a sua parte. Mais do que isso, lhe deixarei meus livros, Jacquetta, meus belos livros. Agora serão seus.

Eles são um tesouro, de fato. Ajoelho-me ao lado da sua cama e ponho meu rosto em sua mão fria.

— Obrigada. Sabe que os estudarei e os manterei em segurança.

Ele confirma com a cabeça.

— Nos livros, Jacquetta, em um deles... em algum lugar... está a resposta que todos os homens procuram. A receita da vida eterna, da água pura, do ouro que vem da fuligem, da matéria escura. Talvez os leia e a descubra muito tempo depois de minha morte.

Há lágrimas em meus olhos.

— Não diga isso, milorde.

— Agora vá, minha criança. Preciso assinar o testamento e dormir.

Faço uma reverência e saio discretamente do quarto, deixando-o com os jurisconsultos.

~

O duque só me autoriza a vê-lo na tarde seguinte e, mesmo nesse pouco tempo, vejo que perdeu um pouco mais de vida. Seus olhos escuros estão mais opacos, o grande nariz adunco parece maior no rosto mais fino. É visível ver que está definhando.

Senta-se em sua grande cadeira, grande como em um trono, de frente para a janela, para poder ver a estrada para Arras, onde as negociações de paz continuam. O sol do entardecer brilha na janela, fazendo tudo cintilar. Penso que talvez este seja o seu último entardecer, que talvez ele esteja se pondo com o sol.

— Foi aqui que a vi pela primeira vez, neste mesmo castelo, lembra-se? — pergunta ele, observando o sol descer por trás das nuvens douradas e o espectro pálido da lua ascender no céu. — Estávamos neste castelo, no hall de entrada, para o julgamento da Donzela. Lembra-se?

— Eu me lembro. — Lembro-me bem demais, mas nunca o censurei pela morte de Joana, embora me censure por não tê-la defendido.

— É estranho eu estar aqui para queimar a Donzela e, então, achar outra. Queimei-a como bruxa, mas quis você por seu dom. É estranho. Eu a quis no momento em que a vi. Não como esposa, pois então eu estava casado com Anne. Quis você como um tesouro. Acreditava que você tinha a Visão, sabia que era descendente de Melusina e achei que poderia me trazer a Pedra.

— Lamento — digo. — Lamento não ter sido mais competente...

— Ah... — Ele faz um gesto com a mão indicando que isso não tem importância. — Não era para ser. Talvez se tivéssemos mais tempo... Mas você viu uma coroa, não viu? E uma batalha? E uma rainha com ferraduras para trás? A vitória de minha casa, a herança de meu sobrinho e sua linhagem perdurando para sempre?

— Sim — digo para tranquilizá-lo, embora nada disso estivesse claro para mim. — Vi seu sobrinho no trono e tenho certeza de que ele vai manter a França. Não será ele quem perderá Calais.

— Tem certeza?

Pelo menos, isso posso lhe prometer.

— Tenho certeza de que não será ele quem perderá Calais.

Ele balança a cabeça e fica em silêncio por um momento. Então, diz calmamente:

— Jacquetta, pode tirar o vestido?

Fico tão surpresa que me retraio e recuo.

— Meu vestido?

— Sim. Sua roupa de baixo, tudo.

Enrubesço de constrangimento.

— Quer me ver nua?

Ele confirma com um movimento da cabeça.

— Agora? — pergunto.

— Sim.

— Quer dizer, à luz do dia?

— Ao pôr do sol, sim.

Não tenho escolha.

— Se assim ordena, milorde.

Levanto-me da cadeira, desato o vestido e deixo-o cair aos meus pés. Piso fora dele e, timidamente, afasto-o para o lado. Tiro o toucado e solto as tranças de meu cabelo, que cai sobre meu rosto como uma espécie de véu, e então, tiro as anáguas, o corpete e a roupa de baixo, e fico na frente dele, nua.

— Levante as mãos — ordena. Sua voz soa calma, ele me olha sem desejo, mas com uma espécie de prazer pensativo. Dou-me conta de que o vi olhar quadros, tapeçarias e estátuas dessa maneira. Nesse momento, sou para ele o que sempre fui: um objeto de beleza. Ele nunca me amou como mulher.

Obedientemente, ergo as mãos acima da cabeça, como uma nadadora prestes a mergulhar em águas profundas. As lágrimas correm por minha face ao pensar que tenho sido sua esposa e, socialmente, sua duquesa, que tenho compartilhado sua cama, e que mesmo agora, perto da morte, ele continua sem me amar. Nunca me amou. Nunca me amará. Faz um gesto para que eu me vire um pouco de lado, de modo que os últimos raios dourados do sol banhem minha pele nua, transformando meus quadris, ventre e seios em ouro também.

— Uma garota feita de chamas — diz ele calmamente. — Uma donzela dourada. Fico feliz por ver esse tipo de coisa antes de morrer.

Permaneço obedientemente imóvel, embora sinta meu corpo magro soluçar. Nesse momento da sua morte, ele me vê como um objeto transmutado em ouro. Não me vê como pessoa, não me ama nem mesmo me quer pelo que eu sou. Seus olhos passam por cada centímetro do meu corpo, pensativa e sonhadoramente. Mas ele não nota minhas lágrimas e, quando torno a me vestir, enxugo-as em silêncio.

— Agora vou descansar — diz ele. — Estou feliz por ter visto isso. Diga-lhes para me levarem para a cama. Vou dormir.

Seus criados entram, acomodam-no na cama e, então, beijo sua testa e o deixo. De fato, é a última vez que o vejo, pois o duque falece em seu sono à noite. E, portanto, também foi a última vez que ele me viu: não uma esposa amorosa, mas uma estátua dourada pelo sol no ocaso.

Chamam-me por volta das sete horas da manhã, vou ao seu quarto e o vejo quase como o deixei. Parece dormir tranquilamente, apenas o lento e grave dobrar do sino na torre da Catedral de Rouen anuncia para todo o castelo e a cidade que o grande lorde John morreu. As mulheres vêm lavar e vestir seu corpo, o mordomo-mor começa a planejar o velório na catedral, o marceneiro ordena que lhe tragam madeira e começa a fazer seu ataúde. Somente Richard Woodville pensa em me afastar, atordoada e silenciosa, de toda a agitação e me leva de volta aos meus próprios aposentos.

Ele manda que me tragam o desjejum e me entrega às damas de companhia, com as ordens de que me façam comer e descansar. A costureira e os alfaiates virão imediatamente para tirarem as medidas para as nossas roupas de luto, o sapateiro virá para fazer sapatos pretos para mim. O luveiro produzirá dezenas de pares de luvas para que eu distribua pelo pessoal da casa. Encomendarão um tecido preto para o caminho até a catedral e mantos pretos para os cem pobres que serão contratados para acompanhar o caixão. Milorde será enterrado na Catedral de Rouen, e haverá uma procissão de lordes e um imponente serviço para a sua despedida. Tudo deve ser feito exatamente como ele teria desejado, com dignidade, ao estilo inglês.

Passo o dia escrevendo para todo mundo, anunciando o falecimento do meu marido. Escrevo para a minha mãe e digo-lhe que sou viúva como ela: milorde morreu. Escrevo ao rei da Inglaterra, ao duque de Borgonha, ao imperador do Sacro Império Romano, a outros reis, a Iolanda de Aragão. O resto do tempo, rezo. Compareço a todos os serviços do dia em nossa capela privada, e os monges da Catedral de Rouen fazem vigília e oram todas as horas do dia e da noite pela salvação do meu marido, cujo corpo é guardado por quatro cavaleiros em cada ponto do recinto: uma vigília que só se encerrará com o seu funeral.

Espero para o caso de Deus me dar alguma orientação; espero de joelhos para o caso de compreender que meu marido morreu, que finalmente ele foi para terras que não precisará defender. Mas não ouço nem vejo nada. Nem mesmo Melusina sussurra um lamento por ele. Eu me pergunto se não terei perdido a Visão e se as breves aparições no espelho foram meus últimos vislumbres de outro mundo, que não se repetirão.

Por volta da hora do crepúsculo, Richard Woodville vem aos meus aposentos e pergunta se jantarei no salão, com os homens e mulheres da casa, ou se desejo ser servida em meus aposentos.

Hesito.

— Caso possa ir ao salão, vê-la lhes daria ânimo — diz Woodville. — Muitos estão sofrendo profundamente por milorde e gostariam de vê-la entre eles. Além disso, a criadagem logo terá que se dispersar, e eles gostariam de vê-la antes de partirem.

— Dispersar? — pergunto de maneira tola.

Ele assente.

— É claro, milady. A corte inglesa designará um novo regente para a França. Milady será enviada à Inglaterra, para que façam os arranjos de um novo casamento.

Olho para ele, chocada.

— Não penso em me casar de novo.

É provável que eu não encontre outro marido que me peça apenas para me ver nua. Um novo marido possivelmente será muito mais exigente, um novo marido vai me violar, um novo marido quase certamente será rico, influente e velho. Ele não me deixará estudar, não me deixará em paz. Certamente vai querer um filho e herdeiro. Vai me comprar como uma novilha para um touro. Posso guinchar como uma, mas ele montará em mim de qualquer maneira.

— Sinceramente, não vou suportar me casar de novo!

O sorriso dele é amargo.

— Tanto a senhora quanto eu teremos que aprender a servir a um novo senhor — diz ele. — Por mais que nos doa.

Fico em silêncio por um momento.

— Irei jantar no salão, se acha que gostarão — digo.

— Sim, vão gostar — confirma ele. — Pode andar sozinha?

Faço um movimento afirmativo com a cabeça. Minhas damas se colocam atrás de mim, e Richard segue, à minha frente, para a porta dupla do salão. O ruído das conversas por trás das portas é menos intenso do que o usual. É uma casa em luto. Os guardas abrem as portas, e entro. Imediatamente todos se calam, há um silêncio repentino. Em seguida, o ruído e tinido de centenas de homens pondo-se de pé, afastando os bancos, todos tirando o chapéu enquanto passo. Eles demonstram respeito a mim, como a jovem viúva do duque; eles demonstram seu amor por ele, que se foi, e a tristeza de nossa perda. Passo por eles e os ouço dizer em um murmúrio "Deus a abençoe, milady" ao longo de todo o caminho até a plataforma na extremidade do salão. Fico em pé, só, atrás da mesa alta.

— Agradeço os votos gentis — digo-lhes, minha voz soando como uma flauta no salão de teto alto. — Milorde duque está morto, e todos sentimos a sua falta. Receberão seus pagamentos por mais um mês e os recomendarei ao novo regente da França como criados bons e leais. Deus abençoe milorde o duque, e Deus salve o rei.

— Deus abençoe milorde o duque e Deus salve o rei!

~

— A senhora foi muito bem — diz Woodville quando voltamos aos meus aposentos. — Especialmente quanto aos pagamentos. E poderá pagá-los. Milorde foi um bom senhor, há o suficiente no tesouro para pagar os salários e até mesmo algumas pensões para os mais velhos. Milady será uma mulher muito rica.

Faço uma pausa no vão de uma janela e observo a cidade obscurecida. A lua crescente está surgindo, pintando o céu índigo de um tom amarelado. Eu devia estar plantando ervas que precisam de uma lua crescente em Penshurst mas, então, me dou conta de que jamais verei a propriedade de novo.

— E o que vai acontecer com você? — pergunto.

Ele dá de ombros.

— Voltarei para Calais e depois, quando o novo capitão for designado, irei para a Inglaterra. Encontrarei um senhor que eu respeite e lhe oferecerei meus serviços. Talvez eu volte à França, em uma expedição ou, se o rei fizer as pazes com os armanhaques, talvez eu possa servi-lo na corte inglesa. Posso também ir para a Terra Santa e me tornar um cruzado.

— Mas não vou vê-lo — digo, o pensamento me ocorrendo de súbito. — Não vai estar mais na minha casa. Não sei nem onde vou viver, e você pode ir para qualquer lugar. Não ficaremos mais juntos. — Olho para ele quando o pensamento se torna nítido. — Não nos veremos mais.

— Não — diz ele. — Vamos nos separar. Talvez nunca mais nos vejamos.

Respiro fundo. A ideia de nunca mais vê-lo é tão excruciante que não a compreendo. Dou uma risada hesitante.

— Não parece possível. Vejo-o todos os dias, estou tão acostumada... Você está sempre aqui, caminho com você, cavalgo com você, estou com você diariamente há... Quanto tempo...? Mais de dois anos...? Desde o meu casamento. Acostumei-me com você... — interrompo-me com receio de parecer fraca demais. — O que quero dizer é: quem vai cuidar de Merry? Quem vai protegê-la?

— Seu novo marido? — propõe ele.

— Não sei, não consigo imaginar. Não consigo imaginar você não estar aqui. E Merry...

— O que tem Merry?

— Ela não gosta de homens estranhos — digo de maneira insensata. — Ela só gosta de você.

— Milady...

Calo-me com a intensidade de seu tom.

— Sim?

Ele me dá o braço e me conduz pela galeria. Para as minhas damas, sentadas perto do fogo, parece que só estamos caminhando juntos, planejando os próximos dias, conversando como sempre, como companheiros constantes: a duquesa e seu fiel cavaleiro. Mas, dessa vez, ele mantém a mão na minha, seus dedos queimam como se estivesse com febre. Dessa vez, sua cabeça está tão próxima da minha que, se eu erguer o olhar para ele, nossos lábios se tocarão. Ando com a cabeça desviada. Não devo olhar para ele de modo que nossos lábios se toquem.

— Não posso saber o que o futuro nos trará — diz ele a meia-voz. — Não posso saber para quem será dada em casamento nem que vida está reservada para mim. Mas não posso deixá-la ir sem lhe dizer... sem lhe dizer, pelo menos uma vez, que a amo.

Perco o ar ao ouvir essas palavras.

— Woodville...

— Não posso lhe oferecer nada. Não sou ninguém, e milady é a mulher mais importante da França. Mas quero que saiba que a amo e a quero, desde o dia em que a vi pela primeira vez.

— Eu...

— Tenho que dizer, tem que saber: amei-a honradamente, como um cavaleiro deve amar a sua dama, e amei-a apaixonadamente como um homem ama uma mulher. E agora, antes de deixá-la, quero dizer que a amo, a amo... — interrompe-se e me olha em desespero. — Eu tinha que dizer isso.

Sinto como se estivesse ficando tão dourada e quente quanto a alquimia seria capaz de me tornar. Percebo que sorrio com o prazer despertado por essas palavras. De imediato, sei que ele está dizendo a verdade, que está apaixonado por mim e, de imediato, admito a verdade: estou apaixonada por ele. E ele me disse, ele pronunciou as palavras: conquistei seu coração, ele me ama, me ama, meu Deus, ele me ama. E Deus sabe, embora Richard não, que eu o amo.

Sem dizer mais nada, entramos em um pequeno quarto no fim do corredor, e ele fecha a porta atrás de nós, me pega em seus braços em um movimento rápido, irresistível. Levanto a cabeça e ele me beija. Minhas mãos passam de sua bela cabeça para seus ombros e abraço-o forte, mais forte. Sinto os músculos de seus ombros sob o gibão, o espetar do cabelo curto em sua nuca.

— Eu quero você — diz ele em meu ouvido. — Não como duquesa, não como vidente. Quero simplesmente como mulher, minha mulher.

Ele inclina mais a cabeça e beija meu ombro no ponto em que o decote o deixa exposto para o seu toque. Beija meu pescoço, meu queixo. Afundo meu rosto em seu cabelo, em seu pescoço, e ele emite um leve gemido de desejo. Seus dedos empurram o toucado em minha cabeça, e ele puxa a rede dourada que envolve meu cabelo, de modo que ela se solta. Woodville passa o rosto pelos fios.

— Quero você como mulher, uma mulher comum — repete ele, ofegando, puxando os cordões do meu vestido. — Não quero a Visão, não quero seus antepassados. Não sei nada sobre alquimia nem sobre mistérios nem sobre a deusa das águas. Sou um homem da terra, das coisas comuns, um inglês. Não quero mistérios. Quero só você, como uma mulher comum. Preciso tê-la.

— Você me faria cair por terra — falo devagar, levantando a cabeça.

Ele hesita, olha para mim.

— Não para diminuí-la. Isso nunca. Quero que seja o que você é. Mas eu sou assim. Nada sei sobre o outro mundo e não me importo com ele. Não me importo com santos, espíritos, deusas, ou a Pedra. Tudo o que quero é me deitar com você, Jacquetta. — Nós dois registramos isso, a primeira vez que ele usa meu nome. — Jacquetta, eu a desejo como se você fosse uma mulher comum, e eu, um homem comum.

— Sim — digo. Sinto uma pulsação súbita de desejo. — Nada mais me importa.

Sua boca está na minha de novo, as mãos que se encontravam no decote do meu vestido desatam meu cinto.

— Tranque a porta — digo enquanto ele tira o gibão e me puxa para si. No momento em que me penetra, sinto uma dor intensa, que se dissolve em um prazer que nunca senti antes, por isso não ligo para a dor. Mas sei, mesmo quando nos aproximamos do êxtase, que é a dor de uma mulher, que me tornei uma mulher de terra e fogo e deixei de ser uma garota de água e ar.

∼

— Temos que evitar uma gravidez — diz Woodville. Há uma semana mantemos encontros secretos, e estamos atordoados de prazer e deleite. O funeral de milorde já passou. Aguardo o que minha mãe me mandará fazer. Aos poucos estamos começando a ver além da cegueira do desejo e a nos perguntar o que o futuro reserva para nós.

— Uso ervas — digo. — Depois da primeira noite, usei algumas ervas. Não haverá bebê. Eu me certifiquei disso.

— Gostaria que pudesse prever o que será de nós — diz ele. — Pois não posso deixá-la partir.

— Fale baixo — advirto-o. Minhas damas estão por perto, costurando e conversando, mas estão habituadas com a presença diária de Richard Woodville em meus aposentos. Há muito que planejar e providenciar, e Richard sempre me ajudou.

— É verdade — insiste ele em um tom mais baixo. — É verdade, Jacquetta. Não posso deixá-la partir.

— Então vai ter de me prender aqui — replico, sorrindo para o meu trabalho de costura.

— O rei vai mandá-la ir para a Inglaterra. Não posso simplesmente raptá-la.

Olho de relance, furtivamente, para sua cara emburrada.

— Na verdade, acho que devia fazer isso — incito-o.

— Vou pensar em alguma coisa — promete ele.

∼

Nessa noite, pego a pulseira que minha tia-avó me deu, o bracelete com os talismãs para prever o futuro. Escolho um talismã na forma de um anel, de uma aliança, outro na forma de um navio, para representar minha viagem à Inglaterra, e outro na forma do Castelo de St. Pol, para o caso de eu ser chamada de volta para casa. Penso em amarrar cada um a um fio, colocá-los na água funda do rio Sena e puxar um deles depois da mudança de lua. Estou prestes a começar a amarrar os fios nos pequenos talismãs quando me detenho e rio de mim mesma. Não vou fazer isso. Não há necessidade de fazer isso.

Sou agora uma mulher da terra, não uma garota da água. Não sou uma donzela, sou uma amante. Não estou interessada em prever. Farei meu próprio futuro, não tenho que predizê-lo. Não preciso de um talismã para me dizer o que espero que aconteça. Jogo o talismã que é como uma aliança para cima e o pego antes que caia. É a minha escolha. Não preciso de mágica para revelar meu desejo. O encantamento já está feito: estou apaixonada, estou prometida a um homem da terra e não vou abrir mão dele. Tudo o que tenho a fazer é pensar em como poderemos ficar juntos.

Ponho o bracelete de lado, pego uma folha de papel e me ponho a escrever ao rei da Inglaterra.

> *Da duquesa viúva de Bedford à Vossa Graça, o rei da Inglaterra e da França:*
>
> *Vossa Graça e prezado sobrinho, espero que esteja bem. Como sabe, milorde deixou-me terras e fundos na Inglaterra e, com sua permissão, viajarei para meu país e porei meus negócios em ordem. O escudeiro de milorde, Sir Richard Woodville, me acompanhará, assim como as pessoas de minha casa. Aguardo sua permissão real.*

Guardo o bracelete na bolsinha e a devolvo ao meu estojo de joias. Não preciso de um feitiço para prever o futuro. Eu o farei acontecer.

Inglaterra, Verão de 1436

A corte inglesa está empenhada, como em todos os verões, na busca por caçadas, viagens e flertes. O jovem rei da Inglaterra começa e termina o dia rezando, mas sai a cavalo, como um garoto despreocupado, durante o resto do tempo. Richard e eu o acompanhamos como companheiros e amigos: caçamos, dançamos, participamos dos jogos de verão, somos membros da corte. Ninguém sabe que, toda noite, Richard vem secretamente ao meu quarto, e a melhor parte do dia — a única em que ficamos a sós — começa.

As terras que me foram legadas com a viuvez são transferidas para o meu nome, a maior parte da grande fortuna de milorde foi dada a seu sobrinho, o rei. Nossa casa em Paris se foi, perdida para o rei armanhaque, cuja estrela ascende desde a morte de milorde. A querida residência de Penshurst foi para o seu irmão Humphrey, duque de Gloucester, e Eleanor Cobham, a dama de companhia que traiu a confiança de sua senhora e que agora percorre as belas aleias e admira as rosas no jardim como se fosse merecedora de tudo ali. Ela colherá as ervas que eu plantei, as pendurará para secar em meu alambique. Ela ocupará o meu lugar no salão. Não me ressinto da perda de nada de minha vida de casada, exceto disso.

140

Os dois, o belo duque e sua bela esposa, estão exultantes de orgulho, e, para eles, esse é um verão glorioso. Com a morte de meu marido, eles tornam-se os próximos a assumir o trono, e, toda vez que o jovem rei tosse no jantar ou monta um cavalo que parece grande demais para ele, vejo a cabeça da duquesa se erguer, como um cão de caça ao ouvir a corneta. O desejo dos dois pelo trono fomenta o conflito com o tio do duque, o cardeal Beaufort, e a corte inteira lamenta a perda de meu marido, que era o único homem capaz de manter esses rivais unidos. O jovem rei é aconselhado de manhã pelo duque, à tarde pelo cardeal, e, à noite, não faz a menor ideia do que pensa a respeito de nada.

Sou envolvida por minha felicidade como uma tola. Observo Eleanor Cobham, mas não lhe desejo mal. Eu a incluo na compaixão estupefata que sinto por todos que não estão no meu lugar, que não são amados por Richard Woodville. Ela não dorme do lado do homem que ama, não é tocada por ele quando o amanhecer precoce do verão confere às janelas um tom perolado, não conhece o murmúrio na manhã fria: "Ah, fique. Não vá. Só mais uma vez." Acho que ninguém no mundo todo sabe o que é estar apaixonado, ser tão amado. Os dias passam-se em uma bruma de desejo. Mas o verão vai ter fim. Quando setembro chegar, estarei viúva há um ano, e os conselheiros do rei vão pensar em um novo casamento para mim. Vão querer me usar para fortalecer a ligação com um lorde inglês mais próximo do trono. Vão querer dar minhas terras a um favorito. Talvez procurem um príncipe estrangeiro que me aceite como esposa para reforçar uma aliança. Vão me colocar onde lhes for conveniente e, a menos que acordemos de nosso encantamento, certamente estarei casada no Natal.

Richard está ciente do perigo, mas não sabe como podemos impedi-lo. Diz que irá ao rei e seu conselho, que dirá a eles que me ama e quer casar comigo. Mas não consegue fazer isso; a desgraça cairia sobre mim, eu deixaria de ser duquesa e passaria a ser a mulher de um plebeu, deixaria de ser a primeira-dama do reino para ser uma mulher da terra. Na melhor das hipóteses, a fortuna que me foi legada por meu marido seria confiscada e ficaríamos sem nada. Na pior das hipóteses, poderiam prender Richard por violar um membro da família real, me mandar para um convento e então me casar, fora da família, com um homem instruído a me controlar, advertido de que sou uma prostituta e de que ele deve me ensinar a submissão.

À medida que os dias quentes e sonhadores do verão se passam, sabemos que nos aproximamos do momento em que teremos de nos separar ou enfrentar o risco de confessar. Richard se sente atormentado pelo medo de ser minha ruína. E eu só tenho medo de que ele me abandone em um acesso de autossacrifício. Diz que estarei arruinada se ele confessar seu amor, e que morrerá se não o fizer.

A sábia herborista e curandeira Margery Jourdemayne visita a corte, vendendo poções de amor, lendo a sorte, fazendo previsões e encontrando objetos perdidos. Metade do que faz é absurdo, mas acredito em suas habilidades como herborista. Chamo-a aos meus aposentos, e ela vem discretamente, tarde da noite, com um capuz puxado sobre a cabeça, um lenço sobre a boca.

— O que a *bela* duquesa deseja? — pergunta ela.

Não consigo reprimir um risinho com essa ênfase.

— Como chama a outra duquesa? — pergunto.

— Chamo-a de duquesa real — responde Margery. — E assim, agrado as duas. Ela prefere a coroa a qualquer outra coisa. Tudo o que eu posso fazer por ela é aproximá-la do trono. Mas o que posso fazer por milady?

Balanço a cabeça. Não quero especular sobre a sucessão: é traição até mesmo sugerir que o jovem rei não é forte e saudável, o que é verdade.

— Vou lhe dizer o que quero — digo. — Quero uma poção para ter um bebê.

Ela me lança um olhar de soslaio.

— Quer um bebê, embora não tenha um marido?

— Não é para mim — minto. — É para uma amiga.

— E a amiga é da mesma idade e tem a mesma constituição de milady? — pergunta ela com impertinência. — Tenho que saber, para as ervas.

— Pode prepará-la como se fosse para mim, e me dar a receita.

Ela assente com um movimento da cabeça.

— Estará pronta amanhã. Milady... Sua amiga deve tomá-la todas as noites.

Assinto com a cabeça.

— Obrigada. Isso é tudo.

À porta, ela hesita.

— Toda mulher que ousa fazer o próprio destino sempre correrá riscos — observa ela com ar casual. — E milady, entre todas as mulheres, pode prever isso.

Sorrio ao ouvir o aviso, e então, em um impulso, estendo a mão para ela e faço o gesto, o círculo desenhado no ar com o dedo indicador: a roda da fortuna. Ela compreende, sorri em resposta e deixa o cômodo.

～

Espero um mês, dois meses, então, em silêncio, à meia-noite, no fim do verão, Richard chega ao meu quarto e corro para os seus braços.

— Tenho uma notícia para dar — digo, servindo a ele uma taça do melhor vinho da Gasconha. Contenho o riso. Poderia rir bem alto da percepção repentina da minha audácia, da minha alegria, da intensidade de minha felicidade.

— Boa notícia? — pergunta ele.

— Boa notícia — respondo. — Meu amor, tenho de contar. Mas agora não sei como... Estou grávida.

A taça cai da mão dele e quebra-se no chão de pedra. Ele nem mesmo vira a cabeça para ver o dano, surdo ao estrondo da queda e abstraído do custo.

— O quê?

— Espero um bebê — digo sem vacilar. — Há um mês, pelos meus cálculos.

— O quê?

— Na verdade, acho que vai ser uma menina. Acho que ela vai nascer no começo do próximo verão.

— O quê? — repete ele.

O sorriso em meu coração ameaça se libertar, mas sua expressão atônita não me assusta.

— Meu amado — falo pacientemente —, fique feliz. Estou esperando um bebê seu. Nada no mundo me faria mais feliz do que como me sinto esta noite. Este é o começo de tudo para mim. Sou uma mulher da terra, finalmente. Sou solo fértil, e uma semente está crescendo dentro mim.

Ele deixa a cabeça tombar em suas mãos.

— Tenho sido a sua ruína — lamenta ele. — Deus me perdoe. Nunca me perdoarei. Amo-a mais do que qualquer coisa no mundo e me tornei a estrada para a sua ruína.

— Não. Não fale de ruína. É maravilhoso. É a solução para tudo. Vamos nos casar.

— Teremos que nos casar! Ou você estará desonrada. Mas se nos casarmos, isso será a sua desgraça. Deus, em que armadilha me envolvi, em que armadilha a coloquei!

— Essa é a saída da armadilha — respondo. — Ninguém renegará o nosso casamento se trocarmos os votos e tivermos um bebê depois. O conselho, minha mãe, o rei, todos terão que aceitar. Podem não gostar disso, mas terão de suportá-lo. Dizem que a própria mãe do rei casou-se com Owen Tudor sem permissão...

— E caiu em desgraça! Ela dormiu com o responsável por cuidar de seu guarda-roupa e nunca mais voltou à corte. Seu próprio filho mudou a lei para impedir que uma viúva da realeza fizesse uma coisa desse tipo de novo! Essa lei se aplica a você!

— Ela sobreviveu — retruco sem vacilar. — E tem dois belos filhos, meios-irmãos do rei. Richard, não posso viver sem você. Não posso me casar com outro homem. Fomos atraídos pelo desejo para nos tornarmos amantes e, agora, para nos casarmos.

— Não quero ser sua ruína. Que Deus me perdoe pois, embora a deseje, não desejo isso. Desprezei Owen Tudor por fazer um filho na rainha a que devia servir, um homem que arruinou uma mulher por quem deveria dar a vida para proteger e, agora, fui tão egoísta quanto ele! Eu devia ir embora agora mesmo. Devia ir combater em uma cruzada. Devia ser enforcado por traição.

Permaneço em silêncio e então ergo os olhos e lanço um olhar límpido como um lago na floresta.

— Ah, eu me enganei? Iludi-me com você por tanto tempo? Não me ama? Não quer se casar comigo? Quer me abandonar?

Ele cai de joelhos.

— Por Deus, eu a amo e a quero mais do que tudo no mundo. É claro que desejo me casar com você. Amo você de corpo e alma.

— Então, aceito — falo triunfante. — Ficarei feliz em ser sua esposa.

Ele balança a cabeça.

— Me sentirei honrado em me casar com você, meu amor. É muito, muito mais do que mereço. Mas temo por você. — O pensamento lhe ocorre de súbito: — E por nosso bebê! — Ele põe, delicadamente, a mão sobre minha barriga. — Meu Deus, um filho. Terei que manter vocês dois em segurança. Agora terei que cuidar de vocês dois.

— Serei Jacquetta Woodville — digo, de maneira sonhadora. E ela será Elizabeth Woodville.

— Elizabeth? Tem certeza de que é uma menina?

— Tenho. Será Elizabeth, a primeira de muitos filhos.

— Se não me decapitarem por traição.

— Não vão decapitá-lo. Falarei com o rei e com a rainha Catarina, sua mãe, se for preciso. E seremos felizes.

~

Quando me deixa nessa noite, Richard ainda está dividido entre a felicidade do nosso casamento e o remorso por ter me causado problemas. Sento-me à janela, minha mão na barriga, e olho para a lua. É lua nova, no primeiro quarto, uma boa lua para novos começos, novas esperanças, e para o início de uma nova vida. Um impulso me faz pegar as cartas que minha tia-avó me deu, e as espalho, viradas para baixo, diante de mim. Minha mão paira sobre uma carta depois da outra, até eu escolher uma. É a minha preferida: a Rainha de Copas, a rainha da água e do amor. A carta da própria Melusina, uma carta de discernimento e ternura. Uma menina com esta carta será ela mesma uma rainha, uma rainha amada.

— Vou me casar com seu pai — digo à pequena centelha de vida dentro de mim. — E a trarei ao mundo. Sei que será bela, pois seu pai é o homem mais bonito na Inglaterra, mas me pergunto o que fará com sua vida e até onde irá quando você também encontrar o homem que ama e souber que caminho quer seguir.

Grafton, Northamptonshire, Outono de 1436

Esperamos até a corte se pôr a caminho de Londres e passar a noite em Northampton. Uma manhã cedo, antes de minhas damas começarem suas atividades, saio sorrateiramente do quarto e me encontro com Richard nas cavalariças. Ele já está com Merry arreada e seu próprio cavalo pronto para partir. Seguimos pela pequena estrada para sua aldeia, Grafton. Um padre vive ali, sozinho, em seu retiro, e há uma pequena capela perto da casa principal. O pai de Richard está esperando, sua expressão austera e apreensiva. Trouxe três testemunhas. Richard vai procurar o padre quando o pai dele se aproxima.

— Espero que saiba o que está fazendo, Vossa Graça — diz ele asperamente enquanto me ajuda a descer do cavalo.

— Estou me casando com o melhor homem que já conheci.

— Vai lhe custar caro — adverte-me.

— Perdê-lo seria pior.

Ele balança a cabeça, como se não tivesse tanta certeza, mas me oferece o braço e me introduz na capela. No outro extremo, há um altar de pedra, um crucifixo e uma vela acesa. Diante dele está o padre em seu hábito marrom franciscano, e do seu lado, Richard, sorrindo timidamente para mim, como se estivéssemos diante de centenas de pessoas e usássemos brocado de ouro.

Ando até ele e, assim que começo a responder ao prelúdio do padre aos nossos votos, o sol aparece e se irradia pela janela circular de vitral acima do altar. Por um momento, esqueço-me do que devo dizer. Há um véu de cores aos nossos pés, no piso de pedra e, deslumbrada, penso que estou aqui, agora, me casando com o homem que amo, e que, um dia, estarei aqui quando minha filha se casar com o homem de sua escolha, com o arco-íris sob os pés e uma coroa à sua frente. A visão repentina me faz hesitar, e Richard olha para mim.

— Se tem alguma dúvida, pequena que seja, não precisamos nos casar — diz ele rapidamente. — Pensarei em alguma coisa. Eu a protegerei, meu amor.

Sorrio para ele, as lágrimas em meus olhos formando um arco-íris ao redor dele também.

— Não tenho nenhuma dúvida. — Viro-me para o padre. — Prossiga.

Ele conduz a cerimônia e nos declara marido e mulher. O pai de Richard beija-me no rosto e abraça forte o filho. Richard paga as três pessoas que contratou como testemunhas e lhes diz que, se os procurarem, devem se lembrar do dia e da hora em que nos casamos perante Deus. Então, põe o anel da família no meu dedo e me dá uma bolsinha com ouro diante de todos para provar que sou sua mulher, que confia a mim sua honra e fortuna.

— E agora? — pergunta seu pai austeramente quando saímos da capela para a luz do sol.

— Voltamos à corte — responde Richard. — E, na hora oportuna, teremos que contar ao rei.

— Ele vai perdoá-lo — prevê meu sogro. — É jovem e esquece rapidamente qualquer coisa. São seus conselheiros que criarão problemas. Vão chamá-lo de charlatão, meu filho. Dirão que aspira a uma mulher muito superior a você.

Richard dá de ombros.

— Podem dizer o que quiserem, contanto que a deixem com sua fortuna e reputação — retruca.

O pai de Richard balança a cabeça, como se não tivesse certeza de que isso pudesse acontecer, e me ajuda a montar meu cavalo.

— Mande me chamar, se precisar — diz ele, bruscamente. — Estou às suas ordens, Vossa Graça, e a sua honra também está sob minha custódia.

— Pode me chamar de Jacquetta — digo.

Ele faz uma pausa.

— Fui camareiro de seu finado marido. Não é certo eu chamá-la por seu primeiro nome.

— Foi camareiro do duque e eu fui a duquesa, mas agora, que Deus o tenha, ele morreu, e o mundo mudou. Agora sou sua nora. De início, dirão que Richard está em posição mais elevada, mas então verão que nós vamos ascender juntos.

— Quão alto? — pergunta ele secamente. — Quanto mais alto se sobe, maior é a queda.

— Não sei o quanto ascenderemos — digo, resoluta. — Mas não tenho medo de cair.

Ele me encara.

— Tem ambições?

— Estamos todos na roda da fortuna — respondo. — Sem dúvida, ascenderemos. Podemos cair. Ainda assim não tenho medo.

Palácio de Westminster, Londres, Outono de 1436

O bebê ainda não se mostra através das dobras de meus vestidos, embora eu saiba que está crescendo. Meus seios estão maiores e levemente doloridos e, acima de tudo, tenho a sensação de estar sempre acompanhada, aonde quer que eu vá, até mesmo quando durmo. Decido levar a notícia do bebê e do casamento ao conselho do rei antes do aniversário da morte de meu marido, antes que alguém proponha outra união para mim e me obrigue a desafiá-los. Tento escolher um bom momento, mas o conselho está dividido entre o cardeal Beaufort e seu aliado, William de la Pole, conde de Surfolk, e seu grande rival, Humphrey, duque de Gloucester, e sua corte. Em nenhum momento deixam de se atormentar com a segurança do país e os cofres vazios do Tesouro. Em nenhum momento chegam a um acordo sobre o que deve ser feito. Espero passar uma semana do nosso casamento e faço uma visita ao favorito do cardeal, William de la Pole, em uma hora tranquila antes do jantar em seus aposentos no Palácio de Westminster.

— Sinto-me honrado — diz ele, pondo uma cadeira para mim diante de sua mesa. — E o que posso fazer por Vossa Graça?

— Preciso de sua ajuda em um assunto delicado — respondo. Não é nada fácil, mas prossigo. — Um assunto pessoal.

— Um assunto pessoal para uma bela duquesa? Entendo que seja um assunto do coração, é isso?

Ele faz com que pareça alguma tolice de menina. Reprimo o sorriso.

— De fato. Serei direta. Casei-me sem permissão, e peço que dê a notícia ao rei e fale por mim.

Faz-se um silêncio atroz. Então, ele fala:

— Casou-se?

— Sim.

Seu olhar é penetrante.

— E se casou com quem?

— Um cavalheiro.

— Não um nobre?

— Não. Um cavalheiro.

— E ele é?

— Richard Woodville, que serve em minha casa.

Ele logo disfarça seu ar divertido, enquanto baixa os olhos para os papéis sobre a mesa. Sei que vai pensar em como tirar vantagem da minha insensatez.

— E é um caso de amor, certo?

— Sim.

— Não foi persuadida ou forçada? Foi feito legalmente, com o seu consentimento? Não há nenhum motivo para a anulação ou negação? Se ele a seduziu ou mesmo a persuadiu, pode ser preso e enforcado.

— Não há nenhum motivo para negação, e não quero nenhum. É o marido que escolhi, é o casamento que desejei.

— Desejo? — pergunta ele friamente, como se nunca o tivesse sentido. Ele me obriga a não sentir vergonha.

— Desejo — confirmo.

— O cavalheiro deve ser parabenizado. Há muitos homens que ficariam felizes por serem alvo do seu desejo. Qualquer homem ficaria feliz com o seu consentimento. Na verdade, o conselho tem pensado em seu próximo marido. Vários nomes foram propostos.

Reprimo o sorriso. Não existe conselho, na verdade, a não ser ele, o cardeal Beaufort e o duque de Gloucester. Se alguns nomes foram propostos, certamente ele mesmo os sugeriu.

— O casamento já foi realizado. O ato foi consumado; não há nada que possa ser feito. É tarde demais para quem quer que tenham escolhido. Estou casada com um bom homem. Ele tem sido bom para mim desde a morte de milorde John.

— E vejo que Vossa Graça tem sido muito boa para ele. — A voz dele tem um ligeiro tom de escárnio. — Excepcionalmente boa. Bem, direi à Sua Graça, o rei, e poderá lhe pedir perdão.

Assinto com um movimento da cabeça. Seria de grande ajuda se William de la Pole apresentasse o assunto ao rei. O rei sempre cede à opinião do último homem que fala com ele, e os três conselheiros disputam o último à sua porta.

— Acha que ele ficará muito furioso? — pergunto. O rei é um garoto de 15 anos. É absurdo eu temer sua raiva.

— Não. Mas estou certo de que o conselho vai recomendar que seja exilada da corte e lhe cobrarão uma multa, um valor em dinheiro.

Assinto.

— Mas pode persuadi-los a serem generosos.

— Vai ser um valor alto — adverte ele. — O Tesouro está desfalcado, e todos sabem que a senhora herdou a fortuna de Bedford. É uma ofensa grave se casar sem a permissão dele. Vão dizer que não merece o dinheiro.

— Recebi apenas o que me cabe como viúva — retruco. — A maior parte da fortuna foi dada ao rei, que a cedeu a seus favoritos. — Não digo: "inclusive a você", mas ambos sabemos que foi isso o que eu quis dizer. — O irmão de milorde, o duque Humphrey, recebeu o restante. Não fiquei com Penshurst.

— Recebeu a herança de uma duquesa real e escolheu ser a mulher de um escudeiro. Acho que vão querer o que a senhora recebeu. Talvez tenha que viver como a mulher de um escudeiro. Só espero que daqui a alguns anos ainda pense ter feito um bom negócio.

— Espero que me ajude — digo. — Estou contando com o senhor.

Ele apenas suspira.

~

Ele tem razão. Exigem-nos mil libras em ouro e ordenam que Richard retorne a seu posto em Calais.

Richard fica consternado.

— Meu Deus! Uma fortuna! Nunca conseguiremos reuni-la! É o preço de uma casa, de toda uma propriedade. É mais do que toda a fortuna do meu pai. Mais do que qualquer herança que eu possa imaginar. Mais do que qualquer coisa que eu consiga ganhar. Querem nos levar à ruína. Estão nos obrigando a nos separarmos.

Concordo com a cabeça.

— Estão nos punindo — constato.

— Estão nos destruindo!

— Podemos conseguir o dinheiro. Também fomos banidos da corte, mas não tem importância, tem? Podemos ir juntos para Calais?

Ele nega, balançando a cabeça.

— Não vou levá-la. Não vou pô-la em perigo. O conde de Suffolk ofereceu-me uma propriedade onde você pode viver. Ele tomou a maior parte de sua riqueza como penalidade, e está pronto para pegar o restante em forma de arrendamento. Disse que vai arrendar a casa dele em Grafton para nós. Não é um grande favor, já que não podemos pagá-lo. Mas ele sabe que a quero. É perto da minha casa, estou de olho nela desde que era garoto.

— Venderei minhas joias — digo. — E livros, se for preciso. Tenho terras, algumas coisas que podemos vender para pagar o aluguel. Esse é o preço da nossa vida juntos.

— Eu a reduzi à posição de mulher de escudeiro com uma dívida digna de um nobre — diz ele, enfurecido. — Você devia me odiar. Eu a traí.

— Quanto você me ama? Pego suas mãos e as levo ao meu coração. Sinto-o ofegar com meu toque. Ele olha para mim.

— Mais do que a própria vida. Você sabe disso.

— Se tivesse de pôr um preço nele, qual seria?

— O resgate de um rei. Uma fortuna.

— Pois então, meu marido, temos uma pechincha, já que o nosso casamento nos custa apenas mil libras.

Sua expressão relaxa.

— Jacquetta, você é a minha alegria. Você vale dezenas de milhares em ouro.

— Então, arrume suas coisas, pois podemos partir hoje à tarde — digo.

— Hoje à tarde? Quer fugir da desonra?

— Quero que estejamos na sua casa hoje à noite.

Ele hesita por um momento, e então sorri quando se dá conta do que estou dizendo.

— Passaremos a nossa primeira noite juntos como casados? Iremos para nosso quarto como marido e mulher? E amanhã comeremos o desjejum juntos, abertamente? Ah, Jacquetta, isso é o começo de tudo. — Ele baixa a cabeça e beija minhas mãos. — Amo você — repete. — E, se Deus quiser, você sempre achará que nossas mil libras foram uma pechincha.

Grafton, Northamptonshire, Outono de 1436-1439

Realmente acho que foi uma boa barganha. Juntamos o dinheiro com empréstimos, dando como garantia as terras que herdei e, depois, obtivemos mais um empréstimo para comprar a casa e as terras do conde de Suffolk em Grafton. Apesar de seu sorriso dissimulado, ele não se recusa a vender a propriedade à duquesa em desgraça e a seu escudeiro. Quer a nossa amizade, para que sejamos seus aliados na região, à medida que ganha poder na corte. Richard vai a Calais e prepara a guarnição para um cerco, enquanto meu parente, o desleal duque de Borgonha, marcha contra os antigos aliados. Os grandes lordes da Inglaterra, o conde de Mortmain e o duque de York, uniram-se para defender seus territórios enquanto Richard defende Calais para eles. Finalmente, Humphrey, duque de Gloucester, zarpa para Calais e ganha grande parte do crédito na salvação da cidade, embora, como meu marido sempre diz, o inimigo já houvesse sido derrotado antes de o tio do rei chegar com seu estandarte tremulando.

Não me importa. A coragem de Richard foi demonstrada a todos na Inglaterra, e ninguém duvida de sua honra. Ele resistiu ao cerco e a vários ataques surpresa sem sequer um arranhão, e retorna à Inglaterra como um herói.

Meu primeiro bebê, a filha que previ, nasce sem dificuldades quando as sebes se agitam em maio, e os melros cantam ao anoitecer, na primeira primavera que passamos no campo. No ano seguinte, chega nosso filho e herdeiro.

Nós o chamamos de Lewis, e percebo que estou extasiada por ter um menino. Ele tem o cabelo muito louro, quase prateado, mas seus olhos são escuros como o céu noturno. A parteira que me ajuda pela segunda vez me diz que os olhos de todos os bebês são azuis e que tanto a cor de seu cabelo quanto a de seus olhos pode mudar. Mas ele me parece um menino meio encantado, com sua cor angelical. Sua irmã continua a dormir no berço Woodville de cerejeira e, à noite, coloco os dois juntos, um ao lado do outro, enfaixados como dois belos bonequinhos.

Richard diz, com satisfação, que sou uma mulher que se esqueceu de tudo sobre ser esposa e amante, e que ele é um homem miseravelmente negligenciado. É uma brincadeira, e ele se deleita com a beleza de nossa filhinha e com o desenvolvimento e força de nosso filho. No próximo ano, dou à luz a irmã dele, Anne, e, enquanto estou no período de confinamento com ela, meu sogro contrai uma febre e morre. Foi um conforto para ele viver o bastante para saber que fomos perdoados pelo rei e chamados de volta à corte. Mas com uma filha de 2 anos, um menino de 1 e um bebê recém-nascido no berço de madeira entalhada, não estou tão desejosa de ir.

— Nunca ganharemos o suficiente para pagar nossas dívidas vivendo no campo — alerta meu marido. — Tenho as vacas mais gordas de Northamptonshire e os melhores carneiros, mas juro, Jacquetta, viveremos e morreremos endividados. Você se casou com um homem pobre e deve estar feliz por eu não obrigá-la a mendigar.

Agito a carta com o lacre real.

— Não, fomos chamados à corte para o banquete de Páscoa, e recebi outra carta do administrador da Casa Real perguntando se temos cômodos suficientes para o rei ficar conosco durante sua viagem de verão.

Richard empalidece.

— Deus meu, não, não podemos hospedar a corte. E certamente não podemos alimentá-la. O administrador da Casa Real ficou maluco? Que tipo de casa eles pensam que temos?

— Vou responder que não temos nada além de uma casa modesta e, quando formos à corte, na Páscoa, temos de nos assegurar de que todos saibam disso.

— Você não ficaria feliz em ir a Londres? — pergunta ele. — Poderia comprar novas roupas, sapatos e todo tipo de coisas bonitas. Não sente saudades da corte e de todo aquele universo?

Dou a volta na mesa até me posicionar atrás de sua cadeira, inclino-me à frente e encosto o rosto no seu.

— Ficarei feliz em partir de novo para a corte porque o rei é a fonte de toda riqueza e todo patronato e porque tenho duas belas filhas que, um dia, precisarão fazer bons casamentos. Você é um cavaleiro bom demais para passar a vida criando gado; o rei não teria conselheiro mais leal, e sei que ele vai querer que retorne a Calais. Mas não, tenho sido feliz aqui com você, e só ficaremos na corte por pouco tempo. Logo voltaremos para casa, não? Não vamos ser cortesãos e passar todo o nosso tempo lá, vamos?

— Somos o escudeiro e sua dama de Grafton — declara meu marido. — Arruinados pela luxúria, endividados até a raiz dos cabelos, vivendo no campo. É aqui o nosso lugar, entre os animais no cio, sem dinheiro. Eles são nossos pares. É aqui que devemos ficar.

Londres, Verão de 1441

Falei a verdade, quando disse que era feliz em Grafton, mas meu coração palpita forte com uma alegria frívola quando o rei manda que a barcaça real nos busque no rio e quando enxergo as torres altas do Palácio de Greenwich e o novo Bella Court que o duque de Gloucester construiu. Tudo é tão bonito e luxuoso que não consigo deixar de sentir prazer em vir, mais uma vez, como favorita da corte e uma das damas mais importantes da Inglaterra. A embarcação avança enquanto os tambores marcam o ritmo dos remadores. Então, eles apoiam os remos nos ombros, e os barqueiros de libré, no píer, pegam os cabos e puxam o barco para a margem.

Nem bem piso na ponte levadiça, ergo os olhos e vejo que a comitiva real está na margem do rio e vem nos receber. À frente, o rei, não mais um menino, e sim um rapaz de quase 20 anos, aproxima-se confiantemente e me beija em ambas as faces, como a um parente. Em seguida, estende a mão a meu marido. Vejo que o grupo atrás dele se surpreende com o calor de sua acolhida e têm que vir a nós também. Primeiro, o duque Humphrey de Gloucester, meu ex-cunhado, aquele que meu primeiro marido desejava manter sob vigilância e, atrás dele, a duquesa Eleanor.

Ela anda devagar para o píer, uma mulher exultante em sua própria beleza e, de início, vejo somente o deslumbramento da vaidade. Porém, olho mais atentamente. Seguindo-a bem de perto está um grande cão negro, uma criatura imensa, um mastim ou algum tipo de cão de briga. No momento que o vejo, quase sibilo, como um gato faria, os pelos arrepiados, os olhos mais escuros. Estou tão absorta com o cachorro feio que deixo o duque pegar minha mão, beijar minha face e sussurrar ao meu ouvido, sem ouvir sequer uma palavra do que diz. Quando a duquesa Eleanor se aproxima, percebo que a estou olhando fixamente e, no momento em que ela se adianta para me beijar, retraio-me, como se ela cheirasse à baba de um velho cão de briga. Tenho que me forçar a aceitar seu abraço frio e sorrio sem qualquer afeição quando ela sorri. Somente quando me solta e eu recuo, vejo que não há nenhum cão negro a acompanhando, que nunca houve. Tive o lampejo breve de uma visão do outro mundo, e sei, com um arrepio, que um dia haverá um cão negro que subirá correndo a escadaria de pedra de um castelo frio e que uivará à porta dela.

~

À medida que os meses se passam, percebo que tenho razão em temer a duquesa. Ela está em toda parte na corte, é a primeira-dama do país, rainha em tudo, menos no título. Quando a corte está no Palácio de Westminster, ela é instalada nos aposentos usados pelas rainhas e usa as joias reais. Na sucessão ao trono, ela vem logo atrás do rei. Trata-o com uma intimidade melosa, sempre pondo a mão em seu braço e cochichando ao seu ouvido. Apenas a inocência radiante dele os poupa de parecerem conspiradores ou coisa pior. Inevitavelmente, como duquesa viúva da Inglaterra, estou constantemente na companhia dela, e sei que não gosta quando nos comparam. Quando vamos jantar, caminho atrás dela; ao longo do dia, sento-me com suas damas, e ela me trata com um desdém casual, pois acredita que sou uma mulher que desperdiçou juventude e beleza por amor.

— Consegue imaginar uma duquesa real se rebaixando para casar com um escudeiro de sua casa? — Eu capto o silvo de seu cochicho com uma das damas enquanto costuro em seus aposentos. — Que mulher faria uma coisa dessa?

Ergo o olhar.

— Uma mulher que conheceu o melhor dos homens, Vossa Graça — replico. — E não tenho nenhum arrependimento e nenhuma dúvida em relação ao meu marido, que retribui amor com amor e lealdade com fidelidade.

É um golpe para ela, pois, como amante que se tornou esposa, está sempre alerta, receosa de que outra mulher possa repetir a peça que pregou na condessa, que era sua amiga.

— Não é uma escolha que eu faria — diz ela, mais moderadamente. — Não é uma escolha que uma nobre, pensando no bem de sua família, faria.

Curvo a cabeça.

— Eu sei — falo. — Mas, na época, eu não estava pensando em minha família. Estava pensando em mim mesma.

Na véspera do festival de verão, ela faz uma entrada cerimonial em Londres, acompanhada pelos lordes e nobres que usufruem de seus favores, tão majestosa como se fosse uma princesa em visita. Como dama da corte, faço parte de seu séquito e, assim, ouço, à medida que a procissão serpenteia pelas ruas, as observações menos lisonjeiras por parte dos cidadãos de Londres. Gostei dos londrinos desde a minha entrada cerimonial na cidade, e sei que se trata de um povo que é facilmente conquistado por um sorriso, mas que se ofende com qualquer sinal de vaidade. O grande séquito provoca escárnio, e, embora todos tirem suas boinas, é com elas que ocultam o riso. Depois que a duquesa passa, o povo me aclama. Eles gostam do fato de eu ter me casado com um inglês por amor. As mulheres nas janelas mandam beijos para o meu marido, famoso pela beleza, e os homens nos cruzamentos gritam para mim, a bela duquesa, observações indecentes, mas bem-humoradas, e dizem que se gosto tanto de um inglês, devia experimentar um londrino.

Os cidadãos de Londres não são os únicos que não gostam da duquesa Eleanor. O cardeal Beaufort não é um grande amigo dela, e é um homem perigoso de se ter como inimigo. Ela não se importa em ofendê-lo, pois é casada com o herdeiro do trono, e o cardeal nada pode fazer para mudar isso. Na verdade, acho que ela cria problemas com ele com a intenção de desafiá-lo, de decidir de uma vez por todas quem governa o rei. O reino está dividido entre aqueles que favorecem o duque e aqueles que favorecem o cardeal: a situação caminha para um ponto crítico. Em sua entrada triunfal em Londres, a duquesa está reivindicando o seu direito.

A reação do cardeal chega rápido. Nessa mesma noite, quando Richard e eu estamos jantando à mesa da duquesa no King's Head in Cheap, o camareiro dela entra e cochicha algo em seu ouvido. Vejo-a empalidecer. Ela olha para mim como se fosse dizer algo, e então faz um gesto para que seu jantar fosse retirado, põe-se de pé sem dizer uma só palavra a ninguém e sai. Olhamos uns para os outros, sua dama de companhia se levanta para acompanhá-la, mas logo hesita. Richard, sentado entre os cavalheiros, balança a cabeça para mim, indicando que eu permaneça sentada, e sai discretamente do salão. Fica fora apenas alguns instantes e, quando retorna, o silêncio de surpresa já se transformou em murmurinhos de especulação. Sorri para cada um dos meus vizinhos à mesa, como se estivesse se desculpando, pega minha mão e me conduz para fora.

Joga seu manto sobre meus ombros.

— Vamos retornar a Westminster — diz ele. — Não queremos mais ser vistos com a duquesa.

— O que aconteceu? — pergunto, segurando os cordões do manto enquanto ele me apressa pela rua. Richard salta por cima de um fosso malcheiroso no meio da rua e me ajuda a descer os degraus escorregadios até o rio. Um barco a remo que estava à espera aproxima-se ao ouvir seu assobio, e meu marido me ajuda a me instalar na proa.

— Solte as amarras — diz por cima do ombro. — Ancoradouro de Westminster.

— O que está acontecendo? — pergunto em um sussurro.

Ele se inclina sobre mim, de modo que nem mesmo o barqueiro, remando, possa escutar.

— O escrivão e o capelão da duquesa foram presos.

— Por quê?

— Por fazer conjurações, ou por astronomia, adivinhação ou coisa parecida. Só consegui rumores, o bastante para saber que a quero fora disso.

— Eu?

— A duquesa é leitora de livros de alquimia, o marido dela emprega médicos. Dizem que o seduziu com poções de amor. Envolve-se com homens eruditos e magia, e é uma duquesa real. Isso a faz pensar em alguém que conhece?

— Eu? — Estremeço enquanto os remos afundam silenciosamente nas águas frias e o barqueiro se aproxima dos degraus.

— Você — replica Richard em voz baixa. — Chegou a conhecer Roger Bolingbroke, um erudito de Oxford? Serve na casa dela.

Reflito por um momento.

— Milorde o conhecia, não conhecia? Ele não foi a Penshurst uma vez? Não levou uma tabela geomântica e mostrou a milorde a arte da geomancia?

O barco alcança o Palácio de Westminster, meu marido pega minha mão e me ajuda a subir os degraus de madeira do píer. Um criado adianta-se com uma tocha e ilumina nosso caminho pelos jardins.

— Ele foi detido — diz Richard.

— Por quê?

— Não sei. Vou deixá-la em nossos aposentos e ver se descubro alguma coisa.

Detenho-me na arcada da entrada e pego suas mãos frias.

— O que teme?

— Nada ainda — diz ele, sem convicção, e logo me conduz pelo braço para o palácio.

~

Mais tarde, Richard me diz que ninguém parece saber o que está acontecendo. Três homens que servem a duquesa foram detidos: homens que conheço, que cumprimento todos os dias. O erudito Roger Bolingbroke, que nos visitou em Penshurst, o capelão da duquesa, que rezou a missa diante de mim dezenas de vezes, e um dos cônegos da Capela de St. Stephen, que fica nesse mesmo palácio. São acusados de fazer o mapa astral de Eleanor. O mapa foi descoberto, e dizem que prevê a morte do jovem rei e a subida dela ao trono.

— Nunca viu um mapa feito para o rei? — pergunta meu marido sem rodeios. — Ele deixou o palácio e foi para Sheen apenas com os membros mais íntimos do seu conselho. Recebemos ordens de permanecer aqui. Somos todos suspeitos. Ele odeia esse tipo de coisa, tem pavor disso. O conselho virá aqui e fará perguntas. Talvez nos convoquem. Milorde Bedford nunca lhe mostrou um mapa feito para o rei, mostrou?

— Sabe que ele traçava mapas para todo mundo — respondo baixinho. — Lembra-se do aparato que pendia sobre o mapa da França e que mostrava a posição das estrelas? Ele a usava para mostrar o céu no instante do nascimento de uma pessoa. Fez um mapa astral para mim. Fez o dele mesmo. Provavelmente fez um para você. Certamente fez um para o rei.

— E onde estão todos esses mapas? — pergunta meu marido, tenso. — Onde eles estão agora?

— Dei-os ao duque de Gloucester. — Silenciosamente, o horror desse ato me ocorre. — Ah, Richard! Dei todos os diagramas e mapas ao duque Humphrey. Ele disse que tinha interesse nisso. Fiquei somente com os livros, os que temos em casa. Milorde deixou-os para mim. Quanto ao equipamento e às máquinas, dei-os ao duque. — Sinto o gosto de sangue, e me dou conta de que mordi o lábio. Ponho o dedo onde a pele está ferida. — Acha que a duquesa pegou o mapa do rei? Que ela pode tê-lo usado? Vão me associar às acusações, já que fui eu que dei os mapas a seu marido?

— Talvez. — É tudo o que ele diz.

~

Esperamos. O sol de verão queima sobre a cidade, e há relatos de peste nas áreas pobres, próximas ao rio malcheiroso. Está insuportavelmente quente.

Quero ir para casa, em Grafton, e para meus filhos, mas o rei ordenou que todos permanecessem na corte. Ninguém pode deixar Londres; é como fazer uma caldeira ferver. Enquanto o ar quente abafa a cidade como a tampa de um caldeirão, o rei espera, trêmulo de aflição, que seu conselho desvende a conspiração contra ele. É um jovem que não tolera oposição; ela atinge a própria definição que tem de si mesmo. Foi criado por cortesãos e bajuladores, não consegue suportar a ideia de alguém não amá-lo. Pensar que alguém pode usar magia negra contra ele enche-o de um terror que ele não consegue admitir. As pessoas à sua volta temem por ele e por si mesmas. Ninguém sabe do que um erudito como Roger Bolingbroke é capaz se quiser causar o mal. E se a duquesa o fez agir com outros homens que possuem suas mesmas habilidades, eles poderão ser capazes de forjar uma conspiração que cause um dano fatal ao rei. E se, nesse mesmo instante, um horror secreto estiver agindo em suas veias? E se ele se estilhaçar como vidro ou derreter como cera?

A duquesa aparece na mesa principal, no Palácio de Westminster, sentada e sozinha, com o rosto animado e sorridente, seu ar confiante inabalado. No salão abafado, onde o cheiro de carne que chega da cozinha paira como um hálito quente, ela se mostra calma, imperturbada. Seu marido está ao lado do rei em Sheen, tentando tranquilizar o rapaz, tentando contradizer tudo o que o tio, o cardeal, diz. Ele jura pela própria vida que o jovem rei é amado, querido de todos, e que nunca viu um horóscopo do rei, que seu interesse pela alquimia é meramente a serviço do sobrinho, que o canteiro de ervas em Penshurst já estava plantado sob os signos das estrelas quando chegaram lá. Não sabe quem o plantou, talvez o antigo proprietário. Sento-me com as damas nos aposentos da duquesa, costuro camisas para os pobres, e não falo nada, nem mesmo quando, de repente, ela ri à toa e declara que não sabe por que o rei está se demorando tanto no Palácio de Sheen, pois deveria vir para Londres, para que pudéssemos ir para o campo e sair desse calor.

— Acho que ele vem hoje à noite — sugiro.

Ela olha de relance para a janela.

— Ele devia ter vindo mais cedo — diz ela. — Agora, vai ser pego pela chuva. Vai ser uma tempestade e tanto!

Uma rajada de vento súbita faz as mulheres gritarem. O céu sobre Londres está negro como um corvo e há um estrondo de trovão. A janela range com o vento que aumenta e, então, escancara-se ao receber uma lufada gelada. Alguém grita quando os caixilhos batem. Levanto-me, vou até a janela, seguro o ferrolho e a fecho. Retraio-me com o ruído do relâmpago sobre a cidade. Uma tormenta ressoa na direção de onde vem o rei e, em instantes, ouve-se o ruído do granizo na janela, como se alguém jogasse pedrinhas nela. Uma mulher vira-se, pálida, para a duquesa e grita:

— Uma tempestade sobre o rei! Disse que haveria tormenta no caminho do rei.

A duquesa mal presta atenção. Está me observando lutar contra o vento na janela, e então as palavras — a acusação — entram em sua consciência e ela olha para a mulher, Elizabeth Flyte.

— Ah, não seja ridícula. Eu estava olhando para o céu. Qualquer um poderia ter percebido que haveria uma tempestade.

Elizabeth levanta-se de seu banco e faz uma reverência.

— Com licença, milady...

— Aonde vai?

— Desculpe, milady...

— Não pode sair sem permissão — diz a duquesa rispidamente. Mas a mulher derrubou seu banco na pressa de chegar à porta. Duas outras também se levantam, sem saber se correm ou ficam.

— Sentem-se! Sentem-se! — grita a duquesa. — Ordeno que se sentem!

Elizabeth abre a porta e sai, enquanto as outras afundam em seus bancos. Uma faz um rápido sinal da cruz. Um raio subitamente faz a cena parecer desolada e fria. Eleanor, a duquesa, vira-se para mim com a expressão desvairada e lívida.

— Pelo amor de Deus, apenas olhei para o céu e vi que haveria uma tempestade. Não há necessidade disso tudo. Apenas vi que ia chover, só isso.

— Eu sei — digo. — Sei que foi só isso.

~

Meia hora depois, o palácio está trancando portas e janelas diante da tempestade, e todos a chamam de vento da bruxa, pois sopra morte. Em um dia, o jovem rei anuncia que sua tia, a duquesa, está proibida de ir à sua presença. O erudito de Oxford, amigo de meu primeiro marido que nos visitou em Penshurst, é interrogado pelo conselho e confessa heresia e magia. Eles o expõem como um urso para açular cães. O pobre Roger Bolingbroke, estudioso durante toda a vida, homem de erudição, amante dos mistérios do mundo e das estrelas, é colocado em uma plataforma semelhante a um cadafalso na St. Paul's Cross, em Londres. Enquanto isso, um sermão é proferido contra ele e todas as bruxas e feiticeiras, necromantes e hereges que ameaçam a vida do rei e sua paz, que afluem em grande número à cidade corrompida, que procuram entrar por seus portos, que se escondem nas aldeias e realizam atos malignos. É declarado que existem milhares de homens e mulheres funestos, que conjuram magia negra para fazer mal ao rei: herboristas, mulheres versadas em plantas medicinais e magia, mentirosos, hereges, assassinos. O rei sabe que estão por ali, tramando contra ele, e acredita que, agora, descobriu uma conspiração no cerne de sua corte, no cerne de sua família perigosamente ambiciosa.

Todos desfilamos ao redor de Bolingbroke, circundando-o e observando fixamente sua vergonha, como se ele fosse um animal trazido da costa da África, algum novo tipo de fera selvagem. Ele mantém os olhos baixos, para não ver os rostos ávidos e não precisar reconhecer antigos amigos. O homem que passou a vida estudando, refletindo sobre a natureza harmoniosa do mundo, encontra-se sentado em uma cadeira simples, usando uma coroa de papel, cercado de seus equipamentos e livros, como se fosse um bobo da corte. Um quadro de geomancia está no chão, aos seus pés, bem como um conjunto de velas esculpidas. Há alguns diagramas mostrando a posição dos planetas e o horóscopo que dizem ter traçado para a duquesa, a pedido dela. Há um pequeno modelo da Terra e dos planetas girando ao seu redor. Há fôrmas de bronze para moldar figuras, um destilador para preparar líquidos e as bandejas de cera usadas para extrair o perfume de flores. O pior de tudo: aos seus pés, está uma criaturinha horrível de cera, como um coelho abortado.

Retraio-me ao vê-la, e Richard envolve minha cintura com seu braço forte.

— Não olhe para isso — aconselha-me.

Desvio os olhos.

— O que é aquilo?

— Uma imagem de cera do rei. Teria, supostamente, uma coroa na cabeça, esse fio de ouro é o seu cetro, e a pequena conta é a orbe.

O rosto está distorcido, os pés, disformes. Percebo o contorno do manto e as marcas do arminho, mas a cabeça praticamente derreteu por completo.

— O que fizeram com ela?

— Aqueceram-na diante do fogo, de modo que derretesse e se consumisse. Para que a força do rei o abandonasse também. Pretendiam destruí-lo à medida que a imagem se desfazia.

Estremeço.

— Podemos ir?

— Não — retruca ele. — Temos que ficar e mostrar nossa revolta contra esses crimes.

— Estou revoltada, tão revoltada que quero ir embora.

— Mantenha a cabeça ereta. Continue andando. De todas as pessoas, você é quem mais precisa ser vista como inimiga desse tipo de coisa.

— Eu, de todas as pessoas? — esbravejo. — Isso é tão repulsivo que me enoja.

— Estão dizendo que a duquesa Eleanor conseguiu fazer com que o duque se casasse com ela com uma poção do amor, para que não resistisse a ela. Estão dizendo que você fez o mesmo quando era garota e que milorde duque estava sofrendo com a perda de sua esposa Anne.

Estremeço, desvio os olhos da figura derretida.

— Richard...

— Vou mantê-la a salvo — promete ele. — Você é a minha senhora e o meu amor. Vou protegê-la, Jacquetta. Sempre que me procurar, estarei com você.

~

Retornamos da humilhação de Bolingbroke e encontramos os aposentos da duquesa vazios, a porta de sua câmara particular aberta, os baús com suas roupas derrubados, os armários pilhados. Suas caixas de joias sumiram, e ela está desaparecida.

— Onde está a duquesa? — pergunta meu marido à dama de companhia.

Ela balança a cabeça. Chora incontrolavelmente.

— Ela se foi.

— Para onde?

— Ela se foi. — É tudo o que consegue dizer.

— Que Deus nos proteja, a menina é uma idiota! — exclama Richard. — Pergunte você a ela.

Pego-a pelos ombros.

— Ellie, diga-me, prenderam Sua Graça?

Ela faz uma reverência.

— Ela fugiu, Vossa Graça. Fugiu para o santuário. Disse que vão matá-la para punir o marido, que vão destruí-lo através dela. Disse que é uma conspiração perversa contra o duque, e que será a ruína dela. Disse que o cardeal Beaufort acabará com ambos.

Viro-me para Richard.

— Santuário?

A expressão dele é severa.

— Sim, mas ela cometeu um erro. Isso não a salvará.

— Não podem acusá-la de ser bruxa se estiver refugiada em solo sagrado, reivindicando a segurança da Igreja.

— Então, será acusada de heresia — observa ele. — Um herege não pode ser protegido pela Igreja. Portanto, se recorreu ao santuário, a acusarão de heresia. É a única maneira de fazê-la sair de lá. Antes disso, talvez a acusassem de prever o futuro. Agora, terá que responder por heresia. E este é um crime mais grave do que fazer previsões. Ela se pôs em uma situação pior.

— A lei dos homens sempre coloca as mulheres na pior situação! — Eu me enfureço, mas Richard nada diz. — Vamos embora? — peço-lhe em tom baixo. — Podemos voltar à nossa casa em Grafton? — Observo a desordem no cômodo ao nosso redor. — Não me sinto segura aqui. Podemos ir?

Meu marido faz uma careta.

— Vai parecer culpa, tanto quanto ela ter buscado refúgio na Igreja. Acho que é melhor ficarmos aqui. Pelo menos, podemos embarcar em um navio para Flandres, se for preciso.

— Não posso deixar as crianças!

Ele não dá atenção e prossegue:

— Queria que seu pai estivesse vivo. Você poderia ter ido visitá-lo. — Ele aperta minha mão. — Fique aqui. Vou procurar William de la Pole, o conde de Suffolk. Ele me dirá o que está acontecendo no conselho.

— E o que devo fazer?

— Esperar aqui — diz ele, inflexível. — Abra estes cômodos e trate-os como se fossem seus. Comporte-se como se nada estivesse errado. Agora, você é a primeira-dama do reino, a única duquesa real que resta. Mande as damas arrumarem o lugar, e, depois, ponha-as para costurar com você, escolha alguém para ler a Bíblia. Vá à capela ao entardecer. Desfile sua inocência.

— Mas sou inocente — digo.

O rosto dele está sombrio.

— Tenho certeza de que ela vai alegar o mesmo.

～

Ela não alega o mesmo. Levaram Roger Bolingbroke à sua presença, com o horóscopo feito a pedido dela, com os instrumentos mágicos, que eram as ferramentas de seu ofício de explorador de reinos desconhecidos, com a cera deformada que dizem ser a imagem do rei derretida, e ela confessa bruxaria e ofensas contra a Igreja. Admite que há muito tempo usa bruxaria com a Bruxa de Eye, e então, contam-lhe que ela já estava detida desde a noite da tempestade.

— Quem é a Bruxa de Eye? — pergunto a Richard em um sussurro, tarde da noite, com o cortinado da cama nos ocultando.

— Margery Jourdemayne — responde ele, seu cenho franzido de preocupação. — Uma bruxa que já foi detida uma vez, anteriormente, por seus crimes. Ela é da aldeia de Eye. A igreja a reconhece como bruxa, todos a conhecem como bruxa.

Pasmo de horror.

Ele olha para mim.

— Pelo amor de Deus, diga-me que não a conhece.

— Não como bruxa.

Ele fecha os olhos brevemente, aterrorizado.

— O que sabe dela?

— Nunca fiz nada com ela além de estudar o uso das ervas, como foi o ordenado por milorde: isso posso jurar a você e à corte, se preciso. Nunca fiz nada com ela além de estudar o uso das ervas e ela não fez nada em Penshurst além de planejar a horta comigo e me dizer quando as ervas deviam ser cortadas e quando deviam ser plantadas. Eu não sabia que ela era uma bruxa.

— Milorde mandou que a visse?

— Sim, sim.

— Tem essa ordem com o lacre dele? Ele a escreveu?

Balanço a cabeça, negando.

— Apenas enviou-a a mim. E você a viu. Naquela vez, no pátio das cavalariças, quando chegou com a mensagem de Luxemburgo e ela estava partindo com a carroça.

Richard fecha os punhos.

— Posso jurar que milorde mandou que ela a servisse... Mas isso não é bom, não é nada bom. Talvez possamos escapar disso. Talvez ninguém mencione a questão, já que ela foi apenas plantar uma horta. Pelo menos, você nunca a consultou. Nunca ordenou que a ajudasse com...

Desvio o olhar.

Ele resmunga.

— Não. Ah, não. Fale, Jacquetta.

— Tomei uma infusão para evitar gravidez. Você sabia disso.

— As ervas? Foi receita dela?

Confirmo com um movimento da cabeça.

— Contou a alguém?

— Só a você.

— Então, ninguém vai saber. Há mais alguma coisa que ela tenha feito para você?

— Depois... uma bebida para ter um bebê.

Ele para ao se dar conta de que isso aconteceu na concepção de nossa filha Elizabeth, o bebê que o fez se casar comigo.

— Meu Deus, Jacquetta...

Afasta as cobertas e sai da cama, abre a cortina e vai até a lareira. É a primeira vez que se irrita comigo. Bate com o punho na coluna da cama, como se quisesse poder lutar contra o mundo. Sento-me, puxo as cobertas até os ombros e sinto meu coração pulsar com o pavor de sua fúria.

— Eu queria um bebê, e queria você — digo vacilante. — Eu o amava e queria que nos casássemos. Mas não lancei um feitiço para isso. Usei ervas, não bruxaria.

Ele esfrega a cabeça, fazendo seu cabelo arrepiar, como se tais distinções estivessem além de sua compreensão.

— Fez nossa filha com uma poção de uma bruxa? Nossa filha Elizabeth?

— Ervas — insisto com determinação. — Ervas de uma herborista. Por que não?

Ele me lança um olhar furioso.

— Porque não quero uma criança trazida ao mundo por um punhado de ervas receitado por uma bruxa velha!

— Ela não é uma bruxa velha, é uma mulher boa, e nós tivemos uma bela filha. Seus temores o tornam tão mau quanto essa caça às bruxas. Tomei ervas que me ajudassem a ser fértil. Fizemos uma bela filha. Não nos deseje mal agora!

— Pelo amor de Deus! — Ele eleva o tom de voz. — Não tenho medo de nada a não ser de você ser associada à bruxa mais notória da Inglaterra, que tentou matar o nosso rei!

— Ela não tentou! Não faria isso! Não ousaria!

— Está sendo acusada disso.

— Não por mim!

— Pelo chefe de justiça! E se procurarem por associados, encontrarão você, outra duquesa real, outra mulher que se mete com o desconhecido, outra mulher que pode evocar uma tempestade ou capturar um unicórnio.

— Não posso! Não posso! — Começo a chorar. — Você sabe que não. Sabe que não faço nada. Não diga essas coisas, Richard. Não me acuse. Qualquer um pode fazer isso, menos você!

Sua raiva se esvai diante de minhas lágrimas e ele atravessa rapidamente o quarto, senta-se ao meu lado e me abraça.

— Não estou acusando você, meu amor. Eu sei. Sei que nunca faria nada para prejudicar alguém. Acalme-se, me desculpe. Você não é culpada.

— Não consigo impedir minhas previsões.

— Eu sei que não.

— E você melhor do que ninguém sabe que milorde me colocou diante do espelho de adivinhação, um dia após o outro, e tudo o que vi foi uma batalha na neve e uma rainha... uma rainha... com as ferraduras do cavalo de trás para a frente. Ele disse que isso era inútil. Disse que eu não conseguia fazer previsões para ele. Eu o decepcionei. Decepcionei.

— Eu sei. Sei que não faz conspirações. Fique calma, meu amor.

— Tomei realmente ervas para ter Elizabeth, mas isso foi tudo. Nunca usaria bruxaria para ter uma criança. Nunca.

— Eu sei, meu amor. Fique calma.

Eu me calo e, depois que enxugo os olhos nos lençóis, ele me pergunta:

— Jacquetta, alguém sabe da receita que ela lhe deu, além de vocês duas? Alguém a viu com ela em Penshurst? Alguém da corte sabe que ela esteve lá?

— Não. Somente os criados e o ajudante dela.

— Então, teremos que rezar para ela manter a boca fechada sobre isso, mesmo que a levem para a fogueira.

— Fogueira? — pergunto, de maneira tola.

Ele confirma com um movimento da cabeça e volta para a cama, do meu lado. Observamos, juntos, o fogo arder na grade.

— Vão queimá-la como bruxa — diz ele, simplesmente. — E a duquesa também.

Palácio de Westminster, Londres, Outubro de 1441

A duquesa e a bruxa são levadas ao tribunal, ambas acusadas de bruxaria e traição. A duquesa alega que só visitou a Sra. Jourdemayne para obter ervas para fertilidade: a herborista deu-lhe uma bebida e disse que ela conceberia uma criança. Sento-me no fundo da sala, atrás de espectadores ávidos, consciente de que fiz a mesma coisa.

Margery tinha sido acusada de bruxaria antes, portanto lhe perguntaram por que continuava a praticar suas artes: as ervas, os encantamentos, a previsão. Ela olha para o arcebispo de Canterbury, Henry Chichele, como se ele pudesse compreendê-la.

— Se você tem olhos, não consegue deixar de ver — diz ela. — As ervas crescem para mim e, às vezes, o véu do futuro se rompe para mim. É um dom, e eu achei que era concedido por Deus.

O arcebispo faz um gesto na direção do boneco de cera à sua frente, sobre a mesa.

— Esta é a mais ímpia maldição, a tentativa de assassinato de um rei ungido. Como poderia vir de Deus?

— Era um boneco para fazer uma criança — diz ela, cansada. — Era um boneco na forma de um grande lorde. Veja seu arminho e sua espada.

Era um pequeno boneco para fazer uma criança bela e habilidosa, que seria um adorno para seu país e um tesouro para sua família.

Sem pensar, minha mão se põe furtivamente sobre meu ventre, onde mais um bebê está se formando, e que espero que ele também venha a ser um adorno e um tesouro.

A Sra. Jourdemayne olha para o arcebispo.

— Estão se assustando com um boneco — diz ela rudemente. — Os senhores, homens importantes, não têm nada melhor a fazer?

O arcebispo balança a cabeça.

— Silêncio — ordena.

Todos já tinham decidido que era uma imagem do rei, feita para ser derretida. Todos tinham decidido que ela era uma bruxa, um tição para a fogueira. Mais uma vez, estou assistindo aos homens mais poderosos do reino exercerem seu poder sobre uma mulher que não fez nada mais grave do que viver de acordo com a vontade do próprio coração, do que ver com os próprios olhos. Mas não se trata da vontade nem da visão dos homens, e, portanto, isso não pode ser tolerado.

Matam-na por isso. Levam-na para Smithfield, o mercado de carnes, onde o inocente gado dos condados ao redor de Londres caminha para o abate, e, como um cordeiro obediente, pastoreado credulamente para o redil manchado de sangue, a Sra. Jourdemayne segue muda para a estaca. Acendem o fogo sob seus pés descalços, e ela morre em agonia. Roger Bolingbroke, que confessou e abjurou, tampouco encontrou misericórdia. Executam-no na forca em praça pública e, enquanto ele se debate no ar, lutando para respirar, o carrasco pega seus pés e corta a corda. Depois de restaurar-lhe uma vida asfixiada, o carrasco deita-o para reanimá-lo e então corta sua barriga, arrancando-lhe as entranhas para que ele veja seu coração pulsando, com o estômago trêmulo cuspindo sangue. Então, esquartejam-no: suas pernas são arrancadas do tronco, os braços, de seu peitoral, e enviam a cabeça, com o olhar aterrorizado, para ser enfiada em uma estaca na Ponte de Londres, onde os corvos arrancarão seus olhos chorosos. Thomas Southwell, meu antigo confessor, cônego da Capela de St. Stephen, morre de tristeza na Torre de Londres. Richard diz que os amigos dele lhe deram veneno clandestinamente para poupá-lo da agonia sofrida por Bolingbroke. O escrivão da duquesa, John Home, está na prisão, aguardando o perdão. E a orgulhosa duquesa é obrigada a fazer penitência pública.

A mulher que entrou em Londres com um manto dourado, acompanhada dos nobres do reino em sua comitiva, está descalça, vestida com um simples conjunto de linho. Ela segura um círio aceso e deve contornar Westminster, enquanto o povo escarnece e aponta para ela, uma mulher que foi a primeira-dama do reino e que, agora, perdeu toda a dignidade. Assisto do principal portão do Palácio de Westminster quando ela passa, seu olhar fixo nas pedras frias sob os pés descalços vacilantes. Não ergue os olhos para me ver nem para ver as mulheres que antes disputavam entre si para servi-la e que, agora, riem e zombam dela. Eleanor não levanta a cabeça, e o belo cabelo escuro cai sobre seu rosto como um véu para esconder a vergonha. Os homens mais poderosos do reino a humilharam e mandaram que fosse levada para fora, para ser um prodígio para o povo de Londres. Eles sentem tanto medo dela que assumem o risco da própria desonra. De tão ansiosos por salvar a própria pele, acharam que deviam se livrar dela. Seu marido, que agora é conhecido como o "bom" duque Humphrey, declara que foi seduzido por sua bruxaria, e o casamento é imediatamente anulado. Ela, uma duquesa real, a esposa do herdeiro do trono, é agora uma bruxa condenada vestindo apenas uma veste fina. Nenhum homem lhe dará seu nome, e a manterão na prisão pelo resto da vida.

Penso na visão que tive quando desembarquei em Greenwich: a duqueza acompanhada por um cão negro, um cão de briga, um mastim preto, e o cheiro que persistia em torno dela, apesar do perfume e de sua roupa íntima lavada. Penso que o cão negro a seguirá e ficará subindo e descendo a escadaria do Castelo de Peel, na Ilha de Man, enquanto ela espera, por muitos e muitos anos, a sua libertação para a morte.

Grafton, Northamptonshire, Inverno de 1441-1444

Assim que podemos ser dispensados da corte, Richard e eu voltamos para casa, em Grafton. O terror em Londres é fomentado pela morte da bruxa, a desgraça da duquesa e o espírito de caça às bruxas. O medo do desconhecido, das horas mais escuras, infecta toda Londres. Todos que estudam as estrelas há anos, que leem livros ou fazem experimentos com metal têm uma razão para partir para o campo, e Richard acha que é mais seguro para nós se eu — com minha ascendência arriscada — ficar bem longe da corte.

Em Grafton, há muito trabalho a fazer. A morte do pai de Richard transfere para meu marido a terra e as responsabilidades de senhor da pequena aldeia e defensor da paz. Também tenho o que fazer. O berço é envernizado de novo e as faixas para envolver o bebê são lavadas e expostas ao sol.

— Acho que vai ser outro menino — digo a meu marido.

— Por mim, tanto faz. Contanto que o bebê nasça bem e forte, e você se levante da cama tão alegremente quanto ali se deitou.

— Eu me levantarei com um menino — digo com segurança. — E ele será um adorno para o país e um tesouro para a família.

Ele sorri e me dá um tapinha no nariz.

— Você é uma coisinha engraçada. O que quer dizer?

— E vamos chamá-lo de Anthony — prossigo.

— Por causa do santo? — pergunta meu marido. — Por que ele?

— Ah, porque ele ia ao rio rezar para os peixes, que colocavam suas cabecinhas para fora da água para ouvi-lo, e as sereias diziam "Amém".

No ano seguinte, depois de Anthony, vem outra menina, a quem damos o nome de Mary, e depois dela, mais uma menina.

— Jacquetta — declara Richard. — Ela se chamará Jacquetta, o nome mais belo para a mulher mais bela.

Estamos debruçados sobre o pequeno berço de madeira enquanto o bebê dorme, o rosto virado para o lado, suas pestanas perfeitas fechadas acima de suas bochechas rosadas. As pálpebras tremulam; ela está sonhando. Eu me pergunto com o que um bebê sonha. Será que eles sabem que tipos de pais nós somos? Estarão preparados para o mundo que estamos construindo? Richard desliza o braço ao redor de minha cintura.

— Apesar de a amarmos, teremos de deixá-la por algum tempo.

— Ahn? — Estou absorta com o punho minúsculo do bebê.

— Temos de deixá-la por um tempo.

Agora Richard tem minha atenção. Viro-me para ele.

— Como assim?

— Temos que ir para a França, com um grupo grande, buscar a noiva do rei.

— Foi decidido? — O casamento de Henrique tem sido discutido há muito tempo. Meu primeiro marido, lorde John, estava selecionando princesas francesas para ele quando eu ainda era recém-casada. — Finalmente?

— Perdeu todas as fofocas enquanto estava no confinamento, mas sim, decidiu-se, finalmente. É uma parente sua.

— Margarida! — adivinho no mesmo instante. — Margarida de Anjou. Ele me beija como recompensa.

— Muito inteligente, e já que sua irmã se casou com o tio dela, você e eu iremos buscá-la na França.

Na mesma hora, olho para o meu bebê adormecido.

— Sei que não quer deixá-la — diz ele, com ternura. — Mas cumpriremos o nosso dever com Henrique, buscaremos a noiva, a levaremos para casa, e então, voltaremos para cá. Fui chamado pelo rei para servi-lo. Tenho que ir.

— Está me pedindo para deixar seis bebês. Como posso ir?

— Entendo — retruca ele delicadamente. — Mas tem que cumprir o seu dever também. Você é uma duquesa inglesa e minha mulher, e o chefe da nossa casa está lhe pedindo para buscar sua noiva. Quando se casarem, haverá paz na Inglaterra e França: a única coisa que milorde queria quando morreu. Temos que ir, meu amor. Sabe disso. É um serviço para o rei e para seu primeiro marido e meu bom senhor. É um serviço para ele também.

Nancy, França, Primavera de 1445

Não sou o único membro desanimado do séquito matrimonial. Dizem que o nosso líder, William de la Pole, o conde de Suffolk, suspeita tanto dos franceses e é tão indiferente à fortuna que Margarida de Anjou traz que, antes de deixar a Inglaterra, no ano passado, para dar início às negociações, fez o rei jurar que ninguém nunca deveria culpá-lo por levar a princesa francesa para a Inglaterra. O cardeal Beaufort, que agora controla tudo, vê isso como uma maneira de fazer a paz durar, mas o duque Humphrey de Gloucester jura que o rei Valois vai apenas ganhar tempo com esse casamento para então atacar nossas terras na França. Sei que meu falecido marido teria receado que tudo fosse um ardil dos franceses para que entregássemos o Anjou e o Maine a Renato de Anjou, pai da nova rainha. Quase todos que ficaram na Inglaterra, enquanto gastamos uma fortuna em uma viagem para a França, consideram definitivamente improvável que o que estamos fazendo promova a paz, além de ser algo muito dispendioso e, provavelmente, desvantajoso para nós.

A noiva é trazida de Anjou por sua mãe, e dizem que ela também não está nada entusiasmada com um casamento que a colocará na cama do rei que tem sido um inimigo da França desde que ela era bebê.

— Você a verá primeiro, antes de todo mundo — diz meu marido. Estou à janela do castelo olhando para o pátio das cavalariças lá embaixo. Os cavalos da comitiva de Anjou, um lamentável bando de pangarés, estão bebendo água, sendo escovados e conduzidos para os estábulos.

— Eu? Por que eu?

— A mãe dela conhece a sua mãe, acham que vocês podem ser amigas. Você fez uma jornada semelhante à dela, vindo do castelo de Luxemburgo à realeza da Inglaterra. Querem que a conheça antes de todos nós, para que possa apresentá-la à sua nova corte.

— Não sei se terei alguma utilidade — digo, virando-me para segui-lo.

— Falam a mesma língua, isso já é alguma coisa — diz ele. — Ela é mais nova do que você quando se casou com o duque. Tem apenas 15 anos. Vai precisar de uma amiga na corte.

Ele me conduz à porta dupla dos melhores aposentos e se afasta para o lado. Os guardas abrem a porta e, enquanto entro, anunciam:

— A duquesa viúva de Bedford!

A primeira coisa que me impressiona é que ela é muito pequena, parece uma bela bonequinha. Seu cabelo é cor de bronze, de um dourado avermelhado, e seus olhos são azul-acinzentados. Usa um vestido do mesmo tom dos olhos e um toucado na cabeça puxado bem para trás, para expor seu rosto extraordinariamente bonito e delicado e a compleição perfeitamente clara. O vestido tem margaridas bordadas — sua insígnia. O biquinho que faz com a boca sugere uma criança mimada, mas quando ouve meu nome, vira-se rapidamente, e o brilho de seu sorriso é adorável.

— Ah! *Madame la duchesse!* — exclama em francês, corre e me beija como se fôssemos velhas amigas. — Estou muito feliz por ter vindo me ver.

Faço uma reverência.

— Estou feliz em conhecê-la, Vossa Graça.

— Esta é minha mãe. Fiquei muito feliz ao saber que a senhora viria me buscar com o conde de Suffolk, pois pensei que me diria como devo me comportar e todo o resto. Foi casada com o duque quando era só um pouco mais velha do que eu, não? E 15 anos é muito pouco, não é?

Sorrio diante de sua fala nervosa.

— Psiu — diz sua mãe. — A duquesa vai pensar que você é uma tagarela.

— É que são tantos ingleses que vêm me ver, e acho tão difícil guardar os nomes. Seus nomes são tão difíceis de dizer!

Rio.

— No começo, eu não conseguia nem mesmo dizer o nome de minha casa — replico. — É uma língua difícil de aprender. Além disso, todos falam francês e estão ansiosos para conhecê-la e serem seus amigos. Queremos que seja feliz.

Seu lábio inferior treme, mas ela fala com bastante coragem:

— Oh, já comecei a aprender, e consigo dizer conde de Suffolk e cardeal Bouffé.

— Bouffé? — pergunto.

— Não está certo?

— Beaufort! — identifico. — Pronunciam Beo-for.

Ela ri e estende as mãos.

— Viu? Vai me ensinar a pronunciar essas palavras e como se vestem as damas inglesas. Vou ter de usar botas o tempo todo?

— Botas, Vossa Graça?

— Para a lama.

Rio.

— Ah, como andaram criando histórias para Vossa Graça. A Inglaterra realmente fica enlameada, especialmente no inverno, mas o tempo não é pior do que... digamos, o de Paris. Prefiro Londres a Paris, e sou muito feliz agora, na Inglaterra.

Ela põe sua mão na minha.

— Vai ficar comigo e me dizer o nome de todo mundo, não vai? E como pronunciar tudo?

— Sim — prometo.

Sinto sua mãozinha apertar a minha quando se vira para a mãe e diz:

— É melhor mandar que entrem. Prefiro conhecer todos eles já.

É uma princesinha encantadora, perfeita em cada detalhe, exceto por seu pai, que, embora rei, não consegue conquistar seus vários reinos e nunca conseguirá. Ela não tem dote e, embora diga que traz consigo as ilhas de Minorca e Majorca, todos sabemos que não herdará nada. Tudo que ela precisa para o casamento e a viagem tem sido pago pelo Tesouro da Inglaterra — e nada resta nele. Ela é dotada de uma beleza requintada, mas muitas meninas de 15 anos são igualmente belas. É muito amada pela corte francesa, a favorita declarada de seu tio, o rei Valois, Carlos VII, mas ainda assim não é uma princesa da Casa de Valois, apenas da de Anjou. Ele não está oferecendo uma de suas próprias filhas em casamento a um inglês, mas sim uma sobrinha. Em suma, a maioria dos ingleses enviados para buscá-la acha que fomos enganados: no tratado de paz, no dote e na própria princesinha. Não é um bom começo para um casamento.

～

Ela vai se casar na Capela de St. George, no palácio em Tours; o conde de Suffolk representará o rei, ficará ao lado de Margarida diante do altar e pegará sua mãozinha, oferecida pelo pai e pelo rei francês. Sua irmã Yolande se casará ao mesmo tempo. Sei que está nervosa, mas fico surpresa ao ser chamada a seus aposentos duas horas antes da cerimônia e me ver sozinha em seu quarto, sem nenhuma outra dama presente. Ela está usando seu vestido de noiva branco de cetim, com margaridas bordadas com linhas douradas e prateadas, mas o cabelo ainda está trançado e seus pés estão descalços.

— Minha mãe disse que você tem um dom — começa ela, falando rápido em francês, sem preâmbulos. — Disse que todas as mulheres de sua casa têm o dom da visão do futuro.

Faço uma reverência, mas estou apreensiva.

— É o que dizem, Vossa Graça, mas levo todos os meus desejos e temores ao meu padre e a Deus. Não acredito que seja concedido a homens mortais conhecer o futuro e, certamente, não a mulheres.

Ela emite uma exclamação e pula para a cama, sem se importar com o rico vestido.

— Quero que jogue as cartas para mim. Quero saber o que o futuro me reserva. — Ela dá tapinhas na cama, convidando-me a sentar.

Não respondo ao convite.

— Certamente sua mãe não sugeriu isso...

— Não, ela não sabe de nada... A ideia foi só minha. Venha, sente-se ao meu lado.

— Não posso — digo sem me mover. — A corte da Inglaterra não gosta de profecias ou horóscopos. Certamente não gostará de cartas.

— A corte da Inglaterra nunca vai saber. Vai ficar somente entre nós duas.

Balanço a cabeça.

— Não me atrevo.

Ela parece obstinada.

— Se eu mandar, terá de obedecer. É minha dama de companhia, tem que fazer o que eu mandar.

Hesito. Se William de la Pole, conde de Suffolk, souber que irritei a princesa, vai haver problemas sérios.

— É claro que meu único desejo é obedecer-lhe, Vossa Graça. Mas e se me pedir para fazer alguma coisa que seu marido, nosso rei, não gostaria? Deve entender que isso me põe em uma situação difícil. O que farei depois?

— Ah, deve fazer o que eu pedir — retruca ela simplesmente. — Porque o rei nunca vai saber, ninguém nunca vai saber. Mas eu quero. Posso insistir. Insisto.

Ajoelho-me e baixo a cabeça, amaldiçoando-a intimamente por ser uma criança mimada.

— Vossa Graça, me perdoe, não posso.

Ela faz uma pausa.

— Está bem. Então não me caso — declara. — Pode sair e dizer a eles que você se recusou a me preparar para o meu casamento, e que, portanto, não me casarei. A cerimônia não vai acontecer.

Ergo os olhos, sorrindo, mas ela está séria.

— Falo sério — diz ela. — Mostre-me as cartas ou não me casarei com o rei. Insisto em ver meu futuro. Tenho que saber que essa é a coisa certa a fazer. Não prosseguirei sem ver o que o futuro me reserva.

— Não tenho cartas — replico.

Com um sorriso, ela levanta seu travesseiro e coloca um baralho de belas cartas coloridas em minha mão.

— Vamos. É minha ordem.

Embaralho as imagens delicadamente. Eu me pergunto o que vai acontecer se ela tirar uma carta ruim. É uma tola tão obstinada a ponto de cancelar o casamento? Reviso os arcanos mentalmente e penso se poderei ocultar os que não mostram boas perspectivas.

— E se as cartas não forem boas? — pergunto. — O que vai acontecer então?

Ela põe a mão sobre a minha.

— A cerimônia prosseguirá, e nunca contarei a ninguém que leu as cartas para mim — promete. — Mas ficarei sabendo de antemão que estarei em perigo, e em que tipo de perigo. Estarei preparada. Tenho que saber o que me espera. Se vou morrer no parto daqui a um ano. Se meu pai e meu marido vão se enfrentar em uma guerra. Se os lordes ingleses, que parecem não concordar em nada, vão acabar uns com os outros.

— Está bem. — Não vejo como escapar. — Mas não vou dispor todas. — Isso pelo menos reduz a possibilidade de uma profecia pessimista. — Lerei apenas uma única carta. Embaralhe-as.

Suas pequenas mãos envolvem as grossas cartas, intercala-as e baixa-as na cama.

— Corte.

Ela corta o baralho e depois o une de novo. Espalho-o, as cartas viradas para baixo como um leque diante dela, as cores fortes reluzindo sobre as cobertas de lã na cama.

— Escolha uma — digo. — Uma única carta já lhe dirá o bastante.

O cabelo ruivo dourado de Margarida cai para a frente, e ela se inclina. Com o rosto bonito muito grave, passa os dedos pelo baralho, escolhe uma carta e, então, a segura, sem olhar, junto ao coração.

— E agora?

Junto as outras cartas.

— Mostre-a.

Ela a vira.

Poderia ter sido bem pior.

É a carta que Joana, a Donzela, viu em minhas mãos há alguns anos: a Roda da Fortuna.

— *La Roue de Fortune* — lê. — É uma carta boa? É muito boa?

A carta mostra uma roda girando com dois animais equilibrados, um subindo, o outro caindo de cabeça. A alavanca da roda estende-se para além da carta, de modo que não é possível ver quem a está girando. Talvez esteja girando ao acaso. Sentado no alto da carta está um pequeno animal azul engraçado; ele usa uma coroa e segura uma espada. Minha tia-avó me disse que esse pequeno animal mostra que é possível observar a roda girar e não sentir nem orgulho nem arrependimento. Pode-se ficar acima dela e ver a sua própria vida ascender e cair com a verdadeira indiferença que deriva da autêntica grandeza de espírito. Pode-se olhar a própria ambição como se fosse uma máscara de vaidades, uma dança para tolos. Não poderia ser uma carta mais improvável para Margarida: ela não é, em absoluto, uma garota que demonstra indiferença.

— É boa e má — respondo. — É uma espécie de aviso, de que Vossa Graça pode ascender muito alto e ter uma grande queda. A roda da fortuna pode elevá-la, mas não por mérito seu, não por uma virtude. E então pode fazê-la cair.

— Então como me levanto de novo? — pergunta ela, como seu eu fosse alguma velha bruxa curandeira que lê a sorte por qualquer trocado.

— A questão é que não pode — respondo com impaciência. — Não pode fazer isso. Não se pode fazer o próprio destino. Vossa Graça está na roda da fortuna tanto quanto esse pobre macaco de libré elegante que vai cair. Ele não pode evitar. Vossa Graça não pode evitar.

Ela assume uma expressão sombria.

— Não é lá uma grande predição — diz. — De qualquer maneira, o outro animal não ascende? Essa coisinha parecida com um gato? Talvez eu seja esse gato e irei subir, subir.

— Talvez. Mas então vai chegar ao topo da roda e cair de novo. Supostamente, deve aprender a suportar a ascensão e a queda, independentemente do que acontecer. Como se fossem a mesma coisa.

Ela parece não entender.

— Mas não são a mesma coisa. Vitória e derrota não são a mesma coisa. Só quero a vitória.

Penso em Joana e no sinal que fez com o dedo indicador, o círculo no ar que significava que tudo era pó. Faço o sinal para Margarida.

— A Roda da Fortuna — digo. — É a sua carta: você a tirou. Insistiu na interpretação, e essa é a sua carta. Ela nos diz que todos só queremos a vitória. Todos queremos o triunfo. Mas todos temos que aprender a suportar o que acontece. Temos que aprender a tratar o infortúnio e a grande sorte com indiferença. Isso é a sabedoria. — Olho para seu bonito rosto abatido e percebo que ela tem pouco interesse pela sabedoria. — Mas talvez tenha sorte.

Abadia de Titchfield, Hampshire
Verão de 1445

De início, ela tem sorte. Conhece o rei e se gostam à primeira vista — por que não se gostariam? Ele é um rapaz bonito de 23 anos, com cara de menino, ainda frágil de certa maneira, com uma delicadeza herdada da mãe francesa. E ela é uma beldade determinada, oito anos mais nova. O conde de Suffolk, William de la Pole, ao acompanhá-la ao seu novo país, encantado com ela, prediz que formarão um bom casal: o fogo e paixão dela serão suavizados pela delicadeza dele. Ele aprenderá determinação e coragem com a esposa.

Eles se casam na Abadia de Titchfield, em um serviço que reflete a seriedade discreta do jovem rei. Desconfio de que Margarida teria preferido algo mais pomposo, mais grandioso, mas não há dinheiro para uma cerimônia suntuosa, e, de qualquer maneira, o rei disse que o casamento seria entre ele, sua noiva e Deus.

Desastrosamente, o tolo de seu confessor, o bispo Ayscough, realiza a cerimônia e adverte o jovem rei de não sucumbir à luxúria. Adverte-o de que só deve ir para a cama de sua mulher com o propósito de fazer herdeiros para o trono, e não por prazer. O rapaz, que foi cautelosamente criado por homens ansiosos por proteger sua inocência, aceita o conselho como um noviço e fica longe da cama da esposa por toda uma semana. Margarida não é uma jovem do tipo paciente com um marido assim. Ela me chama a seu quarto na manhã seguinte ao casamento e me arrasta para o vão de uma janela.

— Ele não gosta de mim — sussurra-me com urgência. — Levantou-se da cama assim que todos saíram do quarto e passou metade da noite orando. Depois, deitou-se do meu lado sorrateiramente, feito um rato, e dormiu sem nem me tocar. Continuo virgem. O casamento não teve qualquer propósito.

Pego suas mãos.

— Vai acontecer — digo. — Tem que ser paciente.

— Como o casamento pode ser válido se não foi consumado? — pergunta ela.

— Será consumado, ele o fará, Vossa Graça, e temos que ficar felizes por ele não a forçar.

— Ele é homem mesmo? — O tom de voz dela é de escárnio, nada feliz.

— Ele é homem, é seu marido e é seu rei. Vai acontecer. Daqui a uma semana. — Contanto que não seja dia de um santo, ou um dia santo, penso comigo, e se ele puder confessar logo depois do ato. Não de manhã, antes da missa, nem à luz do dia. O rei é, de fato, extremamente devoto. — E, Vossa Graça, quando ele procurá-la, deve aceitá-lo sem comentários, sem se queixar.

Ela joga a cabeça para trás

— Mas quero ser amada. Sempre fui amada. Quero que meu marido me ame com paixão, como no conto de um trovador, como um cavaleiro.

— Ele a ama, ele a amará. Mas não é um homem cheio de luxúria.

A raiva a deixa tão rápido quanto a tomou, e o rosto que se vira para mim está confuso.

— Por que ele não me desejou na primeira noite, na nossa noite de núpcias?

Dou de ombros.

— Vossa Graça, ele é um jovem zeloso e muito religioso. Ele a procurará quando achar que é a hora certa e, então, deverá ser gentil com ele.

— Mas quem será gentil comigo? — pergunta ela, lamentando-se.

Sorrio e passo a mão pelo seu rosto, como se ela fosse minha irmã mais nova, não minha rainha.

— Todos seremos gentis com Vossa Graça — prometo. — E será feliz.

Londres, Verão de 1445-1448

Margarida tem sorte em ser jovem e bela, e os londrinos gostam dela à primeira vista e aclamam sua coroação. Ela tem sorte em inspirar afeição — não sou a única que passou a amá-la e zelar por sua segurança. Ela reúne ao redor de sua pequena corte pessoas que a adoram. Sempre me mantém por perto, sua amiga mais querida e confidente. Ela também ama Alice, esposa de William de la Pole, e nós três somos inseparáveis nos primeiros anos de seu casamento, exceto quando vou a Grafton para minhas reclusões — a chegada de um novo bebê, John, e de Richard, que nasceu prematuro e é especialmente pequeno e precioso por causa disso.

Mas ela comete alguns erros, e graves. Sua simpatia por William de la Pole leva-a a insistir em que ele seja consultado nos conselhos do rei, e ele — já um homem eminente — ganha ainda mais importância com os favores dela. Os dois conspiram contra o tio do rei, o duque Humphrey de Gloucester, e incitam suspeitas contra ele a ponto de ele ser acusado de querer conquistar o trono para si, de conspirar contra o próprio sobrinho. O choque é grande demais para o duque, que morre antes de ser levado a julgamento. Imediatamente se propaga uma torrente de boatos sobre o bom duque ter sido assassinado, e o povo aponta William de la Pole como culpado. Depois da perda de seu último tio, o rei apoia-se ainda mais em seus outros conselheiros e consulta a opinião de sua jovem esposa. Uma escolha terrível. Ela é pouco mais do que uma menina, não sabe nada sobre a Inglaterra; na verdade, não sabe nada sobre nada.

O outro favorito do rei é Edmund Beaufort, duque de Somerset, e a rainha está deslumbrada com o duque falido que a chama de prima e a beija na boca ao saudá-la. É o homem mais bonito da corte, sempre muito bem-vestido em veludo cravejado de pedras preciosas, sempre montando um grande cavalo negro, embora digam que não tem um único centavo no mundo e que está endividado da raiz do belo cabelo escuro às solas de suas botas, feitas do melhor couro, com os agiotas de Londres e da Antuérpia. Leva pequenos presentes à rainha, lembranças que pega no mercado, e ela fica encantada quando ele prende um pequeno broche em seu vestido ou lhe oferece uma fruta cristalizada, colocando-a em sua boca como se ela fosse uma criança. Conversa com ela em um francês íntimo e ligeiro e enfia uma flor atrás de sua orelha. Mexe com ela como se fosse uma bela criada e não uma rainha, traz músicos e dançarinos. A corte fica sempre alegre quando Edmund Beaufort está presente, e o rei e a rainha mandam que ele permaneça na corte o tempo todo.

Talvez fosse melhor que não fizessem isso. Mas o belo e jovem duque é ambicioso: pede e obtém o comando das forças inglesas na Normandia, como se ela fosse composta de soldados de brinquedo para a sua diversão. O jovem casal real nada lhe recusa. Confere a seus favoritos posições e dinheiro, e a corte torna-se um galinheiro de invejas afetadas.

Nesse ponto, todos nos damos bem. Eles são pródigos com títulos e postos, distribuem as próprias terras, oferecem posições na corte gratuitamente, bem como oportunidades para comércio, licenças para importação e exportação. Terras da Coroa, que supostamente são para pagar o sustento do rei durante todo o seu reinado, são colocadas em mãos gananciosas em atos de generosidade precipitada. William de la Pole se vê mais cumulado de honras do que jamais havia sonhado; é nomeado duque, o primeiro homem sem sangue azul a obter tal título. Edmund Beaufort ganha um ducado também. É uma verdadeira feira de honrarias.

O rei e a rainha querem que Edmund Beaufort tenha uma fortuna à altura de seu título, uma fortuna que se equipare à do famoso e rico Ricardo, duque de York, um parente real. Não, melhor ainda: deve superar a do grande duque de York, e o jovem casal real lhe dará o que for necessário para que isso aconteça.

Até eu e Richard somos lançados nessa torrente de presentes. Eles nos dão uma grande casa em Londres. Mais tarde, meu marido aproxima-se e me diz, sorrindo:

— Diga, querida, que nome acha que devo ter?

— Nome? — pergunto, e então entendo o que está dizendo. — Ah, Richard! O rei vai lhe dar um título também?

— Acho que é mais um favor da rainha a você. Mas, de qualquer maneira, serei um barão. Serei agraciado com uma ordem de nobreza por meu importante serviço ao país, ou pelo menos porque a rainha gosta da minha esposa. O que acha disso?

Respiro fundo.

— Ah, estou tão feliz. Estou tão feliz por você. E por nossos filhos também! Seremos muito importantes. — Interrompo-me, indecisa. — O rei pode conceder tantos títulos assim?

— Os dois acham que podem e, o que é mais perigoso: eles concedem. Nunca houve um casal jovem com tão pouco poder e dinheiro e tanta pressa de desperdiçá-los. Eles vão enlouquecer o resto da corte. Os preferidos da rainha e os homens de confiança do rei obtêm favores ilimitados. Mas homens bons são excluídos. Ricardo, duque de York, não conseguiu nada, nem mesmo uma audiência civil. Dizem que não o terão no conselho, embora seja reconhecido como o melhor conselheiro que alguém poderia desejar. Mas ele é ignorado, e homens piores são postos nas alturas. Serei feito barão apenas porque você faz companhia para a rainha.

— E que nome teremos, milorde? Você será Richard Woodville, barão... o quê?

Ele faz uma pausa.

— Barão de Grafton? — pergunta ele.

— Barão de Grafton — repito, escutando o som. Mesmo depois de tantos anos na Inglaterra, ainda tenho um forte sotaque. — Realmente não consigo pronunciá-lo.

— Mas me pergunto se você não gostaria de ter um título que se originasse da sua família. Um de seus nomes, talvez?

Penso por um momento.

— Na verdade, não quero lembrar a todo mundo que sou uma filha de Luxemburgo, que sou francesa — comento com prudência. — Todos estão se tornando cada dia mais hostis aos franceses. Outro dia, eu disse à rainha que ela devia falar em inglês em público. Sou uma duquesa viúva da Inglaterra, e hoje sou uma boa inglesa. Dê-me um nome inglês, e que nossos filhos tenham títulos ingleses.

— Algo que lembre a água! — exclama ele. — Por sua ancestralidade.

Dou uma risada.

— Você não pode ser barão da Água... Mas o que acha de barão de Rivers?

— Rivers... — Saboreia a palavra. — Bom. Rios. Rivers. É um bom nome inglês, além de ser um tributo à sua família. Serei o barão de Rivers e, se Deus quiser, um dia serei conde.

— Você realmente acha que eles o fariam conde? Abririam mão de tanto?

— Querida, receio que venham a abrir mão do próprio reino. Não são monarcas prudentes, e são aconselhados por um bando de tratantes.

~

Menciono à rainha a apreensão de meu marido em relação à extravagância dela e do marido com o máximo de tato, mas Margarida joga a cabeça para trás.

— Temos de manter nossos amigos satisfeitos — diz ela. — Não podemos governar o país sem William de la Pole, ele é o homem mais eminente do país. E Edmund Beaufort está tão endividado! Temos que ajudá-lo.

— E quanto a Ricardo, duque de York? — proponho, deixando subentendido que ele também deveria ser recompensado de alguma forma.

— Não podemos manter a França sem Edmund Beaufort. Ele é o único em quem podemos confiar para proteger nossas terras francesas e restaurar as que temos de devolver ao verdadeiro dono.

— O que disse, Vossa Graça? — Fico perplexa ao ouvir que deveríamos devolver nossas terras aos franceses, e ela enrubesce, culpada feito uma criança.

— Conservar as nossas terras — corrige-se. — Edmund Beaufort é o único homem em quem podemos confiar.

— Acho que Ricardo, duque de York, é o único homem que conseguiu conservar as terras francesas desde meu primeiro marido, o duque de Bedford.

Ela joga as mãos para o alto.

— Talvez, talvez, mas só confio em Edmund Beaufort e William de la Pole. O próprio rei não é capaz nem de tomar decisões nem de liderar um exército. Esses homens são tudo para mim. São o pai e... — interrompe-se e enrubesce — o amigo de que preciso. Os dois merecem as honras mais sublimes, e concederemos honras a quem as merecerem.

Palácio de Westminster, Londres
Verão de 1449

Percebo imediatamente que algo terrível aconteceu. Richard vai aos nossos aposentos particulares e pega a minha mão com a expressão severa.

— Jacquetta, tem de ser valente.

— As crianças? — Meu primeiro pensamento é sempre em meus filhos, e minha mão vai para o meu ventre, onde mais uma vida se desenvolve.

— Não, graças a Deus. É o legado de milorde, as terras da Normandia.

Não preciso perguntar a ele: adivinho no mesmo instante.

— Foram perdidas?

Ele contorce o rosto.

— Praticamente. Edmund Beaufort ofereceu aos franceses quase toda a Normandia, inclusive Rouen, em troca de sua segurança em Caen.

— Rouen — digo baixinho. O túmulo do meu primeiro marido, John, duque de Bedford, está lá. Tenho uma propriedade lá.

— É um golpe amargo — prossegue Richard. — E todos nós que lutamos para manter as terras inglesas na França durante quase cem anos de uma longa guerra, com tantas vidas perdidas, bons camaradas e irmãos... — interrompe-se. — Bem, vai ser difícil perdoarmos a perda.

Palácio de Westminster, Londres
Primavera de 1450

Richard estava certo. Ninguém consegue perdoar a perda. O Parlamento ataca William de la Pole, e seus novos títulos e honras não são suficientes para poupá-lo da fúria dos ingleses. Os camponeses e os soldados que combateram na Normandia retornam derrotados, sem casa, e se queixam amarga e dolorosamente em cada mercado, em cada cruzamento, de que foram traídos por seus comandantes, aqueles que deveriam tê-los apoiado enquanto pegavam em armas em um conflito que se estende por mais de cem anos.

Nas ruas de Londres, comerciantes gritam para mim, quando passo a cavalo:

— O que lorde John teria achado disso, hein? O que teria dito? — E não posso fazer nada além de um gesto com a cabeça. Sinto-me como eles: por que lutamos, por que morremos, se as terras que conquistamos serão devolvidas como parte de um tratado, parte de um casamento, por capricho de um rei que nunca lutou por elas como nós?

Culpam William de la Pole por tudo, já que é traição falar contra o rei. Convocam-no ao Parlamento e o acusam de traição, extorsão e assassinato.

Dizem que planejava tomar o trono e instalar seu filho pequeno, John, e sua protegida Margaret Beaufort como rei e rainha, reivindicando o trono como direito dela.

— O que vai acontecer? — pergunto à rainha, que fica andando de um lado para o outro em seus aposentos; a comprida cauda de seu vestido silvando como o rabo de um gato irritado.

— Não vou permitir que ele enfrente as acusações. Não será aviltado por esse tipo de coisa. Sua Graça, o rei, o salvou. Foi decretado que Henrique será juiz e júri de seu amigo William.

Hesito. Afinal, não é o meu país, mas realmente acho que o rei não pode simplesmente intervir dessa maneira.

— Vossa Graça, acho que ele não pode. Um nobre deve ser julgado por seus pares. A Câmara dos Lordes terá de avaliar a questão. O rei não pode intervir.

— Afirmo que nenhum bom amigo meu será interrogado em público. É um insulto para ele, um insulto para mim. Fui enfática ao dizer que devemos proteger nossos amigos, e o rei concorda comigo. William não se apresentará ao Parlamento. Virá aos meus aposentos à noite, em segredo.

— Vossa Graça, essa não é a maneira inglesa de agir. Não deve se encontrar com nenhum homem a sós, e certamente não em segredo.

— Você estará presente — diz ela. — Para que não possam dizer nada vil sobre o nosso encontro. Embora, Deus sabe, já digam muitas coisas vis. Temos que nos encontrar secretamente. O Parlamento enlouqueceu de inveja, e agora estão pedindo a morte dele. Não posso governar este reino sem William de la Pole. Tenho que vê-lo e decidir o que devemos fazer.

— O rei...

— O rei não pode governar sem ele. O rei não é capaz de escolher um caminho e segui-lo sozinho. Sabe como é o rei. Tenho que manter William de la Pole ao lado de Sua Graça; ele não pode se firmar sem William mantendo-o no rumo certo. Precisamos de William do nosso lado. Precisamos do seu conselho.

À meia-noite, a rainha ordena que eu conduza William de la Pole pela pequena porta que liga os dois apartamentos reais. O duque passa por ela, baixando a cabeça sob o lintel de pedra. Em seguida, para meu espanto, o rei o segue silenciosamente, como um pajem.

— Vossa Graça — sussurro e faço uma reverência profunda.

Ele nem mesmo me vê, pois está trêmulo de aflição.

— Estou sendo forçado! Insultado! — diz logo a Margarida. — Atrevem-se a me insultar. Querem mandar em mim! William... conte a ela!

Ela olha imediatamente para William de la Pole, como se somente ele pudesse explicar.

— Os lordes estão se recusando a aceitar que o rei possa me julgar sozinho, como Vossa Graça desejava — explica ele. — Exigem que eu seja julgado por traição por meus pares. Negam o direito do rei de julgar por si mesmo. Sou acusado de trair nossos interesses na França. É claro, só fiz o que Vossa Graça mandou. E o tratado de paz exigia Maine e Anjou. É um ataque à milady, a mim e à autoridade do rei.

— Nunca irá a julgamento — promete ela. — Juro. Eles vão retirar a acusação.

— Vossa Graça — falo em um sussurro, segurando-lhe a manga —, não pode prometer isso.

— Eu o declarei inocente de todas as acusações — diz o rei. — Mas continuam querendo julgá-lo e executá-lo. Eles têm que obedecer a mim! Têm que me escutar!

— Se o querem, terão que vir buscá-lo — sentencia a rainha, apaixonadamente, a William de la Pole. — Terão que passar por cima de mim se quiserem pegá-lo. Terão que se atrever a tirá-lo dos meus aposentos!

Ponho discretamente minha mão na dela e lhe dou um leve puxão. Mas o rei olha para a esposa com admiração e se enfurece, estimulado pela raiva dela.

— Vamos desafiá-los! Serei rei. Governarei como quiser: com você como minha esposa e William como conselheiro. Alguém se atreve a dizer que não posso fazer isso? Sou o rei ou não?

Dos três, somente o duque recém-nomeado não grita de indignação.

— Sim, mas não podemos resistir a eles — observa ele calmamente. — E se vierem me buscar? E se os lordes reunirem suas forças, apesar de tudo o que Vossa Graça alegou? Permitiram que cada lorde em Londres tivesse seu próprio pequeno exército. Cada um de meus inimigos pode comandar centenas de homens. E se os exércitos deles se lançarem contra mim?

— O senhor teria como ir para a França? — pergunto bem baixinho. — Para Flandres? Tem amigos lá. Até tudo isso passar?

O rei ergue os olhos, enrubescendo de repente.

— Sim, sim, vá agora! — ordena. — Enquanto estão planejando o próximo passo. Vá agora. Virão à sua procura e descobrirão que o pássaro voou! Eu lhe darei ouro.

— Minhas joias! — diz-me a rainha. — Vá buscá-las para ele.

Faço o que ela ordena e escolho algumas das peças menos importantes: margaridas feitas de pérolas e algumas esmeraldas de pequeno valor. Coloco-as em uma bolsinha e, quando volto para a penumbra do quarto, a rainha está chorando nos braços do duque, que veste o manto do próprio rei ao redor dos ombros e coloca discretamente uma bolsinha recheada no bolso. Passo-lhe, com relutância, as pérolas da rainha, e ele as aceita sem uma palavra de agradecimento.

— Escreverei — diz ele aos dois. — Não estarei longe, apenas em Flandres. E retornarei assim que meu nome estiver limpo. Não ficaremos separados por muito tempo.

— Iremos visitá-lo — promete ela. — Não é um adeus. Mandaremos buscá-lo e escreveremos. Envie mensagens com sua orientação. Logo estará de volta.

Ele beija a mão da rainha e puxa o capuz para cobrir a cabeça. Faz uma reverência para o rei, despede-se de mim com um gesto, passa pela pequena porta e desaparece. Ouvimos seus passos descendo a escada e, em seguida, o ruído abafado da porta se fechando enquanto o principal conselheiro do rei sai para a noite, como um ladrão.

～

O rei e a rainha estão contentes e orgulhosos feito crianças que desafiaram um pai austero. Não vão para a cama essa noite, mas permanecem ao lado da lareira em seus aposentos, cochichando e dando risinhos, celebrando a vitória sobre o Parlamento do próprio país, vangloriando-se por defenderem um homem chamado de traidor. Ao alvorecer, o rei vai à missa e ordena ao padre que faça uma oração de agradecimento por terem superado o perigo.

Enquanto ele está de joelhos, louvando a misericórdia de Jesus e exultando a própria esperteza, a cidade de Londres desperta com a surpreendente revelação de que o homem acusado de perder a França e de trazer uma princesa francesa sem um centavo para o trono, o homem que teria recompensado a si mesmo com dinheiro do Tesouro real e que era acusado de destruir a paz na Inglaterra, havia sido libertado pelo rei e tinha partido alegremente em um navio para um breve exílio com ouro no bolso e as joias da rainha sob o chapéu. Um homem que retornaria assim que tivesse certeza de que sua cabeça estava segura sobre os ombros.

A rainha não consegue ocultar sua alegria e o desprezo por aqueles que dizem que ela é mal-orientada. Não dará a menor atenção às advertências nem de meu marido nem dos outros homens que servem o rei; eles dizem que o povo tem murmurado que seu soberano esqueceu-se da lealdade a seus próprios lordes e às pessoas comuns, que amigo de traidor é, por si só, um traidor também — e o que pode ser feito com um rei traidor? Ela continua obstinadamente feliz com a oposição ao Parlamento, e nada do que posso dizer a alerta para tomar cuidado, para não ostentar seu triunfo diante do povo, que só exige o bom governo de um país que está sendo jogado de um lado para o outro como o brinquedo de uma criança mimada.

Acho que nada vai refrear sua alegria e seu ânimo elevado. Chegam notícias de que William de la Pole teve que fugir da multidão fora de Londres, que teve de se esconder por algum tempo em sua própria casa no campo, e, finalmente, que partiu. Há rebeliões por todo país contra homens acusados de darem maus conselhos ao rei, de terem ligação com William de la Pole. Então, alguns dias depois, uma das damas de companhia chega correndo até mim e diz que preciso ir naquele exato momento ao quarto da rainha, que está gravemente doente. Não paro nem mesmo para procurar Richard. Corro para os apartamentos reais, passando ofegante pelos guardas na porta, afastando os pajens do meu caminho. Os aposentos reais estão tumultuados, e não vejo a rainha em parte alguma.

— Onde ela está? — pergunto, e alguém aponta a porta do quarto.

— Ela declarou que não podemos entrar.

— Por quê? — pergunto. As damas de companhia balançam a cabeça.
— Ela está sozinha?

— A duquesa de Suffolk, esposa de William de la Pole, está com ela.

Ao ouvir o nome, meu coração aperta. O que ele fez agora? Devagar, vou até sua porta, bato e experimento a maçaneta. A porta se abre, e eu entro.

Imediatamente me lembro de como ela é jovem, de que tem apenas 20 anos. Parece muito pequena no grande leito real, deitada curvada sobre o ventre, de costas para o quarto, o rosto voltado para a parede. Alice de la Pole está sentada em um banco perto do fogo, o rosto enfiado nas mãos.

— *C'est moi* — anuncio em um sussurro. — Sou eu. O que aconteceu?

A pequena rainha balança a cabeça. Seu toucado caiu, e o cabelo espalha-se ao seu redor, os ombros tremendo com soluços silenciosos.

— Ele está morto. — É tudo o que ela diz, como se fosse o fim do mundo. — Morto. O que vou fazer?

Cambaleio e estendo a mão para me firmar.

— Meu Deus, o rei?

Violentamente, ela bate a cabeça no seu travesseiro.

— Não! Não!

— Seu pai?

— William... William... Meu Deus, William.

Olho para Alice, a viúva.

— Meus sentimentos por sua perda, milady — digo.

Ela agradece com um gesto de cabeça.

— Mas como?

Margarida se levanta, apoiando-se no cotovelo, e me olha por cima do ombro. Seu cabelo é um emaranhado de fios de ouro, os olhos estão vermelhos.

— Assassinado — responde em tom agressivo.

No mesmo instante, olho de relance para a porta atrás de mim, como se um assassino pudesse entrar para nos atacar.

— Por quem, Vossa Graça?

— Não sei. Aquele perverso duque de York? Outro lorde? Alguém que é covarde e vil e quer nos derrubar e nos destruir. Qualquer um que nega o nosso direito de governar da forma que queremos, com a ajuda das pessoas que escolhemos. Alguém que navega em segredo e ataca um homem inocente.

— Eles o pegaram em alto-mar?

— Pegaram-no a bordo do navio dele e o decapitaram no convés — diz ela, a voz praticamente abafada pelos soluços. — Que sejam condenados ao inferno por covardia! Deixaram o corpo na praia em Dover. Jacquetta! — Ela estende os braços cegamente e se agarra a mim, lamentando-se. — Colocaram a cabeça dele em uma estaca. Como a de um traidor. Como vou aguentar isso? Como Alice vai suportar?

Não me atrevo a olhar para a viúva de William de la Pole, que permanece em silêncio enquanto sua rainha sofre por seu marido.

— Sabemos quem fez isso? — repito minha pergunta anterior. Meu primeiro medo é de que se alguém ousa atacar o conselheiro favorito do rei, quem será o próximo? A rainha? Eu?

Ela chora tão copiosamente que não consegue falar, seu corpo magro estremecendo em meus braços.

— Tenho de ir ver o rei — diz ela, por fim, erguendo-se e enxugando os olhos. — Isso vai partir o coração dele. O que vai ser de nós sem ele? Quem vai nos aconselhar?

Muda, balanço a cabeça. Não sei como farão sem William de la Pole nem que tipo de mundo está se abrindo diante de nós quando um nobre é sequestrado e degolado com uma espada enferrujada em seu próprio navio, e sua cabeça é deixada em uma estaca na praia.

Grafton, Northamptonshire, Verão de 1450

Quando chegam os meses mais quentes, o rei e a rainha concordam em viajar para o norte. Anunciam que querem estar longe do clima abafado de Londres no período em que a peste geralmente chega à cidade. Dizem que querem ver a boa gente de Leicester. Mas aqueles que moram no palácio real sabem que o número de guardas foi duplicado nos portões e que há empregados que provam a comida que é servida ao rei e à rainha. Estão com medo do povo de Londres, estão com medo dos homens de Kent, estão com medo de que, quem quer que tenha assassinado William de la Pole, os culpe pela perda da França, pelo fluxo contínuo de soldados derrotados e colonos que chegam diariamente em cada porto inglês. Não há dinheiro para pagar os fornecedores de suprimentos em Londres. A rainha desconfia do povo da cidade. A corte vai para Leicester. Na verdade, está buscando refúgio lá.

Richard e eu somos autorizados a partir para ver nossos filhos em Grafton enquanto a corte vai para o norte, e cavalgamos velozmente para fora de Londres, que se tornou uma cidade pouco amistosa, repleta de pessoas dissimuladas cochichando pelas esquinas. Corre o boato de que o rei e a rainha prepararão uma grande vingança no condado de Kent. Eles culpam até mesmo o litoral onde o corpo desonrado de William de la Pole foi jogado. Lorde Say de Knole e seu desajeitado genro, que é xerife de Kent, dizem que, juntos, vão capturar os responsáveis e executá-los, bem como todos os membros da família. Dizem que esvaziarão Kent, que tornarão o condado uma terra devastada.

Uma vez fora da cidade, longe de seus muros, Richard e eu cavalgamos lado a lado de mãos dadas como jovens amantes, enquanto nossa pequena guarda armada nos acompanha a uma pequena distância. As estradas estão livres e secas, a relva, em suas margens, salpicada de flores. Os pássaros cantam nas sebes cor de esmeralda; há patinhos nos lagos das aldeias, e rosas em floração.

— E se não voltarmos para a corte? — pergunto. — E se voltarmos a ser como éramos, simplesmente o escudeiro de Grafton e sua dama?

— E nossos filhos? — Ele sorri.

— Muitos, muitos filhos — digo. — Não estou satisfeita com oito, além deste que está a caminho. Quero uma dúzia.

Ele sorri para mim.

— Eu continuaria a ser convocado — replica ele. — Mesmo sendo o escudeiro mais insignificante e discreto de Grafton, com a família mais numerosa da Inglaterra, ainda assim, seria convocado e mandado para a guerra.

— E voltaria para casa. — Insisto nessa ideia. — E poderíamos nos sustentar com nossos campos e fazendas.

Ele sorri.

— Não seria o suficiente, milady. Não é o tipo de sustento que quer. Suas filhas se casariam com agricultores arrendatários e teriam filhos que cresceriam sem nenhuma disciplina. Quer um camponesinho com a carinha suja como neto?

Faço uma careta. Ele sabe o quanto prezo nossos livros e instrumentos musicais e o quanto estou determinada a que todos os meus filhos leiam e escrevam em três línguas e dominem as habilidades palacianas.

— Meus filhos têm de ocupar seu lugar no mundo.

— Você é ambiciosa.

— Não sou! Fui a primeira-dama da França. Estive na posição com a qual qualquer mulher sonharia. E abri mão disso por amor.

— Você é ambiciosa em relação à sua família e seus filhos. E é ambiciosa em relação a mim: gosta de eu ser barão.

— Ah, bem, um barão — repito, rindo. — Qualquer uma iria querer que seu marido fosse um barão. Não considero isso ambicioso. É apenas... compreensível.

— E eu compreendo. Mas realmente quer viver para sempre no campo e nunca voltar à corte?

Penso, por um momento, no rei nervoso e na jovem rainha.

— Não poderíamos abandoná-los, poderíamos? — pergunto pensativamente.

Ele faz um gesto negativo com a cabeça.

— É nosso dever servir à Casa de Lancaster. Além disso, não sei como governarão sem nós. Não acho que possamos simplesmente nos afastar e abandoná-los. O que fariam?

~

Permanecemos uma semana em Grafton. É a melhor época do ano; os pomares assumem tons rosa com as flores se balançando ligeiramente, e as vacas dão crias. Os cordeiros estão com suas mães nos prados mais altos, correndo e saltando, com os rabos que mais parecem tiras feitas de lã agitando-se. O feno nas campinas está alto e começa a ondular com o vento, a safra é abundante. Meus filhos mais velhos — Elizabeth, Lewis, Anne e Anthony — estão morando com nossos primos para aprender suas maneiras e como se comportar em uma mansão com muitos empregados, mas voltam para casa para passar o verão conosco. Os quatro menores — Mary, Jacquetta, John e Richard — estão animadíssimos com a presença de seus irmãos e irmãs mais velhos. Mary, de 7 anos, é a líder do pequeno batalhão, e os demais são seus vassalos.

Sinto-me cansada com a nova gravidez e, nas tardes quentes, pego no colo o pequeno Diccon, de 4 anos, para que tenha seu sono da tarde. Deitamo-nos juntos, sonolentos no calor do dia. Às vezes, depois que ele adormece e tudo fica em silêncio, pego o baralho pintado à mão e viro as cartas, uma depois da outra, e então as olho. Não as embaralho nem as distribuo, não tento lê-las. Apenas olho para as imagens familiares e me pergunto o que a vida me reserva e a meus filhos queridos.

De dia, Richard escuta as queixas intermináveis das pessoas à nossa volta: o deslocamento de uma cerca de demarcação de limites, o gado deixado à solta e destruindo a safra. Como senhor da propriedade, cabe a ele fazer com que a lei e a justiça vigorem por todas as suas terras, independente de nossos vizinhos aceitarem ou não propinas e ordenarem aos membros do júri que sentença devem decretar. Richard visita a pequena nobreza local para lembrar-lhes do dever de reunir suas forças caso seja necessário e para lhes assegurar de que o rei é um senhor forte, de que a corte é leal, de que o Tesouro está seguro e de que conservaremos as terras restantes na França.

Trabalho em minha destilaria, e Elizabeth é a minha aprendiz mais determinada. Ela mergulha as ervas no óleo, verifica as ervas cortadas e ressecadas, passa-as pelo moedor e conserva o pó em pequenos potes. Faço isso de acordo com a disposição das estrelas e consulto os livros de milorde para saber como proceder. Volta e meia encontro um livro em que já tinha dado uma olhada, que discorre sobre o preparo da *aqua vitae* ou sobre a eliminação de impurezas com água destilada. Lembro-me de Eleanor Cobham atrás das frias paredes do Castelo de Peel, pego seu livro e o coloco em uma prateleira no alto. Nunca cultivo nem resseco nada além das ervas conhecidas por um bom cozinheiro. O conhecimento é mais uma coisa a se ocultar, nos dias de hoje.

Espero poder permanecer em casa por mais um mês. A gravidez tem me deixado cansada, e me atrevo a desejar passar o verão todo no campo. Quero que o rei e a rainha prolonguem a viagem e nos deixem em paz. Saímos a cavalo para visitar alguns vizinhos e, ao retornarmos ao pôr do sol, nos deparamos com um mensageiro esperando ao lado do poço. Ele logo se põe de pé ao nos ver e entrega a Richard uma carta com o selo real.

Richard abre-a e a lê com atenção.

— Tenho que ir — diz ele. — É urgente. Devo reunir a tropa no caminho.

— O que aconteceu? — pergunto ao deslizar de minha sela.

— Há uma rebelião em Kent, como qualquer idiota teria previsto. O rei ordena que eu cavalgue ao seu lado e carregue o estandarte real.

— O rei? — Mal acredito que o nosso rei vai liderar seus homens. Seu pai foi um comandante quando ainda era mais jovem, mas o nosso rei nunca vestiu sua armadura, a não ser para combater na justa. — O rei vai pessoalmente?

— Ele estava com muita raiva por causa de William de la Pole, que sua alma descanse em paz. Jurou vingança, e a rainha jurou que veria os assassinos mortos. Agora é a chance.

— Você vai ter que tomar cuidado. — Pego o braço de Richard e olho seu rosto. Entre nós, paira o pensamento tácito de que seu comandante será um jovem que nunca viu nenhum tipo de guerra, nem mesmo um cerco distante. — Terá que aconselhá-lo.

— Vou me manter a salvo — promete meu marido, com um quê de ironia. — E o manterei a salvo também, se puder. Ordenaram que o xerife de Kent transformasse o condado em uma área de caça, que retirasse todos os homens, mulheres e crianças: a coisa vai ser séria. Tenho que voltar e ver se consigo aconselhá-los a ser um pouco racionais. Tenho que encontrar uma maneira de persuadi-los a governar o país com alguma harmonia. Fazem inimigos toda vez que lidam com o Parlamento. A rainha passa a cavalo pelas ruas de Londres como se odiasse o próprio pavimento de pedras. Temos que servi-los, Jacquetta. Temos que orientá-los a agir da melhor maneira. Temos que fazer o casal real retornar ao coração do povo.

É o nosso dever. É a nossa missão. É o que milorde, o duque de Bedford, teria querido que fizéssemos.

Tenho-o em meus braços na cama essa noite e, na fria manhã, sinto-me inquieta.

— Você vai com o rei apenas para expor seu estandarte? Não vai entrar em Kent, Richard?

— Espero que ninguém entre em Kent — diz, melancólico.

Ele termina o desjejum e sigo-o até o pátio das cavalariças, insistindo em meus temores:

— E se houver algum tipo de guarda reunida para punir o povo de Kent, não vai se unir a ela, vai?

— Pôr fogo nos casebres? Espetar e assar a vaca de um homem pobre? — pergunta ele. — Vi isso ser feito na França e nunca achei que fosse uma maneira de conquistar lealdade. O duque de Bedford, em pessoa, me disse que a maneira de ganhar o coração de um homem era tratá-lo com justiça e dar-lhe segurança. Esse será o meu conselho, se alguém me pedir. Mas se receber ordens de partir em nome do rei, terei de obedecer.

— Seguirei você assim que mandar me chamar. — Tento soar confiante, mas minha voz sai fina e apreensiva.

— Estarei esperando — promete ele com uma ternura súbita ao perceber que estou receosa. — Cuide-se e cuide do bebê que está carregando. Estarei esperando por você. Sempre estarei esperando por você. Não se esqueça do que prometi: nunca me procurará em vão.

~

Arrumo a casa e dou ordens para que os criados se preparem para a minha partida. Ouço comentários de que o rei e a rainha voltaram para Londres e de que o próprio rei partiu para reprimir o povo de Kent. Em seguida, chega uma mensagem de Richard, escrita com sua própria letra.

Minha amada,

Desculpe perturbá-la. O rei foi persuadido pela rainha a não entrar em Kent pessoalmente, mas ordenou que eu perseguisse os criminosos como líder de sua guarda, e é o que estou fazendo. Confie em mim quando digo que estarei em segurança e voltarei para casa quando isso acabar.

Seu Richard.

Guardo o pedaço de papel dentro do vestido junto ao meu coração e vou até as cavalariças.

— Arreie os cavalos — digo ao guarda. — E mande que aprontem minha égua para uma viagem. Vamos voltar para Londres.

Londres, Verão de 1450

Cavalgo com o coração pesado. Uma forte sensação de que Richard corre perigo, de que ele está em desvantagem numérica, de que o condado de Kent, com sua floresta densa, oculta emboscadas, ciladas e pessoas do povo que o sequestrarão, como fizeram com William de la Pole, e o decapitarão com uma espada enferrujada.

Tomamos a estrada de Londres em silêncio, mas quando passamos pelas hortas e pequenas fazendas de laticínios o capitão da minha guarda ordena que os homens cerrem fileiras e fiquem vigilantes, como se temesse por nossa segurança.

— O que foi? — pergunto.

Ele balança a cabeça.

— Não sei, milady. Alguma coisa... — Faz uma pausa. — Está tudo quieto demais — diz ele, falando mais para si mesmo. — Galinhas em silêncio antes do pôr do sol, venezianas fechadas nas casas. Tem alguma coisa errada.

Não preciso que me diga duas vezes. Tem alguma coisa errada. Meu primeiro marido, o duque, costumava dizer que, se entramos em uma cidade e sentimos que há algo errado, geralmente é porque de fato há algo errado.

— Cerrem fileiras — ordeno. — Entraremos na cidade antes que os portões se fechem e iremos para a nossa residência de Londres. Mande seus homens ficarem alertas. Prosseguiremos a meio-galope.

Ele faz sinal para os homens cerrarem fileiras, e seguimos para os portões da cidade. Mas quando estamos prestes a atravessar Moorgate para chegarmos às ruas estreitas, ouço um som de pessoas gritando vivas, rindo, trombetas ressoando e o rufar de um tambor.

Parece um alegre festival da primavera, e deve haver centenas de pessoas nas ruas. Olho de relance para os meus homens, que aproximam seus cavalos da minha égua e assumem uma formação defensiva.

— Por aqui — diz o capitão e nos conduz a um trote rápido pelas ruas sinuosas, até encontrar o caminho para a grande muralha que circunda minha casa em Londres. As tochas, que sempre são mantidas acesas em cada lado do portão, não estão nas arandelas. Os próprios portões que deveriam estar trancados para a noite ou escancarados de forma hospitaleira, estão abertos pela metade. A curva de paralelepípedos que leva à casa está vazia, mas há sujeira espalhada, e a porta da frente está entreaberta. Olho para George Cutler, o capitão, e percebo minha inquietação em seu olhar.

— Milady... — diz ele, com hesitação. — É melhor eu entrar e ver o que há de errado aqui. Alguma coisa aconteceu, talvez...

Enquanto ele fala, um bêbado, que não é um dos meus criados, sai cambaleando pelo portão, passa por nós e desaparece na rua. Cutler e eu trocamos olhares de novo. Tiro os pés dos estribos, salto do cavalo e passo as rédeas para um dos homens da guarda.

— Vamos entrar — digo a Cutler. — Empunhe sua espada e mande dois homens seguirem atrás de nós.

Eles me seguem quando atravesso o pavimento de pedras até a casa, minha casa de Londres, que recebi com tanto orgulho e mobiliei com tanto gosto. Uma das portas da frente foi arrancada e é possível sentir cheiro de fumaça. Quando empurro a outra porta, ela se abre. Dentro, dá para ver que uma horda revirou os cômodos e levou o que achou ter valor. Nas paredes, há quadrados pálidos onde minhas tapeçarias, antes do duque de

Bedford, estavam penduradas. Um imenso aparador de madeira, pesado demais para ser carregado, foi despojado dos objetos de estanho, e suas portas esculpidas ficaram batendo. Vou para o salão. Travessas de madeira, jarras de vinho, copos e canecas desapareceram, mas, absurdamente, a imensa e bela tapeçaria que fica atrás da grande mesa continua ali, intocada.

— Meus livros — digo, e pulo para a plataforma, atravesso a porta atrás da mesa grande, subo o lance de escada até a câmara no andar superior. De lá, dou dois passos pelos estilhaços de cristal precioso até a galeria. Ali, faço uma pausa e olho em volta.

Tiraram as grades de bronze das estantes, levaram as correntes de bronze que prendiam os livros às mesas de leitura. Levaram, até mesmo, as penas e os tinteiros. Mas os livros estão a salvo, os livros estão ilesos. Roubaram tudo feito de metal, mas não estragaram nada feito de papel. Pego um volume fino e o seguro de encontro à minha bochecha.

— Que fiquem em segurança — digo a Cutler. — Que seus homens os levem para a adega, coloquem tábuas na entrada e montem guarda. Valem mais do que as grades de bronze, mais do que as tapeçarias. Se pudermos preservá-los, poderei me encontrar com meu primeiro marido no Dia do Juízo Final. Eram o tesouro dele, e os confiou a mim.

Ele assente com a cabeça.

— Lamento pelo resto... — Faz um gesto mostrando a casa destroçada, a escada de madeira marcada por cortes de espadas. Alguém cortou o pilar do corrimão e o levou, como se me decapitasse com aquele gesto. Nas vigas pintadas acima, a fumaça escurece o teto. Alguém tentou nos destruir pelo fogo. Estremeço com o cheiro de emboço chamuscado.

— Se os livros estão em segurança, e milorde está seguro, posso recomeçar — digo. — Leve os livros para mim, Cutler. E também a grande tapeçaria e o que mais encontrar de valor. Graças a Deus levamos as melhores coisas para Grafton.

— O que vai fazer? — pergunta ele. — Milorde iria querer que encontrasse um abrigo seguro. Devo ir com milady.

— Vou ao palácio. Vou a Westminster. Encontre-me lá.

— Leve dois homens — aconselha-me. — Garantirei a segurança aqui. E, depois, irei ao seu encontro. — Ele hesita. — Já vi coisas piores. É como se tivessem vindo por capricho e levado tudo o que era de valor. Não foi um ataque. Não precisa temê-los. Não foi dirigido a milady. São pessoas motivadas pelo desespero da pobreza e pelo medo dos lordes. Não é gente má. Apenas não aguentam mais.

Meus olhos percorrem o salão enegrecido pela fumaça, os espaços onde as tapeçarias costumavam ficar e o local de onde o corrimão foi arrancado.

— Não, foi um ataque — falo devagar. — Fizeram tudo o que queriam fazer. Não foi dirigido a mim, mas sim aos lordes, aos ricos, à corte. Não acham mais que devem esperar nos portões. Não acham mais que não têm outra escolha além de mendigar. Não acham mais que mandamos neles por direito. Quando eu era uma menina casada com o duque de Bedford, éramos odiados pelo povo de Paris, pelo povo da França. Sabíamos disso, e eles também sabiam. Mas ninguém nem mesmo sonhava em quebrar os portões, entrar na casa e destruir nossas coisas. Mas agora, em Londres, eles podem fazer isso. Não obedecem mais a seus senhores. Quem sabe até onde irão?

Saio da casa. A guarda que ficou do lado de fora está segurando minha égua, mas uma multidão já se juntou e está murmurando contra eles.

— Vocês dois, venham comigo — ordeno. — E vocês dois, entrem e ponham as coisas em ordem.

Estalo os dedos, e um deles me ajuda a montar.

— Rápido — incito-o a meia-voz. — Monte e vamos.

Afastamo-nos do pátio e já estamos a uma pequena distância da casa quando percebem que partimos. Não olho para trás. Mas na estrada me lembro da mancha escura de fumaça no hall de minha casa e percebo que o povo tinha entrado lá, tinha levado o que queria e feito o que bem desejava.

— Para o Palácio de Westminster — digo. Quero ficar com a corte, atrás dos muros do palácio, protegida pela guarda real. Londres não parece mais segura para mim. Tornei-me como a rainha: uma mulher apreensiva em sua própria casa.

Dobramos uma esquina e, de repente, somos arrastados por uma turba que dança, ri e grita vivas, uma multidão alegre em um festival de primavera. Alguém segura minha rédea e aperto a mão em torno do chicote, mas o rosto que se ergue para mim está sorrindo radiante.

— Calma! — digo rapidamente ao soldado do meu lado que está com a mão na espada e esporeia seu cavalo para avançar.

— Deus seja louvado, temos o nosso defensor! — diz a mulher, partilhando sua felicidade comigo. — Ele está vindo, Deus o abençoe! Está vindo e vai exigir os nossos direitos, e os bons tempos voltarão!

— Urra! — grita meia dúzia de pessoas, e sorrio como se soubesse o que está acontecendo.

— Boa mulher — digo —, preciso passar. Deixe-me ir, preciso encontrar meu marido. Deixe-me ir.

Alguém ri.

— Você não vai a lugar nenhum até ele chegar! As ruas estão cheias de gente, como sardinhas em um tonel. Não há como passar nem dar a volta.

— Não quer vir ver nosso defensor? Ele está passando pela ponte.

— Ah, vamos — diz alguém. — Nunca mais verá coisa parecida. É a coisa mais importante que já aconteceu na nossa vida, na vida de qualquer um.

Olho para meus dois guardas, que não conseguiram manter sua posição do meu lado. Estão separados de mim por uma dúzia de foliões, e a multidão é numerosa. Aceno para um deles.

— Sigam em frente — grito. — Estou segura. Sabe onde nos encontraremos. — Claramente não há como tentar resistir a essa turba, e a maneira mais segura é me unir a eles. Um dos meus homens pula do cavalo e abre caminho até mim.

— Calma aí! — reclama alguém. — Sem empurrar. Que uniforme está usando?

— Pode me deixar aqui — sussurro. — Encontre-me depois. Você sabe onde. Não os irrite.

É a maneira mais segura, mas vejo que ele reluta em obedecer à ordem.

— Arrogante! — queixa-se alguém. — Bem do tipo que devíamos derrubar.

— É homem do rei? — perguntam. — Acha que deve ter tudo e não se importa com um homem pobre?

Finalmente, ele entende.

— Eu não! — diz animadamente. — Estou com vocês.

Balanço a cabeça para o guarda, e o movimento da multidão logo o afasta de mim. Deixo meu cavalo andar com eles. De modo familiar, uma mulher descansa a mão no pescoço de minha égua.

— Aonde estamos indo? — pergunto a ela.

— À ponte, para vê-lo atravessá-la! — responde ela exultante. — Vejo que é uma lady, mas não vai se envergonhar do séquito dele. Ele está acompanhado da pequena nobreza e de escudeiros, de cavaleiros e lordes. Ele é um homem para todas as pessoas, de todas as posições.

— E o que ele vai fazer por nós quando vier?

— Não sabe? Por onde andava?

Sorrindo, balanço a cabeça.

— Estava no campo. Tudo isso é uma surpresa para mim.

— Pois então voltou para Londres no momento exato do nosso júbilo. Ele será a nossa voz, finalmente. Vai dizer ao rei que não podemos arcar com os impostos, que os lordes gordos vão arruinar todos nós. Vai mandar o rei ignorar a cadela francesa, sua mulher, e aceitar a boa orientação do bom duque.

— Bom duque? — pergunto. — Quem vocês chamam agora de bom duque?

— Ricardo, duque de York, é claro. Ele vai dizer ao rei para se deitar com sua mulher desprezível e nos dar um filho e herdeiro, para pegar de volta nossas terras na França, mandar embora os homens maus que roubam a riqueza do país e não fazem nada além de aumentar a própria fortuna e brigar entre si. Ele tornará o rei tão grande quanto o anterior, e seremos felizes de novo.

— Pode um único homem fazer tudo isso? — pergunto.

— Ele já recrutou um exército e derrotou os homens do rei — diz ela encantada. — Eles o perseguiram até Sevenoaks, e o duque os derrotou. Esse é o nosso defensor. Derrotou o exército real e agora está tomando a City.

Sinto uma dor martelando minha cabeça.

— Ele destruiu o exército do rei?

— Enganou-os, atacou-os e os derrubou. Metade deles fugiu, a outra metade se uniu a ele. É o nosso herói!

— E os lordes que lideravam os homens?

— Mortos! Todos mortos!

Richard, penso em silêncio. É claro que nós dois não chegamos até aqui, não nos arriscamos tanto, para Richard cair na emboscada de um comandante qualquer, de um líder de rebeldes, e ser morto na periferia de Sevenoaks. Ou será que sim? Certamente eu ficaria sabendo se ele estivesse ferido ou morto. Certamente eu ouviria o canto de Melusina ou sentiria o movimento triste dos astros pranteando-o. Certamente o homem que amei durante toda a minha vida adulta, com uma paixão que nunca soube ser possível, não está morto, não pode estar em uma vala de Kent sem que eu saiba. Ou pode?

— Está bem, senhora? — pergunta ela. — Está branca como a roupa que eu lavo.

— Quem comandava o exército real? — pergunto, embora saiba que era ele. Quem mais enviariam além de Richard? Quem tem mais experiência? Quem merece mais confiança? Quem é mais leal e honrado do que meu marido? Quem escolheriam se não o homem que eu amo?

— Ah, isso eu não sei — responde ela, animada. — Tudo que sei é que agora está morto, disso tenho certeza. Está doente?

— Não, não — digo. Meus lábios estão entorpecidos. Só consigo dizer uma única palavra. — Não, não.

Seguimos com a multidão pelas ruas estreitas. Não tenho como escapar; acho que não conseguiria cavalgar nem mesmo se pudesse afastar o cavalo da turba. Estou trêmula de medo e sou incapaz de segurar firme as rédeas, mesmo que a multidão permitisse. E então, por fim, chegamos aos portões de acesso à ponte e a horda se avoluma e empurra. Minha égua fica nervosa por estar com tanta gente — suas orelhas se agitam e ela fica mudando o peso do corpo de uma pata para outra —, mas estamos cercadas de tal modo que ela não consegue sair do lugar e eu não posso desmontar. Vejo o prefeito da cidade subindo em um marco miliário, equilibrando-se com uma das mãos no ombro largo de um membro da guarda. Então, grita para o povo:

— É a vontade de vocês que o capitão Mortimer e seus homens entrem na cidade?

— Sim! — É o bramido que se ouve. — Abram os portões!

Vejo que um dos conselheiros municipais está discutindo, e o prefeito faz um gesto para que ele seja levado à força. Os guardas abrem o portão, e olhamos para além da ponte levadiça. Do outro lado, um pequeno exército aguarda, os estandartes enrolados. Eles veem o portão ser aberto e o vermelho do manto do prefeito, ouvem os gritos de encorajamento e desfraldam as bandeiras. Entram em formação e marcham com entusiasmo. O povo joga flores dos andares superiores dos edifícios, agita bandeiras e grita vivas: é a procissão de um herói. A ponte levadiça baixa diante deles, e o estrondo que se ouve quando eles a transpõem é como o estrépito de pratos para um conquistador. O capitão, liderando os homens, vira-se e, usando uma grande espada, corta as cordas da ponte, para que nunca seja levantada contra ele. Todos ao meu redor estão berrando boas-vindas, as mulheres mandam beijos e gritam. O capitão marcha diante de seu exército, com o elmo sob o braço, as esporas douradas reluzindo em suas botas, um belo manto de veludo azul-escuro ondulando dos ombros, a armadura brilhando. À frente vem seu escudeiro segurando uma grande espada, como se conduzisse um rei que está entrando em seus domínios.

Não dá para ver se é a espada de Richard, não sei se esse homem está usando as esporas adquiridas por meu marido a duras provações. Fecho os olhos e sinto o suor frio sob meu chapéu. É possível ele estar morto sem eu saber? Será que, quando eu chegar ao palácio, a rainha me confortará pessoalmente, mais uma viúva na corte, como Alice de la Pole?

O prefeito avança, com as chaves da cidade sobre uma almofada escarlate, curva a cabeça para o conquistador e as entrega a ele. Um grande número de homens, vindos de diversos lugares, atravessa o portão da cidade para ir ao encontro dos soldados que seguem atrás do capitão e são saudados pelo exército com tapinhas nas costas. Eles formam fileiras improvisadas que passam por nós, acenando para as garotas e sorrindo para as aclamações, como um exército libertador.

A multidão o segue. Se o capitão Mortimer marchar para Westminster liderando toda essa gente, poderá se sentar no trono de mármore do rei. Esse é um homem que tem a cidade nas mãos. Mas ele segue para Candlewick Street, onde a Pedra de Londres assinala, orgulhosamente, o coração da cidade. Ele bate na pedra com sua espada, e o som retumbante faz a multidão gritar.

— Agora Mortimer é o senhor desta cidade! — grita o próprio capitão e se põe ao lado da pedra, com o escudo em uma das mãos e a espada erguida acima da cabeça. Os homens o aclamam. — Ao jantar! — declara ele, e todos vão para Guildhall, onde o prefeito preparou a mesa para ele e seus oficiais. Enquanto a turba o acompanha, ansiosa pelos restos de carnes e cestas de pães, deslizo da sela de minha égua, seguro as rédeas e a conduzo, com cuidado, para fora da multidão, querendo escapulir sem ser notada.

Tomo uma via lateral e entro em um beco. Estou meio perdida, mas subo num degrau e consigo montar, tomando a direção leste, descendo uma ladeira até o rio. Lembro-me de que, quando era mais nova, a caminho da Inglaterra, eu me perdi na floresta e Richard me encontrou. Não posso acreditar que ele não vá me procurar de novo. Não parece possível que eu tenha tocado nele pela última vez, que eu o tenha beijado pela última vez; nem sequer me lembro das últimas palavras que eu lhe disse. Pelo menos nos separamos amorosamente, sei disso. Não me lembro das palavras que dissemos nem como estávamos, mas sei que nos separamos com ternura, porque sempre nos despedimos assim. Costumamos nos beijar antes de dormirmos, nos beijamos no café da manhã. Ele sempre foi afetuoso comigo, mesmo quando não devia pensar em mim como nada mais do que sua senhora. Nem mesmo quando forcei a gravidez e insisti em um casamento secreto. Por 14 anos ele tem sido amante e marido, e agora me atemoriza tê-lo perdido.

Dou liberdade à minha égua, deixo que escolha o caminho pelo labirinto de ruas sujas. Ela sabe onde ficam as cavalariças de Westminster, e não me preocupo. Quando penso em Richard morto em uma vala em Kent, tenho vontade de me deitar na sarjeta e morrer. Ponho a mão na barriga e penso na criança que nunca conhecerá o pai. Como é possível que eu não vá mostrar a Richard seu novo bebê?

Está escurecendo quando alcançamos um dos muitos portões nos fundos do palácio. Fico surpresa ao não ver nenhuma sentinela. Esperava encontrar os portões fechados e protegidos com guarda redobrada. Mas é do feitio do rei ser negligente e, sem meu marido, quem comandará a guarda?

— Ei! — grito ao me aproximar. — Olá! Abram o portão!

Silêncio. Silêncio onde geralmente há muita gente indo e vindo. Silêncio quando eu esperava que me pedissem uma senha. Refreio a égua, lembrando-me de que, quando sentimos que há algo errado, é porque há algo errado.

— Abram o portão para a duquesa de Bedford! — Lentamente, a pequena porta no grande portão range ao ser aberta e um dos jovens que trabalham nas cavalariças espia nervosamente.

— A duquesa de Bedford?

Puxo o capuz para trás de modo que ele veja meu rosto.

— Eu mesma. Onde está todo mundo?

Seu rosto pálido e tenso me observa.

— Fugiram — responde ele. — Todos, menos eu, que não pude ir porque meu cachorro está doente e não quis abandoná-lo. Seria melhor se eu tivesse ido?

— Fugiram para onde?

Ele dá de ombros.

— Fugiram do capitão Mortimer e de seu exército. Alguns se uniram a ele, outros fugiram.

Balanço a cabeça. Não entendo.

— Onde estão o rei e a rainha?

— Também fugiram.

— Pelo amor de Deus! Onde eles estão, garoto?

— Fugiram para Kenilworth — retruca em um sussurro. — Mas me mandaram não dizer a ninguém.

Seguro a crina de minha égua com as mãos frias enquanto meu coração palpita forte.

— O quê? Eles abandonaram a cidade?

— Despacharam um exército para forçar Mortimer a retornar para Kent, mas Mortimer o atacou e derrotou. Os comandantes reais foram todos mortos, o exército fugiu de volta para Londres, exceto a metade que se uniu ao capitão. Eu queria ter ido embora.

— Quem foram os comandantes mortos? — pergunto em tom baixo. Minha voz soa firme, e fico satisfeita com isso.

Ele dá de ombros.

— Todos os lordes do rei, sei lá: lorde Northumberland, o barão de Rivers...

— Estão mortos? Todos eles?

— Pelo menos não retornaram.

— E o rei?

— O rei não iria para a guerra — diz o garoto com desprezo. — Saiu com seu estandarte, mas não foi para a guerra. Conservou metade de seu exército e mandou os lordes com a outra metade. E quando o que restou deles voltou e disse que tinham sido derrotados, ele e a rainha fugiram para Kenilworth. O duque de Somerset, Edmund Beaufort, foi com eles, e lorde Scales foi para a Torre.

— Scales está lá agora? Ele fortificou a Torre?

O menino deu de ombros mais uma vez.

— Não sei. O que vai acontecer comigo?

Olho para o garoto, minha expressão tão perplexa quanto a dele.

— Não sei. É melhor ficar atento.

Dou meia-volta com a égua, afastando-me do portão das cavalariças de Westminster, já que ali não é seguro para nenhuma de nós. Penso que é melhor chegar à Torre antes que anoiteça. O animal é valente, mas estamos cansados. Em cada esquina há um braseiro e alguém assando carne, homens bebendo cerveja, alardeando que os bons tempos chegaram, que Mortimer vai aconselhar o rei e não haverá mais impostos, que não mais enganarão os pobres e que os maus conselheiros serão expulsos. Chamam-me para me unir a eles e me xingam quando me recuso. No fim, tenho de jogar uma moeda e lhes desejar boa sorte, e nas últimas ruas, puxo bem o capuz para a frente, inclino-me ainda mais na sela e torço para passar despercebida, como uma ladra em minha própria cidade.

Chego ao portão da Torre, finalmente. Há sentinelas em cada muro, e eles gritam para eu parar assim que me veem.

— Pare! Quem vem lá? Fique onde está!

— A duquesa de Bedford! — respondo, mostrando-lhes meu rosto. — Deixem-me entrar.

— Seu marido, o barão, passou a noite procurando-a — diz o jovem guarda enquanto abre o portão e sai para segurar as rédeas. Ele me ajuda a desmontar. — Seus homens vieram e disseram a ele que a haviam perdido. Ele teve medo de que milady tivesse sido capturada pelo povo. Disse que veria os culpados balançando numa forca por traição se alguém tivesse tocado em um fio de seu cabelo. Ele disse! Nunca ouvi esse tipo de linguagem.

— Meu marido? — pergunto, de repente atordoada de esperança. — Disse que meu marido está procurando por mim?

— Como um louco... — começa o guarda, e então se vira para escutar. Ouvimos o tropel de cascos nas pedras do pavimento. Ele grita: — Cavalos! Fechem o portão!

Entramos depressa enquanto os portões rangem atrás de nós. Então, ouço Richard gritar:

— Sou Rivers! Abram!

Os portões se abrem, e o pequeno grupo de homens entra como um raio. Ele me vê, salta do cavalo e me pega em seus braços, beijando-me como se tivéssemos voltado a ser o escudeiro e sua dama e não suportássemos nos separar.

— Meu Deus, procurei você por toda Londres. — Ele está ofegante. — Senti tanto medo que a tivessem pegado. Cutler disse que você estava indo para Westminster, e o garoto lá no palácio não sabia de nada.

Balanço a cabeça, as lágrimas correndo por meu rosto, rindo por vê-lo vivo.

— Estou a salvo! A salvo! Tive que acompanhar o povo e me separei de nossos homens. Richard, achei que estivesse morto. Achei que tinha morrido em uma emboscada em Kent.

— Eu não. O pobre Stafford morreu, e o irmão dele também, mas eu não. Você está bem? Como chegou aqui?

— Fui praticamente arrastada pela multidão. Eu o vi entrar em Londres.

— Jack Cade?

— O capitão? É John Mortimer.

— O nome dele é Jack Cade, mas chama a si mesmo de Mortimer, de todo tipo de nome. O nome Mortimer atrai os partidários de Ricardo de York. É um nome de família de York. Cade o está usando emprestado, ou pior ainda, o duque o está emprestando. De qualquer maneira, significa mais problema. Onde o viu?

— Atravessando a ponte e aceitando as chaves da cidade.

— Aceitando as chaves? — pergunta meu marido, pasmo.

— O povo o recebeu como herói; o prefeito e os conselheiros municipais também. Estava vestido como um nobre que chega para governar.

Richard solta um assovio.

— Deus salve o rei. É melhor relatar isso a lorde Scales. É ele quem está no comando aqui.

Richard coloca uma das mãos sob meu cotovelo e me leva à Torre Branca.

— Está cansada, querida?

— Um pouco.

— E está se sentindo bem? E quanto ao bebê?

— Está tudo bem, acho. Tudo bem.

— Ficou assustada?

— Um pouco. Meu amor, achei que estivesse morto.

— Não eu.

Hesito.

— Viu a nossa casa? — pergunto.

— Nada que não possamos consertar quando isso acabar.

Olho de relance para ele.

— Entraram e levaram o que queriam. Vai ser difícil reparar.

Ele balança a cabeça.

— Eu sei. Mas vamos conseguir. Vou mandar trazer um pouco de vinho e carne assim que virmos Scales. Ele vai precisar saber onde Cade estará hoje à noite.

— Jantando com o prefeito, acho.

Richard se detém e olha para mim.

— Um homem que trouxe um exército de Kent e derrotou os homens do rei tem as chaves da cidade de Londres e está jantando com o prefeito?

Confirmo com um movimento da cabeça.

— Ele foi recebido como se estivesse libertando o povo de um tirano — observo. — O prefeito e todos os conselheiros municipais lhe deram as boas-vindas à cidade, como um herói.

O rosto de Richard assumiu uma expressão sombria.

— É melhor que relate isso a Scales. — É tudo o que diz.

Lorde Scales encontra-se em um estado de terror mal dissimulado. Está usando a guarda da Torre e duplicou o número de homens na porta da frente, na dos fundos e junto às janelas. Claramente receia que o rei tenha abandonado a cidade, e ele próprio, aos homens de Kent. Como saber com certeza que seus homens, embora pertençam à guarda real e tenham aceitado servir como soldados, não são de Kent ou que não têm uma família pobre em Dover? Metade deles é da Normandia, e se sentem traídos. Por que nos defenderiam agora que permitimos que fossem tirados de suas próprias casas? Quando lhe contei que Cade foi saudado como herói, Scales retrucou que eu devia estar enganada.

— Ele é um patife, um salafrário — declara.

— Muitos no séquito dele eram cavalheiros — digo. — Pude ver seus bons cavalos e boas selas. O próprio Cade montava como um homem acostumado a comandar. E houve somente um conselheiro municipal, em toda a cidade, que não o recebeu bem.

— Ele é um salafrário — repete ele rudemente.

Ergo a sobrancelha para Richard. Ele dá de ombros, como se dissesse que fiz o que pude para dar a esse comandante uma ideia do inimigo. Se está amedrontado demais para escutar, a culpa não é minha.

— Vou levar minha mulher a meus aposentos e pedir algo para ela comer — diz ele a lorde Scales. — Depois, voltarei e planejaremos um ataque, certo? Talvez hoje à noite, depois de terem bebido e comido bastante? Enquanto estão celebrando? Ou quando marcharem de volta a Southwark? Poderíamos pegá-los nas ruas estreitas antes da ponte e derrubá-los?

— Hoje à noite não! Não hoje! — replica Scales de imediato. — Além do mais, estou esperando reforços do rei. Ele nos enviará homens das Midlands.

— Só poderão chegar em dias, se é que virão — diz meu marido. — Devemos atacá-los de surpresa, enquanto bebem.

— Não esta noite — insiste Scales. — Não se trata de franceses, Rivers. Nossa experiência de nada vale aqui. Esses são camponeses traiçoeiros, combatem escondidos em ruas afastadas. Temos que esperar até termos uma força poderosa para derrotá-los. Enviarei mais uma mensagem ao rei e perguntarei o que ele ordena.

Percebo meu marido hesitar e então decidir não discutir. Põe seu manto ao redor de meus ombros e me conduz a seus aposentos. Ficamos nos cômodos de sempre, vizinhos aos apartamentos reais na Torre. Mas tudo parece estranho com o rei e a rainha tão longe, a ponte levadiça suspensa, os portões baixados, e nós, sitiados no meio de nossos compatriotas.

— É execrável — diz meu marido, estalando os dedos para que os criados deixem a bandeja de comida. — Execrável. Justo aos homens que deveriam pôr fim a essa agitação falta energia ou coragem para agir. Vá para a cama, querida, e voltarei depois de ter rendido a sentinela. Como imaginar que ficaríamos sitiados na Torre de Londres? Na Inglaterra, em guerra contra ingleses! Não dá para acreditar.

~

Vivemos sitiados na Torre, em guerra em nosso próprio país, sob cerco em nossa própria capital. Todos os dias, meu marido envia homens e até mesmo as jovens que trabalham na cozinha para ouvirem as notícias no mercado e nos portões da cidade. Retornam dizendo que o exército de Cade está acampado ao sul do rio e que, a cada dia, mais homens se unem a ele. O grande medo de Richard é a insurreição se disseminar e os homens de Hampshire e Sussex se unirem aos de Kent.

— E a nossa casa? — pergunto, pensando nas crianças. — Devo voltar para junto delas?

— As estradas não estão seguras. — O rosto de Richard demonstra preocupação. — Eu a enviarei com uma escolta assim que souber o que está acontecendo. Nem mesmo sei se o rei está em segurança em Kenilworth. Enviamos mensagens, mas ainda não recebemos nenhuma resposta. Se ele estiver sitiado...

Parece o fim do mundo. Caso a plebe se revolte contra o rei, munida com as armas que receberam de nós, comandada por um homem que foi treinado por nós e que está exasperado por causa das perdas na França, então não haverá esperança de que o mundo que conhecemos continue o mesmo. Somente um rei heroico, capaz de capturar o amor do povo, poderia nos salvar — e temos apenas o rei Henrique, escondido em Kenilworth, com a bela armadura posta de lado depois de usada apenas uma única vez.

Chega uma mensagem do exército rebelde. Querem lorde Say, o homem que era senhor de Kent, detido para ser julgado.

— Não podemos entregá-lo a eles — diz meu marido ao comandante, lorde Scales. — Vão matá-lo.

— Nós o estamos mantendo preso aqui por traição — retruca lorde Scales, razoavelmente. — Ele bem poderia ter sido julgado e considerado culpado, e seria executado de qualquer jeito.

— O rei mandou-o para cá pensando em sua segurança, não para acusá-lo de traição, como nós dois sabemos, milorde. O rei o teria libertado. Sabe que o rei perdoaria o que quer que ele tivesse feito.

— Vou entregá-lo, e se for inocente de tudo o que dizem, poderá dizer isso a eles — replica lorde Scales.

Meu marido pragueja a meia-voz.

— Milorde, se lhes entregar lorde Say, culpado ou inocente, eles o matarão. Isso não é libertar, é enxotá-lo da segurança para a morte. Se isso não tem importância para milorde agora, então pergunto o que fará se os rebeldes pedirem que eu seja mandado a eles? O que quer que façamos quando pedirem para milorde ser mandado a eles?

Lorde Scales fica sério.

— Não fui eu quem disse que transformaria Kent em uma área de caça. Não disse que eram bons demais para serem enforcados e que deveriam ser empurrados para o mar.

— Milorde é conselheiro do rei, assim como todos nós. O povo pode pedir qualquer um. Devemos obedecer aos criados? São eles nossos senhores?

Lorde Scales levanta-se de sua cadeira atrás da grande mesa de madeira escura e vai até a seteira de onde é possível ver a cidade.

— Woodville, meu velho amigo, sei que tem razão, mas se nos atacarem agora, provavelmente tomarão a Torre, e então ficaremos todos à mercê deles, inclusive sua mulher.

— Podemos resistir — diz meu marido.

— Eles têm um exército numeroso em Southwark, e a cada dia mais homens de Essex chegam e acampam ali. São centenas agora. Quem sabe a extensão da força de que dispõem? Se eles vêm de Essex, o que os impedirá de vir de Hertfordshire? De Nottinghamshire? E se o país todo se rebelar contra nós?

— Então, é melhor atacá-los agora, antes que fiquem mais fortes.

— E se tiverem o rei e nós ainda não soubermos?

— Então, teremos de combatê-los.

— Mas se negociarmos com eles, se prometermos perdão, se dissermos que seus problemas serão resolvidos, se prometermos que haverá um inquérito, eles poderão voltar para suas pequenas fazendas para colher o feno.

— Se dermos o perdão, estaremos lhes ensinando que podem pegar em armas contra o rei da Inglaterra — objeta meu marido. — E essa é uma lição de que, um dia, poderemos nos arrepender.

— Não posso arriscar a segurança da Torre — insiste lorde Scales com firmeza. — Não podemos atacar. Devemos nos preparar para nos defender. Na pior das hipóteses, lorde Say nos fará ganhar tempo.

Faz-se silêncio enquanto meu marido absorve o fato de que mandarão um dos pares da Inglaterra para enfrentar uma horda que quer vê-lo morto.

— Milorde é o comandante — replica ele, inflexível. — Estou aqui sob seu comando. Mas o meu conselho é enfrentá-los.

Nessa tarde, enviam lorde Say para Guildhall, onde os conselheiros municipais que têm estômago para isso e os rebeldes, que estão ansiosos pelo que virá, criaram um pequeno tribunal. Persuadiram-no a confessar, chamaram um padre e o levaram a Cheapside para ser executado. Seu genro William Crowmer, o xerife de Kent, acha-se afortunado ao ser libertado da Prisão de Fleet e sai animado, pensando que um destacamento de resgate está à sua espera. Acaba se deparando com um cadafalso do lado de fora dos portões. Nem mesmo se dão o trabalho de julgá-lo e o enforcam sem cerimônia.

— Que Deus os perdoe — diz meu marido, quando estamos nas muralhas da Torre, ocultos pelo parapeito, olhando as ruas embaixo. Uma multidão que dança, canta e celebra serpenteia pelas vias estreitas na direção da Torre. Meu marido interpõe o ombro largo na minha frente, mas espio por cima de seu braço e vejo o que precede a procissão. Seguram a cabeça de lorde Say enfiada em uma estaca, bamboleando diante da multidão. Atrás, em outra estaca, está a cabeça trespassada de

William Crowmer, o xerife que prometeu devastar o condado de Kent. Ao alcançarem o limite dos portões da Torre, a turba se detém e vocifera provocações. Põe as cabeças perto uma da outra. Os rostos mortos colidem, e os homens que seguram as estacas as sacodem de modo que as bocas batam uma na outra.

— Estão se beijando! Estão se beijando! — vociferam gargalhando do espetáculo. — Mande-nos lorde Scales! — berram. — Para que receba um beijo também!

Richard me afasta para a sombra do muro.

— Meu Deus! — digo em tom baixo. — É o fim, não é? É o fim da Inglaterra que conhecemos. É o fim de tudo.

~

Na noite seguinte, à hora do jantar, vejo Richard curvar a cabeça sobre o prato e comer ininterruptamente, mal parando para respirar e sem beber uma taça de vinho. Durante toda a refeição, os criados surgem e sussurram breves mensagens ao seu ouvido. Depois do jantar, nunca há dança nem música, nem mesmo jogo de cartas, mas essa noite está muito mais silenciosa e nervosa. Essa corte tensa geralmente fica à toa, dividida em grupos, trocando murmúrios amedrontados. Então, Richard fica de pé nos degraus da plataforma e fala em voz alta:

— Milordes, cavalheiros. Muitos cavalheiros e mercadores de Londres me disseram que estão fartos de Cade e de seus homens cometendo excessos pela cidade. A situação está se agravando, e ninguém pode ter certeza de que sua casa ou seus bens estão a salvo. Cade perdeu o controle de seus homens, que estão saqueando a cidade. Os moradores de Londres me disseram que decidiram expulsar os soldados e fazê-los voltar a seu acampamento em Southwark hoje à noite, e concordei em nos unirmos a eles para obrigar os rebeldes a recuar, içar a ponte levadiça e fechar o portão. Não entrarão em Londres de novo.

Ele ergue a mão diante dos murmúrios.

— Lorde Scales vai ser nosso comandante — prossegue Richard. — Nós nos reuniremos no pátio às nove horas. As armas serão distribuídas agora. Espero que todo homem fisicamente capaz se arme e venha comigo.

Ele desce, e os homens imediatamente se aglomeram ao seu redor. Ouço-o explicar o plano e mandá-los buscar as armas. Fico de pé um pouco mais perto, e espero que se vire para mim.

— Vou deixar uma guarda na Torre — diz meu marido. — O suficiente para resistir. O rei está mandando reforços das Midlands. Deverão chegar amanhã ou depois de amanhã. Estarão em segurança aqui até eu voltar.

Ele percebe a pergunta tácita em meu rosto.

— Se eu não retornar, deverá vestir sua roupa mais simples e sair da cidade a pé. Cutler a acompanhará, ou algum outro dos nossos homens. Uma vez fora da cidade, poderão comprar ou pedir emprestado cavalos para ir para casa. Não sei o que acontecerá depois. Mas, se conseguir voltar para Grafton, para nossos filhos, poderá viver de nossas terras e deve ficar segura lá até a situação voltar a se normalizar. Nossos arrendatários permanecerão leais a você. Jacquetta, lamento. Nunca pensei que chegaria a esse ponto. Não foi minha intenção tirá-la da França para correr perigo na Inglaterra.

— Se os rebeldes vencerem em Londres, então nenhum lugar é seguro? — pergunto-lhe. — Se não puder expulsá-los da cidade, algum dia tomarão toda a Inglaterra?

— Não sei como isso vai terminar. Um rei que abandona Londres aos camponeses e a um capitão que não recebeu seu soldo integral? Uma multidão sem um centavo que diz ser a dona da cidade? Não sei o que pode acontecer.

— Volte. — É tudo o que consigo dizer.

— É a minha intenção — diz ele de maneira concisa. — Você é o amor da minha vida. Voltarei para você se for possível. Juro. Estarei presente no batizado do nosso novo bebê. E, se Deus quiser, faremos mais outro.

A visão da cabeça dançante de lorde Say vem à minha mente, e tento me livrar dela com um piscar de olhos.

— Richard, que Deus o mande de volta em segurança para mim — digo em um sussurro.

Observo-os entrar em formação no grande pátio central da Torre e partir discretamente pela poterna da fortaleza para as ruas silenciosas. Subo para o passadiço no alto das muralhas que circundam a Torre e me posiciono ao lado de um soldado da guarda para vê-los se dirigindo, sem fazer muito barulho, à cidade. Richard os colocou em formação quadrangular, quatro homens por quatro homens, todos com lanças, muitos com espadas. A maioria deles abafa o som dos próprios passos. Vejo tudo isso, mas me esforço para ver mais. Estou tentando enxergar se há alguma sombra sobre eles, se estão marchando para a morte. Procuro especialmente, pela figura alta de meu marido no comando da divisão, empunhando sua espada, a cabeça com elmo olhando para um lado e para o outro, todos os seus sentidos alertas, vibrantemente vivos, com raiva por ter sido levado a tal situação.

Entrevejo-o por um breve instante antes de se moverem discretamente por entre os edifícios cheios de gente, mas não há nenhuma premonição. Richard parece, como sempre, tão apaixonadamente vivo que nunca haveria uma sombra sobre ele. Por um momento, imagino que talvez isso prove que ele voltará de manhã, em triunfo. Em seguida, penso que, se estiver indo para a morte certa, irá com a cabeça erguida, os ombros largos e firmes, e o passo leve.

~

Então, esperamos. É possível ouvir alguns gritos vindos da rua. Temos o canhão apontado para o exército grosseiro e rude acampado nos charcos junto à Torre e também para as ruas ao norte, mas ninguém entra em sua linha de tiro. O combate é corpo a corpo, rua após rua. Os rebeldes avançam, e os aprendizes e mercadores, bem armados, defendem suas casas, fazendo-os recuar. Meu marido comanda uma parte de nossas forças, lorde Scales, a outra, e ambos lutam para passar pelas ruas traiçoeiras, sempre em direção ao rio. Os rebeldes resistem diante dos portões de acesso à ponte, onde as vias se estreitam, mas os soldados da Torre avançam e forçam passagem, obrigando-os a ceder gradativamente. Eles recuam centímetro a centímetro na ponte. Dessa vez, as portas das casas são trancadas, e as venezianas, fechadas. Os negociantes e mercadores da ponte se trancam em seus lares, fartos da desordem e temendo o pior, enquanto a lenta batalha continua, laboriosamente, sobre o rio. As cabeças sorridentes de lorde Say e William Crowmer observam sobre as estacas enquanto seus assassinos são forçados a recuar, um passo lento depois do outro, e o exército real avança obstinadamente.

Prevenido por mim, meu marido leva rolos de cabos grossos e artífices na vanguarda, e, assim que forçam o caminho e passam pelos pontos das âncoras, ele manda uma guarda cercar os trabalhadores enquanto substituem, freneticamente, os cabos que vi Jack Cade cortar com sua espada roubada. Os homens trabalham vigorosamente, temendo flechas do exército rebelde. Meu marido, no comando de seus homens, luta com a espada em uma das mãos e um machado na outra, avançando sem parar, até o exército de Cade ser empurrado para o outro lado da ponte. Então, a uma ordem do meu marido e um ressoar de trombetas, mais alto do que os sons da batalha, o exército real se detém, recua rápido e, com um estrondo, a ponte levadiça é içada. Meu marido apoia-se em sua espada suja de sangue, sorri abertamente para lorde Scales, e então olha de volta para os cerca de quatro metros de extensão da ponte, onde os ingleses mortos estão sendo empurrados descuidadamente para o rio, e os feridos gemem e pedem ajuda.

Nessa noite, ele se senta em uma banheira funda de água quente em nossos aposentos e passo sabão em seu pescoço e em suas costas musculosas, como se fôssemos um camponês e sua amante tomando o banho anual na terça-feira de Carnaval.

— Bom — diz ele —, queira Deus que o pior tenha passado.

— Vão pedir perdão?

— O rei já enviou o perdão — retruca ele com os olhos fechados enquanto derramo uma jarra d'água quente sobre sua cabeça. — Centenas de formulários em branco com o perdão real. Centenas deles, sem pensar duas vezes. E um bispo para preenchê-los com os nomes. É para todos serem perdoados e mandados de volta para casa.

— Simples assim? — pergunto.

— Simples assim.

— Acha que vão aceitar o perdão, ir para casa e esquecer tudo isso?

— Não, mas o rei acredita que foram mal-influenciados e enganados, que aprenderam a lição e aceitarão seu governo. Quer pensar que tudo foi culpa de um mau líder e que as outras pessoas foram iludidas.

— A rainha Margarida não vai pensar assim — predigo, pois conheço a força de seu temperamento e sei que aprendeu a exercer autoridade sobre o campesinato, subjugado pela força e deferência.

— Não, não vai. Mas o rei decidiu conceder os perdões, independentemente da opinião dela.

~

O exército de Jack Cade, antes tão valente e cheio de esperança por um mundo melhor, faz fila para receber os perdões e parece satisfeito com isso. Cada um dos homens diz seu nome, e o escrivão do bispo William Waynflete, a uma mesinha no acampamento rebelde, anota-os e ordena que eles vão para casa, afirmando que o rei perdoou suas ofensas. O bispo os abençoa fazendo o sinal da cruz sobre cada cabeça encurvada e diz para irem em paz. O próprio Jack Cade entra na fila para pegar seu papel e é publicamente perdoado por liderar um exército contra o rei, matar um lorde da nobreza e invadir Londres. Alguns homens veem isso como sinal de fraqueza do rei, mas a grande maioria se acha afortunada por sair ilesa, retornar às suas casas pobres — onde não podem pagar os impostos, onde não podem obter justiça, onde os grandes lordes decidem o que querem, ignorando-os — e esperar por dias melhores. São exatamente o que eram antes, porém mais amargos, e os bons tempos não vieram.

Mas Cade não. Encontro meu marido nas cavalariças, a cara fechada, contrariada, ordenando, com gritos exaltados, que tragam nossos cavalos. Parece que retornaremos a Grafton. Vamos retornar a Grafton "imediatamente!". As estradas estarão seguras se formos acompanhados de uma boa guarda.

— Qual é o problema? — pergunto. — Por que estamos indo agora? O rei não está vindo? Não devíamos ficar em Londres?

— Não vou suportar vê-lo nem a ela — responde ele, simplesmente. — Quero ficar em casa algum tempo. Voltaremos, é claro, no momento em que nos chamarem. Mas por Deus, Jacquetta, não tenho estômago para permanecer na corte nem por mais um minuto.

— Por quê? O que aconteceu?

Ele está de costas para mim, amarrando seu manto de viagem na parte de trás da sela. Ponho a mão em seu ombro. Ele se vira, devagar, para me encarar.

— Vejo que está com raiva — digo. — Mas fale comigo: diga-me o que aconteceu.

— Os perdões — responde ele, com os dentes trincados de irritação. — Os malditos perdões. As centenas de perdões.

— Sim?

— Jack Cade recebeu seu perdão com o nome de John Mortimer. O nome que usava nas batalhas.

— E daí?

— E daí que o perseguiram, apesar do perdão, e o capturaram. Ele mostrou-lhes o documento, assinado pelo rei, abençoado pelo bispo, com o nome John Mortimer escrito de forma legível. Mas vão enforcá-lo com o nome de Jack Cade.

Faço uma pausa, esforçando-me para compreender.

— O rei concedeu-lhe perdão, ele não pode ser enforcado. Basta que mostre o perdão. Não podem enforcá-lo.

— O perdão do rei está em um nome, pelo qual é conhecido. Vão enforcá-lo sob outro.

Hesito.

— Richard, antes de mais nada, ele nunca deveria ter sido perdoado.

— Não. Mas agora mostramos a todos que a sua causa era justa. Ele dizia que não havia lei, que os lordes e o rei fazem o que querem. Agora, provamos que é assim. Declaramos paz no campo de batalha, enquanto ele estava armado, enquanto estava forte e nós, fracos; quando ele estava perto da vitória e nós, presos na Torre. Concedemos o perdão a ele, demos nossa palavra de honra, mas o invalidamos assim que ele se tornou um fugitivo. O nome do rei está no documento, o rei deu sua palavra. Mas pelo visto isso não significa nada. O perdão não é mais do que um papel, a assinatura do próprio rei, nada mais do que tinta. Não há nenhum acordo, não há nenhuma justiça, traímos nossa própria causa, somos perjuros.

— Richard, ele continua a ser nosso rei. Certo ou errado, ainda é o rei.

— Eu sei, e é por isso que eu disse que retornaremos à corte e o serviremos de novo. Ele é o nosso rei, nós somos seus súditos. Ele nos deu nome e fortuna. Voltaremos para a corte no outono. Mas juro, Jacquetta, que não tenho estômago para suportá-lo neste verão.

Grafton, Northamptonshire, Verão de 1450

Chegamos à nossa casa na época mais intensa do ano, época da colheita e desmame dos bezerros. No celeiro, as maçãs estão dispostas em fileiras rigorosas como as de soldados, e uma das tarefas de Lewis, agora com 12 anos, é subir diariamente com uma cesta e trazer oito maçãs para as crianças comerem depois do jantar. Estou me sentindo cansada com esta gravidez e, como o anoitecer é fresco e calmo, fico feliz em me sentar ao lado do fogo em meus pequenos aposentos e escutar a prima de Richard, Louise — que serve como governanta dos meus filhos mais velhos e cuida dos bebês —, ajudando-os a ler passagens da Bíblia da família. Anthony, aos 8 anos, tem paixão por livros, e vem para perto de mim para ver as imagens nos volumes escritos em latim e francês antigo, os quais herdei do meu marido, e deslindar as palavras no difícil manuscrito. Sei que nesse outono ele, seus irmãos e irmãs não poderão continuar a ter aulas com o padre, e tenho que procurar um erudito para substituí-lo. Lewis, especialmente, tem que aprender a ler e escrever em latim e em grego se for frequentar o colégio real.

O bebê chega em meados de agosto, e mandamos buscar o berço da família para ser encerado e os pequenos lençóis para serem lavados, e vou para o confinamento. A menina nasce com facilidade, chega cedo, sem grandes problemas, e dou-lhe o nome de Martha. Em algumas semanas, Richard a leva à pequena capela em que nos casamos e nossa filha é batizada. Em breve, vou à minha primeira missa e já estou bem de novo.

É nela, no novo bebê, que penso ao me levantar da cama certa noite, alerta, como se tivesse ouvido alguém me chamar.

— O que é? — pergunto, no escuro.

Richard, tonto de sono, senta-se na cama.

— Meu amor?

— Alguém chamou meu nome! Há alguma coisa errada!

— Teve um pesadelo?

— Achei que...

Nossa casa graciosa está silenciosa no escuro. Uma viga range quando a velha estrutura de madeira se acomoda. Richard sai da cama e acende um tição no fogo agonizante e, em seguida, uma vela.

— Jacquetta, você está branca feito um fantasma.

— Achei que tinham me acordado.

— Vou dar uma olhada — decide ele. Calça as botas e puxa a espada de debaixo da cama.

— Vou ao quarto das crianças — digo.

Ele acende outra vela para mim, e saímos juntos para o corredor escuro acima do hall. E então, ouço. O canto forte e agradável de Melusina, tão sublime e puro que se pensaria ser o som das estrelas se movendo no firmamento. Ponho a mão no braço de Richard.

— Ouviu?

— Não, o quê?

— Música — respondo. Não quero dizer o nome dela. — Achei ter escutado música. — É tão claro e potente que não acredito que não possa ouvir, como os sinos de prata da igreja, como o coral mais genuíno.

— Quem tocaria música a esta hora da noite? — pergunta ele, mas eu já corria pelo corredor em direção ao quarto das crianças. Detenho-me à porta e me forço a abri-la sem fazer barulho. Martha, o novo bebê, está adormecida em seu berço, próxima à ama-seca, que dorme na cama baixa ao lado da lareira. Ponho a mão na bochecha rosada da criança. Ela está quente, mas não febril. Sua respiração é lenta e regular, como a de um passarinho em um ninho seguro. Na cama com grades ao lado dela, dorme Diccon, arqueado de bruços, com a carinha enfiada no colchão de penas. Delicadamente, ergo-o e viro-o de costas, de modo que eu possa ver a curva de suas pálpebras adormecidas e sua boca como um botão de rosa. Agita-se um pouco com meu toque, mas não acorda.

A música soa mais alto, mais forte.

Sigo para a cama seguinte. John, de 5 anos, dorme esparramado, como se estivesse quente demais, as cobertas chutadas para o lado, e, de imediato, receio que esteja doente. Porém, quando toco sua testa, está fresco. Jacquetta, do seu lado, dorme tranquilamente, como a menininha pura de 6 anos que é. Mary, na cama do lado, se mexe à luz da minha vela, mas não acorda. Sua irmã de 11 anos, Anne, está em uma cama baixa do lado deles, profundamente adormecida.

Anthony, na cama maior, senta-se.

— O que foi, mamãe?

— Nada, nada — respondo. — Durma.

— Ouvi um canto — diz ele.

— Não há canto nenhum — falo com firmeza. — Deite-se e feche os olhos.

— Lewis está muito quente — observa ele, mas faz o que mando.

Vou rapidamente para a cama deles. Os dois meninos dormem juntos, e, quando Anthony vira para o lado, vejo que Lewis, meu filho querido, está corado e queimando. Foi a febre dele que esquentou tanto a cama que os dois dividem. Vejo-o e ouço a música insistente, então sei que é Lewis, meu querido filho de 12 anos, que está morrendo.

A porta atrás de mim se abre, e Richard, meu marido, diz em tom baixo:

— A casa está segura. As crianças estão bem?

— Lewis. — É tudo o que consigo responder. Curvo-me sobre a cama e o levanto. Ele está flácido em meus braços; é como levantar um corpo morto. Richard pega-o e segue na frente para o nosso quarto.

— O que é isso? — pergunta ele, deitando o menino em nossa cama. — O que há de errado com ele? Estava bem durante o dia.

— Uma febre, não sei — replico, impotente. — Cuide dele enquanto vou buscar alguma coisa.

— Vou pôr um pano molhado nele — propõe. — Está queimando. Vou tentar baixar a temperatura.

Assinto e vou depressa para a minha destilaria. Tenho um pote de folhas secas de milefólio, e um feixe de flores brancas pende de uma das vigas. Coloco uma panela para ferver e faço um chá da flor, depois ponho as folhas de molho em uma tigela da água fervida. Na pressa, me atrapalho. A música não para de tocar na minha cabeça, como se me alertasse de que não há tempo, de que essa é a canção do luto, de que esse chá, que cheira à colheita de verão, é inútil, pois é tarde demais para Lewis, e tudo de que preciso é alecrim.

Ponho a bebida em uma caneca e as folhas embebidas no pote, e corro de volta ao quarto. No caminho, bato na porta de minha dama de companhia e a chamo:

— Anne, levante-se, Lewis está doente. — Ouço-a se levantar com esforço.

Vou para o meu quarto.

Richard atiçou o fogo e acendeu mais velas, mas fechou o cortinado, de modo que o rosto de Lewis fica protegido da luz. Lewis virou-se, percebo sua respiração acelerada enquanto seu peitoral delicado sobe e desce. Ponho a caneca e o pote na mesa e vou para a cabeceira da cama.

— Lewis? — sussurro.

Suas pálpebras abrem-se ao som de minha voz.

— Quero entrar na água — diz ele, claramente.

— Não, fique comigo. — Mal sei o que estou falando. Levanto-o de modo que sua cabeça se apoia em meu ombro, e Richard põe a caneca de chá de milefólio em minha mão. — Beba um pouco — digo, tentando manter a calma. — Vamos, só um pouco.

Ele vira a cabeça.

— Quero ir para a água — repete Lewis.

Richard olha para mim, desesperado.

— O que ele quer dizer?

— É delírio da febre — respondo. — Não significa nada. — Tenho medo do que possa significar.

Lewis sorri, suas pálpebras tremulam, vê o pai. Sorri para ele.

— Vou nadar, pai — diz ele com determinação. — Vou nadar. — Ele vira a cabeça e inspira, como alguém que se prepara para mergulhar em águas profundas e frias. Sinto seu corpo estremecer, como se de alegria, e então se aquietar, e percebo que meu filho me deixou.

— Abra a janela — digo a Richard.

Sem uma palavra, ele se vira e faz o que pedi, como se para deixar a pequena alma sair e subir ao céu. Depois, volta e faz o sinal da cruz na testa do filho. Ele ainda está quente, mas esfria lentamente. Penso que as águas tranquilas de seu sonho o estão levando.

Anne bate à porta, abre-a, e vê meu Lewis deitado, sereno, na cama.

— Ele se foi — digo-lhe. — Lewis nos deixou.

Sem ter consciência do que estou fazendo, aproximo-me de Richard, que me abraça forte.

— Que Deus o abençoe — ora ele, baixinho.

— Amém. Ah, Richard, não pude fazer nada. Não pude fazer nada!

— Eu sei.

— Vou ver as outras crianças — diz Anne. — Depois, chamarei a Sra. Westbury para lavar o corpo.

— Eu vou lavá-lo — retruco no mesmo instante. — E vou vesti-lo. Não quero que mais ninguém toque nele. Eu o colocarei... — Não consigo dizer a palavra *caixão*.

— Vou ajudá-la — diz Richard. — Vamos enterrá-lo no cemitério da igreja. Saiba que ele apenas foi antes de nós, Jacquetta, e que, um dia, nós também nadaremos e o encontraremos na outra margem.

≈

Enterramos meu filho no cemitério da igreja perto de seu avô, e Richard encomenda um imponente monumento de pedra, com espaço para os nossos nomes também. As outras crianças não contraíram a febre, até mesmo Martha, o bebê, está bem e forte. Observo-os, aterrorizada, durante uma semana após o enterro de Lewis, mas nenhum deles tem algo mais grave do que alguns espirros.

Penso que sonharei com meu filho, mas durmo profundamente todas as noites e não sonho com nada. Até que em uma delas, um mês depois da morte dele, sonho com um rio, um rio frio e profundo, com ninfeias amarelas flutuando sobre um canteiro de pedras douradas e acobreadas, com botões-de-ouro crescendo nas ribanceiras de juncos verdes. Vejo meu menino Lewis na outra margem, vestindo camisa de linho e calções, sorrindo para mim, acenando para mostrar que vai correr na frente, só um pouco à frente. E no meu sonho, embora eu queira pegá-lo de volta, aceno e grito que o verei depois, que o verei em breve, que o verei de manhã.

Nosso retiro em Grafton dura pouco tempo. Em setembro, o mensageiro do rei atravessa as aleias verdes e chega aos nossos portões. As amplas portas de madeira são abertas, e ele atravessa o pátio, o estandarte real à sua frente, acompanhado de seis soldados. É de manhã, e estou voltando da capela. Faço uma pausa ao ver que ele é admitido nos portões e espero, de costas para a porta de nossa casa, pressentindo perigo. Com as mãos para trás, cruzo os dedos, como se um gesto infantil pudesse evitar problemas.

— Uma mensagem para o barão de Rivers — diz o mensageiro, desmontando e fazendo uma reverência.

— Sou a duquesa viúva, Lady Rivers — digo, estendendo a mão. — Pode dá-la a mim.

Ele hesita.

— Meu marido está caçando — prossigo. — Voltará amanhã. Na ausência dele, sou eu que dou as ordens. É melhor entregar a mensagem a mim.

— Perdoe-me, Vossa Graça — diz ele, e a estende. O selo real é brilhante e rígido. Rompo-o, e ergo o olhar para assentir, com um movimento de cabeça para ele.

— Vai encontrar cerveja, pão e carne para você e seus homens no salão — digo. — E alguém lhe mostrará onde se lavar. Vou lê-la e enviarei uma resposta depois que tiverem comido e descansado.

Ele faz outra reverência, seus homens dão seus cavalos para os cavalariços e entram na casa. Espero um momento e depois caminho devagar até uma banco de pedra diante de um muro do lado do jardim. Sento-me ao sol quente para ler a carta.

É uma carta de nomeação, outra grande honra para nós. É o reconhecimento do serviço de Richard nos últimos levantes. Demonstra que os lordes do Conselho Privado estavam vigilantes e atentos a quem teria a mente rápida e o coração bravo, a quem estaria pronto para servir a eles — mesmo que o rei e a rainha tivessem fugido para Kenilworth e não tivessem visto nada. A carta informa que Richard foi designado como senescal da Gasconha, a valiosa terra nas proximidades de Bordeaux, que os ingleses controlaram por trezentos anos e esperam controlar para sempre. Mais uma vez, Richard e eu seremos uma força de ocupação na França. Lendo as entrelinhas, imagino que o rei, chocado com a perda dos territórios ingleses na Normandia por Edmund Beaufort, duque de Somerset, sentiu-se motivado a fortalecer as terras na Gasconha com um comandante mais experiente. Essa designação é uma honra que acarretará perigo. Será difícil fortalecer as defesas em torno de Bordeaux, proteger as terras de incursões francesas, manter o povo leal à Inglaterra e mudar a mentalidade de que todos foram praticamente abandonados por seu país natal, que não consegue reger a si mesmo, muito menos manter terras além-mar.

Ergo os olhos da carta. É o sofrimento que me faz sentir que nada importa. Sei que é uma grande honra, reger a Gasconha é uma ordem importante. Os Rivers estão ascendendo, mesmo sem um de nós. E não tem propósito meu coração doer por aquele que está faltando.

Olho de novo para a carta. Na margem, como um monge ilustrando um manuscrito, o rei escreveu com sua própria letra:

Prezado Rivers,

Ficarei grato se for imediatamente para Plymouth recrutar e organizar uma força para tomar a Gasconha e uma frota para transportá-los. Deve partir em 21 de setembro, o mais tardar.

Embaixo, a rainha escreveu-me: "Jacquetta, sorte sua! Voltar à França!"

"Sorte", não é o que sinto. Olho ao redor do pátio, os muros de tijolos vermelhos com pedras brancas no topo, as quais se escoram na antiga capela, a macieira arqueada com o peso das frutas, prontas para serem colhidas, o celeiro adjacente ao silo, cheio de feno, e a nossa casa exatamente no meio de tudo isso, quente ao sol, tranquila nessa manhã, com meus filhos tendo aulas. Penso que o rei está dando uma tarefa impossível a meu marido, que mais uma vez terei de ir a um novo país, a uma nova cidade, e esperar sobreviver entre pessoas que aceitam de má vontade a nossa presença.

Tento me animar imaginando que a Gasconha é bonita no outono, que talvez eu possa ver meus irmãos e irmãs, que o inverno em Bordeaux será ameno e claro e que a primavera será gloriosa. Mas sei que os moradores locais são hostis e ressentidos, os franceses, uma ameaça constante. Sei também que vamos esperar dinheiro da Inglaterra para pagar os soldados, mas que acabaremos pagando-os do nosso próprio bolso, enquanto aqui haverá acusações intermináveis de fracasso e mesmo de traição. Terei de deixar meus filhos na Inglaterra. Não quero ir, e tampouco desejo que Richard vá.

Espero muito tempo até o mensageiro real aparecer no pátio, enxugando a boca na manga. Ao me ver, esboça uma reverência e aguarda.

— Pode dizer à Sua Graça que meu marido e eu partiremos imediatamente para Plymouth — digo. — Diga-lhe que nos sentimos honrados em servir.

Ele sorri lastimavelmente, como se soubesse que o serviço deste rei pode até ser uma honra, mas que se trata apenas de uma sinecura para os poucos favoritos que não são capazes de fazer nada ou que fracassam completamente, como Edmund Beaufort, o duque de Somerset, que agora é condestável de toda a Inglaterra como recompensa por fugir para Kenilworth quando havia trabalho perigoso a fazer em Kent.

— Deus salve o rei — diz ele, e vai para os estábulos buscar seus cavalos.

— Amém — respondo, pensando que talvez devêssemos rezar para que o rei seja salvo de si mesmo.

Plymouth, Outono de 1450-1451

Foi um longo ano tentando persuadir os cidadãos de Plymouth a abrigar e equipar uma frota de ataque. Um ano inteiro para o meu marido reunir uma frota de navios particulares, pertencentes a mercadores, negociantes e aos poucos lordes eminentes que possuem as próprias embarcações. Em meados do inverno, meses depois da data estipulada para zarparmos, ele tem mais de oitenta barcos atracados nos cais de Plymouth, Dartmouth e Kingsbridge, e mais de 3 mil homens em estalagens e quartos, chalés e fazendas por toda Devon e Cornualha: todos estão esperando.

É tudo o que fazemos. Durante o outono e todo o inverno até a primavera, esperamos. Primeiro, esperamos pelos homens prometidos pelos lordes para marchar para Plymouth, prontos para embarcar. Richard vai ao encontro deles, aloja-os, providencia comida para eles, promete-lhes salários. Então, esperamos pelos navios que foram requisitados. Richard percorre o sudoeste do país comprando navios em seus portos de origem, exigindo que os grandes mercadores deem sua contribuição. Depois, esperamos pela chegada dos suprimentos. Richard vai a Somerset, e até mesmo a Dorset, para obter cereais. Em seguida esperamos que os lordes que participarão da invasão encerrem os dias alegres do Natal e venham para Plymouth. Mais tarde, esperamos a ordem do rei para finalmente zarparmos. Depois, esperamos que os ventos do norte na primavera se abrandem e sempre, sempre, sempre, esperamos pelo navio que trará o dinheiro de Londres, para que possamos pagar os mercadores do porto, os proprietários dos navios, os marinheiros, os homens. Permanecemos esperando, e o dinheiro nunca chega quando deve.

Às vezes, chega tarde demais e Richard e eu temos que recorrer a Grafton e a nossos amigos na corte para um empréstimo para que, pelo menos, possamos dar de comer ao exército antes que invada fazendas nas redondezas do porto e roubem para se alimentar. Às vezes, o dinheiro chega, mas em quantidade tão pequena que só conseguimos saldar as dívidas e oferecer um quarto do soldo aos homens. Às vezes, o navio vem com promissórias em madeira talhada, os entalhes indicando o valor para cálculo, que levamos para a alfândega do rei, onde nos dizem com pesar:

— Sim, é válido, milorde. Garante seu direito de ser pago. Mas não tenho dinheiro para pagá-lo. Volte no mês que vem.

Às vezes, o dinheiro é prometido, mas não chega. Vejo Richard, indo para as aldeias de Devon, tentando apaziguar os estalajadeiros, que estão furiosos por terem essa horda faminta alojada com eles. Vejo-o perseguir bandos errantes de homens que pertencem, supostamente, a seu exército e que estão se tornando bandoleiros. Vejo-o pedir aos capitães que mantenham seus navios prontos para zarpar, para o caso de a ordem para a invasão chegar amanhã, depois de amanhã. E observo Richard quando chega a notícia de que o rei francês avançou e tomou Bergerac e Bazas. Na primavera, ficamos sabendo que suas forças avançam em terras inglesas vizinhas à região de Gironde. Sitia Fronsac, na Dordonha, e a população espera atrás das grandes muralhas, jurando que não cederá, certos de que nosso exército está em marcha para libertá-los. Nosso exército está no cais, os navios balançando, quando ficamos sabendo que Fronsac se rendeu. Os colonos ingleses estão pedindo ajuda, juram que lutarão, que resistirão, que são ingleses e se consideram nascidos e criados como tal. Arriscam a vida por sua fé em nós, acreditam que os compatriotas irão a seu socorro. Observo

Richard tentando manter o exército unido, tentando manter a frota unida, mandando uma mensagem atrás da outra para Londres, rogando à corte que lhe envie a ordem para zarpar. Nada chega.

Ele começa a dizer que, quando receber a ordem para levantar âncora, me deixará, pois não se atreve a me levar para Bordeaux, com o lugar prestes a ser sitiado. Caminho pelas muralhas da enseada e olho para as terras da França, ao sul, as terras que meu primeiro marido comandava, e desejo que estivéssemos em segurança, em casa, em Grafton. Escrevo para a rainha. Digo-lhe que estamos preparados para ir ao socorro da Gasconha, mas que não podemos fazer nada sem dinheiro para pagar os soldados e que, enquanto eles são obrigados a esperar nas fazendas e aldeias, queixam-se de como são tratados por nós, seus senhores e lordes. Os trabalhadores de Devon veem como os soldados e marinheiros são tratados mal e dizem que este é um reino onde um homem não é recompensado por cumprir seu dever. Murmuram que os homens de Kent tinham razão: que esse é um rei que não consegue manter as próprias terras, que é mal-aconselhado. Que Jack Cade exigiu que Ricardo, duque de York, fosse admitido nos conselhos do rei, e que tinha razão e morreu por sua convicção. Dizem até mesmo — embora eu nunca tenha contado isso à rainha — que ela é uma francesa que esbanja o dinheiro que deveria ir para o exército, de modo que seu próprio país possa apoderar-se da terra da Gasconha e a Inglaterra não fique com absolutamente nada na França. Rogo que diga a seu marido para enviar a ordem de zarpar.

Nada.

Em julho, ficamos sabendo que Bordeaux caiu nas mãos dos franceses. Em setembro, os primeiros refugiados de Bayonne chegam em uma embarcação dilapidada e dizem que todo o ducado da Gasconha foi conquistado pelo inimigo, enquanto a expedição para salvá-los, comandada pelo meu marido infeliz, aguardava no cais de Plymouth, alimentando-se com os suprimentos, esperando ordens.

Temos vivido, durante esse longo ano, em uma pequena casa que dá para a enseada. Richard usa a sala do primeiro andar como quartel-general.

Subo a escada estreita e o encontro à pequena janela, olhando o mar azul, o vento soprando forte na costa da França, um bom tempo para navegar. Mas sua frota inteira está atracada no cais.

— Acabou — diz ele quando chego ao seu lado. Ponho a mão em seu ombro. Não tenho nada a dizer para confortá-lo nesse momento de vergonha e fracasso. — Está tudo acabado e não fiz nada, sou um senescal de nada. Você foi esposa de John, duque de Bedford, um lorde poderoso, regente de toda a França, mas agora é esposa de um senescal de nada.

— Você fez tudo o que lhe foi ordenado — digo baixinho. — Manteve a frota e o exército unidos e estava pronto para zarpar. Se tivessem mandado a ordem e o dinheiro, você teria partido. Se tivessem enviado apenas a ordem, você teria partido sem dinheiro para pagá-los. Eu sei disso. Todo mundo sabe. Você teria lutado sem ter sido pago, e os homens o teriam seguido. Não tenho dúvida de que teria salvado a Gasconha. Teve de esperar as ordens, isso foi tudo. Não foi culpa sua.

— Ah. — Ele ri com amargura. — Mas agora recebi ordens.

Espero, com o coração apertado.

— Devo levar uma força para defender Calais — diz ele.

— Calais? — gaguejo. — Mas o rei da França não está em Bordeaux?

— Acham que o duque de Borgonha está se preparando para atacar Calais.

— Meu parente.

— Eu sei. Lamento, Jacquetta.

— Quem vai com você?

— O rei designou Edmund Beaufort, duque de Somerset, para ser capitão de Calais. Devo ir e apoiá-lo assim que tiver dispensado os navios, os marinheiros e o exército daqui.

— Edmund Beaufort, duque de Somerset? — repito, incrédula. Esse é o homem que perdeu a Normandia. Por que lhe confiar Calais, a não ser pela crença inabalável do rei nele e pela afeição despropositada da rainha?

— Queira Deus que tenha aprendido, com a derrota, a ser um soldado — diz meu marido, preocupado.

Apoio o rosto em seu braço.

— Pelo menos poderá salvar Calais para os ingleses. Vão chamá-lo de herói se conseguir defender o castelo e a cidade.

— Serei comandado pelo homem que perdeu a Normandia — retruca ele com tristeza. — Servirei a um homem que Ricardo, duque de York, considerou traidor. Se não nos enviarem homens e dinheiro, não sei se conseguiremos defender Calais.

Grafton, Northamptonshire, Outono de 1451

O ânimo de Richard não melhora quando ele se prepara para partir para Calais. Mando buscar Elizabeth, minha filha mais velha, para que veja seu pai antes de ele partir. Enviei-a para a casa da família Grey em Groby Hall, perto de Leicester, a apenas 80 quilômetros. É uma família rica, com parentes por toda a região, que administra milhares de hectares. Ela é supervisionada pela senhora da casa: Lady Elizabeth, herdeira da rica família Ferrers. Eu não poderia ter escolhido ninguém melhor para ensinar à minha filha como uma mulher importante administra sua casa. Ela tem um filho e herdeiro, o jovem John Grey, que se opôs a Jack Cade e é um belo rapaz. Ele vai herdar a propriedade, que é substancial, e o título, que é nobre.

Elizabeth leva um dia para chegar em casa e vem com uma escolta armada. As estradas estão muito perigosas com bandos de homens errantes, expulsos da França, sem ter para onde ir, nem salário. Ela está com 14 anos, e quase da minha altura. Vejo-a e reprimo um sorriso: está tão linda e é tão elegante. Na sua idade, talvez eu rivalizasse com a sua beleza, mas ela é dotada de uma calma e uma graciosidade que nunca tive. Tem a minha pele clara, meu cabelo louro, os olhos cinzentos e um rosto perfeitamente regular, como a face esculpida em mármore de uma bela estátua. Quando ri, é uma criança. Mas às vezes, olha para mim e penso, meu Deus, quem é essa menina: ela tem a Visão de Melusina, é uma mulher de minha linhagem e tem um futuro diante de si que nem imagino nem consigo prever.

Anne é a sua pequena sombra. Com apenas 12 anos, copia todos os gestos da irmã e a segue como um cãozinho dedicado. Richard ri da minha adoração pelas crianças. Meu preferido é o irmão de Elizabeth: Anthony. Ele tem 9 anos e é um estudioso brilhante que passa horas e horas em uma biblioteca. Mas não é um menino que só fica com os livros: brinca com os garotos da aldeia e corre e luta tão bem quanto eles, com os punhos ou no corpo a corpo. Richard está lhe ensinando a justa, e ele monta como se tivesse nascido numa sela: Anthony e o cavalo se movem juntos. Nunca muda de posição quando o animal salta: são um só. Joga tênis com suas irmãs e é gentil o bastante para deixá-las vencer, joga xadrez comigo e me deixa perplexa com seus movimentos e, o mais adorável e terno de tudo, abaixa-se sobre um joelho para receber a bênção de sua mãe à noite e pela manhã. E depois que ponho a mão sobre sua cabeça, ele fica de pé em um pulo para me abraçar e permanecer ao meu lado, apoiando-se levemente em mim, como um potrinho. Mary está prestes a completar 8 anos, suas roupas estão ficando pequenas a cada estação, e é muito dedicada ao pai. Segue-o por toda parte, cavalga o dia todo em seu pônei gorducho ao lado de Richard e aprende o nome dos campos e trilhas que levam às aldeias para ir ao encontro dele. Ele a chama de sua princesa e promete que a fará se casar com um rei sem reino que virá viver conosco, e assim ela nunca terá de partir. Jacquetta, nossa outra filha apenas um ano mais nova, tem meu nome, mas não poderia ser menos parecida comigo. É inteiramente filha de Richard: tem seu temperamento tranquilo, sua calma. Mantém distância das brigas e alvoroços de seus irmãos e irmãs, e ri quando pedem que sirva de juiz e júri no auge de seus 7 anos. Na ala das crianças, indisciplinados como cachorrinhos, estão meus dois meninos John e Richard, de 6 e 5 anos, e no berço bem-encerado está o novo bebê, o bebê mais tranquilo de todos: Martha.

Enquanto Richard reúne os homens que levará para Calais e ensina-lhes como usar lanças, como resistir a um ataque e como marchar em direção ao inimigo, preciso repetir para mim mesma que essa é a coisa certa: fazer com que ele parta com a bênção de todos os seus filhos. Mas há algo nessa reunião de despedida que me enche de terror.

— Jacquetta, está receosa por mim? — pergunta-me certa noite.

Confirmo com um movimento de cabeça, envergonhada por responder sim.

— Viu alguma coisa? — pergunta ele.

— Ah, não! Graças a Deus! Não, não é isso. Não sei de nada, absolutamente nada, nada além de que temo por você — garanto-lhe. — Não tento fazer previsões desde que me disse para esquecer isso, depois do julgamento de Eleanor Cobham.

Ele pega minhas mãos e as beija, primeiro uma, depois a outra.

— Meu amor, não deve temer por mim. Já não lhe disse que sempre voltarei para você?

— Sim.

— E já a decepcionei alguma vez?

— Nunca.

— Perdi-a uma vez e jurei que isso nunca mais aconteceria — diz ele.

— Encontrou-me por causa do luar. — Estou sorrindo.

— Por sorte — retruca ele, sempre um homem da terra. — Mas, naquele momento, jurei que nunca mais a perderia. Nada tem a temer.

— Nada — repito. — Mas tenho que lhe contar... Estou esperando um bebê de novo, terá mais um filho no próximo verão.

— Meu Deus, não posso deixá-la — diz, no mesmo instante. — Isso muda tudo. Não posso deixá-la aqui, sozinha com as crianças, para enfrentar mais um parto.

Eu já esperava que isso fosse deixá-lo muito satisfeito. Estou decidida a ocultar meus receios.

— Meu amor, tive nove partos; acho que, a esta altura, já sei o que fazer.

Seu rosto está sulcado de preocupação.

— O perigo é sempre o mesmo, da primeira à última vez. E você perdeu uma criança e, naquele momento, achei que não superaria a tristeza. Além do mais, as notícias de Londres não são boas. A rainha certamente vai querer que você permaneça ao lado dela, e estarei preso em Calais com Edmund Beaufort.

— Se chegar lá.

Ele fica em silêncio, e sei que está pensando nos navios e exércitos ociosos que perderam tempo esperando durante um ano para partir, enquanto seus compatriotas morriam nos arredores de Bordeaux.

— Não fique assim — apresso-me a dizer —, eu não devia ter falado isso. Tenho certeza de que chegará e de que defenderá Calais para nós.

— Sim, mas não gosto de deixá-la aqui enquanto o rei se aferra a Somerset, e York está atraindo cada vez mais homens que concordam que o rei é mal-aconselhado.

Dou de ombros.

— Você não tem saída, meu amor. O bebê está a caminho, e é melhor tê-lo aqui do que ir para Calais e dar à luz em uma guarnição.

— Acha que vai ser outra menina? — pergunta ele.

— As meninas serão o sustento desta família — prevejo. — Espere e verá.

— Serão damas da rainha?

— Uma delas fará um casamento que será a nossa fortuna — digo. — Por que mais Deus as faria tão belas?

~

Falo corajosamente, mas quando Richard reúne seus homens, marcha para fora do pátio e desce a estrada para Londres, de onde embarcarão no navio para Calais, caio em prostração. Minha filha Elizabeth me encontra andando à margem do rio, minha grossa capa ao redor dos ombros, as mãos em um regalo feito de pele. As encostas e juncos congelados combinam com o meu humor. Ela se adianta e me dá o braço. Sou apenas uma cabeça mais alta, e Elizabeth acompanha meu passo com facilidade.

— Já está com saudades do papai? — pergunta ela, amorosamente.

— Sim — respondo. — Sei que sou mulher de um soldado e que deveria estar preparada para deixá-lo partir, mas cada vez é mais difícil.

— Pode prever o futuro? — indaga ela em voz baixa. — Pode ver se ele voltará em segurança para casa? Tenho certeza de que, desta vez, ele ficará em segurança. Simplesmente sei.

Viro-me para olhar para minha filha.

— Elizabeth, pode prever coisas quando quer?

Ela dá de ombros levemente.

— Não sei bem. Não sei.

Por um momento, retorno àquele verão quente nos aposentos de minha tia-avó Jehanne, quando ela me mostrou as cartas, me deu a pulseira com talismãs e me contou a história das mulheres da nossa família.

— Não é algo que eu imporia a você — digo. — É um fardo tanto quanto uma dádiva. E estes não são tempos para isso.

— Não creio que a senhora possa ou não impor isso a mim — replica ela, pensativamente. — Não acho que seja uma dádiva que possamos dar... Ou é? Simplesmente pressinto coisas às vezes. Em Groby, tem um lugar, um claustro, ao lado da capela. Quando vou até lá, vejo uma mulher, quase um fantasma. Ela fica ali, com a cabeça inclinada, como se estivesse atenta à minha chegada. Ela espera como se procurasse por mim. Mas não há ninguém ali, na verdade.

— Você conhece as histórias da nossa família — digo.

Ela dá uma risada.

— Sou eu que conto a história de Melusina para os pequenos, toda noite — lembra ela. — Eles adoram, e eu também.

— Você sabe que algumas das mulheres da nossa família herdaram o dom de Melusina. O dom da Visão.

Ela assente.

— Minha tia-avó Jehanne mostrou-me algumas maneiras de usar o dom, e milorde duque de Bedford me pôs para trabalhar com seus alqui-mistas e ordenou que uma mulher me ensinasse sobre ervas.

— O que a senhora fazia com os alquimistas? — Como qualquer criança, ela é fascinada por magia proibida. A habilidade com ervas é banal demais para ela, adquiriu-a em minha destilaria. Ela quer saber sobre magia negra.

— Lia com eles, às vezes mexia uma mistura ou a vertia para esfriar. — Lembro-me da forja no pátio interno e do grande salão, mais parecido com uma cozinha ampla, onde aqueciam e esfriavam pedras e soluções. — Milorde tinha um espelho grande e queria que eu visse o futuro nele. Queria ver o futuro das terras inglesas na França. — Faço um pequeno gesto. — Hoje fico feliz por não ter conseguido ver claramente. Eu o teria entristecido, acho. Na época, pensei tê-lo decepcionado, mas agora acho que servi melhor a ele dessa forma.

— Mas a senhora podia ver?

— Às vezes — replico. — Algumas vezes, como com as cartas e talismãs, é possível vislumbrar o que vai acontecer. Outras, as visões mostram apenas nossos próprios desejos. E outras, ainda mais raramente, você pode se concentrar em seus próprios desejos e concretizá-los. Fazer o sonho se realizar.

— Com magia? — pergunta ela bem baixo, extasiada ao pensar nisso.

— Não sei — respondo francamente. — Quando soube que seu pai estava apaixonado por mim, e eu por ele, quis que se casasse comigo e que me trouxesse para a Inglaterra, mas sabia que ele não se atreveria. Ele achava que eu estava muito acima dele, e que seria a minha ruína.

— A senhora usou um sortilégio?

Sorrio, relembrando a noite em que peguei os talismãs, mas me dei conta de que não precisava de nada mais do que minha própria determinação.

— Um sortilégio, uma oração e o conhecimento de seu próprio desejo são a mesma coisa — digo. — Quando você perde algo precioso, vai à capela, se ajoelha diante do vitral de santo Antônio e reza para que ele o encontre, o que mais está fazendo a não ser lembrar a si mesma de que perdeu alguma coisa e a quer? O que mais está fazendo a não ser mostrar a si mesma que deseja aquilo? E isso não é o mesmo que atraí-lo de volta para você? E quantas vezes, ao rezar, me lembro de onde o deixei e volto para buscá-lo. É uma resposta à prece ou é magia? Ou é simplesmente saber o que quero e ir em busca disso? A prece é um sortilégio, que é o mesmo que conhecer o seu desejo. Eles trazem o objeto de volta à mente, e então, de volta às suas mãos. Não é assim?

— Um sortilégio traria o objeto de volta. Não precisaria procurá-lo!

— Acredito que um desejo, uma oração e um sortilégio são a mesma coisa. Quando você reza, sabe que quer alguma coisa. Esse é sempre o primeiro passo. Saber que quer alguma coisa, que anseia por isso. Às vezes, é o mais difícil. Porque é preciso ter coragem para saber o que deseja. É preciso ter coragem para admitir que é infeliz sem isso. E, às vezes, é preciso ter coragem para reconhecer que foi sua insensatez ou suas más ações que o perderam. Antes de fazer um feitiço para trazê-lo de volta, é necessário mudar. Essa é uma das transformações mais profundas que podem acontecer.

— Como?

— Por exemplo: um dia, quando se casar, irá querer um bebê?

Ela assente com a cabeça.

— Em primeiro lugar, precisa reconhecer o vazio de seu útero, de seus braços, de seu coração. Isso pode doer. Precisa ter coragem de olhar para si mesma e perceber a perda que sente. Em seguida, tem que mudar a sua vida, para dar espaço à criança que virá. Tem que abrir o coração, criar um lugar seguro para o bebê. E então, tem que entrar em harmonia com seu desejo, o que pode ser o mais doloroso. Você precisa estar ciente de que pode não conseguir o que quer, de que pode desejar algo sem a expectativa de obtê-lo.

— Mas isso nunca aconteceu com a senhora.

— No meu primeiro casamento — retruco em tom baixo —, eu sabia que meu marido não teria filhos. Mas tive de reconhecer que eu era diferente dele. Eu desejava um bebê e queria ser amada.

— Desejou isso? — pergunta ela. — Fez um feitiço para mudá-lo?

— Não tentei mudá-lo, mas tive que reconhecer a tristeza de estar faltando algo em minha vida. Tive que encontrar coragem para admitir que havia cometido um erro ao me casar com um homem que não me amava por mim mesma e que não me daria um filho. E quando percebi isso, quando realmente soube que era uma donzela não amada, embora casada, pude então desejar que alguém me amasse.

— E desejou meu pai.

Sorrio para ela.

— E você.

Elizabeth enrubesce de prazer.

— Isso foi magia?

— De certa maneira. Magia é o ato de fazer um desejo acontecer. Como rezar, como conspirar, como ervas, como manifestar sua vontade.

— Vai me ensinar? — pergunta ela.

Olho para ela e reflito. É uma filha da nossa casa e, talvez, a garota mais bonita que tivemos. Tem a herança de Melusina e o dom da Visão. Um de meus filhos deve herdar as cartas que minha tia-avó me deu e o bracelete com talismãs. Acho que sempre soube que seria Elizabeth, a criança nascida do desejo, das ervas, da minha vontade. E como minha tia-avó Jehanne dizia: tem que ser a filha mais velha.

— Sim — respondo. — Não são tempos propícios e estas são habilidades proibidas. Mas vou lhe ensinar, Elizabeth.

Ao longo das semanas seguintes, mostro a ela o bracelete de talismãs e as cartas e lhe ensino sobre as ervas que ela encontrará na destilaria de Lady Elizabeth Grey. Levo todos os meus filhos mais velhos para fora em um dia gelado e ensino como encontrar água nas fontes subterrâneas segurando uma vara descascada e sentindo-a girar na palma da mão. Eles riem, encantados, quando encontramos uma fonte em um prado ribeirinho, e um córrego sujo e antigo que vem das cavalariças.

Mostro a Elizabeth como abrir uma página da Bíblia, como pensar e rezar sobre o texto. Dou-lhe uma pérola de água doce em um pequeno cordão e digo a ela como interpretar sua oscilação em resposta a uma pergunta. E o mais importante de tudo: começo a lhe ensinar como clarear a mente, conhecer seus desejos, julgar a si mesma, deixando de lado a facilidade e a indulgência.

— Os alquimistas sempre dizem que você deve ser pura. Você é o primeiro ingrediente — digo. — Tem que estar limpa.

Quando chega a hora de minha filha voltar a Groby Hall, ela me conta que o rapaz da casa, John Grey, é o jovem mais belo que já viu, gentil e de maneiras elegantes, e que queria que ele a visse pelo que ela é, e não apenas como a garota que está sendo educada por sua mãe, uma das três jovens que Lady Grey tem sob seus cuidados.

— Ele a vê — garanto-lhe. — Ele já a vê. Você só precisa ser paciente.

— Gosto tanto dele — confessa ela, os olhos baixos e a face enrubescida. — E quando fala comigo, não respondo nada que faça sentido. Falo como uma tola. Ele deve me achar uma boba.

— Ele não acha.

— Devo usar uma poção do amor? Será que eu ousaria fazer isso?

— Espere até a primavera — aconselho-a. — E colha algumas flores de uma macieira do pomar dele. Escolha a macieira mais bela...

Ela assente com um movimento da cabeça.

— Ponha as pétalas no bolso — continuo. — E quando a árvore der frutos, colha uma maçã e lhe dê a metade para comer com mel. Guarde a outra metade.

— Isso o fará me amar?

Sorrio.

— Ele a amará. E as pétalas e a maçã com mel lhe darão o que fazer enquanto espera.

Ela dá um risinho.

— A senhora não é uma boa feiticeira, milady mãe.

— Quando uma bela jovem quer encantar um homem, não precisa de sortilégios — garanto-lhe. — Uma garota como você não precisa fazer muito mais do que ficar sob um carvalho e esperar ele passar. Mas você se lembra do mais importante sobre desejar?

— Ser pura no coração — diz ela.

Vamos juntas ao pátio das cavalariças. A guarda que a levará de volta a Groby está montada e pronta.

— Uma última coisa. — Pego sua mão antes de ela montar. Elizabeth vira-se para escutar. — Não amaldiçoe. Nunca deseje o mal.

Ela balança a cabeça.

— Jamais — responde. — Nem mesmo contra Mary Sears. Nem mesmo quando ela sorri para John, enrola uma mecha de cabelo no dedo e se senta ao lado dele.

— Rogar praga é uma maldição para a mulher que a roga tanto quanto para quem a recebe. Quando as palavras são pronunciadas, podem transpassar o alvo como uma flecha. É o que minha tia-avó Jehanne me disse. Uma maldição pode ir além do seu alvo e ferir outro. Uma mulher sábia é muito moderada ao amaldiçoar alguém. Eu preferiria que você nunca lançasse qualquer imprecação. — No momento em que falo, sinto a sombra do futuro sobre ela. — Espero de todo coração que nunca tenha motivos para amaldiçoar.

Ela se ajoelha para receber minha bênção. Ponho minha mão na bela touca de veludo sobre seu cabelo louro.

— Eu a abençoo, minha filha. Que você permaneça pura de coração e realize seus desejos.

Ela olha para mim, com os olhos cinzentos brilhando.

— Acho que vou realizá-los!

— Acho que vai — digo.

Londres, Primavera de 1452

Com meu marido servindo em Calais, retorno à corte no clima frio de janeiro e encontro todo mundo falando da traição de Ricardo, duque de York, que dizem estar preparando uma rebelião contra o rei, seu primo, por causa do ódio que nutre pelo duque de Somerset.

A rainha está determinada a enfrentar a ameaça e vencê-la.

— Se ele está contra o duque de Somerset, está contra mim — declara ela. — Não tenho um amigo melhor ou mais leal. E esse Ricardo de York quer que ele seja julgado por traição! Sei quem é o traidor! Finalmente, ele está mostrando seu jogo e confessando que está contra o rei.

— Ele pede apenas que os grandes lordes intercedam por ele junto ao rei — observo calmamente. — Quer que levem sua causa ao rei. E nesse meio-tempo ele jura lealdade.

A rainha joga o manifesto que York distribuiu pelas principais cidades do reino na mesa à minha frente.

— A quem acha que isso se refere? York diz que meu marido está cercado de inimigos, adversários, pessoas que lhe desejam o mal. Está atacando os conselheiros do rei. Refere-se a você, a seu marido, assim como a Somerset e a mim.

— A mim?

— Jacquetta, ele me acusa de ter sido amante de William de la Pole. Acha que hesitaria em chamá-la de bruxa?

Sinto a sala se silenciar e esfriar. Ponho a mão em meu ventre, como que para proteger a nova vida que está ali. As damas de companhia olham para mim com os olhos arregalados, mas não dizem nada.

— Ele não tem motivos para tal acusação — retruco em tom baixo, embora ouça meu coração palpitar. — Milady mesmo sabe que nunca brinquei com esse tipo de artifício. Não uso ervas, exceto para a saúde de minha família, nem mesmo consulto herboristas. Só leio livros permitidos, não falo com ninguém...

— Ele não tem motivos para falar de nada — interrompe ela. — Que motivo tem para falar de Edmund Beaufort, duque de Somerset? E de mim? Mas não se esqueça de que ele é meu inimigo e seu inimigo também. E se ele puder destruí-la, o fará, só para me ferir.

Ela se senta ao lado da lareira e lê o manifesto mais atentamente. O duque de York pede que Edmund Beaufort seja acusado de traição e preso. Alerta contra maus conselheiros que se reuniram ao redor da rainha, conselheiros estrangeiros, que desejam má sorte. Na verdade, não diz nada diretamente contra mim. Mas não consigo me livrar da pulsação familiar de medo.

~

A ameaça a seu amigo Edmund Beaufort, duque de Somerset, faz com que o rei assuma um comportamento beligerante. Nada além da ameaça a seu amado primo o despertaria para a ação. De repente, mostra-se ativo, corajoso, determinado. Declara confiança absoluta em Edmund Beaufort e em seus outros conselheiros. Declara que Ricardo, duque de York, é um rebelde, e exige que as forças de todas as cidades e condados se reúnam. O exército do rei aflui de todas as partes do reino. Ninguém quer apoiar o duque de York: somente os homens próximos a ele e os que partilham o ódio a Edmund Beaufort por razões pessoais defendem seu estandarte e começam a formar um exército.

Henrique solicita sua armadura mais uma vez, e de novo seu cavalo de guerra é selado. Os garotos no pátio provocam seu porta-estandarte, dizendo que ele fará outro belo passeio e que fique tranquilo: manterão seu jantar aquecido, pois retornará antes de o sol se pôr. Mas os lordes do conselho e os comandantes do exército não estão rindo.

A rainha e as damas de sua corte descem para o terreno gelado da justa em Westminster para verem o desfile dos lordes a caminho da batalha contra o duque de York.

— Queria que seu marido estivesse aqui, para apoiá-lo — diz ela para mim, quando o rei monta seu grande cavalo cinza com o estandarte à frente e a coroa sobre o elmo. Parece muito mais novo do que seus 30 anos, com os olhos brilhantes e ávidos. Seu sorriso, quando acena para Margarida, é entusiasmado.

— Deus o proteja — peço, pensando no duque de York, de 40 anos e experiente em batalhas, convocando seus próprios homens.

As trombetas soam, os tambores marcam o passo da marcha. A cavalaria sai primeiro, seus estandartes refulgindo à luz gelada do sol, as armaduras reluzindo, as ferraduras dos cavalos estrondeando no pavimento de pedras arredondadas. Depois, vêm os arqueiros, e então os piqueiros. Essa é uma pequena parte do exército real. Milhares de homens estão aguardando ordens do rei em Blackheath. Seus conselheiros reuniram um exército poderoso. De lá, ele marchará para o norte, para enfrentar o duque rebelde.

A marcha não acontece. Ricardo de York chega à tenda real, ajoelha-se perante o rei e roga sinceramente que dispense o favorecido duque de Somerset citando antigas ofensas: a perda das terras na França, a vergonhosa rendição de Rouen e, finalmente, a provável destruição da fortaleza de Calais por sua liderança egoísta, que certamente será um fracasso.

Ele não pode fazer mais nada, não pode dizer mais nada.

— Não importa — diz-me Margarida enquanto escovo seu cabelo diante da cama à noite. — Não ligamos para o que ele pensa de Edmund Beaufort, para o que diz sobre Calais, ou sobre mim ou você. Ele sabia que estava derrotado quando reunimos um exército três vezes mais numeroso do que o dele. Sabia que teria de retirar tudo o que tinha dito. Sabia que teria de pedir o nosso perdão. É um homem arruinado. Sua rebelião acabou. Nós o destruímos.

Não falo nada. O duque realmente ajoelhou-se diante do rei publicamente e jurou nunca mais reunir seus homens. O país vê que o rei é amado e que o duque não é. O país vê que Edmund Beaufort é inatacável e que o duque de York está derrotado.

"Não duvido que o duque demonstre arrependimento publicamente, mas tenho dúvidas se suas queixas findaram", escreve-me Richard, de Calais.

O casal real, de qualquer maneira, está unido em sua alegria. Margarida trata o jovem marido como se ele tivesse retornado vitorioso de uma guerra decisiva.

— Ele partiu com o exército — justifica-se comigo. — E, se o combate tivesse acontecido, acredito que o teria liderado. Estava à frente de seus soldados e não fugiu para Kenilworth.

O rei passa a sair a cavalo todos os dias em sua armadura belamente desenhada, como se preparado para o que der e vier. Edmund Beaufort vem de Calais e cavalga ao seu lado, seu belo rosto moreno virado atentamente para o rei, concordando com tudo o que ele diz. A corte muda-se para Windsor e, em um excesso de felicidade, o rei oferece perdão a todo mundo, por qualquer coisa.

— Por que não prende todos eles e os manda decapitar? — pergunta Margarida. — Por que o perdão?

Parece ser a sua maneira. Depois de publicar o perdão a todos os rebeldes, seu novo entusiasmo pela guerra derrama-se na proposta de uma expedição: ir a Calais e usar a guarnição como base para reconquistar as terras inglesas na França. Para o rei, seria seguir os passos de seu heroico pai. Para Edmund Beaufort, seria a redenção de sua reputação. Pensei que a rainha vibraria com a ideia do duque de Somerset estar com o rei em campanha, mas a encontrei em seu quarto, atenta a um bordado, com a cabeça baixa. Ao me ver, faz sinal para eu ficar ao seu lado.

— Não suporto a ideia de ele assumir esse risco — diz, baixinho. — Não suporto pensar nele em uma batalha.

Fico surpresa e feliz com sua emoção.

— É tão afetuosa assim com Sua Graça, o rei? — pergunto. — Também sofro quando Richard vai para a guerra.

Ela desvia o rosto bonito, como se eu tivesse perguntado algo tolo demais para ser respondido.

— Não. Ele não. Edmund, Edmund Beaufort. O que seria de nós se ele fosse ferido?

Respiro fundo.

— São os imprevistos da guerra. Talvez Vossa Graça deva mandar celebrar uma missa pela segurança do rei.

Ela se anima ao pensar nisso.

— Sim. Poderíamos fazer isso. Seria terrível se algo lhe acontecesse. Não deixaria nenhum herdeiro, exceto Ricardo, duque de York, e prefiro morrer a ver York herdar o trono, depois de tudo o que disse e fez. Se eu ficar viúva, nunca me casarei de novo e todo mundo pensará que sou estéril. — Ela olha, desconfiada, para minha cintura alargada. — Você não sabe como é. Esperar, desejar e rezar, mas nunca ter um único sinal de um bebê a caminho.

— Ainda nenhum sinal? — pergunto. Esperava que ela estivesse grávida, que o rei estivesse sendo um marido melhor do que antes.

Ela balança a cabeça.

— Não. Nenhum. E se o rei for à guerra enfrentará meu tio, o rei da França, no campo de batalha. Se Henrique recuar ou se retirar, todos vão rir de nós.

— Ele vai ter bons comandantes em campo. Depois que chegar em Calais, Richard colocará um porta-estandarte forte a seu lado, para mantê-lo em segurança.

— Richard esteve ao lado dele antes, quando tudo o que tinha a enfrentar era Jack Cade e povo. Um capitão de nada e um bando de trabalhadores com forcados. Você não viu o rei nessa época, Jacquetta. Estava aterrorizado.

Assustado como uma menina. Nunca o vi cavalgar tão rápido como quando deixamos Londres. — Ela põe a mão na boca, como que para reprimir as palavras desleais. — Se ele fugir do rei francês, me sentirei completamente humilhada — prossegue em tom bem baixo. — Todo mundo vai saber. Toda a minha família vai saber.

— Ele terá amigos ao lado — asseguro. — Homens acostumados com a guerra. Meu marido e Edmund Beaufort, duque de Somerset.

— Edmund jurou defender Calais. E é um homem, inegavelmente, de palavra. Ele me jurou, ajoelhou-se e jurou que ninguém me culparia pela perda de Calais, que a conservaria para a Inglaterra e para mim. Disse que seria um presente dele para mim, como as pequenas lembranças que costumava me dar. Disse que mandaria fazer uma pequena chave da cidade em ouro e que eu a usaria em meu cabelo. Vão zarpar em abril.

— Tão cedo?

— O rei mandou a guarnição de Calais enviar todos os seus navios para escoltá-lo pelos canais. Está levando um exército grande e mil marinheiros para manobrar os navios. Ele partirá em abril, sem falta.

Hesito.

— Sabe, depois que ele reunir uma frota, terá que zarpar logo — falo cautelosamente. — É muito difícil manter uma força unida esperando.

A rainha não tem ideia de que estou falando do ano que Richard e eu perdemos no cais em Plymouth, esperando o marido dela cumprir o que havia prometido. Ela não faz ideia do que isso nos custou.

— É claro — retruca ela. — Edmund Beaufort conseguirá os navios, sem falta, e então o rei partirá. Edmund o manterá a salvo, eu sei.

Percebo que Edmund Beaufort ocupou completamente o lugar de William de la Pole na afeição do jovem casal. O rei sempre precisou de um homem para comandá-lo. Tem medo, sem ninguém do seu lado. E a rainha é solitária. Simples assim.

— Milorde Beaufort levará o rei a Calais. Graças a Deus podemos contar com ele.

Oeste da Inglaterra, Verão de 1452

Ele não leva o rei. Edmund Beaufort, duque de Somerset, ordena que meu marido reúna uma frota em Calais e, com ela, atravesse os canais para escoltar o rei à França para iniciar a campanha. Richard, em Calais, recruta a frota e espera a ordem para os navios buscarem o exército inglês, mas a primavera vem e vai embora, e não chega nenhuma ordem.

Entro no confinamento em Grafton, feliz por Richard não estar em campanha este ano e, por acaso, estou certa em relação ao bebê. Sempre acerto o sexo dos meus bebês. Seguro minha aliança de casamento em um fio sobre a curva de minha barriga: quando balança na direção dos ponteiros do relógio é menino, se oscila no sentido contrário, é menina. É uma crendice e superstição, uma besteira em que as parteiras acreditam e que os médicos renegam. Sorrio e digo que é um contrassenso, mas nunca falha. Chamo a nova menininha de Eleanor e a coloco no berço de madeira que já embalou os nove filhos de Richard. Escrevo para ele dizendo que temos uma menininha com seu cabelo escuro cacheado e seus olhos azuis, e peço que venha para casa para ver sua nova filha.

Ele não vem. A guarnição está sob a pressão do duque de Borgonha, cujas forças estão reunidas nas proximidades. Os soldados receiam que ele monte um cerco. Embora Richard esteja do outro lado do canal e Calais fique a um dia de distância por mar, parece que estamos separados há muito tempo e que ele está muito longe.

Certa noite, no quarto das crianças, enquanto a ama de leite janta no salão do andar de baixo, sento-me com meu bebê, olho-a dormir no berço e tiro as cartas de minha tia-avó do bolso que pende de meu cinto. Embaralho-as, corto-as, escolho uma e a ponho na manta bordada no berço. Quero saber quando verei Richard de novo, quero saber o que o futuro reserva para mim.

É o Louco, um camponês com uma vara sobre o ombro, um embrulho amarrado na ponta, sem fortuna, mas com esperança. Com a outra mão, segura um cajado para ajudá-lo a andar na estrada à frente. Um cachorro puxa seu calção, sua natureza inferior o arrasta para longe de seu destino, mas ele segue em frente. Não desiste. É uma carta que representa um começo com esperança, que diz que grandes coisas podem ser alcançadas, que se deve caminhar cheio de coragem, mesmo que isso seja tolice. Mas o que chama a minha atenção é a rosa branca que usa em seu boné. Fico um bom tempo com a carta na mão, perguntando-me o que significa ser um aventureiro com uma rosa branca no boné.

Quando retorno à corte, pergunto à rainha se Richard pode vir para casa, mas ela e o rei estão aflitos com as notícias de distúrbios, rebeliões triviais e descontentamento em todos os condados ao redor de Londres. São as mesmas queixas de sempre. Jack Cade foi perseguido até a morte, mas suas perguntas nunca foram respondidas, e suas exigências — de justiça, lei, tributação justa e o fim do favoritismo na corte — persistem. Os homens de Kent voltaram-se para outro capitão desconhecido, alegando que o rei deve expulsar seus favoritos, que roubam a fortuna do reino e lhe dão maus conselhos. Os homens de Warwickshire pegam em armas, afirmando que Jack Cade continua vivo e vai liderá-los. O rei, surdo a todas as queixas contra ele, parte em uma viagem de verão determinado a julgar homens por traição e, aonde quer que vá, Edmund Beaufort o acompanha. Companheiro e confidente, Beaufort fica ao seu lado quando vão para o sul e para o oeste, para Exeter. Juntos, sancionam a pena de morte para homens que nada fizeram além de se queixar da influência do duque.

Os homens aqui nas docas são os mesmos que se queixaram de alojar soldados durante um ano, os mesmos que disseram que deveríamos ir para a Gasconha e reivindicá-la, os mesmos que se enfureceram contra o desperdício e a vergonha do exército no cais de Plymouth. Viram, como ninguém da corte jamais verá, a insensatez de se formar um exército e deixá-lo inativo, sem ter nada o que fazer. Agora, morrerão por terem dito isso. Não alegaram nada mais do que Richard e eu dissemos um para o outro quando os marinheiros perderam a paciência e os soldados acabaram com os suprimentos. Mas esses homens disseram isso em voz alta quando espiões estavam escutando e agora vão morrer, pois a tendência do rei ao perdão parece tê-lo deixado e, de repente, seu lado obscuro e amargo é revelado.

— É um trabalho penoso — comenta o duque de Somerset ao me ver voltando devagar da capela para os aposentos da rainha em Exeter. — Mas não deve ficar triste com os pecados dos camponeses, milady.

Olho de relance para ele. Parece genuinamente preocupado.

— Vi o quanto lhes custou a expedição que nunca partiu — digo brevemente. — Foi meu marido que alojou os soldados em suas casas. Na época, sabíamos como era difícil para eles. E esse é mais um preço que têm de pagar.

O duque pega a minha mão e a coloca em seu braço.

— E o custo foi alto para milady — diz ele, solidário. — Foi difícil, eu sei, e para seu marido, lorde Rivers, também. Não existe um comandante melhor na Inglaterra, e nenhum homem de maior confiança para defender Calais. Não tenho a menor dúvida de que ele fez tudo o que podia para manter o exército preparado.

— Fez sim. E fará tudo de novo em Calais, mas se o rei não enviar o dinheiro para pagar os soldados, a guarnição se revoltará contra nós. Exatamente como Kent se rebelou, como Devon está se rebelando contra nós agora.

Ele concorda com um movimento da cabeça.

— Estou tentando, milady — retruca ele, como se tivesse de se justificar a mim. — Pode dizer a seu marido que ele está sempre em meus pensamentos. Sou o capitão de Calais, nunca me esqueço de meu dever para com lorde Rivers e a guarnição. Não há dinheiro no Tesouro, e a corte devora ouro. Toda vez que nos deslocamos, é uma pequena fortuna. O rei aplicará todo o dinheiro nas universidades que está construindo para a glória de Deus e em seus amigos que se esforçam para alcançar a própria glória. Mas estou tentando. Convencerei o rei, e não deixarei lorde Rivers nem seu camarada, lorde Welles, sem fundos em Calais.

— Fico feliz em ouvir isso — replico em tom baixo. — Agradeço por meu marido.

— Agora, estamos despachando uma expedição para Bordeaux, como prometemos — diz ele, animado.

— Bordeaux? — Estou pasma. — Bordeaux de novo?

Ele balança a cabeça.

— Temos de apoiar os ingleses na França. Eles foram aniquilados pelos franceses, mas juram que os desafiarão e abrirão os portões de Bordeaux para nós se conseguirmos um exército. Podemos reconquistar as terras que perdemos. Mandarei John Talbot, conde de Shrewsbury. Lembra-se dele, naturalmente.

John Talbot foi um dos comandantes mais leais de meu primeiro marido, famoso por ataques surpresa e por sua determinação inabalável de vencer. Mas está velho e, depois que foi capturado e solto pelas tropas inimigas, jurou nunca mais pegar em armas contra o rei francês.

— Ele está velho demais para a guerra — digo. — Deve ter uns 60 anos, no mínimo.

— Está com 65 — diz o duque e sorri. — E tão disposto e valente como sempre foi.

— Mas foi libertado pelos franceses sob juramento. Prometeu não se rebelar mais contra a França. Como poderíamos enviá-lo? É um homem honrado, certamente não iria, ou iria?

— A presença dele por si só será o bastante para estimulá-los — prevê ele. — Cavalgará na frente. Não carregará sua espada, mas seguirá na frente do exército. É um gesto glorioso, e providenciarei um bom exército para apoiá-lo. Estou fazendo o melhor possível, Lady Rivers. Estou fazendo tudo o que posso. — Ele ergue o braço de modo a poder beijar meus dedos, pousados na curva de seu cotovelo, um gesto elegante e incomum. — É um prazer servi-la, Lady Rivers. Quero que pense em mim como um amigo.

Hesito. É um homem encantador, bonito, e há algo em seu murmúrio íntimo que faria o coração de qualquer mulher bater mais rápido. Não consigo evitar retribuir o sorriso.

— É assim que penso — retruco.

~

Seguimos para oeste, por uma região rural hostil onde o povo não ganha o suficiente para pagar seus impostos e vê a chegada de nossa corte extravagante como um fardo a mais. Ficamos sabendo que Eleanor Cobham, que foi duquesa de Gloucester, morreu na prisão do Castelo de Peel, na Ilha de Man. Morreu em silêncio, de tristeza e solidão. Não permitiram que tirasse a própria vida rapidamente, que atenuasse seu sofrimento com uma queda das ameias ou um punhal nas veias de seu pulso. Não permitiram que vivesse vida alguma, tampouco permitiram sua morte. Agora, dizem que seu espírito assombra o castelo na forma de um grande cão negro que sobe e desce a escadaria como se procurasse uma saída.

Conto à rainha que Eleanor Cobham está morta, mas não digo que acho que ela foi uma mulher como a própria Margarida, como eu mesma: uma mulher que deseja ocupar um lugar importante no mundo, que quer submetê-lo à sua vontade, que não consegue caminhar com os passos curtos de uma mulher humilde nem baixar a cabeça à autoridade dos homens. Não digo que vi o cão negro assim que me encontrei com a duquesa e que senti seu hálito fétido sob o perfume dela. Lamento a sorte de Eleanor Cobham e do cão negro que a acompanhou, e sinto um leve arrepio quando penso que a aprisionaram por estudar como eu estudei, por buscar o conhecimento que apreendi e por ser uma mulher no poder. Exatamente como eu.

Essa viagem de verão não é um passeio alegre para celebrar um rei feliz que atravessa seus territórios nos melhores dias do ano. É uma visita amarga aos vilarejos nos quais os cidadãos e o clero saem para receber o rei e descobrem que ele chegou para instaurar um tribunal no edifício da guilda local e convocar os amigos deles para responder a acusações. Um homem pode ser acusado de traição por uma palavra dita fora de hora. Uma briga em uma taverna é definida como rebelião. Quando uma pessoa é acusada, é induzida a dar nomes, e segue-se uma espiral de malevolência, fofocas e outras acusações. Entramos no coração das terras de Ricardo, duque de York, a bela região selvagem a caminho de Gales, e chamamos a juízo seus arrendatários e vassalos. A rainha está triunfante diante de tal desafio ao duque de York. Edmund, duque de Somerset, está esfuziante pois, embora York o tenha acusado de traição, o tribunal agora está à sua porta, denunciando seus arrendatários pelo mesmo crime.

— Ele vai ficar fora de si! — declara à rainha, e ambos riem como crianças que batem varas nas grades da jaula de um urso para fazê-lo urrar. — Encontrei um velho camponês que alega ter ouvido o duque declarar que Cade só dizia o que a maioria das pessoas pensa. Isso é traição. Há também um taberneiro que diz que Eduardo de March, seu filho e herdeiro, acha o rei um simplório. Vou chamá-lo em juízo, e o rei ouvirá o que o próprio filho do duque ousa dizer contra ele.

— Vou proibir o rei de ficar na casa de York, no Castelo de Ludlow — diz a rainha. — Eu me recusarei a ir até lá. Vou tratar a duquesa Cecily friamente. E você deverá me apoiar.

Edmund Beaufort assente com um movimento da cabeça.

— Podemos ficar com os monges carmelitas — sugere ele. — O rei gosta de ficar em mosteiros.

Ela ri, jogando a cabeça para trás de modo que o cordão de seu toucado roça na maçã do rosto. Ela está corada, os olhos brilham.

— Ele realmente gosta de um mosteiro — concorda.

— Espero que tenham bons cantores. Adoro canto gregoriano. Posso escutá-lo durante um dia inteiro.

Ela ri e dá um tapinha no braço dele.

— Chega, basta!

Espero até Edmund Beaufort deixar os aposentos, embora ache que ele teria se demorado mais se não fosse por um criado do rei, que veio até nós dizer que ele estava sendo requisitado. Ele sai depois de beijar demoradamente a mão da rainha.

— Eu a verei no jantar — sussurra, embora, evidentemente, vá ver a todos nós no jantar. Então dá uma piscadela sorridente para mim, como se fôssemos grandes amigos.

Sento-me ao lado da rainha e olho em volta para me certificar de que nenhuma de suas damas pode nos ouvir. Estamos no Castelo de Caldwell, em Kidderminster, e os melhores cômodos são pequenos. Metade das damas de companhia estão costurando em outra galeria.

— Vossa Graça — começo, cautelosamente. — O duque é um homem bonito e um bom amigo, mas deve tomar cuidado para que não seja vista apreciando demais a companhia dele.

Seu olhar de soslaio é alegre.

— Acha que ele me dá muita atenção?

— Acho.

— Sou uma rainha. É natural que os homens se reúnam ao meu redor esperando receber um sorriso.

— Ele não precisa esperar — digo sem rodeios. — Ele consegue seus sorrisos facilmente.

— E você não sorria para Sir Richard? — pergunta ela, de súbito. — Quando ele nada mais era do que um cavaleiro da casa de seu marido?

— Sabe que sim. Mas então eu estava viúva, e era viúva de um duque da realeza. Não era casada nem era uma rainha.

Ela se levanta de maneira tão rápida que receio tê-la ofendido, mas me pega pela mão e me leva para o seu quarto, fecha a porta e fica encostada nela para que ninguém possa entrar.

— Jacquetta, você conhece minha vida — diz com veemência. — Conhece meu marido. Ouve o que dizem dele, sabe o que ele é. Você o vê distribuindo perdões a homens como o duque como se fosse o papa, mas ele julga homens pobres por traição. Sabe que meu marido não veio ao meu quarto na primeira semana do nosso casamento porque seu confessor disse que a nossa união deveria ser sagrada. Sabe que ele é um homem de temperamento melancólico: frio e úmido.

Concordo com um movimento da cabeça. É inegável.

— E Somerset é um homem do fogo — diz ela a meia-voz. — Cavalgou com um exército, é um comandante de homens, viu batalhas, é um homem de paixão. Odeia seus inimigos, ama seus amigos, e para as mulheres... — Arrepia-se ligeiramente. — Para as mulheres, ele é irresistível. Todas dizem isso.

Ponho as mãos sobre a boca. Preferia estar pondo-as nos ouvidos.

— Não serei a primeira mulher no mundo a ter um belo admirador — continua ela. — Sou rainha, metade da corte está apaixonada por mim. Assim é o mundo. Posso ter um belo cavaleiro.

— Não, não pode — contesto-a. — Não pode sorrir para ele. Não pode lhe permitir favores, absolutamente nenhum, nem mesmo permissão para adorá-la a distância, não até ter um filho e herdeiro com o rei.

— E quando isso vai acontecer? E como vai acontecer? Estou casada há sete anos, Jacquetta. Quando ele vai me engravidar? Sei o meu dever tão bem quanto qualquer outra mulher. Toda noite, vou para a cama e me deito nos lençóis frios, esperando que ele apareça. Algumas noites, ele não aparece. Em outras, ele vem e as passa ajoelhado, rezando aos pés da cama. A noite inteira, Jacquetta! O que espera que eu faça?

— Não sabia que era tão grave — retruco. — Sinto muito. Eu não fazia ideia.

— Fazia, sim. — O tom de voz dela é ressentido. — Está mentindo. Você sabe, todas as minhas damas sabem. Você vem nos acordar de manhã e nos encontra deitados, lado a lado, como se estivéssemos mortos e fôssemos as efígies de pedra em nossos túmulos. Alguma vez nos pegou nos braços um do outro? Alguma vez ouviu gritarmos pela porta fechada "Agora não! Volte depois!"? Basta olhar para ele para saber. É possível imaginar que ele é um homem luxurioso, apaixonado, que vai fazer um filho forte em mim? Nem mesmo amassamos os lençóis.

— Oh, Margarida, sinto muito — digo com ternura. — É claro que não achava que ele fosse um homem que se entregasse aos prazeres carnais. Mas pensei, de verdade, que ele ia à sua cama e cumpria o seu dever.

Ela dá de ombros.

— Às vezes, cumpre. Às vezes, levanta-se das preces, faz o sinal da cruz e esforça-se um pouco. Percebe como me sinto? Ele não se entrega, é quase pior do que nada, um ato de obrigação. Gela a minha pele, me faz estremecer. Olho para você, Jacquetta, e a vejo esperando um bebê a cada ano. Vejo como Richard olha para você, como saem furtivamente mais cedo do jantar para ficarem juntos, e sei que comigo não é igual. Nunca será igual.

— Lamento.

Ela desvia o rosto e esfrega os olhos.

— Não é assim comigo. Nunca será. Nunca serei amada como você é. Acho que estou morrendo por dentro, Jacquetta.

Grafton, Northamptonshire, Outono de 1452

Retiro-me da corte no outono para passar algum tempo com meus filhos e me certificar de que minhas terras encontram-se em excelente estado em Grafton Manor e de que meus arrendatários estão pagando em dia, e não cochichando nos ouvidos uns dos outros sobre o rei e a corte. Fico feliz em me afastar. Sem Richard por perto, me vejo impaciente com os flertes e a excitação das damas de companhia na corte, e não gosto da nova disposição vingativa que vejo crescer no rei. O duque de Somerset diz que Henrique está mostrando seu poder, como cabe a um soberano. Mas não consigo admirar isso. Estão chamando sua viagem de "ceifa de cabeças" e dizendo que, todo verão, ele percorrerá os condados onde os homens se rebelaram contra a Coroa ou até mesmo fizeram comentários ofensivos a ele, e os julgará como um Salomão moderno. O perdão afetuoso e a condenação cruel parecem dar-lhe o mesmo prazer. Nenhum homem pode saber, ao ser chamado para se apresentar ao rei, se vai encontrar um santo ou um tirano. Alguns homens desfilaram diante delē nus, com a corda da forca ao redor do pescoço, e o rei, ao perceber a vergonha e a fraqueza que sentem, perdoa-os com lágrimas nos olhos, permitindo que beijem suas mãos e rezando com eles. Em outra ocasião, uma velha o desafia com uma maldição, recusa-se a confessar qualquer coisa e é enforcada. O rei, então, também chora, sofrendo pela pecadora.

Fico feliz em me afastar dos aposentos da rainha, pois vejo que ela se torna cada vez mais íntima de Edmund Beaufort. Estão juntos o tempo todo, uma vez que o rei depende dele. Isso significa que Margarida, uma jovem de apenas 22 anos, é a companhia constante do homem que comanda a Inglaterra, que aconselha o casal real. É claro que ela o admira: o rei o exibe como o modelo de um perfeito lorde. É o homem mais bonito da corte, é visto como o paladino da Inglaterra e está claramente apaixonado por ela. O olhar do duque a acompanha quando Margarida passa; ele sussurra em seu ouvido, pega sua mão ao menor pretexto e se coloca ao seu lado. É seu parceiro de jogos, seu companheiro nas caminhadas, e os cavalos dos dois estão sempre lado a lado. Evidentemente, a rainha sabe que não pode nutrir por ele nada além do respeito e da afeição de uma prima. Mas ela é uma mulher jovem e apaixonada, e ele, um homem sedutor. Acho que nenhum poder no mundo a impediria de olhar para ele, de sorrir ao vê-lo e simplesmente ruborizar de alegria quando ele se senta ao lado e cochicha em seu ouvido.

Já o rei depende do duque como se Edmund fosse seu único conforto, a única forma de ter paz na consciência. Desde a insurreição de Jack Cade, quando fugiu de Londres, o rei não se sente seguro em sua própria capital nem em nenhum dos condados do sul. Apesar de passar por eles todo verão, ministrando sua justiça deplorável com as forcas, sabe que não é amado. Só se sente seguro na região central da Inglaterra, em Leicester, Kenilworth e Coventry. Conta com Edmund Beaufort para lhe assegurar que, apesar das aparências, está tudo bem. O duque de Somerset diz que ele é amado, que o povo é leal, que a corte e os homens que o servem são honestos, que Calais está em segurança e que Bordeaux certamente será recuperada. São afirmações reconfortantes, e Beaufort é persuasivo. Suas palavras doces e afetuosas seduzem o rei e a rainha. O rei exalta-o como seu único conselheiro digno de confiança, enaltece-o como o homem cuja perícia militar e coragem nos salvarão dos rebeldes, dos mais importantes aos insignificantes. Ele pensa que Edmund é capaz de dirigir o Parlamento, que compreende o povo, e a rainha passa o tempo todo sorrindo e dizendo que o duque é um grande amigo de ambos e que vai cavalgar com ele na manhã seguinte, enquanto o rei reza em sua capela.

Ela aprendeu a ser cautelosa: sabe muito bem que é observada o tempo todo e que o povo a julga com severidade. Mas o prazer que sente na companhia do duque e o desejo dele por ela são evidentes para mim, e isso é o bastante para eu ficar feliz em abandonar uma corte com um segredo tão perigoso em seu âmago.

Finalmente, Richard virá para casa, e manda uma mensagem avisando que está a caminho. Vamos celebrar o casamento de Elizabeth. Ela tem 15 anos, está pronta para isso. O rapaz que escolhi mentalmente e cujo nome murmurei para a lua nova reuniu coragem para falar com a mãe sobre ela.

A própria Lady Grey escreveu para mim sobre a proposta de casamento de seu filho John à nossa filha. Eu sabia que se Elizabeth ficasse na casa dela por algum tempo, John Grey se apaixonaria por ela e seus pais veriam as vantagens dessa união. Ela colheu o fruto da macieira e deu-lhe para comer. Minha filha não é apenas bonita; ela tem uma beleza própria, e Lady Grey não consegue recusar nada a seu amado filho. Além disso, como previmos, ela é uma mulher de opinião própria: comanda as próprias terras, uma rainha em seu condado, e, depois de treinar minha filha, logo acreditou que não existia outra jovem tão bem-educada. Ensinou-lhe a cuidar da destilaria, a organizar a roupa de cama e mesa. Falou-lhe sobre a importância de se ter criadas bem-treinadas, levou-a à leiteria para que visse como faziam a famosa manteiga Groby e batiam a nata. Ensinou-lhe a manter cadernos com as contas da casa e a redigir cartas aos parentes dos Grey em todo o país. Juntas, subiram a colina que chamam de Tower Hill e inspecionaram as terras dos Ferrers. Lady Grey comentou que tudo aquilo foi passado para ela com a morte de seu pai. Ela havia trazido tudo para Sir Edward ao se casarem. E, agora, seu querido filho John herdaria tudo.

Elizabeth sabia gerir uma casa e preparar ervas na destilaria. Na verdade, tinha conhecimento prévio das propriedades de uma centena de plantas, de como devem ser cultivadas, como tirar o veneno delas e quando devem ser colhidas — afinal, é minha filha. Porém teve o bom senso e a elegância de nunca corrigir a senhora da casa. Simplesmente aprendeu como era feito em Groby. É claro que ela já sabia como a roupa de cama devia ser dobrada e organizada, e a nata, batida. Sabia como uma lady em um condado deveria comandar as criadas. Na verdade, ela sabe muito mais do que Lady Grey jamais sonharia: aprendeu comigo como uma corte é administrada e como as coisas eram feitas na França e em Luxemburgo. Mas aceitava as ordens da mulher que seria sua sogra, como deve fazer uma jovem educada, e aparentava estar ansiosa por aprender a maneira certa de se fazerem as coisas: a maneira Groby. Em suma, enquanto colhia e ressecava as ervas para a destilaria de sua tutora, preparava os óleos, polia a prata e observava o corte dos juncos, minha filha encantava a inflexível Lady de Groby, assim como o filho da casa.

É um bom partido para ela. Eu o tenho em mente há anos. Elizabeth tem a seu favor o meu nome e a boa posição que seu pai ocupa em nossa região, mas praticamente nenhum dote. O serviço a esse rei não nos trouxe fortuna. Parece lucrativo somente para aqueles lordes que recebem sua remuneração e permanecem desocupados. Os cortesãos que nada fazem além de se solidarizarem com o rei e conspirarem com a mulher dele podem obter um grande lucro, como vemos nas terras férteis dadas a William de la Pole e na riqueza extraordinária desfrutada por Edmund Beaufort. Mas meu marido levou sessenta piqueiros e quase seiscentos arqueiros com ele para Calais, todos treinados sob seu comando, usando nossa libré e pagos por nós. O Tesouro promete reembolsar-nos, mas é o mesmo que marcar o pagamento para o dia do juízo final, pois os mortos se levantarão de seus túmulos antes de sermos pagos integralmente. Temos um novo nome e uma bela casa, temos influência e reputação, somos dignos da confiança tanto do rei quanto da rainha, mas dinheiro — não, nunca temos dinheiro.

Com esse casamento, minha Elizabeth se tornará Lady Grey de Groby, senhora de boa parte de Leicestershire, dona de Groby Hall e de outras grandes propriedades da família, parente de todos os Grey. É uma boa família, com grandes perspectivas para ela. São solidamente a favor do rei e se opuseram ferozmente a Ricardo, duque de York, de modo que nunca a veremos do lado errado se a disputa entre o duque de York e seu rival, o duque de Somerset, se agravar.

Elizabeth sairá da nossa casa para a igreja junto comigo, com seu pai e todas as crianças, exceto os dois bebês. Mas Richard ainda não chegou.

— Onde está o papai? — pergunta ela um dia antes da data marcada para partirmos. — Você disse que ele chegaria ontem.

— Ele virá — respondo com firmeza.

— E se houve algum atraso? E se não conseguiu embarcar no navio? E se o mar estiver muito violento para a navegação? Não posso me casar sem ele para me entregar ao meu marido. E se não chegar?

Ponho a mão em minha aliança, como que para tocar os dedos que a colocaram ali.

— Ele vai chegar — retruco. — Elizabeth, em todos os anos que o tenho amado, ele nunca me faltou. Ele vai chegar.

Minha filha passou o dia aflita e, à noite, mandei-a para a cama com um chá de valeriana. Ao espiar dentro do seu quarto, vejo que adormeceu rapidamente, o cabelo trançado sob a touca de dormir, parecendo tão jovem quanto sua irmã Anne, com quem divide o leito. Então, ouço o barulho de cavalos no pátio das cavalariças e olho pela janela. Lá está o estandarte dos Rivers, e meu marido desmonta, cansado. Desço rapidamente as escadas, saio da casa e atravesso a porta da cavalariça. Finalmente me lanço em seus braços.

Ele me abraça tão forte que mal consigo respirar, levanta meu rosto e me beija.

— Acho que estou fedendo. — É a primeira coisa que diz quando recupera o fôlego. — Perdoe-me. A maré estava desfavorável, portanto tive que cavalgar sem trégua para chegar esta noite. Sabia que não a decepcionaria, não sabia?

Sorrio para o rosto belo, exausto, amado: o homem que adoro há tantos anos.

— Sabia que não me decepcionaria.

~

Os Grey possuem uma pequena capela em sua propriedade, no lado oposto ao salão, e é nela que o jovem casal troca os votos, testemunhados por pais, irmãos e irmãs de ambos os lados. Nossa família encheu a capela. Percebo que Lady Grey olha para meus filhos enfileirados e pensa que seu John está se casando com uma estirpe fértil. Após a cerimônia, atravessamos o claustro para o salão e há um banquete, canto e dança. Depois, preparamos os noivos para a cama.

Elizabeth e eu ficamos a sós no quarto que será dela. É um belo quarto, com vista para o norte, voltada para uma área agradável, na direção das campinas e do rio. Estou comovida: é minha primeira filha a se casar e deixar a casa.

— O que prevê para mim, milady mãe? — indaga ela.

Essa é a pergunta que eu temia.

— Sabe que não faço mais previsões — respondo. — Foi coisa da minha juventude. Não gostam disso na Inglaterra e abandonei esse tipo de coisa. Se ocorrer a mim ou a você, será espontaneamente. Seu pai não gosta disso.

Ela dá um risinho.

— Ah, milady mãe! — diz ela, em tom de reprovação. — Rebaixar-se tanto, e no dia do meu casamento!

Não consigo deixar de sorrir.

— Rebaixar-me a quê?

— A mentir — sussurra ela. — E para mim! No dia do meu casamento! Agora, compreendo que previu que John me amaria, e eu a ele. Colhi a maçã e lhe dei para comer, como me disse. Mas muito antes disso, no momento em que o vi, soube exatamente o que milady mãe pretendia ao me mandar para lá. Eu estava em pé, diante de Lady Grey à sua mesa na sala em que ela contabiliza os pagamentos, quando ele entrou pela porta. Eu nem mesmo sabia que ele estava em casa e, no momento em que o vi, soube por que a senhora havia me mandado para Groby e o que pensou que aconteceria.

— E você ficou feliz? Tive razão em mandá-la para lá?

A alegria irradia-se por seus olhos cinzentos.

— Muito feliz. Pensei que se ele viesse a gostar de mim, eu seria a garota mais feliz da Inglaterra.

— Não foi presságio. Não foi nada além de saber que você é bonita e adorável. Poderia tê-la enviado à casa de qualquer belo rapaz que ele teria se apaixonado por você. Não houve nenhuma magia, a não ser a que existe entre uma garota e um rapaz na primavera da vida.

Ela está esfuziante.

— Eu me sinto feliz — replica ela. — Eu não tinha certeza. Estou feliz por ele estar apaixonado e não enfeitiçado. Mas com certeza milady mãe viu meu futuro, não viu? Pôs os talismãs no rio? O que puxou das águas? Você nos procurou nas cartas? Qual vai ser o meu futuro?

— Não li as cartas — minto para ela, minha filhinha. Minto descaradamente, como uma velha bruxa insensível, negando a verdade em sua noite de núpcias com a expressão completamente serena. Vou lhe dizer uma mentira convincente. Não vou deixar que minha antevisão diminua sua felicidade agora. Negarei meu dom, negarei o que ele me mostrou. — Está enganada, querida. Não li as cartas e não olhei em um espelho. Não coloquei nenhum talismã no rio, porque não precisei. Posso predizer a sua felicidade sem nenhum artifício. Assim como eu soube que ele a amaria. Posso dizer que sei que você será feliz e que acho que virão filhos, o primeiro muito em breve.

— Menina ou menino?

— Você mesma poderá dizer. — Sorrio. — Agora tem sua própria aliança.

— E serei Lady Grey de Groby — diz ela, com uma satisfação tranquila.

Sinto um arrepio, como uma mão fria em minha nuca. Sei que ela nunca herdará este lugar.

— Sim — digo, desafiando meus conhecimentos. — Será Lady Grey de Groby e mãe de muitos filhos lindos. — É o que se deve ouvir ao ir para a cama na noite de núpcias. — Que Deus a abençoe, querida, e lhe dê alegrias.

As garotas batem na porta e entram no quarto agitadas, com pétalas de rosas para a cama, a jarra de cerveja, uma tigela de água perfumada para ela se lavar e sua camisola de linho. Eu a ajudo a se aprontar e, quando os homens entram, turbulentos e embriagados, ela está deitada, como um anjinho casto. Meu marido e lorde Grey ajudam John a se deitar do lado dela, e ele enrubesce, como um menino, embora tenha 21 anos. Sorrio como se estivesse totalmente feliz, e me pergunto o que faz meu coração ficar paralisado de medo pelos dois.

Em dois dias, retornamos à nossa casa em Grafton, e não conto a Elizabeth nem a ninguém que, na verdade, li as cartas para ela no mesmo dia em que Lady Grey me escreveu para perguntar que dote minha filha poderia levar para o casamento. Sentei-me à mesa, observando o campo à margem do rio e a leiteria, certa de sua felicidade, e segurei as cartas. Virei três, escolhidas ao acaso, e todas as três estavam em branco.

Quem fez o baralho colocou três cartas a mais quando pintou as figuras. Elas tinham o verso semelhante ao das outras cartas, com cores vivas, mas nada na frente, pois devem ser usadas de reserva em outro jogo. E foram as três cartas sem nada a dizer que vieram à minha mão quando procurei pelo futuro de Elizabeth com John Grey. Esperei ver prosperidade e filhos, netos e avanço no mundo, mas as cartas estavam vazias. Não havia futuro visível para Elizabeth e John Grey: não havia absolutamente nenhum futuro para eles.

Palácio de Placentia, Greenwich, Londres, Natal de 1452

Richard e eu vamos à corte em Greenwich para o Natal e nos deparamos com as festividades, com caça, música e dança, tudo sob o comando de Edmund Beaufort. Ele é o epicentro da felicidade da corte, quase um rei. Enaltece Richard, recomendando-o a Henrique como o homem certo para defender Calais e, com frequência, conversa com ele à parte sobre como uma expedição inglesa poderia expandir as terras de Calais até a Normandia mais uma vez. Richard obedece à norma de vassalagem e lealdade a seu comandante e não diz nada sobre a maneira como os olhos da rainha os acompanham enquanto conversam. Mas sei que preciso falar com ela de novo.

Sou obrigada a conversar com Margarida, sou forçada a isso pelo senso do dever. Quase sorrio ao me sentir tão determinada, pois sei que isso é influência de meu primeiro marido, John, duque de Bedford. Ele nunca se esquivou de uma tarefa difícil em toda a sua vida, e é como se tivesse me imbuído das obrigações de servir à rainha da Inglaterra, mesmo que isso signifique contestar seu comportamento e pedir uma explicação.

Escolho o momento em que estamos nos preparando para um baile de máscaras planejado por Edmund Beaufort. Ele providenciou para que a rainha usasse um vestido branco de cintura alta, com um cordão dourado trançado, e que seu cabelo ficasse solto. Ela deve representar uma deusa, mas parece uma noiva. Ele desenhou mangas novas para o vestido branco, cortadas tão curtas e largas que é possível ver o braço dela quase até o cotovelo.

— Acho que terá que usar outro par de mangas — digo francamente. — Estas são indecentes.

Ela passa a mão na parte interna do seu braço.

— São adoráveis — diz ela. — Parecem seda em minha pele. É tão maravilhosa a sensação de estar...

— Nua — concluo por ela, e sem nem mais uma palavra, procuro outro par de mangas em sua cômoda e me ponho a atá-las ao vestido. Ela permite que eu troque as mangas sem se queixar e, então, senta-se diante do espelho. Faço um gesto para sua criada sair e pego a escova para desembaraçar os longos anéis louro-avermelhados que caem quase até sua cintura. — O nobre duque Edmund Beaufort lhe dá muita atenção. É flagrante, Vossa Graça.

Ela refulge de prazer.

— Ah, Jacquetta, já disse isso. Está insistindo nesse assunto. Ele olha para mim como um bom cortesão, um cavaleiro.

— Ele olha para Vossa Graça como um homem apaixonado — falo sem rodeios, esperando chocá-la. Mas me horrorizo ao ver a cor se acentuar em seu rosto.

— Ah, é mesmo? — pergunta ela. — Você acha?

— Vossa Graça, o que está acontecendo? Sabe que não deve falar de amor verdadeiro. Um pouco de poesia, um pouco de flerte, é uma coisa. Mas não pode pensar nele com desejo.

— Quando ele fala comigo, eu me sinto viva. — Ela se dirige à minha imagem refletida no espelho e vejo seu rosto ganhar um brilho prateado. É como se estivéssemos em outro mundo, o mundo do espelho que eu usava para fazer previsões, e esse tipo de coisa pudesse ser dita. — Com o rei, é como se eu cuidasse de uma criança. Tenho de lhe dizer o que é moral e legalmente certo, que deve partir para a guerra como um homem, que deve governar como um rei. Tenho de elogiá-lo por sua sabedoria e adulá-lo quando está chateado. Sou mais uma mãe para ele do que uma amante. Mas Edmund... — Ela suspira e um leve arrepio a percorre. A rainha baixa os olhos, depois ergue-os para o espelho e faz um gesto de indiferença, como se não houvesse nada que pudesse fazer.

— Tem que parar de vê-lo — digo depressa. — Ou vê-lo somente na presença de outras pessoas. Tem que se manter distante.

Ela tira a escova da minha mão.

— Não gosta dele? — pergunta. — Edmund diz que gosta de você e a admira. Diz que é seu amigo. E confia mais em Richard do que em qualquer outro. Ele o elogia ao rei.

— Ninguém consegue deixar de se afeiçoar a ele. É bonito, atraente, e um dos homens mais importantes da Inglaterra. Mas isso não significa que Vossa Graça possa sentir algo mais por ele do que uma afeição de prima.

— É tarde demais para me dizer isso. — A voz dela é suave e afetuosa. — Tarde demais para mim. Não é uma afeição entre primos. É muito mais do que isso. Jacquetta, pela primeira vez na minha vida, eu me sinto viva. Pela primeira vez na minha vida, eu me sinto uma mulher. Eu me sinto bela. Desejada. Não posso resistir a isso.

— Eu disse antes — lembro. — Eu avisei.

De novo, ela ergue os belos ombros.

— Ah, Jacquetta, sabe tão bem quanto eu o que é estar apaixonada. Você teria recuado se alguém a tivesse alertado?

Não respondo.

— Terá que afastá-lo da corte. Terá que evitá-lo, talvez por meses. Isso é um desastre.

— Não posso — retruca Margarida. — O rei nunca permitiria que ele partisse. Não permite que ele se afaste nem por um instante. E eu simplesmente morreria se não o visse, Jacquetta. Você não sabe. Ele é o meu único companheiro, é o meu cavaleiro, é o meu paladino: o paladino da rainha.

— Aqui não é Camelot — advirto-a, inflexível. — Não estamos nos tempos dos trovadores. O povo vai pensar mal de Vossa Graça e, se for vista tão sorridente com ele, vão acusá-lo de ser seu favorito ou de coisa pior. O que está me dizendo agora é o bastante para afastá-la e mandá-la para um convento. E se alguém ouvi-la dizer isso, será o fim dele. O duque já é odiado e invejado por ser o favorito do rei. Se uma única palavra sobre isso chegar ao povo, dirão as coisas mais terríveis. É a rainha, e a sua reputação é como cristal veneziano: precioso, frágil e raro. Tem que tomar cuidado. Não é uma mulher de vida privada, não pode nutrir sentimentos privados.

— Vou ter cuidado — diz ela, tensa. — Juro que terei cuidado. — É como se estivesse fazendo uma troca, como se oferecesse qualquer coisa pelo direito de estar com ele. — Se eu tomar cuidado, se não sorrir para Edmund, se não cavalgar perto demais dele ou dançar com ele muitas vezes, posso continuar a vê-lo. Não posso? Todos vão pensar que ele passa o tempo todo conosco sob as ordens do rei. Ninguém precisa saber que ele me faz tão feliz, que estar com ele faz a minha vida valer a pena.

Sei que devia dizer a ela que nunca ficasse a sós com ele, mas sua expressão é de súplica. Ela é solitária e jovem, e é uma infelicidade ser uma mulher jovem em uma corte importante quando ninguém, de fato, gosta de você. Sei disso. Sei o que é ter um marido que mal a vê quando há um jovem que não consegue tirar os olhos de você. Sei o que é arder em uma cama fria.

— Apenas tenha cuidado — insisto, embora saiba que deveria lhe dizer para mandá-lo embora. — Terá que tomar cuidado o tempo todo, todos os dias de sua vida. E não pode vê-lo a sós. Nunca fique sozinha com ele. Esse relacionamento não deve ir além do amor honrado de um cavaleiro por sua senhora. Não deve ir além de sua alegria secreta. Precisa parar aí.

A rainha balança a cabeça.

— Preciso falar com ele. Tenho que estar com ele.

— Não pode fazer isso. Não há futuro para vocês dois, a não ser a vergonha e desgraça.

Ela sai da frente do espelho e vai para a grande cama, com as belas tapeçarias douradas. Faz um gesto para que eu vá para o seu lado, e me aproximo devagar.

— Jogaria as cartas? — pergunta a rainha. — E então saberemos as respostas. Saberemos o que reserva o futuro.

Faço um gesto negativo com a cabeça.

— Sabe que o rei não gosta de cartas — respondo. — São proibidas.

— Só uma. Só uma vez. Para que saibamos o que pode acontecer. Para que eu tome cuidado.

Hesito e, em um instante, ela está na porta do quarto pedindo um baralho. Uma das damas se oferece para entrar com o baralho, mas a rainha o pega e o passa para mim.

— Vamos!

Devagar, embaralho as cartas. Evidentemente, jogamos baralho o tempo todo na corte. Mas a sensação delas em minha mão quando peço apenas uma, quando procuro adivinhar o futuro, é completamente diferente. Passo-as para a rainha.

— Embaralhe-as. Depois corte — digo baixinho. — E depois corte de novo.

Seu rosto está maravilhado.

— Vamos prever o futuro dele?

Balanço a cabeça, negando.

— Não podemos prever o futuro do duque; ele teria que ter pedido a carta, teria que escolher. Não podemos fazer isso. Mas podemos ver como a vida dele afetará a sua, que carta mostra o sentimento dele por Vossa Graça, e o seu por ele.

Ela balança a cabeça, entendendo.

— Quero saber — suspira, com ardor. — Acha que ele me ama, Jacquetta? Você o viu comigo. Acha que me ama?

— Espalhe as cartas — peço.

Ela faz um leque com as cartas, viradas para baixo.

— Agora, escolha.

Devagar, com um único dedo movendo-se pelos versos pintados, ela reflete sobre sua escolha e então aponta.

— Esta.

Viro-a. É a Torre. A torre de um castelo atingida por um raio, por um lampejo que incendeia o telhado. Os muros tombam para um lado, o telhado para o outro. Duas pequenas figuras caem para o gramado embaixo.

— O que significa? — pergunta ela em um sussurro. — Ele vai tomar a torre? Significa que ele vai tomar o reino?

Por um momento, não percebo o significado.

— Tomar o reino? — repito, horrorizada. — Tomar o reino!

Ela balança a cabeça, renegando a ideia, com a mão sobre a boca.

— Não, não. Mas o que significa? Esta carta... o que significa?

— Significa uma guinada em todas as coisas — respondo. — Ruptura dos tempos. Talvez a queda de um castelo... — É claro que penso em Richard, que jurou defender Calais para esse mesmo comandante. — Uma queda do alto, veja. Aqui, há duas pessoas caindo da torre, ascensão dos humildes, e no fim, tudo diferente. Um novo herdeiro ocupa o trono, a antiga ordem é mudada, tudo é novo.

Seus olhos estão brilhando.

— Tudo novo — diz ela em um murmúrio. — Quem você acha que é o herdeiro legítimo do rei?

Olho para ela com uma expressão próxima à de horror.

— Ricardo, duque de York — respondo, simplesmente. — Queiramos ou não. Ricardo, duque de York, é o herdeiro do rei.

— Edmund Beaufort é o primo do rei — sussurra ela. — Pode ser o herdeiro legítimo. Talvez seja isso que a carta esteja dizendo.

— Nunca é como acho que será — advirto-a. — Não é uma predição. É mais um aviso. Lembra-se da carta da Roda da Fortuna? A carta que Vossa Graça tirou no dia do seu casamento, que dizia que tudo o que ascende pode cair e que nada é certo?

Nada do que eu disser será capaz de diminuir sua alegria; seu rosto está radiante. Pensa que previ a mudança de tudo e deseja ardentemente que algo mude. Acha que a torre mostrada na carta é a sua prisão. Ela a quer demolida. Acha que as duas pessoas que estão caindo libertaram-se. Acha que o raio que destrói e incendeia derrubará o velho e construirá o novo. Nada do que eu disser será ouvido por ela como um aviso.

A rainha faz o gesto que lhe mostrei no dia do seu casamento, o indicador traçando um círculo, que mostra a ascensão e a queda na vida.

— Tudo novo — murmura mais uma vez.

~

Nessa noite, na cama, confio minhas preocupações a Richard, evitando falar da paixão da rainha pelo duque, mas dizendo que ela é solitária e que o duque é o seu amigo mais íntimo. Richard está sentado na cama, perto do calor da lareira, seu manto jogado sobre os ombros nus.

— Não há mal na amizade — observou ele. — E ela é uma jovem bonita e merece alguma companhia.

— As pessoas vão comentar.

— As pessoas sempre comentam.

— Temo que ela se afeiçoe demais ao duque.

Ele semicerra os olhos como se sondasse meus pensamentos.

— Está dizendo que é capaz de ela se apaixonar pelo duque?

— Eu não me admiraria. Ela é jovem, ele é bonito, ela não tem mais ninguém no mundo que mostre de alguma maneira que gosta dela. O rei é gentil com ela e a respeita, mas não há paixão nele.

— O rei pode lhe dar um filho? — pergunta Richard sem rodeios, indo direto ao cerne da questão.

— Acho que sim. Mas ele não vai ao quarto dela com muita frequência.

— É um tolo. Uma mulher como Margarida não pode ser negligenciada. Acha que o duque simpatiza com ela?

Balanço a cabeça, confirmando. Richard franze o cenho.

— Acho que você pode ter certeza de que ele não fará nada que ponha a rainha ou o trono em perigo. Seria um canalha egoísta se a seduzisse.

Ela tem tudo a perder, e isso também incluiria o trono da Inglaterra. Ele não é nenhum idiota. São íntimos, devem ser íntimos, pois ambos estão a serviço do rei a maior parte do tempo. Mas Edmund Beaufort comanda este reino e não arriscaria seu próprio futuro. Muito menos o dela. O mais importante é ela ter um herdeiro.

— Não pode fazer isso sozinha — digo, aborrecida.

Ele ri.

— Não precisa defendê-la para mim. Mas enquanto não houver nenhuma criança, Ricardo, duque de York, será o herdeiro legítimo. O rei continua a favorecer outros de sua família: Humphrey, duque de Buckingham, que tem precedência, e Edmund Beaufort. Agora eu soube que também está trazendo seus meios-irmãos, os rapazes Tudor, para a corte. Isso deixa todo mundo apreensivo. Quem o rei pensa ser seu herdeiro? Ele se atreveria a deixar o duque de York de lado por um desses favoritos?

— Ele é jovem. Ela é jovem. Podem ter um filho.

— Bem, não é provável que ele morra em campanha, como seu pai — diz meu marido, o soldado, cruelmente. — Ele se mantém seguro o bastante.

～

No fim dos 12 dias do período natalino, Richard tem de retornar a seu posto em Calais. Vou até o rio para vê-lo partir. Está usando seu grosso manto de viagem para se proteger da fria bruma do inverno e me envolve com ele quando estamos no cais. Aquecida, com minha cabeça encostada em seu ombro e meus braços apertados ao redor de suas costas largas, seguro-o como se não pudesse deixá-lo partir.

— Irei a Calais — prometo.

— Querida, não há absolutamente nada para você lá. Voltarei para casa na Páscoa, talvez antes.

— Não posso esperar até a Páscoa.

— Então, virei antes. Quando me pedir para vir. Sabe disso. Quando quiser que eu venha, virei.

— Não pode ir inspecionar a guarnição e voltar?

— Talvez... Se não houver nenhuma expedição para a Normandia nessa primavera. O duque está querendo montar uma. A rainha disse alguma coisa?

— Ela diz o que o duque quer.

— Se não tivermos uma expedição na primavera, não haverá outra este ano e poderei voltar para casa — promete ele.

— É melhor que venha no verão — aviso. — Independente do que acontecer. Terei algo que quero que veja.

No abrigo aquecido do manto, sua mão vai até minha barriga.

— Você é um rubi, minha Jacquetta. Uma esposa de caráter nobre vale mais do que rubis. Está grávida de novo?

— Sim, de novo — respondo.

— Um bebê do verão — diz ele, com prazer. — Mais um para a Casa de Rivers. Estamos fazendo uma nação, meu amor. Os Rivers estão se tornando um estuário, um lago, um mar no interior do país.

Dou um risinho.

— Vai ficar na corte com a rainha, por enquanto? — pergunta meu marido.

— Sim. Vou a Grafton por alguns dias para ver as crianças, e então voltarei para a corte. No mínimo poderei protegê-la da difamação.

Oculto pelo manto, ele me aperta.

— Gosto de pensar em você como um modelo de respeitabilidade, meu amor.

— Sou uma respeitável mãe de nove filhos — lembro. — Em breve, dez, se Deus quiser.

— Meu Deus, como eu posso me sentir assim por uma mãe de dez filhos — diz ele, pegando minha mão e segurando-a de encontro à parte de trás de seu calção.

— Que Deus me perdoe por me sentir assim por um homem casado e pai de dez filhos. — Pressiono meu corpo contra o dele.

Há um grito no convés do navio.

— Tenho que ir — diz ele, com relutância. — Temos que aproveitar a maré. Amo você, Jacquetta, e retornarei logo.

Ele me beija com paixão e rapidamente, então recua e sobe pela prancha de embarque. Sem seu manto, sem o seu calor, sem o seu sorriso, sinto muito frio e solidão. Deixo que se vá.

Torre de Londres, Primavera de 1453

Retorno à corte após uma semana em Grafton, a tempo da grande celebração na Torre de Londres. Os meios-irmãos do rei, Edmund e Jasper Tudor, são feitos condes. Fico do lado da rainha enquanto os dois rapazes se ajoelham diante do rei para a investidura. São os filhos da rainha Catarina de Valois, mãe do rei, que fez um segundo casamento tão imprudente quanto o meu. Após a morte de seu marido Henrique V, ao se tornar viúva com um filho bebê, não se retirou, como todos esperavam, para um convento e passou o resto da vida em um luto respeitável. Rebaixou-se ainda mais do que eu e se apaixonou pelo responsável pelo seu guarda-roupa, Owen Tudor, casando-se em segredo. Quando morreu, deixou uma situação embaraçosa, com Tudor como seu viúvo ou sequestrador — dependendo do julgamento de quem fala — e dois filhos, meios-irmãos do rei da Inglaterra ou dois bastardos de uma rainha mãe incasta — dependendo da tolerância de quem fala.

O rei Henrique decidiu reconhecer seus meios-irmãos, renegar a vergonha de sua mãe e considerá-los seus parentes. Não é possível sequer imaginar como isso vai afetar as expectativas dos vários homens que estão na fila dos herdeiros do reino. Esses Tudor apenas aumentarão a confusão em relação ao trono. O rei honra o duque de Buckingham, que se considera o duque mais importante da Inglaterra, mas favorece Edmund Beaufort, duque de Somerset, mais do que qualquer outro. Porém seu herdeiro legítimo é o único homem que não está aqui e que não é bem-vindo na corte: Ricardo Plantageneta, o duque de York.

Olho de relance para a rainha, que deveria se envergonhar por não conseguir resolver a situação, já que não concebeu um filho e herdeiro, mas ela está olhando para as próprias mãos cruzadas, as pestanas velando-lhe a expressão. Percebo Edmund Beaufort desviar rapidamente os olhos dela.

— Sua Graça é generoso com os rapazes Tudor — comento.

Ela leva um pequeno susto ao ouvir minha voz.

— Ah, sim. Você sabe como ele é. É capaz de perdoar qualquer um, qualquer coisa. E agora está com tanto medo dos plebeus e dos simpatizantes de York que pretende reunir sua família em torno de si. Está dando aos garotos uma fortuna em terras e os reconhecendo como meios-irmãos.

— É bom para um homem estar cercado pela sua família — digo animadamente.

— Ah, ele é capaz de fazer irmãos — replica ela, e as palavras *mas não um filho* permanecem não ditas.

Quando as noites de inverno se tornam mais amenas e as manhãs passam a ser douradas, e não mais cinzentas, recebemos excelentes notícias de Bordeaux, onde John Talbot, conde de Shrewsbury, quatro vezes mais velho que seu pajem, subjugou facilmente as cidades da Gasconha, reconquistou Bordeaux e parece determinado a reivindicar todas as terras inglesas. Isso provoca uma euforia de confiança na corte. Declaram que, primeiro, recuperaremos toda a Gasconha, e depois, reconquistaremos toda a Normandia. Então, Calais estará segura, e Richard poderá voltar para casa. Margarida e eu estamos no passeio à margem do rio, nos jardins de Westminster, agasalhadas com nossas peles, mas sentindo o sol primaveril no rosto e olhando os primeiros narcisos da estação.

— Jacquetta, você parece uma garota com saudades do seu amor — diz ela, de súbito.

Tenho um sobressalto. Eu estava observando o rio e pensando em Richard, no outro lado do mar, em Calais. Tenho certeza de que ele está furioso por não estar liderando a campanha em Bordeaux.

— Desculpe — digo, rindo. — Realmente sinto falta dele. E das crianças.

— Ele logo estará em casa — garante ela. — Depois de Talbot reconquistar nossas terras na Gasconha, teremos paz de novo.

Ela segura meu braço e anda ao meu lado.

— É difícil ficar longe das pessoas que amamos — comenta ela. — Senti muita saudade de minha mãe quando vim para a Inglaterra. Tive medo de não revê-la mais, e agora ela me escreveu dizendo que está doente. Queria poder estar com ela. Eu me pergunto se ela teria me mandado para longe se soubesse como seria a minha vida, se soubesse que nunca mais me veria, nem mesmo em uma visita rápida.

— Pelo menos sabe que o rei é bondoso com Vossa Graça, que é um marido gentil. Quando os Grey me pediram a mão de Elizabeth, meu primeiro pensamento foi de que ele seria bom para ela. Acho que toda mãe quer isso para a filha.

— Queria tanto poder dizer a ela que espero um bebê. Ela ficaria feliz, é a única coisa que quer, que todo mundo quer. Quem sabe neste ano? Talvez eu engravide neste ano. — Suas pálpebras baixam e sorri, como se para si mesma.

— Ah, querida Margarida, espero que sim.

— Estou mais satisfeita com as coisas como são — diz ela, em tom baixo. — Estou até mesmo esperançosa. Não precisa temer por mim, Jacquetta. É verdade que eu estava muito infeliz no verão, e até mesmo durante os festejos natalinos. Mas agora estou mais contente. Foi uma boa amiga, alertando-me para ter cuidado. Eu a ouvi, pensei no que disse. Sei que não devo ser indiscreta. Tenho mantido o duque à distância e acho que vai ficar tudo bem.

Alguma coisa está acontecendo; não preciso da Visão para enxergá-lo. Há um segredo e uma alegria dissimulada. Mas não posso me queixar de seu comportamento. Pode sorrir para o duque, mas está sempre do lado do rei. Não se demora com Edmund Beaufort na galeria nem permite mais que ele cochiche ao seu ouvido. Ele vai aos seus aposentos, como sempre faz, mas falam de assuntos de Estado, ele sempre acompanhado, e ela, com suas damas. É quando está sozinha ou em silêncio no meio de um grande número de pessoas, que olho para ela e penso no que estará pensando quando cruza as mãos tão decentemente sobre o colo e baixa o olhar, seus olhos velados, sorrindo para si mesma.

— E como vai sua filhinha? — pergunta ela, um pouco melancólica. — Está bem, gorducha e bonita como todos os bebês parecem ser?

— Graças a Deus está forte e se desenvolvendo bem — respondo. — Dei-lhe o nome de Eleanor, sabe. Mandei presentes de Natal para todos eles, e passamos juntos alguns dias. O clima estava ótimo. Levei os mais velhos para caçar e os mais novos para andar de trenó. Voltarei a vê-los na Páscoa.

Nessa noite, a rainha usa seu novo vestido vermelho-escuro, cor que ninguém tinha visto antes, comprado especialmente de mercadores de Londres, e vamos à sala de audiência do rei acompanhadas pelas damas de companhia. Ela se senta ao lado do marido, e a pequena herdeira Beaufort, Margaret, entra, vestida com espalhafato e exibida por sua mãe impudente. A criança está usando um vestido branco angelical, debruado de rosas vermelhas de seda, como se para lembrar a todos que é a filha de John Beaufort, primeiro duque de Somerset. Um grande nome, mas, que Deus lhe perdoe, não foi um grande homem. Era o irmão mais velho de Edmund Beaufort, mas bancou o idiota na França, voltou para casa e morreu, tão pronta e convenientemente — adiantando-se a uma acusação de traição — que Richard diz que ele cometeu suicídio e que foi a única coisa boa que fez por sua família. Esse pedacinho de gente, com um grande nome e uma fortuna ainda maior, é sua filha e sobrinha de Edmund Beaufort.

Ela me olha fixamente, e sorrio para ela. No mesmo instante, a menina fica vermelha e sorri. Murmura algo para a mãe, obviamente perguntando quem sou eu, e sua mãe, com toda razão, a belisca para que fique ereta e calada, como uma menina da corte deve fazer.

— Coloco sua filha sob a tutela de meus mui queridos meios-irmãos, Edmund e Jasper Tudor — diz o rei à mãe da menina, a duquesa viúva. — Ela pode viver com você até a época de se casar.

De maneira divertida, a criança ergue o olhar, como se tivesse uma opinião a respeito. Quando ninguém está olhando, cochicha algo de novo, para a mãe. É uma criaturinha adorável e ansiosa por ser consultada. Parece-me injusto ela se casar com Edmund Tudor e ser mandada para Gales.

A rainha vira-se para mim e me inclino à frente.

— O que acha? — pergunta Margarida. Margaret Beaufort é da Casa de Lancaster. Edmund Tudor é filho de uma rainha da Inglaterra. Todos os filhos que conceberem terão uma linhagem notável: sangue real inglês de um lado, sangue real francês do outro, os dois lados da família do rei da Inglaterra. — O rei está tornando seu irmão excessivamente poderoso? — pergunta ela em um sussurro.

— Ah, olhe só para ela — replico com ternura. — É uma coisinha miúda, está longe da idade de se casar. Sua mãe a conservará em casa por mais dez anos, certamente. Você terá uma meia dúzia de bebês no berço antes de Edmund Tudor poder se casar e ir para a cama com ela.

Nós duas olhamos para a menina cuja cabecinha continua a se agitar, como se quisesse que alguém falasse com ela. A rainha ri.

— Espero que sim. Com certeza, um pinguinho de gente desses nunca conceberá um herdeiro real.

~

Na noite seguinte, anseio por um momento tranquilo antes do jantar, quando a rainha se veste para a refeição e o duque e o rei ainda não vieram aos nossos aposentos. Estamos sentadas diante do fogo, escutando os músicos. Olho de relance para ela, esperando sua autorização com um aceno, e aproximo meu banco.

— Se está esperando uma oportunidade para me dizer que está grávida de novo, não é preciso — diz ela maliciosamente. — Posso ver.

Enrubesço.

— Tenho certeza de que será um menino, estou comendo o suficiente para fazer um homem, só Deus sabe como. Tive que tirar o cinto.

— Contou a Richard?

— Ele adivinhou antes de partir.

— Vou pedir ao duque que o deixe vir para casa. Vai querer que ele fique ao seu lado, em casa, não vai?

Olho para ela. Às vezes, a evidência praticamente anual de minha fertilidade torna-a melancólica, mas agora ela está sorrindo, e sua alegria é patente.

— Sim, gostaria de tê-lo em casa, se o duque puder dispensá-lo.

— Ordenarei que assim seja. — Ela sorri. — O duque me disse que fará qualquer coisa por mim. É um pedido simples para um homem que me prometeu o mundo.

— Ficarei na corte até maio. E depois do meu confinamento, voltarei para acompanhá-la na viagem de verão.

— Talvez a corte não vá muito longe este ano.

— Não? — Sou lenta para entender o que ela está querendo dizer.

— Talvez eu também vá querer um verão sossegado.

Por fim, entendo.

— Ah, Margarida, é possível?

— Achei que tinha a Visão! — exclama com alegria. — E aqui estou eu, na sua frente, e acho... tenho quase certeza...

Seguro suas mãos.

— Também acho. Vejo agora, verdade. — Há algo na luminosidade de sua pele e nas curvas de seu corpo. — Quanto tempo?

— Minhas regras interromperam-se há dois meses, acho — responde ela. — Por isso ainda não contei a ninguém. O que você acha?

— O rei deitou-se com você antes do Natal? E lhe deu prazer?

Ela mantém os olhos baixos, mas seu rosto enrubesce.

— Ah, Jacquetta, não sabia que podia ser assim.

Sorrio.

— Às vezes, pode. — Algo em seu sorriso me diz que ela conhece, finalmente, depois de oito anos de casamento, a alegria que um marido pode dar à sua mulher se amá-la o bastante para querer que ela goste dele e anseie por seu toque.

— Quando terei certeza? — pergunta.

— No mês que vem. Vamos chamar uma parteira que conheço e em quem confio para que converse com ela e para que ela confirme se apresenta os sinais. Então, poderá contar, pessoalmente, à Sua Graça no próximo mês.

~

Ela não quer escrever à mãe até ter certeza, o que é uma pequena tragédia, pois enquanto espera a confirmação da gravidez, chega uma mensagem de Anjou dizendo que sua mãe, Isabel da Lorena, morreu. Há oito anos, Margarida despediu-se da mãe e veio para a Inglaterra para se casar. Nunca foram especialmente próximas. Mas é um golpe para a jovem rainha. Vejo-a na galeria, com lágrimas nos olhos, e Edmund Beaufort segura suas mãos. A cabeça está virada para ele, como se fosse apoiar o rosto em seu ombro largo e chorar. Ao ouvirem meus passos, viram-se para mim, ainda de mãos dadas.

— Sua Graça está triste com as notícias de Anjou — diz o duque simplesmente. Ele conduz Margarida até mim. — Vá com Jacquetta — pede ele com ternura. — Deixe que ela lhe dê um chá, algo para a dor. É difícil para uma jovem perder sua mãe, e é uma pena que não tenha lhe contado... — interrompe-se e põe as mãos da rainha nas minhas. — Pode dar alguma coisa a ela, não? A rainha não pode chorar tanto.

— Tenho algumas ervas bem-conhecidas — respondo com cautela. — Por favor, venha se deitar um pouco, Vossa Graça.

— Sim — replica Margarida, e deixa-me levá-la para o isolamento de seus aposentos.

Preparo um chá de erva-de-são-joão, e ela hesita antes de bebê-lo.

— Não vai prejudicar o bebê?

— Não. É muito brando. Deve tomar um gole toda manhã, durante uma semana. O sofrimento é pior para o bebê. Deve tentar ficar calma e animada.

Ela assente.

— Já tem certeza? — pergunto em tom baixo. — As parteiras me disseram que é quase certo.

— Eu tenho certeza. Contarei ao rei na semana que vem, quando minhas regras deixarem de descer de novo.

~

Mas ela não conta ao marido pessoalmente. Curiosamente, ela chama o camareiro-mor do rei.

— Tenho uma mensagem a ser transmitida ao rei — diz ela. Está sóbria em suas roupas de luto azul-escuras, e fico triste pela morte da mãe ter lhe tirado o brilho da alegria. Ainda assim, quando o rei souber, ambos ficarão felizes. Suponho que ela vá convidá-lo a vir a seus aposentos. Mas prossegue: — Por favor, transmita minhas saudações e bons votos ao rei e informe-o de que estou grávida.

Richard Tunstall simplesmente arregala os olhos: nunca lhe pediram para transmitir uma mensagem como essa em toda a sua vida. Nunca pediram isso a nenhum camareiro-mor. Ele olha para mim como se pedisse uma orientação, mas não posso fazer nada a não ser mostrar, com um leve dar de ombros, que é melhor levar a mensagem que a rainha deseja enviar ao marido.

Ele faz uma reverência e sai. Os guardas fecham, silenciosamente, a porta atrás dele.

— Vou me trocar, o rei certamente virá me ver — diz ela.

Apressamo-nos a ir para o seu quarto e mudar seu vestido azul-escuro por um verde-claro, uma boa cor para a primavera. Enquanto sua criada segura o vestido para ela, percebo que sua barriga, tão plana, tornou-se mais arredondada e que seus seios enchem a camisa de linho. Sorrio.

Esperamos o rei entrar esbaforido de alegria, os braços estendidos para ela. Esperamos por uma hora. Ouvimos o vigia dizer as horas e, finalmente, os passos do lado de fora. Os guardas abrem as portas dos apartamentos da rainha. Todas nos levantamos, esperando ver o rei se precipitar para dentro com o rosto pueril radiante. Mas é Richard Tunstall de novo, o camareiro do rei, com uma resposta à mensagem da rainha.

— Sua Graça mandou-me dizer o seguinte: que a notícia veio para nosso consolo mais extraordinário e também para o conforto e grande alegria de todos os súditos leais — diz ele. Engole em seco e olha para mim.

— Isso é tudo? — pergunto.

Ele confirma com um movimento da cabeça.

A rainha observa-o com a expressão vazia.

— Ele vem me ver?

— Penso que não, Vossa Graça. — Ele pigarreia. — Ficou tão feliz que me recompensou por eu levar a notícia — diz espontaneamente.

— Virá visitar Sua Graça antes do jantar?

— Ele chamou um joalheiro. Mandou fazer uma joia especial para a rainha.

— Mas o que ele está fazendo agora? — pergunta ela. — Neste momento, quando o deixou?

Richard Tunstall faz outra reverência.

— Foi agradecer em sua capela privada. O rei foi rezar.

— Ótimo — diz ela, desanimada. — Ah, que bom.

~

Só vemos o rei à noite, quando vem aos aposentos da rainha antes do jantar, como sempre. Beija a mão dela diante de todas nós e diz que está muito feliz. Olho ao redor e vejo que todas as damas de companhia estão, assim como eu, perplexas. Este é um casal que concebeu seu primeiro filho depois de oito anos de espera. Essa criança torna o casamento deles completo e garante a segurança do trono. Por que se comportam como se mal se conhecessem?

Margarida é majestosa e não dá sinal de esperar mais calor ou entusiasmo da parte dele. Curva a cabeça e sorri para o rei.

— Estou muito feliz — diz ela. — Rezo para que seja um menino, senão, uma bela filha, e da próxima vez, um filho.

— Uma bênção, de qualquer maneira — diz ele bondosamente e lhe oferece o braço para conduzi-la ao jantar. Senta-a, com muito cuidado, do seu lado e carinhosamente escolhe para ela os melhores pedaços da carne e as fatias de pão mais macias. Do outro lado do rei, Edmund Beaufort, duque de Somerset, sorri para ambos.

~

Depois do jantar, ela diz que vai se retirar cedo. A corte se levanta quando saímos e, ao chegarmos aos aposentos da rainha, ela dispensa as damas de companhia. Faz um sinal para eu acompanhá-la e segue para o quarto.

— Tire meu chapéu — pede ela. — Estou muito cansada, e ele faz minha cabeça doer.

Desato as fitas e afasto o toucado alto em formato de cone. Debaixo, está o enchimento que equilibra o peso em sua cabeça. Desato-o também e solto seu cabelo. Pego a escova e começo, com delicadeza, a desfazer as tranças apertadas, e ela fecha os olhos.

— Assim é melhor — diz ela. — Trance sem apertar, Jacquetta, e peça um copo de cerveja quente. — Faço uma trança com o basto cabelo ruivo dourado e a ajudo a tirar o vestido. Ela veste uma camisola e vai para a cama grande parecendo uma menininha entre as belas tapeçarias e cobertas espessas.

— Vai se sentir cansada — alerto. — Pode repousar. Todos vão querer que descanse.

— Eu me pergunto o que vai ser. Acha que vai ser um menino?

— Devo pegar as cartas? — pergunto, pronta para satisfazê-la.

Ela vira a cabeça.

— Não — responde, me surpreendendo. — Nem pense nisso, Jacquetta. Rio.

— Fatalmente pensarei. É o seu primeiro bebê, e se for um menino será o próximo rei da Inglaterra. Tenho obrigação moral de pensar nisso. Além do mais, pensaria no bebê de qualquer maneira, por amor a você.

Delicadamente, ela põe um dedo sobre meus lábios para me silenciar.

— Então, não pense demais.

— Demais?

— Não pense nele com a Visão. Quero que cresça como uma flor, sem ser observado.

Por um instante, acho que está com medo de alguma bruxaria horrível, que eu lance um mau-olhado ou rogue pragas.

— Não pode achar que eu faria o que quer que fosse para prejudicá-lo. Apenas pensar nele não provocaria qualquer mal...

— Ah, não. — Ela balança o cabelo dourado. — Não, querida Jacquetta, não acho isso. É só que... Não quero que você saiba tudo... não tudo. Algumas coisas são particulares. — Ela enrubesce e se vira de costas. — Não quero que saiba de tudo.

Acho que entendo. Quem sabe o que ela teve que fazer para conquistar o interesse de um marido tão frio? Quem sabe o quanto ela teve que ser sedutora para ele interromper suas orações e ir para a cama dela? Será que experimentou artifícios de prostitutas que a deixaram com vergonha de si mesma?

— O que quer que tenha feito para conceber essa criança, valeu a pena — digo, resoluta. — Tinha que conceber uma criança e se fez um menino, tanto melhor. Não pense mal de si mesma, Margarida, e não pensarei absolutamente nada.

Ela ergue os olhos.

— Acha que nada seria um pecado, contanto que produzisse um herdeiro para a Inglaterra?

— Seria um pecado por amor. E não faria mal a ninguém. Portanto, seria perdoável.

— Não preciso confessá-lo?

Penso no bispo Ayscough, que disse ao jovem rei para não se deitar com sua esposa na primeira semana, com medo de que o jovem casal experimentasse o pecado da luxúria.

— Não precisa confessar nada do que fez para conceber essa criança. Tinha que ser feito e foi um ato de amor. Os homens não entendem essas coisas. E os padres muito menos.

Ela dá um leve suspiro.

— Está bem — fala. — E não pense sobre isso.

Agito a mão como um véu sobre o meu rosto.

— Não vou pensar. Não tenho nenhum pensamento em minha mente.

Ela ri.

— Sei que não pode evitar, sei disso. E sei que, às vezes, tem a Visão. Mas não procure esse bebê. Promete que não vai procurá-lo? Pense nele como uma flor silvestre que cresce, bela, mas ninguém sabe como foi plantada nem como foi parar ali.

— Ele é o filho da rainha Margarida — retruco. — Pode ser a flor que gostamos de ver na primavera, cujo nascimento nos avisa da chegada da estação.

— Sim. Uma flor silvestre que vem não se sabe de onde.

Grafton, Northamptonshire, Verão de 1453

Cumpro minha palavra à rainha e não fico pensando na concepção adiada por tanto tempo, e Margarida cumpre a dela e fala com Edmund, duque de Somerset, que manda meu marido para casa quando vou para o confinamento em Grafton. Tenho um menino, e o chamamos de Lionel. Minha filha Elizabeth, agora uma senhora casada, vem para me assistir no confinamento, muito séria e muito prestativa, e a encontro debruçada sobre o berço brincando com o bebê.

— Você logo terá o seu — prometo.

— Espero que sim. Ele é tão perfeito, tão lindo.

— É sim — falo, orgulhosa. — Mais um filho para a Casa de Rivers.

~

Assim que estou forte o bastante para retornar à corte, recebo uma mensagem da rainha pedindo que me junte a eles na viagem de verão. Richard tem que retornar a Calais, e é muito doloroso nos separarmos de novo.

— Deixe-me ir a Calais — peço-lhe. — Não suporto ficar sem você.

— Está bem. No próximo mês. Pode ir e levar todas as crianças mais novas; também não suporto ficar sem vocês.

Ele me beija na boca, beija minhas duas mãos, então monta seu cavalo e parte.

Palácio de Clarendon, Wiltshire, Verão de 1453

A corte está alegre em sua viagem pelos condados do oeste, em busca de traidores e agitadores. O duque de Somerset escolheu a rota e diz que, gradativamente, o povo está aprendendo que não pode falar mal do rei, que não há futuro para suas exigências e — o mais importante de tudo — que Ricardo, duque de York, nunca será uma autoridade no reino e, portanto, aliar-se a ele ou invocar seu nome é perda de tempo.

Edmund Beaufort mostra-se especialmente atencioso com o rei nesse verão, incitando-o a ser cada vez mais severo em seus julgamentos e rigoroso em suas sentenças. Apoia as opiniões de Henrique aplaudindo suas decisões e o encoraja a se manifestar abertamente. O duque acompanha o rei à capela e o leva aos aposentos da rainha antes do jantar, onde os três conversam. Faz com que o casal real ria com seu relato dos acontecimentos do dia, às vezes zombando do povo ignorante que se apresentou diante ele.

A rainha não pode cavalgar no estado em que se encontra, e Edmund Beaufort treinou uma bela parelha de mulas para transportar sua liteira. Ele cavalga ao lado dela, refreando seu cavalo imponente para acompanhar o passo das mulas, atento a qualquer sinal de fadiga de Margarida.

Consulta-me quase que diariamente para se certificar de que estou satisfeita com a saúde da rainha, com sua dieta, com seu exercício. Todos os dias lhe asseguro que ela está bem, que sua barriga está crescendo como deve, que tenho certeza de que o bebê está forte.

Quase que diariamente, ele lhe traz um pequeno presente, um rama-lhete de flores, um poema, um menino para dançar para ela, um gatinho. O rei, a rainha e o duque andam pelas vias arborizadas de Dorset em perfeita harmonia, e sempre que ela desce de sua liteira ou vira-se para subir um degrau, a mão do duque se estende para apoiá-la, e seu braço, para mantê-la firme.

Antes, eu o via como um sedutor, um embusteiro. Mas agora per-cebo algo melhor nele, um homem de grande ternura. Trata-a como se quisesse lhe poupar qualquer fadiga, como se dedicasse sua vida à felicidade dela. Serve ao rei como um amigo fiel e serve à rainha como um gentil-homem. Não quero ver nada além disso; não me permitirei ver nada além disso.

Em agosto, chegamos a Wiltshire e ficamos no antigo palácio real em Clarendon, na luxuriante planície às margens de um rio próximo a Salisbury. Gosto desse prado ocre e dos amplos vales ribeirinhos. A caça às corças prossegue por horas pela floresta no vale, até sairmos na área aberta das colinas e galoparmos pela relva homogênea. Quando paramos para comer, é possível ver metade da Inglaterra estendendo-se diante de nós. O palácio fica entre campos floridos, inundados por lagos durante metade do ano, mas, no auge do verão, circundados por uma rede de córregos, lagoas e rios. O duque leva a rainha para pescar e promete que pegarão um salmão para o jantar dela, porém ela passa a maior parte do dia repousando à sombra, enquanto ele lança a linha e lhe dá o caniço para segurar. Então, lança a linha de novo enquanto libélulas sobrevoam botões-de-ouro e andorinhas voam baixo sobre a água, deslizando os bicos em seus próprios reflexos velozes.

Voltamos tarde para casa, quando as nuvens parecem fitas de pêssego e limão no horizonte.

— Amanhã vai fazer outro dia bonito — prevê o duque.

— E depois de amanhã? — pergunta a rainha.

— Por que não? Por que milady não poderia ter belos dias por toda a sua vida?

Ela ri.

— Você me estragaria com mimos.

— Sim — retruca ele ternamente. — Gostaria que tivesse apenas belos dias, sempre.

Ela se apoia em seu braço para subir os degraus de pedra até a porta da frente da cabana de caça.

— Onde está o rei? — pergunta ele a um dos criados de quarto.

— Na capela, Vossa Graça — replica o homem. — Com o seu confessor.

— Irei aos seus aposentos, então — diz Edmund Beaufort à rainha. — Quer que eu fique com milady até a hora do jantar?

— Sim, venha — responde ela.

As damas acomodam-se em bancos e nos assentos próximos às janelas, e a rainha e o duque sentam-se no vão de uma delas e conversam em tom baixo, com as cabeças próximas. Então, há uma batida e as portas se abrem para um mensageiro da França, que entra apressado, empoeirado da estrada e com a expressão grave. Nem por um instante duvida-se de que traz más notícias.

O duque levanta-se rapidamente.

— Agora não — diz secamente. — Onde está o rei?

— Ordenou que não fosse incomodado — responde o homem. — Mas recebi ordens para vir a toda pressa e transmitir minha mensagem imediatamente. Por isso o procurei. É sobre lorde Talbot, que Deus o abençoe, e Bordeaux.

O duque segura o homem pelo braço e o leva para a porta sem dizer uma palavra à rainha. Ela já está de pé, e vou para o seu lado.

— Fique calma, Vossa Graça — digo imediatamente. — Tem que ficar calma, pelo bebê.

— Qual é a notícia? — pergunta ela. — Qual é a notícia da França? Edmund!

— Um momento — diz ele por cima do ombro, dando as costas a ela, como se fosse uma mulher comum. — Espere um momento.

Há um suspiro de choque por parte de suas damas diante da maneira como ele fala com a rainha, mas ponho meu braço ao redor da cintura de Margarida e digo:

— Venha se deitar um pouco, Vossa Graça. O duque trará as notícias depois de ouvi-las. Agora, venha.

— Não. — Ela me afasta. — Tenho que saber. Edmund! Diga-me!

Por um instante, ele conversa com o mensageiro e, ao se virar, parece que foi golpeado no coração.

— É John Talbot — diz ele, em tom baixo.

Sinto os joelhos da rainha se enfraquecerem; ela cambaleia e desmaia.

— Ajude-me — digo logo para uma das damas de companhia, mas é o duque que vem rapidamente e pega a rainha em seus braços, carregando-a pelos aposentos privados até o quarto dela. Deita-a na cama.

— Vá buscar os médicos — falo para uma das damas e corro para o quarto.

Ele a deitou pela metade na cama; está ajoelhado, inclinado sobre ela, com os braços ao seu redor, segurando-a como um amante, sussurrando, aflito, em seu ouvido:

— Margarida! Margarida!

— Não! — digo. — Vossa Graça, lorde Edmund, solte-a. Cuidarei dela, deixe-a.

Ela o segura pelo gibão, ambas as mãos agarrando-o com força.

— Conte-me tudo — murmura ela, desesperada. — Dê-me as más notícias.

Bato a porta do quarto e encosto-me a ela antes que alguém o veja com as mãos no rosto da rainha, e ela segurando seus pulsos. Antes que os vejam esquadrinhando os olhos um do outro.

— Meu amor, mal consigo lhe contar. Lorde Talbot está morto, e o filho dele também. Perdemos Castillon, a cidade que ele estava defendendo. Perdemos Bordeaux de novo, perdemos tudo.

Ela estremece.

— Meu Deus, os ingleses jamais me perdoarão. Perdemos toda a Gasconha?

— Tudo. E também lorde Talbot, que sua alma descanse em paz.

As lágrimas correm dos olhos dela, e Edmund Beaufort abaixa a cabeça e as beija, beija-a como um homem tentando confortar sua amante.

— Não! — grito de novo, horrorizada. Vou até a cama e ponho minha mão no braço dele, empurrando-o para afastá-lo dela. Mas estão surdos e cegos a mim, agarrados um ao outro, os braços dela ao redor do pescoço dele. O duque está praticamente deitado sobre a rainha, cobrindo seu rosto de beijos e murmurando promessas que não pode cumprir e, nesse momento, nesse terrível, terrível momento, a porta se abre e Henrique, rei da Inglaterra, entra no quarto e vê os dois abraçados: sua esposa grávida e seu amigo mais querido.

Por um longo momento, absorve a cena. Bem devagar, o duque levanta a cabeça e, preparando-se para a situação, delicadamente solta Margarida, deitando-a na cama, ajeitando seus ombros sobre os travesseiros, erguendo seus pés e ajustando o vestido ao redor de seus tornozelos. Devagar, vira-se para enfrentar o marido dela. Faz um pequeno gesto com as mãos para Henrique, mas não diz nada. Não há nada que possa dizer. Os olhos do rei vão de sua esposa, apoiada sobre um cotovelo na cama e branca como um fantasma, para o duque, em pé do seu lado, e depois, para mim. Parece perplexo, como uma criança magoada.

Estendo os braços para ele, como se fosse um dos meus próprios filhos, cruelmente golpeado.

— Não olhe — digo, insensatamente. — Não veja.

Ele inclina a cabeça, como um cachorro açoitado, como se estivesse tentando me ouvir.

— Não olhe — repito. — Não veja.

Estranhamente, aproxima-se de mim e baixa seu rosto pálido. Sem pensar no que estou fazendo, ergo as mãos para ele, que pega uma, depois a outra e as põe sobre os olhos, como se para vendá-los. Por um momento, ficamos todos paralisados: minhas mãos sobre seus olhos, o duque esperando para falar, Margarida recostada em seus travesseiros, com uma das mãos sobre a barriga redonda. Então, o rei pressiona minhas mãos com força sobre as pálpebras fechadas e repete minhas palavras:

— Não olhe. Não veja.

Vira-se. Sem mais uma palavra, dá as costas para nós três e sai do quarto, fechando silenciosamente a porta atrás de si.

$\approx$

Ele não vem jantar essa noite. O jantar da rainha é servido em seus aposentos particulares, eu e uma dúzia de damas comemos com ela, mas metade dos pratos retornam intocados. Edmund, duque de Somerset, ocupa a cabeceira da mesa no salão e diz aos comensais silenciosos que tem más notícias: perdemos as últimas de nossas terras na França, exceto o distrito, a cidade e a fortaleza de Calais. John Talbot, conde de Shrewsbury, morreu lutando por uma causa sem esperanças, que sua fidalguia e coragem impediram que recusasse. A cidade de Castillon implorou-lhe que a libertasse do cerco francês, e John Talbot não pôde deixar de ouvir os pedidos de ajuda de seus compatriotas. Ele cumpriu a palavra de que não vestiria uma armadura contra o rei francês, que o libertou sob tal condição. Partiu para a batalha sem armadura, na liderança de nossos soldados, sem armas nem escudo. Foi um ato da mais perfeita fidalguia e insensatez. Um ato digno do grande homem que era. Um arqueiro derrubou seu cavalo e um soldado da infantaria arrancou sua cabeça com o machado enquanto ele estava preso debaixo do animal. Nossas esperanças de controlar nossas terras na França acabaram. Perdemos a Gasconha pela segunda e, certamente, última vez. Tudo o que o pai do rei conquistou foi perdido por seu filho, e fomos humilhados pela França que, no passado, foi nosso vassalo.

O duque baixa a cabeça diante do salão em silêncio.

— Vamos rezar pela alma de John Talbot e de seu nobre filho, lorde Lisle — prossegue ele. — Ele foi o mais bondoso e perfeito cavaleiro. E vamos rezar pelo rei, pela Inglaterra, e São Jorge.

Ninguém aclama. Ninguém repete a oração. Os homens dizem "Amém. Amém" em tom baixo, puxam os bancos, se sentam e jantam em silêncio.

~

O rei vai para a cama bem cedo, dizem-me os camareiros-mor quando pergunto. Alegam que parecia muito cansado. Não falou com eles. Não disse uma única palavra. Conto isso à rainha, ela morde os lábios e olha para mim, lívida.

— O que acha? — pergunta. Parece assustada como uma donzela.

Balanço a cabeça. Não sei o que pensar.

— O que devo fazer?

Não sei o que ela deve fazer.

~

De manhã, a rainha está com os olhos cansados por causa da noite insone. Manda-me novamente aos aposentos do rei para perguntar como Sua Graça está essa manhã. De novo, o camareiro afirma que o rei está muito cansado e que vai dormir até mais tarde. Quando disseram a Henrique que estava na hora das laudes, ele simplesmente balançou a cabeça e voltou a dormir. Ficaram surpresos, pois ele nunca deixa de ir à capela. Tentaram acordá-lo de novo para a prima, mas ele não se mexeu. Contei à rainha que ele estava dormindo a manhã toda, e que continuava a dormir.

Ela aceita com um movimento da cabeça e diz que tomará o café da manhã em seus aposentos. No salão, o duque de Somerset quebra o jejum com a corte. Ninguém fala muito, todos esperam por mais notícias da França. Todos tememos mais notícias da França.

Ao meio-dia, o rei ainda dorme.

— Ele está doente? — pergunto ao responsável pelo guarda-roupa real. — Ele nunca dorme assim, dorme?

— O rei encontra-se em estado de choque — responde ele. — Sei que sim. Veio para os seus aposentos branco como uma pomba e se deitou na cama sem dizer uma palavra a ninguém.

— Ele não falou nada? — Envergonho-me dessa pergunta.

— Nada. Não disse uma única palavra.

— Avise-me assim que ele acordar — peço. — A rainha está preocupada.

O homem assente com a cabeça, e volto aos aposentos da rainha. Digo a ela que o rei deitou-se para dormir e não disse nada a ninguém.

— Não disse nada? — repete, como repeti.

— Nada.

— Ele deve ter visto — diz ela.

— Ele viu — retruco, inflexível.

— Jacquetta, o que acha que ele vai fazer?

Balanço a cabeça. Não sei.

Ele dorme o dia todo. De hora em hora, vou à porta dos seus aposentos e pergunto se acordou. A cada hora, o camareiro aparece, a expressão cada vez mais preocupada, e balança a cabeça.

— Continua a dormir.

Então, quando o sol está se pondo e começam a acender as velas para o jantar, a rainha manda chamar Edmund Beaufort.

— Eu o verei em minha sala de audiência — diz ela. — Para que todos vejam que não estamos nos encontrando secretamente. Mas você ficará entre nós dois, para que possamos falar em particular.

Ele chega, a expressão grave e elegante, e ajoelha-se diante da rainha até ela ordenar que ocupe seu assento. Permaneço distraidamente entre eles, com o restante das damas e o séquito do duque, para que ninguém possa ouvir a conversa em voz baixa, acima do som da harpa.

Trocam três frases urgentes, ela se levanta, e a corte põe-se de pé também. Como lhe cabe como rainha, Margarida segue na frente para o jantar, que será servido no salão, onde os homens a recebem em silêncio e a cadeira do rei está vazia.

Depois do jantar, ela me chama.

— Não conseguem acordá-lo — diz ela, tensa. — Tentaram acordá-lo para o jantar, mas ele não se mexeu. O duque mandou buscarem os médicos, para saber se está doente.

Assinto com a cabeça.

— Ficaremos em meus aposentos — decide ela. Enquanto deixamos o salão, os sussurros chegam até nós como uma brisa, os homens dizendo uns aos outros que o rei está mortalmente exausto.

Esperamos na câmara de audiência da rainha. Metade da corte está reunida ao nosso redor, todos esperando para saber o que há de errado com o rei. A porta se abre e os médicos entram. A rainha faz sinal para que venham a seus aposentos com o duque, eu e meia dúzia de pessoas.

— O rei parece gozar de boa saúde, mas está dormindo — diz um dos médicos, John Arundel.

— Podem acordá-lo?

— Achamos melhor deixá-lo dormir — diz o doutor Faceby com uma reverência. — Parece que será mais prudente deixá-lo descansar e acordar quando estiver disposto. Dor e choque às vezes se curam com o sono, um longo sono.

— Choque? — pergunta o duque, abruptamente. — Que choque o rei sofreu? O que ele disse?

— As notícias da França — gagueja o médico. — Creio que o mensageiro transmitiu-as impulsivamente.

— Sim, foi dessa forma — confirmo. — A rainha desmaiou, e levei-a para seus aposentos.

Margarida pergunta logo em seguida:

— Ele falou alguma coisa?

— Nem uma única palavra desde ontem à noite.

A rainha balança a cabeça como se o fato de o marido falar ou não falar não fosse importante, como se só estivesse preocupada com a saúde dele.

— Muito bem. Acham que ele acordará amanhã de manhã?

— Quase certamente — responde o doutor Faceby. — É até frequente alguém dormir profundamente depois de receber notícias aflitivas. É uma maneira do corpo curar a si próprio.

— Acordará sem se lembrar de nada? — pergunta ela. O duque olha para o chão, como se isso lhe fosse indiferente.

— Talvez tenham de contar de novo a ele sobre a perda da Gasconha — observa o médico.

A rainha se vira para o duque.

— Milorde, por favor, ordene aos camareiros do rei que o despertem como sempre pela manhã e que preparem seus aposentos e suas roupas, como de hábito.

Ele faz uma reverência.

— É claro, Vossa Graça.

Os médicos despedem-se. Um deles ficará no quarto do rei para vigiar seu sono. O séquito do duque e as damas da rainha saem depois dos médicos. O duque aproveita o momento em que está ao lado de Margarida, quando todos estão saindo do quarto e ninguém os observa, para murmurar:

— Vai ficar tudo bem. Não diremos nada. Nada. Confie em mim. Vai ficar tudo bem.

Emudecida, ela assente com a cabeça. Ele faz uma reverência e sai do aposento.

No dia seguinte, vão acordar o rei, mas ele não desperta. Um dos camareiros vem à porta e me diz que tiveram de erguê-lo até o assento da latrina, limpá-lo e mudar sua camisola, que ele havia sujado. Se alguém o segurar no assento, é possível lavar-lhe o rosto e as mãos. Conseguem sentá-lo em uma cadeira, embora sua cabeça continue a pender. Se alguém segurar seu rosto, outra pessoa pode despejar um pouco de cerveja quente em sua garganta. Ele não consegue ficar em pé, não pode ouvi-los. Não reage ao toque. Não demonstra fome, e ficaria deitado na imundície.

— Isso não é sono — diz o camareiro, francamente. — Os médicos estão enganados. Ninguém dorme dessa maneira.

— Acha que ele está morrendo? — pergunto.

O homem faz um gesto negativo com a cabeça.

— Nunca vi nada assim em toda a minha vida. É como se tivesse sido enfeitiçado. Como se estivesse amaldiçoado.

— Não diga isso — replico imediatamente. — Nunca diga isso. Ele está apenas dormindo.

— Ah, sim — repete ele. — Dormindo, como dizem os médicos.

Volto devagar para os aposentos da rainha, desejando que Richard estivesse comigo, desejando estar em casa, em Grafton. Sinto um medo terrível de ter feito algo errado. Estou morta de medo, um medo supersticioso, como se eu tivesse agido da maneira errada. Eu me pergunto se não foi minha ordem ao rei para que ele não visse nada que o cegou. Eu me pergunto se ele não é vítima do meu poder acidental. Minha tia-avó Jehanne me alertou para sempre ter cuidado com o que desejasse, para pesar com muito cuidado as palavras escolhidas para as bênçãos e as maldições. Eu disse ao rei da Inglaterra: "Não olhe! Não veja!", e ele fechou os olhos, não olha nem vê.

Balanço a cabeça tentando dissipar meus próprios temores. É claro que devo ter proferido palavras como essas dezenas de vezes e nada aconteceu. Por que, agora, eu teria poderes para cegar o rei da Inglaterra? Talvez ele só esteja muito cansado. Talvez esteja, como acham os médicos, em choque por causa das notícias da França. Talvez ele seja como uma das tias de minha mãe, que ficou paralisada e deitada, imóvel como o rei, sem falar até morrer, anos depois. Talvez eu esteja me assustando à toa ao pensar que foi minha ordem que o cegou.

A rainha está deitada em sua cama, e sinto tanto medo do que eu possa ter feito que recuo até a soleira da porta do quarto escurecido e digo em um sussurro:

— Margarida.

Ela levanta a mão: é capaz de se mover, não está enfeitiçada. Uma das damas mais jovens está do seu lado, e as outras encontram-se na sala do lado de fora falando baixo sobre o risco para o bebê, o choque da rainha e a possibilidade de tudo dar terrivelmente errado, como sempre fazem as mulheres quando uma está prestes a dar à luz.

— Basta — digo, irritada, ao fechar a porta do quarto da rainha, para que ela não escute essas previsões assustadoras. — Se não conseguem dizer nada de animador, então se calem. E você, Bessie, não quero ouvir nem mais uma palavra sobre o sofrido trabalho de parto de sua mãe. Dei à luz 11 vezes, criei dez, e nunca sofri um quarto das dores de que fala. Na verdade, nenhuma mulher suportaria o que você descreve. A rainha pode muito bem ser tão afortunada quanto eu.

Passo bruscamente por elas em direção ao quarto da rainha e dispenso minha criada com um aceno da mão. Ela sai em silêncio e, por um momento, penso que Margarida está adormecida. Mas ela vira a cabeça e me olha, seus olhos obscurecidos e cheios de olheiras de fadiga e medo.

— O rei acordou de manhã? — Seus lábios estão rachados no local em que ela os tem mordido. Parece exausta de preocupação.

— Não — respondo. — Ainda não. Mas o lavaram e ele aceitou um pouco do desjejum.

— Sentou-se na cama?

— Não — digo, constrangida. — Tiveram de servi-lo.

— Servi-lo?

— Alimentá-lo.

Ela fica em silêncio.

— É uma bênção, de certa maneira — diz ela. — Significa que não fala nada por impulso, com raiva, sem pensar. O que nos dá tempo para refletir. Continuo achando que é uma bênção, de certa maneira. Isso nos dá tempo para... nos prepararmos.

— De certa maneira — concordo.

— O que os médicos dizem?

— Que acham que ele vai acordar, talvez amanhã.

— E voltará a ser ele mesmo? E se lembrar de tudo?

— Talvez. Não creio que saibam realmente.

— O que vamos fazer?

— Não sei.

Ela se senta na beirada da cama, com a mão em concha sobre a barriga, e se levanta para olhar pela janela. Embaixo, os belos jardins descem até o rio, onde um barco a remo oscila preso a um píer e uma garça está imóvel na água. Ela dá um suspiro.

— Sente alguma dor? — pergunto, apreensiva.

— Não, não. Senti o bebê se mexendo.

— É muito importante que permaneça calma.

Ela ri abruptamente.

— Perdemos a Gasconha, os franceses certamente atacarão Calais, o rei dorme e não pode ser acordado, e... — interrompe-se. Nenhuma de nós mencionou o duque com ela nos braços, como um amante habitual, beijando seu rosto, prometendo protegê-la. — E você me diz para me manter calma.

— Sim — insisto, inflexível. — Tudo isso não é nada em comparação a perder a criança. Precisa se alimentar e dormir, Vossa Graça. É o seu dever com a criança. Pode estar esperando um menino, que pode ser um príncipe para a Inglaterra. Quando tudo isso for esquecido, nos lembraremos de que manteve o príncipe a salvo.

Ela faz uma pausa e meneia a cabeça.

— Sim, Jacquetta, você tem razão. Vê? Vou me sentar. Ficarei calma. Pode me trazer um pedaço de pão e carne e um pouco de cerveja. Ficarei calma. E vá buscar o duque.

— Não pode ficar a sós com ele — lembro.

— Não. Sei disso. Mas tenho que vê-lo. Até o rei acordar, ele e eu teremos de decidir tudo juntos. Ele é o meu único conselheiro e amparo.

~

Encontro o duque em seus aposentos, olhando apaticamente pela janela. Vira-se quando seus homens batem à porta. Quando a abrem, percebo a palidez de seu rosto e o medo em seus olhos.

— Jacquetta — diz ele e, então, se corrige. — Vossa Graça.

Espero até que fechem a porta atrás de mim.

— A rainha ordena a sua presença — digo, simplesmente.

Ele pega a capa e o chapéu.

— Como ela está?

— Apreensiva.

Oferece-me seu braço e, de maneira pueril, finjo não perceber o gesto e o precedo na direção da porta. Ele me segue, e percorremos a galeria ensolarada até os aposentos reais. Do outro lado das janelas, vejo andorinhas sobrevoando baixo a planície à beira do rio e ouço o canto dos pássaros.

Ele apressa o passo para ficar ao meu lado.

— Você me culpa — diz ele.

— Não sei de nada.

— Você me culpa, mas Jacquetta, pode ter certeza de que o primeiro gesto foi...

— Não sei de nada e, se nada sei, não posso ser interrogada e não posso confessar nada — digo, interrompendo-o. — Tudo o que quero é ver Sua Graça em paz e forte o bastante para levar a gravidez até o final e trazer o bebê ao mundo. Rezo apenas para que o rei acorde com a mente calma e que possamos lhe transmitir a triste notícia da Gasconha. E espero, é claro, e penso nisso sem cessar, o tempo todo, que meu marido esteja seguro em Calais. Não me arrisco a ter pensamentos além desses, Vossa Graça.

Ele assente com um movimento da cabeça, e prosseguimos em silêncio.

Nos aposentos da rainha, percebo que as três damas de companhia que permanecem nos bancos sob a janela fingem costurar, mas esticam o pescoço para ouvir. Quando eu e o duque entramos, elas se levantam e fazem uma reverência. Mando que se sentem de novo e faço um sinal com a cabeça para os músicos tocarem. Isso encobre os sussurros entre a rainha e o duque. Ela permite que ele sente no banco a seu lado e faz sinal para que eu me junte a eles.

— Sua Graça diz que se o rei não acordar em alguns dias, não poderemos permanecer aqui — fala Margarida.

Olho para ele, que explica:

— As pessoas vão começar a estranhar, e então haverá comentários. Diremos que o rei está muito cansado, e ele poderá viajar de volta a Londres em uma liteira.

— Fecharemos as cortinas da liteira — concordo. — Mas e depois?

— A rainha deve ir para o confinamento no Palácio de Westminster. Isso foi planejado há meses. Não pode ser mudado. Sugiro que o rei permaneça em seus aposentos.

— O povo vai falar.

— Podemos dizer que ele está rezando pela saúde da esposa. Que está cumprindo horários monásticos..

Concordo com um movimento da cabeça. É possível ocultar de todos a doença do rei, com exceção de um pequeno círculo da corte.

— E quanto às reuniões com os lordes? E o conselho do rei? — pergunto.

— Posso lidar com eles — replica o duque. — Tomarei decisões em nome do rei.

Olho bem para ele e, logo em seguida, baixo os olhos, de modo que meu choque não seja visível. A situação deveria transformá-lo em qualquer coisa, menos em rei da Inglaterra. A rainha no confinamento, o rei adormecido, e Edmund Beaufort ascendendo de condestável a rei da Inglaterra.

— Ricardo, duque de York, provavelmente vai objetar — falo para o chão sob meus pés.

— Posso lidar com ele — afirma o duque com desdém.

— E quando o rei acordar?

— Quando o rei acordar, todos voltaremos ao normal — responde a rainha. A voz dela está tensa, a mão sobre a barriga. — E teremos de lhe explicar que, quando contraiu essa doença tão subitamente, tivemos de decidir o que fazer sem consultá-lo.

— É provável que fique confuso ao despertar — diz o duque. — Perguntei aos médicos. Disseram que pode estar tendo sonhos perturbadores, fantasias. Ficará surpreso ao acordar. Não será capaz de dizer o que é real e o que é pesadelo. O melhor é que fique em seu próprio quarto em Westminster, com o país bem-governado.

— Pode não se lembrar de nada — diz a rainha. — Talvez tenhamos de contar de novo sobre a perda da Gasconha.

— Temos de assegurar que ele saiba da notícia primeiro por nós. Teremos de dizer a verdade com tato — complementa o duque.

Parecem conspiradores, as cabeças juntas, falando com murmúrios. Olho em torno dos aposentos da rainha. Ninguém mais parece ver algo fora do comum. Dou-me conta de que sou a única que percebe ali uma intimidade repulsiva.

A rainha fica de pé e emite um pequeno gemido ao sentir uma pontada de dor. Vejo a mão do duque se estender, mas logo ele contém o gesto: não a toca. Ela sorri para ele.

— Estou bem.

Ele olha para mim como um jovem marido recorrendo a uma enfermeira.

— Talvez devesse repousar, Vossa Graça — intercedo. — Se formos viajar para Londres.

— Iremos depois de amanhã — decide o duque. — Darei ordens, imediatamente, para que aprontem tudo.

Palácio de Westminster, Londres, Outono de 1453

Os cômodos para o confinamento são preparados conforme a tradição da casa real. As tapeçarias são retiradas, as janelas são fechadas e cobertas com um material grosso para afastar a luz perturbadora e as correntes de ar. O fogo das lareiras é coberto de cinzas para conservar a brasa, pois os cômodos têm de ser mantidos aquecidos. Todos os dias, o garoto responsável pelas lareiras leva lenha até as portas firmemente trancadas. Nenhum homem, nem mesmo criados, pode entrar nos aposentos da rainha.

Juncos são espalhados no chão, especialmente ervas úteis no parto: bolsa-de-pastor e agripalma. Uma cama baixa é levada para o quarto e coberta com lençóis especiais. Trazem o berço real: herança enviada de Anjou, esculpido em bela madeira incrustada de ouro. Forram-no com um belo linho debruado com renda. Preparam a tábua em que o bebê será enfaixado: seus cueiros e a touca foram lavados, passados, e estão prontos. Um altar é armado onde usualmente fica a câmara particular, e um anteparo é colocado entre o quarto e a câmara, de modo que o padre possa celebrar a missa e a rainha possa participar da cerimônia sem ser vista. Ela fará sua confissão por trás de uma tela coberta com um véu. Nem mesmo um padre ordenado pode entrar nesses cômodos durante as seis semanas anteriores ao parto e as seis semanas seguintes.

Na prática, em quase todas as casas, um marido amoroso viola essas normas e entra para ver sua mulher assim que o bebê nasce, é lavado, enfaixado e colocado no berço. Muitos maridos não tocam na esposa antes de ela ir à capela, acreditando que fica impura depois do trabalho de parto e que pode contaminá-los com o pecado feminino — mas um marido como Richard despreza tais temores, considera-os superstições. Ele é sempre terno, afetuoso e amoroso nessas horas e me traz frutas e doces que as mulheres mais velhas dizem não ser permitidos. Precisa ser expulso do quarto pelas parteiras, que protestam dizendo que ele vai me incomodar, acordar o bebê ou fazer o trabalho delas.

Nenhum homem chegará perto da pobre rainha, é claro. Nenhum homem é admitido na câmara de confinamento real, e seu marido, o único que poderia transgredir essa regra, está em seu próprio quarto obscurecido, sendo lavado diariamente como se fosse um grande bebê, alimentado como se estivesse senil, flácido como um cadáver fresco.

Mantemos a terrível notícia da saúde do rei dentro dos muros do palácio. Os camareiros sabem de tudo, mas estão tão horrorizados com o trabalho que têm de fazer e a prostração do homem que conheceram que não foi difícil Edmund Beaufort conversar pessoalmente com cada um deles, fazê-los jurar segredo e ameaçá-los dos castigos mais terríveis se sequer murmurassem uma palavra fora daquelas paredes. Aqueles que servem ao rei — seus companheiros, camareiros, pajens, mestre das cavalariças e os cavalariços — sabem apenas que ele foi acometido de uma doença que o deixa muito cansado e enfraquecido, incapacitado para cavalgar. Perguntam-se o que deve haver de errado com ele, mas não se preocupam muito. Ele nunca foi um homem robusto que pede quatro cavalos de caça toda manhã e monta um depois do outro, à medida que sofrem de laminite. A vida continua pacata nas cavalariças do rei, e somente os homens que o veem inerte na cama em seu quarto silencioso percebem como está gravemente enfermo.

Somos ajudados na nossa lei do silêncio pelo fato de que a maioria dos lordes e nobres da região rural deixaram Londres durante o verão e demoram a retornar. O duque não convoca o Parlamento, de modo que a nobreza rural não tem motivos para vir à cidade, e as decisões do reino são tomadas por um punhado de homens no conselho do rei, em nome do rei, mas sob a assinatura do duque. Ele lhes diz que Henrique está indisposto, cansado demais para ir ao conselho, e que ele, Edmund Beaufort, como seu parente mais leal, usará seu lacre para ratificar qualquer decisão. Quase nenhum deles suspeita de que o rei está incapacitado de ir ao conselho. A maior parte pensa que ele está em sua capela privada, rezando pela saúde da rainha, estudando em silêncio, e que deu o lacre e a autoridade a Edmund Beaufort, que, de qualquer maneira, sempre comandou quase tudo.

Mas os rumores fatalmente começam. Os cozinheiros comentam que nunca mandam bons cortes de carne para os aposentos do rei, apenas sopas, e um camareiro tolo diz que o rei não consegue mastigar. Então, cala-se e diz: "Deus salve o rei!", tratando de sair rapidamente. Os médicos entram e saem dos aposentos reais o tempo todo, e qualquer um que os vê percebe que há estranhos entre eles, herboristas e clínicos de todo tipo que são chamados pelo duque. Não se atrevem a falar nada, mas são assistidos por criados e mensageiros que lhes trazem ervas e purgantes. Após uma semana dessa rotina, o duque me convida a seus aposentos e me pede para transmitir à rainha que aconselha que o rei seja levado para Windsor, onde poderão cuidar melhor dele sem que as notícias vazem.

— Ela não vai gostar disso — retruco com sinceridade. — Ela não vai gostar da ideia de ele ser mantido lá enquanto ela fica presa aqui, no confinamento.

— Se ele permanecer aqui, o povo vai começar a falar. Não conseguiremos manter segredo. E ela vai querer evitar comentários, mais do que qualquer outra coisa.

Faço uma mesura e me dirijo para a porta.

— O que acha? — pergunta ele quando já estou com a mão no trinco.

— O que acha, Vossa Graça? É uma mulher com dons. O que acha que acontecerá com o rei? E o que será da rainha se ele nunca se recuperar?

Não digo nada. Sou antiga demais na corte para ser persuadida a especulações sobre o futuro de um rei pelo homem que está no lugar dele.

— Deve ter pensamentos — insiste ele, com impaciência.

— Posso ter pensamentos, mas não tenho nenhum comentário — replico e saio.

Nessa noite, porém, sonho com o Rei Pescador da lenda: um país comandado por um rei frágil e enfraquecido demais para fazer outra coisa que não pescar enquanto uma jovem tem que governar sozinha e anseia por um homem que fique do seu lado.

A rainha acha seu confinamento tedioso, e os relatos diários do Castelo de Windsor tornam os dias ainda piores. Estão torturando o rei com um remédio atrás do outro. Os relatórios falam em drenar seus fluidos frios e aquecer suas partes vitais, e sei que se referem à aplicação de ventosas para retirar sangue e a queimá-lo em silêncio como um Cristo crucificado na esperança de que ele ressuscite. Há noites em que me levanto da pequena cama que ocupo no quarto da rainha e afasto uma ponta da tapeçaria na janela, de modo que possa ver a lua, uma grande lua cheia, tão próxima da terra que é possível ver cada vinco, cada depressão em sua superfície. Pergunto-lhe:

— Enfeiticei o rei? Desejei-lhe mal? Naquele momento de medo, quando mandei que ele nada visse, eu o ceguei? Seria possível fazer uma coisa dessas? Serei tão poderosa? Se fui eu... como posso me retratar e fazer com que ele se restabeleça?

Sinto-me muito sozinha e preocupada. Evidentemente, não posso compartilhar isso com a rainha, que já tem sua própria parcela de culpa e medo. Não me atrevo a escrever nada sobre isso a Richard. Tais pensamentos não deveriam estar em minha cabeça, muito menos no papel. Estou enjoada e cansada de ficar presa nesses cômodos escuros: o confinamento da rainha é longo e causa apreensão em todos nós. Esse deveria ser o outono mais feliz da vida dela, com um bebê a caminho, finalmente. No entanto, estamos todos apavorados em relação ao estado do rei, e agora algumas das damas murmuram que o bebê nascerá adormecido também.

Quando tomo conhecimento disso, desço até o rio e me sento no píer ao pôr do sol. Olho para a água que corre rápido em direção ao mar e murmuro para Melusina que, se por acaso falei alguma palavra que cegou o rei, que eu a retire já. Se por acaso eu quis que ele não visse nada, renego, agora, tal pensamento, e desejo de todo coração que o bebê da rainha nasça sadio e que tenha uma vida longa e feliz. Volto devagar para o palácio, sem saber se o rio escutou meus desejos, se pode fazer algo a respeito deles ou se a lua é capaz de compreender como uma mulher pode se sentir desolada, longe de seu marido e em um mundo cheio de perigos.

Entro e me deparo com um alvoroço silencioso.

— A bolsa d'água rompeu — diz uma criada, ao passar correndo por mim com um pano limpo.

Corro também para o quarto. As parteiras já estão ali, o berço está sendo preparado com lençóis limpos e cobertores macios, a ama está aquecendo um atiçador para preparar a cerveja especial para o parto, e a rainha está aos pés da melhor cama, encurvada, as mãos apoiadas na base da coluna, o suor cobrindo seu rosto pálido enquanto ela morde o lábio inferior. Vou direto para ela.

— A dor passa — digo. — Ela vem a cada momento e vai embora de novo. Tem de ser corajosa.

— Sou corajosa — replica ela, furiosa. — Nunca ninguém dirá o contrário.

Percebo a irritabilidade típica do parto, pego um pano molhado com água de lavanda e enxugo, delicadamente, o rosto dela. Margarida suspira quando a dor retrocede e, então, prepara-se para o novo acesso. Demora a vir. Olho de relance para a parteira.

— Vai levar algum tempo — diz ela sabiamente. — Nós todas faríamos bem se tomássemos uma caneca de cerveja e nos sentássemos para esperar.

Realmente leva um tempo — a noite toda —, mas no dia seguinte, dia de são Eduardo, ela dá à luz um menino, um precioso menino Lancaster, e a segurança e o trono da Inglaterra estão assegurados.

Saio para a sala de audiências, onde os lordes do reino aguardam as notícias. Edmund Beaufort é um deles, mas não se coloca à frente, no comando, como geralmente faz. Ele fica longe da porta do quarto, um pouco de lado, como se fosse apenas mais um no grupo. Pela primeira vez na sua vida, não está reivindicando o lugar de honra, o que me faz hesitar, sem saber se devo ir diretamente a ele e dar a notícia. Ele é o condestável da Inglaterra, o lorde mais favorecido do país. Dirige o Conselho Privado, e esses são os homens designados por ele no Parlamento. Ele é o favorito do rei e da rainha, e estamos todos acostumados a lhe dar prioridade. Normalmente, eu falaria com ele antes de com qualquer outro.

É claro que o primeiro homem a receber a notícia deve ser o pai da criança, o rei. Mas, que Deus o abençoe, ele está longe, muito longe. Não há protocolo a ser seguido, e não sei o que devo fazer. Hesito por um momento, e então, quando a conversa cessa e os homens viram-se para mim em um silêncio cheio de expectativa, digo simplesmente:

— Milordes, trago-lhes alegria. A rainha deu à luz um lindo menino, e deu-lhe o nome de Eduardo. Deus salve o rei.

Alguns dias depois, com o bebê se desenvolvendo bem e a rainha em seu repouso, retorno de um passeio nos jardins do palácio e hesito. Diante da porta fechada dos aposentos reais está um garoto e dois guardas usando a rosa branca da Casa de York nos librés. Assim que entro, percebo que isso significa problema.

A rainha está sentada em sua cadeira à janela, e a esposa de Ricardo, duque de York, encontra-se de pé, diante dela. Margarida não a convidou a se sentar, e o rubor no rosto de Cecily Neville me diz que ela está ciente do tratamento frio. Ela se vira quando entro e diz:

— Vossa Graça, a duquesa viúva, confirmará tudo o que digo, tenho certeza.

Faço-lhe uma pequena mesura.

— Bom dia, Vossa Graça — digo cordialmente, e vou para o lado da rainha, apoiando minha mão no espaldar de sua cadeira, para que Cecily não tenha nenhuma dúvida de que lado estou, independente do motivo da sua presença e do que ela espera que eu confirme.

— Sua Graça veio me pedir para que seu marido seja convidado para todas as reuniões do conselho real — diz a rainha, com desdém.

Cecily confirma com a cabeça e diz:

— Como deve ser. Como sempre foi na família real. Como o rei prometeu que seria.

Espero.

— Estava explicando à Sua Graça que desde que vim para o confinamento não posso desempenhar nenhum papel nas questões do governo — diz a rainha.

— Na verdade, não deveria receber visitas — observo.

— Peço desculpas por ter vindo, mas de que outra maneira a posição de meu marido poderia ser considerada? — indaga a duquesa, parecendo extraordinariamente impenitente. — O rei não vai receber ninguém, nem mesmo está sendo assistido por uma corte. E o duque de Somerset não é amigo do meu marido. — Ela se volta novamente para a rainha. — Vossa Graça prejudica o país ao não permitir que meu marido sirva à Inglaterra. É o principal magnata no reino, e sua lealdade ao rei é inquestionável. É o primo mais próximo do rei e seu herdeiro. Por que não é convidado a ser membro do conselho? Como decisões podem ser tomadas sem que a opinião dele seja considerada? Vossa Graça convoca-o quando deseja armas e dinheiro. Ele deveria estar presente nas tomadas de decisão.

A rainha dá de ombros.

— Enviarei uma nota ao duque de Somerset — oferece ela. — Mas entendo que não há muito que se possa fazer. O rei retirou-se para orar, e ainda estou no confinamento. Imagino que o duque esteja administrando as questões cotidianas da melhor forma possível, com alguns conselheiros.

— Meu marido deveria ser um de seus conselheiros — insiste a duquesa.

Dou um passo à frente e faço um ligeiro gesto em direção à porta.

— Estou certa de que a rainha está feliz por ter chamado a atenção dela para isso — falo. A contragosto, a duquesa deixa-se conduzir à porta. — E como Sua Graça disse que escreverá ao duque, tenho certeza de que seu marido receberá o convite para o conselho.

— E devemos estar presentes quando o bebê for apresentado ao rei.

Paraliso-me ao ouvir isso e troco um rápido olhar espantado com a rainha.

— Perdoe-me — digo, já que Margarida permanece em silêncio. — Sabe que não fui educada em uma corte inglesa e esta foi a primeira vez que estive presente no parto de um príncipe. — Sorrio, mas ela, uma inglesa bem-nascida e bem-criada, não. — Por favor, diga-me. Como o bebê é apresentado ao rei?

— Ele tem de ser apresentado ao Conselho Privado — replica Cecily Neville com um quê de júbilo diante de meu constrangimento. Acho que sabe que não tínhamos feito planos para isso. — Para o bebê ser aceito como herdeiro do trono e príncipe do reino, tem de ser apresentado ao rei pelo Conselho Privado, e o rei tem de aceitá-lo formalmente como filho e herdeiro. Sem isso, ele não é herdeiro do trono. Se não for reconhecido pelo pai, não pode ser reconhecido como herdeiro da Inglaterra. Não pode assumir seus títulos. Mas isso não é problema, é?

Margarida não diz nada, mas recosta-se na cadeira, como se estivesse exausta.

— É? — pergunta a duquesa, novamente.

— É claro que não — respondo calmamente. — Tenho certeza de que o duque de Somerset providenciou tudo.

— E vai se assegurar de que meu marido seja convidado — insiste Cecily. — Como é seu direito.

— Levarei a nota da rainha ao duque pessoalmente — garanto-lhe.

— E é claro que ficaremos todos muito felizes de comparecermos ao batizado — acrescenta a duquesa.

— Evidentemente. — Espero para ver se tem a petulância de pedir para ser a madrinha, mas ela se satisfaz com uma reverência à rainha e recua alguns passos antes de deixar que eu a acompanhe até a porta. Saímos juntas. Na câmara de audiências está um belo menino, em quem eu já havia reparado, e ele fica de pé em um pulo. É o filho mais velho da duquesa, Eduardo, que, ao me ver, faz uma mesura. Trata-se de uma criança esbelta, de cabelo castanho-dourado, olhos escuros, sorriso alegre e alto, talvez da altura do meu ombro, embora só tenha 11 anos.

— Ah, seu filho também está aqui! — exclamo. — Eu o vi quando cheguei, mas não o reconheci.

— Este é o meu Eduardo — diz ela, a voz terna cheia de orgulho. — Eduardo, você conhece Lady Rivers, a duquesa viúva de Bedford.

Estendo a mão, e ele faz uma mesura e a beija.

— Que menino encantador — digo, com um sorriso. — É da mesma idade do meu Anthony, não?

— Somente meses de diferença. Anthony está em Grafton?

— Está com a irmã em Groby. Aprendendo boas maneiras. Acho que o seu filho é mais alto do que o meu.

— Crescem como ervas daninhas — replica ela, dissimulando o orgulho. — E os sapatos que logo deixam de caber! As botas! É claro que tenho mais dois meninos, além de Ricardo, que é de berço.

— Tenho agora quatro meninos — respondo. — Perdi o meu primeiro, Lewis.

No mesmo instante, ela faz o sinal da cruz.

— Deus os proteja. E que Nossa Senhora a conforte.

A conversa sobre filhos nos une. Ela se aproxima e faz um sinal com a cabeça em direção ao quarto da rainha.

— Está tudo bem? Ela está bem?

— Muito bem — respondo. — Levou uma noite inteira. Ela foi valente, e o bebê nasceu perfeito.

— Sadio e forte?

— Mamando com avidez. É um menino forte.

— E o rei? Está bem? Por que não está aqui? Não veio ver o filho?

Meu sorriso é sem malícia.

— Está servindo a Deus e a seu povo da melhor maneira que consegue: de joelhos pelo parto seguro de seu filho e a garantia de um herdeiro para a Inglaterra.

— Ah, sim. Mas ouvi dizer que adoeceu no Palácio de Clarendon e veio para cá em uma liteira.

— Ele estava cansado — justifico. — Passou quase todo o verão perseguindo e condenando rebeldes. Tanto neste ano quanto no ano passado, passou toda a estação se certificando de que a justiça vigorasse em todas as regiões. Às vezes, em terras que pertencem à senhora, por coincidência.

A duquesa Cecily joga a cabeça para o alto diante da censura implícita.

— Se o rei privilegia um homem sobre seus parentes mais próximos, amigos leais e melhores conselheiros, sempre haverá problemas — diz ela, com veemência.

Ergo a mão.

— Perdoe-me — falo. — Não tive intenção de sugerir que seus arrendatários sejam excepcionalmente indisciplinados ou que a família de seu pai, os Neville, sejam vizinhos irritáveis no norte da Inglaterra. Só quis dizer que o rei trabalhou arduamente para impor sua lei em todo o reino. Quando o duque, seu marido, participar do conselho, estou certa de que será capaz de tranquilizar seus pares de que não há nenhum indício de rebelião em nenhuma parte de suas terras, e de que os parentes dele, a sua família, podem aprender a viver em paz com os Percy no Norte.

Ela comprime os lábios, reprimindo uma réplica irritada.

— É claro — diz. — Todos queremos apenas servir e apoiar o rei. E o Norte não pode ser dividido.

Sorrio para o seu filho.

— E o que quer fazer quando crescer, Eduardo? — pergunto. — Vai ser um grande general como seu pai? Ou vai preferir a igreja?

Ele abaixa a cabeça.

— Um dia, serei o chefe da Casa de York — responde ele timidamente, com os olhos baixos. — É o meu dever estar preparado para servir à minha casa e ao meu país, da maneira que for necessária, quando chegar a hora.

∽

Realizamos um batismo magnífico para o bebê real. A própria rainha encomenda uma cauda de tecido dourado para as vestes do filho, que é trazida da França e que custa mais do que o vestido da madrinha, Anne, duquesa de Buckingham. Os outros padrinhos são o arcebispo de Canterbury e Edmund Beaufort, duque de Somerset.

— É sensato? — pergunto à rainha em tom baixo, quando ela diz a seu confessor os nomes dos padrinhos que escolheu. Ela está de joelhos diante do pequeno altar em seus aposentos particulares, e eu estou ajoelhada ao seu lado. O padre permanece atrás da tela do confessionário. Ninguém pode ouvir meu murmúrio urgente.

Ela não vira a cabeça, apoiada em suas mãos cruzadas.

— Eu não teria mais ninguém — sussurra ela. — O duque cuidará dele e o protegerá, como se fosse o próprio filho.

Balanço a cabeça em silêncio, mas percebo o que fez. Cercou o menino com seu grupo na corte: pessoas em quem confia, pessoas indicadas por Somerset, parentes dele. Se o rei não voltar mais a falar, ela terá colocado um pequeno exército ao redor de seu filho para defendê-lo.

Anne, duquesa de Buckingham, carrega a preciosa criança até a pia batismal na Capela de Westminster. Entre as damas, Cecily Neville me olha furiosa, como se eu fosse responsável por mais uma afronta a seu marido, o duque de York, que deveria ter sido um dos padrinhos. Ninguém comenta a ausência do rei, pois batismo é ocupação dos padrinhos e, evidentemente, a rainha permanece em seu confinamento. Mas o segredo não poderá ser guardado por muito tempo, e o rei certamente não poderá ficar doente para sempre. É claro que ele logo vai se recuperar, não?

No banquete do batismo, Edmund Beaufort puxa-me para um lugar mais reservado.

— Diga à rainha que vou convocar o grande conselho, inclusive o duque de York, e levar o príncipe bebê para visitar o rei em Windsor.

Hesito.

— Mas, Vossa Graça, e se ele não acordar diante do filho?

— Então, insistirei para que reconheçam o bebê sem o reconhecimento do rei.

— Pode fazer isso sem eles verem o rei? — pergunto. — Todos sabem que ele está doente, mas se o virem praticamente sem vida...

O rosto dele se contorce ligeiramente.

— Não posso. Diga à rainha que tentei, mas o conselho insiste que a criança seja apresentada ao rei. Qualquer outra atitude pareceria demasiadamente estranha: pensariam que ele está morto e que estamos ocultando o fato. Fomos abençoados com mais tempo do que achei possível. Mas agora isso acabou. Eles têm que ver o rei, e a criança tem que ser apresentada a ele. Não há nada que possamos fazer para evitar isso por mais tempo. — Hesita. — Há algo que é melhor que eu lhe diga; terá de prevenir a rainha: estão dizendo que a criança não é filho legítimo do rei.

Enrijeço-me, alerta ao perigo.

— Estão dizendo?

Ele confirma com um movimento da cabeça.

— Estou fazendo tudo o que posso para eliminar os rumores. Essas alegações são traição, é claro, e farei com que todos aqueles que fizerem comentários acabem na forca. Mas com o rei ausente da corte, o povo fatalmente comentará.

— Dizem o nome do outro homem? — pergunto.

Ele olha para mim, seus olhos escuros sem malícia.

— Não sei — responde, embora saiba. — Não acho que tenha importância — prossegue, embora isso seja importante sim. — E de qualquer maneira, não há nenhuma prova. — Isso, pelo menos, é verdade. Se Deus quiser, não haverá prova nenhuma de qualquer mau procedimento. — Mas o duque de York incitou o conselho, e o bebê tem que ser visto e, no mínimo, segurado pelo rei.

~

Um conselho de 12 lordes vem ao palácio para levar o bebê para ser apresentado a seu pai, e Somerset lidera-os. Devo ir com eles, junto com as amas do bebê. Anne, duquesa de Buckingham, a madrinha, também virá. É um dia frio de outono, mas a embarcação está bem protegida pelo cortinado, e o bebê, enfaixado em sua tábua e envolvido com peles. A ama segura-o no colo na parte de trás do barco, e as outras criadas estão sentadas perto, com a ama de leite. Dois barcos nos seguem: o duque de Somerset e seus amigos estão em um, o duque de York e seus aliados no outro. É uma frota de inimizade não declarada. Fico na proa, olhando para a água, escutando o silvo tranquilizante do rio contra a embarcação e o movimento dos remos na correnteza.

Fomos enviados na frente para comunicar que os lordes visitarão o rei, mas fico chocada ao desembarcar em Windsor e percorrer o castelo silencioso até o pátio superior. Geralmente, quando a corte vai de um castelo para outro, os criados aproveitam para limpar e fechar os salões mais luxuosos. Porém, como mandamos o rei para Windsor sem a corte, não abriram todos os aposentos do castelo, nem as cozinhas que preparam comida para centenas de pessoas ou os salões luxuosos e as cavalariças reverberantes. Em vez disso, o pequenino séquito do rei está instalado nos aposentos reais, e o resto do castelo está vazio, completamente desolado. A bela câmara de audiências real, que é geralmente o coração da corte, tem uma aparência gasta, desleixada. Os criados não limparam a lareira, e as chamas bruxuleantes mostram que acabaram de acender o fogo. Está fria e abandonada. Não há nenhuma tapeçaria nas paredes, e algumas das venezianas estão fechadas, de modo que o cômodo permanece escuro e gelado. Há juncos antigos no chão, mofados e secos, e velas pequenas queimadas pela metade nas arandelas. Faço um sinal com o dedo para o mordomo da casa se aproximar.

— Por que o fogo não foi aceso mais cedo? Onde estão as tapeçarias do rei? Este cômodo está um horror.

Ele baixa a cabeça.

— Perdoe-me, Vossa Graça. Mas tenho pouquíssimos criados aqui. Estão todos em Westminster com a rainha e o duque de Somerset. De qualquer forma, o rei nunca sai do quarto. Quer que eu acenda o fogo para os médicos e seus criados? Ninguém nos visita, e temos ordens de não admitir ninguém que não tenha sido mandado pelo duque.

— Gostaria que acendesse o fogo de modo que os aposentos do rei ficassem iluminados, limpos e alegres — digo. — E se não tem criados suficientes para manter os cômodos limpos, deveria ter nos dito. Sua Graça deveria ser servido da melhor forma. É o rei da Inglaterra, deveria ser servido com pompa.

Ele baixa a cabeça ao ouvir a repreensão, mas duvido que concorde comigo. Se o rei não pode ver nada, de que adianta as tapeçarias nas paredes? Se ninguém aparece, para que varrer os salões cerimoniais? Se não há visitas, por que acender o fogo na sala de audiências? O duque de Somerset faz um sinal para que eu vá até ele, que se encontra junto à porta do quarto. Tem somente um único homem de guarda.

— Não há necessidade de nos anunciar — diz o duque. O guarda abre a porta e entramos facilmente.

~

O cômodo está transformado. Geralmente, é uma bela câmara com duas das janelas dando para as planícies e o rio e as outras voltadas para o pátio superior, onde há sempre o som de pessoas indo e vindo, do tropel de cavalos no pavimento de pedras e, às vezes, de música. As salas estão sempre agitadas com cortesãos e conselheiros do rei. Normalmente, há tapeçarias nas paredes e mesas com pequenos objetos de ouro e prata, pequenas caixas pintadas e raridades. Hoje, a câmara está vazia, terrivelmente vazia, exceto por uma grande mesa com os instrumentos dos médicos: tigelas para ventosas, lancetas, uma grande jarra com sanguessugas retorcidas, algumas ataduras, alguns unguentos, uma caixa grande de ervas, um caderno de registro com anotações diárias de tratamentos dolorosos, algumas caixas com especiarias e lascas de metais. Há uma cadeira pesada com tiras de couro para os braços e pernas, onde amarram o rei para imobilizá-lo enquanto forçam líquidos por sua garganta ou fazem cortes em seus braços. Não há um buraco no assento da cadeira, pois embaixo colocam uma tina para colher urina e fezes. A câmara está bem aquecida. O fogo permanece aceso, e a lareira está limpa. No entanto, parece um dos melhores quartos do Bethlem Hospital, voltado para o tratamento de loucos, do que uma câmara real. Parece o quarto de um louco bem-cuidado, não de um rei. O duque troca um olhar horrorizado comigo. Ninguém que entre no aposento vai imaginar que o rei tem estado em retiro, rezando tranquilamente.

Os três principais médicos do rei, solenes em sua roupa escura, estão atrás da mesa. Fazem uma mesura, mas não falam nada.

— Onde está Sua Graça, o rei? — pergunta o duque.

— Está sendo vestido — responde o doutor Arundel. — Logo o trarão.

O duque dá um passo na direção do quarto e então se detém, como se não quisesse ver o que há lá dentro.

— Tragam-no — ordena.

O médico vai até a porta do quarto do rei e a abre.

— Tragam-no — diz ele. Lá de dentro, ouvimos móveis serem mexidos e percebo que estou com as mãos apertadas, ocultas nas minhas mangas. Tenho medo. Tenho medo do que vai aparecer. Então, um homem musculoso vestido com a libré real atravessa a porta carregando uma cadeira pesada como semelhante ao trono do rei, colocada em uma base com alças, como uma liteira. Às suas costas, segurando as alças de trás, está outro carregador, e na cadeira, com a cabeça oscilando e os olhos fechados, está tudo o que resta do nosso rei.

Está bem-vestido em uma roupa azul com sobrecota vermelha, e seu cabelo preto e fino, que cai até os ombros, foi penteado. Fizeram sua barba, mas o cortaram, e há uma gota de sangue em seu pescoço. Com a cabeça bamba, parece que estão trazendo um homem assassinado, os ferimentos sangrando na presença de seus assassinos. É firmado na cadeira por uma faixa ao redor da cintura e outra tira ao redor do peito. Mas a sua cabeça cede para um lado, e quando colocam a cadeira no chão, ela pende sobre o peito, como a de um boneco. Delicadamente, o médico o ergue e posiciona sua cabeça em posição ereta, mas ele não se mexe com o toque. Seus olhos estão fechados, sua respiração é pesada, como a de um homem embriagado dormindo.

— O Rei Pescador — murmuro para mim mesma. Ele parece um homem sob encantamento. Essa não é uma doença deste mundo: tem que ser uma maldição lançada sobre ele. Parece a imagem de cera de um rei que é posto em um ataúde, em um funeral real, não de um homem vivo. Somente o sobe e desce de seu peito e o leve ruído que faz de vez em quando, um leve ronco abafado, nos diz que está com vida. Com vida, mas não vivo. Olho para o duque: está observando o rei com uma expressão de horror.

— Isso é pior do que eu esperava — diz ele em tom baixo. — Muito pior.

O médico avança.

— Está com boa saúde... por outro lado — afirma.

Olho para ele perplexa. Esse estado não pode ser descrito como boa saúde. Parece um homem morto.

— Nada o faz se mexer?

Ele balança a cabeça e aponta para a mesa.

— Tentamos tudo — replica o médico. — Continuamos tentando. Por volta do meio-dia, todos os dias, depois que toma o café da manhã, passamos uma hora tentando despertá-lo, e fazemos o mesmo todas as noites, antes do jantar. Mas ele parece não ouvir nada e não sente dor. Todos os dias, dizemos a ele que precisa acordar. Às vezes, mandamos vir um padre para que exija que cumpra o seu dever, para reprová-lo por estar nos decepcionando. Mas ele não demonstra qualquer sinal de que ouve ou compreende.

— Está piorando?

— Não piora nem melhora. — Ele hesita. — Acho que seu sono é um pouco mais profundo do que no início. — Indica, cortesmente, os outros médicos. Um deles balança a cabeça. — As opiniões variam.

— Acha que talvez fale quando trouxermos seu filho? — pergunta o duque. — Chegou a falar alguma coisa? Ele sonha?

— Nunca diz nada — fala o doutor Faceby. — Mas acho que sonha. Às vezes, dá para perceber suas pálpebras se movendo, às vezes se contorce no sono. — Ele olha de relance para mim. — Uma vez, ele chorou.

Levo a mão à boca ao pensar no rei chorando em seu sono. Eu me pergunto o que ele estaria vendo, se estaria em outro universo. Está adormecido há quase quatro meses. É um longo sonho. O que um sonho de quatro meses pode mostrar a um homem?

— Não conseguiriam fazê-lo se mover? — O duque está pensando no impacto que o conselho sofrerá ao ver o rei assim pela primeira vez. — Ele será capaz de segurar o bebê se o colocarmos em seus braços?

— Está completamente flácido — responde o doutor Arundel. — Receio que deixe o bebê cair. Não dá para lhe confiar nada de valor. Está completamente incapaz.

Faz-se um silêncio assustado.

— Tem que ser feito — decide o duque.

— Pelo menos retirem essa cadeira horrível — digo, e os dois carregadores levantam a cadeira com as tiras e a latrina e a levam dali.

O duque me olha confuso. Não conseguimos pensar em nada que possa melhorar a situação.

— Mande-os entrar — diz ele.

Saio para encontrar os lordes que aguardam.

— Sua Graça, o rei, está em seus aposentos particulares — anuncio e ponho-me de lado enquanto entram, as amas seguindo atrás, com a duquesa. Sinto-me aliviada ao ver que os olhos azul-escuros do bebê estão abertos, piscando para o teto. Seria terrível se o bebê estivesse adormecido como o pai.

Na câmara particular, os lordes formam um semicírculo constrangido ao redor do rei. Nem uma única palavra é dita. Vejo um deles se benzer. Ricardo, duque de York, parece desconcertado com a visão do rei adormecido. Um dos homens está protegendo os olhos da visão, outro está chorando. Estão todos profundamente chocados. Anne, duquesa de Buckingham, foi avisada do estado do rei por seu parente Edmund Beaufort, mas fica lívida. Ela desempenha seu papel nesse quadro grotesco: como se apresentasse um bebê a seu pai semimorto, ela pega a criança e vai até o rei imóvel, amarrado em sua cadeira.

— Vossa Graça — diz ela, em voz baixa. — Este é seu filho. — Ela se aproxima dele, mas o rei não levanta os braços para receber a criança. Está completamente imóvel. Constrangida, a duquesa segura o bebê junto ao peito dele, mas o rei não se move. Ela olha para o duque de Somerset, que pega o bebê e o põe no colo do rei. Ele não se mexe.

— Vossa Graça — diz o duque em voz alta. — Este é seu filho. Levante a mão para reconhecê-lo.

Nada.

— Vossa Graça! — insiste o duque, um pouco mais alto. — Apenas balance a cabeça para reconhecer seu filho.

Nada.

— Apenas pisque os olhos, sire. Apenas pisque para dizer que sabe que este é seu filho.

É como se todos estivéssemos enfeitiçados. Os médicos estão imóveis, olhando para o seu paciente, esperando um milagre. A duquesa aguarda. Uma das mãos do duque segura o bebê nos joelhos imóveis de Henrique, a outra está pousada no ombro do rei, apertando-o cada vez com mais força, de modo que seus dedos fortes afundam no ombro ossudo, beliscando-o cruelmente. Fico calada, sem me mexer. Por um momento, parece que o rei contraiu a praga da imobilidade e que todos vamos ficar paralisados e dormir com ele: uma corte enfeitiçada ao redor de um rei adormecido. Então, o bebê dá um gritinho, e eu me adianto e o pego, como se temesse que ele fosse infectado pelo sono.

— Não adianta — diz o duque de York abruptamente. — Ele não vê nem ouve nada. Meu Deus, Somerset, há quanto tempo ele está assim? Não pode fazer nada. Devia ter nos contado.

— Ele continua a ser rei — replica o duque categoricamente.

— Ninguém está negando isso. — Ricardo, duque de York, parece irritado. — Mas não reconheceu seu filho e não pode conduzir os negócios do reino. Tornou-se ele próprio um bebê. Deveríamos ter sido informados.

Edmund Beaufort busca apoio com os olhos, mas até mesmo os lordes que juraram lealdade à sua casa, até mesmo os que odeiam e temem o duque de York, não podem negar que o rei não reconhece o filho, que não faz nada, não vê nada, não ouve nada, está longe, muito longe de nós. Quem sabe onde?

— Retornaremos a Westminster — anuncia Edmund Beaufort. — E esperaremos que Sua Graça se restabeleça. — Lança um olhar furioso aos médicos. — Os bons médicos vão despertá-lo, eu sei.

~

Nessa noite, quando me deito sonolenta em meu quarto no Palácio de Westminster, admiro-me com a existência de um sono que não se interrompe, um sono como a morte, exceto que nele a pessoa adormecida sonha, se mexe, e volta a dormir. Como será se mexer um pouco, entrever os médicos e aquele quarto horrível, com a cadeira, facas, sanguessugas, e depois voltar a dormir, incapacitado de protestar? Como será abrir a boca no grito silencioso de um sonho e adormecer mudo? Quando durmo, sonho de novo com o Rei Pescador, com um rei que nada pode fazer enquanto seu reino sucumbe ao caos e às trevas e que deixa uma jovem sem marido, sozinha. O Rei Pescador foi ferido na virilha: não pode gerar um filho nem defender suas terras. O berço está vazio, os campos, estéreis. Desperto no meio da noite e agradeço a Deus por ter conseguido voltar, por não ter sido submetida ao mesmo encantamento que envolve o rei como uma manta de trevas. Questiono-me. Meneio a cabeça, pousada sobre o travesseiro, e me questiono se a culpa é minha, se mandei que o rei ficasse cego, se foram minhas palavras descuidadas que o cegaram.

Quando desperto, às primeiras luzes, estou lúcida e alerta, como se alguém estivesse chamando meu nome. Eu me levanto e busco a caixa de joias que me foi dada por minha tia-avó Jehanne. Dentro, intocada, está a bolsinha com os talismãs e, dessa vez, escolho uma coroa, para simbolizar o retorno do rei. Amarro quatro fitas finas diferentes nesse talismã. Escolho uma fita branca para simbolizar o inverno, se ele for retornar a nós no inverno; uma fita verde, se ele não retornar até a primavera; uma fita amarela, se ele for retornar na colheita do feno; e uma fita vermelha, se ele for voltar daqui a um ano, quando as bagas estão nas sebes. Em seguida, amarro cada uma dessas fitas a quatro cordões pretos e levo tudo ao rio. O Tâmisa está cheio e veloz enquanto a maré sobe.

Não há ninguém por perto quando desço até o pequeno píer de madeira, onde o barqueiro da balsa pega seus passageiros, e amarro os quatro fios pretos em um de seus pilares. Lanço a pequena coroa com as fitas coloridas o mais longe possível, no rio. Então, retorno ao quarto do confinamento da rainha, onde ela aguarda o fim do prazo para sua purificação e libertação para a luz.

❧

Deixo a coroa na água durante uma semana e, ao final dela, a rainha é liberada do confinamento e vai à igreja em um serviço magnífico. Todas as duquesas do reino entram atrás dela para honrá-la, como se seus maridos não estivessem trancados em um embate para decidir como o príncipe pode ser reconhecido e como o reino deve ser comandado enquanto o rei não vê nada e não manda nada. Agora que a rainha retornou ao mundo, o duque pode voltar aos aposentos dela e lhe contar que o conde de Salisbury, cunhado do duque de York, está dizendo publicamente que o bebê não foi reconhecido pelo rei, e são muitos, perigosamente muitos, os que acreditam nele. A rainha comunica que qualquer um que dê ouvidos a tal calúnia não precisa nunca mais vir à corte. Diz a seus amigos que não devem nem mesmo falar com o conde de Salisbury ou com seu filho desprezível, o conde de Warwick. Diz-me que Ricardo, duque de York, seu parente, e até mesmo a duquesa, Cecily, são seus inimigos, inimigos mortais, e que nunca devo falar com nenhum deles, nunca mais. O que não faz é comentar os rumores, o que muita gente está dizendo por aí: que o rei não é homem o bastante para fazer um filho e que o bebê não é um príncipe.

Margarida e Edmund Beaufort decidem redobrar os esforços para despertar o rei e contratam novos médicos e especialistas. Mudam a lei contra a alquimia, e homens eruditos são autorizados a estudar mais uma vez, passando a ser consultados sobre as causas e tratamentos de doenças mentais desconhecidas. Todos reabrem suas forjas, reacendem seus fornos, começam a mandar buscar ervas e especiarias estrangeiras. Herbalismo e até mesmo magia tornam-se permitidos, se puderem curar o rei. Ordenam aos médicos que o tratem com mais empenho, mas como ninguém sabe o que há de errado com ele, ninguém sabe o que deve ser feito. Henrique sempre foi conhecido como uma pessoa melancólica, portanto tentam mudar seu temperamento. Alimentam-no com bebidas muito quentes e sopas condimentadas, de modo a torná-lo mais quente. Colocam-no para dormir sob peles grossas empilhadas na cama, com um tijolo quente nos seus pés e um cadinho aquecido de cada lado, até ele suar e chorar em seu sono. Mas continua adormecido. Fazem cortes em seus braços e o sangram para tentar drenar os humores aquosos; aplicam cataplasmas em suas costas com pasta de semente de mostarda até sua pele ficar vermelha e em carne viva; forçam massas concentradas de medicamentos por sua garganta e o purgam com enemas, de modo que vomite e evacue em seu sono, refugos que deixam sua pele vermelha e ferida.

Tentam irritá-lo batendo em seus pés, gritando com ele, ameaçando-o. Pensam que é seu dever insultá-lo, chamando-o de covarde, dizendo que é um homem inferior ao pai. Insultam-no horrivelmente, que Deus os perdoe. Gritam coisas na cara dele, coisas que partiriam seu coração se as estivesse ouvindo. Mas ele não ouve nada. Machucam-no quando o esbofeteiam — veem suas bochechas ficarem vermelhas com os tapas. No entanto, ele não se levanta nem reage. Permanece inerte enquanto fazem o que querem com ele. Receio que isso não seja um tratamento mas, sim, uma tortura.

Em Westminster, espero pela minha semana e sei que a manhã chegou quando acordo de novo ao alvorecer, meu corpo completamente alerta, com a mente clara como a água fria ao redor do píer. Os quatro fios estão lá, amarrados firmemente ao pé do píer, e espero de todo coração que, quando eu escolher a linha preta, ela traga a fita branca na coroa, para que eu veja que o rei retornará a nós nesse inverno.

O sol está nascendo no coração da Inglaterra quando ponho a mão nas linhas e olho para o leste, em sua direção. A água torna-se um pouco ofuscada por causa do nascer do sol, um sol invernal branco, dourado e prateado, em um céu azul frio, com a bruma rodopiando no rio. Tenho, então, uma visão extraordinária: não de um sol, mas de três. Vejo três sóis: um no céu e dois logo acima do rio, reflexos de névoa e água, mas claramente três sóis. Pestanejo, esfrego os olhos, mas três sóis resplandecem quando puxo a linha e percebo que ela está leve, leve demais na minha mão. Não puxo a linha com a fita branca, que significaria que o rei retornaria a nós no inverno, nem mesmo a verde, que significaria que ele retornaria a nós na primavera. Puxo uma linha depois da outra, e me deparo com todas as quatro fitas sem nenhuma coroa. Não há absolutamente nenhuma coroa. O rei nunca voltará para nós: em vez disso, haverá uma nova alvorada, e três sóis esplendorosos.

Volto devagar para o palácio com as fitas molhadas na mão, e me pergunto o que três sóis sobre a Inglaterra poderiam significar. Ao me aproximar dos aposentos da rainha, ouço um barulho: soldados baixando suas armas e gritando. Levanto meu vestido comprido e corro. Do lado de fora da sua sala de audiências há homens usando a libré de Ricardo, duque de York, com a rosa branca na gola. As portas estão escancaradas e os guardas pessoais da rainha mostram-se indecisos enquanto Margarida grita para eles em francês. Suas damas estão berrando e correndo para sua câmara particular, e dois ou três lordes do conselho tentam silenciá-las. A guarda de York segura Edmund Beaufort, duque de Somerset, e o retira do aposento, passando por mim. Ele me lança um olhar furioso, mas o levam rápido demais para que eu tenha tempo de dizer qualquer coisa, de perguntar aonde está indo. A rainha vem correndo atrás dele, e a seguro enquanto chora copiosamente.

— Traidores! Traição!

— O quê? O que está acontecendo?

— O duque de Somerset foi acusado de traição — informa um dos lordes, saindo rapidamente dos aposentos da rainha. — Estão levando-o para a Torre. Terá um julgamento justo. A rainha não precisa se afligir.

— Traição! — grita ela. — Você é um traidor, está assistindo enquanto esse demônio do York o leva embora!

Ajudo-a a voltar passando pela sala de audiências, e depois para a câmara privada, até seu quarto. Ela se joga na cama e chora.

— É o duque de York — diz ela. — Colocou o conselho contra Edmund. Ele quer destruí-lo, ele sempre foi seu inimigo. Depois, me atacarão. E então, ele governará o reino. Eu sei. Sei disso.

Ela se levanta, o cabelo soltando-se das tranças nos dois lados do rosto, os olhos vermelhos de lágrimas e raiva.

— Você ouviu, Jacquetta. Ele é meu inimigo, ele é meu inimigo, e vou destruí-lo. Vou tirar Edmund da Torre e colocarei meu filho no trono da Inglaterra. E nem o duque de York nem ninguém mais vai me impedir.

Palácio de Westminster, Londres, Primavera de 1454

O Natal chega e vai embora. Richard embarca em um navio em Calais, passa os 12 dias de celebrações comigo na corte silenciosa e me diz que tem que retornar. A guarnição está à beira de um motim e pode ser atacada a qualquer momento. Os homens não sabem quem está no comando e têm medo dos franceses. Richard precisa proteger a fortaleza para Edmund Beaufort e para a Inglaterra, defendê-la de inimigos internos e externos. Mais uma vez, estamos no cais; mais uma vez, me agarro a ele.

— Vou com você — falo em desespero. — Dissemos que eu iria com você. Devo ir agora.

— Meu amor, sabe que eu nunca a levaria para um cerco, e só Deus sabe o que vai acontecer.

— Quando voltará para casa?

Ele dá de ombros, resignado.

— Tenho que manter o comando até que me liberem de minhas funções, e nem o rei nem o duque farão isso. Se Ricardo, duque de York, tomar o poder, terei que defender Calais contra ele, assim como contra os franceses. Terei que defendê-la por Edmund Beaufort. Ele me passou o comando, e só posso devolvê-lo a ele. Tenho que ir, querida. Mas sabe que voltarei para você.

— Gostaria que fôssemos apenas o escudeiro e sua dama em Grafton — digo, infeliz.

— Eu também. Beije as crianças por mim e diga a elas para serem boas, para cumprirem seus deveres como estou cumprindo o meu.

— Gostaria que você não fosse tão cumpridor de seus deveres — digo, rabugenta.

Ele me beija em silêncio.

— Gostaria de ter mais uma noite — fala em meu ouvido e então se afasta e sobe rápido a prancha de embarque.

Espero no cais até vê-lo na amurada e mando-lhe um beijo com minha mão fria.

— Volte logo! — grito. — Cuide-se. Volte logo.

— Sempre volto para você — responde ele. — Sabe disso. Voltarei logo.

As noites escuras tornam-se mais curtas, mas o rei não se recupera. Alguns alquimistas predizem que a luz do sol o fará reviver, como se ele fosse uma semente nas trevas da terra. Levam-no para uma janela que dá para o leste todas as manhãs e o forçam a ficar diante do disco cinzento do sol invernal. Mas nada o acorda.

Edmund Beaufort, duque de Somerset, não é liberado de seus aposentos na Torre de Londres, tampouco é acusado. Ricardo, duque de York, exerce poder suficiente sobre o conselho de lordes para mantê-lo preso, mas não para persuadi-los a julgá-lo por traição.

— Vou vê-lo — anuncia a rainha.

— Vossa Graça, as pessoas vão comentar — advirto-a. — Já estão dizendo coisas a seu respeito, terríveis demais para serem repetidas.

Ela ergue a sobrancelha.

— Portanto não as repetirei — concluo.

— Sei o que andam dizendo — declara audaciosamente. — Dizem que ele é meu amante e que o príncipe é seu filho, e que por isso o rei, meu marido, não o reconheceu.

— Razão bastante para não visitá-lo — previno.

— Preciso vê-lo.

— Vossa Graça...

— Jacquetta, eu preciso.

~

Vou com ela e levo duas de suas damas. Elas esperam do lado de fora enquanto a rainha e eu entramos nos aposentos. Ele tem uma sala privativa e, do lado, um quarto de dormir. Os cômodos, paredes de pedra com seteiras, são agradáveis, próximos dos apartamentos reais na Torre Branca. Não está, de maneira nenhuma, em um calabouço. Tem uma mesa, uma cadeira e alguns livros, mas está pálido por ser mantido dentro dos aposentos e parece mais magro. O rosto dele se ilumina ao vê-la, e Edmund cai de joelhos. Ela corre até ele, que beija, apaixonadamente, suas mãos. O condestável da Torre permanece à porta, discretamente de costas para a sala. Espero à janela, olhando a maré cinza do rio frio. Atrás de mim, ouço o duque se erguer e percebo que está se dominando para não abraçá-la.

— Quer sentar-se, Vossa Graça? — pergunta em tom baixo e puxa uma cadeira para ela perto da pequena lareira.

— Pode sentar-se ao meu lado — diz a rainha. Viro-me e vejo-o puxar um pequeno banco de modo que fiquem próximos o bastante para cochichar.

Ficam de mãos dadas durante meia hora, a boca do duque no ouvido de Margarida, ela virando-se para murmurar algo. Ao ouvir o relógio bater três horas, porém, adianto-me e faço uma reverência diante da rainha.

— Vossa Graça, temos de ir — digo.

Por um momento, receio que ela se agarre a ele, mas Margarida põe as mãos dentro de suas mangas largas, passa-as pelo debrum de arminho, como se para se confortar, e se levanta.

— Voltarei — garante ela. — E farei como propõe. Não temos escolha.

O duque assente com um movimento da cabeça.

— Sabe os nomes dos homens que a servirão. Tem de ser feito.

Ela concorda com a cabeça e olha para ele ardentemente, como se tudo o que desejasse no mundo fosse o seu toque, como se não suportasse ir embora. Então baixa a cabeça e sai rapidamente da sala.

— O que tem de ser feito? — pergunto assim que estamos do lado de fora, descendo a escada de pedras em direção à comporta. Seguimos para uma embarcação sem estandartes nem brasão. Sinto-me apreensiva diante da possibilidade de alguém descobrir que a rainha teve um encontro com o homem acusado de traição e chamado de seu amante.

Ela está iluminada de animação.

— Vou dizer ao Parlamento que me indiquem para regente — diz ela. — Edmund acha que os lordes me apoiarão.

— Regente? Uma mulher pode ser regente da Inglaterra? Vossa Graça, aqui não é Anjou. Não creio que uma mulher possa ser regente aqui. Não acredito que uma mulher possa reinar na Inglaterra.

Ela desce rápido na minha frente e entra na balsa.

— Não existe lei contra isso — retruca ela. — Edmund disse. Não é nada mais do que uma tradição. Se os lordes me apoiarem, convocaremos o Parlamento e comunicaremos que serei regente até o rei se recuperar ou, se ele nunca mais acordar, até meu filho ter idade para governar.

— Nunca mais acordar? — repito, horrorizada. — O duque está considerando a possibilidade de o rei dormir para sempre?

— Como podemos saber? — pergunta ela. — Não podemos fazer nada! Pode ter certeza de que Ricardo, duque de York, não está fazendo nada.

— Mas nunca acordar?

Ela se senta na popa da embarcação, sua mão impaciente na cortina.

— Vamos, Jacquetta. Quero voltar logo e escrever aos lordes especificando meus termos.

Apresso-me a sentar do seu lado, e os remadores soltam as amarras e impulsionam o barco. Durante todo o caminho de volta ao palácio, inspeciono o céu tentando ver três sóis, e me pergunto o que eles podem significar.

A exigência da rainha de ser regente da Inglaterra e governar o país com toda a autoridade e a riqueza do rei durante a doença dele não resolve o problema, como ela e Edmund Beaufort tão confiantemente haviam acreditado. Em vez disso, provoca um grande tumulto. O povo agora sabe que o rei está misteriosamente doente e definitivamente incapacitado. Os rumores sobre o que o acomete vão da magia negra de seus inimigos a veneno dado por sua mulher e seu amante. Todos os grandes lordes armam seus homens e, quando vão a Londres, levam-nos para suas casas, para a própria proteção, de modo que a cidade se enche de exércitos privados. O prefeito impõe um toque de recolher e insiste que as armas sejam deixadas nos portões de Londres. As guildas e quase todas as casas começam a planejar sua própria defesa, para o caso de o combate ser deflagrado. A atmosfera é de tensão constante e raiva, mas não há nenhum grito de batalha. Até o momento, ninguém pode dar nome aos lados do conflito, ninguém sabe as causas, mas todos sabem que a rainha da Inglaterra diz que será o rei, que o duque de York salvará o povo dessa virago, que o duque de Somerset está trancafiado na Torre de Londres para salvar a cidade da ruína e que o rei da Inglaterra está dormindo, adormecido como Artur sob o lago, e que talvez só desperte quando a ruína assolar o país.

Perguntam-me onde está o meu marido e qual é a sua opinião. Respondo com gravidade que ele está além-mar, servindo seu rei em Calais. Não digo a opinião dele, que desconheço, nem a minha própria, que é a de que o mundo enlouqueceu e que haverá três sóis no céu antes de tudo isso terminar. Eu escrevo a Richard, mando mensagens pelos navios mercantes que navegam entre Londres e Calais, mas acho que minhas cartas nem sempre chegam ao destino. No começo de março escrevo brevemente: "Estou esperando mais um bebê." Mas ele não responde e então sei com certeza que ou não estão entregando minhas mensagens ou ele está incapacitado de escrever.

Ele foi designado comandante de Calais sob a ordem do duque de Somerset. Mas o duque está na Torre, acusado de traição. O que um comandante leal deve fazer? O que a guarnição vai fazer?

Os lordes do Parlamento voltam a Windsor para ver o rei.

— Por que continuam indo? — pergunta a rainha ao ver as embarcações retornarem aos degraus do palácio e os grandes lordes, em suas vestes guarnecidas de peles, serem auxiliados por seus criados uniformizados a desembarcar. Sobem os degraus penosamente, como homens cujas esperanças foram frustradas. — Deviam saber que ele não acordou. Eu mesma gritei com ele para que acordasse e, ainda assim, não despertou. Por que eles o acordariam? Por que não veem que têm de me tornar regente para que eu possa controlar o duque de York e seus aliados e restaurar a paz na Inglaterra?

— Continuam a ter esperanças — retruco. Fico ao seu lado à janela e observamos a procissão sombria dos lordes serpentear seu caminho ao salão. — Agora terão de indicar um regente. Não podem prosseguir sem um rei.

— Terão de me indicar — diz ela. Faz uma expressão determinada e apruma o corpo, ficando um pouco mais alta. Ela é majestosa, acredita que foi chamada por Deus para assumir um papel de grande importância. — Estou pronta para servir. Manterei o país seguro e o passarei para meu filho quando ele se tornar um homem. Cumprirei o meu dever como rainha da Inglaterra. Se me tornarem regente, trarei a paz a esse país.

~

O duque de York é nomeado regente e o chamam de "protetor do reino".

— O quê? — Margarida fica fora de si, andando de lá para cá em seus aposentos. Chuta um banquinho, fazendo-o ir pelos ares. Uma dama de companhia emite um soluço e encolhe-se de medo na janela. As outras damas estão paralisadas de terror.

— Chamaram-no do quê?

O infeliz cavaleiro que trouxe a mensagem do conselho de lordes estremece diante dela.

— Nomearam-no protetor do reino.

— E o que vai ser de mim? — pergunta ela. Sua intenção é que a pergunta seja retórica. — O que eles propõem que eu faça, enquanto esse duque, esse mero parente, esse primo insignificante, pensa em governar o meu reino? O que acham que eu, uma princesa da França, rainha da Inglaterra, vou fazer enquanto um duque presunçoso vindo de lugar nenhum pensa em sancionar leis em meu país?

— Deverá ir para o Castelo de Windsor e cuidar de seu marido — responde ele. O pobre tolo acha que está respondendo à pergunta da rainha. Mas logo se dá conta de que teria feito melhor ficando de boca fechada.

Ela vai do fogo ao gelo. Paralisa-se, vira-se para ele, seus olhos faiscando de raiva.

— Não ouvi direito. O que disse? O que teve a audácia de me dizer?

— Vossa Graça, eu estava tentando lhe dizer que o lorde protetor...

— O lorde o quê?

— O lorde protetor ordena...

— O quê?

— Ordena...

Ela atravessa a sala em dois passos rápidos e se põe na frente dele, o alto toucado ultrapassando a altura dele, seus olhos encarando-o com fúria.

— Ordena a mim? — pergunta ela.

Ele faz um movimento negativo com a cabeça. Cai de joelhos.

— Ele ordena que Vossa Graça e todos que a servem em sua casa vão para o Castelo de Windsor — diz ele ao chão sob seus joelhos. — E que permaneça lá, com seu marido e o bebê, e não tome parte no governo do país, que será realizado por ele, como lorde protetor, pelos lordes e pelo Parlamento.

Castelo de Windsor, Verão de 1454

Ela vai para Windsor. Há acessos de fúria semelhantes a uma tempestade em todos os cantos dos apartamentos reais, dentro e fora dos aposentos, mas ela vai. Na verdade, não tem outra coisa a fazer a não ser ir. O duque de York, cuja própria mulher, Cecily, procurou humildemente a rainha certa vez para pedir um lugar no conselho para ele, ascende alto na roda da fortuna. O conselho acredita que ele é o único homem capaz de restaurar a ordem no reino, de impedir que dezenas de pequenas batalhas sejam deflagradas a cada rixa nos condados, que ele é o único homem capaz de salvar Calais. Os lordes têm confiança de que ele vai controlar o reino até o nosso rei, nosso rei adormecido, voltar para nós. É como se pensassem que o país foi amaldiçoado e que o duque de York é o único homem capaz de desembainhar a espada, combater um inimigo invisível e defender sua posição até o rei acordar.

A rainha — que pensou em ser rei ela própria — é reduzida a esposa e posta de lado na corte para ser mãe. Ela vai para Windsor como é ordenada; pagam-lhe as despesas de seu pessoal, reduzem o número de cavalos nas cavalariças e a proíbem de retornar a Londres sem ser convidada. Tratam-na como se fosse uma mulher comum, uma mulher sem nenhuma importância. Reduzem-na ao cuidado de seu marido e à guarda do filho.

Edmund Beaufort continua na Torre: não pode ajudá-la. Na verdade, ela não pode defendê-lo, sua proteção não significa nada. Quem tem dúvida de que será julgado e decapitado? Os lordes que a amavam como rainha não se atrevem a imaginá-la como regente. Embora suas esposas administrem suas terras quando estão fora, não recebem nenhum título ou remuneração. Não gostam de pensar em mulheres no poder, como líderes. A capacidade das mulheres não é reconhecida; na verdade, é ocultada. Mulheres sábias fingem que tudo o que estão fazendo é gerir as questões domésticas quando, na verdade, administram uma grande propriedade. Escrevem para pedir conselho a seus maridos quando eles estão fora e devolvem as chaves a eles quando retornam. O erro da rainha foi reivindicar o poder e o título. Os lordes não suportam o pensamento de um governo feito por uma mulher, não suportam nem mesmo pensar que uma mulher seja capaz de governar. É como se quisessem colocá-la de volta no confinamento. É como se o rei, ao adormecer, a tivesse deixado livre para comandar o reino, e o dever de todos os outros homens eminentes fosse devolvê-la ao marido. Se pudessem fazer com que ela adormecesse como ele, acho que o fariam.

Margarida é confinada em Windsor. Richard está preso em Calais. Vivo como dama de companhia da rainha, como uma esposa separada do marido. Mas na verdade, todos esperamos. Diariamente, ela vai ver o rei, e ele nem a vê nem a ouve. Ela ordena que os médicos sejam gentis com ele, mas às vezes ela própria perde o controle, insulta-o e pragueja em seus ouvidos moucos.

Vivo com a rainha e sinto saudades de Richard. O tempo todo estou ciente dos tumultos que crescem nas ruas de Londres, do perigo nas estradas do interior, dos boatos de que o Norte rebelou-se de novo contra o duque de York ou em prol de suas próprias ambições: quem pode saber quando se trata dessas terras selvagens na fronteira? A rainha está conspirando, tenho certeza. Um dia, me pergunta se escrevo para Richard, e respondo que sim, que envio as cartas pelos mercadores de lã que transportam o tosão para Calais. Ela pergunta se os navios retornam vazios; se tivessem de transportar homens, quantos desembarcariam; se conseguiriam navegar cheios rio acima, até a Torre.

— Vossa Graça está cogitando a possibilidade de alguns homens virem de Calais para libertar o duque de Somerset da Torre — digo sem rodeios.

— O que seria pedir a meu marido para liderar uma invasão contra o regente e protetor da Inglaterra.

— Mas em defesa do rei — observa ela. — Como isso poderia ser chamado de traição?

— Não sei. — Minha voz está aflita. — Não sei mais o que é traição.

O plano não dá em nada, pois recebemos a notícia de uma insurreição em Calais. Os soldados não foram pagos, trancafiaram seus oficiais no quartel e atacaram de surpresa a cidade, saqueando o comércio e vendendo os produtos para compensar seus salários não pagos. Há relatos de violência. A rainha me encontra na cavalariça do Castelo de Windsor e ordena que selem meu cavalo e que uma guarda me escolte até Londres.

— Tenho que saber o que está acontecendo — digo a ela. — Richard pode estar correndo grave perigo. Tenho que saber.

— Ele não corre perigo — garante ela. — Os homens dele o amam. Podem tê-lo trancado em seu alojamento, de modo que pudessem atacar os armazéns de lã, mas não lhe farão mal. Sabe como ele é querido. Tanto ele quanto lorde Welles. Os homens o libertarão quando acabarem de roubar seus soldos e de entornar toda a bebida da cidade.

Trazem meu cavalo, subo em um banco e monto, desajeitada por causa de minha barriga grande.

— Desculpe-me, Vossa Graça, mas preciso saber disso por mim mesma. Voltarei assim que souber que ele está a salvo.

Ela levanta uma das mãos para mim.

— Sim, volte sem falta. Este é um lugar solitário, muito solitário. Queria dormir durante o dia todo, como meu marido. Queria poder fechar os olhos e dormir para sempre.

≈

Em Londres, não sei aonde ir para conseguir notícias. Minha casa foi fechada, não há ninguém lá, exceto alguns guardas, por segurança. O Parlamento não está se reunindo em sessão, o duque de York não é meu amigo. Acabo procurando a esposa de lorde Welles, o nobre que comanda Calais junto com Richard. Meu criado me anuncia, e entro em seus aposentos.

— Posso adivinhar porque veio. — Ela se levanta e me beija formalmente na face. — Como está Sua Graça, a rainha?

— Está bem de saúde, graças a Deus.

— E o rei?

— Que Deus o abençoe, não melhorou nada.

Ela meneia a cabeça, senta-se e faz um sinal para eu me acomodar em um banco perto do dela. Suas duas filhas adiantam-se com uma taça de vinho e biscoitos e depois recuam, como as meninas bem-educadas devem fazer para que os adultos possam conversar em particular.

— Meninas encantadoras — comento.

Ela confirma com a cabeça. Sabe que tenho filhos que terão de se casar bem.

— A mais velha está noiva — diz, delicadamente.

Sorrio.

— Espero que seja feliz. Vim em busca de notícias do meu marido. Não tenho recebido nada. Tem alguma notícia de Calais?

Ela balança a cabeça.

— Lamento. Não há como receber qualquer notícia. No último navio que zarpou houve comentários sobre uma insurreição, os soldados insistiam em ser pagos. Saquearam o armazém de lã e estavam vendendo os produtos para lucro próprio. Apreenderam os navios no porto. Desde então, os mercadores não enviaram mais suas cargas a Calais, com medo de que fossem retidas. Portanto não sei de nada, e não tenho como conseguir notícias.

— Disseram algo sobre o que meu marido e o seu estavam fazendo? — pergunto. Sinto certo pânico ao pensar que Richard não esperaria sentado enquanto seus homens fazem as próprias leis.

— Sei que os dois estão vivos — responde ela. — Ou, pelo menos, estavam há três semanas. Sei que o seu marido advertiu os homens de que o que estavam fazendo era roubo comum, e o jogaram em uma cela. — Ela percebe o terror em meu rosto e segura a minha mão. — Não o machucaram, mas o prenderam. Vai ter de ser corajosa, querida.

Reprimo as lágrimas.

— Faz tanto tempo que estivemos juntos em casa — digo. — E ele teve uma missão difícil atrás da outra.

— Estamos todos perdidos sob o governo de um rei adormecido — lamenta ela, com tato. — Os arrendatários em minhas terras dizem que nada vai crescer em um reino em que o próprio rei jaz como um campo não cultivado. Vai voltar para a corte?

Dou um pequeno suspiro.

— Tenho de voltar — replico simplesmente. — A rainha ordena, e o rei nada diz.

~

Em agosto vou a Grafton ver meus filhos e tento explicar aos mais velhos, Anne, Anthony e Mary, que o rei está bem, mas adormecido. Que a rainha não fez nada de errado, mas foi confinada com ele; que o comandante do pai deles, Edmund Beaufort, duque de Somerset, está na Torre, acusado, mas não julgado; e que Richard — nesse ponto, tenho de me controlar e parecer calma — está comandando o Castelo de Calais, mas foi aprisionado pelos próprios soldados. O condestável de Calais agora é Ricardo, duque de York e, mais cedo ou mais tarde, seu pai terá de responder a ele.

— O duque de York vai defender Calais, como o duque de Somerset teria feito, não? — sugere Anthony. — Papai não vai gostar que um novo comandante lhe seja imposto, mas não se pode duvidar de que o duque de York enviará dinheiro para pagar os soldados e as armas para o castelo, certo?

Não sei. Penso no ano terrível em que vi Richard se esgotar tentando manter os soldados unidos por uma causa quando não tinham nem armas nem dinheiro para o pagamento dos soldos.

— Deveria — replico cautelosamente. — Mas nenhum de nós pode ter certeza do que o duque fará nem mesmo do que pode fazer. Ele tem que governar como se fosse rei, mas ele não é rei. É apenas um lorde entre muitos lordes, e alguns nem mesmo gostam dele. Só espero que ele não culpe seu pai por defender Calais para a Inglaterra. Só espero que o mande para casa.

Vou para o confinamento em Grafton e envio uma mensagem para Richard depois que o bebê nasce bem. É uma menina, e dou-lhe o nome de Margaret em homenagem à rainha Margarida, que luta contra as circunstâncias em que vivemos como um pássaro que bate em uma janela. Saio do confinamento, vejo minha menininha nos braços da ama de leite e beijo as outras crianças.

— Preciso voltar para a corte — digo. — A rainha precisa de mim.

O outono é longo e quieto para nós em Windsor. Vagarosamente, as árvores vão ficando amarelas e, então, douradas. O rei não melhora, nada muda. O príncipe bebê começa a querer ficar de pé e experimenta seus primeiros passos. Esta é a coisa mais interessante que acontece durante o ano inteiro. Nosso mundo restringe-se ao castelo, e a nossa vida, a zelar pelo bebê e por um homem doente. A rainha é uma mãe dedicada: vai ao quarto do pequeno príncipe pela manhã e à noite, e visita o rei todas as tardes. É como viver sob um feitiço, e nós observamos o bebê crescer temerosas de que ele não faça mais nada além dormir. Meia dúzia de damas de companhia vai vê-lo toda manhã, como se para se certificar de que o pequeno príncipe acordou depois de mais uma noite. Fora isso, simulamos uma corte em visita ao rei. Mas tudo o que podemos fazer é nos sentarmos com ele enquanto dorme. Todas as tardes, sentamo-nos com ele e observamos seu peito subir e descer lentamente.

Richard me manda uma carta assim que consegue pôr seu relato nas mãos do capitão de um navio. Escreve ao conselho do rei — deliberadamente, não se dirige ao lorde protetor — para dizer que os homens não podem ser comandados sem receber seus soldos. Sem o dinheiro do Tesouro, os mercadores de Calais são obrigados a pagar pela própria defesa:

a guarnição, ali, se considera praticamente independente da Inglaterra. Richard solicita as ordens do conselho, embora saliente que somente ele e lorde Welles as aguardam. Todo o restante — a guarnição, os soldados, os marinheiros no porto, os mercadores e os cidadãos — está fazendo justiça com as próprias mãos. Para mim, escreve que ninguém na cidade aceita a posição de autoridade do duque de York, ninguém sabe no que acreditar a respeito do rei. Pergunta se eu acho que Edmund Beaufort sairá da Torre e reivindicará sua autoridade. No fim da carta, escreve que me ama e que sente saudades. *Conto os dias,* diz ele.

Meu coração sofre sem você, minha amada. Assim que eu puder passar a guarnição para um novo comandante voltarei para casa, mas acredito que se não estivesse aqui, agora, a cidade sucumbiria aos franceses, que sabem perfeitamente as dificuldades pelas quais estamos passando. Estou cumprindo o meu dever com o pobre rei e nosso pobre país da melhor maneira que posso, e sei que você também. Mas quando voltar para casa, juro que, dessa vez, nunca mais me separarei de você.

Castelo de Windsor, Inverno de 1454

O duque de York, determinado a demonstrar seu controle sobre Calais e a prevenir um ataque francês, reúne uma pequena frota e zarpa para lá, alegando que entraria na fortificação, pagaria os soldados, faria a paz com os mercadores locais, enforcaria os traidores e seria reconhecido como condestável.

Calais é extraordinariamente fortificada. Tem sido posto avançado da Inglaterra na Normandia há gerações, e agora os soldados tomaram o forte. Ao verem as velas da frota de York, colocam a corrente de um lado a outro da entrada da enseada e apontam o armamento para o mar. York se vê olhando diretamente para o cano de seu próprio canhão, impedido de entrar na própria cidade.

Trazem as notícias quando estamos com o rei em uma tarde fria de novembro. Margarida fica exultante.

— Ainda verei seu marido ser homenageado por isso! — exclama ela. — Como York deve estar se sentindo humilhado! Como deve estar envergonhado! Em alto-mar, com uma grande frota, e a cidade de Calais recusando sua entrada! Certamente agora os lordes vão exonerá-lo de sua posição, não? Certamente vão tirar Edmund da Torre.

Não digo nada. É claro que tudo o que estou me perguntando é se meu marido estava presente enquanto seus homens desobedeciam a suas ordens de admitir o novo capitão. Ou — o que é muito pior, muito mais perigoso para nós — se ele mesmo liderou-os na resistência ao duque de York, ordenando do alto da fortaleza que apontassem o canhão na direção do lorde regente, o protetor da Inglaterra, legalmente designado. Qualquer uma das hipóteses o colocará em perigo. De qualquer maneira, o duque é seu inimigo a partir de agora.

O rei, amarrado em sua cadeira, faz um leve ruído no seu sono. A rainha nem mesmo olha para ele.

— Imagine só York, balançando em seu navio, e o canhão apontado direto para ele — diz Margarida, tripudiando. — Queira Deus que o alvejem. Já pensou no que seria para nós se tivessem afundado seu navio e ele se afogasse? Imagine se seu Richard o tivesse afundado!

Não consigo parar de tremer. É claro que Richard nunca teria permitido que sua guarnição abrisse fogo contra um duque real designado pelo conselho do rei. Tenho certeza de que não, preciso ter certeza disso.

— É traição — retruco simplesmente. — Gostemos ou não de York, ele foi nomeado pelo Conselho Privado e pelo Parlamento para governar no lugar do rei, com a autoridade dele. Seria traição atacá-lo. E abrir fogo contra os navios ingleses em Calais é uma coisa terrível de se exibir aos franceses.

Ela dá de ombros.

— Ah! E quem se importa? Ser nomeado por homens que lhe devem favores não é nomeação. *Eu* não o nomeei, o rei não o nomeou. Até onde sei, ele simplesmente tomou o poder. É um usurpador, e seu marido deveria ter disparado contra ele. Seu marido errou ao não disparar contra ele. Devia tê-lo matado quando teve chance.

O rei faz outro ligeiro ruído. Vou para o lado dele.

— Falou alguma coisa, Vossa Graça? — pergunto a ele. — Ouviu a nossa conversa? Pode me ouvir?

361

A rainha está do seu lado e toca na sua mão.

— Acorde — diz Margarida. É tudo que ela sempre diz a ele. — Acorde.

Surpreendentemente, ele se mexe por um instante. Realmente se mexe. Pela primeira vez em mais de um ano, ele vira a cabeça, abre os olhos e vê. Sei que sim: vê nossos rostos perplexos e então dá um leve suspiro, fecha os olhos e volta a dormir.

— Médicos! — grita a rainha. Ela corre para a porta, abre-a e grita de novo para os médicos, que estão comendo, bebendo e descansando na sala de audiências. — O rei está acordado! O rei está acordado!

Eles entram no quarto aos tropeções, limpando a boca na manga, largando os copos de vinho, abandonando o jogo de xadrez. Circundam-no, auscultam seu peito, erguem suas pálpebras e perscrutam-lhe os olhos. Dão tapinhas em suas têmporas e espetam-lhe as mãos com alfinetes. Mas ele retornou ao sono.

Um deles vira-se para mim:

— Ele falou?

— Não, apenas abriu os olhos e deu um leve suspiro. Então, voltou a dormir.

Ele olha de relance para a rainha e abaixa a voz:

— E o rosto dele? Tinha a expressão de um louco quando acordou? Havia algum sinal de compreensão em seus olhos ou eram inexpressíveis, como os de um idiota?

Penso por um instante.

— Não. Parecia ele mesmo, apenas despertando de um sono profundo. Acha que o rei agora vai acordar?

A agitação no quarto morre rapidamente quando os médicos se dão conta de que o rei está inerte, apesar de o beliscarem, darem tapinhas e falarem alto em seus ouvidos.

— Não — replica o homem. — Ele foi embora de novo.

A rainha vira-se com a expressão furiosa.

— Não pode acordá-lo? Esbofeteie-o!

— Não.

A pequena corte em Windsor obedece, já há muito tempo, a uma rotina que gira em torno da rainha e de seu filho, que está aprendendo a falar e já consegue dar alguns passinhos, apesar de vacilantes, de um braço estendido a outro. Mas as coisas estão mudando. Nos aposentos do rei, acho que ele está começando a se mexer. Vigiam-no, alimentam-no e lavam-no, mas desistiram de curá-lo, pois nada do que fazem parece surtir qualquer efeito. Agora, estamos recomeçando a ter esperanças de que, em seu próprio tempo e sem nenhum medicamento, ele esteja saindo de seu torpor. Sento-me com ele durante a manhã, e outra dama lhe faz companhia até o começo da noite. A rainha o visita brevemente toda tarde. Eu o observo e acho que seu sono está se tornando mais leve e, às vezes, tenho quase certeza de que é capaz de ouvir o que falamos.

Evidentemente, começo a me perguntar do que ele vai se lembrar quando despertar. Há mais de um ano, teve uma visão tão impactante que fechou seus olhos e colocou-o para dormir, para não ver mais. As últimas palavras que ouviu foram minhas, quando eu disse: "Não olhe! Não veja!" Se ele está abrindo os olhos de novo, pronto para olhar, pronto para ver, não posso deixar de me perguntar do que se lembrará, o que pensará de mim e se me culpará por sua longa vigília nas trevas e no silêncio.

Minha preocupação aumenta tanto que me atrevo a perguntar à rainha se ela acha que o rei nos culpará pelo choque responsável por sua doença.

Ela me olha, imperturbável.

— Refere-se às terríveis notícias da França? — pergunta.

— À maneira como ele ficou sabendo. Vossa Graça estava tão aflita, e o duque estava presente. Eu também. Acha que o rei pode achar que deveríamos ter lhe transmitido a má notícia com mais cuidado?

— Acho. Se ele chegar a melhorar o bastante para nos ouvir, diremos que lamentamos por não tê-lo preparado para o choque. Foi horrível para nós todos. Eu mesma não consigo me lembrar de nada daquela noite. Acho que desmaiei e o duque tentou me reanimar. Mas não me lembro.

— Não — concordo com ela, compreendendo que essa é a melhor conduta para nós todos. — Nem eu.

~

Celebramos o Natal no salão do Castelo de Windsor. Há uma ceia simples para uma criadagem que se reduziu drasticamente, mas trocamos presentes e damos pequenos brinquedos ao príncipe bebê. Alguns dias depois, o rei desperta e, dessa vez, permanece acordado.

É um milagre. Simplesmente abre os olhos, boceja e olha ao redor, surpreso por se encontrar sentado em uma cadeira em seu quarto em Windsor, cercado de estranhos. Os médicos nos chamam imediatamente, e a rainha e eu entramos sozinhas.

— É melhor não assustá-lo com muita gente — diz ela.

Entramos silenciosamente, como se nos aproximássemos de um animal ferido que pudesse se assustar. O rei tenta se levantar, com um médico de cada lado para ajudá-lo. Está vacilante, mas levanta a cabeça ao ver a rainha e diz, hesitante:

— Ah. — Quase o vejo procurar o nome da esposa na confusão de sua mente. — Margarida. Margarida de Anjou.

Tenho lágrimas nos olhos, e reprimo o choro diante da ruína desse homem, que nasceu para ser rei da Inglaterra e que conheci quando era um menino tão belo quanto Eduardo de March, o herdeiro York. Agora, esse homem encovado dá um passo cambaleante, e a rainha faz uma reverência profunda. Ela não estende o braço para tocá-lo, ela não se joga em seus braços. É como a jovem e o Rei Pescador da lenda: ela vive com ele, mas nunca se tocam.

— Vossa Graça, fico feliz em vê-lo bem outra vez — diz ela em tom baixo.

— Estive doente?

Nós duas trocamos um olhar rápido.

— Adormeceu, um sono profundo, e ninguém conseguia acordá-lo.

— Mesmo? — Ele passa a mão na cabeça e percebe, no seu braço, a cicatriz da queimadura de um cataplasma. — Meu Deus. Eu caí? Por quanto tempo fiquei adormecido?

Ela hesita.

— Por muito tempo — respondo. — Mas, apesar disso, o país está a salvo.

— Ótimo — diz ele. — Ei, vocês. — Faz um sinal para os homens que o estão segurando. — Ajudem-me a ir até a janela.

Ele arrasta os pés até a janela feito um velho e olha as planícies e o rio, que continua a correr pelos leitos congelados, como sempre. Ele semicerra os olhos por causa da claridade.

— É muito brilhante — queixa-se. Vira-se e volta para a cadeira. — Estou muito cansado.

— Não! — Um grito involuntário escapa da rainha.

Acomodam-no em sua cadeira e o vejo olhar para as tiras nos braços e no assento. Percebo que reflete sobre aquilo, os olhos semicerrados, e então olha em torno, para a total desolação da sala. Observa a mesa de medicamentos. Volta-se para mim.

— Por quanto tempo, Jacquetta?

Comprimo os lábios para reprimir minha emoção.

— Por muito tempo. Mas estamos muito felizes por estar melhor agora. Se dormir nesse momento, vai acordar de novo, não vai, Vossa Graça? Vai se esforçar para acordar de novo?

Tenho medo de que ele volte a dormir. Sua cabeça assente, e seus olhos estão fechados.

— Estou muito cansado — diz ele, como uma criança, e em um instante, adormeceu de novo.

~

Passamos a noite acordados, para o caso de ele despertar, mas ele não desperta. De manhã, a rainha está pálida e tensa de apreensão. Os médicos vão vê-lo às sete horas e tocam delicadamente em seu ombro, sussurram em seu ouvido que já é de manhã. E, para surpresa geral, ele abre os olhos, senta-se na cama e ordena que as venezianas sejam abertas.

Fica acordado até a hora do almoço, logo depois do meio-dia, e volta a dormir, mas acorda para o jantar e pergunta pela rainha. Quando ela chega aos seus aposentos privados, ele manda que coloquem uma cadeira para ela e pergunta como está.

Posiciono-me de pé atrás da cadeira dela quando Margarida responde que está bem. Então ela pergunta, delicadamente, se ele se lembra de que estava grávida quando adormeceu.

A surpresa dele é genuína.

— Não! — exclama. — Não me lembro de nada. Grávida, foi o que disse? Meu Deus, não.

Ela confirma com a cabeça.

— Sim, eu estava grávida. Ficamos muito felizes com isso. — Ela lhe mostra a joia que ele mandou fazer para ela. Mantinha-a no estojo, pronta para ajudá-lo a se lembrar. — Deu-me esta joia para celebrar a notícia.

— Dei? — Ele está deliciado. Pega-a e a examina. — Muito bom trabalho. Devo ter ficado satisfeito.

Ela engole em seco.

— Ficou. Ficamos. O país todo ficou.

Esperamos que pergunte pelo bebê, mas claramente ele não fará isso. Sua cabeça balança como se estivesse sonolento. Emite um discreto ronco. Margarida olha de relance para mim.

— Não quer saber sobre a criança? — instigo-o. — Está vendo a joia que deu à rainha quando ela lhe contou que estava esperando um bebê? Foi há quase dois anos. O bebê nasceu.

Ele hesita e então vira-se para mim. Parece não compreender.

— Que bebê?

Vou ao corredor e pego Eduardo do colo da ama. Por sorte, está adormecido e quieto. Não me atreveria a levá-lo berrando a essa câmara silenciosa.

— Este é o bebê da rainha — digo. — O seu bebê, o príncipe de Gales, que Deus o abençoe.

Eduardo mexe-se em seu sono, suas perninhas vigorosas agitam-se. É uma criança bonita e forte, tão diferente de um recém-nascido que minha confiança vacila enquanto o levo para o rei. Ele é muito pesado em meus braços, uma criança sadia de 15 meses. Parece absurdo apresentá-lo ao pai como um recém-nascido. O rei observa-o com o mesmo desinteresse que dirigiria a um cordeirinho gordo.

— Eu não fazia ideia! — diz ele. — É uma menina ou um menino?

A rainha levanta-se, pega Eduardo de mim e oferece a criança adormecida ao rei. Ele se retrai.

— Não, não. Não quero segurá-lo. Apenas me diga: é menina ou menino?

— Um menino — responde a rainha com a voz trêmula de decepção pela reação do marido. — Um menino, graças a Deus. Um herdeiro do seu trono, o filho que desejamos.

Ele inspeciona o rosto rosado.

— Um filho do Espírito Santo — diz ele, surpreso.

— Não, seu próprio filho, legítimo — corrige-o a rainha rispidamente.

Percebo que os médicos e seus criados, além de duas ou três damas de companhia, ouviram esse pronunciamento maldito do rei.

— Ele é o príncipe, Vossa Graça — continua a rainha. — Filho e herdeiro seu, e um príncipe da Inglaterra. O príncipe de Gales: nós o batizamos de Edmund.

— Eduardo — digo imediatamente. — Eduardo.

Ela se recompõe.

— Eduardo. É o príncipe Eduardo de Lancaster.

O rei sorri radiante.

— Ah, um menino! Não deixa de ser uma sorte.

— Tem um filho — digo. — Um filho e herdeiro. *Seu* filho e herdeiro. Que Deus o abençoe.

— Amém — retruca ele. Pego o menino das mãos da rainha, e ela se afunda de novo na cadeira. O menino se mexe, coloco-o contra o meu ombro e o embalo devagar. Ele cheira a sabonete, e sua pele é quente.

— Foi batizado? — pergunta o rei casualmente.

Percebo que Margarida contém a irritação diante do lento interrogatório sobre aqueles dias terríveis.

— Sim — responde ela da maneira mais civilizada possível. — Sim, foi batizado, é claro.

— E quem são os padrinhos? Eu os escolhi?

— Não, estava adormecido. Nós... eu... escolhi o arcebispo Kemp, Edmund Beaufort, duque de Somerset, e Anne, duquesa de Buckingham.

— Exatamente os que eu teria escolhido — declara o rei, sorrindo. — Meus amigos pessoais. Anne quem?

— Buckingham — esclarece a rainha, com cautela. — A duquesa de Buckingham. Mas lamento dizer que o arcebispo morreu.

O rei ergue as mãos em um gesto de surpresa.

— Não! Por quanto tempo dormi?

— Por 18 meses, Vossa Graça — respondo. — Um ano e meio. Foi um longo tempo. Todos nós tememos por sua saúde. É muito bom vê-lo bem outra vez.

Ele olha para mim com seu olhar infantil crédulo.

— É muito tempo, mas não me lembro de nada do sono. Nem mesmo de meus sonhos.

— Lembra-se de ter adormecido? — pergunto baixinho, odiando-me por isso.

— Absolutamente de nada! — Ele dá um risinho. — Só da noite passada. Só consigo me lembrar de ter adormecido na noite passada. Espero que eu acorde pela manhã.

— Amém — respondo. A rainha está com o rosto nas mãos.

— Não quero dormir por mais um ano! — brinca ele.

Margarida estremece, depois endireita o corpo e cruza as mãos no colo. Sua expressão é como pedra.

— Devo ter sido muito inconveniente para todos vocês — diz ele de maneira benevolente, olhando em volta do aposento. Não parece perceber que foi abandonado por sua corte, que as únicas pessoas que estão ali são seus médicos e enfermeiros, além de nós, suas companheiras de prisão. — Vou tentar não fazer isso de novo.

— Vamos deixá-lo agora — falo, em tom calmo. — Foi um grande dia para todos.

— Estou muito cansado. — O rei parece nos confiar um segredo. — Mas espero realmente acordar amanhã.

— Amém — repito.

Ele sorri radiante, como uma criança.

— Será como Deus quiser. Estamos todos nas mãos Dele.

Palácio de Placentia, Greenwich, Londres, Primavera de 1455

Com o rei acordado, não vai ser como Deus quiser mas, sim, como a rainha quiser. Ela envia imediatamente uma mensagem ao conselho de lordes, em tom tão explosivo e em um acesso de fúria tão perigoso que no mesmo instante libertam o duque de Somerset da Torre, proibindo-o de ficar a menos de 32 quilômetros do rei e de se envolver em qualquer forma de vida política. O duque põe em ordem sua casa em Londres, arma o próprio séquito e envia imediatamente mensagens aos amigos e aliados dizendo que ninguém o afastará do rei e que o duque de York será o primeiro a se dar conta de que usurpou o poder.

Como para celebrar o retorno ao centro da Inglaterra, a rainha e o rei abrem o palácio em Greenwich e convocam os lordes. O duque de York obedece à convocação e abdica de sua posição como protetor do reino, perdendo também seu outro título, o de condestável de Calais, que é devolvido a Edmund Beaufort. O duque de Somerset está gloriosamente de volta à grandeza.

Ele entra nos aposentos da rainha muito bonito e bem-vestido, como se tivesse ido à corte de Borgonha para comprar novas roupas, e não esperado na Torre por seu julgamento por traição. A roda da fortuna o lançou para o alto de novo, e não há homem mais influente na corte. Todas as damas agitam-se quando ele chega, ninguém consegue tirar os olhos dele. O duque ajoelha-se no centro da sala, diante de Margarida, que a atravessa rapidamente com os braços estendidos assim que o vê. Ele curva a cabeça e leva as mãos dela aos lábios, inspirando o seu perfume. A dama de companhia ao meu lado emite um suspiro de inveja. Margarida fica completamente imóvel, arrepiando-se ao toque dele, e diz em tom baixo e calmo:

— Por favor, levante-se, milorde. Estamos felizes por vê-lo em liberdade.

Ele se levanta com um movimento elegante e oferece o braço à rainha.

— Podemos caminhar? — propõe ele, e os dois seguem na frente no grande corredor. Sigo-os com uma dama de companhia e faço sinal para que as demais fiquem onde estão. Cautelosamente, permaneço distante, de modo que minha companheira não escute a conversa sussurrada dos dois.

No fim da galeria, o duque faz uma reverência e a deixa. Margarida vira-se para mim, o rosto iluminado.

— Ele vai aconselhar o rei a não admitir o duque de York no conselho. — Ela parece encantada. — Teremos somente membros da Casa de Lancaster à nossa volta. O que quer que York tenha ganhado enquanto era protetor do reino lhe será confiscado, e o cunhado dele, o conde de Salisbury, e a grande raposa Richard Neville, conde de Warwick, tampouco serão convidados. Edmund disse que vai fazer o rei se virar contra nossos inimigos, e que eles serão banidos de todas as posições de poder. — Ela ri. — Edmund fala que vão se arrepender do dia em que o colocaram na Torre e me confinaram em Windsor. Diz que vão se ajoelhar diante de mim. Que o rei mal sabe onde está ou o que está fazendo, e que nós dois podemos comandá-lo. E subjugaremos nossos inimigos, talvez na prisão, talvez na forca.

Estendo a mão para ela.

— Vossa Graça... — Mas ela está encantada demais com a ideia de vingança para dar ouvidos a uma palavra de cautela.

— Edmund diz que temos tudo a nosso favor agora. O rei recuperou a saúde e a disposição para fazer o que mandarmos, temos um filho e herdeiro que ninguém conseguirá renegar e podemos dar uma lição que York nunca mais vai se esquecer. Edmund disse que se conseguirmos provar que York estava planejando usurpar o trono, ele será um homem morto.

Agora interrompo-a de fato:

— Vossa Graça, com certeza isso levará o duque de York diretamente a uma rebelião. Ele se defenderá de tais denúncias. Vai exigir que o conselho retome as acusações contra o duque de Somerset, e então serão milady, Edmund Beaufort e os seus aliados contra ele e a família.

— Não! O próprio rei declarou diante dos lordes que Somerset é um amigo e parente leal, e ninguém ousará dizer qualquer coisa contra ele. Reuniremos um conselho em Westminster, e York não será convidado. Depois, realizaremos uma audiência sem a presença dele em Leicester, e ele será acusado. As Midlands são leais a nós, embora Londres, às vezes, hesite. Esse será o fim do duque e de sua arrogância, e o começo da minha vingança.

Faço um movimento com a cabeça: nada do que eu disser a fará ver que o duque de York é poderoso demais para o tornarmos inimigo.

— Você, mais do que qualquer pessoa, deveria estar contente! — exclama a rainha. — Edmund me prometeu que trará seu marido, Richard, de volta.

Todos têm seu preço. Richard é o meu. No mesmo instante, esqueço-me da necessidade urgente de cautela. Seguro suas mãos.

— Vai mesmo?

— Ele me prometeu. O rei dará a Edmund as chaves de Calais, na frente de todo mundo. Richard será elogiado como um comandante leal e voltará para casa. York será preso, o reino passará a ser governado legitimamente por Edmund Beaufort e por mim, e todos voltaremos a ser felizes.

~

Estou feliz; estou em seus braços, com o rosto apertado contra seu gibão acolchoado, seus braços ao meu redor, me abraçando forte como um urso, a ponto de me deixar sem ar. Quando olho para o rosto querido e exausto, ele me beija de tal modo que, ao fechar os olhos, acho que sou de novo uma jovem cega de paixão. Recupero o fôlego, e ele me beija mais. Estivadores e marinheiros gritam alguns comentários obscenos e de incentivo, mas Richard sequer os ouve. Por baixo do meu manto, suas mãos descem da minha cintura para os meus quadris.

— Pare agora — sussurro.

— Aonde podemos ir? — pergunta ele, como se voltássemos a ser jovens.

— Ao palácio. Vamos. Suas coisas foram desembarcadas?

— Que se danem minhas coisas — responde ele, animado.

Caminhamos rápido das docas em Greenwich para o palácio, subimos furtivamente pela escada dos fundos, como um cavalariço e uma prostituta, trancamos minha porta e a mantemos assim por todo dia e toda noite.

À meia-noite, mando trazerem alguma comida, que comemos envolvidos em lençóis, do lado da lareira.

— Quando iremos para Grafton?

— Amanhã — responde ele. — Quero ver meus filhos e minha nova filha. Depois, devo retornar logo e embarcar, Jacquetta.

— Embarcar?

Ele faz uma careta.

— Tenho de fazer com que as ordens de Beaufort sejam cumpridas pessoalmente. O forte está dividido. Não posso deixá-los sem um capitão. Ficarei até o duque me substituir. Então virei direto para casa.

— Achei que ficaria em casa agora! — protesto.

— Perdoe-me. Temeria pela guarnição se não voltasse. Meu amor, têm sido dias realmente terríveis.

— Depois voltará de vez para casa?

— A rainha prometeu, o duque prometeu, e eu prometo que sim. — Ele se inclina para a frente e puxa uma mecha de meu cabelo. — É difícil servir a um país como o nosso, Jacquetta. Mas o rei agora está bem e assumindo o poder. Nossa casa está em ascensão mais uma vez.

Ponho minha mão sobre a dele.

— Meu amor, gostaria que fosse assim, mas não é tão simples. Quando vir a corte amanhã, vai perceber.

— Amanhã. — Richard põe o caneco de cerveja de lado e me leva de volta para a cama.

~

Conseguimos passar alguns dias juntos, tempo suficiente para Richard perceber que a rainha e o duque planejam virar a mesa, acusar Ricardo de York de traição e derrubá-lo junto de seus aliados. Viajamos para Grafton em um silêncio pensativo. Richard saúda seus filhos, admira o bebê, e diz a eles que tem de retornar a Calais para manter a ordem na guarnição, mas que voltará logo para casa.

— Acha que vão persuadir o duque de York a pedir perdão? — pergunto quando ele está pondo a sela em seu cavalo. — E se ele jurar lealdade e obediência ao rei, você vai poder voltar direto para casa?

— Ele já fez isso antes. E o rei, doente ou não, continua a ser rei. A rainha e o duque acreditam que têm de atacar Ricardo de York para se defenderem e que, se o derrotarem, provarão que têm razão. Tenho de proteger Calais pela Inglaterra e por minha própria honra, e depois virei para casa. Eu amo você, minha mulher. Voltarei em breve.

De início, o plano transcorre bem. Richard retorna a Calais, orientado pelo duque de Somerset, e a Casa de Lancaster está em ascensão. O Conselho Privado volta-se contra o homem que convocou como salvador e aceita se reunir sem o duque de York. Escolhem o porto seguro de Leicester para a reunião, o centro da influência da rainha, seu condado favorito e a base tradicional da Casa Real. A escolha de Leicester os faz se sentirem seguros, mas para mim, e para quem mais se der ao trabalho de refletir, isso indica que eles temem o que os cidadãos vão pensar em Londres, o que vão dizer nas aldeias de Sussex, o que farão na terra de Jack Cade, em Kent.

É difícil fazer com que todos assumam seus papéis: os lordes e a pequena nobreza têm de ser convocados, e o plano precisa ser explicado de modo que todos compreendam que o duque de York será malpago por seu serviço leal ao país. Seus feitos serão difamados, ele e seus aliados serão excluídos do conselho, e o país se voltará contra eles.

O rei é tão vagaroso para partir que só se despede da rainha, com Edmund Beaufort à direita e Henry Stafford, duque de Buckingham, à esquerda, no dia que deveria chegar em Leicester. Os nobres que seguem atrás dele usam trajes de viagem, alguns com armaduras leves, a maior parte vestida como se fosse fazer um passeio. Olho de um rosto familiar para o outro. Não há ali nenhum homem que não pertença à Casa de Lancaster ou que não tenha sido pago por ela. Essa deixou de ser a corte da Inglaterra, que atraía o apoio de várias famílias, de várias casas. Essa é a corte da Casa de Lancaster, e todo aquele que não faz parte delas é um estrangeiro. E todo estrangeiro é um inimigo. O rei faz uma reverência profunda a Margarida, e ela, formalmente, deseja-lhe boa viagem e um retorno próspero.

— Tenho certeza de que a viagem será tranquila e pacífica — diz ele de maneira vaga. — Meu primo, o duque de York, não pode desafiar a minha autoridade... minha autoridade, você sabe. Disse aos lordes yorkistas que dispersassem seus exércitos. Podem manter, cada um deles, duzentos homens. Duzentos é o bastante, não? — Olha para o duque de Somerset. — Duzentos é justo, não é?

— Mais do que justo — responde Edmund, que tem aproximadamente quinhentos homens com seu libré e mais mil arrendatários, os quais pode convocar a qualquer momento.

— Adeus, eu a verei em Windsor, quando o trabalho estiver encerrado — diz o rei. Sorri para Beaufort e o duque de Buckingham. — Meus bons primos tomarão conta de mim, eu sei. Pode ter certeza de que ficarão do meu lado.

Descemos para a entrada principal, para acenar quando passam. O estandarte do rei vai à frente, depois a guarda real e, em seguida, o rei. Está usando roupa de montaria, parece magro e pálido em comparação aos dois duques mais fortes, cada um de um lado. Quando passam, o duque de Somerset tira o chapéu para Margarida e o leva ao coração. Oculta pelo véu, ela leva os dedos aos lábios. Seguem os nobres de menor importância, a pequena nobreza, e então, os soldados. Aproximadamente 2 mil homens acompanham o rei. Eles passam ruidosamente por nós, os grandes cavalos com seus cascos potentes, os cavalos menores carregando bens e roupas. Então, vem o ruído das botas dos soldados da infantaria que marcham em fileiras disciplinadas, e alguns grupos errantes por último.

~

A rainha está inquieta no Palácio de Placentia, apesar de todos na casa se sentirem confiantes e animados ao aguardar notícias do sucesso do rei com seu conselho seleto. Os jardins que descem até o rio estão lindos com o branco e o rosa suave das cerejeiras em flor. Ao caminharmos até o rio, ao vento, as pétalas giram ao nosso redor como flocos de neve e fazem o pequeno príncipe rir e correr atrás delas, com a ama curvada sobre ele enquanto cambaleia em suas perninhas gordas. Nos campos à margem do rio, narcisos tardios ainda agitam suas cabeças amarelas, e as sebes estão polindo o campo com flores brancas. O abrunheiro floresce viçoso nas espigas negras, e o espinheiro cresce em um verde promissor. À margem do rio, os galhos dos salgueiros farfalham e se debruçam sobre a água clara, verde, que reflete as folhas verdes acima.

Na capela, rezamos pela saúde do rei e damos graças por sua recuperação. Mas nada anima a rainha. Ela não consegue esquecer que foi aprisionada pelos lordes de seu próprio país, que foi forçada a cuidar do marido adormecido com medo de nunca mais voltar a ser livre. Ela não perdoa Ricardo, duque de York, pela humilhação. Não consegue ser feliz quando o único homem que ficou do seu lado naqueles meses difíceis, suportando o cativeiro como ela, partiu de novo, para enfrentar o inimigo. Não tem dúvidas de que será vitorioso, mas não consegue ser feliz sem ele.

Margarida arrepia-se ao entrar em seus aposentos, embora haja fogo na lareira e tapeçarias nas paredes, e os últimos raios de sol aqueçam os belos cômodos.

— Gostaria que não tivessem ido — diz ela. — Queria que tivessem chamado o duque de York a Londres para se defender.

Não lembro a ela de que York é muito querido em Londres. As guildas e os mercadores confiam em seu calmo bom senso, e eles prosperaram quando o duque estabeleceu a paz e a ordem na cidade e no campo. Enquanto foi lorde protetor, os comerciantes podiam despachar seus produtos por estradas seguras, e os impostos foram reduzidos com a pródiga casa real sob seu controle.

— Logo estarão de volta — acalmo-a. — Talvez York peça perdão, como fez antes, e todos retornem em breve.

Sua inquietação afeta todos. Jantamos nos aposentos da rainha, e não no salão, onde os soldados e criados da casa resmungam que não há alegria, embora o rei tenha se recuperado. Dizem que a corte não é como deveria ser. Está silenciosa demais, parece um castelo enfeitiçado pelo silêncio. A rainha ignora as críticas. Chama músicos para tocar somente para ela em seus aposentos, e as damas mais jovens dançam, mas sem os belos rapazes do séquito do rei para observá-las. Finalmente, manda uma de suas damas ler um romance para nós. Costuramos enquanto escutamos a história de uma rainha que desejou um filho durante o inverno e deu à luz um bebê feito de neve. Quando o bebê se tornou adulto, seu pai levou-o à cruzada e ele derreteu na areia quente, pobrezinho. Então não tiveram mais filhos, nem mesmo feitos de gelo.

Essa história infeliz me deixa absurdamente sentimental, e me sinto inclinada a chorar ao pensar em meus meninos em Grafton: Lewis, que nunca mais verei, e meu filho mais velho, Anthony, que está prestes a completar 13 anos e que, em breve, terá a própria armadura e servirá como escudeiro do pai ou de outro grande homem. Ele cresceu rápido, mas eu gostaria que ele voltasse a ser um bebê, para poder carregá-lo no colo, apoiando-o no meu quadril. Desejo estar com Richard. Nunca passamos tanto tempo separados. Quando o duque de York for derrubado pelo rei, Edmund Beaufort assumirá o comando em Calais e mandará Richard para casa, e nossa vida poderá voltar ao normal mais uma vez.

Margarida me chama ao seu quarto e faço-lhe companhia enquanto tiram seu chapéu apertado, que se ajusta por cima das orelhas, soltam suas tranças e escovam-lhe o cabelo.

— Quando acha que voltarão? — pergunta ela.

— Daqui a uma semana? — sugiro. — Se tudo correr bem.

— Por que não correria?

Não sei por que ela não está feliz e animada, como no momento em que o duque de Somerset lhe explicou o plano. Não sei por que o palácio, que sempre foi uma bela casa para a corte, parece tão frio e solitário nessa noite. Não sei por que a jovem dama de companhia teria escolhido uma história sobre um filho e herdeiro que derrete como neve antes da sucessão.

— Não sei — replico. Sinto um arrepio. — Espero que tudo corra bem.

— Vou para a cama — diz ela, aborrecida. — E de manhã poderemos caçar e ficar alegres. Você não é uma boa companhia hoje, Jacquetta. Vá para a cama.

Não vou para a cama como ela manda, mas sei que não sou uma companhia agradável. Vou até a janela do meu quarto, abro a veneziana de madeira e olho a margem do rio sob o luar, a longa curva prateada. Pergunto-me por que estou tão desalentada em uma noite quente de maio, o mês mais bonito do ano, quando meu marido está voltando para casa depois de passar por graves perigos, e o rei da Inglaterra partiu assumindo sua autoridade, com seu inimigo prestes a ser derrubado.

~

Então, no dia seguinte, no fim da tarde, recebemos notícias terríveis, inacreditáveis. Nada está claro para nós quando ordenamos que o mensageiro seja levado à presença da rainha, quando exigimos que soldados vindos de uma batalha sejam trazidos aos aposentos reais para contar o que viram, quando enviamos homens a toda pressa para St. Albans, na estrada para o norte. Ao que parece, o duque de York, longe de simplesmente cavalgar para sua provação e aguardar pacientemente seu julgamento como traidor, reuniu um exército e pleiteou com o rei para que seus inimigos fossem afastados e para que Henrique se tornasse um bom rei para toda a Inglaterra, não somente para os Lancaster.

Um homem contou-nos que houve uma espécie de tumulto nas ruas estreitas da cidade, mas que não conseguiu ver quem estava em desvantagem quando foi ferido. Ninguém o ajudou, o que é algo desencorajador para um soldado comum, disse ele, os olhos voltados para a rainha.

— Faz com que a gente pense se os nossos senhores se importam conosco — resmunga ele. — Um bom senhor não deixa um homem caído.

Outro homem que veio nos trazer notícias diz que se trata de uma guerra: o rei levantou seu estandarte e o duque de York o atacou, mas foi derrotado. A rainha levanta-se da cadeira com a mão sobre o coração ao ouvir esse relato. Porém, mais tarde, o mensageiro que despachamos para Londres retorna e informa, a partir do que conseguiu coletar nas ruas, que a luta principal se travou entre os homens do duque de Somerset e os do conde de Warwick. Afirma que os soldados do conde atravessaram os jardins, passaram pelos pequenos muros, subiram nos galinheiros e andaram pelos chiqueiros para evitar barricadas e chegar ao centro da cidade, vindos de uma direção que ninguém teria previsto, surpreendendo os homens do duque de Somerset e desestabilizando-os.

Margarida anda de um lado para o outro no quarto, enfurecida com a espera, louca de impaciência. Suas damas se encolhem contra as paredes e não dizem nada. Detenho, à porta, a ama com o pequeno príncipe. Não haverá diversão para ele nessa tarde. Precisamos saber o que está acontecendo, mas não conseguimos descobrir. A rainha despacha mais mensageiros a Londres, e três homens recebem ordens de ir para St. Albans com uma mensagem confidencial dela para o duque de Somerset. Então, não temos mais nada a fazer a não ser esperar. Esperar e rezar pelo rei.

Finalmente, quando anoitece e os criados chegam com tochas e, silenciosamente, acendem castiçais e arandelas, os guardas abrem as portas e anunciam:

— Mensageiro do rei.

A rainha levanta-se, vou para o seu lado. Ela está tremendo ligeiramente, mas o rosto que mostra ao mundo é calmo e determinado.

— Pode entrar e transmitir a mensagem — ordena ela.

O mensageiro entra e abaixa-se sobre um joelho, com o chapéu na mão.

— De Sua Graça, o rei — diz ele, e mostra em seu punho fechado um anel. Margarida faz um movimento com a cabeça para mim; eu me adianto e o pego.

— Qual é a mensagem?

— Sua Graça, o rei, deseja que esteja bem e envia sua bênção ao príncipe.

Margarida assente com a cabeça, autorizando-o a prosseguir.

— Diz que está em boa companhia esta noite, com seu parente, o duque de York, e que virão para Londres amanhã.

A respiração de Margarida, retida por tanto tempo, solta-se como um leve sibilo.

— O rei pede que se rejubile e diz que Deus cuidará de todas as coisas e tudo se ajeitará.

— E quanto à batalha?

O mensageiro ergue o olhar para ela.

— Sua Graça não enviou nenhuma mensagem sobre a batalha — responde.

Ela morde o lábio.

— Mais alguma coisa?

— O rei pede à Vossa Graça e à corte que rezem ainda hoje em agradecimento por ele ter escapado do perigo.

— Faremos isso — diz Margarida.

Estou tão orgulhosa de seu controle e dignidade que ponho a mão delicadamente em suas costas, em um afago discreto.

Ela vira a cabeça e diz em um sussurro:

— Segure-o quando ele sair e descubra o que, em nome de Deus, está acontecendo. — Ela se vira, então, para as suas damas e fala: — Irei imediatamente dar graças pela segurança do rei, e a corte virá comigo.

Ela segue na frente em direção à capela, e a corte não tem escolha a não ser acompanhá-la. O mensageiro está se posicionando atrás do cortejo quando toco sua manga, dou-lhe o braço e o levo para um canto conveniente, como se ele fosse um cavalo nervoso que impedisse qualquer um de dominá-lo.

— O que aconteceu? — pergunto laconicamente. — A rainha quer saber.

— Transmiti a mensagem como mandaram.

— Não a mensagem, seu tolo. O que aconteceu durante o dia? O que você viu?

Ele balança a cabeça.

— Vi somente um pequeno combate pelas ruas, nos pátios e nas tabernas. Mais parecido com uma rixa do que com uma batalha.

— Viu o rei?

Ele olha em volta, como se temesse que suas palavras fossem ouvidas.

— Foi atingido no pescoço, por uma flecha.

Respiro fundo.

Os olhos do mensageiro estão arregalados pelo choque, tanto quanto os meus.

— Eu sei.

— Como pode ter ficado tão exposto? — pergunto, enfurecida.

— O conde de Warwick conduziu seus arqueiros pelas vielas, jardins e aleias. Ele não apareceu na rua principal, como todos esperavam. Ninguém estava preparado para um avanço daqueles. Acho que ninguém nunca comandou um ataque desse tipo.

Levo a mão ao coração e sinto uma pulsação de pura alegria por Richard estar servindo em Calais, e não na guarda do rei, quando os homens de Warwick surgiram pelas aleias como assassinos.

— Onde estava a guarda real? — pergunto. — Por que não o protegeram?

— Foram derrubados, a maioria fugiu — responde ele, sucinto. — Vi o que aconteceu. Depois da morte do duque...

— Do duque?

— Morto quando saiu de uma taberna.

— Que duque? — insisto, sentindo meus joelhos tremerem. — Que duque morreu ao sair da taberna?

— Somerset — responde ele.

Trinco os dentes e endireito o corpo, lutando contra uma onda de enjoo.

— O duque de Somerset está morto?

— Sim, e o duque de Buckingham se rendeu.

Tento clarear minhas ideias.

— O duque de Somerset está morto? Tem certeza? Tem certeza absoluta?

— Eu mesmo o vi cair do lado de fora de uma taberna. Tinha se escondido lá, não se renderia. Ele irrompeu pela porta com seus homens, pensou que lutaria até pôr fim naquilo, mas o derrubaram na soleira.

— Quem? Quem o matou?

— O conde de Warwick — responde brevemente.

Balanço a cabeça, reconhecendo uma animosidade fatal.

— E onde o rei está agora?

— Ele é protegido pelo duque de York. Descansarão hoje à noite, recolherão os feridos. Estão saqueando St. Albans, é claro, a cidade será praticamente destruída. E então, amanhã, virão para Londres.

— O rei está em condições de viajar? — Temo por ele: é o seu primeiro combate e, a mim, soa como um massacre.

— Ele está vindo com pompa — diz o mensageiro melancolicamente. — Com seu bom amigo duque de York de um lado, o conde de Salisbury, Richard Neville, do outro, e o filho do conde, o jovem Warwick, herói da batalha, na frente, segurando a espada do rei.

— Um cortejo?

— Um cortejo triunfante para alguns deles.

— A Casa de York tem o rei, carrega sua espada e está vindo para Londres?

— Sua Graça vai usar a coroa, para que todos saibam que está bem e com o juízo perfeito no momento. Em St. Paul. E o duque de York vai colocar a coroa em sua cabeça.

— Uma coroação? — É difícil não sentir um arrepio. Esse é um dos momentos sagrados de um reinado, quando o rei se mostra, mais uma vez, ao seu povo com a coroa usada em sua ascensão ao trono. Isso é feito para dizer ao mundo que o rei retornou, que reassumiu a autoridade. Mas dessa vez vai ser diferente. Vai mostrar ao mundo que ele perdeu o poder. Que o duque de York tem a coroa, mas que permite que a use. — Sua Graça vai deixar o duque coroá-lo?

— E todos nós saberemos que as diferenças entre eles foram resolvidas.

Olho rapidamente para a porta. Sei que Margarida está esperando por mim, e terei de lhe contar que o duque de Somerset está morto e que o marido dela está nas mãos do inimigo.

— Ninguém pode achar que esta será uma paz duradoura — digo, em tom baixo. — Ninguém pode achar que as diferenças estão resolvidas. É o começo do derramamento de sangue, não o fim.

— É melhor achar que é o fim, pois será considerado traição até mesmo falar sobre a batalha. — O tom de voz dele é grave. — Disseram que devemos esquecê-la. Quando vim, decretaram uma lei que dizia que ninguém deveria mencioná-la. Como se nunca tivesse acontecido. O que acha disso? Uma lei que nos obriga a ficar em silêncio.

— Esperam que as pessoas se comportem como se nada tivesse acontecido? — exclamo.

Seu sorriso é cruel.

— Por que não? Não foi uma grande batalha, milady. Não foi gloriosa. O duque de Somerset escondeu-se em uma taberna e saiu para a morte. Estava tudo acabado em meia hora e o rei em nenhum momento brandiu a espada. Encontraram-no escondido em um curtume, no meio de peles tosquiadas, e perseguiram seu exército pelas pocilgas e hortas. Não é uma batalha que algum de nós vá se lembrar com orgulho. Ninguém a contará a outras pessoas daqui a dez anos, sentado ao lado da lareira. Ninguém vai contá-la a seu neto. Todos nós que estivemos lá ficaremos felizes em esquecê-la. Não é como se fôssemos um grupo alegre, um bando de irmãos.

Espero Margarida retornar a seus aposentos com a corte após ter dado graças pela segurança do rei. Quando vê minha expressão séria, comunica que está cansada e que ficará comigo a sós. Assim que a porta se fecha atrás da última dama de companhia, começo a tirar os grampos de seu cabelo.

Ela segura a minha mão.

— Não, Jacquetta. Não suporto sequer ser tocada. Apenas me conte. É má notícia, não é?

No lugar dela, sei que preferiria ouvir o pior primeiro.

— Margarida, é com muita tristeza que lhe conto que, Sua Graça, o duque de Somerset, está morto.

Por um momento, ela não me ouve.

— Sua Graça?

— O duque de Somerset.

— Disse que ele está morto?

— Morto.

— Refere-se a Edmund?

— Edmund Beaufort, sim.

Vagarosamente, seus olhos cinzentos se enchem de lágrimas, sua boca estremece, e ela leva as mãos às têmporas, como se a cabeça doesse.

— Não pode ser.

— É.

— Tem certeza? O homem tinha certeza? Batalhas são tão confusas. Não pode ser uma notícia falsa?

— Talvez. Mas ele tinha certeza.

— Como poderia?

Dou de ombros. Não lhe contarei detalhes agora.

— Luta corpo a corpo, nas ruas...

— E o rei me envia uma mensagem ordenando um serviço de ação de graças? Está completamente louco? Quer um serviço de ação de graças quando Edmund está morto? Ele não se importa com nada? Com nada?

Há um silêncio. Ela dá um suspiro e estremece ao perceber a extensão de sua perda.

— Talvez o rei não tenha enviado a mensagem para a ação de graças — sugiro. — Deve ter sido mandada pelo duque de York.

— E daí? Jacquetta... como vou fazer sem ele?

Pego as mãos dela para impedi-la de puxar o cabelo.

— Margarida, terá de suportar isso. Terá de ser corajosa.

Ela balança a cabeça, um gemido preso em sua garganta.

— Jacquetta, como farei sem ele? Como vou viver sem ele?

Ponho os braços ao seu redor, e ela se deixa embalar por mim, soltando um gemido de dor abafado.

— Como vou viver sem ele? Como vou sobreviver aqui sem ele?

Levo-a para a cama grande e forço-a a se deitar. Quando a cabeça está sobre o travesseiro, suas lágrimas escorrem e molham o lençol bordado. Não grita nem soluça: apenas geme com os dentes trincados, como se quisesse abafar o som, mas não conseguisse cessá-lo, nem seu sofrimento.

Seguro a mão dela e me sento ao seu lado em silêncio.

— E o meu filho? — diz ela. — Meu Deus, meu filhinho. Quem vai ensiná-lo a ser homem? Quem vai protegê-lo?

— Silêncio — digo, impotente. — Não fale.

Ela fecha os olhos, mas as lágrimas continuam a correr pelo rosto, insistentes como seus gemidos abafados, semelhantes aos de um animal fatalmente ferido.

Margarida abre os olhos e senta-se na cama.

— E o rei? — pergunta, como se isso só lhe ocorresse agora. — Suponho que esteja bem, como afirmou, não? A salvo? Suponho que tenha escapado ileso, certo? Como sempre, louvado seja Deus.

— Foi ferido levemente. Mas está a salvo, aos cuidados do duque de York. O duque o está trazendo para Londres com todas as honras.

— Como vou fazer sem Edmund? — sussurra ela. — Quem vai me proteger agora? Quem vai proteger meu filho? Quem vai defender o rei e o que vai acontecer se ele adormecer de novo?

Não tenho nada a dizer para confortá-la. Ela terá de sofrer a dor de sua perda. Pela manhã, ao acordar, ela deverá governar esse reino e enfrentar o duque de York sem o apoio do homem que ela amou. Ela estará só. Terá de ser mãe e pai de seu filho. Terá de ser rainha e rei da Inglaterra. E ninguém jamais poderá saber, nem mesmo supor, que seu coração está partido.

∼

Nos dias seguintes, ela não parece ser Margarida de Anjou. Parece seu fantasma. Perde a voz, emudece. Digo às damas de companhia que o choque deixou a rainha com dor de garganta e que ela deve descansar. Mas em seu quarto obscurecido, onde fica sentada com a mão no coração, em silêncio, percebo que, ao reprimir o choro, ela está sendo asfixiada por seu próprio sofrimento. Não se atreve a emitir nenhum som, pois se falar, gritará.

Em Londres, é encenado um terrível quadro vivo. O rei, esquecido de si mesmo, esquecido da posição que lhe foi confiada por Deus, vai à Catedral de St. Paul para uma nova coroação. Não é coroado por nenhum arcebispo. Em um gesto de zombaria, é Ricardo de York quem põe a coroa na cabeça do rei. Para as centenas de pessoas que se apinham na catedral e as milhares que souberam da cerimônia, um primo real dá a coroa ao outro, como se fossem iguais, como se obediência fosse uma questão de escolha.

Levo essa notícia à rainha, que está sentada no escuro. Ela se levanta cambaleante, como se estivesse se lembrando de como se anda.

— Tenho de ver o rei — decide ela com a voz fraca e rouca. — Está dando tudo o que temos. Deve ter perdido o juízo de novo, e agora está perdendo a coroa e a herança do filho.

— Espere — sugiro. — Não podemos desfazer esse ato. Vamos esperar e ver o que pode ser feito. E enquanto isso, saia de seus aposentos, coma direito e fale ao povo.

Ela assente. Sabe que tem de liderar a Casa Real e, agora, sozinha.

— Como farei o que quer que seja sem ele? — pergunta em um murmúrio.

Pego suas mãos, seus dedos estão gélidos.

— Vai conseguir, Margarida. Vai conseguir.

∼

Envio uma nota urgente a Richard através de um mercador de lã a quem já confiei outros bilhetes antes. Digo-lhe que os York estão de novo no comando e que deve se preparar para que tentem tomar a guarnição. Conto que o rei está nas mãos deles, que o amo e sinto saudades. Não peço que venha, pois nestes tempos conturbados não sei se ficaria em segurança em casa. Começo a perceber que a corte, o país e nós mesmos estamos passando de uma disputa entre primos para uma guerra entre primos.

~

Ricardo, duque de York, age rapidamente, como imaginei: propõe que a rainha se encontre com seu marido no Castelo de Hertford, a um dia a cavalo ao norte de Londres. Quando seu camareiro lhe transmite a mensagem, ela responde enfurecida:

— Ele vai me prender.

O homem recua diante de sua fúria.

— Não, Vossa Graça, apenas lhe proporcionará, e ao rei, um lugar onde ficar até o Parlamento ser convocado em Londres.

— Por que não podemos ficar aqui?

O homem lança-me um olhar desesperado. Ergo as sobrancelhas: não estou inclinada a ajudá-lo, pois também não sei por que querem nos mandar para o lugar onde o rei passou a infância, um castelo completamente murado, cercado por um fosso e isolado como uma prisão. Se o duque de York quer trancafiar o rei, a rainha e o jovem príncipe, não poderia escolher lugar melhor.

— O rei não está bem, Vossa Graça — admite, finalmente, o homem.

— Acham que ele não deve ser visto pelo povo de Londres.

Esta é a notícia que temíamos. Ela a ouve calmamente.

— Não está bem? — pergunta. — O que quer dizer com "não está bem"? Está dormindo?

— Sem dúvida parece muito abatido. Não está adormecido como antes, mas foi ferido no pescoço e ficou muito assustado. O duque acha que ele não deve ficar exposto ao barulho e à agitação de Londres e que deve permanecer no castelo, mais tranquilo. Foi onde viveu na infância, e se sentirá melhor lá.

Ela olha para mim, como se pedisse um conselho. Sei que está se perguntando o que Edmund Beaufort lhe teria mandado fazer.

— Pode dizer à Sua Graça, o duque, que iremos para Hertford amanhã — falo ao mensageiro, e quando ele se vira para sair, murmuro para a rainha: — O que mais podemos fazer? Se o rei está doente, o melhor é tirá-lo de Londres. Se o duque manda irmos para Hertford, não podemos recusar. Quando tivermos o rei aos nossos cuidados, poderemos decidir o que fazer. Temos de afastá-lo do duque e de seus homens. Se o mantivermos conosco, pelo menos saberemos que está seguro. Precisamos ter o rei em nosso poder.

Castelo de Hertford, Verão de 1455

Ele não se parece com o rei que partiu acompanhado de dois amigos, vestido com roupas de passeio, para repreender um grande lorde. Dá a impressão de ter desmoronado, um travesseiro sem enchimento, uma bolha esvaziada. Sua cabeça está baixa, e uma bandagem mal-atada ao redor do pescoço mostra onde os arqueiros de Warwick quase deram fim ao reinado. Sua túnica arrasta-se dos ombros porque ele não apertou o cinto, e o rei tropeça, como um idiota, no caminho para a pequena sala de audiências, apinhada de gente, do Castelo de Hertford.

A rainha está esperando por ele, cercada por alguns criados que servem a ambos, mas os lordes influentes do país e seus homens permaneceram em Londres. Eles se preparam para o Parlamento, que cumprirá as ordens do duque de York. Ela levanta-se quando vê o marido e avança para saudá-lo, majestosa e digna, mas percebo que suas mãos tremem até que ela as enfia nas mangas compridas. Ela percebe, como eu, que o perdemos de novo. Nesse momento crucial, quando precisamos tanto de um rei para nos comandar, ele nos escapa.

Henrique sorri para ela.

— Ah. — Mais uma vez o rei faz uma pausa denunciadora enquanto tenta se lembrar do nome dela. — Ah, Margarida.

Ela faz uma reverência, depois o beija. Ele comprime os lábios, como uma criança.

— Vossa Graça — diz ela. — Graças a Deus, está a salvo.

Os olhos dele se arregalam.

— Foi horrível. — A voz dele é fina e fraca. — Uma coisa horrível, Margarida. Nunca viu nada tão horrível em sua vida. Tive sorte que o duque de York estivesse lá, que me trouxesse em segurança. Como os homens se comportam! Foi uma coisa horrível, Margarida. Fiquei feliz pelo duque estar lá. Foi o único a ser gentil comigo. É o único que entende como me sinto...

Movendo-nos como se fôssemos uma só, Margarida e eu seguimos na direção dele. Ela lhe dá o braço e o conduz aos aposentos particulares. Posiciono-me de maneira a bloquear o caminho atrás deles, para que ninguém os acompanhe. A porta fecha-se atrás de ambos, e a chefe das criadas da rainha olha para mim.

— O que vai acontecer agora? — pergunta ela, com certo sarcasmo. — Dormimos todos de novo?

— Servimos à rainha — replico, soando mais determinada do que de fato me sinto. — E você, em particular, tomará cuidado com a língua.

～

Não recebo nenhuma carta de Richard, mas um pedreiro, que veio supervisionar uma obra, dá-se ao trabalho de ir até o Castelo de Hertford com notícias para mim.

— Ele está vivo. — É a primeira coisa que diz. — Que Deus o abençoe, está vivo e bem, treinando os homens e mantendo a guarda, fazendo tudo o que pode para conservar Calais para a Inglaterra... — Baixa a voz. — E para Lancaster.

— Você o viu?

— Antes de vir. Não pude falar com ele, precisei embarcar, mas sabia que iria querer notícias. Se tiver uma carta para ele, Vossa Graça, eu a levarei. Vou retornar no próximo mês, a menos que haja novas ordens.

— Vou escrever imediatamente, antes que parta — prometo. — E a guarnição?

— Leal a Edmund Beaufort — responde ele. — Prenderam seu marido enquanto arrombavam armazéns e depósitos e vendiam a lã, mas depois que receberam os soldos, o libertaram. Também liberaram os navios no porto. Foi como pude partir. Evidentemente ninguém sabia que o duque estava morto. Vão saber agora.

— O que acha que farão?

Ele dá de ombros.

— Seu marido vai esperar as ordens do rei. Ele é um homem do rei, é leal. O rei vai ordenar que defenda Calais do novo capitão... O conde de Warwick?

Balanço a cabeça.

— Ele adormeceu de novo? — pergunta o mercador com uma precisão cruel.

— Receio que sim.

O rei dorme durante o dia, come pouco, não tem apetite e reza em todos os serviços. Às vezes, levanta-se à noite, de camisão, e vaga pelo castelo. Os guardas têm de chamar o camareiro de seu quarto para levá-lo de volta para a cama. Não está melancólico pois, quando há música, acompanha o ritmo batendo com a mão e, às vezes, balançando a cabeça. Uma vez, ergueu o queixo e cantou uma canção com uma voz aguda e oscilante, uma bela canção sobre ninfas e pastores, e percebi um pajem levar as mãos à boca para impedir uma risada. Porém, durante a maior parte do tempo, ele é, mais uma vez, um rei perdido, um rei aquoso, um rei lunar. Perdeu os vestígios de terra, perdeu todo fogo. Suas palavras são escritas na água, e penso no pequeno talismã em forma de coroa que perdi no rio e que me disse, tão claramente, que o rei não voltaria para nós em nenhuma estação: o brilho de seu ouro afundaria nas águas profundas.

Groby Hall, Leicestershire, Outono de 1455

Tenho permissão da rainha para deixar a corte e ir para a casa da minha filha em Groby Hall. A rainha comenta, rindo, que poderia impedir mais facilmente um ataque da cavalaria do que me negar permissão para ir. Minha Elizabeth está grávida de seu primeiro bebê, esperado para novembro. Eu também estou grávida, uma criança concebida no dia e na noite em que fiz amor com Richard, em sua última volta para casa. Espero ver Elizabeth bem depois do parto, e em seguida irei para casa, para o meu confinamento.

Richard não estará presente no nascimento de seu primeiro neto, é claro. Não estará ao meu lado, em Groby Hall, enquanto aguardamos o primeiro bebê de Elizabeth. Nem em nossa casa, em Grafton, quando eu der à luz. Nem quando eu retornar ao Castelo de Hertford. Nem em Londres. O duque de Somerset está morto, e sua ordem para o retorno de Richard não será obedecida. Meu marido não pode cumprir sua promessa de voltar para casa enquanto o futuro de Calais permanecer tão incerto. O conde de Warwick é o novo condestável, e Richard terá de decidir se aceitará seu comando ou se o desafiará. Mais uma vez, meu marido está longe, avaliando que lado apoiar, a lealdade de um lado, sua segurança no outro. Nem mesmo podemos nos corresponder, visto que Calais entrincheirou-se de novo.

A sogra de Elizabeth, Lady Grey, recebe-me à porta, exuberante em um vestido de veludo azul-escuro, o cabelo em duas tranças, uma de cada lado da cabeça, o que faz seu rosto redondo parecer a tenda de um padeiro com três pães doces. Ela me faz uma reverência respeitosa.

— Estou muito feliz por ter vindo fazer companhia à sua filha durante o confinamento — diz ela. — O nascimento de meu neto é um evento da maior importância para mim.

— E do meu neto, para mim. — Faço valer meus direitos com prazer e sem nenhuma dúvida de que minha filha teria um filho homem, meu neto, descendente de Melusina. Tudo o que ele possuirá da família Grey será o nome, e já paguei por isso com o dote de Elizabeth.

— Vou levá-la ao quarto dela — propõe Lady Grey. — Reservei nosso melhor quarto para o confinamento. Não poupei nem trabalho nem despesas para o nascimento do meu primeiro neto.

A casa é grande e bonita, admito. Os três aposentos de Elizabeth têm vista para a Tower Hill, a leste, e para a antiga capela, a sul. Todas as venezianas estão fechadas, mas a luz do sol de outono passa pelas frestas entre as ripas. O quarto está aquecido, com lenha de troncos espessos queimando, e é bem mobiliado, com uma cama grande, outra menor para uso durante o dia, um assento para visitas e um banco ao longo da parede para as damas. Quando entro, minha filha ergue-se na cama menor, e vejo nela a menininha que amei antes de meus outros filhos e a bela mulher em que se transformou.

Seus quadris estão mais largos, e ela ri quando me espanto com seu tamanho.

— Eu sei! Eu sei! — diz ela, e vem para os meus braços. Abraço-a com cuidado, sua grande barriga entre nós duas. — Diga-me que não são gêmeos.

— Eu lhe disse que é uma menina, pela barriga tão baixa e grande — fala Lady Grey, atrás de mim.

Não a corrijo, teremos tempo suficiente para ver o que o bebê será e o que fará. Abraço o corpo largo de Elizabeth e seguro seu belo rosto.

— Está mais linda do que nunca.

É verdade. Seu rosto está arredondado e o cabelo dourado escureceu um pouco depois de um verão passado dentro de casa, mas a beleza de suas feições, o belo nariz, as sobrancelhas e a curva perfeita de sua boca são tão adoráveis como quando era uma menina.

Ela faz um biquinho.

— Só a senhora para achar isso, milady mãe. Não passo pela porta, e John deixou minha cama há três meses, porque o bebê chuta tanto quando me deito que passo a noite me mexendo, e ele não consegue dormir.

— Vai acabar logo. E é bom ele ter pernas fortes. — Levo-a de volta à cama menor e levanto seus pés. — Descanse. Vai ter muito que fazer daqui a alguns dias.

— Acha que serão dias? — pergunta Lady Grey.

Olho para Elizabeth.

— Ainda não posso afirmar com certeza. E o primeiro filho muitas vezes precisa de tempo.

Lady Grey sai, prometendo enviar um bom jantar assim que anoitecer. Elizabeth espera a porta se fechar e fala:

— Milady mãe disse "filho", o "primeiro filho".

— Disse? — Sorrio para ela. — O que acha?

— Fiz o feitiço da aliança de casamento — diz minha filha, ansiosamente. — Posso contar o resultado?

— Deixe-me tentar — digo, animada como uma menina. — Deixe-me tentar com a minha aliança.

Tiro a aliança do dedo e o fino cordão de ouro de meu pescoço. Ponho a aliança no cordão, admirando-me por ser tão abençoada a ponto de poder praticar a adivinhação para a minha filha, para descobrir qual será o sexo de seu bebê. Seguro o cordão acima da sua barriga e espero que ele se imobilize.

— Direção do relógio para menino, sentido anti-horário para menina — digo. Sem que eu o mova, o cordão começa a oscilar, primeiro lentamente como que movido por uma brisa, e então mais forte, em um círculo. Sentido do relógio. — Um menino. — Ponho a aliança de novo no dedo, e o cordão no pescoço. — O que achava?

— Um menino — confirma ela. — E milady mãe, o que vai ter?

— Um menino também, acho — digo com orgulho. — Que família estamos fazendo. Deverão ser todos duques. Que nome vai lhe dar?

— Thomas.

— Thomas, o sobrevivente.

Ela fica curiosa no mesmo instante.

— Por que o chamou assim? A que ele vai sobreviver?

Olho para o seu belo rosto e, por um momento, é como se a visse em um vitral, em um corredor sombrio, como se ela estivesse a anos de distância.

— Não sei. Apenas acho que terá uma longa jornada pela frente e que sobreviverá a muitos perigos.

— Quando acha que ele vai nascer? — pergunta Elizabeth, com impaciência.

Sorrio.

— Em uma quinta-feira, é claro. — Cito o antigo provérbio: — As crianças que nascem às quintas-feiras vão longe.

Sua atenção desvia-se no mesmo instante.

— E eu, em que dia nasci?

— Numa segunda-feira. As crianças que nascem em uma segunda-feira são bonitas.

Ela ri.

— Ah, milady mãe, pareço uma abóbora!

— Parece mesmo — replico. — Mas só até quinta-feira.

~

Acerto meus cálculos, mas não me vanglorio para Lady Grey; é perigoso tê-la como inimiga. O bebê é um menino, nasce na quinta-feira, e minha Elizabeth insiste em que se chame Thomas. Espero até ela se levantar e andar e levo-a à igreja. Quando minha filha está bem, o bebê está se alimentando e o marido dela para de me procurar dez vezes ao dia para perguntar se tenho certeza de que está tudo certo, vou para Grafton ver meus outros filhos e jurar para eles que Richard está corajosamente servindo ao rei, como sempre, e que voltará para nós assim que puder. Ele nunca deixou de voltar: jurou fidelidade a nós, jurou que sempre retornará para casa, para mim.

Vou para o confinamento em dezembro, e na noite anterior ao nascimento do bebê, sonho com um cavaleiro valente e audacioso como meu marido, Sir Richard, com um campo seco, quente e marrom, um estandarte tremeluzindo contra um sol abrasador, e um homem que não tem medo de nada. Quando dou à luz, nasce apenas um bebezinho miúdo chorando. Pego-o nos braços e me pergunto o que vai ser. Dou-lhe o nome de Edward, pensando no pequeno príncipe, e tenho a certeza de que será afortunado.

Castelo de Hertford, Primavera de 1456

Richard não vem para casa, embora eu lhe escreva da corte silenciosa e temerosa para contar que é pai mais uma vez e, agora, também avô. Lembro-lhe que Anthony deve ser enviado para servir a um grande lorde, mas como vou julgar qual o instruirá melhor nesse novo mundo governado novamente por York? Nem mesmo sei se meu marido recebe a carta. Só sei que não obtenho resposta.

A guarnição e a cidade de Calais estão em guerra entre si, e não são mais cordiais com o recém-nomeado comandante, o jovem e vitorioso conde de Warwick, do que foram com o condestável anterior, seu aliado, o duque de York. Imagino, e temo, que Richard esteja mantendo os aliados de York fora do castelo e defendendo a cidade para Lancaster. Uma esperança desconsolada e um posto solitário. Acho que Richard está mantendo sua lealdade a Lancaster; ele pensa que defender Calais para o rei silencioso é o melhor serviço que pode oferecer. Mas o Natal passa, assim como o inverno, e não recebo nenhuma notícia dele, exceto saber que está vivo e que a guarnição declarou que nunca permitirá a entrada do conde de Warwick no castelo, sendo, assim, leal ao homem morto por ele: o falecido lorde Somerset.

Somente na primavera as coisas começam a se abrandar.

— O rei está melhor — anuncia Margarida.

Olho para ela em dúvida.

— Está falando melhor do que antes — concordo. — Mas ainda não voltou a ser ele mesmo.

— Jacquetta — começa ela, irritada —, talvez ele nunca mais volte a ser o que era. Mas seu ferimento está curado, ele consegue falar com clareza e anda sem tropeçar. Consegue se passar por um rei. À distância, pode parecer estar no comando. Tem de ser o bastante para mim.

— Para fazer o quê?

— Para levá-lo de volta a Londres, mostrá-lo ao conselho e tirar a autoridade do duque de York mais uma vez.

— Ele é um rei só de fachada. Um rei fantoche.

— Então serei eu quem puxará os cordões — afirma a rainha —, e não o duque de York. Enquanto estamos aqui e permitimos que o protetorado governe, o duque de York toma todos os postos, todas as taxas, todos os honorários e todos os favores. Ele vai despojar o país e acabaremos sem nada. Tenho de colocar o rei de volta ao seu trono, e York de volta ao seu devido lugar. Tenho de salvar a herança do meu filho, para quando ele atingir a maioridade e puder lutar as próprias batalhas.

Hesito, pensando nos tremores nervosos do rei, na maneira como se retrai a um ruído repentino. Ele se tornará infeliz em Londres, ficará assustado em Westminster. Os lordes vão requerer seu julgamento e exigir que governe. Ele não pode fazer isso.

— As disputas e a gritaria no conselho serão contínuas. Ele não vai suportar, Vossa Graça.

— Vou ordenar que seu marido volte para casa — tenta-me ela. — Mandarei o rei perdoar a guarnição e permitir que os soldados vão para casa. Richard poderá voltar e ver o neto e o filho. Ele ainda nem conheceu seu novo bebê.

— Um suborno — observo.

— Um suborno brilhante. É irresistível, não? Então, concorda? Vamos fazer o rei reivindicar o trono de novo?

— Eu a impediria de seguir esse rumo se não concordasse?

Ela nega com a cabeça.

— Estou determinada — diz ela. — Independente de me apoiar ou não, Jacquetta, assumirei o comando no lugar do meu marido. Salvarei a Inglaterra para o meu filho.

— Então traga Richard, e a apoiaremos. Quero-o perto de mim de novo, no meu raio de visão, na minha cama.

Palácio de Westminster, Londres, Primavera de 1456

O retorno de Richard é um dos primeiros atos do rei restaurado. Vamos com toda pompa a Westminster e anunciamos ao conselho a recuperação do rei. É melhor do que ousei esperar. O rei comporta-se de maneira elegante, e seus conselheiros ficam evidentemente aliviados com o seu retorno: ele agora governará com o auxílio do duque de York. O rei perdoa a guarnição de Calais por ter se recusado a aceitar York e Warwick e assina um perdão especialmente para Richard, por seu papel na rebelião contra o lorde protetor.

— Seu marido é leal a mim e à minha casa — comenta o rei comigo, ao vir aos aposentos da rainha antes do jantar. — Não me esquecerei disso, Lady Rivers.

— E ele pode voltar para casa? — pergunto. — Está fora faz tanto tempo, Vossa Graça.

— Em breve — promete. — Escrevi para ele e lorde Welles, dizendo que designei, pessoalmente, o conde de Warwick para ser capitão de Calais, e, que, portanto, poderão admiti-lo, uma vez que é uma ordem minha. Quando receberem o conde e ele assumir o posto, seu marido poderá voltar para casa. — Ele dá um suspiro. — Se pelo menos pudessem viver juntos harmoniosamente. Se pudessem ser como pássaros nas árvores, como passarinhos no ninho.

Faço uma reverência. O rei está mergulhando em um de seus sonhos. Tem a visão de um mundo mais complacente, melhor, que ninguém possa renegar. Mas isso não tem qualquer utilidade para aqueles de nós que precisam viver no mundo real.

A dor de seu ferimento inesperado, o choque diante da brutalidade de uma batalha e a crueldade da morte nas ruas de St. Albans parecem ter deixado impressões profundas. Ele diz que está bem agora. Tivemos uma missa especial de ação de graças, e todos o viram andar sem tropeçar, falar com peticionários e se sentar no trono. Mas nem a rainha nem eu nos sentimos seguras de que ele não se deixará levar pelos sonhos de novo. Ele não gosta especialmente de barulho e divergências, e a corte, o Parlamento e o conselho do rei estão divididos em facções. Há discussões diárias entre os seguidores de York e os nossos partidários. A qualquer sinal de problema, de discórdia, de infelicidade, seu olhar se desliga. Ele olha pela janela e fica em silêncio, escapulindo para um devaneio. A rainha aprendeu a nunca contrariá-lo, e o pequeno príncipe é retirado rapidamente sempre que levanta a voz ou começa a correr pela sala. A corte inteira parece pisar em cacos de vidro para não perturbar Henrique, e até agora conseguimos manter, pelo menos, a aparência de que o rei governa.

A rainha aprendeu a controlar seu temperamento e tem sido agradável vê-la se disciplinar para nunca assustar ou alarmar o marido. Margarida tem temperamento irritadiço e um desejo considerável de governar. Vê-la conter a língua e baixar a voz para não confrontar o rei com a usurpação de sua autoridade é assistir a uma jovem conquistando sabedoria. Ela é gentil com ele, de uma maneira que acho que ela nunca foi. Ela o vê como um animal ferido e, quando seu olhar se torna vazio ou vagueia ao redor, tentando se lembrar de uma palavra ou nome, ela coloca uma das mãos, delicadamente, na dele e o faz se lembrar, tão ternamente quanto uma filha com um pai em estado senil. É um fim lamentável para um casamento que começou tão promissor, e a dissimulação da fraqueza do rei é a dissimulação do sofrimento dela. É uma mulher cuja sensatez foi-lhe dada pela perda: perdeu o homem a quem amava e perdeu o marido. Mas não se queixa de sua vida a ninguém, exceto a mim.

Para mim, seu gênio não se cala e, muitas vezes, ela se inflama quando estamos a sós.

— Ele faz tudo o que o duque de York manda — enfurece-se. — Ele é o fantoche dele, um cachorrinho.

— O rei é obrigado a governar em concordância com o duque e os condes de Salisbury e Warwick — replico. — Ele precisa reagir à objeção que o Conselho Privado levantou contra ele: de que era exclusivamente pró-Lancaster. Agora, há um Parlamento que é influenciado por todos os grandes homens, tanto da Casa de York quanto da de Lancaster. É como todos querem que a Inglaterra seja governada, Vossa Graça. O povo inglês gosta de compartilhar o poder. Gosta de muitos conselheiros.

— E como fica o que eu gosto? — pergunta ela. — E quanto ao duque de Somerset, morto graças a eles? O mais leal e querido... — interrompe-se e se vira de costas, para que eu não veja a dor em seu rosto. — E o interesse do príncipe, meu filho? Quem servirá a mim e ao príncipe? Quem vai satisfazer nossos gostos, independente dos homens do conselho?

Nada falo. Não há como argumentar com ela quando se enfurece contra o duque de York.

— Não vou tolerar isso — prossegue a rainha. — Vou pegar o príncipe e ir para o Castelo de Tutbury para passar o verão, depois seguirei para Kenilworth. Não ficarei em Londres, não serei aprisionada em Windsor de novo.

— Ninguém vai aprisioná-la...

— Pode visitar seus filhos — declara ela. — E depois vá ao meu encontro. Não ficarei em Londres para ser comandada pelo duque e insultada pelos cidadãos. Sei o que falam de mim. Acham que sou uma virago casada com um tolo. Não serei tão insultada. Levarei a corte comigo para longe de Londres e do duque, e ele poderá dar as ordens que bem entender. Mas não terei de presenciá-las. E o povo de Londres verá como gosta de sua cidade sem a corte aqui, sem nenhum conselho ou Parlamento. Eu os verei ir à bancarrota. Vão se arrepender quando eu levar a corte embora e oferecer nossa presença e riqueza ao povo das Midlands.

— E quanto ao rei? — pergunto, cautelosamente. — Não pode simplesmente deixá-lo em Londres por conta própria. Seria o mesmo que lançá-lo à custodia do duque de York.

— Ele se juntará a mim quando eu mandar. Ninguém vai se atrever a dizer que meu marido não deve ir para o meu lado quando eu o ordenar. O duque não vai se atrever a nos manter separados, e que eu vá para o inferno antes de ele me trancafiar em Windsor de novo.

Grafton, Northamptonshire,
Verão de 1456

Espero a chegada de Richard em Grafton, desfrutando o verão com nossos filhos. Elizabeth está em Groby com seu bebê, e sua irmã Anne a está visitando. Coloquei Anthony como escudeiro de lorde Scales, para aprender como se comportar em uma casa nobre. Lorde Scales, por acaso, tem uma filha única e herdeira, Elizabeth. Minha Mary está com 13 anos e tenho de procurar um marido para ela. Ela e sua irmã Jacquetta estão com a duquesa de Buckingham, aprendendo as maneiras da casa. Meu filho John está em casa, ele e Richard começaram seus estudos com um novo tutor, Martha vai se juntar a eles ainda este ano. Eleanor e Lionel ainda estão no quarto das crianças, com sua irmã Margaret, de 2 anos, e seu irmãozinho Edward.

Não preciso esperar muito pelo retorno de meu marido. Primeiro, recebo uma mensagem dizendo que ele foi liberado de seu dever em Calais, e em seguida — pouco depois da partida do mensageiro —, vejo poeira vindo em direção a nossa casa na estrada de Grafton. Pego Edward no berço. Com ele nos braços, protejo os olhos e observo a estrada. Minha intenção é que Richard me veja ali, com o bebê no colo, nossa casa atrás de mim, nossas terras em segurança, para que saiba que fui leal a ele, criei seus filhos, protegi suas terras, assim como ele me foi leal.

Vejo, acho que sim, as cores de seu estandarte e então tenho certeza de que é a bandeira dele e de que o homem no cavalo grande, à frente da companhia, é ele. Esqueço tudo que planejei, ponho Edward nos braços da ama de leite, levanto um pouco as saias e me ponho a correr pela varanda da casa e pelos degraus até a estrada. Ouço Richard gritar:

— Olá! Minha duquesa! Minha querida duquesa!

Vejo-o parar seu cavalo, desmontar com um salto e, em um instante, estou em seus braços, e ele me beija com tal intensidade que tenho de empurrá-lo. Mas logo o abraço de novo, com força, meu rosto em seu pescoço quente, e ele beija meu cabelo, como se fôssemos dois apaixonados separados por uma vida inteira.

— Minha amada — diz ele, também sem fôlego. — Foi uma eternidade. Tive medo de que se esquecesse de mim.

— Senti tanto a sua falta — replico em um sussurro.

Minha face está molhada de lágrimas, e ele a beija, murmurando:

— Também senti sua falta. Meu Deus, às vezes pensava que nunca mais retornaria.

— Foi liberado? Não precisa mais voltar?

— Sim. Warwick colocará seus próprios homens, espero nunca mais ver aquela cidade de novo. Foi uma desgraça, Jacquetta. Foi como ficar em uma gaiola. A região rural não é segura, o duque de Borgonha faz ataques surpresa e o rei da França ameaça. Estávamos constantemente alertas para o caso de uma invasão da Inglaterra e dos lordes de York, e a cidade estava à beira da falência. Os homens se amotinaram, e ninguém pode culpá-los. E o pior de tudo é que eu nunca sabia o que fazer para melhorar a situação. Não tinha como saber o que estava acontecendo aqui. E não podia receber notícias suas. Nem mesmo sabia se havia ficado bem depois do parto...

— Não parei de escrever — digo. — Escrevia sempre, mas imaginei que você não recebia as cartas. Às vezes, não encontrava ninguém para levar uma mensagem. Mas lhe enviei frutas e uma tina de carne de porco salgada. Recebeu-as?

Balança a cabeça.

— Nunca recebi nada. Eu estava louco por uma palavra sua. E você aqui, tendo de fazer tudo sozinha... e com um novo bebê!

— Este é Edward — digo, orgulhosa, e faço sinal para a ama se aproximar e passar o filho ao pai. Edward abre os olhos azul-escuros e olha, gravemente, para o pai.

— Ele está se desenvolvendo bem?

— Ah, sim, e todos os outros também.

Richard procura seus filhos com os olhos. As crianças saem aos tropeções pela porta da frente, os meninos tirando a boina, as meninas correndo para ele. Ele fica de joelhos e abre os braços para que todos possam abraçá-lo.

— Graças a Deus estou em casa — diz, com lágrimas nos olhos. — Agradeço a Deus por ter me trazido em segurança para a minha casa, minha mulher e meus filhos.

~

Nessa noite, na cama, vejo-me acanhada, receosa de ele perceber alguma diferença em mim — passou-se um ano, e houve mais um parto para alargar meus quadris e engrossar minha cintura. Mas ele é gentil, terno e amoroso, como se ainda fosse o meu escudeiro e eu uma jovem duquesa.

— É como tocar alaúde — diz ele rindo em meio aos sussurros. — Sempre nos lembramos de como fazer quando ele volta às nossas mãos. A mente pode pregar peças, mas o corpo se lembra.

— E uma velha rabeca continua capaz de tocar uma boa música? — pergunto fingindo estar ofendida.

— Se encontrar o parceiro perfeito, continua — replica ele delicadamente. — E eu soube, na primeira vez que a vi, que era a mulher que eu desejaria por toda a minha vida. — Ele me puxa para seu ombro quente e adormece, abraçando-me com força.

~

Adormeço em seus braços, como uma sereia mergulhando na água escura, mas algo me desperta no meio da noite. De início, penso que é uma das crianças, de modo que me esforço para me levantar e deixar as cobertas e me sento na cama para escutar. Mas não há nenhum som na casa, somente o ranger de uma tábua do assoalho e o suspiro do vento por uma janela aberta. A casa está em paz: seu senhor retornou, finalmente. Vou para o aposento ao lado do nosso quarto, abro a janela e escancaro a veneziana de madeira. O céu do verão está escuro, azul-escuro, escuro como uma fita de seda, e a lua está cheia como um selo redondo prateado, baixa no horizonte, afundando. Mas no céu, na direção leste, há uma luz intensa — uma labareda na forma de um sabre, apontando para o coração da Inglaterra, apontando para as Midlands, onde sei que Margarida está arrumando seu castelo e preparando um ataque aos York. Ergo os olhos para o cometa amarelo, não branco e pálido como a lua, mas sim dourado, um sabre dourado que aponta para o coração do meu país. Não há a menor dúvida em minha mente de que é um presságio de guerra e combate, e que Richard estará na frente de batalha, como sempre. Agora, tenho de me preocupar também com outros homens: o marido de Elizabeth, John, e Anthony, meu filho, assim como todos os outros rapazes que serão criados em um país em guerra. Por um momento, penso até mesmo no filho do duque de York, que vi com a mãe naquele dia em Westminster: o jovem Eduardo, um belo menino que, certamente, será levado para a batalha por seu pai e cuja vida também correrá risco. O sabre pende no céu, como uma espada prestes a cair. Olho para ele por um longo tempo e penso que essa estrela deveria se chamar "Fazedora de Viúvas". Então, fecho a veneziana e volto para a cama, para dormir.

Castelo de Kenilworth, Warwickshire, Verão de 1457

Richard e eu juntamo-nos à corte no coração das terras de Margarida, no castelo de que ela mais gosta na Inglaterra: Kenilworth. Quando chego com minha escolta, vejo, para meu horror, que ela o preparou para um cerco, exatamente como o céu noturno predisse. Os canhões estão montados, a mira apontada por cima dos muros recentemente restaurados. A ponte levadiça está baixada por enquanto, estendendo-se por cima do fosso, mas as correntes foram untadas e retesadas, preparadas para erguê-la em um instante. O portão levadiço está reluzindo no alto do arco, preparado para baixar assim que for dada a ordem. A quantidade de pessoas dentro do castelo e a agitação delas demonstram que a rainha o guarneceu de soldados e não apenas com criados.

— A rainha está preparada para uma guerra — diz meu marido, preocupado. — Será que acha que o duque de York se atreveria a atacar o rei?

Apresentamo-nos assim que nos limpamos da poeira da estrada, e nos deparamos com Margarida sentada com o rei. Logo percebo que ele está pior de novo. As mãos dele tremem ligeiramente, e ele balança a cabeça, como se negasse seus pensamentos, como se quisesse desviar o olhar. Estremece um pouco, como uma lebre assustada que deseja apenas se deitar na relva e ser ignorada. Não consigo olhar para ele e não ter vontade de fazê-lo ficar quieto.

Margarida ergue o olhar quando chego e sorri radiante ao me ver.

— Veja, milorde — diz ela —, temos muitos amigos. Aqui está Jacquetta, Lady Rivers, a duquesa viúva de Bedford. Lembra-se de como ela é uma boa amiga nossa? Lembra-se do primeiro marido dela, seu tio, John, duque de Bedford? E este é o segundo marido dela, o bom lorde Rivers, que defendeu Calais para nós quando o malvado duque de York quis tomá-lo?

Ele olha para mim, mas não há reconhecimento em sua expressão, apenas o olhar apático de um garoto perdido. Parece mais jovem do que nunca; todo seu conhecimento do mundo foi esquecido e sua inocência irradia. Percebo uma exclamação abafada de Richard atrás de mim. Está chocado com a aparência de seu rei. Eu o avisei várias vezes, mas ele não se deu conta de que Henrique se tornara um príncipe, um menino, um bebê.

— Vossa Graça — digo, fazendo-lhe uma reverência.

— Jacquetta vai lhe dizer que o duque de York é nosso inimigo e que devemos nos preparar para combatê-lo — insiste a rainha. — Jacquetta vai lhe dizer que tenho tudo preparado, que com certeza venceremos. Ela vai lhe dizer que, quando eu der a ordem, nossos problemas cessarão e ele será destruído. Tem de ser destruído, ele é nosso inimigo.

— Ah, ele é francês? — pergunta o rei, com sua vozinha de menino.

— Meu Deus! — sussurra Richard.

Vejo-a morder o lábio para conter a irritação.

— Não — responde ela. — Ele é um traidor.

Isso satisfaz o rei somente por um momento.

— Qual é o nome dele?

— O duque de York, Ricardo. Ricardo, duque de York.

— Porque tenho certeza de que me disseram que o traidor era o duque de Somerset, que está na Torre.

A referência súbita a Edmund Beaufort, feita pelo próprio rei, é extremamente dolorosa para ela, e vejo que empalidece e desvia o olhar por apenas um instante. Quando torna a se virar para nós, ela já reassumiu o controle completamente. Percebo que sua determinação e coragem cresceram nesse verão. Está se tornando uma mulher poderosa. Sempre teve iniciativa, mas agora tem um marido doente e um país amotinado, e está se transformando em uma mulher capaz de proteger o marido e dominar o país.

— Não, de jeito nenhum. Edmund Beaufort, o duque de Somerset, nunca foi um traidor e, de qualquer maneira, agora está morto. — O tom de voz dela é calmo e firme. — Foi morto na batalha de St. Albans pelo aliado do duque de York, o perverso conde de Warwick. Morreu como um herói, lutando por nós. Nunca os perdoaremos pela morte dele. Lembra-se de que dissemos isso? Que nunca os perdoaríamos?

— Ah, não... bem... Margarida. — Ele balança a cabeça. — Devemos perdoar nossos inimigos, assim como esperamos ser perdoados. Ele é francês?

Ela olha de relance para mim, e sei que meu horror está estampado em meu rosto. Margarida dá um delicado tapinha na mão do rei, ergue-se do trono e se lança em meus braços tão naturalmente como se fosse minha irmã mais nova, chorando por ter sido magoada. Vamos juntas para a janela, deixando que Richard se aproxime do trono e fale, calmamente, com o rei. Meu braço está ao redor da cintura dela; ela se apoia em mim. Juntas, olhamos sem de fato ver o belo jardim ensolarado no interior das espessas muralhas do castelo, que se estende abaixo de nós como um bordado emoldurado.

— Tenho de comandar tudo agora — diz ela em tom baixo. — Edmund está morto, e o rei está perdido. Eu me sinto tão só, Jacquetta. Sou como uma viúva sem amigos.

— E o conselho? — pergunto. Imagino que designarão de novo o duque de York para ser lorde protetor se souberem como o rei está enfraquecido.

— Eu nomeio o conselho — replica ela. — Fazem o que eu mando.

— Mas vão comentar...

— O que dizem em Londres não tem importância para nós aqui em Kenilworth.

— Mas quando vai convocar o Parlamento?

— Eu o reunirei em Coventry, onde me amam e honram o rei. Não voltarei para Londres. E só convocarei os homens que me honram. Nenhum partidário de York.

Olho para ela, espantada.

— Terá de ir a Londres, Vossa Graça. Tudo bem se ausentar no verão, mas não pode afastar a corte e o Parlamento da cidade para sempre. E não pode excluir do governo os homens de York.

Ela balança a cabeça.

— Odeio o povo de lá, e eles me odeiam. Londres é corrupta e rebelde. Tomam o partido do Parlamento e de York, contra mim. Chamam-me de rainha estrangeira. Vou, então, governá-los à distância. Sou rainha de Londres, mas nunca me verão nem terão um centavo do meu dinheiro nem um vislumbre do meu apoio nem a minha bênção. Kent, Essex, Sussex, Hampshire, Londres: todas são minhas inimigas. Todas são traidoras e nunca as perdoarei.

— Mas o rei...

— Ele vai melhorar — interrompe ela com determinação. — Hoje foi um dia ruim para ele. Hoje. Só hoje. Alguns dias ele fica perfeitamente bem. E vou descobrir uma maneira de curá-lo, tenho médicos trabalhando em novos tratamentos o tempo todo, tenho alquimistas autorizados a destilar águas para ele.

— O rei não gosta de alquimia nem nada do gênero.

— Temos de encontrar a cura. Estou providenciando licenças para que continuem os estudos. Preciso consultá-los. Agora é permitido.

— E o que eles dizem? — pergunto. — Os alquimistas?

— Dizem que o rei está enfraquecido porque o reino está enfraquecido, mas que ele irá renascer no verão; ficará novo outra vez, assim como o reino. Dizem que ele experimentará o fogo e se tornará puro como uma rosa branca.

— Uma rosa branca? — Estou pasma.

— Não se referem a York. Querem dizer puro como uma lua branca, puro como água branca, como a neve... não importa.

Curvo a cabeça, mas penso que, provavelmente, importa. Olho rapidamente para trás, para Richard. Está ajoelhado do lado do trono, e o rei está inclinado para a frente, falando gravemente com ele. Richard assente, balança a cabeça, paciente como se estivesse falando com um dos nossos filhos pequenos. Vejo o rei gaguejando frases e noto meu marido pegar sua mão e dizer as palavras lenta e cuidadosamente, como um homem bondoso falaria devagar com um idiota.

— Ah, Margarida, minha Margarida, sinto tanto por você — falo sem pensar.

Seus olhos azuis-acinzentados estão cheios de lágrimas.

— Agora, estou sozinha. Nunca estive tão só na minha vida. Mas a roda da fortuna não vai girar, não vou cair. Vou governar este país, fazer o rei se recuperar e o meu filho vai herdar este reino.

Richard acha que ela não pode governar o país permanecendo nas Midlands. Mas o verão passa, as andorinhas que dão voltas nos telhados de Kenilworth todo entardecer estão em menor número a cada noite, voando para o sul, fugindo de nós, e a rainha continua a se recusar a retornar a Londres. Ela governa autoritariamente: não há qualquer simulação de debate. Ela simplesmente compõe um conselho real selecionado para cumprir suas ordens e nunca discutir. Não convoca um Parlamento que teria pedido para ver o rei em sua capital. Os londrinos logo se queixam de que os estrangeiros roubaram seu comércio e cobram um preço excessivo de ingleses decentes, e de que isso é consequência de ter uma rainha estrangeira que odeia Londres e não protegerá os mercadores honestos. Então, uma frota francesa ataca a costa e vai mais longe do que as outras jamais ousaram ir. Entram direto no porto de Sandwich e saqueiam a cidade, destroem o lugar, levam tudo de valor e incendeiam a praça do mercado. Todos culpam a rainha.

— Estão dizendo que ordenei o ataque? — exclama ela a Richard. — Estão loucos? Por que eu ordenaria um ataque francês a Sandwich?

— O ataque foi liderado por um amigo seu, Pierre de Brézé — responde meu marido prosaicamente. — Ele tinha mapas dos baixios e do leito do rio: mapas ingleses. As pessoas perguntam como os teria conseguido se não por seu intermédio. Estão dizendo que o ajudou porque pode vir a precisar da ajuda dele. E Vossa Graça jurou que veria Kent punida pelo apoio a Warwick. Sabe, Brézé zombou de nós. Trouxe bolas, raquetes, e jogou tênis na praça da cidade. Foi um insulto. O povo de Sandwich acha que Vossa Graça incitou-o a insultá-los. Que esse é o humor francês. Não achamos graça.

A rainha estreita os olhos para ele.

— Espero que não esteja se tornando yorkista. Ficaria triste caso se virasse contra mim, e isso partiria o coração de Jacquetta. Lamentaria vê-lo ser executado. Evitou a morte centenas de vezes, Richard Woodville. Ficaria triste de ser aquela que a ordenaria.

Richard a encara sem titubear.

— Perguntou-me por que o povo a culpa. Estou respondendo, Vossa Graça. Não significa que penso o mesmo, apesar de eu estar perplexo por Brézé ter os mapas. Apenas faço um relato honesto. E vou dizer mais: se não controlar os piratas e navios franceses nos canais, o conde de Warwick zarpará de Calais e fará isso em seu lugar e será aclamado por todos como herói. Não está manchando a reputação dele ao permitir que piratas dominem os canais ou ao deixar Brézé atacar Sandwich: está manchando a sua própria. As cidades ao sul têm de ser protegidas. O rei tem de ser visto respondendo a tal desafio. Vossa Graça deve tornar os canais seguros para os navios ingleses. Mesmo que não goste de Kent, o condado é um ponto estratégico importante para seu reino, e tem de defendê-lo.

A rainha balança a cabeça, e sua raiva se dissipa imediatamente.

— Sim, entendo. Entendo, Richard. Não tinha pensado no litoral sul. Poderia traçar um plano para mim? De como podemos proteger o litoral sul?

Ele faz uma reverência, firme como sempre.

— Será uma honra, Vossa Graça.

Castelo de Rochester, Kent, Novembro de 1457

Bem, em primeiro lugar, não acho esse seu plano lá grandes coisas — digo a Richard com sarcasmo.

Estamos em um castelo velho e úmido no amplo estuário do Medway, em novembro: um dos meses mais cinzentos e escuros do ano na Inglaterra. O castelo foi construído pelos normandos com propósito de defesa, não para o conforto, e aqui faz tanto frio e é tão triste que mandei as crianças ficarem em casa, em Grafton, em vez de virem ao nosso encontro. O mapa de Richard do litoral sul está aberto à nossa frente sobre a mesa: as cidades que ele sabe serem vulneráveis estão assinaladas com um círculo vermelho, enquanto pensa em como fortificá-las e defendê-las sem armamentos e homens.

— Esperava que seu plano o colocasse para guarnecer a Torre e que pudéssemos passar o Natal em Londres — prossigo. — Certamente, me conviria melhor.

Ele sorri; está absorto demais para replicar apropriadamente.

— Eu sei. Lamento, meu amor.

Observo seu trabalho mais atentamente. Richard nem mesmo tem um mapa completo do litoral. Ninguém nunca traçou algo assim. Este foi reunido a partir de seu próprio conhecimento e de relatos de marinheiros e pilotos. Até mesmo pescadores lhe enviaram pequenos esboços de suas baías, seus cais, recifes e bancos de areia da enseada.

— A rainha está lhe enviando armas suficientes?

Ele meneia a cabeça.

— Ela tem um imenso subsídio do Parlamento para contratar arqueiros e comprar canhões para usá-los contra os franceses, mas nada me foi repassado. Como posso fortificar as cidades sem nenhum homem para servir e nenhum canhão para disparar?

— Como? — pergunto.

— Vou ter de treinar os cidadãos — responde ele. — E são todas cidades litorâneas, portanto, tenho, pelo menos, capitães de navio e marinheiros, caso eu consiga persuadi-los a se alistar. Terei de treiná-los em algum tipo de defesa.

— O que a rainha está fazendo com o dinheiro?

Agora tenho toda a atenção dele. Richard olha para mim com a expressão grave.

— Ela não está nos protegendo contra a França: está armando seus homens em Londres — responde ele. — Acho que pensa em acusar o conde de Warwick, o conde de Salisbury e o duque de York de traição e levá-los a Londres para serem julgados.

Fico sem ar.

— Eles nunca irão a Londres.

— A rainha está certamente preparando-se para a chegada deles. E se vierem, trarão suas próprias brigadas e o próprio cortejo, e ela vai precisar de seus 1.300 arqueiros — diz meu marido de maneira sombria. — Acho que está se preparando para a guerra contra eles.

Palácio de Westminster, Londres, Inverno-Primavera de 1458

Nos dias frios depois do Natal, somos convocados, juntamente dos demais lordes, a uma Londres mais escura e desconfiada do que nunca, e descobrimos que, em vez de acusação e punição, o rei desconsiderou os planos da rainha e planeja uma reconciliação. Ele abandonou a postura obediente após ter sido fulminado por uma visão. De repente, está bem de novo, forte e tomado pela ideia de resolver o conflito entre as duas importantes casas. Exige que os lordes York paguem com tributos por suas crueldades em St. Albans, construindo uma capela para celebrar missas em honra aos mortos e, então, ordena que jurem acabar com a hostilidade sangrenta aos herdeiros de seus inimigos. A rainha exige que o conde de Warwick seja acusado de traição, mas o rei quer que ele seja perdoado como pecador arrependido. Toda a Londres parece um barril de pólvora, com uma dúzia de garotos atiçando centelhas ao redor enquanto o rei pronuncia calmamente o Pai-Nosso, enaltecido por sua nova ideia. Os herdeiros vingativos de Somerset e Northumberland vão a toda parte com suas espadas empunhadas e a promessa de uma hostilidade que perdurará por dez gerações. Os lordes York são impenitentes: os homens do conde de

Warwick surgem elegantes em seus uniformes; ele próprio é tido como um exemplo de generosidade para os londrinos. Warwick se vangloria de que já controlam Calais e os canais; quem se atreveria a se opor a eles? O prefeito de Londres armou todo homem em condições de lutar e mandou-os patrulhar a cidade para manter a ordem, o que introduz mais um exército para todos temerem.

A rainha me chama, no crepúsculo de um dia de inverno.

— Quero que venha comigo — diz ela. — Quero que conheça um homem.

Juntas, vestimos nossos mantos, puxando os capuzes para proteger o rosto.

— Quem é? — pergunto.

— Quero que venha comigo a um alquimista.

Paraliso-me, como uma corça farejando perigo.

— Vossa Graça, Eleanor Cobham consultava alquimistas, e ela ficou presa por 11 anos, até morrer no Castelo de Peel.

Ela me olha sem entender.

— E daí?

— Um dos planos inalteráveis de minha vida é não terminar como Eleanor Cobham.

Espero. Por um momento, o coração da rainha fica aliviado, ela sorri, e o sorriso se transforma em risada.

— Ah, Jacquetta, está me dizendo que você não é uma velha bruxa louca, feia e má?

— Vossa Graça, toda mulher é uma velha bruxa louca, feia e má, em alguma parte de seu coração. A missão de minha vida é ocultá-la. A missão de toda mulher é renegá-la.

— O que quer dizer?

— O mundo não permite que mulheres como Eleanor, mulheres como eu, prosperem. O mundo não tolera mulheres que pensam e sentem. Mulheres como eu. Quando enfraquecemos ou envelhecemos, o mundo cai sobre nós com o peso de uma cascata. Não podemos mostrar o que somos capazes de fazer. O mundo em que vivemos não tolera coisas que não compreende, coisas que não podem ser facilmente explicadas. Neste mundo, uma mulher sábia esconde seus dons. Eleanor Cobham era uma mulher questionadora. Reunia-se com outros que buscavam a verdade. Instruiu-se, procurou mestres com quem estudar. Pagou um preço terrível por isso. Era uma mulher ambiciosa. E por isso também pagou o preço. — Espero para ver se ela entendeu, mas seu belo rosto redondo está perplexo. — Vossa Graça, me colocará em perigo se me pedir para usar meus dons.

Margarida me encara: ela sabe o que está fazendo.

— Jacquetta, tenho de lhe pedir isso, mesmo que seja perigoso para você.

— É um pedido muito sério, Vossa Graça.

— Seu marido, o duque de Bedford, não lhe pediu nada menos que isso. Casou-se com você, de modo que você pudesse servir à Inglaterra dessa maneira.

— Tive de obedecer a ele. Era meu marido. E podia me proteger.

— Estava certo ao pedir que usasse seus dons para salvar a Inglaterra. E agora, também lhe peço isso, e a protegerei.

Faço um movimento negativo com a cabeça. Tenho a forte sensação de que virá um tempo em que ela não estará presente e que terei de enfrentar um tribunal como Joana d'Arc, como Eleanor Cobham: um tribunal de homens. E haverá documentos escritos contra mim, provas produzidas contra mim e testemunhas que farão declarações sob juramento contra mim, e ninguém vai me proteger.

— Por que agora?

— Porque acho que o rei está sob um feitiço há anos. O duque de York, a duquesa Cecily, o rei francês ou sei lá quem, como posso saber? Alguém o colocou sob um feitiço que o transformou em um bebê adormecido, ou uma criança crédula. Tenho de garantir que ele nunca mais escape de nós. Somente a alquimia ou a magia pode protegê-lo.

— Ele está acordado agora.

— Está, agora, como uma criança desperta. Tem um sonho de harmonia e paz, depois vai adormecer de novo, sorrindo em seu belo sonho.

Calo-me por um instante. Sei que ela tem razão. O rei fugiu para outro mundo, e precisamos dele neste aqui.

— Irei, mas se eu achar que seu alquimista é um charlatão não vou querer nada com ele.

— É justamente por isso que quero que venha. Para me dizer o que acha dele. Mas agora vamos.

Percorremos a pé as ruas obscurecidas de Westminster, de mãos dadas. Não levamos nenhuma dama de companhia nem mesmo um guarda. Por um único momento, fecho os olhos, horrorizada com o que Richard, meu marido, diria se soubesse que estou assumindo um risco desses, e com a própria rainha ao meu lado. Mas ela sabe aonde está indo. Com passos determinados sobre a sujeira das ruas, autoritária com os que cruzam o caminho, com um garoto seguindo à nossa frente com uma tocha acesa, ela nos guia pelas ruas estreitas até uma viela. No fim do beco, há uma grande porta em um muro.

Pego o anel de ferro ao lado da porta e bato. Um carrilhão responde, e há um latido de cães em algum lugar nos fundos. Um porteiro abre a grade.

— Quem chama? — pergunta ele.

Margarida se adianta:

— Diga a seu senhor que a mulher de Anjou está aqui.

No mesmo instante, a porta se abre. Ela faz um sinal a mim para entrarmos. Deparamo-nos com uma pequena floresta, não um jardim. Parece uma plantação de abetos cercada de muros altos em pleno coração de Londres, uma floresta secreta, como se as plantas de um jardim estivessem sob um encantamento para crescer demais. Olho rapidamente para Margarida; ela sorri para mim, como se já soubesse que o lugar me impressionaria: um mundo oculto dentro do mundo real, ou talvez até uma porta para outro universo.

Percorremos um caminho sinuoso através da sombra verde das árvores altas e, então, vemos uma pequena casa, repleta de árvores sombrias ao redor, com galhos perfumados debruçados sobre os telhados, chaminés projetando-se das folhagens, chamuscando as agulhas dos pinheiros. Inspiro, sinto o cheiro de uma forja, uma fumaça rala subindo dos carvões quentes, e o familiar odor de enxofre, de que jamais esqueci.

— Ele mora aqui — digo.

Ela confirma com a cabeça.

— Vai vê-lo. E poderá julgá-lo por si mesma.

Esperamos do lado de um banco de pedra diante da casa até uma pequena porta se abrir e o alquimista aparecer, com uma capa escura, enxugando as mãos nas mangas. Ele faz uma reverência para a rainha e dirige um olhar penetrante para mim.

— É da Casa de Melusina? — pergunta ele.

— Agora sou Lady Rivers — respondo.

— Há muito quero conhecê-la. Conheci o mestre Forte, que trabalhou para o seu marido, o duque. Ele me disse que Vossa Graça tem o dom de ver o futuro.

— Nunca vi nada que fizesse sentido para mim.

Ele assente com a cabeça.

— Vai prever o futuro para mim?

Hesito.

— E se eu vir alguma coisa contra a lei?

Ele olha para a rainha.

— Dou minha permissão — declara ela. — Independente do que for.

O alquimista sorri, gentil.

— Somente você e eu olharemos no espelho, e guardarei segredo. Será como em um confessionário. Sou um padre ordenado, sou o padre Jefferies. Ninguém vai saber o que vê, exceto você e eu. Apenas transmitirei à Sua Graça a interpretação.

— Isso vai mostrar o feitiço para curar o rei? É para o bem dele?

— Essa é a minha intenção. Já estou preparando águas para ele. Penso que sua presença na hora da destilação vai fazer diferença. Agora ele está bem, pode ficar acordado, mas acho que tem uma ferida profunda no interior. O rei nunca se desprendeu da mãe, nunca se tornou realmente um homem. Precisa se transformar. Precisa deixar de ser criança e passar a ser um homem. Trata-se de uma alquimia pessoal. — Ele olha para mim. — Vive na corte, conhece-o há muitos anos. Concorda com isso?

Confirmo com um movimento da cabeça.

— Ele é da lua — digo, de má vontade. — Frio e úmido. Milorde Bedford costumava dizer que ele precisava do fogo. — Balanço a cabeça na direção de Margarida. — Ele achava que Sua Graça lhe traria fogo e poder.

O rosto da rainha se contrai como se ela fosse chorar.

— Não — diz, com tristeza. — Ele praticamente me extinguiu. Ele é demais para mim. Estou gelada, como se tivesse perdido toda a vitalidade. Não tenho mais ninguém que possa me aquecer.

— Se o rei é frio e úmido, o reino afundará sob uma inundação de lágrimas — diz o alquimista.

— Por favor, Jacquetta, faça isso — diz a rainha em um sussurro. — Nós três juraremos nunca contar nada a ninguém.

Dou um suspiro.

— Farei.

O padre Jefferies faz uma reverência para a rainha.

— Pode esperar aqui, Vossa Graça?

Ela olha de relance para a porta semiaberta da casa. Sei que está morrendo de vontade de ver o que há lá dentro. Mas se submete às ordens do alquimista.

— Está bem. — Ajeita o manto ao redor do corpo e se senta no banco de pedra.

Ele faz sinal para eu entrar, e atravesso o limiar. Na sala à direita há uma grande lareira no centro, com o carvão em brasa aquecendo um grande caldeirão. No caldeirão com água quente há um grande recipiente, com um tubo prateado que passa por um líquido frio. Na extremidade do tubo, goteja regularmente um elixir feito a partir do vapor. O calor é asfixiante, e o homem me conduz à sala à esquerda, onde há uma mesa e um livro grande — e, além dele, o espelho de adivinhação. Tudo me é tão familiar, do cheiro doce do elixir ao odor da forja lá fora, que me detenho por um momento e me sinto de volta ao Hôtel de Bourbon, em Paris: uma donzela, embora recém-casada, e a nova esposa do duque de Bedford.

— Vê alguma coisa? — pergunta ele ansiosamente.

— Somente o passado.

Ele coloca uma cadeira na minha frente e remove a cortina do espelho. Vejo-me refletida, muito mais velha do que a garota diante do espelho em Paris.

— Vou lhe dar alguns sais para aspirar — diz ele. — Acho que a ajudará a ver.

Ele pega uma bolsinha na gaveta da mesa e a abre.

— Tome.

Pego a bolsinha: dentro, há um pó branco. Levo-o ao rosto e, cautelosamente, o aspiro. Por um momento, minha cabeça parece girar, ergo os olhos e me deparo com o espelho, mas não consigo ver meu próprio reflexo. Minha imagem desapareceu e, no meu lugar, há um remoinho de neve e flocos brancos caindo como pétalas de rosas brancas. É a batalha que vi antes, homens lutando no alto da colina, uma ponte que cai, jogando-os na água, a neve no solo tornando-se vermelha de sangue. E sempre o turbilhão de pétalas de neve branca. Vejo o cinza férreo do céu, tão vasto. É o norte da Inglaterra, extremamente frio, e da neve surge um homem jovem, como um leão.

— Olhe de novo. — Ouço sua voz, mas não o vejo. — O que vai ser do rei? O que vai curar sua ferida?

Vejo uma sala pequena e escura, uma sala secreta. Está quente e abafado, e há um ar de ameaça terrível na escuridão silenciosa e morna. No lugar de uma janela, há somente uma seteira nos espessos muros de pedra. A única luz vem dali. A única claridade na escuridão da sala é esse tênue fio de luz. Olho para ele, atraída pelo único sinal de vida nas trevas. Mas, então, a luz é bloqueada, como se um homem tivesse se posicionado na frente dela, e não há mais nada além do breu.

Ouço o alquimista suspirar atrás de mim, como se eu lhe tivesse murmurado minha visão e ele enxergasse tudo.

— Que Deus o abençoe — diz em tom baixo. — Que Deus o abençoe e proteja. — Então fala mais claramente: — Mais alguma coisa?

Vejo o talismã que joguei na água funda do Tâmisa, amarrado a fitas, uma fita para cada estação, o talismã em forma de coroa que escapou, dizendo que o rei nunca mais voltaria para nós. Vejo-o no fundo da água, pendendo de uma linha. Depois, vejo-o ser puxado para a superfície, cada vez mais, até ele saltar da água, como um peixinho surgindo na superfície de um riacho no verão. É a minha filha Elizabeth que, sorrindo, o retira da água e ri de alegria, colocando-o no dedo, como um anel.

— Elizabeth? — digo, admirada. — Minha menina?

Ele se adianta e me serve de um copo de cerveja fraca.

— Quem é Elizabeth? — pergunta.

— Minha filha. Não sei por que estava pensando nela.

— Ela tem um anel em forma de coroa?

— Na minha visão ela tinha o anel que representava o rei. Colocava-o no próprio dedo.

Ele sorri amavelmente.

— São mistérios.

— Não há nenhum mistério na visão: ela estava com o anel que era a coroa da Inglaterra, então sorriu e o colocou no dedo.

Ele baixa a cortina do espelho de adivinhação.

— Sabe o que isso significa? — pergunta ele.

— Minha filha vai se aproximar da coroa. — Estou confusa com a previsão. — Como isso poderia acontecer? Ela está casada com Sir John Grey, têm um filho e outro bebê a caminho. Como poderia colocar a coroa da Inglaterra no dedo?

— Não está claro para mim — diz o alquimista. — Vou pensar nisso e talvez eu peça que volte mais uma vez.

— Como Elizabeth poderia ter um anel em forma de coroa no dedo?

— Às vezes nossas visões surgem obscuras. Não sabemos o que vemos. Essa não é nítida. É um mistério. Rezarei por ela.

Assinto. Quando um homem quer um mistério, em geral é melhor deixá-lo iludido. Ninguém gosta de uma mulher inteligente.

— Pode vir aqui e verter esse líquido em uma fôrma? — pede-me ele.

Sigo-o até a primeira sala. Ele pega um frasco, sacode-o delicadamente e o passa para mim.

— Segure-o. — Seguro o frasco pelo fundo e sinto-o cada vez mais quente em contato com os meus dedos. — Agora, despeje-o — instrui ele, apontando para os moldes em sua mesa.

Com cuidado, encho cada um deles com o líquido prateado e lhe devolvo o frasco.

— Alguns processos pedem o toque de uma mulher — explica ele em tom calmo. — Parte das reações alquímicas mais importantes foram realizadas por um homem e sua esposa trabalhando juntos. — Aponta a tigela de água quente sobre o forno de carvão. — Este método foi inventado por uma mulher, e recebeu o nome dela.

— Não tenho aptidões — digo, renegando minhas habilidades. — E quando tenho visões, são enviadas por Deus e não fazem sentido para mim.

Ele pega a minha mão e a põe sob seu braço, levando-me à porta.

— Compreendo. Eu a chamarei somente se não conseguir trabalhar para a rainha sem Vossa Graça. E está certa ao ocultar sua luz. Este é um mundo que não compreende uma mulher com habilidades. É um mundo que teme a perícia. Todos temos de fazer o nosso trabalho em segredo, até mesmo agora, quando o reino precisa tanto da nossa orientação.

— O rei não vai melhorar — falo repentinamente, como se a verdade tivesse escapado de mim.

— Não — concorda ele com tristeza. — Devemos fazer o que pudermos.

— E a visão que tive dele na Torre...

— Sim?

— Eu o vi, e então, alguém se pôs diante da janela, e ficou tudo escuro...

— Acha que ele vai encontrar a morte na Torre?

— Não só ele. — Sou tomada por uma sensação súbita de urgência. — Sinto... não sei por quê... é como se um dos meus próprios filhos estivesse lá. Um filho meu, talvez dois. Eu vejo, mas não estou lá, não posso impedir. Não posso salvar o rei, nem eles. Irão para a Torre e, de lá, não sairão.

Gentilmente, ele pega minha mão.

— Podemos fazer o nosso próprio destino — diz ele. — Pode proteger seus filhos, talvez possamos ajudar o rei. Leve suas visões à igreja e reze, tentarei compreendê-las também. Vai contar à rainha o que viu?

— Não. Ela já tem tristezas suficientes para uma jovem. Além do mais, não tenho certeza de nada.

~

— O que você viu? — pergunta Margarida no caminho de volta, enquanto percorremos, anônimas em nossos mantos, as ruas movimentadas e escuras. Damos o braço uma à outra, para o caso de sermos empurradas, o cabelo lustroso de Margarida coberto por seu capuz. — Ele não vai me contar nada.

— Tive três visões: nenhuma de muita utilidade.

— Quais foram?

— Uma foi de uma batalha em uma colina, na neve, e uma ponte cedeu e jogou os soldados no rio.

— Acha que vai haver uma batalha? — pergunta ela.

— Acredita que não? — replico, secamente.

Ela balança a cabeça ao ouvir minha avaliação realista.

— Quero uma batalha. Não tenho medo dela. Não tenho medo de nada. E a outra visão?

— Um pequeno quarto na Torre, e a luz se apagando.

Ela hesita por um instante. Então, fala:

— Há muitos quartos pequenos na Torre, e a luz é bloqueada para muitos homens jovens.

Um dedo frio toca minha nuca. Eu me pergunto se um filho meu chegará a ir para a Torre e se, em um amanhecer, a luz será bloqueada quando um homem se posicionar diante da seteira.

— Foi tudo o que vi — digo.

— E a última visão? Disse que foram três.

— Um anel em forma de coroa, que representava a coroa da Inglaterra, estava no fundo da água, e então foi puxado para fora.

— Por quem? — pergunta ela. — Por mim?

É muito raro eu mentir para Margarida de Anjou. Gosto dela, além de ter jurado servi-la e à sua casa. Mas não vou revelar-lhe o nome de minha bela filha como a jovem que segura o anel da Inglaterra.

— Um cisne — replico, aleatoriamente. — Um cisne pegou o anel da coroa da Inglaterra com seu bico.

— Um cisne? — pergunta ela, pasma. — Tem certeza? — A rainha para no meio da rua, e um carroceiro grita para sairmos do caminho.

— Exatamente.

— O que pode significar? Sabe o que significa?

Nego com um gesto de cabeça. Só evoquei o cisne porque não quis mencionar o nome de minha filha nessa visão. Como tantas vezes, percebo que a mentira precisa de outra mentira.

— O cisne é o símbolo do herdeiro da Casa de Lancaster — aponta a rainha. — Sua visão significa que meu filho Eduardo assumirá o trono.

— Visões nunca são claras...

Seu sorriso é radiante.

— Não está vendo? Essa é a solução para nós. O rei pode dar seu lugar ao filho. É o meu futuro. O cisne é o meu filho. Colocarei o príncipe Eduardo no trono da Inglaterra.

Apesar de ter iniciado uma das reuniões mais controversas e perigosas que o Parlamento já enfrentou, apesar de ter convocado três lordes ilustres que levaram seus próprios exércitos, o rei está jubilosamente em paz consigo mesmo e com o mundo. Confia piamente que as questões importantes do reino serão mais bem decididas sem ele. Planeja voltar depois de chegarem a um acordo, para dar sua bênção. Ausenta-se de Londres para rezar pela paz, enquanto os homens discutem e calculam o preço de um acordo, ameaçam-se mutuamente, chegam perto das vias de fato e, finalmente, chegam a um denominador comum.

Margarida fica fora de si ao ver o marido recuar de sua função de comandar os lordes para se tornar o rei que intercederá apenas espiritualmente pela segurança do país — mas que deixará os encargos de protegê-lo para outros.

— Como pode convocá-los a Londres e simplesmente nos abandonar? — pergunta ela. — Como pode ser tão tolo a ponto de fazer uma paz pela metade?

É, de fato, apenas uma paz pela metade. Todos concordam que os lordes York devem pagar pelo ataque ao estandarte do rei, e eles prometem indenizações consideráveis aos herdeiros Lancaster para compensá-los pela morte de seus pais. Mas pagam em promissórias que lhes foram dadas pelo erário do rei: promessas sem valor que o rei nunca honrará, mas que os Lancaster nunca poderão recusar, pois seria o mesmo que admitir que o reino não tem um centavo. Uma piada brilhante e um grande insulto ao rei. Os York prometem construir uma capela em St. Albans para missas pelas almas dos que foram derrotados, e todos juram manter uma paz futura. Só o rei acha que uma hostilidade sangrenta que está atravessando gerações pode ser debelada com palavras doces, promissórias e uma promessa. Todos nós vemos mentiras sobre mortes e desonra no assassinato.

Então, o rei retorna a Londres e declara o dia do amor: dia em que todos andaremos juntos, de mãos dadas, e que tudo será perdoado.

— O leão deve se deitar com o cordeiro — diz ele a mim. — Entende?

Entendo: vejo uma cidade dividida em facções e pronta para fazer a guerra. Vejo o filho de Edmund Beaufort, que perdeu seu pai em St. Albans, receber ordem de passear de mãos dadas com o conde de Salisbury, e ambos ficarem à distância de um braço, quase sentindo o sangue úmido na ponta dos dedos, que quase se tocam. Atrás deles, vem o assassino do duque de Somerset, o conde de Warwick, que caminha de mãos dadas com o duque de Exeter, que, por sua vez, jurou secretamente que não haveria perdão. Em seguida, vem o rei, com boa aparência, irradiando felicidade pela procissão que ele pensa demonstrar ao povo que os pares se uniram em seu governo mais uma vez. Atrás dele, segue a rainha.

Ela deveria caminhar sozinha. Assim que a vejo, sei que deveria caminhar sozinha, como uma rainha. Em vez disso, o rei a colocou de mãos dadas com o duque de York. Henrique acha que isso mostra a amizade entre eles. Não. Isso diz ao mundo todo que já foram inimigos no passado e que podem se tornar inimigos de novo. Não demonstra boa vontade e perdão, mas expõe Margarida como uma jogadora nesse jogo fatal: não uma rainha acima das facções, mas uma rainha militante, e York como seu inimigo. De todos os desatinos desse dia em que todos nos damos as mãos — inclusive eu e Richard, em meio aos demais —, esse é o pior deles.

Palácio de Westminster, Londres, Inverno de 1458

A paz do dia do amor dura oito meses. Deixo a corte no verão para o meu confinamento e dou à luz mais um bebê, uma menina que chamamos de Katherine. E quando ela está bem, fortalecendo-se nos seios de sua ama de leite, partimos para ficarmos com minha filha Elizabeth, em Groby Hall. Ela deu à luz outro menino.

— Que bênção você é para os Grey — digo a ela me inclinando sobre o berço. — Mais um bebê. E menino.

— E seria de se pensar que me agradeceriam — replica ela. — John continua afetuoso, como sempre, mas a mãe dele só faz reclamar.

Dou de ombros.

— Talvez esteja na hora de vocês dois se mudarem para uma das outras casas da família — proponho. — Talvez não haja espaço para duas senhoras em Groby Hall.

— Talvez eu devesse ir para a corte — diz Elizabeth. — Serviria à rainha Margarida e ficaria com milady mãe.

Balanço a cabeça.

— Não é um lugar agradável no momento. Nem mesmo para uma dama de companhia. Seu pai e eu temos de retornar, e tenho medo do que vou encontrar.

Retorno a uma corte ocupada com rumores. A rainha exige que o conde de Warwick assuma a tarefa praticamente impossível de manter os canais seguros para a navegação inglesa e, ao mesmo tempo, entrega a fortaleza de Calais ao filho de Edmund Beaufort, o jovem duque de Somerset, um inimigo inveterado de todos os York.

É o mesmo que pedir que um homem faça um trabalho difícil e perigoso e dê a recompensa a seu rival. Warwick, é claro, recusa. E, exatamente como Richard previu, a rainha espera pegá-lo em falta e acusá-lo de traição. Em novembro, ela acusa Warwick publicamente de pirataria, de usar os navios dele fora de Calais, e o Parlamento, composto de partidários de Margarida, ordena que ele venha a Londres e se apresente para ser julgado. Orgulhosamente, ele chega para se defender e confrontar a todos: um jovem corajoso sozinho diante de seus inimigos. Richard sai da sala do conselho real, vem a mim, que espero do lado de fora, e me diz que Warwick, aos gritos, abafou as acusações, alegando, por sua vez, que o acordo do dia do amor tinha sido traído pela própria rainha.

— Ele está esbravejando — diz ele. — E a coisa está de tal modo inflamada que pode chegar às vias de fato.

Nesse exato momento, há um estrondo na porta da câmara do conselho, e Richard avança, empunhando sua espada, o outro braço estendido para me proteger.

— Jacquetta, vá até a rainha! — grita ele.

Estou prestes a correr quando meu caminho é barrado por homens com a libré do duque de Buckingham, que atravessam o hall com suas espadas empunhadas.

— Atrás de você! — digo rapidamente a Richard e recuo para a parede. Os homens vêm em nossa direção. Richard está atento, a espada empunhada para nos defender, mas eles passam direto, sem nem mesmo olhar para nós. Vejo, na direção oposta, a guarda de Somerset em posição, bloqueando o hall. É uma emboscada. As portas do conselho são abertas violentamente, e Warwick e seus homens, em formação cerrada, surgem lutando. Foram atacados na própria câmara do conselho, e, do lado de fora, homens aguardam para acabar com eles. Richard recua abruptamente e me prensa contra a parede.

— Fique quieta! — ordena.

Warwick, brandindo a espada como um açoite, enfrenta com valentia seus inimigos, trespassando-os e golpeando-os, seus homens fortemente unidos atrás dele. Um perde a espada, e vejo-o lutar furiosamente com os punhos. Outro cai, e pisam nele para manter a formação defensiva em torno de seu comandante: claramente morreriam por ele. O corredor é estreito demais para uma luta, os soldados colidem uns contra os outros e, então, Warwick abaixa a cabeça descoberta, grita "À Warwick!" — seu grito de guerra — e corre. Movendo-se como se fossem um só, seus soldados atacam os adversários, rompem o cerco e fogem, com os homens de Somerset e Buckingham correndo atrás deles como cães atrás de uma corça. Ouvimos um urro de raiva quando a guarda real alcança os homens de Buckingham, e em seguida, o barulho de pés correndo quando Warwick escapa.

Richard puxa-me para o seu lado, guardando a espada.

— Machuquei você, meu amor? Desculpe.

— Não, não... — O choque me deixa sem ar. — O que foi isso? O que está acontecendo?

— Isso, acho, foi a rainha mandando os dois duques terminarem o que os pais deles começaram. O fim da trégua. E acho que isso foi Warwick brandindo sua espada dentro de um palácio real e fugindo para Calais. Deslealdade e alta traição. É melhor procurarmos a rainha e vermos o que ela sabe sobre isso.

~

Quando chegamos aos aposentos da rainha, a porta de sua câmara particular está fechada e suas damas estão na sala de audiências, tagarelando furiosamente. Correm para nós quando entramos, mas as afasto e bato à porta. A rainha manda eu e Richard entrarmos. O jovem duque de Somerset já está lá, falando em murmúrios com ela.

Ela observa minha expressão de choque e se aproxima depressa.

— Jacquetta, onde você estava? Não se machucou?

— Vossa Graça, o conde de Warwick foi atacado na câmara do conselho — falo sem rodeios. — Por homens usando as librés de Buckingham e Somerset.

— Mas não por mim — diz o duque de 22 anos, insolente como uma criança.

— Por seus homens — observa meu marido, seu tom inalterado. — E é ilegal empunhar uma espada no tribunal real. — Vira-se para a rainha. — Vossa Graça, todos vão achar que foi ordem sua, e isso é desleal. Tudo aconteceu na câmara do conselho. Vossa Graça deveria ter se reconciliado com ele. Deu sua palavra real. É desonroso. Warwick vai se queixar, e terá razão.

Ela enrubesce e olha de relance para o duque, que dá de ombros.

— Warwick não merece uma morte honrosa — diz ele de maneira petulante. — Ele não deu ao meu pai uma morte honrosa.

— Seu pai morreu em batalha — argumenta Richard. — Uma luta justa. E Warwick pediu e recebeu o perdão. Pagou a capela em nome de seu pai. Essa queixa foi encerrada, e milorde foi indenizado pela perda do duque. O ataque aconteceu dentro de um tribunal que deveria ser seguro. Como o conselho cumprirá sua missão se um homem arrisca a vida caso se apresente? Como qualquer lorde York ousará voltar? Como homens de boa vontade podem vir a um conselho que ataca seus próprios membros? Como um homem de honra pode servir a um governo assim?

— Ele escapou? — A rainha ignora Richard e me faz a pergunta, como se isso fosse tudo o que importava.

— Escapou — respondo.

— Eu diria que ele vai para Calais, e Vossa Graça terá um inimigo poderoso em um castelo fortificado no litoral — diz Richard rispidamente. — E posso lhe dizer que nenhuma cidade pode ser defendida de um ataque vindo do litoral sul. Ele poderia subir o Tâmisa e bombardear a Torre e, agora, vai se considerar livre para fazer isso. Vossa Graça rompeu a aliança por nada e colocou todos nós em perigo.

— Ele sempre foi nosso inimigo — observa o jovem Somerset. — Era nosso inimigo antes disso.

— Mas estava preso ao acordo de trégua — insiste Richard. — E pelo voto de lealdade ao rei. Ele honrou-os. O ataque na câmara do conselho o exime de ambos.

— Partiremos de Londres — determina a rainha.

— Essa não é a solução! — explode Richard. — Não pode fazer um inimigo como esse e achar que só precisa fugir. Onde será seguro? Tutbury? Kenilworth? Coventry? Pensa em abandonar os condados do sul da Inglaterra? Para que sejam simplesmente invadidos por Warwick? Planeja dar Sandwich a ele, como fez com Calais? Vai lhe dar Londres?

— Vou pegar meu filho e partir. — Ela se volta-se para Richard: — Vou reunir soldados, homens leais, e armá-los. Quando Warwick desembarcar, encontrará meu exército esperando por ele. E dessa vez o derrotaremos, e ele pagará por seu crime.

Em Campanha, Verão-Outono de 1459

A rainha parece possuída por uma visão. Leva a corte para Coventry, o rei em seu séquito. Ele não diz nada sobre o que está acontecendo; está em choque com o fracasso da trégua e a corrida repentina para a guerra. Ela afronta nosso conselho para ser cautelosa: sente o cheiro da vitória e está ansiosa por vencer. Entra em Coventry com toda a pompa de um rei reinante, e fazem reverência a ela como se fosse a governante do país.

Ninguém nunca viu uma rainha da Inglaterra como esta. Os homens que a servem dobram-se sobre um joelho, como se ela fosse o rei. Ela se senta sob o baldaquim real. Arregimenta soldados, arrecada uma taxa de todos os homens de todos os condados na Inglaterra, ignorando a maneira tradicional de se formar um exército, segundo a qual cada lorde convoca os próprios homens. De Cheshire, ela recruta seu exército, nomeia-o Exército do Príncipe, e distribui seu próprio emblema, a nova libré do cisne. Chama seus capitães de Cavaleiros do Cisne e lhes promete uma posição especial na batalha que está por acontecer.

— Os filhos do cisne usavam gargantilhas de ouro e foram ocultos pela mãe de forma a aparecerem como cisnes adultos, e todos retornaram, exceto um — digo, incomodada por seu repentino amor pela insígnia, por ela invocar esse antigo mito. — Não tem nada a ver com o príncipe Eduardo.

O príncipe ergue os olhos para mim e dá um de seus sorrisos radiantes.

— Cisne — repete ele. Ela ensinou-lhe a palavra. Costurou dois brasões de cisne prateados em sua gola.

— Você disse que viu a coroa da Inglaterra sendo levada por um cisne — lembra ela.

Enrubesço, pensando na mentira que eu disse para esconder a visão verdadeira de minha filha Elizabeth rindo, com um anel em forma de coroa no dedo.

— Veio a mim como um devaneio, Vossa Graça, e avisei que talvez não significasse nada.

— Tomarei a Inglaterra, nem que tenha de me transformar em um cisne.

Em setembro, mudamo-nos para o Castelo de Eccleshall, 80 quilômetros ao norte de Coventry, e somos cada vez menos uma corte e mais um exército. Várias damas de companhia retornaram para suas casas quando seus maridos foram chamados para marchar com a rainha militante. Algumas permanecem ausentes. As poucas que viajam com a rainha têm maridos em seu exército. Somos um comboio de carga em marcha, não uma corte. O rei está conosco, o príncipe também. Os dois saem todos os dias para fazer a revista dos homens, enquanto Margarida recruta cada vez mais soldados e os aloja nos edifícios dentro das muralhas do castelo e em tendas no campo ao redor. Ela convoca os lordes que permanecem leais para virem em seu apoio e exibe o jovem príncipe. Ele só tem 6 anos, mas já passa em seu pônei branco pelas fileiras de homens, ereto e obediente às ordens da mãe. O pai dele vai ao portão do castelo e levanta a mão, como se abençoasse os milhares de homens reunidos sob seu estandarte.

— São franceses? — pergunta-me ele, surpreso. — Vamos tomar Bordeaux?

— Não há nenhuma guerra ainda — tranquilizo-o. — Talvez possamos evitá-la.

O velho James Touchet, lorde Audley, vai comandar o exército, e lorde Thomas Stanley lhe dará assistência. Audley leva à rainha a notícia de que os lordes York estão reunindo suas forças e arregimentando homens. Planejam se encontrar no castelo de York, em Ludlow. Portanto, o conde de Salisbury terá de marchar de seu Castelo de Middleham, no norte da Inglaterra, para Ludlow, no sul, na fronteira com Gales. Lorde Audley jura que o pegaremos, que vai atacá-lo de surpresa quando estiver indo se juntar aos outros lordes desleais. Nossas forças serão de aproximadamente 10 mil homens, e outros milhares ainda virão com lorde Stanley. Salisbury tem uma força de menos da metade desse número — está marchando para a morte, com uma quantidade insuficiente de homens, e sem saber disso.

Acho um processo deprimente ver os homens se armarem, verificarem seu equipamento e entrarem em formação. O marido de Elizabeth, Sir John Grey, em seu belo cavalo, liderou um bando armado de seus arrendatários ao longo dos dois dias de marcha de sua casa até ali. Ele me diz que Elizabeth chorou sem parar quando ele partiu e que parecia cheia de pressentimentos. Pediu para o marido não vir, e a mãe dele mandou-a para o seu quarto, como uma criança desobediente.

— Eu deveria ter ficado com ela? — pergunta-me ele. — Achei que era o meu dever vir.

— Está certo em cumprir o seu dever. — Repito a frase gasta que possibilita às mulheres renunciar a seus maridos e mandar seus filhos para a guerra. — Estou certa de que tem razão em cumprir o seu dever, John.

A rainha designa-o chefe da cavalaria. Anthony, meu filho precioso, vem da nossa casa em Grafton e vai lutar ao lado do pai. Irão a cavalo para a batalha, e então desmontarão e combaterão a pé. Pensar em meu filho lutando me deixa nauseada, e não consigo sequer comer, tamanho o meu medo.

— Tenho sorte — diz Richard, com determinação. — Sabe que tenho sorte, me viu partir para uma dezena de batalhas e sempre voltar para você. Vou manter Anthony ao meu lado, e ele também terá sorte.

— Não diga isso! Não diga isso! — Ponho a mão em sua boca. — Não tente o destino. Meu Deus, tem de ir dessa vez?

— Dessa vez e todas as outras, até o país ficar em paz — replica meu marido, simplesmente.

— Mas o rei nem ordenou a batalha!

— Jacquetta, está pedindo para eu me tornar um traidor? Quer que eu use uma rosa branca por York?

— É claro que não! É claro que não. Só que...

Gentilmente, Richard me abraça.

— Só que o quê? — pergunta. — Não aguenta ver Anthony correr perigo?

Envergonhada, confirmo com um movimento da cabeça.

— Meu filho... — sussurro, aflita.

— Ele agora é um homem. O perigo se aproxima dele como neve no inverno, como flores na primavera. Ele é um rapaz valente, eu lhe ensinei a ser corajoso. Não ensine nosso filho a ser covarde.

Levanto a cabeça, e meu marido dá um risinho.

— Então, não quer que ele vá para a guerra, mas não quer que ele seja um covarde? Isso faz sentido? Agora seja corajosa e venha se despedir e nos ver partir. Acene, sorria, e nos dê a sua bênção.

Vamos juntos para a porta, sua mão quente em minha cintura. A rainha ordenou que o exército reúna-se diante da ponte levadiça do castelo, e o pequeno príncipe está lá, em seu pônei branco. Anthony sai das fileiras e se ajoelha rapidamente diante de mim. Ponho a mão em seu cabelo macio, em sua cabeça preciosa.

— Deus o abençoe, meu filho. — Mal consigo falar, sinto um aperto na garganta. Lágrimas quentes descem pelo meu rosto.

Ele se levanta, animado e pronto para partir. Tenho vontade de acrescentar: "E faça o que seu pai mandar, mantenha seu cavalo perto de modo que possa fugir, e se afaste do perigo, não há necessidade de ficar perto demais da luta..." Mas Richard me puxa para si e me beija na boca, para me calar.

— Deus o abençoe, meu marido. Volte para casa são e salvo, vocês dois.

— Sempre volto — retruca Richard. — E trarei Anthony são e salvo.

Eu, a rainha, as damas de companhia, o príncipe e o pessoal da casa acenamos quando o exército passa por nós, o estandarte adejando na brisa, os homens parecendo impetuosos e confiantes. Estão bem-equipados; a rainha usou o dinheiro concedido pelo Parlamento, que supostamente aprimoraria as defesas contra os franceses, pagando armas e botas para seus soldados. Quando eles desaparecem e a poeira assenta na estrada, a rainha manda o príncipe ir com a ama e vira-se para mim.

— Agora, vamos esperar — diz ela. — Mas quando encontrarem Salisbury e eles se unirem em batalha, quero assisti-la. Vou assisti-la.

～

Chego a pensar que ela está brincando, mas no dia seguinte recebemos uma mensagem de James Touchet dizendo que seus batedores encontraram os homens do conde de Salibusry, que os estão esperando em uma pequena cidade chamada Blore Heath. No mesmo instante, a rainha pede seu cavalo, como se fôssemos fazer uma viagem de passeio.

— Você vem comigo? — pergunta Margarida.

— O rei não vai gostar de saber que está pondo sua vida em perigo — digo, ciente de que as opiniões do rei não significam nada para ela.

— Ele nem mesmo vai saber que fui e voltei. E eu disse às minhas damas que estamos indo caçar com falcões.

— Só nós duas? — pergunto, cética.

— Por que não?

— Sem falcões?

— Ora, deixa disso! — diz ela, impaciente como uma menina. — Não quer vigiar Richard? E seu filho Anthony?

— Nunca conseguiremos vê-los.

— Subiremos em uma árvore. — Ela sobe em um banco de montaria, passa uma das pernas por cima do cavalo, e faz sinal com a cabeça para o cavalariço baixar seu vestido sobre as botas. — Você vem? Irei sem você, se for preciso.

— Estou indo. — Monto e cavalgo ao lado da rainha na direção de Blore Heath.

Somos recebidas por um mensageiro de James Touchet, que sugere irmos para a igreja da vizinha Mucklestone, de cujo campanário poderemos ver o campo de batalha. O nobre senhor providencia uma torre de observação como se fôssemos assistir a uma justa. Entramos ruidosamente no povoado, alvoroçando as galinhas, que fogem dos cascos dos cavalos. Deixamos os animais na oficina do ferreiro.

— Verifique a ferradura de meu cavalo enquanto ele fica aqui — diz a rainha ao ferreiro, jogando-lhe uma moeda. Em seguida, vira-se e guia o caminho até a igreja.

Lá dentro está silencioso e escuro. Subimos a escada sinuosa até a torre do sino. Parece uma grande torre de vigia — o sino atrás de nós, um parapeito de pedra na nossa frente —, e podemos ver claramente, do outro lado do campo, a estrada que vem do norte e, à distância, o rastro de poeira que é a marcha do exército do conde de Salisbury.

A rainha toca em meu braço, seu rosto iluminado de excitação, e aponta para a frente. Vemos uma grande sebe e, atrás, os estandartes do nosso exército. Protejo meus olhos com a mão, tentando identificar o estandarte dos Rivers para poder distinguir Anthony ou meu marido, mas estão longe demais. Nossas forças posicionam-se de maneira perfeita: Salisbury não vai saber que elas estão lá nem quantos homens são, até sair da pequena floresta nas duas margens da estrada. Então se enfrentarão. Há um quê realmente terrível em olhar a batalha de cima, como se fôssemos gárgulas de pedra na torre, assistindo à morte por diversão. Olho para a rainha. Ela não se sente como eu. Parece iluminada de contentamento, apertando as mãos uma na outra quando os batedores, na frente do exército York, surgem precipitadamente da floresta e recuam ao se defrontar com a poderosa força em posição de combate na pequena colina, com um rio separando-os.

— O que estão fazendo? — pergunta a rainha com irritação ao vermos um arauto de cada um dos lados da batalha se encontrarem no terreno entre os dois exércitos.

— Negociando?

— Não há o que negociar. É um traidor. As instruções de lorde Audley são para detê-lo ou matá-lo, não para conversar com ele.

Como se para confirmar as instruções, os arautos retornam para suas fileiras e, quase no mesmo instante, há uma tempestade de flechas do lado Lancaster disparadas colina abaixo, atingindo seu alvo. Um suspiro, um suspiro de derrota, vem do lado York, e vemos os homens ajoelhando-se para uma rápida oração antes de se levantarem e vestirem seus elmos.

— O que eles estão fazendo? — pergunta a rainha, ansiosamente.

— Estão beijando o solo — replico. Há algo terrível em relação aos homens condenados levando os lábios à terra que acham que será seu leito de morte. — Estão beijando o solo onde serão enterrados. Sabem que serão derrotados, e ainda assim não estão fugindo.

— Tarde demais para fugir — diz a rainha rispidamente. — Nós os perseguiríamos e os mataríamos.

Do nosso ponto de observação é possível ver que os York estão em muito menor número, praticamente um para cada dois inimigos ou mais. Não vai ser uma batalha. Vai ser um massacre.

— Onde está lorde Stanley? — pergunta a rainha. — Ele queria liderar o ataque, mas ordenei que ficasse na defesa. Onde ele está?

Procuro-o com os olhos.

— Será que se escondeu para atacar de surpresa?

— Veja! — diz ela.

O centro do exército York, seu ponto forte, está recuando diante das flechas.

— Estão se retirando! — grita a rainha. — Estamos vencendo! E tão rápido!

Estão mesmo se retirando. Os homens no centro da linha deixam cair suas armas e fogem. No mesmo instante, vejo a nossa cavalaria avançar e iniciar o ataque colina abaixo, em direção ao córrego. Junto as mãos com força ao ver o marido de Elizabeth na frente, atravessando a água rasa, subindo com esforço as margens íngremes no exato momento em que as forças York inexplicavelmente voltam ao coração da batalha, pegando suas armas e retornando à luta.

— O que está acontecendo? — Margarida está tão confusa quanto eu. — O que estão fazendo?

— Voltaram. Estão de volta. Foi um ardil, e agora a nossa cavalaria está atolada no rio, e os York podem combatê-la da margem. Eles nos enganaram e nos fizeram abandonar a nossa boa posição pelo rio. Nossos homens não conseguem sair.

É uma visão terrível. Nossos soldados de armadura montados em seus cavalos couraçados de metal são lançados na água e lutam para se erguer na outra margem, onde são derrubados pelos soldados York brandindo suas grandes espadas, machados de guerra e lanças. Os cavaleiros caem dos cavalos e não conseguem se levantar para se defender, pois ou os cascos dos animais os esmagam ou o peso de seus peitorais cheios de água os afoga enquanto lutam para se apoiar em algo na água agitada do rio. Os que alcançam o couro de um estribo tentam se alçar para fora do rio, mas os York estão nas margens secas, arremessando rapidamente um punhal em um braço desprotegido, debruçando-se no rio para cortar uma garganta ou entrando na água e brandindo um grande machado de guerra para derrubar um cavaleiro Lancaster. O rio logo se torna vermelho. É uma confusão selvagem de homens e cavalos. Não há nada de belo nisso, ou de nobre; não há qualquer organização. Não tem nada das batalhas cantadas em baladas ou celebradas nos romances. É uma confusão selvagem de homens brutais matando uns aos outros, ávidos por sangue. Alguns lordes Lancaster, em seus grandes cavalos de batalha, conseguem escalar a margem e cavalgam impetuosamente pelas linhas York para, então, desaparecer: simplesmente fogem. O pior: em muito maior número, centenas deles deixam cair suas espadas com a ponta para baixo, para indicar que não estão lutando, conduzem seus cavalos a passo lento e seguem devagar, humildemente, na direção das linhas inimigas.

— O que estão fazendo? — Margarida está consternada. — O que minha cavalaria está fazendo? É um ardil?

— Eles estão mudando de lado. — Minha mão está na base do meu pescoço, como se para conter a palpitação do meu coração. Tenho muito medo de que John Grey possa se tornar um traidor, enquanto a rainha e eu observamos a batalha. Centenas de soldados da cavalaria passaram para o lado dos York: é bem provável que meu genro esteja entre eles.

— Minha cavalaria? — pergunta ela, incrédula.

Sua mão segura a minha, e ficamos em silêncio assistindo ao lento progresso dos cavaleiros pelo campo de batalha em direção aos York, com seus estandartes baixados, indicando rendição. Cavalos debatem-se na água, alçam-se para a margem e galopam para longe. São muitos os homens que ainda lutam na água, até perderem a força de vez.

— John — falo baixinho, pensando no meu genro no comando do ataque da cavalaria. Aparentemente, ele se afogou em sua armadura e não se tornou um traidor. À distância, não vejo nem seu estandarte nem seu cavalo. Deixará minha filha viúva e dois filhos órfãos, se estiver, nesta tarde, afogando-se na água vermelha.

Os exércitos cessam a ação, retirando-se para as próprias linhas. Nas margens do rio, até mesmo na água, os feridos se debatem e pedem ajuda.

— Por que não atacam? — pergunta Margarida, enfurecida, com os punhos cerrados. — Por que não atacam de novo?

— Estão se reagrupando. Deus os proteja, estão se reagrupando para atacar de novo.

Enquanto observamos, os cavaleiros Lancaster restantes atacam mais uma vez, com valentia, mas terão de atravessar o rio. Agora, conhecendo o perigo, forçam seus cavalos na água e dirigem-se à margem íngreme, esporeando-os para as linhas York. A batalha recomeça. São seguidos pelos homens que lutam a pé. Sei que meu filho e meu marido estão entre eles. Não consigo vê-los, mas vejo o movimento das forças Lancaster quando avançam como uma onda, atravessando o rio com dificuldade até a linha York, que resiste, luta e golpeia violentamente até recuarmos, até os homens nos flancos começarem a fugir.

— O que estão fazendo? — pergunta Margarida, sem acreditar no que vê. — O que estão fazendo?

— Estamos perdendo — respondo. Por um momento, não consigo acreditar em minhas próprias palavras. Não consigo acreditar que estou aqui, no alto, como uma águia, como uma gaivota em pleno voo, assistindo à derrota de meu marido, talvez a morte de meu filho. — Estamos perdendo. Nossos homens estão fugindo, é uma debandada. Pensávamos ser imbatíveis, mas estamos perdendo.

Está anoitecendo: cada vez mais enxergamos menos. De repente, me dou conta de que corremos perigo, de que nos posicionamos ali de maneira insensata. Quando a batalha for perdida e os soldados York perseguirem os lordes Lancaster até os matarem, indo atrás deles pelas estradas, chegarão nessa aldeia, escalarão a torre e se depararão com o maior prêmio do combate: a rainha. Nossa causa estará perdida para sempre se levarem a rainha e obtiverem controle sobre o príncipe e o rei. Nossa causa estará perdida por minha culpa, por eu ter deixado que a rainha me persuadisse a vir até essa igreja e a assistir, de sua torre, a um combate de vida e morte, como se fosse um belo dia de torneio.

— Temos de ir — digo, de súbito.

Ela não se move, olhando fixamente para a luz cinzenta do crepúsculo.

— Achei que estávamos ganhando — diz ela. — Achei que tivéssemos lançado outro ataque e rompido a linha York.

— Não estamos ganhando e não rompemos a linha: estamos fugindo, e eles estão nos perseguindo — explico com aspereza. — Margarida, vamos.

Ela se vira para mim, surpresa por eu ter usado seu nome. Agarro a mão dela e a puxo para a escada de pedra.

— O que acha que farão, se a pegarem? — pergunto. — Eles a manterão na Torre para sempre. Ou pior ainda, quebrarão seu pescoço e dirão que caiu do cavalo. Vamos logo!

De repente, dá-se conta do perigo e desce correndo a escada do campanário.

— Irei sozinha — diz ela sucintamente. — Voltarei para Eccleshall. Você impedirá que venham atrás de mim.

Ela corre na minha frente em direção à ferraria, onde estão prestes a colocar as ferraduras em seu cavalo.

— Ponha-as de trás para a frente — diz ela com autoridade.

— Ahn? — confunde-se o homem.

Ela lhe dá uma moeda de prata.

— De trás para a frente. Depressa. Dois pregos em cada uma. — Vira-se para mim. — Se quiserem me seguir, não haverá rastros. Só verão os cavalos chegando aqui. Não verão que eu fugi.

Percebo que a estou olhando surpresa, a rainha da minha visão, que mandou colocar as ferraduras ao contrário.

— Aonde estamos indo?

— Eu estou indo — corrige ela — de volta a Eccleshall, para buscar o príncipe e o rei e reunir o exército principal para perseguir o conde de Salisbury até Ludlow, se for preciso.

— E o que devo fazer?

Ela olha para o ferreiro.

— Depressa. Depressa.

— O que vou fazer?

— Pode ficar aqui? Se aparecerem, você lhes dirá que fui encontrar meu exército em Nottingham.

— Está me abandonando aqui?

— Não lhe farão mal, Jacquetta. Gostam de você. Todo mundo gosta de você.

— É um exército saindo do campo de batalha. Provavelmente acabaram de matar meu genro, meu marido e meu filho.

— Sim, mas não lhe farão mal. Não farão guerra contra mulheres. Mas eu tenho de escapar e manter o príncipe e o rei a salvo. Você me salvará se disser que fui para Nottingham.

Hesito por um momento.

— Estou com medo.

Estende a mão para mim e faz o gesto que eu mesma lhe ensinei. Traça um círculo no ar com o dedo indicador, que mostra a roda da fortuna.

— Também estou com medo — diz ela.

— Então vá.

O ferreiro bate o último prego. O cavalo marcha um pouco desajeitado, mas está forte o bastante. O homem fica de quatro no chão de terra e Margarida pisa nas costas dele para montar o cavalo. Ela ergue a mão para mim.

— *À tout à l'heure* — diz a rainha, como se só estivesse partindo para dar uma volta. Então, bate os saltos com força nos flancos do animal e parte depressa. Baixo os olhos para o chão: as marcas na terra macia mostram claramente um cavalo vindo para a ferraria, mas nenhum sinal de um animal saindo dela.

Devagar, caminho para o ponto em que a trilha atravessa o povoado de Mucklestone, e espero os primeiros lordes York chegarem.

~

Escurece. À distância, em Blore Heath, ouço um tiro de canhão, depois outro, atravessando a noite. Eu me pergunto se podem distinguir algum alvo. Grupos de homens passam, alguns apoiando companheiros feridos, outros com a cabeça baixa, como se fugissem do próprio medo. Recuo para o interior da ferraria, e não me veem ao passar. Não param nem mesmo para pedir algo para beber ou comida. Todas as janelas e portas do povoado estão com travas, bloqueadas para todos os soldados — independente da insígnia que usam. Quando vejo um brasão Lancaster, saio para a rua.

— Lorde Rivers? Sir Anthony Woodville? Sir John Grey? — pergunto.

O homem balança a cabeça.

— Estavam a cavalo? Devem estar mortos, senhora.

Consigo permanecer de pé, apesar de meus joelhos fraquejarem. Recosto-me na porta da ferraria e penso no que fazer, sozinha em um campo de batalha. E se Richard estiver morto, assim como meu filho e meu genro? Penso se devo ir em busca do corpo de Richard. Não consigo acreditar que não tenha sentido a sua morte. Certamente a sentiria, estando tão perto da batalha a ponto de poder ver a água agitada do rio onde ele teria se afogado.

— Beba — diz o ferreiro gentilmente, saindo de seu pequeno chalé para colocar um caneco empoeirado em minha mão. — O que vai fazer, milady?

Balanço a cabeça. Não há nenhum grupo de homens em perseguição para eu enganar com uma informação errada. Os York não estão passando por aqui, somente o que restou do nosso exército. Receio que meu marido esteja morto, mas não sei onde procurá-lo. Estou fraca por causa do medo e ciente de minha falta de heroísmo.

— Não sei — respondo. Sinto-me completamente perdida. A última vez que me vi perdida e só foi na floresta, quando era jovem, na França, e Richard me encontrou. Não posso crer que ele não venha me buscar agora.

— É melhor ficar conosco — diz o ferreiro. — Não pode passar a noite toda aqui fora. E não pode ir ao campo de batalha, milady. Há ladrões fuçando tudo, e eles vão apunhalá-la assim que a virem. O melhor é ficar conosco.

Dou de ombros. Não sei o que fazer. Não há por que ficar na rua, se ninguém vai passar para perguntar onde a rainha está. Cumpri meu dever ajudando-a a fugir. Não preciso ficar ali até amanhecer. Curvo a cabeça para passar pela porta estreita da cabana e entro numa pequena sala escura de chão de terra batida. Deparo-me com o mau cheiro de cinco pessoas dormindo, cozinhando, comendo e urinando no mesmo espaço.

São bondosos comigo. O que têm, compartilham. Têm um pedaço de pão preto de centeio, nunca experimentaram o pão branco. Têm um mingau ralo de legumes e uma crosta de queijo. Têm cerveja fraca, fermentada pela própria dona da casa, e me dão em um copo de cerâmica. Tem gosto de barro. Penso que essas são as pessoas pelas quais deveríamos estar lutando, essa é a gente que vive em um país rico, onde a terra é fértil e a água é limpa, onde há mais acres a serem cultivados do que agricultores. Um país onde os salários deveriam ser altos, e os mercados deveriam ter muitos produtos e estarem sempre cheios. Mas não. É um país onde ninguém dorme tranquilo, por medo de ataques surpresa de malfeitores ou ladrões, onde a justiça do rei é comprada pelos amigos dele, onde um trabalhador honesto é julgado por traição e enforcado se reivindicar seus direitos, e onde não conseguimos impedir que um cortesão francês desembarque em nossos portos e os saqueie.

Afirmamos ser os governantes desse país, mas não impomos a lei. Afirmamos comandar essas pessoas, mas não as conduzimos à paz e à prosperidade. Nós, seus próprios senhores, brigamos entre nós mesmos e levamos a morte à sua porta, como se as nossas opiniões, pensamentos e sonhos valessem muito mais do que sua segurança, sua saúde e seus filhos.

Penso na rainha cavalgando noite adentro, com as ferraduras de seu cavalo de trás para a frente de modo que ninguém saiba aonde ela foi, e em seu exército derrotado em Hempmill Brook, talvez meu marido e meu filho entre os mortos. A mulher do ferreiro, Goody Skelhorn, me vê empalidecer e pergunta se o mingau me causou enjoo.

— Não — respondo. — Meu marido lutou hoje, e temo por ele. — Não consigo nem mesmo contar-lhe meus receios por meu filho.

Ela balança a cabeça e fala alguma coisa sobre tempos terríveis. Sua linguagem é tão regional que mal compreendo o que diz. Depois, ela estende uma manta cheia de pulgas sobre um colchão de palha, a sua melhor cama, ao lado do fogo agonizante, e indica que posso me deitar. Agradeço. Deito-me com ela de um lado, e sua filha, do outro. Os homens dormem do outro lado do fogo. Deito-me de costas e espero a longa noite insone passar.

~

Durante toda a noite ouvimos o tropel de cavalos e gritos ocasionais. A garota, a mulher e eu encolhemo-nos como crianças com medo: isso é viver em um país em guerra. Não tem nada a ver com a elegância do combate no torneio ou grandes princípios: trata-se, sim, de ser uma mulher pobre ouvindo uma unidade de cavalaria estrondear pela rua e rezar para que não parem e batam à sua porta frágil.

Ao amanhecer, a mulher se levanta e, cautelosamente, abre a porta para espiar lá fora. Quando parece seguro, ela sai, e a ouço chamar suas galinhas e soltar o porco para vagar pela aldeia e comer o lixo. Levanto-me e coço as picadas inchadas dos insetos em meus braços, no pescoço e no rosto. Meu cabelo está se soltando da trança cuidadosamente enrolada no alto da minha cabeça. Sinto-me imunda, e receio estar cheirando mal. Mas estou viva. Não dei informações erradas aos invasores, como a rainha pediu; escondi-me como um servo em um chalé de camponeses, e fiquei feliz com a generosidade deles. Escondi-me quando ouvi o tropel de cavalos à noite e me deitei na palha suja. Na verdade, eu teria dado qualquer coisa para permanecer viva na noite passada e, nesse amanhecer, daria qualquer coisa para saber se meu marido e meu filho estão vivos. Estou assustada e humilhada. Não me sinto uma duquesa nessa manhã.

A garota levanta-se, sacode sua combinação, que serve tanto de roupa íntima quanto de camisola, põe um vestido de tecido grosseiro, esfrega o rosto com a ponta de um avental sujo, e está pronta para o dia. Olho para ela e penso no banho perfumado que me aguarda no Castelo de Eccleshall, na roupa íntima limpa que usarei. Então, antes de me sentir confiante demais com meu futuro conforto, lembro-me de que não posso ter certeza absoluta de que a corte vai estar no Castelo de Eccleshall nem de que meu marido e meu filho voltarão para casa.

— Tenho que ir — digo abruptamente.

Vou para fora, e o ferreiro está colocando os arreios em meu cavalo. A mulher tem um copo de cerveja fraca para mim e um pão dormido. Bebo um gole da cerveja e molho nela o pedaço de pão, a fim de amolecê-lo o bastante para ser comido. Então, dou-lhes minha bolsinha. Dentro há uma moeda de prata e algumas de cobre, uma fortuna para eles, embora praticamente nada para mim.

— Obrigada — digo, e gostaria de poder dizer mais: que lamento a ruína que o rei e a rainha lhes causaram, que lamento por trabalharem tanto e, ainda assim, não conseguirem sair da pobreza, que lamento ter dormido em boa roupa de cama durante toda a minha vida e ter raramente pensado naqueles que dormiam sobre palha.

Sorriem. A garota não tem um dos dentes da frente, o que faz com que seu sorriso largo pareça o de uma criança trocando a dentição.

— Sabe o caminho? — preocupa-se a mulher. São 14 quilômetros, e ela nunca esteve tão longe de casa.

— Vá para Loggerheads e, lá, indicarão a estrada — instrui o ferreiro.
— Mas tenha cuidado, os soldados também estarão voltando para casa. Quer que eu mande o garoto com a senhora?

— Não — respondo. — Pelo que vejo, estará muito ocupado na forja hoje.

Ele sente o peso da bolsinha e sorri abertamente para mim.

— Já foi um bom dia — diz ele. — O melhor que tivemos em toda a nossa vida. Deus a abençoe, milady.

— Deus os abençoe — replico, e viro meu cavalo para o sul.

~

Após cerca de meia hora, ouço trombetas e vejo a poeira levantada por um grande exército. Procuro com os olhos um lugar onde me esconder, mas é uma região vasta e descampada, e as sebes são baixas. Conduzo meu cavalo para um portão aberto e penso que, se for o exército York, ou reforços York, poderei refrear o animal, permanecer ereta sobre a sela, parecer uma duquesa e deixá-los passar. Talvez tenham notícias de meu marido e de meu filho.

Quando estão a menos de 1 quilômetro de distância, diviso o estandarte do rei e sei que estou segura por enquanto. Quando o exército surge, vejo o rei e a rainha na frente.

— Jacquetta! — grita ela, genuinamente alegre. — Deus a abençoe! — Ela conduz o cavalo até a margem da estrada, para deixar o exército passar. Milhares de homens seguem adiante. — Está a salvo! E bem! O rei ficou com tanta raiva pela morte de lorde Audley que resolveu ir pessoalmente fazer os lordes York prestarem contas. — Baixa a voz. — Ele recuperou o juízo de repente e disse que vai liderar o exército. Estou tão feliz. Ele afirmou que nunca mais os perdoará e que vai vingar a morte de nosso leal amigo.

— Lorde Audley está morto? — pergunto. Começo a tremer ao pensar em quais serão suas próximas palavras. — Tem notícias...

Um homem em meio aos cavaleiros impulsiona seu animal à frente e levanta seu visor, expondo o rosto.

— Sou eu! — grita meu marido. — Jacquetta! Minha amada! Sou eu!

Fico sem ar; ele está irreconhecível, como todos os demais, sustentando o peso da armadura e do elmo. Mas avança, salta de seu cavalo com um tinido, joga o elmo para o lado e me puxa para si. Seu peitoral é duro, as placas que envolvem seu braço penetram em minhas costas, mas me agarro a ele, beijo-o e juro que o amo.

— Anthony está bem — diz Richard. — Assim como o marido de Elizabeth. Nós todos saímos ilesos. Eu disse que tinha sorte.

— Não olhe para mim. Devo estar cheirando mal — digo, lembrando-me de minhas roupas, de meu cabelo e das marcas de picadas de pulgas na minha pele. — Estou com vergonha de mim mesma.

— Você nunca deveria ter ficado lá. — Ele olha de relance para a rainha. — Nunca deveria ter ido até lá. Não deveria nunca ter sido abandonada lá.

Margarida me lança um sorriso alegre.

— Ele estava com muita raiva de mim — diz ela. — Nem fala comigo, está furioso. Mas, veja: aqui está você, sã e salva agora.

— Estou sã e salva agora — concordo.

— Vamos! Vamos! — apressa ela. — Estamos na trilha do traidor Salisbury. E não muito distantes dele.

~

Passamos dois dias frenéticos, cavalgando na frente do exército real. O rei recuperou a saúde com a ação. Mais uma vez, é o jovem que pensamos poder governar o reino. Cavalga na frente de seus homens com Margarida ao seu lado, como se fossem marido e mulher de verdade: amigos e parceiros de fato, além de por contrato. O clima está quente, o que sinaliza um fim dourado de verão, momento da colheita nos campos. Centenas de lebres saltitam por entre as palhas cor de ouro deixadas nos campos após a colheita. Ao anoitecer, há uma grande lua cheia, tão brilhante que nos permite prosseguir até altas horas. Uma noite, armamos barracas e acampamos, como se fôssemos um grupo de caça noturna. Recebemos notícias dos lordes York: reuniram-se em Worcester, fizeram um juramento solene de lealdade na catedral e enviaram uma mensagem ao rei.

— Devolva-a — ordena a rainha. — Vimos o valor de sua lealdade. Mataram lorde Audley e lorde Dudley. Mataram Edmund Beaufort. Não negociaremos com eles.

— Acho que devo enviar um perdão público — diz o rei, moderadamente. Faz um gesto para o bispo de Salisbury vir para o seu lado. — Um perdão público; devem saber que podem ser perdoados.

A rainha comprime os lábios e balança a cabeça.

— Nenhuma mensagem — diz ela ao bispo. — Nenhum perdão — diz ao rei.

Como um rato saindo da toca, Ricardo, duque de York, prepara a resistência no lado de fora de sua própria cidade de Ludlow. Ele e dois lordes, Warwick e Salisbury, se posicionam no extremo da Ludford Bridge. Na nossa margem do rio, o rei adeja o estandarte real e envia a última oferta de perdão a qualquer soldado que abandone sua lealdade ao duque de York e venha para o nosso lado.

Nessa noite, meu marido vai aos aposentos reais, onde a rainha, eu e duas damas estamos sentadas com o rei.

— Tenho um companheiro que serviu comigo em Calais e que quer deixar o conde de Salisbury e vir para o nosso lado — diz Richard. — Prometi-lhe o perdão irrestrito e bom acolhimento. Tenho de saber se ele pode se fiar nisso.

Todos olhamos para o rei, que sorri brandamente.

— É claro — afirma Henrique. — Todos podem ser perdoados se estiverem genuinamente arrependidos.

— Tenho a sua palavra, Vossa Graça? — pergunta Richard.

— Ah, sim. Todos podem ser perdoados.

Richard vira-se para a rainha.

— E tenho a sua?

A rainha levanta-se.

— Quem é? — pergunta com ansiedade.

— Não posso aconselhar meu amigo a se apresentar, a menos que Vossa Graça pessoalmente me garanta a segurança dele — insiste Richard, inflexível. — Promete o seu perdão por ele ter servido a um adversário seu, Vossa Graça? Posso confiar na sua palavra?

— Sim! Sim! — exclama a rainha. — Quem vai se juntar a nós?

— Andrew Trollope, além de seiscentos homens treinados e leais sob seu comando — anuncia Richard, e afasta-se para o lado, deixando o homem esguio e de expressão dura entrar. — E isso — diz ele quando vai para o meu lado — acaba de decidir a batalha.

~

Richard tem razão. Assim que sabem que Trollope veio para o nosso lado com seus homens, os três lordes York desaparecem como a bruma da manhã. Somem da noite para o dia, abandonando seus homens, abandonando sua cidade, abandonando até mesmo Cecily Neville, duquesa de York. Quando nosso exército entra em peso na cidade de Ludlow e se põe a saquear tudo o que consegue carregar, ela está ali, com as chaves do castelo na mão, esperando a rainha. Ela, que sempre foi uma mulher orgulhosa, casada com um nobre da realeza, está tremendamente assustada. É possível perceber o medo em seu rosto alvo, e eu, que esperei pelo exército vitorioso em Mucklestone, não sinto nenhum prazer em ver uma mulher tão orgulhosa humilhada a tal ponto.

— Está com as chaves do castelo para mim. — O tom de voz da rainha é alto, e ela olha para a duquesa de cima de seu cavalo imponente.

— Sim, Vossa Graça — replica Cecily, a voz firme. — E clamo por minha própria segurança e pela segurança de meus filhos.

— É claro — garante o rei, imediatamente. — Sir Richard, receba as chaves e escolte a duquesa a um local seguro, os filhos dela também. Ela está sob minha proteção.

— Espere um momento — interfere a rainha. — Que crianças são essas?

— Está é minha filha, Margarida — responde a duquesa Cecily. Uma menina alta, de 13 anos, enrubesce tremendamente e faz uma reverência profunda à rainha. Percebe, então, o erro e faz outra reverência ao rei.

— Este é meu filho George, e este é meu caçula, Ricardo.

Acho que George está com uns 11 anos, e Ricardo tem mais ou menos 7. Os dois parecem atordoados, como não poderiam deixar de estar. Ontem mesmo achavam que o pai era herdeiro do trono da Inglaterra, que estava preparado para conquistá-lo, mas hoje, eles têm de enfrentar o exército do rei enquanto o duque de York foge. Um estrondo vindo de alguma casa atrás de nós e o grito lancinante de uma mulher pedindo socorro enquanto é empurrada e violada nos lembra que estamos no meio de uma guerra, conversando em um campo de batalha.

— Leve-os — diz o rei rapidamente.

— Seu marido deixou-a aqui? — indaga a rainha, atormentando a duquesa derrotada. — Lembra-se de como insistiu para ser admitida em meus aposentos quando eu tinha acabado de dar à luz meu filho e me disse que seu marido devia visitar o meu quando ele estava doente? O duque forçou a entrada no Conselho Privado uma vez, mas agora vemos que apenas se promove e some. Está presente onde não é desejado, mas quando ele é necessário, simplesmente a abandona. Declara guerra e, então, desaparece do campo de batalha.

A duquesa oscila, seu rosto branco como leite. Há fumaça na praça do mercado: alguém pôs fogo em um telhado de palha. A mulher que gritou por socorro está soluçando, um sofrimento ritmado. Vejo o menino Ricardo olhar em volta ao ouvir o som de um machado em uma porta trancada e o balbucio de uma voz de um velho rogando para ser poupado, pedindo clemência a alguém que não o está escutando.

— Vossa Graça — digo à rainha —, este não é um lugar para nenhum de nós. Vamos deixar que os lordes retomem o controle sobre seus homens. Vamos sair da cidade.

Para minha surpresa, ela sorri para mim com um evidente lampejo de malícia antes de baixar os olhos para a crina do cavalo e ocultar a expressão.

— É uma arma brutal, um exército de homens descontrolados — observa ela. — Quando York reuniu um exército contra mim, não imaginou que eu traria meus soldados para combatê-lo, e que fosse dessa maneira. Ele me ensinou uma lição, que aprendi bem. Um exército de homens pobres é realmente um terror. Ele quase me assustou. Agora, deve se lamentar; há um exército de homens pobres devastando sua cidade.

O menino de cabelo escuro, Ricardo, inflama-se, ergue o olhar e abre a boca como se para gritar seu protesto.

— Vamos — digo rapidamente. Meu marido conduz alguns cavalos à frente, ergue a duquesa sem cerimônia para a sela, põe os filhos dela diante de três cavaleiros, e partimos da cidade. Enquanto atravessamos a ponte, ouço outra mulher gritar e o barulho de gente correndo. Ludlow está pagando o preço da fuga de seu senhor, o duque de York.

— Sim, mas não a sua morte — observa meu filho Anthony. Nós três estamos cavalgando para casa, em Grafton, com nossos soldados vagando logo atrás. Observo-os, mas tento fingir que não percebi que estão sobrecarregados de saques. Cada um deles tem uma trouxa amarrada bem apertada, ou uma peça de prata, ou um copo de estanho. Eram nossos arrendatários, mas os colocamos no exército da rainha, e combateram sob as ordens dela. Foi-lhes dito que poderiam saquear Ludlow para punir os lordes York traidores, e nunca mais conseguiríamos reuni-los para lutar por nós se estragássemos seu esporte e exigíssemos a devolução do que eles roubaram.

— Enquanto York viver, enquanto Warwick viver, enquanto Salisbury viver, as guerras não terão fim, apenas serão adiadas por algum tempo.

Richard concorda com um movimento de cabeça.

— Warwick está de volta a Calais, Ricardo, duque de York, foi para a Irlanda. Os maiores inimigos do rei retornaram aos seus refúgios, estão seguros em seus castelos além-mar. Vamos ter de nos preparar para outra invasão.

— A rainha está confiante — digo.

A rainha está tremendamente confiante. Novembro chega, e ela não retorna a Londres. Ela odeia a capital, e culpa seus autores de cantigas épicas e seus vendedores de panfletos pela impopularidade de seu reinado. Os poemas e canções descrevem-na como um lobo, uma loba que manda em um Rei Pescador — um homem reduzido a uma sombra do que deveria ser. Os versos mais obscenos dizem que ela o traiu com um duque audacioso e pôs seu bastardo no berço real. Há o desenho de um cisne com o rosto de Edmund Beaufort, que dança em direção ao trono. Há músicas e piadas de taverna sobre ela. A rainha odeia Londres e os aprendizes que riem dela.

Em vez de retornar à cidade, ela ordena a vinda do Parlamento para Coventry — como se os Parlamentos pudessem ser comandados por uma mulher, como os guardas de uma escolta —, e eles a obedecem, como se fossem mensageiros que cumprem seus votos de lealdade ao rei, à rainha e ao príncipe. Nunca ninguém havia jurado lealdade a uma rainha antes, mas agora juram. Ela intima os três lordes York por traição, toma suas terras e fortunas, e as redistribui, como se os 12 dias da celebração do Natal tivessem sido adiantados. Ordena que a duquesa Cecily compareça ao julgamento, de modo que ouça seu marido ser chamado de traidor, e a pena de morte que lhe é decretada. Tudo o que os lordes York possuíam, cada acre de terra, cada estandarte, cada honra e título, cada bolsa de ouro, lhes é tirado. A pobre duquesa de York, agora uma mulher que recebe uma pensão real, uma indigente, vai viver com sua irmã, a leal dama da rainha, Anne, duquesa de Buckingham, em algo entre uma detenção e um tormento. Uma vida infeliz para uma mulher que já foi chamada de "Orgulhosa Cis" e que agora se vê como a esposa de um homem no exílio, uma mãe com saudades de seu filho mais velho, Eduardo, e a filha de uma casa importante que perdeu todas as suas terras e sua herança.

Sandwich, Kent, e Calais, Inverno de 1460

Richard não recebe uma boa recompensa por alertar a rainha de que o fato de Warwick possuir Calais colocou um inimigo em nosso litoral, pois, assim que o combate acaba e a paz é conquistada, ela pede que ele vá para Sandwich e reforce as defesas da cidade contra um ataque.

— Irei junto — digo no mesmo instante. — Não suporto que esteja em perigo longe de mim. Não suporto ficarmos separados de novo.

— Não estarei em perigo — mente ele, para me tranquilizar, e então, percebendo minha expressão cética, dá um risinho, como um menino pego em uma mentira flagrante. — Está bem, Jacquetta, não me olhe assim. Mas, se há algum risco de uma invasão a partir de Calais, terá de voltar para Grafton. Levarei Anthony comigo.

Assinto. É inútil sugerir que Anthony é precioso demais para ser exposto ao perigo. É um jovem nascido em um país em guerra constante contra si mesmo. Outro jovem de sua idade é Eduardo de March, filho do duque de York, e ele está do outro lado dos canais com os condes de Warwick e Salisbury, aprendendo a servir no exército. A mãe dele, a duquesa de York, presa em Londres, não conseguirá receber notícias dele. Será obrigada a esperar, apreensiva, assim como eu. Não são tempos em que mães podem desejar manter seus filhos em segurança em casa.

Richard e eu nos instalamos em uma casa no porto de Sandwich, enquanto, perto dali, Anthony comanda os homens no Forte de Richborough. A cidade ainda não se recuperou do ataque surpresa francês de alguns anos atrás, e as casas destruídas pelo fogo são uma declaração vívida do perigo dos nossos inimigos e da estreiteza do mar entre nós. As defesas foram destruídas, os franceses dispararam canhões contra os muros e roubaram o armamento da cidade. Escarneceram dos cidadãos ao jogarem tênis na praça do mercado, como se dissessem que pouco se importavam com os ingleses, que nos consideravam impotentes. Richard põe construtores para trabalhar, pede aos armeiros na Torre de Londres para fundir um novo canhão para a cidade e começa a treinar os homens para formar uma guarda. Nesse meio-tempo, a apenas um quilômetro e meio de distância, Anthony treina nossos homens e reconstrói as defesas do antigo castelo romano que defende a entrada do rio.

Estamos na cidade há pouco mais de uma semana quando de repente sou acordada com um susto pelo som do sino de alarme. Por um momento, penso ser o sino que toca na escuridão das cinco horas da manhã todos os dias para acordar as meninas que cuidam dos gansos, mas logo percebo que o constante tocar do sino significa um ataque.

Richard já está de pé, vestindo seu gibão de couro, pegando o elmo e a espada.

— O que é? O que está acontecendo? — grito para ele.

— Só Deus sabe — responde. — Você fica aqui. Vá para a cozinha e aguarde notícias. Se Warwick desembarcou, vindo de Calais, desça para a adega e se tranque lá dentro.

Ele está fora do quarto antes de ter tempo de dizer mais alguma coisa. Ouço a porta da frente bater com violência, uma gritaria na rua e o som metálico de espada contra espada.

— Richard! — grito e abro a pequena janela para olhar, abaixo, a rua pavimentada de pedras redondas.

Meu marido está inconsciente, um homem o agarra e está prestes a deixar o corpo cair no pavimento de pedras. Olha para cima e me vê.

— Desça, Lady Rivers — diz ele. — Não tem como se esconder ou fugir. Fecho a janela. Minha criada aparece à porta, tremendo de medo.

— Eles estão com o senhor, ele parece morto. Acho que o mataram.

— Eu sei. Traga meu vestido.

Ela segura-o para mim, entro nele, e ela ata os cordões, depois calço os sapatos e desço, meu cabelo com a trança da noite. Puxo o capuz de minha capa e saio para a rua gelada de janeiro. Olho em volta, mas tudo o que vejo, como se gravado em minhas pálpebras, é o homem deixando Richard no chão e a mão flácida de meu marido. No final da rua, distingo meia dúzia de soldados lutando com um homem. Um vislumbre de seu rosto, quando me olha em desespero, revela que é Anthony. Estão levando-o para um navio.

— O que estão fazendo com meu filho? É o meu filho... soltem-no.

Os homens nem mesmo se dão ao trabalho de me responder, e corro pelas pedras redondas escorregadias até onde deixaram Richard no chão, como um homem morto. Quando o alcanço, ele se mexe e abre seus olhos azul-escuros. Parece aturdido.

— Jacquetta — diz ele.

— Meu amor. Está machucado? — Estou aterrorizada com a possibilidade de ele dizer que foi apunhalado.

— Uma pancada na cabeça. Vou viver.

Um homem o põe grosseiramente sob os ombros.

— Leve-o para a nossa casa — ordeno.

— Eu o estou levando para o navio — retruca o homem simplesmente. — Tem de vir também.

— Aonde pensa que está nos levando? Com que autoridade? Isso não é um ato de guerra, é um crime!

Ele me ignora. Um homem segura nas botas de Richard, outro agarra seus ombros e o arrastam como uma carcaça.

— Não podem levá-lo — insisto. — É um lorde do reino, sob o comando do rei. Isso é rebelião.

Ponho a mão no braço do homem, mas ele me ignora e arrasta Richard até o cais. Ao meu redor, ouço homens e mulheres gritando enquanto os soldados percorrem a cidade, pegando o que querem, abrindo portas e quebrando as vidraças valiosas.

— Aonde pensam que estão levando meu marido?

— Calais — responde ele concisamente.

É uma viagem rápida. Richard recobra os sentidos, dão-lhe água limpa e algo para comer. Anthony não se feriu. De início, ficamos trancados em uma pequena cabine. Quando o navio passa a navegar com a vela grande desfraldada e rangendo, deixam-nos sair para o convés. Por certo tempo, não avistamos terra, a Inglaterra perdeu-se atrás de nós. Mas então, vemos uma linha escura no horizonte à frente e divisamos a pequena colina e, no cimo, as muralhas circulares do castelo. Dou-me conta de que estou retornando a Calais, a cidade aonde antes entrei como duquesa, sob vigilância, uma refém.

Olho rapidamente para Richard, e percebo que ele está pensando o mesmo. Esse posto avançado esteve sob seu comando. Ele foi o capitão de Calais, e agora é um prisioneiro. É, sem dúvida, a roda da fortuna girando.

— Tenham cuidado — recomenda ele, em tom baixo, para mim e meu filho. — Não a machucarão, Jacquetta, eles a conhecem e gostam de você. E não fazem guerra contra as mulheres. Mas o tratamento dispensado à duquesa de York pela rainha os enfureceu, e estamos sob o poder deles. Ninguém virá nos resgatar. Teremos de sair disso vivos, usando nossa própria capacidade. Estamos completamente sós.

— O duque de Somerset controla o Castelo de Guisnes e talvez venha em nosso socorro — sugere Anthony.

— Não se aproximará nem um quilômetro — replica meu marido. — Fortifiquei esta cidade, filho, e conheço seu potencial. Ninguém a tomará pela força neste século. Portanto somos reféns em mãos inimigas. Eles têm todos os motivos para poupá-la, Jacquetta, e muitas boas razões para me matarem.

— Não podem matá-lo — digo. — Não fez nada errado a não ser manter a lealdade ao rei desde o dia em que nasceu.

— Por isso mesmo deveriam me matar. Isso encherá os outros de medo. Portanto, ficarei atento às minhas maneiras, falarei com calma, pacificamente, e se tiver de jurar abrir mão da minha espada para salvar minha vida, eu o farei. E... — dirige-se a Anthony, que se pôs de lado com uma palavra de impaciência. — E você também. Se pedirem a nossa palavra de que nunca pegaremos em armas contra eles, nós lhes daremos isso também. Não temos escolha. Fomos derrotados. E não tenho a intenção de ser decapitado no cadafalso que construí aqui. Não pretendo ser enterrado no cemitério que eu pus em ordem. Está entendendo?

— Sim — responde Anthony. — Mas como pudemos nos deixar ser pegos?

— O que está feito está feito — replica Richard, severo. — São os acasos da guerra. Agora temos que nos concentrar em como sair disso vivos. E conseguiremos, se falarmos em tom pacífico, esperarmos o momento propício, afastarmos a raiva. Mais do que qualquer coisa, meu filho, quero que seja cortês, renda-se, se for preciso, e saia disso vivo.

~

Somos mantidos no navio até a noite cair: não querem que Richard desfile pela cidade e seja visto pelo povo. Os influentes mercadores de Calais o amam por tê-los defendido quando o castelo foi reivindicado por York. Os cidadãos lembram-se dele como um capitão leal e valente, cuja palavra era lei e nela podiam se fiar. Os soldados de Calais o amavam como um comandante firme e justo. Foi a experiência sob o comando de Richard que persuadiu os seiscentos homens a mudar de lado em Ludlow e apoiar o rei. Toda tropa que foi comandada por ele o seguirá ao inferno. Warwick não quer que esse capitão tão popular apele ao povo ao atravessar a cidade.

Portanto esperam até tarde da noite para nos introduzirem como cativos, dissimulados pela escuridão, no salão do castelo. A luz súbita das tochas, ao deixarmos as ruas escuras feito breu, ofusca nossa vista. Conduzem-nos pela passagem sob o arco de pedra e nos introduzem no salão intensamente iluminado. Os homens da guarnição estão às mesas, constrangidos ao nos verem.

Nós três ficamos de pé, como fugitivos de guerra miseráveis. Olhamos em volta, o teto abobadado com as vigas enegrecidas pela fumaça, as tochas acesas nas arandelas ao redor, alguns homens de pé, bebendo cerveja, alguns sentados às mesas de jantar, alguns se levantam ao ver meu marido e tiram as boinas. Na extremidade do salão está o conde de Salisbury, seu filho, o conde de Warwick, e o jovem Eduardo, conde de March, filho de Ricardo, duque de York, sentados à mesa principal na plataforma, a rosa branca de York em um estandarte atrás deles.

— Nós os temos como prisioneiros de guerra e vamos considerar sua liberdade condicional — começa o conde de Warwick, solene como um juiz, em sua cadeira na mesa alta.

— Não foi um ato de guerra, já que estou sob o comando do rei da Inglaterra. Um ato contra mim é um ato de rebelião e traição contra o meu rei — diz Richard, sua voz grave soando potente e alto no salão. Os homens enrijecem-se com o tom de desafio. — E advirto-os de que quem puser a mão em mim, em meu filho ou em minha mulher será culpado de rebelião e traição. Quem quer que faça mal à minha mulher não é, evidentemente, digno de sua posição nem de seu nome. Se atacarem uma mulher, não são melhores do que um selvagem, e devem ser derrubados como tal. Seu nome será desonrado para sempre. Teria pena do homem que insultasse minha mulher, uma duquesa real e herdeira da Casa de Luxemburgo. Seu nome e sua reputação devem protegê-la aonde quer que vá. Meu filho está sob a minha proteção e a dela, um súdito leal de um rei ordenado. Nós três somos súditos leais do rei e devemos ter liberdade de ação. Exijo um salvo-conduto para a Inglaterra, para nós três. Em nome do rei da Inglaterra, exijo-o.

— Lá se vai a resposta pacífica que não deve provocar a ira — diz Anthony baixinho, para mim. — Lá se vão a rendição e a promessa. Meu Deus, olhe só a cara de Salisbury!

O velho conde parece que vai explodir.

— Como se atreve a falar comigo dessa maneira? — grita ele.

Os lordes York estão sentados no alto da plataforma, e Richard tem de erguer os olhos para eles. Levantam-se de suas cadeiras e o olham enfurecidos. Meu marido não se mostra nem um pouco arrependido. Anda na direção da plataforma e põe as mãos nos quadris.

— Sim. É claro. Por que não?

— Não merece sequer estar na nossa companhia! Não tem o direito nem mesmo de falar se não lhe dirigirem a palavra. Somos de sangue real, e você não é ninguém.

— Sou um par da Inglaterra e tenho servido a meu rei na França, em Calais e na Inglaterra, e nunca lhe desobedeci ou o traí — replica Richard em um tom de voz bem alto e claro.

— O que não é o caso deles — complementa Anthony, triunfante, para mim.

— Você surgiu do nada, o filho de um cavalariço — grita Warwick.
— Nada. Não estaria aqui se não fosse o seu casamento.

— A duquesa se rebaixou — diz Eduardo de March. Percebo Anthony enrijecer-se com o insulto de um jovem da sua idade. — Rebaixou-se a você, e você se promoveu por meio dela. Dizem que é uma bruxa que o inspirou ao pecado da luxúria.

— Por Deus, isto é intolerável — declara Anthony. Ele dá um passo à frente, e agarro seu braço.

— Não se atreva a se mover ou eu mesma o apunhalo! — digo furiosa.
— Não se atreva a dizer uma palavra nem a fazer qualquer coisa. Fique quieto, menino!

— O quê?

— Não é digno de estar entre nós — continua Salisbury. — Não está apto a se relacionar conosco.

— Percebo o que estão tentando fazer. Querem que você perca o controle — digo a Anthony. — Querem que os agrida e, então, poderão matá-lo. Lembre-se do que seu pai disse. Fique calmo.

— Eles a insultam! — Anthony está suando de raiva.

— Olhe para mim! — exijo.

Ele me lança um olhar feroz, mas logo hesita. Apesar de minhas palavras impacientes, meu rosto está calmo. Estou sorrindo.

— Nunca fui uma mulher abandonada no mercado de Ludlow quando meu marido fugiu — digo-lhe em um murmúrio rápido. — Eu era a filha do conde de Luxemburgo quando Cecily Neville não passava de uma garota bonita em um castelo no norte. Sou descendente da deusa Melusina. Você é meu filho. Viemos de uma linhagem de nobres cuja estirpe remonta a uma deusa. Podem dizer o que quiserem às minhas costas, mas não na minha cara. Sei quem eu sou. Sei o que você está destinado a ser. E é mais, muito mais, do que eles.

Anthony hesita.

— Sorria — ordeno.

— O quê?

— Sorria para eles.

Meu filho ergue a cabeça e, apesar de toda dificuldade para dar um sorriso, ele o faz.

— Você não tem orgulho! — provoca-o Eduardo de March. — Não há razão nenhuma aqui para sorrir!

Anthony inclina a cabeça ligeiramente, como se aceitando um grande elogio.

— Deixa que eu fale assim de sua própria mãe? Na frente dela? — pergunta Eduardo, sua voz falhando de raiva. — Não tem nenhum orgulho?

— Minha mãe não precisa de sua boa opinião — replica Anthony friamente. — Nenhum de nós se importa com o que pensa.

— *Sua* mãe está bem — dirijo-me a Eduardo. — Estava muito aflita em Ludlow, ao ser deixada sozinha, correndo perigo, mas meu marido, lorde Rivers, levou-a, assim como sua irmã Margarida e seus irmãos George e Ricardo, para um local seguro. Meu marido protegeu-os quando o exército atravessou a cidade. Garantiu que ninguém os insultasse. O rei está lhe dando uma pensão, e ela não está passando por nenhuma dificuldade. Eu a vi pessoalmente faz pouco tempo, e ela me disse que reza por você e por seu pai.

Isso o faz silenciar.

— Você agora pode agradecer a meu marido a segurança dela — reitero.

— Ele não tem berço — insiste Eduardo, como se repetisse uma lição mecanicamente.

Dou de ombros, como se isso nada significasse para mim.

— Estamos sob sua custódia — digo simplesmente. — De origem inferior ou nobre. E não têm motivos para se queixarem de nós. Receberemos o salvo-conduto para a Inglaterra ou não?

— Levem-nos — replica o conde de Salisbury.

— Gostaria de ter meus aposentos de sempre — diz Richard. — Fui capitão deste castelo por mais de quatro anos e o defendi para a Inglaterra. Usava os aposentos que dão para a enseada.

O conde de Warwick pragueja como um taberneiro.

— Levem-nos — repete Salisbury.

Não somos instalados nos aposentos do capitão do castelo, é claro, mas são boas as acomodações, que dão para o pátio interno. Só nos mantêm ali por duas noites e, então, um guarda vem à porta e diz que eu serei levada em um navio para Londres.

— E nós? — pergunta meu marido.

— São reféns — replica o soldado. — Têm de esperar aqui.

— Permanecerão detidos com honra? Estarão seguros? — insisto.

Ele confirma, fazendo um gesto com a cabeça para Richard.

— Servi sob suas ordens, senhor. Sou Abel Stride.

— Lembro-me de você, Stride — diz meu marido. — Qual é o plano?

— Minhas ordens são para prendê-lo aqui até nos mudarmos, quando então será libertado ileso — responde ele. — São as ordens a que obedecerei, e a nenhuma outra. — Hesita. — Nenhum homem na guarnição lhe fará mal, senhor, nem a seu filho. Dou-lhe minha palavra.

— Obrigado — diz meu marido. Para mim, sussurra: — Procure a rainha, diga-lhe que estão se preparando para invadir. Veja quantos navios consegue contar na enseada. Diga-lhe que acho que não têm muitos homens, talvez somente uns 2 mil.

— E quanto a você?

— Você o ouviu. Voltarei para casa assim que puder. Que Deus a abençoe, querida.

Beijo-o. Viro-me para o meu filho, que se ajoelha para receber a minha bênção, depois se levanta e me abraça. Sei que é forte e um bom guerreiro, mas deixá-lo em perigo é quase insuportável.

— Vossa Graça, agora tem de vir comigo — diz o soldado.

Tenho de deixá-los. Não sei como subo a prancha de embarque do navio mercante nem como entro na pequena cabine. Mas tenho de deixar os dois.

Coventry, Primavera de 1460

A corte está em Coventry, preparando-se para a guerra, quando chego à Inglaterra e levo à rainha a notícia de que nossos inimigos em Calais estão com meu marido e meu filho e de que devem promover uma invasão ainda este ano.

— Jacquetta, lamento muito — diz Margarida. — Eu não fazia ideia. Nunca a teria colocado em perigo dessa maneira... Quando me disseram que tinha sido capturada, fiquei fora de mim. — Ela olha em volta e murmura: — Escrevi para Pierre de Brézé, o senescal da Normandia, e pedi que tomasse Calais e a salvasse. Sabe o que aconteceria comigo se descobrissem que troco correspondências com ele. Mas você é muito importante para mim.

— Não estive em perigo em nenhum momento. Mas os lordes rebeldes insultaram Richard e Anthony, e acho que se houvessem tido a oportunidade de matá-los em uma briga, o teriam feito.

— Odeio-os. Warwick e o pai, York e o filho. São meus inimigos até a morte. Já sabe dos boatos que circulam agora?

Confirmo com um movimento da cabeça. Caluniam a rainha desde o momento em que ela chegou à Inglaterra.

— Estão dizendo abertamente que meu filho é um bastardo, que o rei nada sabia sobre seu nascimento, batismo e também... sobre sua concepção. Pensam em deserdá-lo com difamação, já que não podem feri-lo na guerra.

— Tem notícias dos lordes yorkistas?

— Reuniram-se — responde ela. — Tenho espiões na pequena corte de York na Irlanda, e foram eles que me contaram. Warwick foi encontrar-se com o duque de York em seu castelo na Irlanda. Sabemos que se encontraram, e podemos adivinhar que planejam uma invasão. Só não sabemos quando.

— E estamos preparados para uma invasão?

Ela assente com austeridade.

— O rei adoeceu de novo... não muito... mas perdeu o interesse em tudo, exceto em rezar. Passou a semana toda em oração, às vezes dormindo por 16 horas por dia. Nunca sei quando ele está aqui e quando se foi. De qualquer maneira, estou pronta, pronta para qualquer coisa. Tenho os soldados, tenho os lordes, tenho o país ao meu lado. O país todo, exceto o povo pérfido de Kent e os miseráveis de Londres.

— Quando acha que será?

Na verdade, não preciso fazer suposições. Todas as campanhas começam no verão. Não demorará para que tragam a notícia de que York se pôs em marcha da Irlanda, e Warwick zarpou de Calais.

— Vou ver meus filhos — digo. — Devem estar apreensivos em relação ao pai e ao irmão.

— E depois, volte. Preciso de você comigo, Jacquetta.

Northampton, Verão de 1460

Em junho, o mês mais agradável, suntuoso e verde do ano, os lordes York partem de Calais, e Ricardo, duque de York, espera confortavelmente na Irlanda, deixando que façam o trabalho sujo por ele. Desembarcam, como meu marido previu, com uma pequena força de aproximadamente 2 mil soldados, mas, durante a marcha, suas fileiras aumentam com homens saídos dos campos e dos estábulos para se unirem a eles. Kent não se esqueceu de Jack Cade nem da "ceifa de cabeças", e são muitos os que vão para o lado de Warwick; são muitos os que se lembram da rainha jurando que tornaria a cidade um parque de caça a corças. Londres abre o portão para Warwick, e o coitado do lorde Scales se vê, mais uma vez, sozinho na Torre, com ordens de defendê-la para o rei a qualquer preço. Os lordes York nem mesmo se dão ao trabalho de forçá-lo a sair por fome. Deixam a cidade a cargo de lorde Cobham e marcham para o norte, para Kenilworth, em busca de seu inimigo: nós.

A cada dia cresce o número de recrutas. Aonde quer que vão, homens afluem para se unir a eles. Seu exército cresce e os fortalece, o pagamento dos homens é feito com o dinheiro arrecadado nas cidades por onde passam. O sentimento do país agora é hostil à rainha e a seu rei fantoche. O povo quer um líder em que possa confiar a defesa da paz e a justiça no país. Passam a acreditar que Ricardo, duque de York, será o seu protetor, e temem a rainha pelo perigo e incerteza que envolvem seu séquito.

A rainha torna o duque de Buckingham o comandante dos exércitos do rei. Henrique é tirado de seu retiro monástico para expor o estandarte real, que se agita miseravelmente no clima úmido. Mas, dessa vez, ninguém deserta por não conseguir lutar contra a bandeira do rei. Nenhuma tropa abandona a causa dos lordes York. Estão todos mais determinados. O rei senta-se quieto em sua tenda, sob o estandarte, e os negociadores de paz — entre eles, o bispo de Salisbury — andam de um lado para o outro durante toda a manhã, esperando conseguir um acordo. Não conseguem. Os lordes York enviam mensagens pessoais ao rei, mas o duque de Buckingham as intercepta: só aceitarão um acordo em que a rainha e seus conselheiros sejam banidos de suas posições influentes. Não aceitarão nada mais. E a rainha não fará concessões. Ela os quer mortos: simples assim. Não há absolutamente a menor condição de negociação.

O exército real está em frente à Abadia de Delapré, em Northampton, entrincheirado diante do rio Nene, com varas afiadas fincadas no solo diante dos soldados. Nenhum ataque da cavalaria os atingirá, nenhum ataque frontal será bem-sucedido. A rainha, o príncipe e eu estamos, de novo, esperando no Castelo de Eccleshall.

— Tenho vontade de ir assistir — diz ela.

Tento rir.

— De novo não.

Está chovendo, chove há dois dias. Ficamos juntas à janela, olhando o céu cinzento com as nuvens escuras no horizonte. Embaixo, no pátio, vemos a agitação de mensageiros chegando do campo de batalha.

— Vamos descer — diz Margarida, nervosa de repente.

Nós os encontramos no salão quando estão entrando, encharcados.

— Acabou — diz o homem à rainha. — Mandou-me vir no instante que percebesse o rumo que a situação estava tomando, portanto, esperei um pouco e vim.

— Vencemos? — pergunta ela, ansiosa.

Ele faz uma careta.

— Fomos destruídos — diz ele, sem rodeios. — Traídos.

Ela silva feito um gato.

— Quem nos traiu? Quem foi? Stanley?

— Grey de Ruthin.

Ela vira-se furiosa para mim.

— Parente da sua filha! A família de sua filha é desleal?

— Parente distante — contesto imediatamente. — O que ele fez?

— Esperou até o filho de York, o jovem Eduardo de March, atacá-lo. Nossa linha estava bem protegida, tínhamos o rio atrás e um fosso na frente, fortificado com varas afiadas, mas quando o garoto York surgiu na liderança de seus homens, lorde Grey baixou a espada e o ajudou, e a seus homens, a ultrapassar as barricadas, e então lutaram ao longo das nossas próprias fileiras, dentro delas. Nossos homens não tinham como escapar deles. No começo estávamos perfeitamente posicionados, e então nos vimos ser capturados facilmente.

Ela empalidece e cambaleia. Seguro-a pela cintura, e ela se apoia em mim.

— E quanto ao rei?

— Eu me retirei quando se dirigiam à sua tenda. Seus lordes estavam do lado de fora, dando cobertura para a retirada e gritando para que fugisse.

— Ele fugiu?

A expressão sombria do mensageiro nos diz que não, e que talvez os lordes tenham perdido a vida por nada.

— Não vi. Vim avisá-la. A batalha está perdida. É melhor que fuja. Acho que talvez estejam com o rei.

Ela vira-se para mim.

— Busque o príncipe — ordena.

Sem uma palavra, corro ao quarto dele e me deparo com o menino com sua capa de viagem e calções de montaria, seus brinquedos e livros empacotados. O tutor está ao lado dele.

— Vossa Graça, a rainha, ordena que o filho dela venha imediatamente — anuncio.

O homem vira-se severamente para o menino de 6 anos.

— Está pronto, Vossa Graça?

— Estou pronto. Agora estou pronto — responde o pequeno príncipe com valentia.

Estendo a mão, mas ele não a pega. Vai para a porta e espera que eu a abra. Em outro momento, seria divertido. Hoje não.

— Ah, vamos! — digo com impaciência, abro a porta e o apresso.

No salão, as caixas de joias da rainha e os baús de roupas estão sendo levados às pressas para as cavalariças. A rainha está do lado de fora, sua guarda está montando. Ela puxa o capuz para cobrir a cabeça e faz um sinal para o filho quando ele sai do castelo comigo.

— Monte seu cavalo, temos de nos apressar — diz ela. — Os malvados lordes York venceram e talvez tenham capturado seu pai. Temos de levá-lo para um local seguro. Você é a nossa única esperança.

— Eu sei — retruca ele gravemente, e sobe no cepo quando lhe trazem seu cavalo.

— Jacquetta — ela se volta para mim —, mandarei buscá-la, assim que eu estiver em segurança.

Minha cabeça está tonta com a velocidade da debandada.

— Aonde está indo?

— Para Jasper Tudor, em Gales, por enquanto. Se pudermos invadir o país a partir de lá, será isso que vou fazer. Senão da França ou da Escócia. Reconquistarei a herança do meu filho, isso foi apenas um revés.

Ela se debruça em sua sela, beijo-a e passo a mão em seu cabelo sob o capuz.

— Boa sorte. — Tento afastar as lágrimas de meus olhos, mas mal posso tolerar vê-la partindo com sua bagagem, sua guarda pessoal e seu filhinho pequeno do país para onde eu a trouxe tão cheia de esperanças. — Boa sorte.

Permaneço no pátio, enquanto o pequeno séquito dirige-se à estrada e depois parte, a meio galope, para o oeste. Ela ficará em segurança se chegar a Jasper Tudor. É um homem leal e luta por suas terras em Gales desde que as recebeu da rainha. Mas e se a pegarem no meio do caminho? Estremeço. Se a pegarem no meio do caminho, ela e a Casa de Lancaster estarão perdidas.

Viro-me para o pátio. Os cavalariços estão levando tudo o que podem. A pilhagem dos bens reais está começando. Chamo um de meus homens e mando que guarde tudo o que é meu. Vamos partir imediatamente. Voltaremos para Grafton, e tudo o que posso fazer é desejar que Richard e Anthony vão para lá.

Grafton, Northamptonshire, Verão de 1460

É uma viagem cansativa até Grafton, cerca de 160 quilômetros pela região rural, leal a Warwick, o invasor. A cada parada trocam-se notícias, todos dominados pelo pânico: o que sabemos? O que vimos? E sempre: a rainha está trazendo seu exército nesta direção? Instruo meus homens a dizerem que sou uma viúva viajando em peregrinação, e passamos a primeira noite em uma abadia, a segunda, em uma casa paroquial e, a terceira, em um celeiro, sempre evitando as hospedarias. Ainda assim, as fofocas que circulam pelo país chegam até mim toda noite. Dizem que o rei foi levado para Londres e que Ricardo, duque de York, desembarcou, vindo da Irlanda, e que está se dirigindo, com pompa, à capital. Alguns afirmam que, quando ele chegar, se tornará protetor e regente mais uma vez, outros dizem que governará por trás do rei, que ele será sua marionete, seu fantoche. Não digo nada. Eu me pergunto se a rainha chegou em segurança a Gales, e se um dia tornarei a ver meu marido e meu filho.

Levamos quatro dias para chegar a Grafton, e quando pegamos o caminho tão familiar para a casa sinto meu coração se tornar mais leve.

Pelo menos verei meus filhos e ficarei com eles, segura e tranquila, enquanto as grandes mudanças no país acontecem sem mim. Pelo menos posso encontrar refúgio aqui. Então ouço o sino repicar no pátio, para avisar todos na casa da chegada de uma tropa armada, a nossa chegada. A porta da frente é aberta e alguns soldados saem para o pátio. Na frente deles — eu nunca o confundiria com nenhum outro, eu o reconheceria em qualquer lugar —, está meu marido, Richard.

Ele me vê no mesmo instante e desce pulando os degraus da casa. Vem tão rápido que meu cavalo recua, e tenho de refreá-lo no momento em que Richard me puxa da sela para os seus braços. Beija meu rosto e me agarro a ele.

— Está vivo! — digo. — Você está vivo!

— Eles nos deixaram partir assim que alcançaram a costa. Nem mesmo pediram um resgate. Simplesmente nos libertaram do castelo em Calais, e procurei um navio para nos trazer para casa. Desembarcamos em Greenwich.

— Anthony está com você?

— É claro. São e salvo.

Solto-me de seus braços para ver meu filho, sorrindo para mim da porta. Richard deixa que eu vá e corro para Anthony, que se ajoelha para receber a minha bênção. Sentir sua cabeça quente sob minha mão restaura a maior alegria da minha vida. Viro-me para meu marido e o abraço mais uma vez.

— Tem notícias?

— Os lordes York venceram. — Richard é direto, sem rodeios. — Londres recebeu-os como heróis. Lorde Scales tentou fugir da Torre e foi morto. O duque de York está indo para lá. Acho que o nomearão protetor. O rei está a salvo no Palácio de Westminster, completamente sob o controle de Warwick. Dizem que perdeu o juízo de novo. E a rainha?

Olho em volta na varanda de minha própria casa, receando que alguém me ouça e a traia.

— Foi para junto de Jasper Tudor — sussurro. — E de lá, irá para a França ou Escócia, acho.

Richard balança a cabeça.

— Entre — diz ele com delicadeza. — Deve estar exausta. Não correu perigo nas estradas?

Encosto-me a Richard e experimento a sensação familiar de alívio por ele estar do meu lado.

— De qualquer maneira, agora me sinto segura.

Grafton, Northamptonshire, Inverno de 1460-1461

Vivemos como quando éramos recém-casados, como se não tivéssemos nada a fazer a não ser conservar as terras ao redor de Grafton, como se não passássemos de um escudeiro e sua mulher. Não queremos a atenção dos lordes York enquanto se apropriam do país, impõem penalidades maciças sobre os que agora chamam de traidores e tiram postos e remuneração dos homens derrotados. Há ganância e sede de vingança, e tudo o que desejo é que nos ignorem. Vivemos de maneira sossegada, não queremos chamar atenção. Soubemos por fragmentos de comentários de viajantes que pedem abrigo por uma noite e por meio de visitas ocasionais, que o rei está vivendo tranquilamente no Palácio de Westminster, nos aposentos da rainha, enquanto seu primo conquistador, Ricardo, duque de York, instalou-se nos aposentos do próprio rei. Penso em meu rei nos apartamentos que conheço tão bem e rezo para que não adormeça de novo para escapar de um mundo que lhe é tão opressivo.

O duque forja um acordo extraordinário com o Conselho Privado e o Parlamento: ele será regente e protetor do reino até a morte do rei e, então, ele mesmo subirá ao trono.

Um mascate que passa com fitas e rosas brancas de York feitas de seda em sua bolsa diz que o rei concordou com os termos e que vai fazer os votos e se tornar monge.

— Ele não está na Torre? — pergunto, aflita. Tenho horror de imaginar o rei sendo enviado para a Torre.

— Não, está vivendo livre como um bobo da corte. E York será o próximo rei.

— A rainha nunca consentirá nisso — digo, de maneira imprudente.

— Ela está na Escócia, é o que dizem. — Ele espalha seus produtos diante de mim. — Já foi tarde! Que fique por lá, é o que digo. Quer um pouco de pimenta? Tenho pimenta e noz-moscada fresquinhas.

— Na Escócia?

— Dizem que tem se encontrado com a rainha escocesa e que vão nos atacar com um exército de harpias — responde ele, achando graça. — Um exército de mulheres... vai ser um horror! E este belo espelho? Veja, redes de cabelo tecidas com fio de ouro. Ouro de verdade, este aqui.

Celebramos o Natal em Grafton. Elizabeth vem com o marido, Sir John, e seus dois meninos: Thomas está com 5 anos, e Richard tem apenas 2. Todos os meus filhos vêm passar os 12 dias de festas, e a casa está viva com o canto, a dança e a correria pela escadaria de madeira. Para as seis crianças mais novas — de Katherine, com 2 anos, que só consegue cambalear atrás dos irmãos mais velhos, implorando que a esperem, até Edward, Margaret, Lionel, Eleanor e Martha, a mais velha do bando, agora com 10 anos —, o retorno dos irmãos e irmãs mais velhos é como uma explosão de alarido e animação. Richard e John são inseparáveis, rapazes de 14 e 15 anos, Jacquetta e Mary são jovens sérias e moram nas casas de vizinhos nesses tempos difíceis. Anthony e Anne são os mais velhos. Anne deveria estar casada, mas o que posso fazer quando o país está de cabeça para baixo e não há nem mesmo uma corte para ela servir como dama de companhia? E como vou achar uma noiva para Anthony quando não posso prever quem será rico e favorecido pelo rei no próximo mês — muito menos daqui a dez anos? Há um compromisso entre ele e a filha de lorde Scales, mas ele está morto, e sua família, em desgraça, como nós. E finalmente, e o mais desafiador para uma mãe como eu, que está planejando alianças para os filhos e procurando as grandes casas onde eles poderão aprender as habilidades de que precisam: como posso saber qual família permanecerá leal a Lancaster, quando a Casa de Lancaster é um rei vivendo nos aposentos da rainha, uma rainha ausente, e um menino de 7 anos? E ainda não consigo aceitar a ideia de uma aliança com quem quer que sirva à traiçoeira Casa de York.

Acho que manterei todos os filhos em casa, conosco, em Grafton, até a primavera, talvez por mais tempo. Não haverá posições para nós na nova casa real, que será a corte York. Como agora há funcionários, lordes e membros York no Parlamento, suponho que, em breve, haverá também cortesãos e damas de companhia. Cecily Neville, duquesa de York, no alto da roda da fortuna, está dormindo nos apartamentos do rei, sob um dossel tecido de ouro, como uma verdadeira rainha, e deve pensar que todo dia é Natal. Claramente, nunca poderemos frequentar uma corte York: duvido que algum de nós um dia perdoará ou esquecerá a humilhação sofrida no salão do Castelo de Calais. Talvez tenhamos de aprender a ser exilados em nossas próprias terras. Talvez agora, aos 45 anos, com minha filha mais nova aprendendo a falar, eu vá viver em um país semelhante ao de minha infância: com um rei no norte do reino e outro no sul, e todos sendo obrigados a escolher qual acham que é o legítimo, todos cientes de quem é seu inimigo e esperando pela vingança.

Realmente não tenho ânimo de planejar o futuro da nossa família em um mundo assim, em uma época como essa e, em vez disso, me conforto com o futuro das nossas terras. Começo a fazer planos de ampliar o pomar e ir a uma fazenda perto de Northampton para comprar algumas mudas de árvores. Richard me diz que os mares estão seguros para despachar mercadorias e que vai conseguir preços melhores para a lã de nossos carneiros este ano no mercado de Calais. As estradas que seguem para Londres estão seguras, o duque de York está restaurando o poder dos xerifes e ordenando que a justiça seja feita em cada condado. Aos poucos, os condados começam a se livrar dos bandidos e assaltantes de estrada. Nunca admitimos, nem mesmo um ao outro, que essas são grandes melhorias. Começamos a pensar, sem nunca dizer em voz alta, que talvez possamos viver assim, como proprietários rurais em um país em paz. Talvez possamos plantar um pomar, criar carneiros, ver nossos filhos se tornarem adultos sem temer a traição e a guerra. Talvez Ricardo, duque de York, tenha nos tirado da corte, mas nos deu paz no campo.

Então, no fim de janeiro, vejo três homens patinhando na estrada, os cascos de seus cavalos estilhaçando o gelo nas poças. Vejo-os da janela do quarto das crianças, onde observo Katherine dormir, e sei, no mesmo instante, que trazem más notícias e que esses meses frios de inverno e de sossego terminaram. Não era a paz, era apenas o intervalo habitual trazido pelo inverno em uma guerra sem fim. Uma guerra que prosseguirá para sempre, até todo mundo estar morto. Por um breve instante, chego a pensar em fechar as venezianas e fingir que não estou. Não terei de responder a um chamado que não ouço. Mas só por um instante. Sei que se for chamada, terei de ir. Servi aos Lancaster durante toda a minha vida e não posso falhar agora.

Curvo-me sobre o pequeno berço, beijo Katherine na testa macia e quente e saio do quarto, fechando a porta sem fazer ruído. Desço a escada devagar, olhando por cima do corrimão de madeira, enquanto Richard joga uma capa ao redor dos ombros, pega sua espada e sai para ver quem são os visitantes. Espero no salão, escutando com atenção.

— Sir Richard Woodville, lorde Rivers? — diz o primeiro homem.

— Quem quer falar com ele?

O homem baixa a voz.

— A rainha da Inglaterra. Vai responder a ela? Continua leal?

— Sim — replica Richard concisamente.

— Eu trouxe esta carta. — O homem a estende.

Pela fresta da porta, vejo Richard pegá-la.

— Vá até os fundos, pelos estábulos — instrui ele. — Servirão comida e cerveja para vocês. É um dia frio. Vão para o salão e se aqueçam. Esta é uma casa leal, mas não é preciso dizer a ninguém de onde vêm.

O homem faz uma saudação de agradecimento, e Richard vem para o hall de entrada, rompendo o lacre.

— "Saudações, queridos..." — começa a ler e se interrompe. — É uma carta padrão, provavelmente ela enviou centenas. É uma convocação.

— Às armas? — Sinto o gosto do meu próprio medo.

— Anthony e eu. Vamos a York, onde ela está reunindo as tropas.

— Vão mesmo? — Quase lhe peço que recuse.

— Tenho de ir. Talvez essa seja a última chance. — Ele lê a carta toda e dá um longo assobio. — Meu Deus! Os homens da rainha capturaram Ricardo, duque de York, e o mataram. — Ele ergue os olhos para mim e cerra o punho com a carta. — Meu Deus! Quem poderia imaginar? O lorde protetor está morto! Ela venceu!

— Como? — Não consigo acreditar nesse salto repentino para a vitória. — O que está dizendo?

— Ela escreve que o duque simplesmente partiu de seu castelo, provavelmente o Castelo de Sandal... Por que ele faria isso? Pode-se defender esse castelo por um mês! E foi morto. Meu Deus, não consigo acreditar. Jacquetta, esse é o fim da campanha York. É o fim dos York. Ricardo de York está morto! E o filho dele também.

Respiro fundo, como se a morte dele fosse uma perda também para mim.

— O jovem Eduardo não! Não Eduardo de March!

— Não, o outro filho, Edmundo. Eduardo de March está em algum lugar em Gales, mas não pode fazer nada agora que o pai está morto. Estão acabados. Os York foram derrotados. — Ele vira a carta. — Veja, ela escreveu uma nota no fim da carta. Diz: "Prezado Sir Richard, venha imediatamente. A maré está mudando a meu favor. Coroamos Ricardo de York com uma coroa de papel e pusemos sua cabeça em uma estaca em

Micklegate. Em breve, colocaremos a de Warwick ao lado, e tudo voltará a ser como deve ser." — Ele põe a carta na minha mão. — Isso muda tudo. Consegue acreditar? Nossa rainha venceu, nosso rei foi restaurado.

— Ricardo de York está morto? — Pego a carta e a leio.

— Agora ela pode derrotar Warwick — diz meu marido. — Sem a aliança com York, é um homem morto. Ele perdeu o regente e lorde protetor, está tudo acabado. Não há mais ninguém que possa aspirar ao trono. O rei, mais uma vez, é o único homem que pode ser rei. A Casa de York acabou, só há a Casa de Lancaster. Cometeram um erro que lhes custou tudo o que tinham. — Ele dá um assobio e pega a carta de volta. — A roda da fortuna girou, e eles foram reduzidos a nada.

Observo por cima do ombro dele o garrancho familiar da rainha na carta do escrivão. No canto, ela escreveu: *Jacquetta, venha imediatamente.*

— Quando partimos? — pergunto. Sinto vergonha de minha relutância ao ouvir essa convocação às armas.

— Temos de ir já.

~

Tomamos a grande estrada para York, ao norte, certos de que o exército da rainha estará marchando para Londres e que o encontraremos no caminho. A cada parada durante os dias frios, nas hospedarias e abadias durante a noite ou nas grandes casas, as pessoas estão falando sobre o exército da rainha como se fosse uma brigada estrangeira, uma fonte de terror. Dizem que ela tem soldados da Escócia e que eles marcham descalços sobre pedras, o torso nu até mesmo no pior clima. Não têm medo de nada e comem carne crua. Eles capturam o gado nos pastos e arrancam a carne de seus flancos com as próprias mãos. A rainha não tem dinheiro para pagá-los e os autorizou a pegar o que conseguirem carregar se a levarem a Londres e arrancarem o coração do conde de Warwick.

Dizem que ela deu o país ao rei da França em troca do apoio dele. Ele vai navegar Tâmisa acima e devastar Londres. Vai reivindicar cada porto no litoral sul. Margarida já lhe cedeu Calais, e vendeu Berwick e Carlisle à rainha dos escoceses. Newcastle será a nova fronteira, pois o norte nos foi perdido para sempre, e Cecily Neville, a viúva York, será uma camponesa escocesa.

Não há como argumentar contra esse misto de terror e verdade. A rainha, uma mulher de armadura que lidera seu próprio exército, mãe de um filho concebido por um marido adormecido, uma mulher que usa alquimia e, possivelmente, magia negra, uma princesa francesa aliada de nossos inimigos, tornou-se um objeto de horror para o povo de seu país. Com os escoceses apoiando-a, tornou-se uma rainha do inverno, uma rainha que surge das trevas do norte, como uma loba.

Paramos por duas noites em Groby Hall para ver Elizabeth e nos encontrarmos com o marido dela, Sir John Grey, que reuniu seus soldados e marchará para o norte conosco. Elizabeth está tensa e infeliz.

— Não suporto ficar esperando notícias — diz ela. — Mande me buscar assim que puder. A espera é terrível. Queria que não tivessem de partir de novo.

— Eu também — concordo com ela baixinho. — Nunca viajei com o coração tão pesado. Estou farta de guerra.

— Não pode se recusar a ir?

Balanço a cabeça, negando.

— Ela é minha rainha e minha amiga. Se não for por dever, irei por amor a ela. Mas e você, Elizabeth? Não quer ficar com as crianças em Grafton enquanto estamos fora?

Ela dá um sorriso torto.

— Meu lugar é aqui. E Lady Grey não gostaria que eu partisse. Temo tanto por John.

Ponho a mão sobre seus dedos inquietos.

— Tem de ficar calma. Sei que é difícil, mas tem de ficar calma e esperar pelo melhor. Seu pai já partiu para mais de uma dezena de batalhas, e todas as vezes foram tão horríveis quanto a primeira. Mas ele sempre voltou para casa, para mim.

Ela pega minha mão.

— O que a senhora vê? — pergunta Elizabeth. — O que vê para John? É por ele que temo, muito mais do que por Anthony ou papai.

— Não posso prever. Sinto como se eu estivesse esperando por um sinal, como se todos estivéssemos. Quem imaginaria que isso iria acontecer quando trouxemos Margarida de Anjou, aquela menina bonita, para a Inglaterra?

Em Marcha, Primavera de 1461

Cavalgamos como uma pequena tropa: meu genro John, Richard, Anthony e eu na frente de nossos arrendatários e dos criados da casa. Não podemos avançar mais rápido, e a estrada está inundada em algumas partes. À medida que seguimos para o norte, começa a nevar. Penso nos sinais que milorde John, duque de Bedford, pediu-me para ver. Lembro-me da visão de uma batalha na neve, que terminou em sangue, e me pergunto se estamos nos dirigindo a ela.

Finalmente, no terceiro dia, o batedor que Richard despachou na frente retorna a trote largo e diz que todos os moradores da região rural trancaram suas portas e janelas porque acreditam que o exército da rainha está a um dia de distância. Richard ordena uma pausa na viagem, e vamos a uma fazenda pedir uma cama para a noite e um celeiro onde nossos homens possam dormir. O lugar está deserto; trancaram a porta e abandonaram a casa. Preferiram ir para as colinas a acolher a legítima rainha da Inglaterra. Arrombamos a porta e entramos, saqueamos comida, acendemos o fogo, ordenamos que os homens fiquem no celeiro e no pátio e que não toquem em nada. Mas todos os objetos de valor já foram levados e escondidos. Quem quer que morasse ali temia a rainha como um ladrão na noite. Não deixaram nada para ela e seu exército. Certamente nunca lutariam por ela. Tornou-se uma inimiga para o seu próprio povo.

No dia seguinte, ao alvorecer, entendemos o motivo. Há um estrondo na porta da frente e, quando me levanto, me deparo com um rosto desvairado olhando furiosamente pela janela. Em um instante a vidraça é quebrada, e um homem está no quarto. Atrás dele, outro passa pela janela, com uma faca entre os dentes.

— Richard! — grito, pego minha faca e o encaro. — Sou a duquesa de Bedford, amiga da rainha!

O homem responde alguma coisa, mas não entendo nem uma palavra sequer.

— Sou da Casa de Lancaster! — Tento em francês: — *Je suis la duchesse de Bedford.*

— Fique pronta para dar um passo para o lado — diz Richard, em tom baixo, atrás de mim. — Pule para a direita assim que eu mandar... Já!

Arremesso-me para a direita e ele se joga à frente. O homem se curva sobre a espada de Richard com um gorgolejo horrível. Sangue jorra de sua boca; ele cambaleia, as mãos estendidas na minha direção, e cai no chão, gemendo terrivelmente. Richard põe o pé na barriga do homem e puxa a espada. Há um jato de sangue escarlate, e o sujeito grita de dor. O companheiro dele desaparece pela janela no momento em que Richard se arqueia com sua adaga e corta-lhe a garganta, como se abatesse um porco.

Faz-se silêncio.

— Você está bem? — pergunta Richard, limpando a espada e a adaga no cortinado da cama.

Sinto o vômito subir pela garganta. Ponho a mão na boca e corro para a porta.

— Aqui — diz meu marido, apontando para a lareira. — Não sei se a casa está segura.

Vomito na lareira, o cheiro se misturando com o de sangue quente, e Richard dá um tapinha nas minhas costas.

— Preciso ver o que está acontecendo lá fora. Tranque-se aqui dentro, coloque as barras nas janelas. Mandarei um homem guardar a porta.

Ele desaparece antes de eu ter tempo de protestar. Vou à janela para trancar as venezianas. Lá fora, nas trevas invernais, vejo duas tochas ao redor do celeiro, mas não dá para saber se são nossos homens ou os escoceses. Tranco as venezianas. O quarto fica escuro como breu, mas sinto o cheiro do sangue do homem morto se esvaindo lentamente de seus ferimentos. Procuro a cama, tateando e contornando o corpo. Estou com tanto medo de que, do inferno, ele estenda os braços e agarre meu tornozelo que mal consigo chegar à porta e trancá-la, como Richard mandou. Então, medonhamente, o cadáver fresco e eu ficamos ali, trancafiados, juntos.

Há gritos lá fora e o súbito e aterrador ressoar de uma trombeta. Ouço Richard do lado de lá da porta:

— Pode sair agora. A rainha está chegando, e os homens dela retornaram às fileiras. Aqueles eram os batedores, ao que parece. Eram do nosso lado.

Minhas mãos estão tremendo quando destravo a porta e a abro. Richard segura uma tocha, e a luz bruxuleante confere a ele uma expressão severa.

— Pegue sua capa e suas luvas — diz. — Vamos entrar em formação.

Tenho de passar de novo pelo homem morto para pegar minha capa, aberta sobre a cama para nos aquecer. Não olho para ele, e o deixamos ali, sem confissão que o absolva, sufocado por seu próprio sangue, com a garganta cortada.

— Jacquetta! — diz a rainha.

— Margarida. — Abraçamo-nos, nossas faces bem próximas. Sinto a energia de sua alegria e o otimismo correndo pelo corpo magro. Sinto o cheiro do perfume em seu cabelo, e sua gola de pele faz cócegas em meu queixo.

— Vivi tantas aventuras! Não vai acreditar nas viagens que tive de fazer. Você está bem?

Ainda me sinto tremer por causa do choque da violência no quarto.

— Richard teve de matar um de seus homens. Ele entrou pela janela do quarto.

Ela balança a cabeça como se reprovasse uma falha de caráter sem importância.

— Ah, eles são incorrigíveis! Não servem para nada a não ser matar gente. Mas precisa ver nosso príncipe. É um rapaz nascido para ser rei. Tem sido muito valente. Tivemos de ir para Gales e, de lá, embarcar em um navio para a Escócia. Fomos atacados e naufragamos! Não vai acreditar.

— Margarida, o povo está aterrorizado com o seu exército.

— Sim, eu sei. Eles são terríveis. Você vai ver. Temos muitos planos!

Ela está radiante: é uma mulher poderosa, finalmente livre para assumir seu poder.

— Tenho os lordes de Somerset, Exeter e Northumberland — prossegue ela. — O norte da Inglaterra é nosso. Marcharemos para o sul e, quando Warwick aparecer para defender Londres, nós o esmagaremos.

— Ele pode sublevar Londres contra você — advirto-a. — A região rural está aterrorizada com seu exército e não o acolherá.

Ela dá uma gargalhada.

— Sublevei escoceses e o norte contra ele — replica a rainha. — Vão estar apavorados demais até mesmo para erguer uma arma. Estou entrando na Inglaterra como uma loba, Jacquetta, com um exército de lobos. Estou no alto da roda da fortuna: este é um exército invencível porque ninguém se atreverá a entrar em campanha contra ele. As pessoas fogem de nós antes mesmo de chegarmos. Tornei-me uma rainha má para o meu povo, um flagelo para o país, e vão se lamentar por já terem levantado uma espada ou um forcado contra mim.

~

Vamos para o sul com o exército da rainha; a realeza segue na frente dos homens que marcham. Há saques e terror por onde passamos, causando uma destruição de que temos conhecimento, mas preferimos ignorar. Alguns dos homens se afastam da formação principal para roubar comida, entram à força nos celeiros, atacam lojas e pequenas fazendas isoladas e exigem o alistamento dos homens nas aldeias. Outros são homens enlouquecidos, homens do norte, como os vikings, que lutam com um furor frenético, matando por matar, roubando igrejas, violando mulheres. Levamos terror à Inglaterra, somos como a peste em nosso próprio povo. Richard e alguns lordes sentem-se profundamente envergonhados e fazem tudo o que podem para impor alguma ordem ao exército, controlando seus próprios recrutas, exigindo que os escoceses entrem em formação e marchem. Mas alguns dos outros lordes, a própria rainha e até mesmo seu filho parecem se deleitar em punir o país que os rejeitou. Margarida é como uma mulher livre dos grilhões da honra. Está livre para ser o que quiser pela primeira vez na vida, livre do marido, livre das restrições da corte, livre das maneiras cautelosas de uma princesa francesa. Está livre, enfim, para ser má.

No segundo dia de nossa marcha, seguimos na frente do exército quando vemos um cavaleiro solitário à margem da estrada, esperando nossa passagem. Richard faz um movimento com a cabeça para Anthony e John.

— Vão ver quem é — diz ele. — Cuidado. Não vai ser bom descobrir que é um batedor e que Warwick está do outro lado da colina.

Meus dois garotos dirigem-se a meio galope ao homem, segurando as rédeas com a mão esquerda, a direita baixada e aberta, para mostrar que não estão segurando uma arma. O homem trota na direção deles, fazendo o mesmo gesto. Param para conversar brevemente, e em seguida os três vêm até nós.

O estranho está sujo de lama da estrada, e o pelo de seu cavalo está emaranhado de suor. Não está armado. Tem uma bainha à cintura, mas perdeu a espada.

— É um mensageiro — diz Anthony para a rainha, que freou o cavalo e está esperando. — Temo serem más notícias, Vossa Graça.

Ela aguarda impassivelmente, como uma rainha deve esperar por más notícias.

— Eduardo de March surgiu de Gales como um sol no inverno — começa o homem. — Eu estava lá. Jasper Tudor enviou-me para lhe dizer para tomar cuidado com o sol em esplendor.

— Ele não disse isso — interrompe meu marido. — Jasper Tudor nunca enviaria tal mensagem. Diga-nos o que lhe ordenaram dizer, tolo, e não floreie.

Repreendido, o homem endireita o corpo sobre a sela.

— Tudor me mandou dizer o seguinte: o exército dele foi derrotado, e ele está escondido. Enfrentamos a brigada York e perdemos. Sir William Herbert liderou os York contra nós. Eduardo de March estava ao seu lado. Romperam a linha galesa e investiram direto contra nós. Jasper me mandou avisá-la. Ele estava vindo se unir à Vossa Graça quando Eduardo bloqueou o caminho.

A rainha balança a cabeça.

— Jasper Tudor virá se unir a nós?

— Metade do exército dele está morto. Os York estão por toda parte. Duvido que ele consiga vir. Deve estar morto agora.

Ela respira fundo, mas nada diz.

— Houve uma visão — fala o homem, olhando de esguelha para Richard.

— Quem mais a viu? — pergunta meu marido com irritação. — Alguém? Ou só você? Ou apenas acha que viu alguma coisa?

— Todo mundo viu. Por isso perdemos. Todos viram.

— Isso não tem importância.

— Qual foi a visão? — pergunta a rainha.

Meu marido suspira e revira os olhos. O mensageiro responde:

— Aconteceu no céu, acima de Eduardo de March, quando ele levantou seu estandarte: o sol da manhã apareceu e, então, houve três sóis. Três sóis no céu acima dele, o sol do meio irradiando-se sobre sua cabeça. Foi como um milagre. Não sabíamos o que significava, mas vimos que ele foi abençoado. Não sabemos por quê.

— Três sóis — repete a rainha. Vira-se para mim. — O que isso significa?

Desvio o olhar, como se ela pudesse ver refletidos nos meus olhos os três sóis que vi nas águas do Tâmisa. Esses são os três sóis que reconheço, os três sóis que vislumbrei. Mas não soube, então, o que significavam, e continuo sem saber.

— Disseram que foi a Santíssima Trindade honrando Eduardo de March. Mas por que Pai, Filho e Espírito Santo abençoariam um rebelde? Alguns disseram que eram ele e seus dois irmãos que estão vivos, nascidos para ascenderem bem alto.

A rainha olha para mim. Meneio a cabeça e permaneço em silêncio. Quando saí naquele amanhecer frio e olhei para o brilho das águas do rio, esperava ver em que estação o rei se recuperaria. Estava procurando o aparecimento do meu rei, mas vi três sóis nascendo na bruma e refulgindo intensamente.

— O que isso significa? — O homem faz a pergunta olhando na minha direção, como se esperasse que eu soubesse.

— Nada — diz Richard inflexivelmente. — Significa que houve uma alvorada brilhante e todos vocês ficaram deslumbrados por causa do medo. Não quero saber de visões, quero saber sobre a marcha dele. Se Eduardo trouxer seus soldados para o oeste e marchar o mais rápido que pode, quando acha que ele chegará a Londres?

O homem reflete. Está tão exausto que não consegue calcular os dias.

— Uma semana? Três, quatro dias? — pergunta. — Ele é rápido. O comandante mais rápido que já vi em batalha. Ele poderia estar aqui amanhã?

∼

Nessa noite, meu marido desaparece do nosso acampamento e só retorna tarde, quando a rainha está prestes a se retirar.

— Vossa Graça, peço sua permissão para um amigo se unir a nós.

Ela se levanta.

— Ah, Richard, você é um bom homem a meu serviço. Trouxe-me um grande comandante, Sir Andrew Trollope, que conquistou Ludford para nós sem levantar a espada. Quem você tem agora?

— Preciso ter sua promessa solene de que o perdoará de seus erros anteriores.

— Eu o perdoo — diz ela sem hesitar.

— Ele está perdoado? — confirma Richard.

— Ele receberá o perdão real. Você tem minha palavra.

— Então, apresento Sir Henry Lovelace, que sente orgulho em servi-la.

A rainha estende a mão, e o amigo de Richard adianta-se, faz uma reverência, e a beija.

— Nem sempre foi meu amigo, Sir Henry — observa ela calmamente.

— Eu não sabia, então, que York tentaria tomar a coroa. Uni-me a ele somente para ver o conselho bem-dirigido. E agora York está morto. Uno-me ao exército de Vossa Graça tardiamente: antes de sua última batalha e da vitória final, eu sei. Mas estou orgulhoso por poder servi-la.

Ela sorri para ele, ainda capaz de lançar mão daquele encanto irresistível.

— Estou contente por tê-lo em meu serviço. E será bem-recompensado.

— Sir Henry contou-me que Warwick entrincheirou-se em St. Albans — intervém Richard. — Temos de derrotá-lo antes que Eduardo de March apareça com reforços.

— Não temos medo de um garoto de 19 anos, temos? Andrew Trollope comandará meu exército com você, lorde Rivers. E atacaremos imediatamente, como propõe.

— Vamos traçar um plano — retruca Richard. — E Sir Henry voltará para Warwick e servirá do lado dele até nos unirmos. Marcharemos hoje à noite, no escuro. Com sorte, os atacaremos quando pensarem que ainda estamos a um dia de distância.

A rainha sorri para ele.

— Estarei pronta — diz ela.

~

Esperamos. O exército real, junto com as forças escocesas, segue silenciosamente pela estrada, na escuridão. Os escoceses estão descalços, não têm cavalos, podem desaparecer na noite sem nenhum ruído. Gostam de surgir inesperadamente do escuro, para matar. Richard está na liderança, nosso filho Anthony comanda uma tropa, e John lidera a cavalaria. A rainha e eu cochilamos em nossas cadeiras, cada uma de um lado da lareira em brasa do salão do convento de frades dominicanos em Dunstable. Vestimos roupas de montaria; estamos prontas para cavalgar e prosseguir viagem ou fugir, dependendo da sorte da batalha. Ela mantém o príncipe ao seu lado, embora ele esteja irrequieto, brincando com sua insígnia do cisne. Diz que quer montar com os homens, que só tem 7 anos mas que é o bastante para matar seus inimigos. Ela ri, mas nunca o refreia.

St. Albans, Primavera de 1461

Temos de esperar o dia inteiro. Quando escurece, um dos criados da rainha conduz seu cavalo na nossa direção e diz que a cidade foi tomada, que St. Albans é nossa. Assim, a terrível vergonha de nossa derrota anterior é apagada. O príncipe abandona sua insígnia e corre para pegar a espada, e a rainha dá ordens para prosseguirmos. Enquanto seguimos para o sul, animados com o nosso triunfo, a guarda ao nosso redor com as espadas empunhadas, ouvimos os sons da batalha, os disparos erráticos com pólvora úmida. Começa a nevar, e flocos frios se desfazem sobre nossos ombros e nossas cabeças. Ocasionalmente vemos homens fugindo da batalha, vindo em nossa direção na estrada, mas, ao verem nossos soldados brandindo suas espadas, eles saltam por cima de um portão ou se escondem nas moitas e desaparecem. Não é possível saber se são homens de Warwick ou não.

Paramos do lado de fora da cidade, e a rainha manda dois batedores. Retornam exultantes.

— Warwick reuniu seus homens em Nomansland Common, e disparou contra os nossos homens. Mas então Sir Henry Lovelace retirou seus homens do exército York, deixando uma lacuna na formação deles, e a nossa cavalaria atacou.

A rainha fecha o punho e o comprime contra a garganta.

— E?

— Rompemos a linha! — grita o homem.

— Hurra! — grita o príncipe. — Hurra!

— Derrotamos Warwick?

— Ele ordenou a retirada, partiu como um gato escaldado. Seus homens ou estão fugindo ou se rendendo. Vencemos, Vossa Graça. Vencemos!

A rainha está rindo e chorando ao mesmo tempo, o príncipe está fora de si de excitação. Empunha sua pequena espada e a gira acima da cabeça.

— E o rei? — pergunta ela. — E meu marido, o rei?

— Lorde Warwick o levou para a batalha. Mas abandonou-o, assim como toda a bagagem, quando fugiu. Ele está aqui, Vossa Graça.

Ela parece aturdida. Estão longe um do outro há sete meses. Ela, na estrada, em esconderijos ou marchando com o exército, vivendo como um bandoleiro, como um ladrão; ele, nos aposentos da rainha no Palácio de Westminster ou rezando em um mosteiro, frágil como uma garota. É claro que ela teme que Henrique tenha perdido o juízo de novo. É claro que receia ter se tornado uma estranha para ele.

— Levem-me até ele. — Margarida olha para mim. — Venha comigo, Jacquetta. Cavalgue comigo.

Ao longo da estrada, os feridos e derrotados afastam-se do caminho para nos dar passagem, as cabeças baixas, as mãos estendidas, temendo serem golpeados. Ao nos aproximarmos da cidade, os mortos jazem nos campos. Na rua principal, os excelentes arqueiros de Warwick estão caídos entre seus arcos, os crânios rachados por machados de guerra, os ventres abertos por espadas. A rainha passa a cavalo por tudo isso, cega à desgraça, e o príncipe segue ao seu lado, radiante com a nossa vitória, sua pequena espada estendida à frente.

Armaram um acampamento para a rainha longe dos horrores da cidade. O estandarte real agita-se sobre sua tenda; dentro dela, há um braseiro aceso e tapetes para cobrir a lama. Entramos em um local que serve como sala de audiências; há outra tenda pequena, atrás, que servirá como seu quarto. Margarida senta-se em uma grande cadeira e fico de pé do seu lado, o príncipe entre nós duas. Pela primeira vez em dias, ela parece em dúvida. Seus olhos encontram os meus.

— Não sei como ele vai estar. — É tudo o que diz. Põe a mão no ombro do príncipe. — Leve-o para fora se o pai dele não estiver bem — pede-me ela, em tom baixo. — Não quero que veja...

O tecido que cobre a tenda se abre, e introduzem o rei. Está agasalhado em uma veste longa, botas de montaria, uma capa grossa sobre os ombros, o capuz puxado sobre a cabeça. Atrás dele, à entrada, reconheço lorde Bonville e Sir Thomas Kyriell, homens que serviram com meu primeiro marido na França, homens leais, homens bons, que se uniram à causa York no começo e permaneceram com o rei durante toda a batalha para mantê-lo a salvo.

— Ah — diz o rei vagamente ao ver a rainha e o filho. — Ah... Margarida.

Um arrepio percorre a espinha dela ao ver — como todos nós vemos — que ele não está bem. Mal consegue se lembrar do nome da esposa. Dá um sorriso distante para o príncipe, que se ajoelha para receber sua bênção. Coloca uma das mãos distraidamente sobre a cabeça do menino.

— Ah... — Dessa vez sua mente aturdida não consegue se lembrar do nome do próprio filho. — Ah... sim.

O príncipe se levanta. Olha para o pai.

— Estes são Sir Thomas e lorde Bonville — diz o rei à sua mulher. — Eles têm sido muito bons... muito bons.

— Como? — pergunta ela com desprezo.

— Eles me mantiveram entretido — replica ele, sorrindo. — Enquanto isso tudo estava acontecendo, sabe. Enquanto o barulho continuava. Jogamos bolas de gude. Eu ganhei. Gostei de jogar enquanto havia barulho.

A rainha olha para lorde Bonville. Ele leva um dos joelhos ao chão.

— Vossa Graça, ele está muito fraco — explica. — Às vezes não sabe quem é. Ficamos com ele para impedir que saísse vagando e fosse ferido. Ele se perde quando não é vigiado. E, então, fica aflito.

A rainha põe-se de pé com um pulo.

— Como se atreve? Este é o rei da Inglaterra. Ele está perfeitamente bem.

Bonville é silenciado pela expressão no rosto de Margarida, mas Sir Thomas Kyriell mal a escuta; está observando o rei. Adianta-se para segurar Henrique, que oscila e parece prestes a cair. Ele guia o rei até a cadeira vazia da rainha.

— Não, receio que ele não esteja bem — contesta ele gentilmente, ajudando Henrique a se sentar. — Não distingue um falcão de um serrote, Vossa Graça. Está distante de nós todos, que Deus o abençoe.

A rainha vira-se para seu filho com o rosto lívido de ódio.

— Estes senhores mantiveram seu pai prisioneiro — diz ela sem rodeios. — Qual a morte que deseja para eles?

— Morte? — Bonville ergue o olhar, chocado.

Sir Thomas, ainda segurando a mão do rei para confortá-lo, exclama:

— Vossa Graça! Nós o protegemos. Foi-nos prometido o salvo-conduto. Ele nos deu sua palavra!

— Qual a morte que deseja para estes rebeldes? — repete a rainha, olhando fixamente para o filho. — Para estes homens que mantiveram seu pai prisioneiro e agora se atrevem a me dizer que ele está doente?

O menino põe a mão no punho de sua espada, como se quisesse matá-los ele mesmo.

— Se fossem homens comuns, eu os enforcaria — replica ele com sua voz aguda de criança, cada palavra muito bem proferida, como seu tutor havia lhe ensinado. — Mas como são lordes e pares do reino, digo que devem ser decapitados.

A rainha balança a cabeça para seus guardas.

— Façam o que o príncipe disse.

— Vossa Graça! — Sir Thomas não levanta a voz para não assustar o rei, que está agarrando sua mão.

— Não vá, Sir Thomas — implora o rei. — Não me deixe aqui com... — Ele olha de relance para a rainha, mas não consegue lembrar o nome dela de novo, em seu cérebro confuso. — Podemos jogar de novo — diz ele, como se para tentar seu amigo a ficar com ele. — Você gosta de jogar.

— Vossa Graça. — Sir Thomas pega a mão do rei e a fecha delicadamente, em um afago. — Preciso que diga à rainha que cuidei de Vossa Graça. Disse que devíamos ficar juntos e que assim estaríamos seguros. Deu-nos a sua palavra! Lembra-se? Não permita que a rainha mande nos decapitar.

O rei parece confuso.

— Dei? — pergunta ele. — Ah, sim, dei. Prometi que ficariam a salvo. Er... Margarida, não vai fazer mal a estes homens, vai?

A expressão dela é gélida.

— De jeito nenhum. Não precisa se preocupar. — Aos guardas, ela diz: — Levem-nos.

— Margarida — falo em um sussurro urgente —, eles têm a palavra do rei.

— Três idiotas juntos. — A voz dela tem um tom de desprezo. Aos guardas, repete: — Levem-nos.

~

Somos alojados nos dormitórios da Abadia de St. Albans, com vista para o pomar congelado. A batalha se deu nas ruas ao redor da abadia, e muitos dos feridos estão indo para a sala capitular e para os celeiros, onde as freiras cuidam deles. Quando morrem, os monges os carregam para fora para serem enterrados. Consegui uma banheira para Richard, e ele está se lavando com cântaros de água. Foi ferido no braço que empunha a espada, e lavei-o com água aromatizada, que trouxe de casa, enfaixando-o bem apertado. Anthony, graças a Deus, está ileso.

— Onde está John? — pergunto. — Está com a cavalaria?

Richard está de costas para mim quando se levanta na banheira, entornando água pelo chão. Não vejo seu rosto.

— Não.

— Onde ele está?

O silêncio dele me deixa alerta.

— Richard, ele está ferido? Richard? Ele está aqui, na abadia?

— Não.

Estou com medo.

— Onde ele está? Não está ferido? Tenho de ir vê-lo. Tenho de mandar notícias para Elizabeth, eu prometi que mandaria.

Richard amarra um lençol ao redor da cintura e sai da banheira, estremecendo ligeiramente. Senta-se do lado da pequena lareira.

— Lamento, Jacquetta. Ele está morto.

— Morto? — repito, de maneira idiota.

— Sim.

— John? — insisto.

Ele assente com a cabeça, confirmando.

— Mas a cavalaria rompeu a linha de Warwick. Venceram a batalha por nós. A cavalaria venceu essa batalha.

— John estava no comando. Uma lança perfurou sua barriga. Está morto.

Sento-me pesadamente no banco.

— Elizabeth vai ficar arrasada — digo. — Meu Deus. Ele não era mais do que um menino. E você saiu ileso tantas vezes!

— É sorte. Ele não teve sorte, só isso. Foi desafortunado, que Deus o tenha. Previu isso?

— Nunca enxerguei um futuro para eles — confesso, com tristeza. — Mas não disse nada e deixei que se casassem. Mas foi um bom casamento, e eu queria Elizabeth bem-casada e rica. Eu devia tê-la avisado, eu devia tê-lo avisado. Às vezes, tenho a Visão, mas é o mesmo que ser cega.

Ele pega a minha mão.

— É a Fortuna, só isso. Uma deusa cruel. Vai escrever a Elizabeth? Posso enviar um homem com a mensagem.

— Vou para junto dela. Não quero que saiba por outra pessoa que não eu. Irei e contarei eu mesma.

≈

Parto de St. Albans ao amanhecer e cavalgo pelos campos. Durmo uma noite em uma abadia, e outra, em uma estalagem. É uma viagem cansativa, mas o céu cinzento e as vias enlameadas combinam com o meu humor. Faço parte de um exército vitorioso em uma campanha vitoriosa, mas nunca me senti tão derrotada. Penso nos dois lordes de joelhos diante de Margarida e na hostilidade no rosto dela. Penso no filho dela, o nosso pequeno príncipe, e em sua voz aguda e infantil ao ordenar que os dois bons homens fossem mortos. Cavalgo cegamente, mal enxergando o caminho. Sei que estou perdendo minha fé.

Levo dois dias para chegar à aldeia de Groby, e quando atravesso os grandes portões desejo não estar lá. A própria Elizabeth abre a porta e, assim que me vê, sabe por que vim.

— Ele está ferido? — pergunta ela, mas percebo que sabe que o marido está morto. — Veio me buscar?

— Não, sinto muito, Elizabeth.

— Não está ferido?

— Está morto.

Eu tinha pensado que ela desmaiaria, mas minha filha recebe o golpe e se recompõe, ficando bem ereta.

— E perdemos de novo? — pergunta ela impacientemente, como se não fizesse nenhuma diferença.

Desço do cavalo e passo as rédeas para o cavalariço, para quem ordeno:

— Alimente-o, dê-lhe de beber e esfregue o pelo. Terei de partir depois de amanhã. — Para Elizabeth, digo: — Não, querida. Vencemos. Seu marido comandou o ataque que rompeu a linha de Warwick. Foi um ato de grande bravura.

Ela olha para mim com seus olhos cinzentos inexpressivos por causa do sofrimento.

— Bravura? Acha que valeu a pena? Essa vitória em uma pequena batalha, mais uma batalha, mais uma pequena vitória, em troca do meu marido?

— Não — respondo francamente. — Pois vai haver outra batalha, e seu pai e Anthony combaterão de novo. E virão outras e mais outras.

Ela assente.

— Pode contar para a mãe dele? — pergunta.

Atravesso o limiar para as sombras mornas de Groby Hall e sei que tenho de fazer a pior entre as piores coisas que uma mulher pode infligir a outra: contar a ela que seu filho está morto.

~

Quando volto para St. Albans, encontro quase toda a cidade vazia, os mercados devastados, as casas trancadas. O povo da cidade está aterrorizado com o exército da rainha, que saqueou tudo o que tem valor e roubou todos os alimentos em um raio de mais de 15 quilômetros.

— Graças a Deus está de volta — diz Richard, ajudando-me a desmontar no pátio em frente à abadia. — É como tentar comandar o inimigo. Os monges abandonaram a abadia, o povo fugiu da cidade. E o prefeito de Londres mandou chamá-la.

— A mim?

— Quer que você e a duquesa de Buckingham encontrem-se com ele e cheguem a algum acordo sobre a entrada do rei e da rainha em Londres.

Olho para meu marido, perplexa.

— Richard, Londres tem de admitir o rei e a rainha da Inglaterra.

— Não vão fazer isso — replica meu marido, simplesmente. — Ouviram dizer como as coisas são por aqui. Os mercadores não terão esse exército perto de seus armazéns, de suas lojas e de suas filhas se puderem impedir. Simples assim. O que você tem a fazer é tentar um acordo que permita que a rainha e o rei fiquem no Palácio de Westminster com seu pessoal, enquanto o exército se aloja e se alimenta do lado de fora da cidade.

— Por que eu? Por que não o chefe da Casa Real? Ou o confessor do rei?

O sorriso dele é amargo.

— Na verdade, é uma honra para você. Os londrinos não confiam em ninguém. Em ninguém do exército dela, em nenhum dos conselheiros do rei. Confiam em você porque se lembram de sua chegada a Londres como uma bela duquesa, tanto tempo atrás. Lembram-se de você na Torre, quando Jack Cade chegou. Lembram-se de você em Sandwich, quando Warwick a deteve. Acham que podem confiar em você. E você pode se encontrar com a duquesa de Buckingham lá.

Ele põe o braço ao redor de minha cintura e a boca em meu ouvido.

— Pode fazer isso, Jacquetta? Se não puder, diga, e voltaremos para Grafton.

Apoio-me nele por um momento.

— Estou farta disso — falo baixinho. — Estou farta de luta, estou farta de mortes, e não acho que o trono da Inglaterra deva ser confiado a Margarida. Não sei o que fazer. Refleti sobre tudo isso no caminho para Groby e na volta, e não sei o que pensar ou qual é o meu dever. Não consigo ver o futuro; nem mesmo sei o que devemos fazer amanhã.

A expressão de Richard é grave.

— Essa é minha casa — diz ele, simplesmente. — Meu pai serviu à Casa de Lancaster, e eu também. Meu filho me segue. Mas isso exige demais de você, meu amor. Se quiser ir para casa, deve ir. A rainha terá de dispensá-la. Se Londres barrar a entrada da rainha, será por culpa exclusivamente dela.

— Realmente a deixariam fora de sua própria cidade?

Ele confirma com a cabeça.

— Ela não é amada, e seu exército é um terror.

— Não pediram a ninguém mais que falasse por ela?

Ele sorri maliciosamente.

— Somente a bela duquesa.

— Então, devo ir — decido, com alguma relutância. — Londres tem de admitir o rei e a rainha da Inglaterra. O que será do país se fecharem as portas a seu próprio rei? Vencemos a batalha, ela é rainha, e temos de poder entrar em Londres.

— Pode ir agora? — pergunta ele. — Pois imagino que Warwick foi ao encontro de seu amigo Eduardo de March e que ambos estão vindo nos atacar. Temos de colocar o rei e a rainha na Torre de Londres e fazê-los tomar posse da cidade imediatamente. Depois, podem negociar ou lutar. Mas temos de manter o reino.

Olho para o pátio das cavalariças, onde os animais da cavalaria do exército real balançam suas cabeças por cima das baias. Um deles é o de John Grey, sem seu cavaleiro para sempre.

— Posso ir agora — respondo.

Ele assente com um movimento da cabeça. Trazem-me um cavalo descansado, Richard me ajuda a montar. A porta da abadia se abre, e a rainha sai.

— Eu sabia que iria por mim — diz ela, com seu sorriso mais doce. — Concordaria em fazer qualquer coisa por mim. Temos de estar em Londres antes de Eduardo chegar.

— Farei o que puder — afirmo. — Como está Sua Graça, o rei, hoje?

Ela inclina a cabeça em direção à abadia.

— Rezando. Se guerras fossem vencidas com orações, teríamos ganho cem vezes seguidas. E veja se consegue fazê-los nos enviar comida. Não posso evitar que meu exército roube. — Olha para Richard. — Dei ordens, mas os oficiais não conseguem comandá-los.

— Nem mesmo o próprio demônio vindo do inferno conseguiria — concorda Richard com gravidade. Ele pousa a mão em meu joelho e volta-se para mim. — Estarei esperando por você. Anthony comandará sua guarda. Você estará segura.

Olho rapidamente na direção de Anthony, que está montando. Ele lança um sorriso para mim.

— Então, vamos.

Meu filho grita a ordem à nossa guarda e partimos para o sul, na estrada para Londres.

∾

Encontramo-nos com Anne, duquesa de Buckingham, e seu pequeno séquito a alguns quilômetros da cidade. Sorrio para a duquesa, e ela me responde com um ligeiro meneio de cabeça, como se me dissesse que mal pode acreditar que estamos solicitando a entrada da família real na capital.

Ela perdeu um filho nessa guerra, e seu rosto sulcado parece exausto. A duquesa segue na frente para o Bishopsgate, onde o prefeito e os conselheiros municipais vêm ao nosso encontro. Não querem nos admitir nem mesmo nos portões da cidade. A duquesa senta-se ereta em sua sela, com uma expressão autoritária, mas eu desmonto, o prefeito beija minha mão e os membros de seu secretariado tiram as boinas e fazem uma mesura quando sorrio. Atrás deles, vejo os mercadores de Londres e as figuras eminentes da cidade. Esses são os homens que devo persuadir.

Digo-lhes que o rei e a rainha, a família real da Inglaterra, com seu filho, o príncipe, solicitam a entrada em sua própria casa, em sua própria cidade. Esses homens negarão ao rei ungido o direito de se sentar no próprio trono ou dormir na própria cama?

Vejo-os murmurar entre si. O senso de propriedade é um argumento poderoso para esses homens que trabalharam tão arduamente para construir suas belas casas. Será negado ao príncipe o direito de caminhar no jardim de seu pai?

— Seu próprio pai o renegou! — grita alguém lá atrás. — O rei Henrique não dorme na própria cama nem se senta na própria cadeira desde que passou tudo isso ao duque de York! E a rainha fugiu. Foram eles que cederam o palácio, não nós. É culpa deles se não estão em casa.

Recomeço, dirigindo-me ao prefeito em voz alta e clara, de forma que eu possa ser ouvida nas ruas, além do arco de pedra do portão. Digo que as mulheres da cidade sabem que a rainha deve ser admitida para educar o príncipe em seu próprio palácio, que uma mulher tem direito à própria casa. Argumento que o rei tem de ser o senhor do próprio lar.

Alguém ri da menção ao rei e grita uma piada obscena: ele nunca foi o senhor do próprio lar e, provavelmente, sequer de sua própria cama. Percebo que os meses do governo York os deixou com a certeza de que o rei não tem nenhum poder, de que não está apto a governar, como os lordes York alegaram.

— Eu ia enviar ao exército da rainha a comida de que precisam — diz-me o prefeito a meia voz. — Por favor, assegure Sua Graça disso. As carroças estavam prontas para partir, mas os cidadãos impediram. Têm muito medo dos escoceses em seu exército. O que ouvimos dizer é horrível. Resumindo, não vão deixá-los entrar, e não vão deixar que eu envie suprimentos.

— Pessoas estão deixando a cidade — adianta-se um conselheiro municipal. — Fecharam suas casas e estão indo para a França, e isso porque a rainha está em St. Albans. Ninguém vai ficar em Londres se ela se aproximar daqui. A duquesa de York mandou seus filhos George e Ricardo para Flandres, para se protegerem, e essa é a duquesa que se rendeu a ela uma vez! Agora, ela jura que não se renderá novamente. Ninguém confia na rainha, todos temem seu exército.

— Não há nada a temer — insisto. — Vou lhe fazer uma proposta: e se a rainha concordar em deixar o exército do lado de fora? Então, poderiam permitir a entrada da família real e daqueles que servem sua casa. O rei e a rainha devem ficar a salvo na Torre de Londres. Não podem lhes recusar isso.

Ele volta-se para os conselheiros mais velhos e conferenciam entre si.

— Estou pedindo isso em nome do rei da Inglaterra — digo. — Todos vocês juraram-lhe lealdade. Agora, ele pede para ser admitido em sua cidade.

O prefeito vira-se para mim.

— Se o rei garantir a nossa segurança, nós o admitiremos, junto com a família real e o seu pessoal. Mas não os escoceses. E o rei e a rainha têm de prometer que o exército será mantido fora dos muros, que a cidade não será saqueada. Quatro de nós a acompanharemos para dizer isso à rainha.

Anthony, que permaneceu em silêncio enquanto fiz meu trabalho e não saiu de trás de mim, austero como um comandante, ajuda-me a montar. Segura meu cavalo quando o prefeito se aproxima para falar a sós. Inclino-me à frente para ouvi-lo.

— O coitado do rei parou de chorar? — pergunta ele. — Quando viveu aqui, sob o comando do duque de York, chorava o tempo todo. Ia à Abadia de Westminster e media o espaço para o próprio túmulo. Dizem que nunca sorria, só chorava o tempo todo, como uma criança infeliz.

— Ele está feliz com a rainha e seu filho. — Meu tom de voz é firme, ocultando meu embaraço diante do relato. — E está forte, dando ordens. — Não digo que a ordem foi para acabarem com a pilhagem da abadia e da cidade de St. Albans, e que ela não surtiu nenhum efeito.

— Obrigado por ter vindo, Vossa Graça — fala ele, recuando.

— Deus abençoe a bela duquesa! — alguém grita na multidão.

Rio e ergo a mão.

— Lembro-me de quando era a mulher mais bela da Inglaterra — diz uma mulher, no portão.

Dou de ombros.

— Acho que agora é a minha filha — replico.

— Então, Deus abençoe seu rosto bonito e a traga a Londres, para que todos possamos vê-la — graceja alguém.

Anthony monta e dá a ordem para partirmos. Os quatro conselheiros se posicionam atrás de mim e da duquesa, e juntos seguimos para o norte, para dizer à rainha que a cidade vai deixá-la entrar, mas que nunca admitirá seu exército.

~

Deparamo-nos com a rainha e seu séquito em Barnet, a menos de 18 quilômetros ao norte de Londres: perigosamente próximos, como observam os conselheiros municipais que viajam conosco. A rainha selecionou os soldados que avançam com ela; os piores foram mantidos a certa distância em Dunstable, onde estão se divertindo destruindo a cidade.

— Metade deles simplesmente desertou — explica Richard melancolicamente, no caminho para a sala de audiências da rainha. — Não se pode culpá-los. Não podíamos alimentá-los e ela havia dito a eles que nunca os pagaria. Cansaram de esperar para entrar em Londres e foram para casa. Que Deus proteja as aldeias por onde passarem.

A rainha ordena que os conselheiros, a duquesa de Buckingham e eu voltemos a Londres e exijamos a entrada da família real com quatrocentos homens.

— Isso é tudo! — diz ela com irritação. — Certamente, você vai conseguir a minha entrada com um séquito que Ricardo, duque de York, consideraria irrisório!

Cavalgamos na frente dos soldados e chegamos a Aldgate, onde o prefeito vem ao nosso encontro de novo.

— Vossa Graça, não posso deixar que entrem. — Ele olha nervosamente para os homens em formação atrás de mim, com Richard na frente. — Se dependesse de mim, eu deixaria, mas os cidadãos de Londres não querem os soldados da rainha em suas ruas.

— Não são homens do norte — falo em tom moderado. — Veja, usam a libré dos lordes Lancaster, homens que circulam pela cidade o tempo todo. Veja, são comandados por meu marido, um lorde que conhecem bem. Pode confiar neles, pode confiar na rainha quando ela dá sua palavra. E são apenas quatrocentos homens.

Ele baixa os olhos para o pavimento de pedras, ergue-os para o céu, para os soldados atrás de mim, para toda parte. Mas não me encara.

— A verdade é que a cidade não deseja a rainha, nem o rei, nem o príncipe aqui — diz, por fim. — Não deseja nenhum deles. Quer jurem vir em paz ou não.

Por um momento, não consigo argumentar. Eu também pensei que não queria a rainha nem o rei nem o príncipe em minha vida. Mas quem está ali senão eles?

— Ela é a rainha da Inglaterra.

— Ela é a nossa ruína — replica ele, de maneira hostil. — O rei é um bendito tolo. E o príncipe não foi gerado por ele. Lamento, Lady Rivers. Lamento muito. Mas não posso abrir os portões à rainha nem a ninguém da sua corte.

Há um grito e o som de passos correndo para o portão. Os soldados atrás de mim seguram suas armas e ouço Richard ordenar "Calma!" enquanto Anthony dá um passo rápido para ficar do meu lado, com a mão no punho de sua espada.

Um homem corre até o prefeito e sussurra algo com urgência ao seu ouvido. Ele vira-se furioso para mim, seu rosto inflamado de raiva.

— Sabia disso?

Balanço a cabeça.

— Não. Seja o que for. Não sei de nada. O que está acontecendo?

— Enquanto estamos aqui, conversando, a rainha mandou um grupo atacar Westminster.

Há um clamor de fúria na multidão.

— Mantenham a formação, não se movam! — grita Richard à nossa guarda. — Cerrem fileiras.

— Eu não sabia — retruco rapidamente ao prefeito. — Juro por minha honra que eu não sabia. Eu não o trairia.

Ele balança a cabeça.

— A rainha é desleal e um perigo, e não queremos mais nada dela. Usou-a para nos distrair e tentou nos dominar pela força. Ela é desleal. Diga-lhe para ir embora e levar seus soldados junto. Nunca vamos admiti-la. Faça-a ir embora, duquesa, ajude-nos. Livre-se dela. Salve Londres. Tire a rainha da nossa porta. — Ele faz uma reverência para mim e se vira. — Duquesa, estamos contando com milady para nos livrar dessa loba — grita, atravessando o grande arco do portão. Ficamos em formação enquanto as grandes portas de Aldgate são fechadas, batidas na nossa cara e, então, ouvimos as barras sendo colocadas no portão.

~

Marchamos para o norte. Parece que, apesar de termos vencido a última batalha, estamos perdendo a Inglaterra. Atrás de nós, Londres abre os portões para o jovem Eduardo, filho mais velho e herdeiro do duque de York, e o levam para o trono e o proclamam rei.

— Isso não significa nada — diz a rainha enquanto cavalgamos lado a lado na estrada para o norte. — Isso não me perturba.

— Ele foi coroado rei — comenta Richard à noite. — Isso significa que Londres fechou as portas para nós, mas admitiu-o e o coroou rei. Certamente isso é alguma coisa.

— Sinto que a decepcionei. Eu deveria ter sido capaz de persuadi-los a deixá-la entrar.

— Enquanto ela enviava seus soldados para Westminster? Você teve sorte em nos tirar de lá sem um levante. Talvez a tenha decepcionado, mas salvou Londres, Jacquetta. Nenhuma outra mulher teria feito isso.

York, Primavera de 1461

O rei, a rainha, o príncipe e os membros de sua casa estão em York: a família real na abadia; o restante de nós onde foi possível encontrar um quarto na cidade. Richard e Anthony partem imediatamente com o exército comandado pelo duque de Somerset para bloquear a estrada para o norte e preparar a resistência a Warwick e ao menino que agora se diz rei: o belo filho de Cecily Neville, Eduardo.

O rei Henrique mostra-se à altura do perigo; suas faculdades mentais se aguçam na estrada, e ele escreve uma carta ao exército de Eduardo, repreende-os pela rebelião e ordena que venham para o nosso lado. A rainha sai diariamente com o príncipe, convocando homens, mandando que abandonem suas aldeias e ocupações para se unirem ao exército e defenderem o país contra os rebeldes e seu líder, o falso rei.

Andrew Trollope, o melhor general real, aconselha que o exército se posicione no alto das colinas, a aproximadamente 22 quilômetros ao sul de York. Coloca lorde Clifford com uma guarda avançada para impedir que o exército inimigo atravesse o rio Aire. Clifford corta os esteios da ponte, derrubando-a, de modo que o jovem Eduardo, que sobe a estrada que vem de Londres, não tenha como atravessá-la. Audaciosamente, Eduardo ordena seus homens a entrarem na água. Enquanto a neve cai em torvelinho à luz do anoitecer, eles trabalham na reconstrução da ponte, com água gelada até a cintura e a forte correnteza invernal. É fácil para lorde Clifford atacá-los, matar lorde Fitzwalter e acabar com a tropa. Richard envia-me um bilhete: *A inexperiência de Eduardo custou-lhe caro. Pusemos em ação a primeira cilada. Que vá para Towton e veja o que temos lá para ele.*

Então, aguardo mais notícias. A rainha vai para o Castelo de York, e nós duas colocamos nossas capas e subimos a Torre de Clifford. Os exércitos estão longe demais para que possamos vê-los e a luz do dia está indo embora, mas ambas olhamos para o sul.

— Pode desejar que ele morra? — pergunta ela. — Pode matá-lo?

— Warwick?

Ela nega, balançando a cabeça.

— Warwick é capaz de mudar de lado, eu sei. Não, amaldiçoar esse garoto Eduardo, que se atreve a chamar a si mesmo de rei.

— Não sei fazer essas coisas e nunca quis saber. Não sou uma bruxa, Margarida, nem mesmo sou curandeira. Se eu pudesse fazer alguma coisa neste instante, tornaria meu filho e meu marido invulneráveis.

— Eu amaldiçoaria Eduardo. Eu o mataria.

Penso no jovem da idade do meu filho, o belo menino de cabelos dourados, o orgulho da altiva duquesa Cecily. Penso nele perdendo o controle em Calais e em seu rápido enrubescimento de vergonha quando lhe contei que protegemos sua mãe. Penso nele curvando-se sobre minha mão no lado de fora dos apartamentos da rainha em Westminster.

— Tenho simpatia por ele — digo. — Não lhe desejaria mal. Além do mais, outra pessoa o matará por você antes de o dia acabar. Só Deus sabe como tem havido mortes o bastante.

Ela estremece e puxa o capuz.

— Vai nevar. É tarde, este ano, para nevar.

Vamos jantar na abadia, e o rei conduz a esposa pelo salão tomado por aqueles que a servem em sua casa.

— Escrevi a Eduardo, conde de March — diz ele, em sua voz aguda. — Pedi-lhe uma trégua amanhã. Será Domingo de Ramos. Ele não pode pensar em lutar no Domingo de Ramos. É o dia da entrada de Nosso Senhor em Jerusalém. Ele deveria querer passar o dia rezando. Nós estaremos orando nesse dia santo. É a vontade de Deus.

A rainha troca um rápido olhar comigo.

— Ele respondeu? — pergunto.

O rei baixa os olhos.

— Lamento dizer que recusou a trégua. Arriscará a sorte da guerra no mesmo dia em que Nosso Senhor entrou em Jerusalém. Eduardo pretende partir de manhã, na mesma manhã que Nosso Senhor foi para a Sua cidade santa. Deve ser um jovem muito insensível.

— Ele é muito mau. — Margarida mal contém a irritação. — Mas será vantajoso para nós.

— Vou ordenar ao duque de Somerset que não ataque — diz o rei. — Nossos homens não devem guerrear em um domingo, não no Domingo de Ramos. Devem apenas permanecer em suas fileiras, para demonstrar a nossa fé em Deus. Se Eduardo atacar, devem dar-lhe a outra face.

— Temos de nos defender — insiste a rainha. — E Deus abençoará a nós todos, mais ainda, por nos defendermos contra esse ato ímpio.

O rei reflete.

— Talvez Somerset devesse se retirar até segunda-feira?

— Ele está em uma boa posição, Vossa Graça — observo com delicadeza. — Talvez devamos esperar e ver o que acontece. Ofereceu uma trégua santa, e deve ser o bastante.

— Vou perguntar ao bispo qual é a opinião dele — retruca o rei. — E hoje à noite rezarei por orientação. Rezarei por toda a noite.

O rei faz sua vigília na igreja da abadia, os monges andando de um lado para o outro enquanto ele reza. Vou para a cama, mas estou alerta também. Não consigo dormir pensando em Richard e Anthony lá fora no frio, a noite toda, com o vento do norte soprando neve, à espera de uma batalha prevista para o dia seguinte, um dia santo.

De manhã, o céu está pesado e branco, como se as nuvens pressionassem os muros da cidade. Por volta das nove horas começa a nevar, grandes flocos brancos girando em círculos vertiginosos, caindo no solo congelado. A cidade parece se encolher sob os flocos cada vez mais espessos.

Vou para os aposentos da rainha e a encontro perambulando pelos cômodos, com as mãos dentro das mangas do vestido, para se aquecerem. O rei está rezando na abadia, e ela está dando ordens para que preparem sua bagagem de novo.

— Se vencermos, avançaremos para Londres e, dessa vez, abrirão os portões para mim. Senão... — Não conclui a frase, e nós duas fazemos o sinal da cruz.

Vou até a janela. Mal vejo os muros da cidade, pois a vista é ofuscada por uma nevasca. Ponho as mãos acima dos olhos, lembro-me da visão de uma batalha no alto de uma colina esbranquiçada. Porém não vejo os estandartes e, quando a neve ficar vermelha, não sei qual sangue a estará manchando.

Esperamos, esperamos o dia inteiro por notícias. Um ou dois homens vêm mancando para York, com ferimentos a serem tratados, e dizem que estão em uma boa posição na encosta, mas que a neve atrapalha os arqueiros e impossibilita o uso do canhão.

— Com ele, é sempre assim — comenta a rainha. — O garoto Eduardo sempre luta no mau tempo, parece até que nasceu dele. Sempre traz uma tempestade.

O banquete é servido no salão, mas quase não há ninguém para comer: somente o pessoal da casa, os homens que estão velhos demais ou frágeis demais para serem forçados a lutar ou mutilados em batalhas anteriores a serviço da rainha. Olho para um criado, que é hábil com o único braço que lhe restou, e sinto um arrepio ao pensar em meu filho intacto na neve, enfrentando um ataque da cavalaria.

A rainha senta-se com arrogância na mesa principal, seu filho ao lado, e finge fazer uma refeição. Estou na cabeceira da mesa de suas damas e forço um pouco de ensopado. Os que não têm nem marido nem filhos nem irmãos no campo conhecido como North Acres comem com apetite. Os demais estão nauseados de medo.

À tarde, uma sequência regular de homens começa a chegar da batalha, aqueles que ainda podem andar. Contam que há centenas de homens agonizando na estrada para York, que há milhares de mortos no campo de batalha. O hospital da abadia, o hospital dos pobres, o hospital dos leprosos — todos os santuários e estalagens abrem as portas e se põem a improvisar ataduras grosseiras, a pôr compressas nos feridos, a amputar. Na maioria das vezes, começam a empilhar os cadáveres para serem enterrados. Parece um cemitério. O portão sul da cidade recebe um fluxo constante de homens cambaleando como bêbados, sangrando como bezerros abatidos. Quero descer para olhar cada rosto, com medo de encontrar Richard ou Anthony me encarando de volta com o olhar vazio, o rosto destruído por uma das novas armas ou esmagado por um machado. Mas me obrigo a ficar à janela nos apartamentos da rainha, com uma costura nas mãos, sempre atenta ao estrondo de um exército se aproximando.

Anoitece. O dia se encerrou? Ninguém pode lutar no escuro, mas os sinos tocam para as completas e ninguém ainda veio nos dizer que vencemos. O rei está ajoelhado na abadia desde as nove horas da manhã, e agora são nove da noite. A rainha manda seus camareiros buscarem-no, para que ele coma e vá se deitar. Eu e ela esperamos acordadas ao lado de um fogo que se extingue, os pés da rainha sobre a caixa de joias, sua capa estendida na cadeira ao lado.

Ficamos sentadas a noite toda e, ao alvorecer, na luz fria da manhã de começo da primavera, há uma batida violenta na porta da abadia, e Margarida sobressalta-se. Ouvimos o porteiro abrir a porta devagar e uma voz perguntar pela rainha. Ela pega rapidamente sua capa e desce, me dizendo:

— Acorde o rei.

Corro aos apartamentos do rei e sacudo seus camareiros para acordá-los.

— Notícias da batalha. Preparem Vossa Graça para partir — digo brevemente. — Já.

Então desço correndo para o grande hall de entrada e me deparo com um homem com a libré de Clifford, ajoelhado diante da rainha.

Ela vira o rosto pálido para mim e, por um momento, vejo a garota assustada que não ia se casar a menos que alguém lesse a sorte para ela. Naquele dia, não previ essa cena. Gostaria de ter sido capaz de preveni-la.

— Perdemos — diz ela, desolada.

Avanço um passo.

— Meu marido? — pergunto. — Meu filho?

O homem balança a cabeça.

— Não sei, Vossa Graça. Eram muitos. O campo ficou coberto de cadáveres, como se todos na Inglaterra estivessem mortos. Nunca vi... — Ele põe as mãos sobre os olhos. — Alguns estavam fugindo por uma pequena ponte — prossegue ele. — Os York os perseguiram, e houve luta na ponte. Ela cedeu, e todos caíram na água: Lancaster, York, todos juntos. E afogaram-se em suas armaduras pesadas. O campo está coberto de cadáveres; o rio corre vermelho, cheio de homens, e a neve cai sobre tudo, como lágrimas.

— E quanto a seu senhor? — sussurra Margarida. — Lorde Clifford?

— Morto.

— Meu comandante, Sir Andrew Trollope.

— Morto. E lorde Welles, e lorde Scrope. Centenas de lordes, milhares de soldados. Parecia o dia do juízo final, quando os mortos surgem da terra, mas não se movem. Não se levantam. Todos os homens da Inglaterra caíram. As guerras agora têm de acabar, pois todos estão mortos.

Vou para perto dela e seguro sua mão gélida. O rei desce a escadaria e olha para nós duas, de mãos dadas, horrorizado.

— Temos de ir — diz Margarida. — Perdemos a batalha.

Henrique balança a cabeça.

— Eu o avisei — fala ele com irritação. — Eu não queria um combate em um dia santo, mas ele não quis me ouvir.

Atrás do rei, os camareiros carregam sua Bíblia e seu crucifixo, seu genuflexório e o altar. Os baús com as roupas e peles de Margarida vêm logo em seguida.

Saímos para o pátio.

— Vem comigo? — pergunta ela, como uma menina. — Não quero ir sozinha.

Nem por um instante penso em ir com ela. Vou deixá-la agora, mesmo que não a reveja nunca mais.

— Tenho de procurar por Richard e Anthony — respondo, mal conseguindo falar. — Tenho de encontrar seus corpos. Talvez eu precise enterrá-los. Depois irei para junto dos meus filhos.

Ela assente. Os cavalos estão selados e prontos. Os bens são colocados em uma carroça, suas joias são atadas ao animal que ela está montando. O príncipe já está na sela, bem agasalhado em sua capa de montaria. Ele usa uma boina na cabeça, a insígnia do cisne presa na frente.

— Seremos vingados — garante ele, animado. — Verei os traidores mortos. Juro.

Meneio a cabeça. Estou farta de vinganças.

A rainha é erguida para a sela, e vou até ela.

— Aonde vai?

— Vamos nos reagrupar. Não podem ter morrido todos eles. Recrutaremos mais homens. Conseguirei mais dinheiro da Escócia, da França. Tenho o rei, tenho o príncipe. Nós voltaremos, e eu colocarei a cabeça de Eduardo de March na estaca em Micklegate, ao lado da cara apodrecida do pai dele. Não vou parar. Não enquanto tiver o meu filho. Ele foi concebido para ser rei, nasceu para ser rei, e eu o eduquei para ser rei.

— Eu sei. — Afasto-me, e ela levanta a mão para dar o sinal para partirem. Então, aperta o punho nas rédeas e olha para mim, seu rosto cheio de amor. Ela estende a mão para o alto e faz, com o dedo, o sinal da roda da fortuna. Pressiona os calcanhares nos flancos do cavalo e parte.

~

Durante o dia todo, mais e mais homens chegam mancando à cidade, procurando comida, procurando alguém que enfaixe seus ferimentos. Envolvo-me em minha capa, busco meu cavalo no estábulo e parto na direção oposta à da corte real: sigo para o sul, pela estrada para Towton, olhando no rosto das centenas e centenas de homens por que passo, procurando reconhecer alguém. Espero encontrar Richard ou Anthony, e sinto medo ao ver um homem pulando, apoiado em uma muleta improvisada; paraliso-me ao enxergar o cabelo castanho encaracolado em uma cabeça jogada em uma vala, o sangue coagulado nos fios. Desço a estrada com um único homem à minha frente, e sempre que encontramos um soldado a cavalo com a cabeça baixa e curvado na sela, pergunto se viu lorde Rivers ou se sabe o que aconteceu ao seu destacamento. Ninguém sabe.

Começo a compreender que foi uma longa batalha, muito longa, travada na neve tão densa que não era possível enxergar nada além da ponta da própria espada. Inimigos apareciam indistintamente em meio à brancura ofuscante, os homens lutavam e eram derrubados às cegas. Os arqueiros de Lancaster disparavam contra o vento e erravam o alvo. Os yorkistas, com o vento às costas, dispararam para o cimo da colina e derrubaram os lancastrianos, que esperavam para atacar. Quando as linhas se encontraram, os soldados colidiram, golpearam e trespassaram uns aos outros, sem saber o que estavam fazendo nem quem estava vencendo. Um homem me conta que, quando a noite caiu, metade dos sobreviventes se deixou cair no campo de batalha e dormiu entre os mortos, cobertos de neve, como se todos devessem ser enterrados juntos.

A estrada está apinhada de homens, tão esfarrapados em suas fardas e roupas de batalha que não distingo uns dos outros. Seu grande número e sua desgraça me forçam a sair do caminho. Posiciono-me sobre uma arcada e os observo enquanto passam. Parece que nunca terá fim, essa procissão de homens que escaparam da morte, mas que ainda estão ensanguentados, feridos e molhados da neve.

— Milady mãe? Milady mãe?

Ouço a voz e, por um momento, penso que ela é fruto da minha imaginação.

— Anthony? — digo, incrédula. Esgueiro-me do meu cavalo e avanço aos tropeções, até quase submergir no mar de feridos que esbarram em mim e me empurram. Olho para os rostos cinzentos, chocados. — Anthony? Anthony!

Ele se afasta de um grupo de homens. Meu olhar o percorre dos pés à cabeça em um instante, e percebo seus olhos exaustos, seu sorriso triste, seu corpo ileso. Está estendendo os braços para mim, e suas mãos, suas mãos preciosas, estão inteiras, não lhe falta nenhum dedo, seus braços não estão dilacerados. Ele está de pé, ereto. Está sem o elmo, e seu rosto, embora exausto, não está ferido.

— Você está bem? — pergunto, incrédula. — Meu filho, você está bem? Não foi ferido?

Seu sorriso perdeu o brilho da alegria.

— Estou ileso. Agradeço a Deus, que me protegeu durante toda a longa noite e durante o dia. O que está fazendo aqui? Isso aqui parece o inferno.

— Procurando por você — respondo. — E... Anthony, onde está seu pai?

— Ah! — exclama ele, ciente do que estou pensando. — Ah, não, não, mãe. Ele está bem. Não está ferido. Está... — Procura com os olhos. — Ali está ele.

Viro-me e lá está Richard. Quase não o reconheço. Seu peitoral está amassado perto do coração, seu rosto, enegrecido pela fumaça e sangue. Ele vem na minha direção, como sempre faz, como se nada pudesse nos separar.

— Richard — sussurro.

— Meu amor — diz ele, com a voz rouca.

— Você está bem?

— Sempre volto para você.

Vamos para o oeste, afastando-nos da estrada para York, obstruída por homens que caem de joelhos e gritam por água, homens que andam em meio àqueles que sucumbiram. Cavalgamos pelo campo aberto, atravessando a vasta planície até encontrarmos uma fazenda onde nos permitem dormir no celeiro e nos lavarmos no córrego. Também nos vendem comida. Tomamos a sopa típica da fazenda: pedacinhos de cordeiro bem cozidos com mingau e cenouras e, para beber, cerveja fraca.

Depois que nós comemos e bebemos, pergunto a meu marido, com cuidado, pois receio sua resposta:

— Richard, a rainha está indo para o norte para reagrupar suas forças e, depois, vai para a Escócia, onde vai recrutar mais soldados. Ela disse que vai retornar. O que vamos fazer?

Silêncio. Anthony e Richard trocam um olhar demorado, como se temessem o que estão prestes a dizer.

— O que foi? — Olho de um para o outro. — O que aconteceu?

— Estamos acabados — responde Anthony. — Lamento, milady mãe. Entreguei minha espada. Jurei lealdade a York.

Fico pasma. Viro-me para Richard.

— Eu também — diz ele. — Eu não voltaria a servir à rainha, não nesse exército, não sob esse comando. De qualquer maneira, perdemos no campo de batalha, entregamos nossas espadas e nos rendemos. Pensei que Eduardo mandaria que fôssemos executados, mas... — Ele insinua um sorriso. — Foi misericordioso conosco. Pegou nossas espadas. Estou desonrado. Deixei de ser um cavaleiro. Lamento. Juramos vassalagem a ele, e é o fim para nós. Não posso pegar em armas contra ele. Fui derrotado e renunciei à minha espada. Jurei lealdade à Casa de York. Não posso servir a Henrique nem a Margarida. Eles agora são proscritos para mim.

Estremeço ao ouvi-lo usar seus nomes. Isso me diz que está tudo acabado, que tudo mudou.

— Henrique — repito, como se dissesse o nome pela primeira vez. — Chamou o rei de Henrique.

— O nome do rei é Eduardo — retruca meu marido, como se repetisse uma lição. — Rei Eduardo.

Balanço a cabeça. Embora tenha cavalgado o dia todo contra a maré de homens feridos, não tinha pensado em nossa causa como perdida. Estive com Margarida por tanto tempo que só consigo pensar em termos de batalhas. Achei que tínhamos perdido mais uma, mas que ainda haveria outra depois dessa. Agora observo o rosto cansado de meu marido e os olhos fundos de meu filho.

— Acha que Henrique e Margarida nunca mais recuperarão o trono? Ele me mostra a bainha vazia, onde sua bela espada costumava ficar.
— De qualquer maneira, eu não poderia ajudá-los. Entreguei minha espada ao novo rei. E jurei lealdade.
— Não somos mais da Casa de Lancaster? — Continuo sem acreditar. Anthony faz um gesto com a cabeça, confirmando.
— Acabou — diz ele. — E temos sorte de termos escapado com a cabeça sobre o pescoço.
— Isso é tudo o que importa — concordo, apegando-me à verdade.
— Isso deve ser tudo o que importa, no final. Você e seu pai estão vivos. De qualquer maneira, isso é o mais importante para mim.

Deitamo-nos nessa noite como uma família pobre, juntos, na palha, usando nossas capas para nos aquecer. Nossa pequena tropa de homens está no estábulo, com nossos cavalos. O braço de Richard me envolve durante a noite toda.
— Iremos para Grafton — digo-lhe em um sussurro antes de adormecer. — Seremos de novo uma família de escudeiros e pensaremos nisso tudo como um romance, como uma história que alguém, um dia, poderá escrever.

Grafton, Northamptonshire, Primavera de 1464

Reúno meus filhos ao meu redor, e Elizabeth vem de Groby Hall para casa com seus dois meninos. Está praticamente sem um tostão: sua sogra não lhe pagará o que tem direito por viuvez e, nesses tempos conturbados, não temos poder nem influência para fazê-la cumprir sua parte no contrato de casamento, que me deu tanto orgulho e prazer há apenas alguns anos e que, hoje, nada significa.

Richard e Anthony receberam o perdão oficial e foram designados para o Conselho Privado. O novo rei revela-se um comandante astuto de homens, um rei de todos os partidos. Governa com o conselho do conde de Warwick, que o colocou no trono, mas convoca o máximo possível de lordes para o governo. Não favorece os York e parece, realmente, querer ser um rei para todos no país. Alguns nobres vão para o exílio, alguns estão com a rainha — às vezes, na Escócia, às vezes, na França, sempre recrutando forças, ameaçando a Inglaterra, planejando o retorno. Acho que nunca mais a verei de novo, aquela bela jovem francesa que só se casaria se eu lhe dissesse qual seria o seu destino. De fato, é a roda da fortuna. Foi a mulher mais importante da Inglaterra e, agora, não conseguiria sequer um teto para ficar em seu próprio país. Em vez disso, é caçada como se fosse o último lobo.

Quase não ouço falar dela: as notícias que chegam até mim são as que circulam pela paróquia, e as fofocas vêm da cidade vizinha. Vejo meu Anthony casado com Elizabeth, filha de lorde Scales, e começo a pensar em parceiros convenientes para meus outros filhos. Porém não temos mais a riqueza e o poder de que usufruíamos quando Margarida de Anjou estava no trono e eu era sua melhor amiga e dama de companhia, e meu marido, um dos homens eminentes da corte. Agora somos apenas uma família de escudeiros de Grafton, e embora eu tenha interesse no cultivo do pomar e ainda mais em ficar com meus filhos e netos, é difícil olhar outros pequenos escudeiros rurais e pensar que meus filhos se casarão nesse meio. Espero mais para eles. Quero mais para eles.

Especialmente para minha Elizabeth.

Certo dia, na primavera, pego dentro do grande baú em meu quarto a bolsinha que minha tia-avó Jehanne me deu há tantos anos. Olho para os talismãs e reflito sobre todas as escolhas possíveis para Elizabeth: uma mulher jovem, mas não no frescor da juventude; uma beldade, mas não uma donzela; uma garota inteligente e instruída, mas não com a fé necessária para ser uma abadessa. Escolho o talismã em forma de navio, símbolo de que talvez ela faça uma viagem, escolho o talismã de uma casinha, símbolo de que ela talvez recupere suas terras e tenha uma casa para si mesma. Estou prestes escolher o terceiro talismã quando um deles se solta do bracelete e cai no meu colo. É um anel para um dedo pequeno, curiosamente moldado na forma de uma coroa. Levo-o para a luz e o examino. Vou experimentá-lo no meu dedo, mas hesito. Não o quero. Não sei o que significa. Amarro-o em uma linha preta comprida. Com dois pedaços de linha de igual tamanho, faço o mesmo com os outros talismãs. Saio de casa quando a lua prateada começa a nascer no céu pálido.

— Podemos ir junto, milady avó? — Os filhos de Elizabeth surgem de repente, com lama no rosto, como sempre. — Aonde vai com esta cesta?

— Não podem vir comigo. Estou procurando ovos de tarambola. Mas os levarei amanhã, se encontrar um ninho.

— Não podemos ir hoje? — pergunta Thomas, o mais velho.

Ponho a mão sobre a cabeça dele, e seus cachos sedosos me lembram os de Anthony quando ele era apenas um menininho adorável, como o meu neto.

— Não. Têm de ir para perto de sua mãe, jantar e ir para a cama quando ela mandar. Mas os levarei comigo amanhã.

Deixo-os. Atravesso o jardim de cascalhos na frente da casa, passo pelo portão da cancela e desço para o rio. Há uma pequena ponte, feita de duas pequenas tábuas, onde as crianças gostam de ir para pescar. Eu a atravesso, abaixando a cabeça por causa dos galhos do freixo, e sigo pelo pequeno barranco até o tronco da árvore.

Amarro as três linhas ao redor da árvore, e minha bochecha encosta na casca cinza e enrugada do tronco. Por um momento, escuto atenta. Quase ouço o coração da árvore bater.

— O que vai ser de Elizabeth? — sussurro, e é como se as folhas pudessem sussurrar de volta para mim. — O que vai ser de minha Elizabeth?

Nunca fui capaz de prever o futuro dela, embora, de todos os meus filhos, ela sempre tenha sido aquela que era dotada a ter o futuro mais promissor. Sempre achei que talvez fosse especialmente abençoada. Espero. As folhas farfalham.

— Não sei — digo a mim mesma. — Talvez o rio nos diga.

Cada talismã está, agora, amarrado à árvore com sua própria linha comprida preta, e quando os jogo no rio, o mais longe possível, ouço o som de três objetos caindo na água, como um salmão pulando alto. Eles logo desaparecem, as linhas tornando-se invisíveis.

Observo o movimento da água por um momento.

— Elizabeth — digo baixinho ao rio. — Diga-me o que será de Elizabeth, minha filha.

Nessa mesma noite, na hora do jantar, meu marido me diz que o rei está recrutando soldados para uma nova batalha. Ele vai marchar para o norte.

— Você não precisa ir, precisa? — pergunto, alarmada. — Nem Anthony?

— Teremos de enviar homens, mas para ser franco, querida, não creio que sejamos bem-vindos nas fileiras.

Anthony dá um risinho infeliz.

— Como Lovelace — diz ele, e seu pai ri.

— Como Trollope.

— Tenho de pedir ao rei Eduardo que me restaure minha herança de viúva — observa Elizabeth. — Meus filhos não terão nada, a menos que eu encontre alguém que faça Lady Grey cumprir a promessa que me fez.

— Sequestre-o quando ele passar — propõe Anthony. — Caia de joelhos diante dele.

— Minha filha não fará esse tipo de coisa — declara meu marido. — Podemos sustentá-la aqui até conseguir um acordo com Lady Grey.

Elizabeth, de maneira sensata, controla a língua, mas, no dia seguinte, vejo-a lavar o cabelo de seus filhos e vesti-los com as roupas de domingo e não digo nada. Borrifo um pouco do perfume que eu mesma fiz no véu de seu chapéu, mas não lhe dou nem um botão da macieira nem uma maçã. Acredito que não há homem no mundo que passaria por minha filha sem parar para perguntar seu nome. Ela veste seu vestido cinza, sem enfeites, e sai de casa, levando os filhos pelas mãos. Ela desce o caminho para a estrada de Londres, onde o rei certamente passará com seus soldados.

Observo-a ir, uma mulher jovem e bonita em um dia quente de primavera, e parece um sonho vê-la com o passo leve no caminho entre as sebes, onde as rosas brancas estão florescendo. Ela caminha para o seu futuro, para reivindicar o que lhe pertence, embora eu ainda não saiba qual será seu destino.

Vou à destilaria e pego um pequeno pote hermeticamente fechado com uma rolha encerada. É uma poção do amor que fiz para a noite de núpcias de Anthony. Na sala de brasagem, ponho três gotas em uma jarra da nossa melhor cerveja e levo-a para o salão, com os nossos melhores copos. Então espero, em silêncio, com a luz do sol da primavera atravessando as janelas e um melro cantando na árvore lá fora.

Não preciso esperar muito tempo. Olho para a estrada e lá está Elizabeth, rindo, e ao lado dela está o belo jovem que vi pela primeira vez do lado de fora dos apartamentos da rainha, quando me fez uma mesura tão elegante. Agora é um homem adulto e rei da Inglaterra. Ele conduz seu grande cavalo de guerra, e, no alto de seu dorso, agarrando-se à sela, com os rostos inflamados de alegria, estão meus dois netos.

Saio da janela e abro a porta do salão para eles. Vejo o rubor de Elizabeth e o sorriso radiante do jovem rei, e penso que isso é, realmente, a roda da fortuna — é possível? É possível que isso aconteça?

Nota da Autora

Descobri a personagem de Jacquetta quando trabalhava na história de sua filha, Elizabeth Woodville, que se casou secretamente com Eduardo IV com o apoio da mãe. Jacquetta foi uma das testemunhas no casamento, juntamente com o padre, talvez mais duas pessoas e um garoto para cantar o salmo. Foi ela quem providenciou as noites de lua de mel para o jovem casal.

Na verdade, ela deve ter feito mais. Foi acusada, mais tarde, de enfeitiçar o jovem rei para que se casasse com a filha, e figuras de chumbo, que diziam representar Eduardo e Elizabeth unidos por um arame dourado, foram apresentadas em seu julgamento por bruxaria.

Isso foi o bastante para me intrigar! Sou uma historiadora de mulheres, de seu lugar na sociedade e de sua luta pelo poder. Quanto mais lia sobre Jacquetta, mais ela me parecia o tipo de personagem de que gosto: uma mulher negligenciada ou renegada pela história tradicional, mas que é revelada quando as evidências são reunidas.

Ela levou uma vida extraordinária, que nunca foi registrada de maneira coerente. Na ausência de uma biografia de Jacquetta, escrevi meu próprio ensaio e publiquei-o com mais dois historiadores: David Baldwin, que escreve sobre Elizabeth Woodville, e Mike Jones, que escreve sobre Margaret

Beaufort, em *The Women of the Cousins' War: The Duchess, the Queen, and the King's Mother* (Simon & Schuster, 2011). Essa coleção pode interessar aos leitores que quiserem investigar a história por trás de meus romances.

Jacquetta casou-se com o duque de Bedford e viveu como a primeira-dama da França governada pelos ingleses. Seu segundo casamento foi por amor: casou-se com Sir Richard Woodville, foi censurada e teve de pagar uma multa por infringir as normas de casamento para mulheres com parentesco real. Ela serviu a Margarida de Anjou como uma de suas damas de companhia favoritas, e esteve ao lado dela durante a maior parte dos anos turbulentos da Guerra das Duas Rosas — então conhecida como a Guerra dos Primos. Na derrota dos partidários de Lancaster, na terrível batalha de Towton, seu filho Anthony e seu marido Richard renderam-se ao vitorioso Eduardo IV. A família provavelmente teria vivido tranquila e em paz sob o regime York se não fosse a beleza da filha viúva, a natureza apaixonada do jovem rei, e — quem sabe — a magia de Jacquetta.

A família tornou-se parente do rei, e Jacquetta tirou vantagem de sua ascensão, tornando-se de novo a principal mulher na corte. Viveu tempo suficiente para sofrer com o assassinato de seu amado marido e de seu filho querido, para apoiar sua filha na derrota e na fuga para o santuário e para testemunhar o retorno triunfante de seu genro ao trono. Durante quase toda a vida, ela esteve no centro dos grandes acontecimentos. Muitas vezes, foi participante ativa.

Por que não foi estudada é um mistério para mim. Mas ela faz parte do grande grupo de mulheres cujas vidas têm sido ignoradas por historiadores em favor das de homens proeminentes. Além disso, esse período é negligenciado em comparação a, digamos, tempos mais recentes, ou mesmo à Era Tudor. Espero que mais historiadores voltem sua atenção para o século XV, que sejam feitas mais pesquisas sobre suas mulheres, inclusive Jacquetta.

Proponho que ela foi inspirada pela lenda de sua família, a lenda de Melusina, a deusa das águas, história muito bem descrita no Museu de Luxemburgo como parte da história do condado. Até os dias de hoje, os guias da cidade apontam as rochas por onde Melusina submergiu quando seu marido quebrou a promessa e foi espiá-la no banho. Certamente, essa lenda foi usada na arte e no estudo da alquimia naquele período, e Jacquetta possuía um livro que contava a história de sua ancestral deusa. Acho que é muito importante que nós, leitores modernos, entendamos que religião, espiritualismo e magia desempenharam um papel central no imaginário do povo medieval.

Há um fio que corre por todo o registro histórico associando Jacquetta, e até mesmo Elizabeth, à bruxaria, e baseei algumas cenas fictícias nisso. O uso das cartas para prever o futuro foi uma prática medieval. Mais tarde, nós chamaríamos as cartas de "tarô". A alquimia era considerada uma prática espiritual e científica, e Margarida de Anjou autorizou-a enquanto procurava um tratamento para a doença do marido, que foi, de fato, atribuída por alguns à bruxaria. A prática do herbalismo e o plantio segundo as fases da lua eram muito conhecidos e comuns, e a apreensão em relação à bruxaria difundiu-se por toda a Europa a partir de 1450. O julgamento e a punição de Eleanor Cobham baseiam-se nos registros históricos, e ela foi uma das vítimas da caça às bruxas.

Segue uma bibliografia que lista as obras que li para este romance, e os leitores podem também visitar meu site, www.philippagregory.com, para outros ensaios, debates históricos e respostas a perguntas sobre este e outros romances da série. O próximo volume será sobre as filhas de Richard Neville, conde de Warwick. A pesquisa tem sido prazerosa e me sinto muito estimulada a escrever essa história.

Bibliografia

Amt, Emilie. *Women's Lives in Medieval Europe*. Nova York: Routledge, 1993.

Baldwin, David. *Elizabeth Woodville: Mother of the Princes in the Tower*. Stroud: Sutton Publishing, 2002.

Barnhouse, Rebecca. *The Book of the Knight of the Tower: Manners for Young Medieval Women*. Basingstoke: Palgrave Macmillan, 2006.

Bramley, Peter. *The Wars of the Roses: A Field Guide & Companion*. Stroud: Sutton Publishing, 2007.

Castor, Helen. *Blood & Roses: The Paston Family and the Wars of Roses*. Londres: Faber and Faber, 2004.

Cheetham, Anthony. *The Life and Times of Richard III*. Londres: Weidenfeld & Nicolson, 1972.

Chrimes, S.B. *Lancastrians, Yorkists, and Henry VII*. Londres: Macmillan, 1964.

Cooper, Charles Henry. *Memoir of Margaret: Countess of Richmond and Derby*. Cambridge: Cambridge University Press, 1874.

Duggan, Anne J. *Queens and Queenship in Medieval Europe*. Woodbridge: Boydell Press, 1997.

Field, P.J.C. *The Life and Times of Sir Thomas Malory*. Cambridge: D.S. Brewer, 1993.

Freeman, J. "Sorcery at Court and Manor: Margery Jourdemayne the Witch of Eye Next Westminster", *Journal of Medieval History* 30 (2004), 343-357.

Godwin, William. *Lives of the Necromancers: or, An Account of the Most Eminent Persons in Sucessive Ages, Who Have Claimed for Themselves, or to Whom Has*

Been Imputed by Others, the Exercise of Magical Power. Londres: F.J. Mason, 1834.

Goodman, Anthony. *The Wars of the Roses: Military Activity and English Society, 1452-97*. Londres: Routledge & Kegan Paul, 1981.

_____. *The Wars of the Roses: The Soldiers' Experience*. Stroud: Tempus, 2006.

Griffiths, Ralph A. *The Reign of King Henry VI*. Stroud: Sutton Publishing, 1998.

Grummitt, David. *The Calais Garrison, War and Military Service in England 1436-1558*. Woodbridge: Boydell & Brewer, 2008.

Haswell, Jock. *The Ardent Queen: Margaret of Anjou and the Lancastrian Heritage*. Londres: Peter Davies, 1976.

Hicks, Michael. *Warwick the Kingmaker*. Londres: Blackwell Publishing, 1998.

Hipshon, David. *Richard III and the Death of Chivalry*. Stroud: The History Press, 2009.

Hughes, Jonathan. *Arthurian Myths and Alchemy: The Kingship of Edward IV*. Stroud: Sutton Publishing, 2002.

Jones, Michael K. e Underwood, Malcolm G. *The King's Mother: Lady Margaret Beaufort, Countess of Richmond and Derby*. Cambridge: Cambridge University Press, 1992.

Karras, Ruth Mazo. *Sexuality in Medieval Europe: Doing unto Others*. Nova York: Routledge, 2005.

Laynesmith, J. L. *The Last Medieval Queens: English Queenship, 1445-1503*. Oxford: Oxford University Press, 2004.

Levine, Nina. "The Case of Eleanor Cobham: Authorizing History" em *2 Henry VI, Shakespeare Studies 22* (1994), 104-121.

Lewis, Katherine J., Menuge, Noel James, Phillips, Kim M. (orgs.). *Young Medieval Women*. Basingstoke: Palgrave Macmillan, 1999.

MacGibbon, David. *Elizabeth Woodville (1437-1492): Her Lifes and Times*. Londres: Arthur Barker, 1938.

Martin, Sean. *Alchemy & Alchemists*. Londres: Pocket Essentials, 2006.

Maurer, Helen E. *Margaret of Anjou: Queenship and Power in Late Medieval England*. Woodbridge: The Boydell Press, 2003.

Neillands, Robin. *The Wars of the Roses*. Londres: Cassell, 1992.

Newcomer, James. *The Grand Duchy of Luxembourg: The Evolution of Nationhood*. Luxemburgo: Editions Emile Borschette, 1995.

Péporté, Pit. *Constructing the Middle Ages: Historiography, Collective Memory and Nation Building in Luxembourg*. Leiden e Boston: Brill, 2011.

Phillips, Kim M. *Medieval Maidens: Young Women and Gender in England, 1270-1540*. Manchester: Manchester University Press, 2003.

Prestwich, Michael. *Plantagenet England, 1225-1360*. Oxford: Clarendon Press, 2005.

Ross, Charles Derek. *Edward IV*. Londres: Eyre Methuen, 1974.

Rubin, Miri. *The Hollow Crown: A History of Britain in the Late Middle Ages*. Londres: Allen Lane, 2005.

Seward, Desmond. *A Brief History of The Hundred Years War*. Londres: Constable, 1973.

Simon, Linda. *Of Virtue Rare: Margaret Beaufort, Matriarch of the House of Tudor*. Boston: Houghton Mifflin Company, 1982.

Storey, R.L. *The End of the House of Lancaster*. Stroud: Sutton Publishing, 1999.

Thomas, Keith. *Religion and the Decline of Magic*. Nova York: Weidenfeld & Nicolson, 1971.

Vergil, Polydore e Ellis, Henry. *Three Books of Polydore Vergil's English History: Comprising the Reigns of Henry VI, Edward IV and Richard III*. Kessinger Publishing Legacy Reprint, 1971.

Ward, Jennifer. *Women in Medieval Europe, 1200-1500*. Essex: Pearson Education, 2002.

Warner, Marina. *Joan of Arc: The Image of Female Heroism*. Londres: Weidenfeld & Nicolson, 1981.

Weinberg, S. Carole. "Caxton, Anthony Woodville and the Prologue to the 'Morte Darthur'." *Studies in Philology*, 102: n° I (2005), 45-65.

Weir, Alison. *Lancaster and York: The Wars of the Roses*. Londres: Cape, 1995.

Williams, E. Carleton. *My Lord of Bedford, 1389-1435: Being a Life of John of Lancaster, First Duke of Bedford, Brother of Henry V and Regent of France*. Londres: Longmans, 1963.

Wilson-Smith, Timothy. *Joan of Arc: Maid, Myth and History*. Stroud: Sutton Publishing, 2006.

Wolffe, Bertram. *Henry VI*. Londres: Eyre Methuen, 1981.

Este livro foi composto na tipografia
Minion Pro , em corpo 11,5/16, e impresso em papel
off-white no Sistema Digital Instant Duplex
da Divisão Gráfica da Distribuidora Record.